Achilles Tatius

Achilles Tatiou Alesandres Ertikn biblia 8. Achillis Tatii Alexandrini De Clitophontis et Leucippes amoribus libri 8 Graece et Latine textum recognovit, selectamque lectionis varietatem adiecit Christ. Guil. Mitscherlich

Achilles Tatius

Achilles Tatiou Alesandres Ertikn biblia 8. Achillis Tatii Alexandrini De Clitophontis et Leucippes amoribus libri 8 Graece et Latine textum recognovit, selectamque lectionis varietatem adiecit Christ. Guil. Mitscherlich

ISBN/EAN: 9783741199011

Manufactured in Europe, USA, Canada, Australia, Japa

Cover: Foto ©Andreas Hilbeck / pixelio.de

Manufactured and distributed by brebook publishing software (www.brebook.com)

Achilles Tatius

Achilles Tatiou Alesandres Ertikn biblia 8. Achillis Tatii Alexandrini De Clitophontis et Leucippes amoribus libri 8 Graece et Latine textum recognovit, selectamque lectionis varietatem adiecit Christ. Guil. Mitscherlich

PRAEFATIO.

Cum Erotici scriptores Graeci ab iis fere evolvi soleant, qui iam accurata Graecae linguae scientia, iudicioque, lectione veterum scriptorum subacto atque polito praediti hoc solum agant, ut, quid ab hac parte sequioris aevi scriptores praestiterint, qua arte antiquiores imitando expresserint, vel quomodo, a recto tramite devii, seculi sui sordes prodiderint, atque immiscuerint, omninoque orationis, sententiarum, compositionisque rationem cognoscant; hoc sibi muneris unice impositum existimabit is, qui ad edendos eos animum adiicit, ut textum, quem vocant, quoad eius fieri possit, emendate expressum exhibeat, qui adeo absque ulla gravi offensione tractari atque perlegi possit. Primum igitur, cum hanc spartam susciperem, idque unicum datum mihi negotium credidi, ut contextum librariorum hallucinationibus typothetarum

que vitiis, quibus priores editiones fcatent innumeris, purgatum exhiberem, probifque vel
Codd. lectionibus, quas ab interpretibus allatas reperiffem, vel adeo virorum doctorum con-
iecturis, quae firmo fatis talo incedere viderentur, locum in eo facerem. Quo tamen in genere, ut temeritatis crimen effugerem, emenda-
tioris lectionis fontem in notis diligenter appo-
fui. In quibus omnino fecutus fum hoc, ut
virorum doctorum rationes, quibus novam feu
potius antiquam Achilli lectionem affererent,
cum ipforum fere verbis afferrem, meumque
qualecunque iudicium interponerem. Raro meas
in contextum admifi emendationes, meamque
potius collocandam operam ftatui in hoc, ut
orationem, nova interpunctione facta, melius
conftituerem, atque expedirem, quam ab hac
inprimis parte laborare viderem. Superfunt tamen nonnulla loca, quae vel a Codicibus me-
lioris notae, vel a viris doctis, qui in hoc fcri-
ptore periculum criticum facere volent, adhuc medicinam exfpectant; in quorum maxime gratiam Cruceii verfionem, e bono Codice
factam, quae adeo indagandae verae lectioni
viam aperire poffit, adiici curavi. Denique, quo
rectius lectores de totius operis fumma, artificio, atque compofitione iudicare poffint, argumentum huius fabulae e Bibliothecae Criticae
Amftel. T. I, Parte II, p. 44, delibatum in ipfa
libri fronte apponi iuffi. Ex eadem Bibliotheca
obfervationes quafdam, quae noftro fcriptori

novam paſſim lucem affundunt, cum ſuo loco
omiſerim, hic apponere non gravabor:

Lib. I, cap. 6. Τῇ γαστρὶ μετρήσαντες τὴν εὐδαίαν,
eſt dictio Demoſthenica ex Or. p. Corona p. 314,
τῇ γαστρὶ μετροῦντες, καὶ τοῖς αἰσχίστοις τὴν εὐδαι-
μονίαν· quod multi imitando expreſſerunt; v. c. Cicero
Nat. Deor. I, 40, *quae ad beatam vitam pertineant, ventre metiri.* Plutarch. T. II, p. 97. D. Herodian. Hiſt.
I, 6, 2: ὅσοι τὰ κόλακας τραπέζας, καὶ τὸ εὔδαιμον
γαστρὶ καὶ τοῖς αἰσχίστοις μετροῦσιν. Theodoret. de
Provid. IX, p. 214.

Ibid. cap. 9. Τὸ σύνηθες τῆς κακουνίας εἰς χάριν αἰδεσιμώτερον. Sunt Cliniae verba conſolantis Clitophontem impatienter amantem. Χάριν pro venereo amplexu
accipiendum eſſe, res ipſa ſuadet, & ita exquiſite lo-
quuntur. Sed quid ſibi vult, *conſuetudo quotidiana maiorem venerationem ad complexum venereum habet?* Vitium
eſt in αἰδεσιμώτερον, in quo licet Eclogae Maximi
& Antonii conſentiant, ubi hic locus exſtat p. 566,
tamen corrigendum ἀνυσιμώτερον, i. e. vim habet ad
conciliandam venerem. Eleganter haec vox dicitur de
perſuadendo. Plutarch. T. II, p. 442. C. ἀγωγαῖς,
τὸ πιθανὸν ἀπάσης ἀνάγκης καὶ βίας ἐχούσαις ἀνυσιμώτερον. Lucianus T. III, pag. 145: ἀνυσιμώτατον —
εἶδος διαβαλεῖς, calumnia, cui facile creditur. Ariſtaen.
I, 15: οὐδὲν — πιθανώτερον πέφυκεν, οὐδ' ἀνυσιμώτερον Ἀφροδίτης.

Lib. II, cap. 31, in capienda fuga dicitur, ὄχημα
δὲ εὐτρεπὲς ἡμᾶς πρὸ τῶν πυλῶν ἐξεδέχετο. Cui autem bono *pulcher currus erat?* Lege εὐτρεπὲς, paratus.

Ibid. cap. 35, cum Menelaus dixiſſet inter alia de
puerorum amore, καὶ τὸ κάλλος αὐταῖς (παισὶ) δριμύτερον εἰς ἡδονήν· reprehendit eum Clitophon his verbis: τοῦ δριμύτερον — ὅτι παρακύψας μόνον οἴχεται.
Reponendum vero ὄγε pro ὅτι.

Lib. VI, cap. 20, de Thersandro dicitur, ἀτυχέσας δὲ, ὃν ἔλπισεν, ἀφιεὶς τῷ θυμῷ τὰς ἰδέας. Interpres in suo Codice videtur habuisse τοῦ θυμοῦ, cum vertit: *conceptarum animo voluptatum oblitus.* Vulgatam lectionem quis ita interpretari possit, *concessit voluptatis irae:* at nos quidem pro ἰδέας corrigimus ἴριας. Eadem forma p. 170 de Thersandro dictum erat.

Ibid. cap. 21, in verbis Leucippes ad Thersandrum: οὐδὲ τὴν Ἄρτεμιν, εἰπέ μοι, τὴν σὴν φοβῇ; ἀλλὰ βιάζῃ παρθένον ἐν πόλει παρθένου; pro εἰπέ μοι, corrigendum videtur ἐπ' ἐμοί, *mea causa.*

Lib. VIII, cap. 8, Thersander vocat Clitophontem ἐν ἀνδρὸς χώρᾳ τὴν οἰκίαν τὴν ἐμὴν, ὡς δὲ μοιχοῦ μᾶλλον καθεστηκότα. Levi mutatione legendum κατεσχηκότα.

NOTITIA LITERARIA

DE

ACHILLE TATIO

ex Io. Alb. Fabricii Bibliotheca Graeca,
Lib. V, cap. 6.

ACHILLES TATIUS (velut Tatii libertus,
vel filius, ut Salmasio [1] placet) apud Suidam [2]
Στάτιος, Alexandrinus, Ethnicus primum, post
Christianus, ac, si eidem Suidae credimus, Epi-

---

[1] Immo Tatii libertum
fuisse hunc Achillem cense-
bat Salmas. in notis ad I, 1.
Contra Tatii filium habebat
Casaub. ad Athen. Animadv.
II, cap. 15, p. 113.

[2] Voc. Ἀχιλλεύς· Ἀχιλ-
λεὺς Στάτιος, Ἀλεξανδρεὺς,
ὁ γράψας τὰ κατὰ Λευκίπ-
πον καὶ Κλιτοφῶντα, καὶ ἄλλα ἐρωτικὰ, ἐν βιβλίοις ηʹ. γέγονε δ' ἔσχατον Χριστιανὸς καὶ
ἐπίσκοπος. ἔγραψε δὲ καὶ περὶ σφαίρας, καὶ ἐτυμολογίας,
καὶ ἱστορίας σύμμικτον, πολλῶν καὶ μεγάλων, καὶ θαυ-
μασίων ἀνδρῶν μεμνημένου-
σαι. Ὁ δὲ λέγων αὐτοῦ κατὰ

πάντα ἥμεσι τῆς ἐρωτικῆς.
Rhetorem eum vocat Tho-
mas Mag. v. ἀναβαίνω· Ἀ-
χιλλεὺς ὁ ῥήτωρ ἐν Λευκίππῃ.
Eundem, ethnicum adhuc,
hanc de Clitophontis & Leucippes amoribus composuis-
se fabulam contendit cum
Salmasio postremus eius edi-
tor, Boden. Insunt tamen
nonnulla, quae hanc opinionem elevent, & Christianum
satis diserte prodant. Quo
pertinere arbitror voc. ουρα-
νοῦ in plurali numero adhi-
bitum, & alia, quae lector
paulo attentior facile anim-
advertet.

scopus, incertae admodum aetatis [1], praeter librum περὶ σφαίρας [2], cuius pars hodieque exstat sub titulo *Isagoges in Phaenomena Arati*. scripsit etiam libros VIII Ἐρωτικῶν τῶν περὶ Λευκίππην καὶ Κλιτοφῶντα. sive *de Amoribus Clitophontis & Leucippes*. Laudatur a Photio Codice LXXXVII & XCV & CLXVI; Mich. Psello apud Allatium cap. 4 de patria Homeri p. 1753; & a Iohanne Phoca in Allatii συμμίκτοις p. 10, cui dicitur ὁ τὴν Λευκίππην γράψας. Exstat & MS. in Bibl. Io. Mori Eliensis Episcopi n. 219. Photii (vel Leonis Philosophi potius) iambos decem 3 in hos Tatii libros ex inedita Epigrammatum Graecorum Anthologia Salmasius suae Tatii editioni praefixit.

Latine primum lucem viderunt *Annibale Cruceio*, Mediolanensi, interprete, Basil. 1554, 8. · Deinde Graece e Codice Palatino vulgavit, Cruceiique translationem adiunxit *Io. Commelinus* [4].

1 Seculo tertio vel quarto, certe post Musaeum vixisse videtur, cuius poërae dictionem haud raro presse admodum securus est, notante iam Schradero ad Musaeum.

2 De quo vide Fabric. L. III, cap. 5, §. 23.

3 Hoc carmen in Anthol. Reisk. p. 126, ita, adhibita medela, legitur:

Ἔρωτα πικρὸν, ἀλλὰ σώ-
    φρονα βίον,
Ὁ Κλειτοφῶντος μὲν παρεμ-
    φαίνει λόγος,
Ὁ Λευκίππης δὲ σωφρονέσ-
    τερος βίος·
Ἅπαντας ἐξίστησι, πῶς τε-
    τυμμένη,
Κεκαρμένη τε, καὶ κατα-
    κεχρισμένη,
Τὸ δὲ μέγιστον, τρὶς θα-
    νοῦσ' ἐκαρτέρει.
Εἴπερ δὲ καὶ σὺ σωφρονεῖν
    θέλεις, φίλε,
Μὴ τὴν πάρεργον τῶν γρα-
    φῶν σκόπει θέαν,
Τὴν τοῦ λόγου δὲ πρὸς τὸ
    συνδρομὴν μάθε,
Νυμφοστολεῖ γὰρ τοὺς πο-
    θοῦντας ἐμφρόνως.

4 Commelino, antequam opus finiretur, mortuo, ad finem perduxere illud *Iudas & Nicolaus Bonnvilii* nepotes ex sorore. Lacunas habet haud paucas, & in extremo libro p. 210 & 211 duae fere paginae desiderantur.

Heidelbergae a. 1601, 8. Emendatiorem ab eo
tempore editionem debemus *Claudio Salmasio*.
Lugd. Bat. 1640, 12: qui usus Codice Thuanaeo,
& collatione duorum exemplarium bibliothecae Christianissimi regis, tum Codice Casauboni,
qui est in bibliotheca reg. Angliae, atque comparatione Codicum Romani ac Florentini, tantam in illis varietatem reperit, ut non dubitet,
duas olim *lectione* huius scripti ab ipso Achille
prodiisse. Idem Salmasius Graecis a se recensitis
adiunxit iam dictam Cruceii (qui male Cruc-
cius apud Vossium p. 315 de Hist. Graecis audit) versionem, & in calce libri breves notas,
in quibus varias lectiones persequitur, & interpretem subinde castigat.

Salmasio successit *B. G. L. Boden*, Professor
Vitebergensis, qui Achillem Tatium varietate
lectionis, notisque Salmasii, Carpzovii, Bergeri
ac suis illustratum prodire iussit Lipsiae a. 1776,
8, apud I. Fr. Iunium. Textum fere dedit Sal-
masianum, suasque coniecturas, paucas admodum, & satis leves, in notis reposuit, ne forte,
ut ipse ait, obtrudantur auctori, de quibus nunquam somniasset. Versatur maxime eius opera
in comparandis aliorum Eroticorum scriptorum
locis similibus, & hactenus non omni laude destituta est. Carpzovii observationes, peculiari
antea libro editae [1], neque emendando neque
illustrando auctori inserviunt. Quod idem fere
valet de Bergeri notulis, in quibus raro acumen
criticum deprehendas.

Gothofredus quoque Iungermannus novam

[1] Observationum philo-
logicarum in Palaephatum
periculum: accedunt aliae
animadversiones in nonnulla
Musaei & Achillis Tatii loca.
Lipsiae 1743, 8.

Tatii editionem verſionemque molitus fuiſſe co-
gnoſcitur ex literis Gruteri, quae leguntur inter Gudianas p. 210.

Gallice prodiit, Anonymo (Franciſco Belleſo-
reſto forte, v. A. Verdier Bibl. Gall. p. 5, & Cruci-
manium p. 9) interprete, Pariſ. 1568, 1575, 8;
& huius ſec. a. 1735, ſub titulo: *Les Amours de
Clitophon & de Leucippe. Traduction libre du Grec
d'Achilles Tatius avec des notes, par le Sieur D***
D***. à la Haye, chez Iſaac Beauregard.* 1735,
8. Aliam a. 1733 memorat Boden in praef. p.
XI, quae Amſtelaedami prodierit.

Italice, interprete Coccio, ſub titulo: *Achille
Tazio Aleſſandrino dell' Amore di Clitofonte e Leucippe, tradotto di Lingua Greca in Toſcana dal Sig.
Franceſco Angelo Coccio, con nuova aggiunta di
Sommarii a ogni Libro e una Tavola copioſiſſima di
tutto quello che nell' opere ſi contiene. In Fiorenza
per Filippo Giunti MDIIC.* 8.

Anglice quoque prodierunt Erotica Tatii Oxo-
nii 1638, 8.

Denique Teutonico idiomate Tatium reddidit
Seyboldus, V. Cl. Profeſſor Buxovillenſis.

ARGUMENTUM
FABULAE.

HIPPIAS Tyrius bis matrimonium inierat: ex priore filium Clitophontem, ex posteriore filiam Calligonen susceperat. Hos liberos cum mutuo inter se matrimonio coniungere vellet, iamque fere in eo esset, ut nuptias eorum celebraret, veniunt Byzantio Tyrum fratris eius Sostrati uxor Panthia, & Leucippe filia. Clitophon, qui hucusque sororem satis amasset, neque ab eius coniugio abhorruisset, repente mutatur Leucippes adspectu: ad hanc toto animo convertitur, a Calligone avertitur. Ignis conceptus quotidie crescit, videndo puellam, colloquendoque cum ea; sed quomodo ea potiretur, non inveniebat, inops quippe consilii & recens in amore. Quod quidem partim edocetur a Clinia consobrino, duobus annis maiore, eodemque amoribus haud inexercitato iuvene; partim adiuvatur Satyri, summae servi astutiae, opera. Habebat autem Leucippe, ut summam formae pulchritudinem, ita ingenium haud superbum atque durum, sed suave, humanum, atque elegans; unde obsequio & amore Clitophontis paulatim vincitur, eumque vicissim amare incipit. Fit etiam, quo liberior Clitophontis animus a destinatis ei Calligones nuptiis esset, ut ea raperetur a Callisthene, Byzantio iuvene. Persuaderi sibi patitur, a Clitophonte, Leucippe, ut eum noctu clam ad se recipiat. Et quamquam in eodem cum matre cubiculo dormiret, quae filiae pudicitiam & ipsa omni cura, & servorum vigiliis, & forum claustris custodiebat, totam tamen istius diligentiam fefellit Satyri astutia, qui eius sibi ancillam Clionem conciliaverat. Intromittitur Clitophon: sed nondum amplexus erat puellam, cum mater, somnii visu exterrita, repente

ad filiae lectum se proripit. Ille vix effugiendi tempus habet, tamen ita evadit, ut a Panthia non cognosceretur. Haec vero ira atque dolore incensa, servos clamare, omnia turbare, quaerere, quis in cubiculo adfuerit, Leucippen increpare, conviciari, Clionem in quaestionem tradere velle, ut cruciatibus ex ea veritatem extorqueat. At Clio commodum fuga se subduxerat, ut Panthia nil certi comperire posset. Leucippe, suspicionum matris criminationumque quotidianarum pertaesa; tandem fugae consilium capit, & cum Clitophonte communicat. Parat omnia Satyrus, eluditur matris custodia, clam domum egrediuntur noctu, currum conscendunt, &, socio Clinia, Berytum perveniunt, ibique navem nacti, quae iam in eo erat, ut ex portu solveret, Alexandriam tendunt. Erat forte in eadem navi Menelaus Aegyptius, liberali adolescens ingenio, & honesto loco natus, quocum eos in convictum amicitiamque conciliat itineris societas. Sed cum per aliquod tempus prospero usi fuissem vento, oritur subito gravissima tempestas, quae navem diu misere agitatam scopulo tandem illidit ac dissolvit. Reliqui omnes undis obruuntur: una prorae pars ea, qua Clitophon solus cum Leucippe consederat, integra manet, & Pelusium appellitur. Ibi, refectis corporibus, navem conducunt, & Alexandriam petunt. Tenebant vero illo tempore pastores regiones inferioris Aegypti palustres, easque latrocinio infestabant. Hi navem intercipiunt, spoliant, Clitophontem ac Leucippen vinciunt, & cum reliquis captivis custodiunt. Quae calamitas quamvis, ut erat, maxima esset, alia tamen velut malorum cumulus accessit. Oraculo monebantur latrones, exercitum lustrare captae virginis sacrificio. Statim accurritur ad Leucippen: abstrahitur reluctans a Clitophonte, nequidquam & ipso reluctante. Interea superveniunt Aegyptiae legiones, emissae a praefecto ad coërcendos delendosque latrones, eosque in fugam vertunt, intra paludes reiiciunt, & cum aliis captivis Clitophontem etiam ex eorum potestate eripiunt. Pastores nil prius habent, quam, ex oraculi iussu, sacri-

ficio defungi. Struitur ara, adducitur a duobus iuvenibus
Leucippe, caeditur, & eodem loco terra continuo condi-
tur. Atque haec omnia in conspectu Aegyptii exercitus
& Clitophontis peragebantur, qui virgini opem ferre,
propter interiectam fossam, non poterant. Clitophon stu-
pefactus & fere enectus spectaculi atrocitate, cum primum
ad se rediit & congestam vidit fossam, currit eo, ubi Leucippen caesi viderat, ut se eo ipso loco interficeret. Iamque gladium admoverat iugulo, cum derepente exsiliunt
Satyrus & Menelaus, qui eum amplexantur & a mortis
consilio ad vitam revocant: Leucippen enim vivere: omnia
ei exponunt: ut ex naufragio enatarint: ut in pastorum
manus inciderint: ut, agnita Leucippe, ab eorum duce sacrificii peragendi provinciam poposcerint & impetrave-
rint: qua eos inspectantes arte eluserint, ut, cum iugulatam putarent virginem, ea tamen viva manserit. Et Leucippen quidem continuo protrahunt ex loculo, quo condita erat, eique reddunt. Hoc tum primum suit tempus,
quo libere solus cum sola esset; itaque veneris tandem
fructum percipere vult. Contra dimovet eum puella, di-
cens, Minervam sibi pridie, quam sacrificanda esset, ap-
paruisse, salutemque promisisse ea conditione, ut virginitatem servaret, donec ab ipsa Dea Clitophonti dicare-
tur. Haud multo post eam deperit Charmides militum
dux, eaque potiri intemperanter cupit. Quem dum diffe-
runt Satyrus & Menelaus, Leucippe in furorem incidit
ex philtro, quod ei Gorgias miles, ipse quoque eius amore captus, miscuerat. Mox Charmides & Gorgias a pastoribus caeduntur: liberataque erat ab eorum potestate Leucippe, non item a furore. Ingravescebat quotidie mali
vis, donec eius originem aperit Chaereas miles, medicumque adducit, qui virginem sanitati restituit. Veniunt
Alexandriam, comite Chaerea. Hic quoque eius amore
incensus, rapere puellam studet. Invitat eam cum reliquis domum suam, in Pharo insula. Eunt contra Menelai consilium & ominum quoque monita. Neque vanus
fuerat metus: nam inter coenandum, velut aliud agens,

primum furgit Chaereas, tum irrumpunt latrones, qui Leucippen abripiunt, in navem imponunt, & remis velifque
aufugiunt. Clitophon ab infulae praefecto auxilium poftu-
lat, & navem ab eo impetrat armatam, qua latrones per-
fequatur. Hi cum perfequentium vim velocitatemque ef-
fugere non poffent, iamque teneri fe viderent, callido
fe confilio expediunt. In puppis enim tabulata mulierem
adlucunt in adverfariorum confpectum, ei caput abfcin-
dunt, truncumque in mare proiiciunt, his verbis ad Clitophontem fociofque clamantes: *en vobis corpus, de quo
pugnaturi eratis!* Clitophon, qui noctis obfcuritate mulierem caefam oculis cognofcere non fatis poterat, Leucippen interfectam effe arbitratus, a perfequendo defiftit,
truncum expifcatur & in infula fepelit; ipfe Alexandriam
revertitur. Ibi moerore confectum & rerum omnium tae-
dio laborantem fuftinet confolaturque Menelaus: tempus
quoque paulatim maiorem luctus partem demit. Sexto
menfe in Cliniam forte incidit. Hunc Sidonii e naufragio
fuftulerant, falvumque Sidona advexerant, ubi a Softrato literae ad Hippiam allatae erant, quibus ille filiam
Leucippen Clitophonti defpondebat. Atque hunc tam lae-
tum nuntium ut Clitophonti afferret, Clinias iterum Alexandriam repetierat, fi forte eum ex naufragio fervatum
ibi invenire poffet: quibus adiiciebat, patrem quoque
Hippiam ipfum propediem adfuturum, ut filium recupe-
raret. Hoc nuntio animus Clitophontis non tam ad ae-
quitatem revocatur, quam obducta luctui cicatrix refri-
catur memoria Leucippes. Igitur conftituit patris fe ad-
fpectui fubducere, Alexandriamque relinquere. Dum abitum parat, nuntiant ei Menelaus & Satyrus, Melitten,
in cuius notitiam Alexandriae venerat, vehementi eius
amore flagrantem ei nubere velle. Erat haec mulier Ephe-
fia, florente aetate, pulchritudine haud vulgari, divitiis
affluens, & recens vidua, marito per naufragium amiffo.
Clitophon primum omnem nuptiarum mentionem aver-
fatur: poftea, paulatim amicorum precibus exoratus, ut
fortunae & rebus fuis confulat, conditionem accipit: ea

tamen lege, ut ne nuptiae fierent, donec Ephesum pervenisset: neque enim vel in Aegypto, neque mari, ubi Leucippe tot mala perpessa erat, & mortem quoque obierat, sibi fas esse putabat, Veneri operari. Proficiscuntur Alexandria: salvi Ephesum veniunt. Et primo quidem die in villam Melittes divertuntur, ut interea nuptiae parentur in urbe. Operabatur vero inter servas in agro mulier recens emta, tonso capillo, squalore pannisque obsita, virgis etiam crudeliter lacerata: elucebat tamen quaedam ex facie habituque honestas. Haec se ad Melittes genua abiicit, oratque, ut se, honestis ingenuisque natam parentibus, in libertatem restituat, & a Sosthenis libidine vindicet. Hic licet ipse servus esset, servorum operumque in villa erat praefectus, mulieremque hanc, nuper a latronibus advectam, formae causa emerat, pudicitiamque eius, quam blanditiis primum sollicitaverat, postea verberibus expugnare nitebatur. Melitte eam benigne suscipit, solvi vinculis, &, donec in patriam abiret, liberaliter haberi iubet: Sosthenem abigit. Ceterum Clitophon ad mulieris eius adspectum turbatur, & tacito praesagio percutitur, quod in eius vultu habituque magnam cum Leucippe similitudinem deprehendere sibi videbatur. Neque temere: nam erat ipsa Leucippe. Cum domum rediisset, inter coenandum eum Satyrus seorsim vocat, literas a Leucippe tradit, & totam rem exponit. Clitophon laetitia & spe exsultat, neque quidquam prius habet, quam confestim ad Leucippen accurrere. Retinet eum Satyrus: constituunt, rem a Melittes notitia cohibere, & prima quaque occasione aufugere. Sed, reperta puella, Clitophon multo magis, quam antea, abhorrebat a Melittes amplexu: neque tamen habebat, quomodo mulierem, amore ferventem, & ad Veneris opus impatienter festinantem, diutius frustraretur; praesertim cum eius blanditias lacrimasque iam Alexandriae & in itinere una hac consolatus esset spe, nuptias se eius accepturum, quamprimum Ephesum pervenisset. Sed hanc eius curam nova calamitas supervacaneam fecit. Nam Thersander, maritus Melittes, inscia illa, ex nau-

fragio evaserat, & salvus domum redierat. Qui audiens
ab obviis, uxorem suam secundas hodie nuptias celebrare,
ira percutitur, confestim in aedes irrumpit, turbat, aestuat,
Clitophontem multis modis misere verberat, & constrictum servis custodiendum tradit: quibus peractis, domo
egreditur, & amicos visere festinat. In hac lucta Clitophon
epistolam Leucippes, quam intra tunicam abdiderat, amittit: hanc tollit Melitte, & totam rem cognoscit. Tum ipsa
secum tristem suam indignata sortem, omnia experiri statuit, saltem ne frustra secundo viro nupsisse sibi videretur. Intrat igitur in custodiam, solvit eum ex vinculis,
memorat suum in eum amorem, miseratur fortunam ipsa
suam, quod adulterii infamiam quidem susceperit, voluptatem non perceperit: omnia ei blanditiarum lenocinia admovet, ad lacrimas quoque precesque confugit. Vincitur
Clitophon; fitque illud, quod Amor diu voluerat. Illa,
peracta re, vestes suas cum eo permutat, & donis liberaliter ornatum, postremum exosculata dimittit. At vix
egressus erat foras, seque tandem in tuto arbitrabatur,
cum in Thersandrum redeuntem incidit: cognoscitur, com-
prehenditur, & pro adultero in carcerem publicum ab-
ducitur. Neque vero Leucippe in libertatem restituta erat.
Sosthenes enim, cognito Heri adventu, sponte in agrum
redierat, & Leucippen denuo in potestatem redegerat
suam, ut eam dono offerret Thersandro, atque ita magnam ab eo gratiam iniret. Hic simularque eam vidit,
amore exarsit, eamque omnibus modis sollicitare coepit:
illa contra, nec vivam se, nec mortuam, alterius quam
Clitophontis fore, asseverat. Quare in eam cogitationem
incidit, ita se Leucippe potiturum, si Clitophontem in-
terfecisset, & cum Melitta divortium fecisset. Hanc igitur
in adulterii iudicium vocat: illum ut clam occidi cura-
ret, carceris praefecto persuadere conatur: postea, huius
consilii periculo deterritus, aliam iniit rationem cum praefecto. Subornat hominem, cui praecipiunt, ut se veluti
maleficum in carcerem abduci patiatur, ibique Clitophonti narret, Leucippen interfectam esse. Sperabant enim ita

fore , ut , obiecto isto terrore, Clitophon eo citius , si ei
evadendi facultas data esset , ea uteretur, & Ephesum re-
linqueret. Contra , longe res aliter cecidit , ac putarant.
Adducitur in carcerem homo , & , velut aliud agens , praesente tamen Clitophonte , adversam fortunam incusat ,
quod ipse innocens , loco eius , qui Leucippen interfecis-
set , in carcerem abreptus sit. Contremiscit ad Leucippes
nomen Clitophon , totamque rem sibi ab homine narrari
postulat. Narrat ille , Melitten , feminam primariam inter
Ephesiacas , iuvenis cuiusdam Tyrii amore captam , per
invidiam & aemulationem , eius uxorem Leucippen inter-
ficiendam curasse: interfectorem evasisse , se vero , dum
iter faceret cum eo , comprehensum esse. Hac fabula peracta , histrio clam ex carcere dimittitur. Clitophon , tanta nuntii acerbitate ab animi statu deiectus , rerumque
omnium pertaesus , vitam finire statuit , ita tamen , ut Melitten etiam ulciscatur : nequidquam dissuadente Clinia , qui
ad eum consolandum in carcerem venerat. Agitur adulterii iudicium magno apparatu : producitur Clitophon , &
ipse adulterum se Melittes esse , eaque conscia Leucippen
interfecisse , sponte profitetur. Melitte eiusque patroni
inopinato casu perturbantur , neque , quid agant , repe-
riunt. Accurrit Clinias : dicendi veniam petit : docet , Clitophontem , fractum aegrotumque animo , falsa narrasse , ut
mortem oppeteret. Necdum , quid statuant , iudices habent. Thersander enim omni ratione caverat , ne veritas
patefieret : Leucippe occulta tenebatur : Sosthenes , quem
Melitte ad quaestionem postulabat , effugerat. Itaque poscit
a iudicibus Thersander , ut reum , qui se ipse caedis ac-
cusasset , ex lege damnatum capitis , morte mulctarent. Con-
demnatur Clitophon , & , antequam ultimo supplicio afficitur , tormenta ei adhibentur , ut quaeratur , an Melitte
quoque caedis conscia fuerit. Iam denudato stat corpore ,
rota, ignis , flagra afferuntur ; cum subito , ecce , advenit
Dianae sacerdos , & inhibere iubet quaestionem. Erat
enim illa Ephesiorum lex , ut , cum pompam advexissent
peregrini , continuo iustitium indiceretur. Et nunc quidem

Achill. Tat.   b

Byzantii, oraculi iussu, propter victoriam de Thracibus, dona Dianae Ephesiae miserant, eorumque legatio modo urbem intraverat. Eius forte princeps erat ipse Sostratus, qui ad forum veniens cum sacerdote, ut audiit de Leucippes caede quaeri, agnovitque Clitophontem, statim ira exarsit, neque quidquam propius habuit, quam ut in eum involans ipse ab eo de filiae caede poenas sumeret. Retinetur vix tandem a Clinia, &, quid rei sit, audit. Interea Leucippe e custodia in Dianae templum evaserat: nam Sosthenes, capta subito fuga, fores custodiae claudere oblitus erat. Itaque res denuo in iudicium adducitur, auctore inprimis defensoreque reorum sacerdote: causa magno apparatu ab accusatore & reis instruitur: patroni omnem utrinque eloquentiae vim expromunt. Aestuare indignarique Thersander, quod eriperetur sibi condemnatus reus, & serva, quam optimo iure emtionis possideret: in Sostratum & sacerdotem comumeliose invehi. Sacerdos contra accusatoris crimina diluere, eumque, ad comici Aristophanis imitationem, acriter simul & festive exagitare. Tum Thersander, artes omnes suas frustra consumtas, exitumque iudicii in eo positum esse videns, ut Leucippe intactam se virginem, Melitte puram ab adulterio, probaret, ambabus religionis terrorem obiicit. Erat enim in templo Dianae sacra fistula, ex cuius cantu de puellarum virginitate iudicabatur: erat item Stygii fontis lavacrum, quo cognoscebatur uxorum fides castitasque. Accipit conditionem Leucippe magno cum gaudio: nec Melitte eam detrectat, quod ei a Thersandro hac formula offerebatur, si absente marito rem cum Clitophonte non habuisset. Et mulieres quidem ita experimenti religionem subierunt, ut innocentiae documentum utraque auferret. Tum vero universorum conviciis laceratus Thersander, &, ni fugam cepisset, nil erat propius, quam ut lapidibus obrueretur. Sostratus Leucippen denuo Clitophonti desponder: abeunt Byzantium, & inde Tyrum. Ibi Calligonen etiam cum Callisthene inveniunt. Hic eam, postquam rapuisset, honeste habuerat, ac, mutata vitae

ratione, ad frugem redierat, & in bello contra Thraces
additus Sostrato collega, egregiam patriae navaverat operam: neque tamen ipse adhuc puellae matrimonio potitus
erat. Itaque Hippias & Sostratus eodem die liberorum nuptias celebrant.

Atque ex hac quidem fabulae summa intelligitur, eam
argumentum habere satis magnum & varium, neque similitudine veri & consuetudine vitae abhorrens. Similes vero
laudes in singularum etiam partium compositione expoli-
tioneque tribuere ei non possumus. Primum ducitur ab
exordio parum verisimili: nam totam historiam narrat
Clitophon, auctori nunquam antea cognitus, sed casu
ad eandem spectandam tabulam, de Europae raptu, delatus; & quidem ita narrat, ut per octo libros nunquam
intermittat sermonem. Aliter apud veteres, v. c. Plato-
nem, qui, verisimilitudinis causa, narrationem, praesertim longiorem, interrumpunt, & ad res cum ipsis narran-
tibus coniunctas divertunt. Similiter Longus exordium
duxit a tabula picta: sed longe melius ipse solus consumsit
orationem descriptione casuum, quos tabula exhibebat.
Deinde illud magnopere desideramus, quod hominum,
quorum praecipuae sunt in fabula partes, indoles nec de-
pingatur, nec dictis factisque significetur iis, quae eius indicia prodant, nec forma exprimatur ingenii, animi, ac
morum. Quid est in Clitophonte, quod non in aliis plerisque eiusdem loci, aetatis, conditionisque sit iuvenibus?
quid in Leucippe, quin idem in omnibus fere liberaliter
& ingenue institutis puellis reperiatur? Neque aliorum hominum indoles moresque melius significantur. Contra ni-
mius est in descriptionibus, communi Sophistarum vitio,
v. c. regionum, locorum, urbium, tabularum, & inprimis, animi perturbationum, in quibus quidem omnibus
exsultat oratorie, & verborum sono fervet. Est omnino
utile & inprimis elegans, passionum, quibus animi moven-
tur, fontes rationesque describere, sed ita ut ex ipsis factis & rebus cognoscamur, neque lector subito ad aliam
quasi picturam convertatur, sed leniter ipsa serie narratio-

nis ductus, motuum originem, fucceffionem, exituumque cognofcat. Atque in his locis philofophum agit Tatius, fed ita, ut quafi ex Sophiftae commentario fententias & rationes afferat. In aliis vero libri partibus multo plus habet diligentiae atque verifimilitudinis, veluti in colloquiis atque orationibus. Sed quod initio iam dixeramus, habet Nofter magnam cum Heliodoro convenientiam, & cum aliis, qui vel perierunt, vel adhuc in bibliothecis latent: quofque omnes a Diogenis Antonii imitatione pendere, auctor eft Photius Cod. 166. Heliodorus argumento compofitioneque ad heroicum carmen vel tragoediam accedit. Omnino fi Aethiopica ut poëma fpectentur, multa probabuntur, vel certe mitigabuntur legentium fenfu, quae in hiftoria, aut fimili opere, haudquaquam ferenda fint. Achilles contra manet in quotidianae vitae lege ac confuetudine, & propior eft comoediae: & nonnunquam ad hilaritatem & feftivitatem reminitur. Sed longum eft de hac fabula in utramque partem difputare. Laudes eius praecipuae funt duae: altera, doctrina varia & iucunda, partim ex philofophia, partim ex aliarum rerum fcientia, gentium locorumque petita; altera, ftilus elegans, verfus, quamquam, uno alteroque loco, verborum novitate ac fono, compofitionifque curiofitate laborans.

ΑΧΙΛΛΕΩΣ ΤΑΤΙΟΥ

ΑΛΕΞΑΝΔΡΕΩΣ

ΟΙ ΠΕΡΙ

ΚΛΕΙΤΟΦΩΝΤΑ ΚΑΙ ΛΕΥΚΙΠΠΗΝ

ΛΟΓΟΙ Η

ΑΧΙΛΛΕΩΣ ΤΑΤΙΟΥ

ΑΛΕΞΑΝΔΡΕΩΣ

ΤΩΝ ΠΕΡΙ

ΚΛΕΙΤΟΦΩΝΤΑ ΚΑΙ ΛΕΥΚΙΠΠΗΝ·[1]

ΛΟΓΟΣ ΠΡΩΤΟΣ.

ΣΙΔΩΝ ἐπὶ θαλάττῃ πόλις, Ἀσσυρίων ἡ θάλασσα, μήτηρ Φοινίκων ἡ πόλις, Θηβαίων ὁ δῆμος πα-

ACHILLIS TATII

ALEXANDRINI

DE

CLITOPHONTIS ET LEUCIPPES

AMORIBUS

LIBER PRIMUS.

SIDON Phoeniciae princeps civitas, Thebanorumque
generis origo, in Assyrii maris litore posita est. Gemi-

---

1 Variat inscriptio. Quidam: περὶ Λευκίππης καὶ Κλειτοφῶντος, quod vulgarius est. Suidas: Ἀχιλλεὺς Τάτιος, ὁ γράψας τὸ ΚΑΤΑ Λευκ. καὶ Κλ. quod & Cod. Angl. pro varia lectione superscriptum est. Aeque recte, Longus: τῶν ΚΑΤΑ Δάφνιν καὶ Χλόην. Et Eustathius: ΚΑΘ' Ἰσμηνίαν καὶ Ἰσμήνην.

τήρ[1]. Δίδυμος λιμὴν ἐν κόλπῳ πλατὺς, ἠρέμα κλείων
τὸ πέλαγος. ᾗ γὰρ ὁ κόλπος κατὰ πλευρὰν ἐπὶ δεξιὰ
κοιλαίνεται, στόμα δεύτερον ὀρώρυκται, καὶ τὸ ὕδωρ
αὖθις εἰσρεῖ, καὶ γίνεται τοῦ λιμένος ἄλλος λιμὴν, ὡς
χειμάζειν μὲν ταύτῃ[2] τὰς ὁλκάδας ἐν γαλήνῃ, θερί-
ζειν δὲ τοῦ λιμένος εἰς τὸ προκόλπιον. Ἐνταῦθα ἥκων
ἐκ πολλοῦ χειμῶνος, σῶστρα τε ἔθυον ἐν αὐτῷ[3] τῇ
τῶν Φοινίκων· καλοῦσιν αὐτὴν Ἀστάρτην[4] οἱ Σιδόνιοι.
Περιὼν οὖν καὶ τὴν ἄλλην πόλιν καὶ περισκοπῶν τὰ
ἀναθήματα, ὁρῶ γραφὴν ἀνακειμένην γῆς ἅμα καὶ

rum ea portum amplo admodum finu, verum aditu an-
guſto, maris aquam ſenſim accipiente, complectitur. Ubi
enim dexterum finus latus curvatur, aditus illic alter patet: per quem aqua rurſum illabitur: itaque portus por-
tui adiungitur, ut in illo hieme, aeſtate in hoc, tutam
naves habeant ſtationem. Eo cum ex alto tempeſtate reie-
ctus fuiſſem, Phoenicum Deae, Sidoniæ Aſtarten vocant,
quae pro recepta ſalute conſueverunt, ſacra feci. Deinceps cum alia civitatis loca perluſtrarem, ac in Deorum
templis munera tholis ſuſpenſa contemplarer, tabulam
animadverti pictam, terram ac mare, nec non Europæ fa-

1 Iſidorus Orig. XV, 1: *Phoenices a rubro mari profecti, Sidonem urbem opulentiſſimam condi-
derunt . . . Ipſi etiam Tyrum in
Syria — ipſi Thebas in Bœotia.*
Diſertis etiam verbis Plinius V,
c. 19: *Sidon artifex vitri, Theba-
rumque Bœotiarum parens.*

2 Ἐκ χειμάζειν μὲν ταύτῃ)
Legebatur in editione Palatina,
ἐν ταύτῃ. Et ſic etiam habet Anglicanus Codex. Sed Florentinus
& Romanus, ut & Regii, legunt:
μὲν ταύτῃ· unde ſuſpiceris, olim
fuiſſe: μὲν ἐν ταύτῃ.

3 Ἐν αὐτῷ) Intell. τῷ λιμένι.

Nam in ipſis portubus ſana Diis
extructa erant. Nota quoque Venus ὑψαία· v. ad Horat. C. I, v.
1. At Cod. Bav. cum ed. Com-
melin. leg. ἱμαντοῦ, minus bene.

4 Ἀστάρτην) Cicero de Nat.
Deorum L. III, c. 23: *Venus prima Coelo & Die nata — altera,
ſpuma procreata — tertia, Iove
nata & Diana, quæ nupſit Vulcano — quarta, Syria, Tyroque
concepta: quæ Aſtarte vocatur:
quam Adonidi nupſiſſe proditum eſt.*
De hac conſule Io. Seldeni de
diis Syris Syntagma II, c. 2.

θαλάσσης. Εὐρώπης ἡ γραφή. Φοινίκων ἡ θάλαττα, Σιδῶνος ἡ γῆ. Ἐν τῇ γῇ λειμών, καὶ χορὸς παρθένων. Ἐν τῇ θαλάττῃ ταῦρος ἐνήχετο, καὶ τοῖς νώτοις καλὴ παρθένος ἐπεκάθητο, ἐπὶ Κρήτην [τῷ ταύρῳ] πλέουσα. Ἔκόμα πολλοῖς ἄνθεσιν ὁ λειμών. δένδρων αὐτοῖς ἀνεμέμικτο φάλαγξ καὶ φυτῶν. συνεχῆ τὰ δένδρα. συνηρεφῆ τὰ πέταλα. συνῆπτον αἱ πτόρθοι τὰ φύλλα, καὶ ἐγίνετο τοῖς ἄνθεσιν ὄροφος ἡ τῶν φύλλων συμπλοκή. ¹ ἔγραψεν ὁ τεχνίτης ὑπὸ τὰ πέταλα καὶ τὴν σκιάν· καὶ ὁ ἥλιος ἠρέμα τοῦ λειμῶνος κάτω σποράδην διέρρει, ὅσον τὸ συνηρεφὲς τῆς τῶν φύλλων κόμης ἀνέῳξεν ὁ γραφεύς. Ὅλον ἐτείχιζε τὸν λειμῶνα περιβολή· εἴσω δὲ τοῦ τῶν ὀρόφων στεφανώματος ὁ λειμὼν ἐκάθητο. αἱ δὲ πρασιαὶ τῶν ἀνθῶν ὑπὸ τὰ πέταλα τῶν φυτῶν στιχηδὸν ἐπεφύκεσαν, νάρκισσος, καὶ ῥόδα,

...bulam, contuentem: ac mare Phoenicum, Sidoniorum terra esse dignoscebatur. In terra pratum erat virginibus refertum. In mari taurus natabat, formosamque humeris puellam sustinens Cretam versus cursum tenebat. Pratum multa florum varietate distinctum, arborumque & fruticum copia intersitum erat: quarum rami atque frondes mutuo complexu ita sese nectebant, ut recti usum floribus praestarent. Umbram quin etiam sub frondibus pictor effinxerat eo artificio, ut locis aliquot radii solis modice pratum illustrarent, tantum scilicet, quantum quidem contextas frondes patere voluit pictor. Ceterum harundinum corona pratum universum undique muniebat. Sub foliis fruticum, narcisso, rosa, myrtoque, ordinatim sati pul-

---

1 Ἡ τῶν φύλλων συμπλοκή) Ita exhibet Palat. Cod. cum Angl. & interprete Latino. At Regii & Florentinus: ἡ τῶν φ. συνέχεια, ex interpretamento. Pariter infra l. 15 init. αἱ γείτονες τῶν πετάλων περιπλοκαί.

καὶ μυρρίναι. ὕδωρ δὲ κατὰ μέσον ἔρρει τοῦ λειμῶνος
τῆς γραφῆς. τὸ μὲν ἀναβλύζον κάτωθεν ἀπὸ τῆς γῆς,
τὸ δὲ τοῖς ἄνθεσιν καὶ τοῖς φυτοῖς περιχεόμενον. ὀχετη-
γός τις ἐγέγραπτο δίκελλαν κατέχων, καὶ περὶ μίαν
ἀμάραν κεκυφὼς, καὶ ἀνοίγων τὴν ὁδὸν τῷ ῥεύματι. Ἐν
δὲ τῷ τοῦ λειμῶνος τέλει πρὸς ταῖς ἐπὶ θάλατταν
τῆς γῆς ἐκβολαῖς τὰς παρθένους ἔταξεν ὁ τεχνίτης. τὸ
σχῆμα ταῖς παρθένοις καὶ χαρᾶς καὶ φόβου. στέ-
φανοι περὶ τοῖς μετώποις δεδεμέναι· κόμαι κατὰ τῶν
ὤμων λελυμέναι· τὸ σκέλος ἅπαν γεγυμνωμέναι· τὸ
μὲν ἄνω, τοῦ χιτῶνος, τὸ δὲ κάτω, τοῦ πεδίλου· τὸ
γὰρ ζῶσμα μέχρι γόνατος ἀνεῖλκε τὸν χιτῶνα. τὸ
πρόσωπον ὠχραί· σεσηρυῖαι τὰς παρειάς· τοὺς ὀφθαλμοὺς ἀνοίξασαι πρὸς τὴν θάλατταν· μικρὸν ὑπεκε-
χηνυῖαι τὸ στόμα, ὥσπερ ἀφήσειν ὑπὸ φόβου μέλ-
λουσαι καὶ βοήν· τὰς χεῖρας ὡς ἐπὶ τὸν βοῦν ὤρεγον.
ἐπέβαινον ἄκρας τῆς θαλάττης, ὅσον ὑπεράνω μικρὸν
τῶν ταρσῶν ὑπερέχειν τὸ κῦμα· ἐῴκεισαν δὲ βούλε-

vini cernebamur. Sed & ima ex terra scatebat fons, qui
medium pratum, floresque ac plantas, hac illac discur-
rens, irrigabat. Nec deerat, qui, summo ligone rivulo
imminens, aquae viam patefaceret. In ea prati parte,
quae mare attingebat, virgines pictor expresserat, vultu
cum hilaritatem, tum moerorem indicantes. Corollae iis
in capite erant, crines per humeros effusi, pedes vinculis exuti, crura vestibus, zona genutenus succinctis, nu-
data: os pallidum, genae contractae, oculi mare intuen-
tes, labia nonnihil hiulca, quasi prae metu vox praeclu-
sa fuisset, manus taurum versus protentae. Ad mare autem eo usque processeram, ut pedis partem superiorem
aqua pertingeret: corporis totius status is erat, ut & ad

σθαι μὲν ὡς ἐπὶ τὸν ταῦρον δραμεῖν, ζοβεῖσθαι δὲ
τῇ θαλάττῃ προσελθεῖν. Τῆς δὲ θαλάττης ἡ χροιὰ
διπλῆ· τὸ μὲν γὰρ πρὸς τὴν γῆν ὑπέρυθρον, κυά-
νεον δὲ τὸ πρὸς τὸ πέλαγος. ἀφρὸς ἐπεποίητο[1], καὶ
πέτραι, καὶ κύματα. αἱ πέτραι τῆς γῆς ὑπερβεβλη-
μέναι, ὁ ἀφρὸς περιλευκαίνων τὰς πέτρας, τὸ κῦμα
κορυφούμενον καὶ ἐπὶ τὰς πέτρας λυόμενον εἰς τοὺς
ἀφρούς. Ταῦρος δὲ μέσῃ τῇ θαλάττῃ ἐγέγραπτο τοῖς
κύμασιν ἐποχούμενος, ὡς ὄρους ἀναβαίνοντος τοῦ κύματος, ὅθεν καμπτόμενον τοῦ βοὸς κυρτοῦται τὸ σκέλος.
Ἡ παρθένος μέσοις ἐπεκάθητο τοῖς νώτοις τοῦ βοός,
οὐ περιβάδην, ἀλλὰ κατὰ πλευράν, ἐπὶ δεξιὰ συμ-
βᾶσα τὼ πόδε, τῇ λαιᾷ τοῦ κέρως ἐχομένη, ὥσπερ
ἡνίοχος χαλινοῦ. καὶ γὰρ ὁ βοῦς ἐπέστραπτο ταύτῃ
μᾶλλον πρὸς τὸ τῆς χειρὸς ἕλκον ἡνιοχούμενος. Χιτὼν
ἀμφὶ τὰ στέρνα τῆς παρθένου μέχρις αἰδοῦς, τοὐντεῦ-

raurum contendere velle, & undis credere se vereri viderentur. Mari color inerat duplex: terrae enim propinquior pars subrubebat; remotior vero & profundior cae-
rulea erat. Efficta quoque erat & spuma, & scopuli, & fluctus. Illic scopuli etiam e terra proiecti exstabant: quos
e tumescentibus & saxo allisis fluctibus facta spuma deal-
babat. Medio in mari pictus taurus ab undis vehebatur,
montis instar attollente se unda, qua bovis crura flecte-
bantur. Tauri dorso virgo insidebat, non equitum more,
sed utrisque dexterorum in latus pedibus apte demissis; lae-
vaque cornu, quomodo habenas aurigae solent, tenebat:
manum enim taurus sequebatur. Virginis pectus ad pu-
denda usque alba tunica, corpus reliquum purpurea lae-

---

1 Τὸ μὲν γὰρ — ἐπεποίητο) Ita corr. Salmasius, cum antea legeretur: τὸ μὲν γὰρ πρὸς τὴν γῆν, ὑπέρυθρον καὶ κυάνεον· τὸ δὲ πρὸς τὸ πέλαγος, ἀφρὸς ἐπεποίη- το &c.

ἣν ἐπεκάλυπτε χλαῖνα τὰ κάτω τοῦ σώματος. λευκὸς ὁ χιτών· ἡ χλαῖνα πορφυρᾶ. τὸ δὲ σῶμα διὰ τῆς
ἐσθῆτος ὑπεφαίνετο. βαθὺς ὀμφαλός, γαστὴρ τετα-
μένη, λαπάρα στενή· τὸ στέρνον εἰς ὀξὺ καταβαῖνον
ηὐρύνετο. μαζοὶ τῶν στέρνων ἠρέμα προκύπτοντες. ἡ
συνάγουσα ζώνη τοὺς μαζοὺς καὶ τὸν χιτῶνα ἔκλει-
σεν, καὶ ἐγίνετο τοῦ σώματος κάτοπτρον ὁ χιτών. Αἱ χεῖρες ἄμφω διετέταντο, ἡ μὲν ἐπὶ κέρας, ἡ δὲ ἐπὶ οὐράν. ἤρτητο δὲ ἀμφοῖν ἑκατέρωθεν ὑπὲρ τὴν κεφαλὴν
ἡ καλύπτρα κύκλῳ τῶν νώτων ἐμπεπετασμένη· ὁ δὲ
κόλπος τοῦ πέπλου πάντοθεν ἐτέτατο κυρτούμενος· καὶ
ἦν οὗτος ἄνεμος τοῦ ζωγράφου. ἡ δὲ δίκην ἐπεκάθητο
τῷ ταύρῳ πλεούσης νηός, ὥσπερ ἱστίῳ τῷ πέπλῳ
χρωμένη [1]. Ἐπὶ δὲ τὸν βοῦν ὠρχοῦντο δελφῖνες, ἔπαι-
ζον Ἔρωτες. εἶπες ἂν αὐτῶν ἐγγεγράφθαι καὶ τὰ κι-
νήματα. Ἔρως εἷλκε τὸν βοῦν, Ἔρως, μικρὸν παιδίον
ἡπλώκει τὸ πτερόν, ἤρτητο φαρέτραν, ἐκράτει τὸ πῦρ·

na contegebatur: omnia tamen per vestem cernere licebat. Nam & profundus umbilicus, & planus venter, &
angusta ilia, pectus in acutum dilatabatur, papillae modice tumebant, zonaque adducta una cum tunica, quae
corporis speculum erat, succingebantur. Manu altera cornu, caudam altera virgo apprehenderat, & utrifque humeris etiam capitis tegmen utrinque circum humeros ef-
fufum fuftinebat: cuius finum depictus ventus ita implebat, ut omni ex parte imumefceret. Puella tauro infidens
navis inftar ferebatur, peplo veli ufum praebente. Tauro delphini affultabant, illudebant Amores: quorum quidem motus etiam illic pictos efse diceres. Alter Amor taurum trahebat, alter parvulus infanti alas expandens, pha-

1. Moschus: Κολπώθη δ' ἄνεμος πέπλος βαθὺς Εὐρωπείης,
Ἱστίον ἠΰτε νηός.

ἐπέστραπτο δὲ ὡς ἐπὶ τὸν Δία καὶ ὑπεμειδία, ὥσπερ
αὐτοῦ καταγελῶν, ὅτι δι᾽ αὐτὸν γέγονε βοῦς.

β΄. Ἐγὼ δὲ καὶ τ᾽ ἄλλα μὲν ἐπῄνουν τῆς γρα-
φῆς· ἅτε δὲ ὢν ἐρωτικὸς, περιεργότερον ἔβλεπον τὸν
ἄγοντα τὸν βοῦν Ἔρωτα. καὶ, Οἷον, εἶπον, ἄρχει βρέ-
φος οὐρανοῦ, καὶ γῆς, καὶ θαλάττης; Ταῦτά μου λέγοντος, νεανίσκος καὶ αὐτὸς παρεστώς· Ἐγὼ ταῦτα
ἂν εἰδείην, ἔφη, τοσαύτας ὕβρεις ἐξ ἔρωτος παθών.
Καὶ, Τί πέπονθας, εἶπον, ὦ ἀγαθέ; καὶ γὰρ ὁρῶ
σου τὴν ὄψιν οὐ μακρὰν τῆς τελετῆς τοῦ θεοῦ. Σμή-
νος ἀνεγείρεις, ἔφη, λόγων. τὰ γὰρ ἐμὰ, μύθοις
ἔοικε. Μὴ κατοκνήσῃς, ὦ βέλτιστε, ἔφην, πρὸς τοῦ
Διὸς καὶ τοῦ Ἔρωτος αὐτοῦ, ταύτῃ μᾶλλον ὁπόσῳ,
εἰ καὶ μύθοις ἔοικε. Καὶ ταῦτα δὴ λέγων, ἀξιοῦμαί

retiam gestans, faces vibrans; atque ad Iovem conversus ridebat, quasi eum, quod sua opera in taurum muta-
tarus esset, irrideret.

II. Ego igitur cum alias picturae partes laudabam, tum,
quod & ego amori indulgeo, Cupidinem taurum trahentem accuratius intuens, ita mecum loquebar: En ut in-
fantis iussa coelum, terra, mare faciunt? Tum adolescens,
qui tum forte aderat, meaque verba intellexerat: Huius
equidem, inquit, ego quoque rei testis esse possum, cui
tot amoris causa incommoda evenerunt. Tum ego, Cu-
iusnam modi sunt, inquam, o bone vir, quae perpessus
fuisti? tuus enim adspectus huius Dei mysteriis te non
abhorrentem declarat. Tum ille: Ad permixtam, inquit,
confusamque rerum seriem commemorandam me revo-
cas: fabulis enim ea omnia similia sunt. Tum ego: Ne per
Iovem, perque Amorem ipsum, inquam, molestum tibi
sit, hac me ratione magis iuvare, tametsi fabulosa videantur. Haec cum dixissem, manu prehensum hominem vici-

τε αὐτὸν, καὶ ἐπί τινος ὁ᾿σσας ἄγων ἡγίτασς, ἵνα
πλάταναι μὲν ἐπιφύκεισαν πολλαὶ καὶ πυκναὶ, παρ-
έρρει δὲ ὕδωρ ψυχρῶ τε καὶ διαυγὲς, οἷον ἀπὸ χιόνος
ἄρτι λυθείσης ἄρχεται. ¹ Καθίσας οὖν αὐτὸν ἐπί τινος
θώκου χαμαιζήλου, καὶ αὐτὸς παρακαθισάμενος·
Ὥρα νῦν, ἔφην, τῆς τῶν λόγων ἀκροάσεως· πάντως
δὲ ὁ τοιοῦτος τόπος ἡδὺς, καὶ μύθων ἄξιος ὑπάρχει
ἐρωτικῶν.

γ´. Ὁ δὲ ἄρχεται λέγων ὧδε· Ἐμοὶ Φοινίκη γένος. Τύρος ἡ πατρὶς, ὄνομα Κλειτοφῶν, πατὴρ Ἱπ-
πίας, ἀδελφὸς πατρὸς Σώστρατος. οὐ πάντως δὲ ἀδελ-
φοὶ, ἀλλ᾽ ἔσω ἀμφοῖν εἷς πατήρ· αἱ γὰρ μητέρες,
τῷ μὲν, ἦν Βυζαντία, τῷ δὲ ἐμῷ πατρὶ, Τυρία. Ὁ
μὲν οὖν τὸν πάντα χρόνον εἶχεν ἐν Βυζαντίῳ· πολὺς
γὰρ ὁ τῆς μητρὸς κλῆρος ἦν αὐτῷ. ὁ δὲ ἐμὸς πατὴρ
ἐν Τύρῳ κατῴκει. τὴν δὲ μητέρα οὐκ οἶδα τὴν ἐμήν

num quoddam in nemus perduxi, ubi permultae atque
opacae platani succreverant, perspicuaque ac tanquam
nuper liquefacta nive, frigida aqua dimanabat. Illic cum
humili quodam in loco sedere hominem iussissem, ipseque
pariter assedissem: Tempus est, inquam, initium narrandi ut facias. Delectationis omnino locus hic plenus, ama-
toriisque fabellis plane dignus est.

III. Tum ille ab hoc principio exorsus est dicere: Gen-
tis mihi origo e Phoenicia est, patria Tyrus, nomen Clitophon, pater Hippias, patris frater Sostratus, quod quidem ad patrem attinet: nam matres duae fuere, Sostrati
Bysantia, Hippiae Tyria. Sostratus Byzantii, propterea
quod inibi matris hereditatem sane non exiguam creverat, semper commoratus est: pater meus Tyri. Matrem

¹ Ἄρχεται) Sic Fl. cum Regin.   & ipsum probum. Salm. insuper
Al. Angl. cum aliis: ἄρχεται, quod   legendum coni. ἄρχεται. Temere,

ἔτι νηπίᾳ γάρ μοι τέθνηκεν. ἐδόκει δὲ τῷ πατρὶ γυναικὸς ἑτέρας, ἐξ ἧς ἀδελφή μοι Καλλιγόνη γίνεται.
καὶ ἐδόκει μὲν τῷ πατρὶ συνεῖναι μᾶλλον ἡμᾶς γά-
μῳ· αἱ δὲ μοῖραι τῶν ἀνθρώπων κρείττους, ἄλλην
ἐτήρουν μοι γυναῖκα. Φιλεῖ δὲ τὸ Δαιμόνιον πολλάκις ἀνθρώποις τὸ μέλλον νύκτωρ λαλεῖν· οὐχ ἵνα φυ-
λάξωνται μὴ παθεῖν· οὐ γὰρ εἱμαρμένης δύνανται
κρατεῖν· ἀλλ' ἵνα κουφότερον πάσχωσι πίπτωσιν. τὸ
μὲν γὰρ ἐξαίφνης ἀθρόον καὶ ἀπροσδόκητον ἐκπλήσσει
τὴν ψυχήν, ἄφνω προσπεσὸν, καὶ καταβάπτισε· τὸ
δὲ πρὸ τοῦ παθεῖν προσδοκώμενον, κατηγαλῶσε κατὰ
μικρὸν μελετώμενον τοῦ πάθους τὴν ἀκμήν. Ἐπεὶ γὰρ
εἶχον ὕνατον ἔτος ἐπὶ τοῖς δέκα, καὶ παρασκευάζων
ὁ πατὴρ εἰς νέωτα ποιῆσαι τοὺς γάμους, ἤρχετο τοῦ
δράματος ἡ τύχη. Ὄναρ ἐδόκουν συμφῦναι τῇ παρθένῳ τὰ κάτω μέρη μέχρις ὀμφαλοῦ, δύο δ' ἐντεῦ-

Ipſe meam nunquam vidi, ut quae ſuum infante me obierit diem: itaque alteram ſibi pater uxorem adiunxit: ex
qua ſororem mihi nomine Calligonen genuit, quam mihi
uxorem dare decreverat. Sed potentiora hominibus fata
mihi aliam ſervabant. Frequenter autem Dei mortalibus
futura in ſomnis pronuntiare conſueverunt, non quo mala praecavendo evitem, neque enim fato iri obviam poteſt, ſed quo aequiore, cum evenerint, animo feram. Re-
pentina enim & inexſpectata perculſam improviſo adventu mentem frangunt atque proſternunt: praeviſa vero, &
praeſenſa, dum ad eorum cogitationem animus pedeten-
tim deducitur, longe minus affligunt. Itaque cum nonum
& decimum agerem annum, nuptiaſque non ita multo
poſt pater facturus eſſet, fabulam fortuna incoeptavit.
Nam cum me quieti dediſſem, viſus ſum ita cum virgine
coniungi, ut a capite ad umbilicum uſque duo corpora

θεῖν τὰ ἄνω σώματα. ἐφίσταται δέ μοι γυνὴ φοβερὰ
καὶ μεγάλη, τὸ πρόσωπον ἀγρία, ὀφθαλμὸς ἐν αἵματι, βλοσυραὶ παρειαί, ὄφεις αἱ κόμαι· ἅρπην
ἐκράτει τῇ δεξιᾷ, δᾷδα τῇ λαιᾷ. ἐπιπεσοῦσα οὖν μοι
θυμῷ, καὶ ἀνατείνασα τὴν ἅρπην, καταφέρει τῆς
ἰξύος, ἔνθα τῶν δύο σωμάτων ἦσαν αἱ συμβολαί, καὶ
ἀπέκοπτέ μου τὴν παρθένον. περιδεὴς οὖν ἀναθορὼν ἐκ
τοῦ δείματος. φράζω μὲν πρὸς οὐδένα, κατ' ἐμαυτὸν
δὲ πονηρὰ ἐσκεπτόμην. Ἐν δὲ τούτῳ συμβαίνει τοιάδε.
Ἦν ἀδελφὸς, ὡς ἴφη, τοῦ πατρὸς Σώστρατος. παρὰ
τούτου τὶς ἔρχεται κομίζων ἐπιστολὴν ἀπὸ Βυζαντίου·
καὶ ἦν τὰ γεγραμμένα τοιάδε·

> Ἱππίᾳ τῷ ἀδελφῷ χαίρειν Σώστρατος.

Ἥκουσι πρὸς σὲ θυγάτηρ ἐμὴ Λευκίππη, καὶ Πανθία γυνή. πόλεμος γὰρ περιελαύνει [1] Βυζαντίους Θρα-

essemus, deinceps vero in unum coaluissemus, mulieremque adspectu horribili, magna statura, vultu agresti, san-
guineis oculis, genis asperis, vipereis crinibus, falcem
dextera, laeva faculam tenentem, nobis imminere; atque
iratam extenta falce plagam, qua duo in unum corpora
coierunt, imponere, virginemque a me abscindere. Quam
ob rem timore perculsus, ac ex somno excitatus, mala
haec nemini palam feci: sed in eorum cogitatione solus
versabar. Interea Bysantio literae ab eo, quem dixi, patris mei fratre, hoc exemplo allatae sunt:

> *Sostratus Hippiae fratri S. D.*

Leucippe filia, & Panthia uxor mea proficiscuntur ad
te: bellum enim a Thracibus Bysantiis infertur. Tu caris-

---

1 Περιελαύνει) Flor. περιελαμ-
βάνει· atque bene. Alterum tamen aptius h. l. videtur. Nam &
equitatum, quo fere Thraces in
bello utebantur, innuit, & Byzantiorum metum rei male ge-
rendae declarat. Ad rem Polyb.
IV, 8. 45: Αἰτίαν ἴσχουσι (Βυζαν-
τίοι) πόλεμον καὶ εὐσχημ---
τούτους (Θρᾳκας.)

κακός. Σῶζε δέ μοι τὰ φίλτατα τοῦ γένους μέχρι τῆς
τοῦ πολέμου τύχης.

δ΄. Ταῦτα ὁ πατὴρ ὁ ἀναγνοὺς, ἀνασπηδᾷ, καὶ ἐπὶ
τὴν θάλατταν ἐκτρέχει, καὶ μικρὸν ὕστερον αὖθις ἐπα-
νῆκεν. εἵπετο δὲ αὐτῷ κατόπιν πολὺ πλῆθος οἰκετῶν
καὶ θεραπαινίδων, ἃς συνεκπέμψας ὁ Σώστρατος ἔτυχε ταῖς γυναιξίν. Ἐν μέσῳ δὲ ἦν γυνὴ μεγάλη καὶ
πλουσία τῇ στολῇ. ὡς δὲ ἐπέτεινα τοὺς ὀφθαλμοὺς
ἐπ᾽ αὐτὴν, ἐν ἀριστερᾷ παρθένος ἐμφαίνεταί μοι, καὶ
καταστράπτει μοῦ τοὺς ὀφθαλμοὺς τῷ προσώπῳ.
τοιαύτην εἶδον ἐγώ ποτε ἐπὶ ταύρῳ γεγραμμένην Εὐ-
ρώπην· ὄμμα γοργὸν ἐν ἡδονῇ · [1] κόμη ξανθὴ, τὸ ξαν-
θὸν οὖλον · ὀφρὺς μέλαινα, τὸ μέλαν ἄκρατον · λευκὴ
παρειά· τὸ λευκὸν εἰς μέσον ἐφοινίσσετο, καὶ ἐμιμεῖτο πορφύραν, οἵαν εἰς τὸν ἐλέφαντα [2] Λυδὴ βάπτει

sima pignora nobis ad belli exitum usque custodi. Vale.

IV. Cognita literarum sententia consurrexit pater, statimque ad mare se contulit: atque haud multo post magna cum servorum, ancillarumque, quas cum uxore ac
filia Sostratus miserat, turba sequente reversus est. Inter
eas mulier erat procera, pretiosamque stolam induta: in
quam simul atque oculos intendi, ad sinistram virgo ince-
dens mihi apparebat, cuius adspectus vehementer tange-
bat oculos meos. Sic ego depictam videram Europam in
tauro. Erant ei quadam cum iucunditate truces oculi, crines flavi crispique, supercilia puro nigrore delibuta, genae candidae: nisi quod earum medium rubore, purpuram,
qua Lydiae mulieres ebur inficiunt, imitante suffusum

1 Anacr. XXIX, 12: Μέλαν ὄμμα γοργὸν ἔσσω, Κυαναυγέων γε-
λώσῃ. Adde Sil. It. V, 562, de Sci-
pione: Flagrabant lumina mili Adspectu, gratusque innatus visentibus
horror.

2 Claudian. R. Prof. I, 274:
non sic dives ardet ebur, Lydia
Sidonio quod femina tinxerit ostro;
coll. Hom. Il. IV, 141, & Virg.
Aen. XII, 67.

γυνή· τὸ στόμα ῥόδων ἄνθος ἦν, ὅταν ἄρχηται τὸ ῥόδον ἀνοίγειν τῶν φύλλων τὰ χείλη. Ὡς δὲ εἶδον, εὐθὺς ἀπωλώλειν· κάλλος γὰρ ὀξύτερον τιτρώσκει βέλους, καὶ διὰ τῶν ὀφθαλμῶν εἰς τὴν ψυχὴν καταρρεῖ. [1]
ὀφθαλμὸς γὰρ ὁδὸς ἐρωτικῷ τραύματι. Πάντα δέ με
εἶχεν ὁμοῦ, ἔπαινος, ἔκπληξις, τρόμος, αἰδώς, ἀναί-
δεια· ἐπῄνουν τὸ μέγεθος, ἐκπεπλήγμην τὸ κάλλος,
ἔτρεμον τὴν καρδίαν, ἔβλεπον ἀναιδῶς, ᾐδούμην ἁλῶναι.
τοὺς δὲ ὀφθαλμοὺς ἀφέλκειν μὲν ἀπὸ τῆς κόρης ἐβια-
ζόμην· οἱ δὲ οὐκ ἤθελον, ἀλλ᾽ ἀνθεῖλκον ἑαυτοὺς ἐπὶ
τῷ τοῦ κάλλους ἑλκόμενοι πείσματι [2], καὶ τέλος,
ἐνίκησαν.

ε'. Αἱ μὲν δὴ κατήγοντο πρὸς ἡμᾶς, καὶ αὐταῖς

etae : os rosae foliorum labra aperire incipienti persimile.
Itaque statim, ut eam contemplatus sum, occidi. Forma
enim ad inferendum vulnus telo acutior est, per oculosque amatorio vulneri aditum patefaciens in animum pe-
netrat. Omnia me simul agitabant, laus, admiratio, tre-
mor, pudor, impudentia; & proceritatem laudare, & pulchritudine obstupefieri, & corde tremere, & oculis lascivius intueri, ac ne deprehenderer vereri coactus sum : si-
neque oculos a virgine avertere conabar; sed illi repu-
gnabant, formaeque suavitate pellecti eo sese referebant,
& victoria tandem potiri sunt.

V. Ceterum mulieribus intro ad nos ductis, domusque

1 Musaeus v. 91 seqq.
Κάλλος γὰρ περίπυστον ἀμωμή-
    τοιο γυναικὸς
Ὀξύτερον μερόπεσσι πέλει πτε-
    ρόεντος ὀϊστοῦ.
Ὀφθαλμὸς δ᾽ ὁδός ἐστιν· ἀπ᾽ ὀφ-
    θαλμοῖο βολάων
Ἕλκος ὀλισθαίνει, καὶ ἐπὶ φρέ-
    νας ἀνδρὸς ὁδεύει.
Εἷλε δέ μιν τότε θάμβος, ἀναι-
    δείη, τρόμος, αἰδώς.

Ἔτρεμε μὲν κραδίην, αἰδὼς δέ μιν
    εἶχεν ἀλεῖναι.
Θάμβει δ᾽ αἰδοῖ ἀμείβων,
    ἀντιθορὼν αἰδώς.

2 Τῷ τοῦ κάλλους ἑλκόμενοι
πείσματι) Formae illicio pellecti
& adducti. Sic reponere placuit
Salmasio, pro vulgata lectione
πταίσματι. In aliis Codicibus,
πτώματι, non tam bene.

ὁ πατὴρ μέρος τὶ τῆς οἰκίας ἀποτεμόμενος, εὐτρεπίζει δεῖπνον. καὶ ἐπεὶ καιρὸς ἦν, συνεπίνομεν κατὰ δύο
τὰς κλίνας διαλαχόντες. οὕτω γὰρ ἔταξεν ὁ πατήρ·
αὐτὸς κἀγὼ τὴν μέσην, αἱ μητέρες αἱ δύο τὴν ἐν ἀριστερᾷ, τὴν δεξιὰν εἶχον αἱ παρθένοι. Ἐγὼ δὲ ὡς ταύτην ἤκουσα τὴν εὐταξίαν, μικροῦ προσελθὼν τὸν πατέρα κατεφίλησα, ὅτι μου κατ' ὀφθαλμοὺς ἀνέκλινε
τὴν παρθένον. Τί μὲν οὖν ἔφαγον, μὰ τοὺς θεοὺς, ἔγωγε οὐκ ᾔδειν. ἐῴκειν γὰρ τοῖς ἐν ὀνείροις ἐσθίουσιν. ἐρεί-
σας δὲ κατὰ τῆς στρωμνῆς τὸν ἀγκῶνα, καὶ ἐγκλί-
νας ἐμαυτὸν, ὅλως ἔβλεπον τὴν κόρην τοῖς προσώποις,
κλέπτων ἅμα τὴν θέαν· τοῦτο γάρ μοι ἦν τὸ δεῖπνον.
Ὡς δὲ ἦμεν ἀπὸ τοῦ δείπνου, παῖς ἔρχεται κιθάραν
ἁρμοσάμενος, τοῦ πατρὸς οἰκέτης, καὶ ψιλαῖς τὸ πρῶτον διατινάξας ταῖς χερσὶ, τὰς χορδὰς ἔκρουε· καί τι
κρουμάτιον ὑπαληγήνας ὑποψιθυρίζουσι τοῖς δακτύλοις,

parte quadam eis attributa, pater coenam parari iussit:
ac quoniam tempus eius venerat, bini singulis lectis accubuimus, huiusmodi ab Hippia ordine adhibito, ut ipse
& ego mediam, matres sinistram, dextram virgines obti-
nerent. Quod cum ipse animadvertissem, parum abfuit,
quin ad patrem, propterea quod virginem exadversum
oculis meis collocaverat, osculando procederem. Verum
enimvero quid in ea coena comederim, ita me Dii ament,
dicere haud scio, iis nimirum similis, qui coenare sese
somniant; sed cubito mensae innixus, ac toto capite in-
clinatus, puellam contemplabar, illius interim obtutus suf-
furans: atque hoc mihi coena erat. Posteaquam finis eden-
di factus est, e pueris domesticis unus cum cithara processit: ac primum nudis manibus fidem tentans, exilem
quendam sonum, digitis murmur adiuvantibus, edidit.

μετὰ ταῦτα ἤδη τῷ πλήκτρῳ τὰς χορδὰς ἔκρουεν, καὶ
ὀλίγον ὅσον κιθαρίσας συνῇδε τοῖς κρούμασι. τὸ δὲ
ᾆσμα ἦν, Ἀπόλλων μεμφόμενος φεύγουσαν τὴν Δάφνην, καὶ διώκων ἅμα καὶ μέλλων καταλαμβά-
νειν· καὶ γινομένη αὐτὸν ἡ κόρη, καὶ Ἀπόλλων τῷ φυτῷ
ἐπιδακρυόμενος. Τοῦτό μου μᾶλλον, [1] ἔσωθέν τις τέλος, τὴν ψυχὴν ἐξέκαυσεν. ὑπέκκαυμα γὰρ ἐπιθυμίας λόγος ἐρωτικός· κἂν τις σωφροσύνῃ τις ἑαυτὸν
νουθετῇ, τῷ παραδείγματι πρὸς τὴν μίμησιν ἐρεθίζε-
ται, καὶ μάλισθ' ὅταν ἐκ τοῦ κρείττονος ᾖ παρά-
δειγμα. ἣ γὰρ ἂν ἁμαρτάνει τις αἰδώς, τῷ τοῦ βελ-
τίονος ἀξιώματι παρρησία γίνεται. Καὶ ταῦτα πρὸς
ἐμαυτὸν ἔλεγον· Ἰδοὺ καὶ Ἀπόλλων ἐρᾷ κἀκεῖνος παρθένου, καὶ ἐρῶν οὐκ αἰσχύνεται, ἀλλὰ διώκει τὴν

Deinde sumto plectro, cum aliquantulum chordas percussisset, citharae sono vocem ipse suam addidit: concinuit-
que, ut fugientem Daphnen Apollo incusaret, simulque
persequeretur, ut iamiam comprehensurus esset, ut puella in arborem mutaretur: cuius ille frondibus coronam
sibi demum fingeret. Quae sane cantilena meo ardentiores
faces amori subiecit. Amatorius enim sermo vehemens
quaedam cupiditatis incitatio est. Ac quamquam ad tem-
perantiam aliquis comparatus est, exemplo tamen ad imi-
tandum trahitur; eoque facilius, quo nobilius proponitur
exemplum. Nam pudor, qui a peccando revocabat, prae-
stantioris alicuius dignitate loco pulsus, in licentiam com-
mutatur. Hisce itaque verbis memet alloquebar: An non
Apollinem amore captum esse, & pudorem abiecisse, &
virginem palam sequi vides? Quid tu igitur desidia tor-

1 Ita Florent. In aliis notatur
haec lectio: Τοῦτί μου μᾶλλον
δ'ἐσωτέρω τὴν ψυχὴν εἰς τέλος
ἔξω. quae sane magis convenit
cum vocibus μᾶλλον & εἰς τέλος.
Ceterum εἰς τέλος non habet Cod.
Bavar. & ed. Commel. & sane
post μᾶλλον rectius absunt, nisi
distinctione, quam nos induxi-
mus, servari posse putes.

παρθένον· σὺ δὲ ὁρᾷς καὶ αἰδῇ, καὶ ἀκαίρως σωφρονεῖς; μὴ κρείττων εἶ τοῦ θεοῦ;

ϛʹ. Ὡς δὲ ἦν ἑσπέρα, πρότεραι μὲν πρὸς ὕπνον
ἐτράπησαν αἱ γυναῖκες· μικρὸν δὲ ὕστερον καὶ ἡμεῖς·
εἰ μὲν δὴ ἄλλοι τῇ γαστρὶ μετρήσαντες τὴν ἡδονήν· ἐγὼ
δὲ τὴν εὐωχίαν ἐν τοῖς ὀφθαλμοῖς φέρων, τῶν τε τῆς
κόρης προσώπων γεμισθεὶς, καὶ ἀκράτῳ θεάματι,
καὶ μέχρι κόρου προελθὼν, ἀπῆλθον μεθύων ἔρωτι.
Ὡς δὲ εἰς τὸ δωμάτιον παρῆλθον, ἵνα μοι καθεύ-
δειν ἔθος ἦν, οὔτε ὕπνου τυχεῖν ἠδυνάμην. ἔστι μὲν γὰρ
φύσει καὶ τὰ ἄλλα νοσήματα, καὶ τὰ τοῦ σώματος τραύματα νυκτὶ χαλεπώτερα, καὶ ἐπανίσταται
μᾶλλον ἡμῖν ἡσυχάζουσιν, καὶ ἐρεθίζει τὰς ἀλγηδό-
νας. ὅταν γὰρ ἀναπαύηται τὸ σῶμα, τότε σχολάζει
τὸ ἕλκος νοσεῖν. τὰ δὲ τῆς ψυχῆς τραύματα, μὴ κι-
νουμένου τοῦ σώματος, πολὺ μᾶλλον ὀδυνᾷ. ἐν ἡμέρᾳ

pes, & pudore victus alieno tempore continentiam prae
te fers? Num tu Deo praestantior es?

VI. Ceterum cum advesperasset, primae cubitum ivere
mulieres; nec multo post nos: alii quidem coenae voluptatem veniri, ego vero oculis largitus. Nam puellae imagine, merisque obrutibus exsaturatus, ac plane amore ipso
ebrius, intra cubiculum, in quo cubare consueveram, me
recepi: ubi somnum nulla unquam ratione capere quivi.
Natura equidem ita fert, ut cum alii morbi, tum corporis vulnera noctu molestiora sint, & quiescentibus nobis vehementius intendantur, & maiores efficiant dolores:
quietem enim capientibus membris, vulneri otium datur
saeviendi. Nec sane alia est vulnerati animi conditio. Nam
dum motu corpus vacat, saucius ille maiorem in modum excruciatur. Oculi enim atque aures multis in re-

Achill. Tat.   B

γὰρ ὀφθαλμοὶ καὶ ὦτα πολλῆς γεμιζόμενα περιεργίας, ἐπικουφίζει τῆς νόσου τὴν ἀκμὴν, ἀποπεριά-
γοντα τὴν ψυχὴν τῆς εἰς τὸ πονεῖν σχολῆς. ἐὰν δὲ
ἡσυχία τὸ σῶμα πεδηθῇ, καθ᾽ ἑαυτὴν ἡ ψυχὴ γινομένη [1] τῷ κακῷ κυμαίνεται. πάντα γὰρ ἐξεγείρεται
τέως κοιμώμενα· τοῖς πενοῦσιν, αἱ λῦπαι· τοῖς μι-
ριμνῶσιν, αἱ φροντίδες· τοῖς κινδυνεύουσιν, οἱ φόβοι·
τοῖς ἐρῶσι, τὸ πῦρ. Περὶ δὲ τὴν ἕω μάλις ἐλεήσας με
τις ὕπνος, ἀνέπαυσεν ὀλίγον. ἀλλ᾽ οὐδὲ τότε μου τῆς
ψυχῆς ἀπελθεῖν ἤθελεν ἡ κόρη· πάντα δὲ ἦν μοι Λευκίππη τὰ ἐνύπνια, διελεγόμην αὐτῇ, συνέπαιζον, συνε-
δείπνουν, ἡπτόμην, πλείονα εἶχον ἀγαθὰ τῆς ἡμέρας.
καὶ γὰρ κατεφίλησα, καὶ ἦν τὸ φίλημα ἀληθινόν.
ὥστ᾽ ἐπειδή με ἤγειρεν ὁ οἰκέτης, ἐλοιδορούμην αὐτῷ
τῆς ἀκαιρίας, ἀπολέσας ὄνειρον οὕτω γλυκύν. Ἀρα-

bus interdiu occupatae, follicitudinum aculeos minus fen-
tiunt, animumque diftrahunt, ut dolendi tempus non fu-
perfit. Quod fi otio membra detineantur, animus fe ipfe
colligens, affiduis malorum procellis iactatur. Quae enim
eousque fopita iacuerant, exfufcitantur, & praefto funt
omnia. In luctu videlicet conftitutis moerores, aliqua de
re follicitis cogitationes, in periculo verfantibus metus,
amore ardentibus ignes. Tandem appropinquante aurora
miferius mei fomnus levationis aliquantulum mihi attulit,
nec tamen meo ex animo puella tunc abiit. Sed omnia
mihi de Leucippe fomnia erant: cum illa loquebar, lude-
bam, coenabam, ac maiora quidem tum, quam interdiu,
bona confequebar: ofculabar enim, veraque ofculatio erat.
Itaque cum me famulus excitaffet, importunitatem illius,
quod tam dulce mihi fomnium eripuiffet, maledictis pro-

στὰς οὖν ἐβάδιζον ἐπίτηδες ἐν παραπλησίῳ τῆς οἰκίας [1], κατὰ πρόσωπον τῆς κόρης βιβλίον ἅμα κρατῶν, καὶ ἐγκεκυφὼς, ἀνεγίνωσκον· τὸν δὲ ὀφθαλμὸν,
εἰ κατὰ θύρας ἐγενοίμην, ὑπέκλεπτον κάτωθεν, καί
τινας ἐμπεριπατήσας διαύλους, καὶ ἐποχετευσάμενος
ἐκ τῆς θέας ἔρωτα σαφῶς, ἀπῄειν ἔχων τὴν ψυχὴν
κακῶς· καὶ ταῦτά μοι τριῶν ἡμερῶν ἐπυρσεύετο.

ζ'. Ἦν δέ μοι Κλεινίας ἀνεψιὸς, ὀρφανὸς καὶ νέος
δύο ἀναβεβηκὼς ἔτη τῆς ἡλικίας τῆς ἐμῆς, ἔρωτι τε-
τελεσμένος· μειρακίου δὲ ὁ ἔρως ἦν. οὕτω δὲ εἶχε φιλο-
τιμίας πρὸς αὐτὸ, ὥστε καὶ ἵππον πριάμενος, ἐπεὶ
θεασάμενον τὸ μειράκιον ἐπῄνεσεν, εὐθὺς ἐχαρίσατο,
ζῶον αὐτῷ τὸν ἵππον. ἐσκώπτετο οὖν αὐτὸν ἀεὶ τῆς

secutus sum. E stratis autem surgens, & domo de industria egressus, in conspectu puellae deambulabam, tenens
librum, quem fronte demissa legere videbar, & si quando
ex adverso ianuae constitutus, oculos limos & demissos
ad puellam convertebam; denique, peractis inambulando
aliquot spatiis, amorem videndo hauriens palam discessi,
animo misere affecto. Hunc in modum tres mihi dies consumti sunt.

VII. Erat consanguineus meus utroque parente orbatus, cui Cliniae nomen fuit. Is duobus annis me natu
maior, artis amatoriae peritissimus, scilicet adolescentuli
amore tenebatur: tantaque erga illum liberalitate usus fuerat, ut, cum equum emisset, visumque adolescens laudas-
set, eum illi statim sit elargitus. Hunc ego conviciis in-

---

1 Ἐξεπίτηδες ἐν παραπλησίῳ τῆς
οἰκίας) Omnes libri: ἐξεπίτηδες
ἔσω τῆς οἰκίας. Quod quam fal-
sum sit, patet e seqq. Statim enim
subiicitur, Clitophontem ante
domum puellae inambulasse, ibique aliquot διαύλους confecisse.
Salmasius corr. ἔξω τῆς οἰκίας.
Sed nos auctoris manum propius assecuti videmur. Infra 1,
15 init. ἃ δὴ (κόρη) ἐν δὲ τῷ παραπλησίῳ τῆς οἰκίας.

ἀμεριμνίας, ὅτι σχολάζει φιλῶν, καὶ δοῦλός ἐστιν
ἐρωτικῆς ἡδονῆς. ὁ δέ μοι μειδιῶν, καὶ τὴν κεφαλὴν
ἐπισείων, ἔλεγεν· ἔσῃ καὶ σύ μοί ποτε δοῦλος. Ταχὺ
δὲ πρὸς τοῦτον ἀπιὼν, καὶ ἀσπασάμενος, καὶ παρα-
καθισάμενος· Ἔδωκα, ἔφην, Κλεινία, σοι δίκην τῶν
σκωμμάτων. δοῦλος γέγονα κἀγώ. ἀνακροτήσας οὖν
τὰς χεῖρας, ἐξεγέλασεν, καὶ ἀναστὰς κατεφίλησέ
μου τὸ πρόσωπον, ἐμφαῖνον ἐρωτικὴν ἀγρυπνίαν. καὶ,
Ἐρᾷς, εἶπεν, ἐρᾷς ἀληθῶς· οἱ ὀφθαλμοί σου λέγουσιν.
Ἄρτι δὲ λέγοντος αὐτοῦ, Χαρικλῆς εἰσέτρεχε. τοῦτο
γὰρ ἦν ὄνομα τῷ μειρακίῳ· τεθορυβημένος· Οἴχομαί
σοι, λέγων, Κλεινία. Καὶ συνεστέναξεν ὁ Κλεινίας,
ὥσπερ ἐκ τῆς ἐκείνου ψυχῆς κρεμάμενος. καὶ τῇ φωνῇ
τρέμων· Ἀποκτείνεις, εἶπεν, σιωπῶν. τί σε λυπεῖ; τίνι
δεῖ μάχεσθαι; Καὶ ὁ Χαρικλῆς· Γάμος, εἶπεν, ὁ

sectari non cessabam, quod tantum sibi a re sua otii esset, ut amori operam daret, eiusque illecebris irretitus teneretur. Ille autem me irridens, & caput quassans: Futurum aliquando est, inquit, ut tu quoque irretiaris. Ad
eum igitur statim cum venissem; ac data salute assedissem: Iactatorum in te nunc, inquam, Clinia, conviciorum
tibi poenas luo; captus enim ego quoque sum. Tum ille
iactatis manibus plaudens, in risum sese effudit: confur-
gensque amatorias vigilias indicantem faciem mihi suaviatus est; Revera, inquiens, amore captus es: tui enim
id oculi declarant. Haec vix protuleras, cum Charicles,
id erat adolescenti nomen, inruit, ac, vehementer conturbatus: Adsum, inquit, o Clinia, certiorem te ut faciam.
Atque hic una cum eo suspirans, Clinia, tanquam ex adolescentuli anima penderet, lingua titubante: Perdis me tuo,
inquit, isto cum silentio. Quid est, quod te excruciat? aut
quicum pugnandum erit? Tum Charicles: Uxorem, in-

πατήρ μοι προξενεῖ, καὶ γάμον ἀμόρφου κόρης, ἵνα
διπλῇ συνοικῶ τῷ κακῷ. πονηρὸν μὲν γὰρ γυνὴ, κἂν
εὔμορφος ᾖ· ἐὰν δὲ καὶ ἀμορφίαν δυστυχῇ, τὸ κακὸν
διπλοῦν. ἀλλὰ πρὸς τὸν πλοῦτον ὁ πατὴρ ἀποβλέ-
πων, σπουδάζει τὸ κῆδος. ἐκδίδομαι ὁ δυστυχὴς τοῖς
ἐκείνης χρήμασιν, ἵνα γάμῳ πωλούμενος.

η'. Ὡς οὖν ταῦτα ἤκουσεν ὁ Κλεινίας, ὠχρίασεν.
ἐπιπαρώξυνεν οὖν τὸ μειράκιον ἀποθέσθαι τὸν γάμον,
τὸ τῶν γυναικῶν γένος λοιδορῶν· Γάμον, εἶπεν, ἤδη
σοι δίδωσιν ὁ πατήρ; τί γὰρ ἠδίκησας ἵνα πεδηθῇς;
οὐκ ἀκούεις λέγοντος τοῦ Διός[1];

Τοῖς δ' ἐγὼ ἀντὶ πυρὸς δώσω κακὸν, ᾧ κεν ἅπαντες
Τέρπωνται κατὰ θυμὸν, ἑὸν κακὸν ἀμφαγαπῶντες.

αὕτη κακῶν ἡδονή, καὶ ἔοικε τῇ τῶν Σειρήνων φύσει.
κἀκεῖναι γὰρ ἡδονῇ φονεύουσιν ᾠδῆς· ἔστι δέ σοι συνιέναι τὸ μέγεθος τοῦ κακοῦ, καὶ ἀπ' αὐτῆς τῆς τοῦ

quit, mihi pater dare studet, eamque deformem, duplici
ut malo mulcter. Nam cum magnum malum sit formosa
mulier, qui poterit deformis non duplo maius esse? Sed
pater meus divitiis inhians, affinitatem istam affectat. Me
miserum, qui pecuniae trador, ut uxoris mancipium sim!

VIII. Quae Clinia cum audivisset, expalluit, atque in
mulierum genus acerbius invectus, adolescentem a re uxo-
ria dehortatus est: Tibi ergo uxorem iam dat pater? Quidnam commeruisti, ut in vincula coniiciaris? An non Iovem audis ita canentem?

His ego surripui pretium ignis ab aethere pestem

Demissam: laeta cuncti quam mente sequantur.

Eiusmodi est, quae malis e rebus percipitur voluptas, Sirenum scilicet naturae persimilis; illae enim cantus suavitate mortales perdunt. Mali autem magnitudinem ipso

1 Hesiod. Op. & D. v. 57.

γάμου παρασκευῆς, βόμβος αὐλῶν, κλειδῶν κτύ-
πος, πυρσῶν δᾳδουχία. ἐρεῖ τις ἰδὼν τοσοῦτον κυδοι-
μόν· ἀτυχὴς ὁ μέλλων γαμεῖν, ἐπὶ πόλεμον δοκεῖ μοι
πέμπεσθαι. ἀλλ' εἰ μὲν ἰδιώτης ἦσθα μουσικῆς γνώ-
σεως, ἠγνόεις ἂν τὰ τῶν γυναικῶν δράματα· νῦν δὲ
κἂν ἄλλοις λέγοις, ὅσων ἐπέπλησαν μύθων γυναῖκες
τὴν σκηνήν. ὅρμος Ἐριφύλης, Φιλομήλης ἡ τράπεζα,
Σθενεβοίας ἡ διαβολή, Ἀερόπης ἡ κλοπή, Πρόκνης
ἡ σφαγή. ἂν τὸ Χρυσηίδος κάλλος Ἀγαμέμνων ποθῇ, λοιμὸν τοῖς Ἕλλησι ποιεῖ· ἂν τὸ Βρισηίδος κάλλος Ἀχιλλεὺς ποθῇ, πένθος αὑτῷ προξενεῖ· ἂν ἔχῃ
γυναῖκα Κανδαύλης καλήν, φονεύει Κανδαύλην ἡ γυνή.
τὸ μὲν γὰρ Ἑλένης τῶν γάμων πῦρ ἀνῆψε κατὰ τῆς
Τροίας ἄλλο πῦρ. ὁ δὲ Πηνελόπης γάμος τῆς σώφρο-

ex nuptiarum apparatu, tibiarum videlicet clangore, cre-
pitu valvarum, funalium incendio, intueri tibi licet. Iam
quis tantos tumultus videns, non eum miserum vocet,
qui uxorem sit ducturus? Mihi quidem certe in pugnam
is mitti videtur. Si ab humaniorum literarum studiis ab-
horreres, merito tu quidem mulierum facta ignorare pos-
ses. Verum cum iis tantum profeceris, ut aliis etiam,
quae illae scenis argumenta suppeditaverint, commemorare queas; quid est quod Eriphyles monile, Philomelae
mensam, calumniam Sthenoboeae, Aëropes incestum,
Prognes in iugulando filio immanitatem oblivioni tradidisse videris? Quod si Agamemnonem Chryseidis, Achillem Briseidis forma pellexit aliquando, ambae utique in
causa fuere, ut alterius exercitus pestilentia consumere-
tur, alter in squalore ac luctu diutissime iaceret. Formosam hercule Candaules uxorem duxit: sed ab ea etiam
necatus fuit. Nuptiales Helenae faces Troiam cremave-
runt. Penelopes castitas innumeros procos leto affecit. Ac

τος, πόσας νυμφίας ἀπώλεσεν; ἀπέκτεινεν Ἱππόλυ-
τον φιλοῦσα Φαίδρα. Κλυταιμνήστρα δὲ Ἀγαμέμνο-
να μὴ φιλῶσα. Ὦ πάντα τολμῶσαι γυναῖκες· κἂν
φιλῶσι, φονεύουσι· κἂν μὴ φιλῶσι, φονεύουσι. Ἀγα-
μέμνονα ἔδει φονευθῆναι τὸν καλόν, οὗ κάλλος οὐράνιον ἦν.

Ὄμματα καὶ κεφαλὴν ἴκελος Διὶ τερπικεραύνῳ.
καὶ ταύτην ἀπέκοψεν, ὦ Ζεῦ, τὴν κεφαλὴν γυνή. Καὶ
ταῦτα μὲν περὶ τῶν εὐμόρφων τὶς ἂν εἴποι γυναικῶν,
ἵνα καὶ μέτριον τὸ ἀτύχημα. τὸ γὰρ κάλλος ἔχει
τὴν παρηγορίαν τῶν κακῶν, καὶ τοῦτό ἐστιν ἐν ἀτυ-
χήμασιν εὐτυχία. αἱ δὲ μηδὲ εὔμορφος, ὡς φῂς, ἡ
συμφορὰ διπλῆ. καὶ πῶς ἄν τις ἀνάσχοιτο, καὶ ταῦτα μειράκιον οὕτω καλόν; μὴ, πρὸς θεῶν, Χαρίκλεις,
μήπω μοι δοῦλος γίνη, μηδὲ τὸ ἄνθος πρὸ καιροῦ τῆς

Phaedra quidem Hippolytum, cuius amore flagrabat; Cly-
taemnestra vero Agamemnonem, quem oderat, e medio
tolli curavit. O mulieres ad omne semper flagitium pa-
ratas! quae iis, quos diligunt, aeque perniciosae sunt,
atque iis, quos oderunt. Quid vero causae fuit, quam ob
rem Agamemnonem interfici oporteret, cuius pulchritudo
coelestis erat,

Et caput, atque oculi similes magno altisonanti?

Et tamen viro huiusmodi, proh Iuppiter! caput mulier
abscidit. Ac de formosis quidem mulieribus commemorari
haec possunt: in quarum consuetudine mediocris infelicitas inest; pulchritudo enim calamitatem aliqua ex parte
levat, unumque ipsa in malo bonum est. Verum si, ut
tu ais, deformis sit, duplo quidem certe maius malum sit.
Ac quo pacto quis ferre queat, tali praesertim aetate, &
forma tam bona? Ne te, per Deos, o Charicles, in servitutem tradas, neve florem aetatis tuae ante tempus per-

ἥβης ἀπολέσῃς. πρὸς γὰρ τοῖς ἄλλοις καὶ τοῦτό ἐστι
τοῦ γάμου τὸ ἀτύχημα, μαραίνει τὴν ἀκμήν. μὴ
δέομαι, Χαρίκλεις, μήπω μοι μαρανθῇς· μὴ παρα-
δῶς εὔμορφον τρυγῆσαι ῥόδον ἀμόρφῳ γεωργῷ. Καὶ ὁ
Χαρικλῆς, Ταῦτα μὲν, ἔφη, καὶ θεοῖς καὶ ἐμοὶ με-
λήσει. καὶ γὰρ εἰς τὴν προθεσμίαν τῶν γάμων χρόνος
ἐστὶν ἡμερῶν. πολλὰ δ' ἂν γένοιτο καὶ ἐν νυκτὶ μιᾷ,
καὶ μετὰ σχολὴν ζητήσομεν. τὸ δὲ νῦν ἔχον, ἐφ' ἱππασίαν ἄπειμι. ἐξ οὗ γάρ μοι τὸν ἵππον ἐχαρίσω τὸν
καλὸν, οὔπω σοῦ τῶν δώρων ἀπήλαυσα. ἐπικουφιεῖ
δέ μοι τὸ γυμνάσιον τῆς ψυχῆς τὸ λυπούμενον. Ὁ
μὲν οὖν ἀπῄει τὴν τελευταίαν ὁδὸν ὕστατα καὶ πρῶτα μελλήσων ἱππάζεσθαι.

θ'. Ἐγὼ δὲ πρὸς τὸν Κλεινίαν καταλέγω μου τὸ
δρᾶμα πῶς ἐγένετο, πῶς πάθοιμι, πῶς ἴδοιμι τὴν
καταγωγὴν, τὸ δεῖπνον, τὸ κάλλος τῆς κόρης. τελευ-
τῶν δὲ τῷ λόγῳ συνὼν ἀσχημονῶ· Οὐ φέρω, λί-

ditum eas. Ad alia, quae in nuptiis mala sunt, id etiam
accedit, aetatis robur ut absumant. Noli, amabo te, Charicle, noli, inquam, temet conficere, aut vetustam rosam invenusto agricolae colligendam praebere. Tum Charicles; Hoc Diis, inquit, & mihi curae fuerit: non enim,
nisi post dies aliquot, nuptiae fient. Multa vero & una
nocte agi possunt: interim nos per otium cavebimus. Nunc
quod superest, abeo equitaturus: neque enim equo a te
mihi donato hactenus usus sum. Exercitatio haec animi
moerorem levabit. Ita ille ultimum abiit, primum ac postremum curriculum confecturus.

IX. Ego vero Cliniae, uti res meae sese haberent, ut
in amorem prolapsus essem, ut videndi mihi copia esset,
narrare pergo: addo etiam diversorium, coenam, puellae
pulchritudinem. Tandem absurda loqui me sentiens: Do-

γων, Κλεινία, τὴν αἰτίαν. ὅλος γάρ μοι προσέπεσεν
ὁ ἔρως, καὶ αὐτόν μου διώκει τὸν ὕπνον τῶν ὀμμάτων·
πάντοτε Λευκίππην φαντάζομαι. Οὐ γέγονεν ἄλλῳ
τοιοῦτον ἀτύχημα. τὸ γὰρ κακόν μοι καὶ συνοικεῖ. Καὶ ὁ Κλεινίας· Ληρεῖς, εἶπεν, οὕτως εἰς ἔρωτα
εὐτυχῶν. οὐ γὰρ ἐπ' ἀλλοτρίας θύρας ἐλθεῖν σε δεῖ,
οὐδὲ διάκονον παρακαλεῖν. αὐτήν σοι δέδωκε τὴν ἐρωμένην ἡ τύχη, καὶ φέρουσα ἔνδον ἴδρυσεν. ἄλλῳ μὲν
γὰρ ἐραστῇ καὶ βλέμμα μόνον ἤρκεσε τῆς ἐρωμένης
παρθένου. καὶ μέγιστον τοῦτο ἀγαθὸν νενόμικεν ἐραστής. ἐὰν μέχρι καὶ τῶν ὀμμάτων εὐτυχῇ. οἱ δὲ εὐ-
δαιμονέστεροι τῶν ἐραστῶν, ἂν τύχωσι κἂν ῥήματος
μόνον. σὺ δὲ βλέπεις ἀεὶ, καὶ ἀκούεις ἀεὶ, καὶ συν-
διπνεῖς, καὶ συμπίνεις· καὶ τούτοις εὐτυχῶν ἐγκαλεῖς; ἀχάριστος εἶ πρὸς ἔρωτος δωρεάν· οὐκ οἶδας
οἷόν ἐστιν ἐρωμένη καὶ βλεπομένη, μείζονα τῶν ἔργων

lori, o Clinia, par, inquam, esse nequeo. Amor enim
suum in me furorem omnem effundit, nullum somno locum omnino ut relinquat. Leucippe mihi perpetuo in oculis, animoque versatur: nec quisquam est, cui calamitas
huiusmodi evenerit. Malum enim mihi domi est. Tum Clinia: Insani quidem certe hæc, inquit, oratio est, cum
tam felici amore fruaris: neque enim alienae tibi fores
adeundae, aut internuntii adhibendi sunt: ipsam tibi amicam fortuna nedum dedit, sed etiam in domo statuit. Alteri quidem amanti satis esset, amatae virginis adspectu frui:
maximaque illi voluptas putaretur, si oculos videndo ex-
saturare posset. Beatissimi vero illi existimantur, quibus
colloquendi facultas tributa sit. Tu autem & vides & audis semper, unaque & es, & potas: & quamquam tam
beatus es, conquereris tamen? Ingrati in amorem animi
crimine laboras. An nescis, maiorem in exoptata virgine

ἔχεις τὴν ἰδέαν. ὀφθαλμοὶ γὰρ ἀλλήλοις ἀντανα-
κλώμενοι, ἀπομάττουσιν ὡς ἐν κατόπτρῳ τῶν σωμάτων τὰ εἴδωλα. ἡ δὲ τοῦ κάλλους ἀπορροή, δι' αὐτῶν
εἰς τὴν ψυχὴν καταρρέουσα, ἔχει τινὰ μίξιν ἐν ἀπο-
στάσει. καὶ ὀλίγον ἐστὶ τῆς τῶν σωμάτων μίξεως.
καινὴ γάρ ἐστι σωμάτων συμπλοκή. ἐγὼ δέ σοι καὶ
τὸ ἔργον ἔσεσθαι ταχὺ μαντεύομαι. μέγιστον γάρ
ἐστιν ἐφόδιον εἰς πειθώ, συνεχὴς πρὸς ἐρωμένην ὁμιλία.
ὀφθαλμὸς γὰρ φιλίας πρόξενος· καὶ τὸ σύνηθες τῆς
κοινωνίας, εἰς χάριν αἰδεσιμώτερον. εἰ γὰρ τὰ ἄγρια
τῶν θηρίων συνηθείᾳ τιθασσεύεται, πολὺ μᾶλλον ταύτῃ μαλαχθείη καὶ γυνή. ἔχει δέ τι πρὸς παρθένον ἐπαγωγὸν ἡλικιώτης ἐρῶν. τὸ δὲ ἐν ὥρᾳ τῆς ἀκμῆς ἐπεῖ-
γον εἰς τὴν φύσιν, καὶ τὸ συνειδὸς τοῦ φιλεῖσθαι,
τίκτει πολλάκις ἀντέρωτα. θέλει γὰρ ἑκάστη τῶν

contemplanda voluptatem esse, quam in contrectanda?
Nam dum sese oculi mutuo respectant, imagines corporum, speculorum instar, suscipiunt: pulchritudinis autem
simulacra ipsis a corporibus missa, & oculorum ministerio
in animam illabentia, nescio quam, seiunctis etiam corporibus ipsis, permixtionem sortiuntur, corporum congressu, qui certe inanis est, longe iucundiorem. Tibi vero ego rem brevi ex sententia processuram praenuntio.
Maximum enim ad persuadendum momentum habet con-
tinuus usus. Conciliatores etiam amoris oculi sunt: atque
ad gratiam comparandam assidua consuetudo maximum in
modum conducit: cuius quidem tanta vis est, ut feras, nedum mulieres, mansuefaciat. Iam vero aliquid etiam ad
virginem illiciendam aequalis amantis aetas potest. Quod
praeterea in ipso aetatis flore ad ea impellit, ad quae natura ferimur, si id etiam addatur, ut amari quaepiam se
intelligat, mutuum amorem saepe gignit. Virginum enim

παρθένον εἶναι καλὴ, καὶ φιλουμένη χαίρει, καὶ ἐπαινεῖ τῆς μαρτυρίας τὸν φιλοῦντα. κἂν μὴ φιλήσῃ τις
αὐτὴν, οὔπω πεπίστευκεν εἶναι καλή. ἓν οὖν σοι παρ-
αινῶ μόνον, ἐρᾶσθαι πιστευσάτω, καὶ ταχέως σὲ μι-
μήσεται. Πῶς οὖν, εἶπον, γένοιτο τοῦτο τὸ μάντευμα; δός μοι τὰς ἀφορμάς. σὺ γὰρ ἀρχαιότερος μύ-
στης ἐμοῦ, καὶ συνηθέστερος ἤδη τῇ τελετῇ τοῦ θεοῦ.
τί λέγω; τί ποιῶ; πῶς ἂν τύχοιμι τῆς ἐρωμένης; οὐκ
οἶδα γὰρ ἐγὼ τὰς ὁδούς.

ι'. Μηδὲν, εἶπεν ὁ Κλεινίας, πρὸς ταῦτα ζήτει παρ'
ἄλλου μαθεῖν· αὐτοδίδακτος γάρ ἐστιν ὁ θεὸς σοφιστής. ὥσπερ γὰρ τὰ ἀρτίτοκα τῶν βρεφῶν οὐδεὶς διδάσκει τὴν τροφὴν, αὐτόματα δὲ ἐκμανθάνει, καὶ οἶδεν ἐν τοῖς μαζοῖς οὖσαν αὐτοῖς τὴν τράπεζαν· οὕτω
καὶ παιδίσκος ἔρωτος πρωτοκύμων, οὐ δεῖται διδασκα-

unaquaeque formosam se esse credi vult, atque amari gau-
det, amatoremque tanquam formae testem laudibus ex-
tollit: ac si qua est, quae nondum se a quopiam diligi sentiat, sese minime formosam arbitratur. Illud unum ergo
inprimis te hortor, ut omni studio enitare, quo se a te
amari credat: ita enim te quam primum imitabitur. At
quonam pacto ea, inquam, fient, quae praemuniras? Agedum tu, quid agam, me mone. Amoris enim sacris ante
me initiatus es, maioreque usu polles. Quibus dictis, fa-
cilisve utar? Quo modo amatae virginis compos evadam?
Rationem enim inire ipse nescio.

X. Tum Clinia: Minime, inquit, opus est, ut Id ex
aliis discere labores. Deus hic ipse sibi praeceptor est: ac
quemadmodum infantes vesci nemo docet, sed per se ipsi
discunt, paratumque sibi esse in mamillis nutrimentum in-
telligunt; sic adolescentes amore cum primum praegnan-

λίας πρὸς τὸν τοκετόν. ἐὰν γὰρ ἡ ὠδὶς παραγένηται,
καὶ ἐνστῇ τῆς ἀνάγκης ἡ προθεσμία, μηδὲν πλαν-
θῇς, κἂν πρωτοκύμων ᾖς· εὑρήσεις τεκεῖν ὑπ᾽ αὐτοῦ
μαιωθεὶς θεοῦ. ὅσα δέ ἐστι κοινὰ, καὶ μὴ τῆς εὐκαί-
ρου τύχης δεόμενα, ταῦτα ἀκούσας, μάθε. σὺ δὲ μηδὲν εἴπῃς πρὸς παρθένον ἀφροδίσιον. τὸ δὲ ἔργον ζήτει,
πῶς γένοιτο σιωπῇ. παῖς γὰρ καὶ παρθένος, ὅμοιοι
μέν εἰσι εἰς αἰδῶ· πρὸς δὲ τὴν τῆς Ἀφροδίτης χάριν,
κἂν γνώμης ἔχωσιν, ἃ πάσχουσιν, ἀκούειν οὐ θέλουσι. τὴν γὰρ αἰσχύνην κεῖσθαι νομίζουσιν ἐν τοῖς ῥήματα. γυναῖκας μὲν γὰρ εὐφραίνει καὶ τὰ ῥήματα·
παρθένος δὲ τοὺς μὲν ἔξωθεν ἀκροβολισμοὺς τῶν ἐραστῶν εἰς πεῖραν φέρει, καὶ ἅστα συντίθεται τοῖς νεύ-
μασιν· ἐὰν δὲ αἰτήσῃς τὸ ἔργον προσελθών, ἐκπλήξεις
αὐτῆς τὰ ὦτα τῇ φωνῇ, καὶ ἐρυθριᾷ, καὶ μισεῖ τὸ

tes, haudquaquam magistro ad pariendum indiges. Si te
dolor stimulaverit, ac dies necessitatem afferat, quamvis
primus hic tibi partus futurus sit, non tamen errabis: sed
pariendi tibi facultatem Deus ipse dabit. Quae autem vul-
garia sunt, nec temporis opportunitate aliqua opus habent, ea percipe. Virginem inprimis ne de stupro appelles,
caveto: sed ut negotium re ipsa conficiatur, silentio cu-
rato. Pari enim verecundia pueri sunt & puellae. Ac quamquam venereorum cupiditate teneantur, non tamen de
iis, quae perpetiuntur, sermonem secum haberi volunt,
turpitudinem in verbis collocatam existimantes. Quae viros expertae sunt, verbis etiam delectantur: virgines vero amantium praeludia tentandi gratia adhibita ferunt, nu-
tibusque velle sese statim significant. Itaque si ad venerem
verbis invites, aures eius oratione illa offendes, erube-

ῥῆμα, καὶ λοιδορεῖσθαι δοκεῖ. κἂν ὑποσχέσθαι θέλῃ
τὴν χάριν, αἰσχύνεται· τότε γὰρ πάσχειν νομίζει τὸ
ἔργον, ὅτι μᾶλλον τὴν πεῖραν ἐκ τῆς τῶν λόγων ἡδονῆς ἀκούει. ἐὰν δὲ τὴν πεῖραν προσάγων τὴν ἄλλην,
καὶ εὐάγωγον αὐτὴν παρασκευάσας, ἡδέως ἤδη προσείρ-
χῃ· σιώπα μὲν οὖν τὰ πολλὰ ὡς ἐν μυστηρίοις· φί-
λησον δὲ προσελθὼν ἠρέμα. τὸ γὰρ ἐραστοῦ φίλημα
πρὸς ἐρωμένην θέλουσαν μὲν παρέχειν, αὐτοῖς ἐστι
σιωπῇ, πρὸς ἀπειθοῦσαν δὲ, ἱκετηρία. κἂν μὲν προσῇ
τις συνθήκη τῆς πράξεως, πολλάκις δὲ καὶ ἄκουσαι
πρὸς τὸ ἔργον ἐρχόμεναι, θέλουσι βιάζεσθαι δοκεῖν,
ἵνα τῇ δόξῃ τῆς ἀνάγκης ἀποτρίπωνται τῆς αἰσχύνης
τὸ ἑκούσιον. μὴ τοίνυν ὄκνήσῃς, ἐὰν ἀνθισταμένην αὐτὴν
ἴδῃς, ἀλλ' ἐπιτήρει πῶς ἀνθίσταται. σοφίας γὰρ καὶ
ταῦτα δεῖ. κἂν μὲν προσκαρτερῇ, ἐπίσχες τὴν βίαν.

scet, aversabitur tua dicta, convicium sibi fieri putabit: ac
quo minus vel cupiens promittat, pudore praepedietur:
tunc enim ipsi se rei operam dare arbitratur, cum maioribus verborum illecebris ad eam invitari se audit. Sin
vero conatu aliquo alio sensim adhibito morigeram illam
reddens iam blandiendo promte accesseris, multo tu quidem, seclusis ut in sacris fieri solet, silentio utitor, ac
paulatim appropinquans osculum dato. Amantis enim viri
osculatio apud volentem puellam tacitae petitionis, apud
nolentem precationis obtinet locum. Iam vero etsi ex
compacto, ac saepe etiam sponte, aliquae obsequantur,
vim tamen videri sibi allatam volunt, quo necessitatis opinione voluntariam turpitudinem excusent. Licet itaque
repugnantem videas, detineri tamen noli: sed quonam modo in repugnando se habeat, observa. Prudentia enim hac
quoque in re opus est. Ac si perstare in sententia cognoveris, vim ne adhibeto, sed nondum persuasam esse scito.

οὕτω γὰρ πείσεται. ἐὰν δὲ μαλθακωτέραν ἤδη θέλῃς,
χορήγησαι τὴν ὑπόκρισιν, μὴ ἀπολέσῃς σου τὸ δρᾶμα.

ια΄. Κἀγὼ δέ· Μεγάλα μὲν, ἴφην, ἐφόδιά μοι
δίδωκας, καὶ εὔχομαι τυχεῖν, ὦ Κλεινία· φοβοῦμαι
δ' ὅμως, μὴ κακῶν μοι γένοιτο τὸ εὐτύχημα μείζο-
νων ἀρχὴ, καὶ ἐπιτρίψῃ με πρὸς ἔρωτα πλείονα. ἂν
οὖν αὐξηθῇ τὸ δεινὸν, τί δράσω; γαμεῖν μὲν οὐκ ἂν
δυναίμην. ἄλλῃ γὰρ δίδομαι παρθένῳ. ἐπίκειται δέ
μοι πρὸς ταῦτον τὸν γάμον ὁ πατὴρ, δίκαια αἰτῶν,
οὐ ξένην, οὐδὲ αἰσχρὰν, γῆμαι, κόρην, οὐδ' ὡς Χαρικλέα, πλούτῳ με πωλῶ, ἀλλ' αὐτοῦ μοι δίδωσι
θυγατέρα, καλὴν μὲν, ὦ θεοὶ, πρὶν Λευκίππην ἰδεῖν,
νῦν δὲ καὶ πρὸς τὸ κάλλος αὐτῆς τυφλώττω, καὶ πρὸς
Λευκίππην μόνην τοὺς ὀφθαλμοὺς ἔχω. ἐν μεθορίῳ
κεῖμαι δύο ἐναντίων. ἔρως ἀπαγωνίζεται, καὶ πατήρ.

Tractabiliorem autem eam reddi si voles, dissimulato : neque tute tibi rem tuam perditum ito.

XI. Tum ego: Magna mihi, o Clinia, inquam, adiu-
menta suppeditasti: neque dubito, quin e sententia res pro-
cedat. Verum enimvero metuo, ne maiorum felicitas
haec mihi malorum initium sit, atque ardentiorem me in
flammam coniiciat. Quamobrem si morbus hic incre-
mentum capiat, quid mihi agendum erit? Hanc quidem
uxorem ducere non possim, propterea quod altera mihi,
auctore ac suasore patre, non iniussa volente, desponsa
est, minime illa quidem peregrina deformisve. Nec vero
me illi, quod de Charicle sit, pater venundat: sed filiam
mihi suam dat omnium, excepta Leucippe, formosissimam.
Verum ego nunc, quod quidem ad illius formam spectandam attinet, oculis captus sum: neque omnino quidquam
praeter Leucippen cerno. Saneque inter duo contraria ver-

ὁ μὲν ἕστηκεν αἰδοῖ [1] κρατῶν, ὁ δὲ κάθηται πυρπολῶν.
πῶς κρίνω τὴν δίκην; ἀνάγκη μάχεται, καὶ Φύσις.
καὶ θέλω μέν σε δικάσαι, πάτερ, ἀλλ' ἀντίδικον
ἔχω χαλεπώτερον. βασανίζει τὸν δικαστήν, ἕστηκε
μετὰ βελῶν, κρίνεται μετὰ πυρός. ἂν ἀπειθὴς ὦ [2],
πάτερ, αὐτῷ, καίομαι τῷ πυρί.

ιβ'. Ἡμεῖς μὲν οὖν ταῦτα ἐφιλοσοφοῦμεν περὶ τοῦ
θεοῦ· ἐξαίφνης δὲ παῖς εἰστρέχει τῶν τοῦ Χαρικλέους
οἰκετῶν, ἔχων ἐπὶ τοῦ προσώπου τὴν ἀγγελίαν τοῦ
κακοῦ, ὡς καὶ τὸν Κλεινίαν εὐθὺς ἀνακραγεῖν θεα-
σάμενον· κακόν τι γέγονε Χαρικλεῖ. Ἅμα δὲ αὐτῷ
λέγοντι, συνεξεφώνησεν ὁ οἰκέτης· Τέθνηκε Χαρικλῆς.
Τὸν μὲν οὖν Κλεινίαν πρὸς τὴν ἀγγελίαν ἀφῆκεν ἡ
ζωή, καὶ ἔμεινεν ἀκίνητος· ὥσπερ τυφῶνι βεβλη-

for; amoris vehementia, & patris pudor, animum meum diverse trahunt. Qui controversiam hanc diiudicabo? Necessitas cum natura pugnat. Mihi quidem secundum te, pater, sententiam dicere in animo est: sed adversarii potentia obstat. Is tormenta iudici adhibet, adest cum sagittis, faces tenens causam dicit. Nisi parebo illi, pater, flammis circumvenior.

XII. Haec de Amore Deo inter nos philosophabamur, cum repente familiarium Chariclis unus ingressus est, adversum nuntium vultu ipso prae se ferens, ita ut eo viso Clinia vocem hanc statim miserit: Charicli certe mali aliquid evenit. Quae verba proferre nondum finierat, cum ille: Charicles, inquit, mortuus est. Quo nuntio ita perculsus est Clinia, ut tanquam fulmine ictum vox eum mo-

---

1 Phaedria Ter. Andr. 1, 5, 25 *Tu me impedias curas, quae meam animum diversa trahunt: Amor, misericordia huius, nuptiarum solicitatio. Tum patris pudor.*

2 Ἀντίδικον ἔχω) Dissimulatur, quod in omnibus libris corrupte ac sine sensu legebatur verbum, ἀντιδικην.

μώσας τῷ λόγῳ. Ὁ δὲ οἰκέτης διηγεῖται· Ἐπὶ μὲν
τὸν ἵππον τὸν σὸν ἐκάθισεν, ὦ Κλεινία, ὃς τὰ πρῶτα
μὲν ἤλασεν ἠρέμα, δύο δὲ ἐπιμελὼν ἢ τρεῖς δρόμους,
τὴν ἱππασίαν ἐπέσχε, καὶ τὸν ἵππον ἱδροῦντα κατέψα καθήμενος, τοῦ ῥυτῆρος ἀμελήσας. ἀπομάττοντος
δὲ τῆς ἕδρας τοὺς ἱδρῶτας, ψόφος κατόπιν γίνεται.
καὶ ὁ ἵππος ἐκταραχθεὶς, πηδᾷ, ὄρθιον ἀρθεὶς, καὶ
ἀλογίστως ἐφέρετο. τὸν γὰρ χαλινὸν δακὼν, καὶ τὸν
αὐχένα σιμώσας, καὶ φρίξας τὴν κόμην, οἰστρηθεὶς τῷ
φόβῳ, δι' ἀέρος ἵπτετο. τῶν δὲ ποδῶν οἱ μὲν ἔμπρο-
σθεν ἥλλοντο· οἱ δὲ ὄπισθεν τοὺς πρόσθεν ἐπειγόμενοι
φθάσαι, τὸν δρόμον ἐπέσπευδον, διώκοντες τὸν ἵππον.
ὁ δὲ ἵππος τῇ τῶν ποδῶν κυρτούμενος ἁμίλλῃ, ἄνω
τε καὶ κάτω πηδῶν πρὸς τὴν ἑκατέραν σπουδήν, ὥσπερ
νηὸς χειμαζομένης τοῖς νώτοις ἐκυμαίνετο. ὁ δὲ κακοδαίμων Χαρικλῆς, ὑπὸ τοῦ τῆς ἱππείας ταλαντιευομέ-
νος κύματος, ἐκ τῆς ἕδρας ἐσφαιρίζετο, ποτὲ μὲν ἐπ'

usque defecerint. Puer narrare pergens: Ascenderat, inquit, Charicles tuum in equum, Clinia, & leviter primo
eum impulit: dein vero cum duos tresve cursus confecis-
set, sustinuit impetum equi, cui in eo sedens abstersit sudorem, remissis habenis. Dum vero madidam sudore sel-
lam detergit, strepitus a tergo fieri: quo perterritus
equus, ac sese in altum saltu dans, huc illuc incerto cursu ferri coepit: frenum enim mordens, collum intorquens,
iubas quatiens, ac pavore stimulatus in aërem sustolleba-
tur: anteriores pedes saliebant; posteriores, primos prae-
vertere festinantes, cursum accelerabant, equumque propellebant: qui huiusmodi pedum contentione sublatus sur-
sum, deorsumque, pro modo celeritatis eorum, instar
fluctuantis navis, dorso agitabatur. Miser vero Charicles,
equi impetu, ceu fluctu, vibratus sellaque deturbatus,

οὐρὰν κατολισθαίνων, ποτὲ δὲ ἐπὶ τράχηλον κυβι-
στῶν. ὁ δὲ τοῦ κλύδωνος ἐπήϊζεν αὐτὸν χειμών. τῶν δὲ
ῥυτήρων οὐκέτι κρατεῖν δυνάμενος, δοὺς δὲ ἑαυτὸν, ὅμως
τῷ τοῦ δρόμου πνεύματι, τῆς τύχης ἦν. ὁ δὲ ἵππος,
ῥώμῃ θέων ἐκτρέπεται τῆς λεωφόρου, καὶ ἐς ὕλην ἐπή-
δησιν, καὶ εὐθὺς τὸν ἄθλιον Χαρικλέα περιέρρηξε
δένδρῳ. ὁ δ', ὡς ἀπὸ μηχανῆς προταραχθεὶς, ἐκκρούε-
ται μὲν τῆς ἕδρας, ὑπὸ δὲ τῶν τοῦ δένδρου κλάδων τὸ
πρόσωπον αἰσχύνεται, καὶ τοσούτοις περιρρήπτεται
τραύμασιν, ὅσαι τῶν δένδρων ἦσαν αἱ αἰχμαί. οἱ δὲ
ῥυτῆρες αὐτῷ περιδεθέντες, οὐκ ἤθελον ἀφεῖναι τὸ σῶμα, ἀλλ' ἀνθεῖλκον αὐτὸν, ἐπισύροντες θανάτου τρί-
βον· ὁ δὲ ἵππος ἔτι μᾶλλον ἐκταραχθεὶς τῷ πτώματι,
καὶ ἐμποδιζόμενος εἰς τὸν δρόμον τῷ σώματι, κατε-
πάτει τὸν ἄθλιον, ἐκλακτίζων τὸν δεσμὸν τῆς φυγῆς·
ὥστε οὐκ ἂν αὐτόν τις ἰδὼν οὐδὲ γνωρίσειεν.

ιγ'. Ταῦτα μὲν οὖν ἀκούων ὁ Κλεινίας, ἐσίγα τι-

nunc ad caudam reiiciebatur, nunc ad collum provolve-
batur, fluctuationeque huiusmodi miserum in modum ve-
xabatur. Tandem cum habenas moderari amplius nequiret,
fortunae se flatibus totum permisit. Tum vero equus vehementer incitatus, atque a recto tramite deflectens, in
silvam se coniecit, miserumque adolescentulum arbori
statim illisit: qui, tanquam tormento emissus, e sella deturbatus est, facie tot vulneribus deformata, quot ramo-
rum cuspides eiectum excepere. Ipsum vero corpus habenis implicitum in mortis semitam raptatum fuit. Illius
autem lapsu adhuc magis perterrefactus equus, & corpore, ne currere posset, impeditus, miserum pedibus con-
culcavit, calcibusque fugae obstaculum contrivit, ut iam
nemo illum agnosceret.

XIII. His cognitis rebus Clinia stupore oppressus afi-

τὰ χαόνον ὑπὸ ἐκπλήξεως. μεταξὺ δὲ μίψας ἐκ τοῦ
κακοῦ διαλύγιον ἐκώκυσυ [1], καὶ ἐκδραμὼ ἐπὶ τὸ
σῶμα μὲν ἠπείγετο. ἐπηκαλούθουν δὲ κἀγώ, παρηγορῶν ὡς ἠδυνάμην. καὶ ἐν τούτῳ φοράδην Χαρικλῆς
ἐκομίζετο, θέαμα οἴκτιστον καὶ ἐλεινόν. ὅλος γὰρ
τραῦμα ἦν' ὥστε μηδένα τῶν παρόντων κατασχεῖν τὰ
δάκρυα. ἐξῆρχε δὲ τοῦ θρήνου ὁ πατήρ, πολιτάρακτον
βοῶν· Οἷος ἀπ' ἐμοῦ προελθών, οἷος ἐπανέρχῃ μοι,
τέκνον; ὢ πονηρῶν ἱππασμάτων. οὐδὲ κοινῷ μοι θανάτῳ τέθνηκας· οὐδὲ εὐσχήμων Cαίη νεκρός. τοῖς μὲν
γὰρ ἄλλοις τῶν ἀποθανόντων καὶ ἴχνος τῶν γνωρισμά-
των διασώζεται, κἂν τὸ ἄνθος τὶς τῶν προσώπων ἀπο-
λίσῃ, τηρεῖ τὸ εἴδωλον καὶ παρηγορεῖ τὸν λυπούμενον
καθεύδοντα μιμούμενος. τὴν μὲν γὰρ ψυχὴν ἐξῆλθεν

quamdiu tacuit: deinde, tanquam impetrata a dolore ve-
nia, maximos edidit eiulatus, ac summa cum celeritate ad
cadaver se contulit: quem ipfe quoque quibus poteram
verbis confolando fecutus fum. Interea Charicles allatus
eft, luctuofum fane ac miferabile fpectaculum praebens.
Totus enim concifus erat, ac lacer, adeo ut eorum, qui
aderant, nemo lacrimas contineret. Porro illius pater la-
mentationem huiufmodi magno cum gemitu ac plangore
coepit: Qualis a me abifti, fili? qualis reverteris? O di-
ram equitandi artem! Tu confueta morte mihi ereptus
non fuifti: fed nex, quae mortuo conveniat, imago tibi
relicta eft. Aliis in cadaveribus vel ipfa lineamentorum ve-
ftigia fervantur, quamvis vigor ex vultu abfcefferit, effi-
gies ipfa tamen relinquitur, quae dormientem imitata do-
lentium moerorem levet. Animam quidem certe homini

---

1 Διαλύγιον ἐκώκυσε) Utra-
que editio vitiofe: διαλύγιον.
Bod. Imo recte, o bone. Vide
Dorvill. ad Charit. p. 178.

ὁ θάνατος. ἐν δὲ τῷ σώματι; τηρεῖ τὸν ἄνθρωπον.
σοῦ δὲ ὁμοῦ καὶ ταῦτα δι᾽ ἔσκιψεν ἡ τύχη, καί μοι
τέθνηκας θάνατον διπλοῦν, ψυχῇ καὶ σώματι. οὕτως
σου τέθνηκεν καὶ τῆς εἰκόνος ἡ σκιά. ἡ μὲν γὰρ ψυχή
σου πέφευγεν· οὐχ εὑρίσκω δέ σε οὐδὲ ἐν τῷ σώματί
πότε μοι, τέκνον, γαμεῖς; πότε σου θύω τοὺς γάμους,
ἱππεῦ, καὶ νυμφίε· νυμφίε μὲν ἀτελῆ, ἱππεῦ δὲ δυσ-
τυχῆ. τάφος μέν σοι, τέκνον, ὁ θάλαμος· γάμος δὲ
ὁ θάνατος· θρῆνος ὁ ὑμέναιος· ὁ δὲ κωκυτὸς τῶν γάμων οὗτος, ᾠδαί. ἄλλο σοι, τέκνον, προσεδόκων πῦρ
ἀνάψαι· ἀλλὰ τοῦτο μὲν ἔσβεσεν ἡ πονηρὰ τύχη μετὰ
σοῦ· ἀνάπτει δέ σοι δᾷδας κακῶν. ὢ πονηρᾶς τῆς σῆς
δᾳδουχίας· ἡ νυμφική σοι δᾳδουχία ταφὴ γίγνεται.

ιδ'. Ταῦτα μὲν οὖν οὕτως ἐκώκυσεν ὁ πατήρ. ἑτέ-
ρωθεν δὲ καθ᾽ αὑτὸν ὁ Κλεινίας καὶ ἦν θρήνων ἅμιλ-
λα, ἐραστοῦ καὶ πατρός· Ἐγώ μου τὸν δεσπότην ἀπο-

mors adimit: verum in corpore hominis formam relinquit. Sed tibi haec etiam a fortuna fuit erepta. Morte igitur duplici affectus es, corporis videlicet, atque animae.
Ita imaginis quoque umbra commortua est. Spiritus ipse
quidem tuus avolavit: nec tamen in corpore te invenio.
Ecquando, fili, mihi uxorem duces? Ecquando, imperfecte
sponse atque infelix eques, nuptialia tibi sacra celebrabo?
Tibi, o fili, nunc pro thalamo sepulcrum, pro nuptiis
mors, pro hymenaeo naeniae, pro nuptiali cantu lamentationes paratae sunt. Aliusmodi tibi ego ignes, fili, accen-
dere sperabam. Sed invida illos una tecum fortuna extin-
xit, funebresque pro iis faces excitavit. O diras faces!
Nuptialis flamma in sepulcralem tibi commutata est.

XIV. Ad hunc sane modum pater conquerebatur. Clinia vero contra (lugendo enim pater atque amator certa-
bant) secum ipse solus: Ego quidem, inquit, hero meo

λώλικα. τί γὰρ αὐτῷ τοιοῦτον δῶρον ἐχαριζόμην; Φιά-
λη γὰρ οὐκ ἦν χρυσῆ, ᾗ σπένδων [πίνων] ἐχρῆτό
μου τῷ δώρῳ¹ τρυφᾶν; ἐγὼ δὲ ὁ κακοδαίμων ἐχαριζόμην θηρίον μειρακίῳ καλῷ, ἐκαλλώπιζον δὲ καὶ τὸ
πονηρὸν θηρίον προστερνιδίοις, προμετωπιδίοις, φαλά-
ραις ἀργυραῖς, χρυσαῖς ἡνίαις. οἴμοι Χαρίκλεις. ἐκόσ-
μησά σου τὸν φονέα χρυσῷ. ἅπαντων θηρίων
ἀγριώτατε, πονηρὲ καὶ ἀχάριστε καὶ ἀναίσθητι κάλλους. ὁ μὲν κατέψα σου τοὺς ἱδρῶτας, καὶ τροφὰς
ἐπηγγέλλετο² πλείονας, καὶ ἐπῄνει τὸν δρόμον. σὺ δὲ
ἀπέκτεινας ἐπαινούμενος. οὐκ ἡδοῦ προσαπτομένου σου
τοιούτου σώματος. οὐκ ἦν σοι τοιοῦτος ἱππεὺς τρυφὴ,
ἀλλ' ἔρριψας ἄστοργε τὸ κάλλος χαμαί· οἴμοι δυστυχής. ἐγὼ δέ σου τὰ φονέα, τὸν ἀνδροφόνον, ὠπσάμην.

periculum istud creavi. Nam quid ego illi munus eiusmodi misi? An non mihi aureum poculum erat, quo sacra
faciens biberet, meoque munere frui gauderet? Ego miser belluam formoso adolescenti dono dedi, eamque ar-
genteis phaleris, aureis habenis, aliisque cum frontis,
tum pectoris ornamentis communivi. Ego, me miserum,
qui te, Charicle, perderet, auro insignivi. O ferarum
omnium immanissima bellua, scelesta, ingrata, a pulchritudinis cognitione abhorrens! Hic tibi sudorem abstersit,
largum pabulum promisit, cursum laudavit: tu vero laudibus affectus eum peremisti: tu non solum eiusmodi equi-
tis onere non es laetatus; sed etiam amoris sensu carens
pulchritudinem humi deiecisti. O me infelicem! qui eum,
a quo interficereris, emi.

1 Σπένδων — τῷ δώρῳ) Ita rescripsimus partim e Codd. partim e coniectura. V. πίνων on-
ciis inclusimus, tanquam glos-
sema τοῦ σπένδων.

2 Ἐπηγγέλλετο) Hoc verbum
in menda cubare videtur; nisi
ad puerile ingenium referas.

ιε'. Μετὰ δὲ τὴν ταφὴν εὐθὺς ἔσπευδον ἐπὶ τὴν
κόρην. ἡ δὲ ἦν ἐν τῷ παραδείσῳ τῆς οἰκίας. ὁ δὲ παρά-
δεισος ἄλσος ἦν, μέγα τι χρῆμα πρὸς ὀφθαλμῶν ἡδονήν. καὶ περὶ τὸ ἄλσος τειχίον ἦν αὔταρκες εἰς ὕψος·
καὶ ἑκάστη πλευρὰ τειχίου, τέσσαρες δὲ ἦσαν πλευ-
ραὶ, κατάστεγος ὑπὸ χορῷ κιόνων. ὑπὸ δὲ τοῖς κίοσιν
ἔνδον ἦν ἡ τῶν δένδρων πανήγυρις. ἔβαλλον οἱ κλάδοι,
συνέπιπτον ἀλλήλοις ἄλλος ἐπ' ἄλλον, αἱ γείτονες
τῶν πετάλων περιπλοκαὶ, τῶν φύλλων περιβολαὶ,
τῶν καρπῶν συμπλοκαί. τοσαύτη τις ἦν ὁμιλία τῶν
φυτῶν. ἐνίοις δὲ τῶν δένδρων τῶν ἁδροτέρων, κιττὸς καὶ
σμίλαξ παραπεφύκει· ἡ μὲν ἐξηρτημένη πλατάνου,
καὶ περιπυκάζουσα ῥαδινῇ τῇ κόμῃ· ὁ δὲ κιττὸς, περὶ
πεύκην εἰλιχθεὶς ᾠκειοῦτο τὸ δένδρον ταῖς περιπλοκαῖς,
καὶ ἐγένετο τῷ κιττῷ ὄχημα τὸ φυτὸν, στέφανος δὲ
ὁ κιττὸς τοῦ φυτοῦ. ἄμπελοι δὲ ἑκατέρωθεν τοῦ δένδρου, καλάμοις ἐποχούμεναι. τοῖς φύλλοις ἔβαλλον·

XV. Posteaquam funeri iusta soluta sunt, ad Leucippen, quae nostro in hortulo tum morabatur, convolavi.
Nemus illic creverat adspectu iucundissimo, maceriaque
iustae altitudinis circum ingente: cuius latera quatuor,
tot enim omnino erant, tecto columnis imminente operta
visebantur. Pars interior arborum serie consita erat, ramis florentibus & sese mutuo complicantibus, foliis autem fructibusque inter se permixtis: tanta erat plantarum
familiaritas. Porro maioribus quibusdam arboribus hedera
& smilax adnatae erant. Atque haec quidem e platano
pendens, eam molli coma stipabat: illa vero piceae adhaerens, truncum amplexu teneriorem efficiebat. Hoc pacto arbor hederae vehiculum, hedera arbori corona erat.
Ex utraque arboris parte luxuriabant harundinibus alli-

καὶ ὁ καρπὸς ὡραίαν εἶχε τὴν ἄνθην, καὶ διὰ τῆς ὀπῆς
τῶν καλάμων ἐξεκρέματο, καὶ ἦν βόστρυχος τοῦ φυτοῦ. τῶν δὲ φύλλων ἄνωθεν αἰωρουμένων, ὑφ' ἡλίῳ
πρὸς ἄνεμον συμμιγῆ, ὠχρὰν ἐμάρμαιρεν ἡ γῆ τὴν
σκιάν. τὰ δὲ ἄνθη ποικίλην ἔχοντα τὴν χροιὰν, ἐν μέρει συνεξέφαινε τὸ κάλλος, καὶ ἦν τοῦτο τῆς γῆς πορφύρα, καὶ νάρκισσος καὶ ῥόδον· μία μὲν τῷ ῥόδῳ καὶ
ναρκίσσῳ ἡ κάλυξ, ὅσον εἰς περιγραφὴν. καὶ ἦν φιά-
λη τοῦ φυτοῦ· ἡ χροιὰ δὲ τῶν περὶ τὴν κάλυκα φύλλων ἐσχισμένων, τῷ ῥόδῳ μὲν αἵματος, ὁμοῦ ἴων καὶ
γάλακτος τὸ κάτω τοῦ φύλλου, καὶ ὁ νάρκισσος ἦν
τὸ πᾶν ὅμοιον τῷ κάτω τοῦ ῥόδου. τὸ ἴον κάλυξ μὲν
οὐδαμοῦ, χροιὰν δὲ οἵαν ἡ τῆς θαλάσσης ἀστράπτει
γαλήνη. ἐν μέσοις δὲ τοῖς ἄνθεσι πηγὴ ἀνέβλυζεν καὶ
περιεγέγραπτο τετράγωνος χαράδρα χειροποίητος τῷ

gatae vites, quarum racemi tempestivos flores ab ipsis
harundinum foraminibus tanquam arboris cincinnos quosdam pendentes ostendebant. Terra autem, quam superim-
pendentes frondes opacabant, modo hic, modo illic illu-
strabatur, dum eae ipsae frondes vento impulsae varian-
tibus solis radiis aditum praeberent. Ad haec varii suam
quisque pulchritudinem flores certatim commonstrabant,
purpureamque narcissus ac rosa terram efficiebant, quorum calathi, quod ad orbem attinet, persimiles erant,
plantaeque calicis vicem praestabant. Foliorum rosae fis-
sorum pars circa pateram, sanguinis, ac violae, inferior
vero lactis colorem prae se ferebat. Narcissus nihil omnino ab ima rosae parte colore distabat. Violae nullus quidem calathus erat, verum color is, quem tranquilli maris aquam habere cernimus. In florum medio scaturiens
fons quadrato alveo, rivoque manu facto excipiebatur,

ῥεύματι. τὸ δὲ ὕδωρ τῶν ἀνθέων ἦν κάτοπτρον· ὡς δοκεῖν τὸ ἄλσος εἶναι διπλοῦν, τὸ μὲν τῆς ἀληθείας,
τὸ δὲ τῆς σκιᾶς. ὄρνιθες δὲ, οἱ μὲν χειροήθεις περὶ τὸ
ἄλσος ἐνέμοντο, οὓς ἐκολάκευον αἱ τῶν ἀνθρώπων τρο-
φαί· οἱ δὲ ἐλεύθερον ἔχοντες τὸ πτερὸν, περὶ τὰς τῶν
δένδρων κορυφὰς ἔπαιζον· οἱ μὲν ᾄδοντες τὰ ὀρνίθων
ᾄσματα· οἱ δὲ τῇ τῶν πτερῶν ἀγλαϊζόμενοι στολῇ. οἱ
ᾠδοὶ δὲ τέττιγες, καὶ χελιδόνες· οἱ μὲν τὴν Ἠοῦς ᾄδοντες εὐνὴν, οἱ δὲ τὴν Τηρέως τράπεζαν. οἱ δὲ χειροήθεις,
ταὼς, καὶ κύκνος, καὶ ψιττακός· ὁ κύκνος, περὶ τὰς
τῶν ὑδάτων πίδακας νεμόμενος, ὁ ψιττακὸς ἐν οἰκίσκῳ
περὶ δένδρον κρεμάμενος, ὁ ταὼς τοῖς ἄνθεσι περισύρων
τὸ πτερόν. ἀντέλαμπεν δὲ ἡ τῶν ἀνθέων θέα τῇ τῶν
ὀρνίθων χροιᾷ, καὶ ἦν ἄνθη πτερῶν.

ιστ'. Βουλόμενος οὖν εἰσαγαγεῖν τὴν κόρην εἰς ἔρωτα
παρασκευάσαι, λόγον πρὸς τὸν Σάτυρον ἠρχόμην,
ἀπὸ τοῦ ὄρνιθος λαβὼν τὴν εὐκαιρίαν. διαβαδίζοντα

speculumque unda erat floribus, adeo, ut illic duo horti,
alter re, alter umbra, esse viderentur. In nemore aves
aliae domesticae, humanoque cibo mansuefactae, pasce-
bantur; aliae liberae in arborum cacuminibus ludebant:
partim quidem proprio cantu insignes, cicadae videlicet,
atque hirundines; partim vero pennarum fulgore praestan-
tes, nempe pavo, cygnus, & psittacus. Cicadae Auro-
rae cubile, hirundines Terei mensam canebant. Cygnus
prope fontis exortum pascebat: psittacum pendens ab arbore cavea continebat: pavo inter flores pennas expli-
cabat: sed florum splendor cum volucrum colore conten-
debat. Quin immo pennae ipsae flores erant.

XVI. Puellam igitur in amoris sensum inducere cupiens,
initium loquendi cum Satyro, sumo a pavone sermonis
argumento, feci: forte fortuna enim cum Clio deambu-

γὰρ ἔτυχεν ἅμα τῇ Κλινοῖ, καὶ ἐπιστᾶσα τῷ ταῷ
κατ' αὐτήν. ἔτυχι γὰρ τύχῃ τινὶ συμβὰν τότε τὸν ὄρνιν
ἀναπτερῶσαι τὸ κάλλος, καὶ τὸ θέατρον ἐπιδεικνύναι
τῶν πτερῶν. Τοῦτο μέν τοι, οὐκ ἄνευ τύχης ὁ ὄρνις,
ἔφην, ποιεῖ, ἀλλ' ἔστι [γὰρ] ἐρωτικός· ὅταν γὰρ ἐπα-
γαγέσθαι θέλῃ τὴν ἐρωμένην, τότε οὕτως καλλωπί-
ζεται. ὁρᾷς ἐκείνην τὴν τῆς πλατάνου πλησίον; δείξας
θήλειαν ταῶνα. ταύτῃ νῦν οὗτος τὸ κάλλος ἐπιδείκνυται λειμῶνα πτερῶν. ὁ δὲ τοῦ ταῶ λειμὼν εὐαν-
θέστερος· πεφύτευται γὰρ αὐτῷ καὶ χρυσὸς ἐν τοῖς
πτεροῖς, κύκλῳ δὲ τὸ ἁλουργὲς τὸν χρυσὸν περιθέει τὸν
ἴσον κύκλον, καί ἐστιν ὀφθαλμὸς ἐν τῷ πτερῷ.

ιζ. Καὶ ὁ Σάτυρος συνεὶς τοῦ λόγου μου τὴν ὑπόθεσιν, ἵνα μοι μᾶλλον ᾖ περὶ τούτου λέγω· Ἦ γὰρ
ὁ ἔρως, ἔφη, τοσαύτην ἔχει τὴν ἰσχὺν, ὡς καὶ μέχρι

lans adversus eum conditerat, caudae ornatum casu quodam pandentem & ostentantem pennas omnibus spectan-
das. Atque non equidem sine arte hoc, inquam, a pavone fit: sed cum ad amandum pronus sit, dilectam a se
feminam allicere cupiens, hoc sese pacto exornat. Videsne, & manu indicavi, iuxta platanum feminam illam? Ei nunc hic pulchritudinem suam, pennarum videlicet pratum, spectandam proponit. Saneque pavonis pratum hoc alio quovis longe floridius est: in eius enim
pennis vel aurum nascitur, cingitur autem orbiculus au-
reus orbiculo purpureo, ita, ut oculum efficiat in pennis.
XVII. Tum Satyrus, cognita orationis meae sententia, quo mihi esset, unde coeptum sermonem longius pro-
ducerem: Tam latene patet, inquit, amoris vis, ut avi-

1 Phile de pavone:
Λειμὼν γὰρ ἐστὶ ἡ γραφὴ τῶν
διθύρων.

Χρυσὸς δὲ λοιπὸς ἐπιζεθεὶς τῇ
πτερύγα
Σμάραγδον ἀγλὰ ἐμφυτεύει.

ὀρνίθων πέμπεται τὸ πῦρ; Οὐ μέχρις ὀρνίθων, ἔφην·
τοῦτο γὰρ οὐ θαυμαστόν· ἐπεὶ καὶ αὐτὸς ἔχει πτερόν·
ἀλλὰ καὶ ἑρπετῶν καὶ θηρῶν καὶ φυτῶν. ἐγὼ δὲ δοκῶ
μοι καὶ λίθων. ἐρᾷ γοῦν ἡ μαγνησία λίθος τοῦ σιδήρου·
κἂν μόνον ἴδῃ καὶ θίγῃ, πρὸς αὐτὴν εἵλκυσεν, ὥσπερ
ἐρωτικὸν ἔνδον ἔχουσα πῦρ. καὶ μή τι τοῦτό ἐστιν ἐρά-
σης λίθου καὶ ἐρωμένου σιδήρου φίλημα; Περὶ δὲ τῶν
φυτῶν λέγουσι παῖδες σοφῶν, καὶ μῦθον ἔλεγον τὸν
λόγον εἶναι, εἰ μὴ παῖδες ἔλεγον γεωργῶν. ὁ δὲ λό-
γος· ἄλλο μὲν ἄλλου φυτὸν ἐρᾷ· [1] τῷ δὲ φοίνικι τὸν
ἔρωτα μᾶλλον ἐνοχλῶ. λέγουσι δὲ τὸν μὲν ἄῤῥενα τῶν
φοινίκων, τὸν δὲ θῆλυν. ὁ ἄῤῥην οὖν τοῦ θήλεος ἐρᾷ,
κἂν ὁ θῆλυς ἀπῳκισμένος ᾖ τῇ τῆς φυτείας στάσει, ὁ ἐραστὴς ὁ ἄῤῥην αὐαίνεται. συνῆσεν οὖν ὁ γεωρ-
γὸς τὴν λύπην τοῦ φυτοῦ· καὶ εἰς τὴν τοῦ χωρίου πυ-

bus etiam ignem immittat? Non avibus solum, inquam,
hoc enim non mirum, quoniam ipse alatus est; sed etiam
serpentibus, & quadrupedibus, & plantis, atque, ut mihi quidem videtur, etiam saxis. Ferrum enim magnes
amat, & si modo videat, tangatve, ad se trahit, quasi
amatoriam in se flammam contineat. Id vero an non est
amantis saxi, atque amati ferri osculatio? Quod ad plantas attinet, philosophorum sententia est, quam plane fa-
bulosam putarem, nisi ei agricolae subscriberent, plantas
alteram alterius amore capi: atque ex iis molestiorem
eum palmam sentire. Aiunt enim, earum alterum marem,
feminam alteram esse. Marem igitur feminae desiderio
teneri. Ac si contingat feminam procul ab eo conseri,
marem amantem arescere. Quam ob rem agricolam plantae desiderium intelligentem editiore loco inscenso dispice-

1 Theophr. H. P. II, 8, 9.

ρωτικὴν ἀπελθὼν, ἱστορεῖ τοῦ φυτοῦ· κλίνεται γὰρ εἰς τὸ ἐρώμενον· καὶ μαθὼν, θεραπεύει τοῦ φυτοῦ τὴν νόσον. πτόρθον γὰρ τοῦ θήλεος φοίνικος λαβὼν, εἰς τὴν τοῦ ἄρρενος καρδίαν ἐντίθησι, καὶ ἀνέψυξε μὲν τὴν ψυχὴν τοῦ φυτοῦ· τὸ δὲ σῶμα ἀποθνῆσκον πάλιν ἀνεζωπύρησε, καὶ ἐξανέστη, χαῖρον ἐπὶ τῇ τῆς ἐρωμένης συμπλοκῇ· καὶ τοῦτό ἐστι γάμος φυτῶν.

ιη΄. Γίνεται δὲ καὶ γάμος ἄλλος ὑδάτων διαπόντιος. καὶ ἔστιν ὁ μὲν ἐραστὴς ποταμὸς Ἀλφειός· ἡ δὲ ἐρωμένη, κρήνη Σικελική. διὰ γὰρ τῆς θαλάττης ὁ ποταμὸς ὡς διὰ πεδίου τρέχει. ἡ δὲ οὐκ ἀφανίζει γλυκὺν ἐραστὴν ἁλμυρῷ κύματι· σχίζεται δὲ αὐτῷ ῥέοντι, καὶ τὸ σχίσμα τῆς θαλάττης χαράδρα τῷ ποταμῷ γίνεται· καὶ ἐπὶ τὴν Ἀρέθουσαν οὕτω τὸν Ἀλφειὸν συμβαστάζει. ὅταν οὖν ᾖ τῶν Ὀλυμπίων ἑορτὴ, πολλοὶ μὲν εἰς τὰς δίνας τοῦ ποταμοῦ καθιᾶσιν ἄλλος ἄλλα δῶρα· ὁ δὲ εὐθὺς πρὸς τὴν ἐρωμένην κομίζει. καὶ ταῦτά ἐστιν

re, quam in partem sese inclinet, (inclinatur enim amatam feminam versus) & cognitae illius aegritudini medelam adhibere. Feminae enim surculo sumto in maris cor inserere: itaque eius animum recreari, corpusque moriens excitari, ac reviviscere amatae complexu delectatum. Atque hae nuptiae plantarum sunt.

XVIII. Aliud etiam est aquarum Alphei fluvii amantis, & Arethusae fontis amatae contubium. Fluvius per mare non aliter, quam per terras, iter facit: nec dulcem eius aquam falso fluctu mare imbuit: sed discedit, ac praeterlabenti fluvio discessus ille alvei usum praestat, eoque pacto ad Arethusam Alpheus deducitur. In quinquennali autem Olympiae celebritate multi, alius alias res, in fluvii vortices immittunt: quas ille ad amatam statim defert; ea-

ἴδια [1] ποταμοῦ. Γίνεται δὲ καὶ ἐν τοῖς ἑρπετοῖς ἄλλο
ἔρωτος μυστήριον· οὐ τοῖς ὁμοιογενέσι μόνον πρὸς ἄλληλα, ἀλλὰ καὶ τοῖς ἀλλοφύλοις. Ὁ ἔχις ὁ τῆς γῆς
ὄφις εἰς τὴν σμύραιναν οἰστρεῖ. ἡ δὲ σμύραινά ἐστιν ἄλλος ὄφις θαλάσσιος, εἰς μὲν τὴν μορφὴν ὄφις, εἰς δὲ
τὴν χρῆσιν ἰχθύς. Ὅταν οὖν εἰς τὸν γάμον ἐθέλωσιν
ἀλλήλοις συμπλέσιν, ὁ μὲν εἰς τὸν αἰγιαλὸν ἐλθὼν συρίζει πρὸς τὴν θάλασσαν τῇ σμυραίνῃ σύμβολον· ἡ δὲ
γνωρίζει τὸ σύνθημα, καὶ ἐκ τῶν κυμάτων [2] ἀναδύε-
ται. ἀλλ' οὐκ εὐθέως πρὸς τὸν νυμφίον ἐξέρχεται· οἶδε γὰρ, ὅτι θάνατον ἐν τοῖς ὀδοῦσι φέρει· ἀλλ' ἄνεισιν εἰς τὴν πέτραν, καὶ περιμένει τὸν νυμφίον καθάρας

que fluvii nuptialia dono sint. In serpentibus non solum
eiusdem, sed etiam diversi generis, aliud amoris arcanum
invenitur. Nam vipera terrestris serpens muraenae in mari degentis amore deflagrat. Est autem muraena forma quidem serpens, usu vero piscis. Ii cum congredi volunt,
mas in litore consistens, ac mare versus sibilans, muraenae signum dat. Illa, eo cognito, ex undis egreditur: non
tamen ad sponsum, cuius dentes mortiferos esse cognoscit, statim properat: verum scopulo aliquo conscenso illic tantisper exspectat, dum ille ore venenum eiecerit. In-

---

1 Moschus VII, 1 seqq.
Ἀλφειὸς μετὰ Πίσαν ἐπὴν κατὰ
πόντον ὁδεύῃ,
Ἔρχεται εἰς Ἀρέθουσαν ἄγων
κοτινηφόρον ὕδωρ,
Ἕδνα φέρων καλὰ φύλλα καὶ ἄν-
θεα, καὶ κόνιν ἱρήν.
2 Facit ad h. l. illustrandum
Aelianus L. I, c. 50: Ἡ μύραινα
ὅταν ὁρμῇ ἀφροδισίων ἐπωθλημένη,
πρόεισιν εἰς τὴν γῆν, καὶ ὁμιλίαν
τιθεῖ τῷ νυμφίῳ καὶ μάλα συναρεῖ.
πάρεισι γὰρ εἰς ἰχθύος φωλεὸν, καὶ
ἄμφω συμπλέκεται. Ἤδη δὲ, φα-
σί, καὶ ὁ ἔχις οἰστρήσας καὶ ἐκεῖ-
ρος εἰς μίξιν ἀφικνεῖται πρὸς τὴν
θάλατταν, καὶ οἰστρεῖ κυματούμενος
ἐπὶ τῷ αὐλῷ θυμαινόμενος, οὕτω τοι
καὶ ἐκείνη συρίσας τὸν ἐρώμενον
ἀσπακαλεῖ, καὶ αὐτὴ πρόσεισι, τῆς
φύσεως τὰ ἀλλήλων διεστηκότα
συναγούσης εἰς ἐπιθυμίαν τῶν
ἰχθύων, καὶ μείνωσι τὴν αὐτήν.
Eandem fabulam habent Aristoteles H. A. L. V, c. 10. Oppianus
Halieut. L. I, v. 554. Sostratus
apud Athen. L. VII, p. 312. Plinius L. IX, Sect. 39. alii, plerique tamen eorum, se relata referre, addant.

τὸ στόμα ¹. ἵστανται οὖν ἀμφότεροι πρὸς ἀλλήλους
βλέποντες, ὁ μὲν ἠπειρώτης ἐραστὴς ἐξεμήνυσε τῆς νύμ-
φης τὸν σύμβον, ἡ δὲ ἐρριμμένον ἴδῃ τὸν θάνατον χαμαὶ.
τότε καταβαίνει τῆς πέτρας, καὶ εἰς τὴν ἤπειρον ἐξέρ-
χεται, καὶ τὸν ἐραστὴν περιπτύσσεται, καὶ οὐκέτι
σοβεῖται τὰ φιλήματα.

ιβʹ. Ταῦτα λέγων ἔβλεπον ἅμα τὴν κόρην, πῶς
ἔχει πρὸς τὴν ἀκρόασιν τὴν ἐρωτικήν· ἡ δὲ ὑπεσήμαινε
μὲν οὐκ ἀηδῶς ἀκούειν. τὸ δὲ κάλλος ἀστράπτον τοῦ
ταῶ ἧττον ἐδόκει μοι τοῦ Λευκίππης εἶναι προσώπου.
τὸ γὰρ τοῦ σώματος κάλλος αὐτῆς, πρὸς τὰ τοῦ λειμῶνος ἤριζεν ἄνθη· ναρκίσσου μὲν τὸ πρόσωπον ἔστιλ-
βε χρείαν, ῥόδον δὲ ἀνέτελλεν ἐκ τῆς παρειᾶς, ἴον δὲ
ἡ τῶν ὀφθαλμῶν ἐμάρμαιρεν αὐγή, αἱ δὲ κόμαι βο-
στρυχούμεναι μᾶλλον εἱλίσσοντο κιττοῦ. Τοσοῦτος ἦν

terim continentis incola amator, & insulae habitatrix amata mutuo sese contemplantur. Cum primum igitur amans
metu sponsam liberavit, illaque venenum humi proiectum
videt, e scopulo in continentem delabitur, amantemque
complectitur, osculationes eius minime amplius verita.

XIX. Haec dum commemorarem, quonam modo Leucippe amatoriam hanc narrationem audiendo afficeretur,
observabam: quae sane non illibenter audire se subindi-
cavit. Ceterum pavoris eximiam illam formam Leucippes
vultus longe superare mihi visus est: quippe cuius pulchritudo cum prati floribus certabat. Narcissi enim in fronte, rosarum in genis color, renidebat, oculorum fulgor
violarum splendorem imitabatur: capillorum cincinni hederae contorsionibus implicatiores cernebantur. Ac tale

1 Καθάρας τὸ στόμα) Aelianus
L. IX, c. 66, tradit idem: Μέλ-
λει ὁ ἴχμη ὁμιλεῖν αὐτῇ, ἵνα δείξῃ
πρῶτον καὶ πρῶτον νύμφιον, τὴν ... δεσμοῖ καὶ ἐμβάλλει, καὶ αὐτὸς
ὑπισχνεῖται τὴν νύμφην παρακα-
λεῖ, αὐτός προγάμιόν τινα ὑπισχνεῖται δαμάλεως.

Λωπόδυτης ἐπὶ τῶν προσώπων ὁ λειμών [1]. Ἡ μὲν οὖν
μετὰ μικρὸν ἀπιοῦσα ᾤχετο. τῆς γὰρ κιθάρας αὐτὴν
ὁ καιρὸς ἐκάλει. ἐμοὶ δὲ ἐδόκει παρεῖναι. ἀπελθοῦσα
γὰρ τὴν μορφὴν ἐπαφῆκά μου τοῖς ὀφθαλμοῖς. ἑαυτοὺς οὖν ἐπῃνοῦμεν ἐγώ τε καὶ ὁ Σάτυρος· ἐγὼ μὲν
ἐμαυτὸν τῆς μυθολογίας, ὁ δὲ ὅτι μοι τὰς ἀφορμὰς
παρέσχεν· καὶ μετὰ μικρὸν τοῦ δείπνου καιρὸς ἦν,
καὶ πάλιν ὁμοίως συνεπίνομεν.

etur, quod illius facies pratum referebat. Non multo autem post illa illinc abiit: pulsandae enim citharae tempus
eam invitaverat: nec tamen mihi non adesse videbatur,
utpote quae meis in oculis imaginem suam discedens re-
liquerat. Satyrus autem atque ego nosmet ea ratione
mutuo commendabamus, quod ipse fabulas narrassem, ille
narrandi occasionem praebuisset. Paulo post coenandi tempus venit. Priorem itaque in modum rursus accubuimus.

1 Λωπόδυτης — λειμών) Musaeus v. 16 - 61:
Μαρμαρυγὴ χαρίεσσα δι᾽ ὀμμα-
τόεντα προσώπω,
Οἷά τι λευκοπάρῃος ἐπαντέλ-
λουσα Σελήνη.
Ἄκρα δὲ χιονέων φοινίσσετο κύ-
κλα παρειῶν,

Ὡς ῥόδον ἐκ καλύκων διδυ-
μόχροον· ὁ τάχα φαίης
Ἡρεῦς ἐν μελέεσσι ῥόδον λαμ-
πρᾶς Φαεθούσης.
Χροιὴ γὰρ μελέων ἐρυθαίνετο,
Nonnus Dionys. XV, pag. 426:
Χιονέαις μελέων μελέεσσι διεφαί-
νετο λειμών.

ΛΟΓΟΣ ΔΕΥΤΕΡΟΣ.

Ἅμα δ' ἑαυτοὺς ἐπαινοῦντις, ἐπὶ τὸ δωμάτιον ἐβα-
δίζομεν τῆς κόρης, ἀκροασόμενοι δῆθεν τῶν κιθαρισμά-
των· οὐδὲ γὰρ ἐδυνάμην ἐμαυτοῦ κἂν ἐπ' ὀλίγον κρατεῖν τοῦ μὴ ὁρᾶν τὴν κόρην. ἡ δὲ πρῶτον μὲν ᾖσεν Ὁμήρου [1] τὴν πρὸς τὸν λέοντα τοῦ συὸς μάχην· ἔπειτά τι
καὶ τῆς ἀπαλῆς μούσης ἐλίγαινεν· ῥόδον γὰρ ἐπῄνει
τὸ ᾆσμα. εἴ τις τὰς καμπὰς τῆς ᾠδῆς περιελὼν ψι-
λὴν ἔλεγεν ἁρμονίας τὸν λόγον, οὕτως ἂν εἶχεν ὁ λό-
γος· Εἰ τοῖς ἄνθεσιν ἤθελεν ὁ Ζεὺς ἐπιθεῖναι βασιλία,
τὸ ῥόδον ἂν τῶν ἀνθέων ἐβασίλευσεν. γῆς ἐστι κόσμος,
φυτῶν ἀγλάϊσμα, ὀφθαλμὸς ἀνθέων, λειμῶνος ἐρύθη-

LIBER SECUNDUS.

Interea dum noſtrûm alter alterum laudaret, ad
puellae thalamum pervenimus, eam videlicet cithara canentem audituri, a qua contemplanda ne minimum quidem continere ipſe me poteram. Illa deſcriptam ab Ho-
mero ſuis cum leone pugnam primum, aliud deinde mol-
lius etiam, roſae ſcilicet laudes, cecinit. Ac ſi quis verba
ſine numeris referre velit, huiuſmodi propemodum eſſent:
Si regem floribus conſtituere Iuppiter voluiſſet, non alium
certe, quam roſam, eiuſmodi honore dignatus eſſet. Haec
terrae ornamentum eſt, plantarum ſplendor, oculus florum, prati rubor, flos omnium pulcherrimus. Haec amo-

---

[1] Ὁμήρου) Iliad. Π. circa fin.
Ὡς δ' ὅτε τὸν ἀκάματτα λέων
    ἐβιήσατο χάρμῃ,
Τῷ τ' ἄρει κομάων μέγα φρο-
    νέοντε μαχεῖσθαι

Πίδοντε ἀμφ' ἀλίγῃ, ἐθέλουσι
    δὲ θυμὸν ἄμφω,
Πολλὰ δέ τ' ἀνθρώποιτα λέων
    ἐδάματτε βίηφι.

μα, κάλλος ἀστράπτει. ἔρωτος πνέει. Ἀφροδίτην προξενεῖ, εὐώδεσι φύλλοις κομᾷ, εὐκινήτοις πετάλοις τρυφᾷ, τὸ πέταλον τῷ ζεφύρῳ γελᾷ. Ἡ μὲν ταῦτα ᾖδεν·
ἐγὼ δὲ ἐδόκουν τὸ ῥόδον ἐπὶ τῶν χειλέων αὐτῆς ἰδεῖν,
εἴ τις ὡς κάλυκος τὸ περιφερὲς εἰς τὴν τοῦ στόματος
ἔκλεισε μορφήν.

β΄. Καὶ ἄρτι πέπαυτο τῶν κιθαρισμάτων, καὶ
πάλιν τοῦ δείπνου καιρός· ἦν γὰρ τότε ἑορτὴ προτρυ-
γαίου Διονύσου [1]. Τὸν γὰρ Διόνυσον Τύριοι νομίζουσιν
ἑαυτῶν, ἐπεὶ καὶ τὸν Κάδμου μῦθον ᾄδουσιν· καὶ τῆς
ἑορτῆς διηγοῦνται πατέρα μῦθον, οἶνον οὐκ εἶναί ποτε
παρ᾽ ἀνθρώποις, οὔτω παρ᾽ αὐτοῖς, οὐ τὸν μέλανα τὸν
ἀνθοσμίαν, οὐ τὸν τῆς Βιβλίας ἀμπέλου, οὐ τὸν Μά-
ρωνος τὸν Θράκιον, οὐ Χῖον τὸν ἐκ Λακαίνης, οὐ τὸν
Ἰκάρου [2] τὸν νησιώτην, ἀλλὰ τούτους μὲν ἅπαντας

rem spirat, venerem conciliat, odoratis foliis superbit,
tremula frondibus luxuriat, fronsque zephyro arridet.
Huiusmodi sane cantus illius erat. Mihi vero in ipsius
labris rosam videre videbar, ut si quis calathi ambitum
oris forma terminet.

II. Vix autem canendi finem fecerat, cum coenae tempus venit. Ac tum forte Protrygaei Dionysi festi dies celebrabantur: quem Deum Tyrii sibi ipsis praeesse volunt.
Nam & Cadmi fabulam canunt, & celebritatis eius insti-
tuendae originem huiusmodi quandam tradunt, nullum
videlicet olim vinum mortales habuisse: nondum enim nigrum, quod Anthosmiam vocant, non Biblinum, non
Maronaeum, non Chium, non Icarium repertum fuerat:

1 v. Periton. ad Aelian. V. H.   L. III, p. 197 edit. Com. Διό-
III, 41. Ceterum absone antea   νυσος Ἰκάρου τε καὶ λαμβάνει παρ᾽
legebatur: ἂν γὰρ ἱερᾷ προτρυ-   αὐτοῦ κλῆμα ἀμπέλου, καὶ τὰ περὶ
γαίου Διονύσου. Τότε γὰρ τὴν Δ.   τὴν οἴνου ἐκ μυθίζεται, καὶ τὰς
2 Explicat Apollodorus Bibl.   τοῦ θεοῦ δωρίσασθαι θέλων χάριν

ἀποίκους εἶναι Τυρίων ἀνθρώπων· τὴν δὲ πρώτην παρ' αὐτοῖς φῦναι τὴν οἴνου μητέρα· εἶναι γὰρ ἐκεῖ φιλόξενόν τινα βουκόλον, οἷον τὸν Ἰκάριον Ἀθηναῖοι λέγουσιν, καὶ τοῦτον ἐνταῦθα τοῦ μύθου γενέσθαι πατέρα· ὅσον Ἀττικὸν εἶναι δοκεῖ. ἐπὶ τοῦτον ἧκεν ὁ Διόνυσος τὸν βουκόλον, ὁ δὲ αὐτῷ παρατίθησιν, ὅσα γῆ φέρει, καὶ ἅμαξα βοῶν, ποτὸν δὲ ἦν παρ' αὐτοῖς οἷον καὶ ὁ βοῦς ἔπινεν. οὔπω γὰρ τὸ ἀμπέλινον ἦν. ὁ δὲ Διόνυσος καὶ ἐπαινεῖ τῆς φιλοφροσύνης τὸν βουκόλον, καὶ αὐτῷ προτείνει κύλικα φιλοτησίαν. τὸ δὲ ποτὸν οἶνος ἦν. ὁ δὲ πιών, ὑφ' ἡδονῆς βακχεύεται, καὶ λέγει πρὸς τὸν θεόν· Πόθεν, ὦ ξένε, σοι τὸ ὕδωρ τοῦτο τὸ πορφυροῦν; πόθεν οὕτως εὗρες αἷμα γλυκύ; οὐ γάρ ἐστιν ἐκεῖνο τὸ χαμαὶ ῥέον. τὸ μὲν γὰρ εἰς τὰ στέρνα καταβαίνει, καὶ λεπτὴν ἔχει τὴν ἡδονήν· τὸ δὲ καὶ πρὸ

sed a Tyriis ea omnia manasse: primamque illius procreatricem apud se exstitisse. Fuisse enim illic pastorem quendam, hospitalem, qualem Icarum Athenienses memorant, qui fabulae auctor fuerit, ab Attica sane non dissimilis. Ad eum divertisse aliquando Dionysum: cui quidem ille quaecunque terra gignit, ac boum plaustrum, apposuerit: potum vero ipsis non alium, quam qui bobus est communis, fuisse, quod vites nondum apparuisset. Pastoris benignitatem Dionysum laudavisse, hominemque poculo vini pleno benevolentiae ergo invitasse. Illum, cum hausisset, prae voluptate gestire coepisse, atque ad Deum conversum dixisse: Undenam tibi, hospes, purpurea haec aqua est? aut ubi gentium tam dulcem sanguinem reperisti? non enim ex eo est, qui per terram labitur. Ille enim minima cum voluptate in pectus descendit: hic autem ori

ναι ἀνθρώπων, ἀφικνεῖται πρὸς τομὲν ποιμένας, οἱ γευσάμενοι τοῦ ποτοῦ καὶ χωρὶς ὕδατος ἀφειδῶς δι' ἀήθειαν ἐκλύσαντες πεφαρμάχθαι νομίζοντες, ἀνεῖλον αὐτόν.

τοῦ στόματος εὐφραίνει τὰς ῥῖνας, καὶ θίγοντι μὲν
ψυχρόν ἐστιν, εἰς τὴν γαστέρα δὲ καταθορὸν ἀνατεῖ
κάτωθεν πῦρ ἡδονῆς. Καὶ ὁ Διόνυσος ἔφη· Τοῦτό ἐστιν
ὀπώρας ὕδωρ, τοῦτό ἐστιν αἷμα βοτρύων. ἄγει πρὸς
τὴν ἄμπελον ὁ θεὸς τὸν βουκόλον, καὶ τῶν βοτρύων
λαβὼν ἅμα καὶ θλίβων. καὶ δεικνὺς τὴν ἄμπελον,
Τοῦτο μέν ἐστιν, ἔφη, τὸ ὕδωρ· τοῦτο δὲ ἡ πηγή. Ὁ
μὲν οὖν οὕτως ἐς ἀνθρώπους παρῆλθεν, ὡς ὁ Τυρίων
λόγος.

γ΄. Ἑορτὴν δὲ ἄγουσα ἱκτόπην τὴν ἡμέραν ἱκαλῷ
θεῷ. Φιλοτιμούμενος οὖν ὁ πατήρ, τά τι ἄλλα παρασκευάσας εἰς τὸ δεῖπνον ἔτυχε πολυτελέστερον· καὶ
κρατῆρα παρέθηκεν τὸν ἱερὸν τοῦ θεοῦ, μετὰ τὸ Γλαύ-
κου τοῦ Χίου δεύτερον. ὑάλου μὲν τὸ πᾶν ἔργον ὀρω-
ρυγμένης· κύκλῳ δὲ αὐτὸν ἄμπελοι περιέστισον ἀπὸ
τοῦ κρατῆρος πεφυτευμέναι. οἱ βότρυες πάντη περι-
κρεμάμενοι· ὄμφαξ μὲν αὐτῶν ἕκαστος ὅσον ἦ εἰκὸς
ὁ κρατήρ· ἐὰν δὲ ἐγχέῃς οἶνον, κατὰ μικρὸν ὁ βότρυς

admotus nares quoque delectat: cumque tactu frigidus
fit, in ventrem delapsus ima ex parte iucundum calorem
exhalat. Tum Dionysum respondisse: Aqua haec autumna-
lis, & sanguis e racemis provenit: pastoremque ad vites
duxisse, acceptisque ac simul pressis commonstratae vitis racemis dixisse; Haec aqua est, hi autem fontes. Hoc pacto
vinum mortalibus, ut Tyriorum sermo habet, datum fuit.

III. Deo igitur illi sacer ac solemnis ille dies institutus
fuit. Quem cum pater meus celebrare vellet, magnifi-
cam ac lautam coenam imperavit, & poculum Deo sacrum adposuit, deinde alterum quoque a Glauco Chio
elaboratum adhibuit. E caelato id vitro erat, eiusque oram
vites in eo ipso natae coronabant: a quibus racemi passim pendebant, sicco omnes poculo acerbi; immisso au-

ὑποπερκάζεται, καὶ σταφυλὴν τὸν ὄμφακα ποιεῖ. Διόνυσός τε ὑποτύπωται τῶν βοτρύων, ἵνα τὴν ἄμπελον γεωργῇ. τοῦ δὲ ποτοῦ προϊόντος ἤδη καὶ ἀναισχύντως ἐς αὐτὴν ἑώρων. Ἔρως δὲ καὶ Διόνυσος, δύο βίαιοι θεοὶ [1], ψυχὴν κατασχόντες, ἐκμαίνουσιν εἰς ἀναισχυντίαν, ὁ μὲν καίων αὐτὴν τῷ συνήθει πυρὶ, ὁ δὲ τὸν οἶνον ὑπέκκαυμα φέρων. οἶνος γὰρ ἔρωτος τροφή. Ἤδη δὲ καὶ αὐτὴ περιεργότερον εἰς ἐμὲ βλέπειν ἐθρασύνετο, καὶ ταῦτα μὲν ἡμῖν ἡμερῶν ἐπράττετο δέκα, καὶ πλέον τῶν ὀμμάτων ὑπερβαίνομεν ἢ ἐτολμῶμεν οὐδέν.

δ'. Κοινοῦμαι δὴ τῷ Σατύρῳ τὸ πᾶν, καὶ συμπράττειν ἠξίουν. ὁ δὲ ἔλεγε καὶ αὐτὸς μὲν ἐγνωκέναι πρὶν παρ' ἐμοῦ μαθεῖν· ἀκνῶ δὲ ἐλέγχειν, βουλόμενος

rem vino paulatim rubentes, & maturi: quos inter Dionysus, ut vitem coleret, effusus erat. Caeterum, gliscente potu, puellam impudenter intuebar. Amor enim ac Liber, violenti Dii, animam invadentes, eousque incendunt, ut pudoris oblivisci cogant, dum alter consuetum ignem adhibet, alter igni materiam vino subministrat: vinum enim amoris pabulum est. Iam vero & ipsa puella accuratius intueri me ausa est. Atque ad eum modum dies nobis decem consumti sunt: quibus nihil aliud, praeter oculorum coniectus, alter ab altero recepimus, aut attentare ausi fuimus.

IV. Tandem Satyro rem omnem patefeci, atque, ut mihi opem ferret, obsecravi. Ille autem: Omnia, inquit, prius, quam ex te intelligerem, cognovi: sed indicium facere distuli, quia id nescire credi volebam. Clandestinus

---

1 Propert. I, 3, 14.
Et quamvis duplici correptum ardore iuberent,
Hac Amor, hac Liber, durus uterque Deus.

λαθεῖν. ὁ γὰρ μετὰ κλοπῆς ἐρῶν, ἂν ἐλεγχθῇ πρός
τινας, ὡς ὀνειδίζοντα τὸν ἐλέγξαντα μισεῖ. ἤδη δὲ, ἴσθι,
καὶ τὸ αὐτόματον ἡμῶν προὐπόρησεν [ἡ τύχη] [1]. ἡ γὰρ
τὸν θάλαμον αὐτῆς πεπιστευμένη Κλειὼ, κεκοινώνη-
κέ μοι, καὶ ἔχει πρός με ὡς ἐραστήν. Ταύτην παρα-
σκευάσω κατὰ μικρὸν πρὸς ἡμᾶς οὕτως ἔχειν, ὡς καὶ
συναίρεσθαι πρὸς τὸ ἔργον. δεῖ δέ σε καὶ τὴν κόρην,
μὴ μέχρι τῶν ὀφθαλμῶν μόνον πειρᾶν, ἀλλὰ καὶ
ῥῆμα δριμύτερον εἰπεῖν. Τότε δὲ πρόσαγε τὴν δευτέραν
μηχανήν. θίγε χειρὸς, θλῖψον δάκτυλα, θλίβων στέ-
ναξον. ἢν δὲ ταῦτα σοῦ ποιοῦντος καρτερῇ καὶ προσίη-
ται, σὸν ἔργον ἤδη, δέσποινάν τε καλεῖν, καὶ φιλῆ-
σαι τράχηλον. Πιθανῶς μὲν, ἴσθην, νὴ τὴν Ἀθηνᾶν,
εἰς τὸ ἔργον παιδοτριβεῖς· δέδοικα δὲ μὴ ἄτολμος ὢν
καὶ δειλὸς ἔρωτος ἀθλητὴς γένωμαι. Ἔρως, ὦ γεν-

enim amans, si quis eius amorem indicet, indicem quasi
maledicum aliquem conviciatorem odio prosequi consuevit. Ceterum nostri curam fortuna sponte suscepit. Etenim Clio, cui puellae thalamus creditus est, me in amicitiam recepit, atque amantis loco habet. Ego brevi rem
inter vos ita componam, ut ad negotium conficiendum ipsa
opem praestet. Verum de puellae voluntate solis oculis periculum facere satis non est: sed efficacius aliquid loqui
oportet, ibique machinam etiam alteram adhibere: itaque
manum tange, digitos constringe, atque inter constrin-
gendum suspira: si haec agentem aequo te animo feret,
neque facta huiusmodi aspernabitur, tum vero dominam
appella, eiusque collum suaviare. Apposite tu quidem, inquam, ita me servet Pallas, ad eam me rem instituis. Sed
vereor, ne, qua sum animi imbecillitate, minus strenuus
amoris miles sim. Tum Satyrus: Ignaviam, o generose

1 Ἡ τύχη) Superflua mihi videtur. Paullo inferius dicitur τὸ
αὐτόματόν μοι συνήργησεν.

ναῖ, ἔφη, δειλίας οὐκ ἀπέχεται. ὁρᾷς αὐτοῦ ὡς ἐστὶ
στρατιωτικὸν τὸ σχῆμα; τόξον καὶ φαρέτρα, καὶ βέλη, καὶ πῦρ, ἀνδρεῖα πάντα, καὶ τόλμης γέμοντα.
τοσοῦτον οὖν ἐν σεαυτῷ θεὸν ἔχων, δειλὸς εἶ καὶ φοβῇ; ὅρα μὴ καταψεύσῃ τοῦ θεοῦ. ἀρχὴν δὲ ἐγώ σοι
παρέξω. τὴν Κλειὼ γὰρ ἀπάξω μάλιστα ὅταν ἐπιτήδειον ἰδῶ καιρὸν, τοῦ σὲ τῇ παρθένῳ δύνασθαι καθ'
αὑτὸν συνεῖναι μόνη.

ε'. Ταῦτ' εἰπὼν, ἐχώρησεν ἔξω τῶν θυρῶν· ἐγὼ
δὲ κατ' ἐμαυτὸν γινόμενος, καὶ ὑπὸ τοῦ Σατύρου
παροξυνθεὶς, ἤσκουν ἐμαυτὸν εἰς εὐτολμίαν πρὸς τὴν
παρθένον· Μέχρι τίνος, ἄναυδρι, σιγᾷς; τί δὲ δειλὸς
εἶ στρατιώτης ἀνδρείου θεοῦ; τὴν κόρην προσελθεῖν σοι
περιμένεις; Εἶτα προσετίθην· Τί γὰρ, ὦ κακόδαιμον,
οὐ σωφρονεῖς; τί δὲ οὐκ ἐρᾷς, ὧν σε δεῖ; παρθένον ἔνδον ἔχεις ἄλλην καλήν. ταύτης ἔρα, ταύτην βλέπε,

vir, Cupido, inquit, non sustinet. An non tu illum militari
ornatu incedere, saginasque, pharetram, iaculum, ignem,
virilia & audaciae plena omnia esse prospicis? an tu tali
Deo plenus obtorpeas & expavescas? Cave, ne falso te
amantem praeficas. Ego tibi rem incoeptam dabo. Clio
enim, simulac tempus ad puellam remotis arbitris conve-
niendam idoneum perspexero, alio dimittam.

V. Quae cum dixisset, abiit. Ipse autem solus relictus,
ac Satyri verbis exstimulatus, ita me componere conabar,
ut me, in puellae conspectum veniens, animo deficerem;
mecumque, Quousque, inquam, effeminate, obtorpesces?
quid tam potentis Dei miles tantopere obtorpescis? ventu-
ramne ad te illam exspectas? Non multo autem post con-
trariam in sententiam haec addebam: Atqui cur non resi-
piscis, infelix? quin illam potius, quam par est, virginem
diligis? aliam domi habes non deformem; illam ama, il-

ταύτην ἔξεστί σοι γαμεῖν. Ἐδόκουν πεπεῖσθαι. κάτωθεν δὲ, ὥσπερ ἐκ τῆς καρδίας, ὁ ἔρως ἀπεφθέγγε-
το· Ναὶ, τολμηρὲ, κατ' ἐμοῦ στρατιώτη καὶ ἀντιπαρα-
τάττη; ἵπταμαι, καὶ τοξεύω, καὶ φλέγω. πῶς δυ-
νήσῃ με φυγεῖν; ἂν φυλάξῃ μου τὸ τόξον, οὐκ ἔχεις
φυλάξασθαι τὸ πῦρ· ἂν δὲ καὶ ταύτην κατασβέσῃς
σωφροσύνῃ τὴν φλόγα, αὐτῷ σε καταλήψομαι τῷ
πτερῷ.

ϛʹ. Ταῦτα διαλεγόμενος ἔλαθον ἐπιστὰς ἀπροορά-
τως τῇ κόρῃ, καὶ ὠχρίασά τε ἰδὼν ἐξαίφνης· εἶτα ἐφοι-
νίχθην. μόνη δὲ ἦν, καὶ οὐδὲ ἡ Κλειὼ συμπαρῆν. ὅμως
οὖν ὡς ἂν τεθορυβημένος, οὐκ ἔχων ὅ, τι εἴπω· Χαῖρε, ἔφην. δέσποινα. Ἡ δὲ μειδιάσασα γλυκὺ, καὶ
ἐμφανίσασα διὰ τοῦ γέλωτος, ὅτι συνῆκε, πῶς εἶπον
τὸ Χαῖρε δέσποινα, εἶπον· Ἐγὼ σή; μὴ τοῦτ' εἴπῃς·

Iam contemplare, illam te in uxorem habere ius est. Iraque mihi persuasus esse videbar. Verum contra tanquam
ex imo cordis Amor respondebat: An igitur tantum tibi
sumis, ut contra me arma feras, mihique resistere audeas?
Mihi ad volandum pennae, ad vulnerandum sagittae, ad
exurendum faces datae sunt. Quonam te modo evasurum
speras? Ut sagittarum ictus declines, faces tu quidem certe nunquam evitabis. Quod si earum flammis temperan-
tiae scutum opponas, volatu profecto te comprehendam.

VI. Haec dum mecum solus loquerer, puellae me obviam improviso factum animadverti, eaque visa statim
expallui: mox rubore perfusus sum. Illa tum sola erat:
recesserat enim etiam Clio. Quamquam igitur animo perculso & abiecto, quid dicere non habebam, tamen: Salve, inquam, hera. Tum illa suaviter ridens, & risu,
quorsum ea salutatio spectaret, intellexisse significans, Tua-
ne ego, inquis, hera? Ah, non aequum dicis. Anne Deus

καὶ μὴν, πέπρακέν σέ τις μοὶ θεῶν, ὥσπερ καὶ τὸν
Ἡρακλέα τῇ Ὀμφάλῃ; Τὸν Ἑρμῆν λέγεις· τούτῳ
τὴν πρᾶσιν ἐκέλευσε ὁ Ζεύς. Καὶ ἅμα ἐγέλασεν.
Ποῖον Ἑρμῆν; Τί ληρεῖς, εἶπεν, εἰδυῖα σαφῶς ὃ λέγω; Ὡς δὲ περιέπλεκον λόγοις ἐκ λόγων, τὸ αὐτόματόν μοι συνήργησε.

ζ΄. Ἔτυχε τῇ προτεραίᾳ ταύτης ἡμέρᾳ περὶ με-
σημβρίαν ἡ παῖς ψάλλουσα κιθάρᾳ· ἐπιπαρῆν δὲ αὐ-
τῇ· καὶ ἡ Κλειὼ καὶ παρεκάθητο· διαβαδίζον δὲ ἐγὼ,
καί τις ἐξαίφνης μέλιττά ποθεν ἱπτᾶσα τῆς Κλειοῦς
ἐπάταξε τὴν χεῖρα. καὶ ἡ μὲν ἀνέκραγεν· ἡ δὲ παῖς
ἀναθοροῦσα, καὶ καταθεμένη τὴν κιθάραν κατενόει τὴν
πληγήν· καὶ ἅμα παρῆγε. λέγουσα, μηδὲν ἄχθε-
σθαι· παύσειν γὰρ αὐτὴν τῆς ἀλγηδόνος δύο ἐπάσα-
σαν ῥήματα· διδαχθῆναι γὰρ αὐτὴν ὑπό τινος Αἰγυ-
πτίας εἰς πληγὰς σφηκῶν καὶ μελιττῶν. καὶ ἅμα

ae, inquit, nescio quis, mihi, quemadmodum Herculem
Omphalae, vendidit? Tum ego: Mercurium, inquam, dicis. Siquidem ei auctionem Iuppiter demandavit. Simulque risit. Quem Mercurium? ait. Quas nugas ais, inquam;
cum probe, quid dixerim, perceperis? Interea, dum sermones sermonibus texerem, auxilio mihi casus quidam fuit.

VII. Forte fortuna pridie eius diei circiter meridiem Leucippe citharam pulsabat. Aderam vero & ipse, Clioque illi
assidebat. Ibi tum me deambulante apicula quaedam, aliun-
de improviso advolans, Clionis manum pupugit; quae
cum eiulasset, puella surrexit, depositaque cithara, vulnus
inspexit, ac bono animo esse iussit, dolorem se, inquiens,
duobus verbis abstersuram: didicisse enim ab Aegyptia
quadam muliere, vesparum apumque morsibus mederi:

ἐπῇδε· καὶ ἔλεγεν ἡ Κλειώ, μετὰ μικρὸν ῥᾴων γεγονέναι. Τότε οὖν κατὰ τύχην μέλιττά τις ἢ σφὴξ περιβομβήσασα, κύκλῳ μου τὸ πρόσωπον περιίπτη. κἀγὼ λαμβάνω τὸ ἐνθύμιον, καὶ τὴν χεῖρα ἐπιβάλλων τοῖς προσώποις, προσποιούμην πεπλῆχθαι καὶ ἀλγεῖν. ἡ δὲ παῖς προσελθοῦσα, ἦρε τὴν χεῖρα, καὶ ἐπυνθάνετο ποῖ ἐπατάχθην· κἀγώ· Κατὰ τοῦ χείλους, ἔφην, ἀλλὰ τί οὐκ ἐπᾴδεις, φιλτάτη; Ἡ δὲ προσῆλθέ τι, καὶ ἀνέθηκεν, ὡς ἐπᾴσουσα, τὸ στόμα· καί τι ἐψιθύριζεν, ἐξ ἐπιπολῆς ψαύουσά μου τῶν χειλίων· κἀγὼ κατεφίλουν, σιωπῇ κλέπτων τῶν φιλημάτων τὸν ψόφον. ἡ δὲ ἀνοίγουσα καὶ κλείουσα τῶν χειλίων τὴν συμβολὴν, τῷ τῆς ἐπῳδῆς ψιθυρίσματι φιλήματα ἐποίει τὴν ἐπῳδήν· κἀγὼ τότε ἤδη περιβαλὼν σαφῶς κατεφίλουν· ἡ δὲ διασχοῦσα· Τί ποιεῖς; ἔφη· καὶ σὺ κατεπᾴδεις; Τὴν ἐπῳδήν, εἶπον, φιλῶ,

ac simul excantavit: meliusculeque sibi esse paulo post Clio confessa est. Tunc igitur casus attulit, ut apis, forte vero etiam vespa quaedam, susurrans faciem meam volitando circumiret. Occasione itaque inde arrepta, manuque ori admota, vulnus accepisse, & dolorem sentire me finxi. Quamobrem accurrens virgo manum removit, &, quae pars laesi esset, rogavit. Ego vero, labra, respondi: tu autem, carissima Leucippe, cur non excantas? Tum illa tanquam excantatura os admovit, & labiorum meorum extrema contingens nescio quid immurmuravit. Interea ipse oscula furtim nullo edito sono dabam. Sed & puella, dum in pronuntianda cantione labra nunc aperiret, nunc clauderet, efficiebat, ut cantio in basia commutaretur. Itaque tum ego eam complectens palam suaviatus sum. Illa vero retrocedens, Quid, inquit, agis? num tu etiam excantas? Atqui cantionem, inquam, exoscu-

ὅτι μου τὴν ὀδύνην ἰάσω. Ὡς δὲ συνῆκα ὃ λέγω, καὶ ἐμειδίασεν, θαρρήσας, εἶπον· Οἴμοι, φιλτάτη· πάλιν τέτρωμαι χαλεπώτερον· ἐπὶ γὰρ τὴν καρδίαν κατέρρευσε τὸ τραῦμα, καὶ ζητεῖ σου τὴν ἐπῳδήν. ἦ που καὶ σὺ μέλιτταν ἐπὶ τοῦ στόματος φέρεις; καὶ γὰρ μέλιτος γέμεις, καὶ τιτρώσκει σου τὰ φιλήματα. ἀλλὰ δέομαι, κατέπασον αὖθις· καὶ μὴ ταχὺ τὴν ἐπῳδὴν παραδράμῃς, μὴ πάλιν ἀγριάνῃς τὸ τραῦμα. Καὶ ἅμα λέγων, τὴν χεῖρα βιαιότερον περιέβαλλον, καὶ ἐφίλουν ἐλευθεριώτερον. ἡ δὲ ἠνείχετο, κωλύουσα δῆθεν.

η'. Ἐπὶ τούτῳ πόρρωθεν ἰδόντες προσιοῦσαν τὴν θεράπαιναν διελύομεν, ἐγὼ μὲν ἄκων καὶ λυπούμενος, ἡ δ' οὐκ οἶδ' ὅπως. μᾶλλον οὖν ἐγεγόνειν, καὶ μεστὸς ἐλπίδων. ᾐσθόμην δὲ ἐπικαθημένου μοι τοῦ φιλήματος ὥσπερ σώματος, καὶ ἐφύλαττον ἀκριβῶς ὡς θη-

lor, quoniam ea tu dolorem mihi omnem eripuisti. Quae cum intellexisset subrisissetque, animus mihi accessit, ac subito: Heu mihi, carissima Leucippe, inquam, rursum atque acerbius pungor: aculeus enim ad cor usque penetravit, excantationemque tuam exposcit. Apem certe tu quoque in ore gestas: nam & mellis plena es, & basia tua vulnus imponunt. Quare aegrum, quaeso, excanta: sed tam cito cantionem absolvere noli, ne vulnus recrudescat. Atque inter loquendum manu validiore complexus, liberiusque osculatus sum. Illa, tametsi repugnare videretur, sustinuit tamen.

VIII. Interea procul venientem ancillam conspicati, alius alio secessimus: ego quidem perinvitus ac tristis; illa vero qua mente, haud sane noram. Ex illo melius mihi esse, ac spes augeri coepit; planeque basium in labris meis, quasi corporeum aliquid relictum residere sentiebam, & .

σαυρὸν τὸ φίλημα τηρῶν ἡδονῆς, ὃ πρῶτόν ἐστιν ἐραστῇ
γλυκύ. καὶ γὰρ ἀπὸ τοῦ καλλίστου τῶν τοῦ σώματος ὀργάνων τίκτεται· στόμα γὰρ φωνῆς ὄργανον· φωνὴ δὲ ψυχῆς σκιά. αἱ γὰρ τῶν στομάτων συμβολαὶ
κιρνάμεναι, καὶ πέμπουσαι κατὰ τῶν στέρνων τὴν
ἡδονήν, ἕλκουσι τὰς ψυχὰς πρὸς τὰ φιλήματα. οὐκ
οἶδα δὲ οὕτω πρότερον ἡσθιώσης τῆς καρδίας. καὶ τότε πρῶτον ἔμαθον ὅτι μηδὲν ἐρίζει πρὸς ἡδονὴν φιλήματι ἐρωτικῷ.

θ. Ἐπειδὴ δὲ τοῦ δείπνου καιρὸς ἦν, πάλιν ὁμοίως
συνεπίνομεν. ᾠνοχόει δὲ ὁ Σάτυρος ἡμῖν, καί τι ποιεῖ
ἐρωτικόν. διαλλάσσει τὰ ἐκπώματα, καὶ τὸ μὲν ἐμὸν
τῇ κόρῃ προστίθησι, τὸ δὲ ἐκείνης ἐμοί, καὶ ἐγχέων
ἀμφοτέροις, καὶ ἐγκερασάμενος ὤρεγε. ἐγὼ δὲ ἐπιτηρήσας τὸ μέρος τοῦ ἐκπώματος ἔνθα τὸ χεῖλος ἡ
κόρη πίνουσα προσέθηκεν, ἐναρμοσάμενος ἔπινον, ἀπο-

dulcedinem eius, ceu thesaurum quempiam, diligenter cu-
stodiebam. Id enim est, quod primum amanti dulce accidit, cum a formosissima & praestantissima corporis parte
procreetur. Os enim instrumentum vocis est: vox autem
animi umbra. Labiorum porro contactus dum voluptatem
in praecordiis ferunt, animos ad sese mutuo suaviandum
trahunt. Nec vero talem unquam antea sensibus meis mo-
tum allatum fuisse, nec me quidquam aliud, quod cum amatorio suavio dulcedine contenderet, cognoscere men.ini.

IX. Posteaquam coenandi tempus rediit, rursum accubuimus. Satyrusque, qui nobis vinum miscebat, amato-
rium nescio quid tum praestitit. Nam poculum Leucippes
cum meo, dum utrique ministraret, commutabat. Ego,
qua parte bibens Leucippe labra scypho admoverat, ob-
servans, eamque ori meo inserens, ac missum ad me os-

στολιμαῖον τοῦτο φίλημα ποιῶν, καὶ ἅμα κατεφίλουν τὸ ἔκπωμα. ὡς δὲ εἶδεν ἡ παρθένος, συνῆκεν ὅτι
τοῦ χείλους αὐτῆς καταφιλῶ καὶ τὴν σκιάν. ἀλλ᾽
ὅγε Σάτυρος συμβυράσας πάλιν τὰ ἐκπώματα ἐνήλλαξεν ἡμῶν. τότε ἤδη καὶ τὴν κόρην εἶδον τὰ ἐμὰ μι-
μουμένην. καὶ τὰ αὐτὰ πίνουσαν· καὶ ἔχαιρον ἤδη
πλίον. καὶ τρίτον ἐγένετο τοῦτο, καὶ τέταρτον· καὶ τὸ
λοιπὸν τῆς ἡμέρας οὕτως ἀλλήλοις προπίνομεν τὰ
φιλήματα.

ι. Μετὰ δὲ τὸ δεῖπνον ὁ Σάτυρός μοι προσελθών,
ἔφη· Νῦν μὲν ἀνδρίζεσθαι καιρός. ἡ γὰρ μήτηρ τῆς
κόρης, ὡς οἶσθα, μαλακίζεται, καὶ καθ᾽ ἑαυτὴν ἀνα-
παύεται· μόνη δὲ ἡ παῖς βαδίζεται κατὰ τὰ εἰθισμένα
τῆς Κλειοῦς ἑπομένης, πρὶν ἐπὶ τὸν ὕπνον τραπῆναι.
ἐγὼ δέ σοι καὶ ταύτῃ ἀπάξω διαλεγόμενος. Ταῦτα
εἰπὼν, τῇ Κλειοῖ μὲν αὐτός, ἐγὼ δὲ τῇ παιδὶ διαλα-

culum confingens, bibebam, simulque poculum suavia-
bar. Id quod animadvertens puella, suorum etiam me labiorum vestigia osculari iudicavit: cumque administrator
pocula nobis rursum commutasset, illam factum meum
imitantem, eodemque modo bibentem animadverti: eoque maiorem etiam voluptatem cepi. Nec vero semel factum id a nobis fuit; sed tertio etiam, ac quarto: dein-
cepsque diei reliquum alter alteri basia vicissim propinan-
tes consumsimus.

X. Absoluta coena conveniens me Satyrus: Nunc tempus est, inquit, virum ut te ostendas. Puellae mater, ut
nosti, minus belle habet, ac sola cubitum ivit. Puella
prius, quam in lecto se collocet, una tantummodo cum
Clione, eo, quo solet, se conferet: verum ego eam col-
loquendo abducam. Sub haec verba ille Clionem, ego

χοντες ἐσωφρονοῦμεν [1]. καὶ οὕτως ἐγένετο. ἀπεσπάσθη
μὲν ἡ Κλειώ, ἡ δὲ παρθένος ἐν τῷ περιπάτῳ κατα-
λέλειπτο. ἐπιτηρήσας οὖν ὅτι τοῦ φωτὸς τὸ πολὺ τῆς
αὐγῆς ἐμαραίνετο, πρόσειμι θρασύτερος γενόμενος πρὸς
αὐτὴν ἐκ τῆς πρώτης προσβολῆς, ὥσπερ στρατιώτης
ἤδη νενικηκὼς, καὶ τοῦ πολέμου καταπεφρονηκώς· πολλὰ γὰρ ἦν τὰ τότε ὁπλίζοντά με θαρρεῖν, οἶνος, ἔρως,
ἐλπίς, ἐρημία· καὶ οὐδὲν εἰπὼν, ἀλλ' ὡς ἐπὶ συγκείμενον ἔργον, ὡς εἶχον, περιχυθεὶς, τὴν κόρην κατεφίλουν. ὡς δὲ καὶ ἐπεχείρουν τι προύργου ποιῶ, ψόφος
τις ἡμῶν κατόπιν γίγνεται· καὶ ταραχθέντες, ἀνεπη-
δήσαμεν. καὶ ἡ μὲν ἐπέκεινα τρέπεται τὴν ἐπὶ τὸ δωμάτιον αὐτῆς· ἐγὼ δὲ ἐπὶ θάτερα σφόδρα ἀχθόμενος,
ἔργον οὕτω καλὸν ἀπολέσας, καὶ τὸν ψόφον λοιδορῶν.
Ἐν τούτῳ δὲ καὶ ὁ Σάτυρος ὑπαντιάζει με φαιδρῷ τῷ

Leucippen obſervabamus, reſque e ſententia proceſſit:
nam & Clio abducta eſt, & Leucippe in ambulatione remanſit. Ergo veſpertini temporis adventu obſervato, priore
ſucceſſu audentior factus, ad eam, quaſi miles iam victor,
& pugnae pericula nihili faciens, me contuli: multa enim
erant, quibus armatus confidebam, nempe vinum, amor,
ſpes, ſolitudo: tacitusſque, quaſi ex compacto ira res ageretur, puellam circumplexus baſiavi: cumque praeſtabi-
lius aliquid etiam facere aggreſſus eſſem, ſtrepitus quidam
poſt nos auditus fuit. Quamobrem perturbati diſſilui-
mus, Leucippeque intra cubiculum ſuum, ego aliam in
partem me recepi, ſane quam triſtis, tam praeclara oc-
caſione amiſſa, ſtrepitumque deteſtatus ſum. Interea lae-
to vultu fit mihi obviam Satyrus: qui mihi quae a no-

---

1 Διασωζοίμεσθα (ἐσωφρονοῦμεν) In   editio conſentit, ὑπαλλάττετε.
ſcriptis, excepto Anglicano, cui   Non male.

προσώπῳ. καθορᾶν γάρ μοι ἐδόκει ὅσα ἐπράττομεν, ὑπό τινι τῶν δένδρων λοχῶν, μή τις ἡμῖν ἐπέλθῃ. καὶ αὐτὸς ἦν ὁ ποιήσας τὸν ψόφον, προσιόντα θεασάμενός τινα.

ια΄. Ὀλίγων δὲ ἡμερῶν διελθουσῶν, ὁ πατήρ μου τοὺς γάμους συνεκρότει θᾶττον ἢ διεγνώκει. ἐνύπνια γὰρ αὐτὸν διετάραττε πολλά. ἔδοξεν ἄγειν ἡμῶν τοὺς γάμους, ἤδη δὲ ἅψαντος αὐτοῦ τὰς δᾷδας, ἀποσβεσθῆναι τὸ πῦρ, καὶ μᾶλλον ἠπείγετο συναγαγεῖν ἡμᾶς. Τοῦτο δὲ εἰς τὴν ὑστεραίαν παρεσκευάζετο. ἐώνητο δὲ τῇ κόρῃ τὰ πρὸς τὸν γάμον· περιδέραιον μὲν λίθων ποικίλων· ἐσθῆτα δὲ τὸ πᾶν μὲν πορφυρᾶν· ἵνα δὲ ταῖς ἄλλαις ἐσθῆσιν ἡ χώρα τῆς πορφύρας, ἐκεῖ χρυσὸς ἦν. ἤριζον δὲ πρὸς ἀλλήλων οἱ λίθοι. ὑάκινθος μὲν, ῥόδον ἦν ἐν λίθῳ· ἀμέθυστος δὲ ἐπορφύρετο τοῦ

bis acta fueram, omnia vidisse videbatur, dum sub arbore quadam, ne quis nobis superveniret, observabat: quia immo ille ipse venientem, nescio quem, conspicatus, strepitum ediderat.

XI. Elapsis paucis post diebus pater, citius quidem omnino quam constituerat, nuptiis meis operam dare coepit. Multa enim hominem insomnia perterrebant. Namque illas adornare sibi visus est, ignemque, dum nuptiales faces accendisset, exstingui: eoque magis, ut nos iungeret, properavit. Nuptiis igitur, quae tum secutura erat, dicta est dies. Iam in sponsae ornatum necessaria omnia comparata fueram, monile scilicet variis lapillis distinctum, vestis purpurea tota, nisi quod ea pars, quae in aliis purpura constat, ex auro texta erat. Porro lapilli de pulchritudine inter se contendebant. Hyacinthus lapidea quodammodo rosa erat: amethystus purpurascens ad auri prope

χρυσῷ πλησίον. ἐν μέσῳ δὲ τρεῖς ἦσαν λίθοι, τὴν χροιὰν ἐπάλληλοι· συγκείμενοι δὲ ἦσαν οἱ τρεῖς· μέλαινα ἡ κρηπὶς τοῦ λίθου· τὸ δὲ μέσον σῶμα λευκὸν τῷ μέλανι συνεβαίνετο· ἑξῆς δὲ τῷ λευκῷ τὸ λοιπὸν ἐπυῤῥία κορυφούμενον. ὁ λίθος δὲ τῷ χρυσῷ στεφανούμενος, ὀφθαλμὸν ἐμιμεῖτο χρυσοῦν. τῆς δὲ ἐσθῆτος οὐ πάρεργον εἶχεν ἡ πορφύρα τὴν βαφήν· ἀλλ᾽ οἵαν μυθολογοῦσι Τύριοι τοῦ ποιμένος εὑρεῖν τὸν κύνα, ᾗ καὶ μέχρι τούτου βάπτουσιν Ἀφροδίτης τὸν πέπλον. ἦν γὰρ χρόνος ὅτε τῆς πορφύρας ὁ κόκκος [1] ἀνθρώποις ἀπόῤῥητος ἦν· μικρὸς δὲ αὐτὴν ἐκάλυπτε κόχλος ἐν κοίλῳ μυχῷ. ποιμὴν ἀγρεύει τὴν ἄγραν ταύτην· καὶ ὁ μὲν ἰχθὺν προσεδόκησεν· ὡς δὲ εἶδεν τοῦ κόχλου τὴν τραχύτητα, ἐλοιδόρει τὴν ἄγραν, καὶ ἔῤῥιψεν ὡς θαλάσσης σκύβαλον. εὑρίσκει δὲ κύων τὸ ἕρμαιον καὶ κατα-

colorem vergebat. In medio lapilli tres visebantur ita collocati, ut alterius colorem alter exciperet: in unum quippe omnes coaluerant: parsque ima nigra erat: summa, quae in cuspidem surgebat, rubra: media alba cum esset, hinc nigrori, rubori illinc candorem communicabat: lapis ipse auro inclusus aureum oculum imitabatur. Nec vero vulgari purpura, sed ea, quam a pastoris cane inventam Tyrii fabulantur, quaque nunc etiam Veneris peplum tingi consuevit, vestis illius color constabat. Ac fuit quidem aliquando tempus, cum purpurae decus mortales nesciebant, utpote quod intra parvae testae cavum occulebatur. Praedam huiusmodi piscator quidam ceperat, & piscem esse putaverat: verum testae asperitate perspecta, praedam detestatus est, ac tanquam maris faecem abiecit. Invenit lucrum hoc insperatum canis, ac dentibus commi-

1 Ὁ κόκκος) Regii Codd. κόκος, unde Salmasius κόχλος invexit. Reliqui omnes: τῆς πορφύρας ὁ κόσμος. Utrumque recte. Mox malim cum Angl. ἐγκοίλῳ μυχῷ, pro ἐν κοίλῳ μυχῷ.

θραύει ταῖς ὀδοῦσι, καὶ τῷ στόματι τοῦ κυνὸς πιμπρῆ-
σι τοῦ ἄνθους τὸ αἷμα, καὶ βάπτει τὸ αἷμα τὴν
γένυν, καὶ ὑφαίνει τοῖς χείλεσι τὴν πορφύραν. ὁ ποιμὴν ὁρᾷ τὰ χείλη τοῦ κυνὸς ἡμαγμένα, καὶ τραῦμα
νομίσας τὴν βαφὴν πρόσεισι, καὶ ἀπέπλυνε τῇ θαλάσσῃ, καὶ τὸ αἷμα λαμπρότερον ἐπορφύρετο. ὡς δὲ
καὶ ταῖς χερσὶν ἔθιγε, τὴν πορφύραν εἶχεν ἡ χείρ.
συνῆκεν οὖν τοῦ κόχλου τὴν φύσιν ὁ ποιμήν, ὅτι φάρμακον ἔχει κάλλους πεφυτευμένον. καὶ λαβὼν μαλ-
λὸν ἐρίου, καθῆκεν εἰς τὸν χηραμὸν αὐτοῦ τὸ ἔριον,
ζητῶν τοῦ κόχλου τὰ μυστήρια· τὰ δὲ κατὰ τὴν γένυν τοῦ κυνὸς ἡμάσσετο. καὶ τότε τὴν εἰκόνα τῆς πορφύρας ἐδιδάσκετο. λαβὼν δή τινας λίθους περιέθραυε
τὸ τεῖχος τοῦ φαρμάκου, καὶ τὸ ἄδυτον ἀνοίγει τῆς
πορφύρας, καὶ θησαυρὸν εὑρίσκει βαφῆς.

ιβ'. Ἔδων οὖν τότε ὁ πατὴρ [1] προτέλεια τῶν γά-

nuens praestantissimo sanguinis colore os illius undique
perfusum, & maxillae tinctae purpureum labris colorem
induxerunt. Tum pastor, canis os sanguinolentum cernens,
vulnus illum accepisse ratus est: atque ad mare profectus, aqua conspersit. Ibi vero sanguis ille splendidior
evadebat, manusque eius contrectando purpurascebant.
Hinc eam esse testae naturam pastor intellexit, ut inna-
tum pulchritudinis medicamentum in se contineret, atque
ut rei totius arcana exploraret, accepto lanae glomere in
eius latebras demersit. Lana, quomodo etiam canis rictus,
sanguine infecta est: ac tum purpurae imaginem didicit; con-
tritaque saxis quibusdam medicamenti illius crusta, purpurae
penetralia reseravit, fullonicaeque thesaurum adinvenit.

XII. Quam igitur ante nuptias fieri mos est, rem di-

1 Προτέλεια τῶν γάμων) Hesychius: προτέλεια ἃ πρὸ τῶν γάμων
θύεται καὶ ἑορτά. Haec sacra facta Iunoni pronubae, quae apud
Graecos dicebatur Ζυγία, seu
τελεία.

μων. ὡς δὲ ἤκουσα, ἀπολώλειν, καὶ ἐζήτουν μηχανὴν,
δι' ἧς ἀναβάλλεσθαι δυναίμην τὸν γάμον. Σκοποῦν-
τος δέ μου, θόρυβος ἐξαίφνης γίνεται κατὰ τὸν ἀν-
δρῶνα τῆς οἰκίας. ἐγεγόνει δέ τι τοιοῦτον. ἐπειδὴ θυ-
σάμενος ὁ πατὴρ ἔτυχε, καὶ τὰ θύματα ἐπίκειτο
τοῖς βωμοῖς, ἀετὸς ἄνωθεν καταπτὰς ἁρπάζει τὸ ἱερεῖον. σοβούντων δὲ πλέον οὐδὲν ἦν· ὁ γὰρ ὄρνις ᾤχετο
φέρων τὴν ἄγραν. ἐδόκει τοῦτον οὐκ ἀγαθὸν εἶναι. καὶ
δὴ ἐπέσχον ἐκείνην τὴν ἡμέραν τοὺς γάμους. καλεσά-
μενος δὲ μάντεις ὁ πατὴρ, καὶ τερατοσκόπους τὸν οἰω-
νὸν διηγεῖται. οἱ δὲ ἔφασαν διὰ καλλιερῆσαι ξενίῳ
Διὶ νυκτὸς μεσούσης ἐπὶ θάλατταν ἥκοντας· ὁ γὰρ
ὄρνις ἔτυχεν ἱπτάμενος ἐκεῖ. τὸ δὲ ἔργον εὐθὺς ἀπέβη.
τὸν γὰρ ἀετὸν ἀναπτάντα ἐπὶ τὴν θάλατταν, συνέβη
φανῆναι οὐκέτι. ἐγὼ δὲ ταῦτα ὡς ἐγένετο, τὸν ἀετὸν
ὑπερετήξουν, καὶ δικαίως ἔλεγον ἁπάντων ὀρνίθων

vinam pater faciebat. Quod simulaque ipse persensi, periisse me iudicavi: cogitabamque, quonam modo aliud omnia
in tempus reiici possem. Qua in cogitatione defixus dum
essem, repentinus quidam strepitus a virorum diversorio
exauditus est; resque ita habuit. Cum victimam forte pater mactavisset, arisque imposuisset, delapsa coelo aquila
eam rapuit, nihil iis, qui submovere conabantur, perficien-
tibus. Avolavit enim cum praeda. Omen id bonum non
esse indicatum est: atque a nuptiis eo die cessatum. Arcessitis autem auspicibus & coniectoribus rem pater exposuit: atque illi ad mare proficisci, ac Iovi hospitali sub mediam noctem sacra facere oportere dixerunt: eo enim aquilam volatum tenuisse. Et statim res ita perficitur: nam
volucris cursum mare versus dirigens nusquam amplius
apparuit. Ego, eventu hoc delectatus, aquilam mirum in
modum commendavi, aviumque reginam merito esse di-

εἶναι βασιλέα. Οὐκ εἰς μακρὰν δὲ ἀπέβη τοῦ τέρατος τὸ ἔργον.

ιγ΄. Νεανίσκος ἦν Βυζάντιος, ὄνομα Καλλισθένης, ὀρφανὸς καὶ πλούσιος· ἄσωτος δὲ καὶ πολυτελής. οὗτος ἀκούων τὴν Σωστράτου θυγατέρα εἶναι καλήν, ἰδὼν δὲ οὐδέποτε, ἤθελεν αὐτῷ ταύτην γενέσθαι γυναῖκα. καὶ ἦν ἐξ ἀκοῆς ἐραστής. Τοσαύτη γὰρ τοῖς ἀκολάστοις ὕβρις, ὡς καὶ τοῖς ὠσὶν εἰς ἔρωτα τρωθῆναι, καὶ ταῦτα πάσχειν ἀπὸ ῥημάτων, ἃ τῇ ψυχῇ διακενοῦσι τρωθέντες ὀφθαλμοί. Προσελθὼν οὖν τῷ Σωστράτῳ πρὶν ἢ τὸν πόλεμον τοῖς Βυζαντίοις ἐπιπεσεῖν, ᾐτεῖτο τὴν κόρην. ὁ δὲ βδελυττόμενος αὐτοῦ τοῦ βίου ἀκολασίαν, ἠρνήσατο. Θυμὸς ἴσχει τὸν Καλλισθένην, καὶ ἠτιμάσθαι νομίσαντα ὑπὸ τοῦ Σωστράτου, καὶ ἄλλως ¹ ἐρῶντα. ἀναπλάττων γὰρ ἑαυτῷ τῆς παιδὸς

xi. Quod autem omine portendebatur, brevi tempore post evenit.

XIII. Callisthenes Byzantius adolescens, parentibus orbatus, dives, luxu perditus, ac sumtuosus fuit. Is formosam Sostrato filiam esse audiens, eam quamquam non viderat, uxorem tamen habere optavit, ac sola auditione illius amore ardebat. Ea enim hominum intemperantium libido est, ut etiam fama ad amandum compellamur, sermones eandem animo molestiam, quam oculi pulchritudine capti, afferant. Igitur ante, quam Byzantiis bellum inferretur, Sostratum, puellam ut sibi desponderet, rogavit. Ille autem, intemperantem hominis vitam minime probans, non daturum se respondit. Quamobrem Callisthenes, a Sostrato contemni se ratus, iracundia exarsit: atque alioqui amans, puellaeque pulchritudinem sibi ipse

---

1 Καὶ ἄλλως) Ἄλλως in mendo cubare videtur. Legunt quidam: ἰδοῦς, vel μᾶλλον. Neutrum tamen placet.

τὸ κάλλος, καὶ φανταζόμενος τὰ ἀόρατα, ἡλίσκετο σφόδρα κακῶς διακείμενος. ἐπεβούλευε δ' οὖν καὶ τὸν
Σώστρατον ἀμύνασθαι τῆς ὕβρεως, καὶ αὑτῷ τὴν ἐπιθυμίαν τελέσαι. νόμου γὰρ ὄντος Βυζαντίοις, εἴ τις ἁρ-
πάσας παρθένον, φθάσῃ ποιήσας γυναῖκα, γάμον
ἔχειν τὴν βίαν, προσεῖχε τούτῳ τῷ νόμῳ. καὶ ὁ μὲν
ἐζήτει καιρὸν πρὸς τὸ ἔργον.

ιδ'. Ἐν τούτῳ δέ, τοῦ πολέμου ἐπιστάντος, καὶ
τῆς παιδὸς εἰς ἡμᾶς ἐκκειμένης, μεμαθήκει μὲν ἕκαστα τούτων· οὐδὲν δὲ ἧττον τῆς ἐπιβουλῆς εἴχετο. καὶ
τοιοῦτον αὐτῷ τι συνήργησεν. Χρησμὸν ἴσχουσιν οἱ Βυζάντιοι τοιόνδε·

Ἐστὶ δέ τις νῆσος φυτώνυμον αἷμα λαχοῦσα,
Ἰσθμὸν ὁμοῦ καὶ πορθμὸν ἐπ' ἠπείροιο φέρουσα.
Ἔνθ' Ἥφαιστος ἔχων χαίρει γλαυκῶπα Ἀθήνην.
Κεῖθι θυηπολίην σε φέρειν κέλομ' Ἡρακλῆι.

confingens, &, quae oculis nondum adspexerat, mente agitans, quam animo maximam conceperat, indignationem dis-
simulavit; & quo modo acceptam a Sostrato iniuriam ulcisci, ac suam ipsius cupiditatem explere posset, excogitavit.
Nam cum Byzantiis lex esset, ut si quis virginem rapuisset,
vimque illi attulisset, is alia nulla poena teneretur, quam ut
eam matrimonio sibi adiungeret, legi huic animo intentus
Callisthenes, opportunum ad eam rem tempus quaerebat.

XIV. Quamquam autem bellum ardere, puellamque
domi nostrae commorari didicerat, non tamen insidias
moliri destitit. In quo huiusmodi quiddam homini auxilium tulit. Editum fuerat Byzantiis oraculum hoc:

Insula, de populo, plantae cognomine, culta est.
Desuper isthmon habens, ponto contermina subtus.
Hic, ubi Vulcanum dilectae caesia Pallas,
Alcidae iubeo reddas solemnia sacra.

Achill. Tat.   E

Ἀπορούντων δὲ αὐτῶν τίνι λέγει τὸ μάντευμα. Σώστρατος, τοῦ πολέμου γὰρ, ὡς ἔφην, στρατηγὸς ἦν
αὐτός· Ὥρα πέμπειν ἡμᾶς θυσίαν εἰς Τύρον, εἶπεν,
Ἡρακλεῖ. τὰ γὰρ τοῦ χρησμοῦ ἐστι πάντα ἐνταῦθα.
Φυτώνυμον γὰρ ὁ θεὸς εἶπεν αὐτὴν, ἐπεὶ Φοίνικων ἡ
νῆσος· ὁ δὲ Φοῖνιξ φυτόν [1]. ἐρίζει δὲ περὶ ταύτης γῆ
καὶ θάλασσα. ἕλκει δὲ ἡ γῆ, ἡ δὲ εἰς ἀμφότερα αὐτὴν ἥρμοσε. καὶ γὰρ ἐν θαλάσσῃ κάθηται, καὶ οὐκ
ἀφῆκε τὴν γῆν· συνδεῖ γὰρ αὐτὴν πρὸς τὴν ἤπειρον στε-
νὸς αὐχὴν, καὶ ἔστιν ὥσπερ τῆς νήσου τράχηλος. οὐκ
ἐρρίζωται δὲ κατὰ τῆς θαλάσσης, ἀλλὰ τὸ ὕδωρ ὑποῤ-
ῥεῖ κάτωθεν. ὑπόκειται δὲ πορθμὸς κάτωθεν ἰσθμῷ·
καὶ γίνεται τὸ θέαμα καινόν, πόλις ἐν θαλάσσῃ,
καὶ νῆσος ἐν γῇ. Ἀθηνᾶν δὲ Ἥφαιστος ἔχει, εἰς τὴν

Dubitantibus autem ipfis, quae ab oraculo infula defigna-
retur, Softratus, (is enim, ut dixi, in hoc bello Praetor
erat) Tempus, inquit, eft, ut Tyrum Herculi facrificatum
mittamus: nam ei loca fingula oraculo edita conveniunt:
plantae enim cognominem eam Deus vocavit, quoniam
Phoenicum infula eft: Phoenix autem (ea vox palmam
fignificat) planta eft. De illa etiam mare ac terra contendunt: atque haec quidem ad fe trahit, illud vero utrinque abluit. In mari enim iacet, nec tamen a terra diiun-
gitur: fed angufti cuiufdam callis beneficio continenti an-
nectitur, qui quafi collum infulae eft, & maris fundo minime adhaerefcens, fed aqua fubterlabente fuftentatur eft:
ifthmos autem freto fuperimpofitus, novum prorfus fpectaculum exhibet, urbem fcilicet in mari, & infulam in
terra. Quod autem ad Palladem Vulcano adiunctam atti-

1 Ὁ δὲ Φοῖνιξ φυτόν) Hinc   Μάτηρ φοινίκων τὰν πολύκαρ-
illud Epigramma Meleagri: ὃν Τύρον.
Φοῖνιξ μὲν νίκων θρέπει, πάντων   Vid. Spanhemius de praeft. &
  τι μεγαυχεῖ   ufu numifm. T. I, pag. 345.

ἐλαίαν ἐῤῥίζατο καὶ τὸ πῦρ, ἃ παρ' ἡμῖν, ἀλλήλοις
συνοικεῖ. τὸ δὲ χωρίον ἱερὸν ἐν περιβόλῳ ἐλαίαν μὲν
ἀναβάλλει φαιδροῖς τοῖς κλάδοις, πιστοῦται δὲ σὺν
αὐτῇ τὸ πῦρ καὶ ἀνάπτει περὶ τοὺς πτόρθους πολλήν
τινα φλόγα, ἡ δὲ τοῦ πυρὸς αἰθάλη τὸ φυτὸν γεωρ-
γεῖ. αὕτη πυρὸς φιλία καὶ φυτοῦ. οὕτως σὺ ζεύγεις
τὸν Ἥφαιστον Ἀθηνᾷ. Καὶ ὁ Χαιρέφων συστράτηγος
ὢν τοῦ Σωστράτου μείζων, ἐπεὶ πατρόθεν ἐν Τυρίοις,
ἐκθειάζων αὐτὸν, πάντα μὲν χρησμὸν, εἶπεν, ἐξηγήσω,
καὶ καλῶς· μὴ μέντοι θαύμαζε τὴν τοῦ πυρὸς μόνον,
ἀλλὰ καὶ τὴν τοῦ ὕδατος φύσιν. ἐθεασάμην γὰρ ἐγὼ
τοιαῦτα μυστήρια. τὸ γὰρ τῆς Σικελικῆς πηγῆς ὕδωρ
κεκερασμένον ἔχει πῦρ· καὶ φλόγα μὲν ὄψει κάτωθεν
ἀπ' αὐτῆς ἁλλομένην ἄνωθεν· θίγοντι δέ σοι τὸ ὕδωρ,
ψυχρόν ἐστιν οἷόν περ χιών, καὶ οὔτε τὸ πῦρ ὑπὸ τοῦ
ὕδατος κατασβέννυται, οὔτε τὸ ὕδωρ ὑπὸ τοῦ πυρὸς

ner, de olea & igne intelligi debet: quae duo apud nos
coniuncta habentur. Sacer enim ac muro circumdatus locus est: ubi oleae late sese diffundenti ignis adnascitur, &
magnam circum illius ramos flammam exsuscitat: ex cuius cinere laetior etiam olea ipsa evadit. Hac ratione ignis
& planta in amicitiam conspirant: Vulcanumque Miner-
va non aversatur. Tum Chaerephon, Sostrati collega in
bello, Sostrato ipso maior, quoniam patria Tyro erat,
hominem miris laudibus extollens: Pulchre tu quidem, inquit, Dei responsum interpretatus es: verum ne solam
ignis naturam admiratione dignam arbitrare: sunt enim
sua etiam ipsius aquae miracula, egoque arcana huiusmodi vidi. Fons in Sicilia reperitur, permixtum aquae
ignem continens: in quo salientem ab imo ad summum
flammam conspicias. Aquam vero si tangas, nivis instar,
frigidam invenias: neque tamen ignem aqua exstinguit,

σβέννυται, ἀλλ' ὕδατός εἰσιν ἐν τῇ κρήνῃ καὶ πυρὸς σπονδαί. Ἔστι καὶ ποταμὸς Ἰβηρικὸς, εἰ μὲν ἴδοις αὐτὸν, εὐθὺς οὐδὲν ἄλλου κρείττων ἐστὶ ποταμοῦ. ἢν δὲ ἀκοῦσαι θέλῃς τοῦ ὕδατος λαλοῦντος, μικρὸν ἀναμείνας ἐκπετάσας τὰ ὦτα. ἐὰν γὰρ ὀλίγος ἄνεμος εἰς τὰς δίνας ἐμπέσῃ, τὸ μὲν ὕδωρ ὡς χορδὴ κρούεται, τὸ δὲ πνεῦμα τοῦ ὕδατος πλῆκτρον γίνεται· τὸ ῥεῦμα δὲ ὡς κιθάρα λαλεῖ. Ἀλλὰ καὶ λίμνη Λιβυκὴ μιμεῖται γῆν Ἰνδικήν, καὶ ἴσασιν αὐτῆς τὸ ἀπόρρητον αἱ Λιβύων παρθένοι, ὅτι ὕδωρ ἔχει πλούσιον. ὁ δὲ πλοῦτος ταύτῃ κάτω πεταμίευται τῇ τῶν ὑδάτων ἰλύι δεδεμένος. καὶ ἔστιν ἐκεῖ χρυσίου πηγή. κοντὸν οὖν εἰς τὸ ὕδωρ βαπτίζουσιν, πίσσῃ πεφαρμαγμένον, καὶ ἀνέλκουσι τοῦ ποταμοῦ τὰ κλεῖθρα. ὁ δὲ κοντὸς πρὸς τὸν χρυσὸν, οἷον πρὸς τὸν ἰχθὺν ἄγκιστρον γίγνεται. ἀγρεύει γὰρ αὐτόν. ἡ δὲ πίσσα δέλεαρ γίγνεται τῆς ἄγρας. ὅ,τι γὰρ ἂν εἰς αὐτὴν ἐμπέσῃ τῆς τοῦ χρυσίου γονῆς, τὸ μὲν προσήψατο μόνον· ἡ πίσσα δὲ εἰς

neque aquam ignis calefacit; sed alteri cum altera poenae illic induciae sunt. In Hispania quoque fluvius est, quem primo adspectu nihil a fluminibus aliis differre iudicabis. At vero si paulo attentius auscultes, aquam resonantem audies: ubi enim vel modicus ventus vortices impulerit, aqua fidis in morem sonum edit: plectri siquidem ventus, citharae vero aquam usum praestat. Sed & in Lybia palus habetur, Indicae similem arenam continens: ac Libycae ipsae virgines arcana & divitias eius norunt. Porro divitiae sub aqua limo permixtae asservantur, auri fonte inibi scaturiente. Illitam igitur picem perticam in aquam demittunt, ac fluminis obices removent: quod autem pisci hamus, id auro pertica est. Illud enim apprehendit, dum escae officio pix fungitur: nam quidquid auri ab ea contingitur,

τὴν ἤπειρον ἥρπασι τὴν ἄγραν. οὕτως ἐκ ποταμοῦ Λι-
βυκοῦ, χρυσὸς ἀγρεύεται [1].

ιέ. Ταῦτα εἰπὼν, τὴν θυσίαν ἐπὶ τὴν Τύρον ἔπεμ-
πε, καὶ τῇ πόλει συνδοκοῦν. Ὁ οὖν Καλλισθένης
διαπλάττεται τῶν θεωρῶν εἷς γενέσθαι· καὶ ταχὺ
καταπλεύσας εἰς τὴν Τύρον, καὶ ἐκμαθὼν τὴν τοῦ πατρὸς οἰκίαν, ἐπέφρασεν ταῖς γυναιξίν· αἱ δὲ ὀψόμεναι
τὴν θυσίαν ἐξῆεσαν· καὶ γὰρ ἦν πολυτιλής. πολλὴ
μὲν ἡ τῶν θυμιαμάτων πομπή. πολλὴ δὲ ἡ τῶν ἀνθέων συμπλοκή. τὰ θυμιάματα, κασσίαν καὶ λιβα-
νωτὸς, καὶ κρόκος. τὰ ἄνθη, νάρκισσοι καὶ ῥόδα, καὶ
μυρρίναι· ἡ δὲ τῶν ἀνθέων ἀναπνοὴ, πρὸς τὴν τῶν θυμιαμάτων ἥριζεν ὀδμήν. τὸ δὲ πνεῦμα ἀναπεμπόμενον
εἰς τὸν ἀέρα, τὴν ὀδμὴν ἐκεράννυ, καὶ ἦν ἄνεμος ἡδονῆς. τὰ δὲ ἱερεῖα, πολλὰ μὲν ἦν καὶ ποικίλα, διέπρε-
πεν δὲ ἐν αὐτοῖς οἱ τοῦ Νείλου βόες. βοῦς γὰρ Αἰ-

adhaerescit, atque in litore expanitur; eoque pacto aurum
ex fluvio Libyco extrahitur.

XV. Haec cum dixisset Chaerephon, Tyrum, qui sa-
crificarent, misa, factum id civitate comprobante. Callisthenes igitur e sacrificii curatoribus unum se fingens,
Tyrum quamprimum adnavigavit: ibique patris mei domo cognita, mulieribus, quae sacrificii pompam specta-
tum prodierant, insidias tetendit. Magnifico enim apparatu, ingenti videlicet suffimentorum copia, magnaque florum varietate instructa fuerat. In suffimentis, casia, thus,
crocus: in floribus, narcissus, rosa, myrtus erant: suavi-
tasque e floribus afflata cum suffimentorum odore certabat: sublatusque cum aëre vapor odores confundebat, &
ventum suavitate complebat. Sed & multae ac variae victimae complebantur: inter quas principem locum Nilo-

ᵗ Ἀγρεύεται) Sic Angl. Bavar. & Commel. At Salmasius dedit:
ἁλιεύεται, sine causa.

γύπτιος, οὐ τὸ μέγεθος μόνον, ἀλλὰ καὶ τὴν χρείαν
εὐτυχεῖ. τὸ μὲν γὰρ μέγεθος πάντη μέγας, τὸν αὐχένα παχύς, τὸν νῶτον πλατύς, τὴν γαστέρα πολύς,
τὸ κέρας, οὐχ ὡς ὁ Σικελός, εὐτελής, οὐδ᾽ ὡς Κύ-
πριος, δυσειδής, ἀλλ᾽ ἐκ τῶν κροτάφων ὀρθὸν ἀναβαῖνον, κατὰ μικρὸν ἐπακμάζων κυρτούμενον τὰς κορυφὰς συνάγει τοσοῦτον, ὅσον αἱ τῶν κεράτων διάστα-
σιν ἀρχαί, καὶ τὸ θέαμα κυκλουμένης σελήνης ἐστὶν
εἰκών. ἡ χροιὰ δὲ οἵαν Ὅμηρος [1] τοὺς τοῦ Θρακὸς ἵπ-
πους ἐπαινεῖ. βαδίζει δὲ ταῦρος ὑψαυχινῶν, καὶ ὥσπερ
ἐπιδεικνύμενος, ὅτι τῶν ἄλλων βοῶν ἐστι βασιλεύς. εἰ
δὲ ὁ μῦθος Εὐρώπης ἀληθής, Αἰγύπτιον βοῦν ὁ Ζεὺς
ἐμιμήσατο.

ιϛʹ. Ἔτυχε μὲν οὖν ἡ μὲν ἐμὴ μήτηρ τότε μαλα-
κῶς ἔχουσα. σκηψαμένη δὲ καὶ ἡ Λευκίππη νοσεῖν [2],

tici boves obtinebant. Non folum autem magnitudine, verum etiam colore animal huiufmodi praeftat. Statura eft
eximia, cervice craffa, humeris amplis, ventre magno,
cornibus non ut Siculi boves depreflis, neque ut Cyprii
deformibus, fed quae a temporibus alte confurgentia fenfim utrinque curventur ita, ut fummae illorum partes,
tantum fibi mutuo appropinquent, quantum principia eorum inter fe diftant, & plenae lunae imaginem propemodum referre videantur: colore tali, qualem in Thraciis
equis Homerus laudat. Incedit autem taurus is cervice
fublata fic, ut aliorum fe regem effe oftendat. Quod fi
vera funt, quae de Europa traduntur, in Aegyptium taurum Iuppiter fefe commutavit.

XVI. Eo porro tempore accidit, ut noverca mea incommoda valetudine effet. Leucippe vero morbum cau-

<hr>

1 Iliad. K. 437:
Λευκότεροι χιόνος, θείειν δ᾽
ἀνέμοισιν ὁμοῖοι.

2 Λευκίππη νοσεῖν ἑαυ-
μένη, σκηψαμένη &c.) Totus locus ita conftituendus: νοσεῖν,

ἔνδον ὑπέμεινε. συνέκειτο γὰρ ἡμῖν εἰς ταὐτὸν ἐλθεῖν,
ὡς ἂν, τῶν πολλῶν ἐξιόντων, ὥς τε συνέβη, τὴν ἀδελφὴν τὴν ἐμὴν μετὰ τῆς μητρὸς Λευκίππης προελθεῖν.
Καλλισθένης τὴν μὲν Λευκίππην οὐχ ἑωρακώς ποτε,
τὴν δὲ Καλλιγόνην ἰδὼν, τὴν ἐμὴν ἀδελφὴν, νομίσας
Λευκίππην εἶναι· ἐγνώκει γὰρ τοῦ Σωστράτου τὴν
γυναῖκα, πυθόμενος οὐδέν· ἦν γὰρ ἑαλωκὼς ἐκ τῆς
θέας· δείκνυσιν ἑνὶ τῶν οἰκετῶν τὴν κόρην, ὃς ἦν αὐτῷ
πιστότατος, καὶ κελεύει λῃστὰς ἐπ' αὐτὴν συγκρο-
τῆσαι, καταλέξας τὸν τρόπον τῆς ἁρπαγῆς. πανήγυρις δὲ ἐπέκειτο, καθ' ἣν ἠκηκόει πάσας τὰς παρθένους ἀπαντᾶν ἐπὶ θάλατταν. ὁ μὲν οὖν ταῦτα εἰπὼν,
καὶ τὴν θεωρίαν ἀποσιωπήσας ἀπῆλθεν.

ιζ. Ναῦν δὲ εἶχεν ἰδίαν, τοῦτο προκατασκευάσας
οἴκοθεν εἰ τύχοι τῆς ἐπιχειρήσεως. οἱ μὲν δὴ ἄλλοι θεω-

sata, (convenerat enim inter nos, ut ita fieret) quousque
alii exivissent, domi remansit. Ex quo factum fuit, ut so-
ror mea cum Leucippes matre tantum prodirent. Callisthenes, qui nondum Leucippen viderat, cum primum Calligonen sororem meam obviam habuit, eam Leucippen esse credidit: Sostrati enim uxorem probe norat: ac nemine
appellato, quippe qui adspectu iam captus erat, famulorum uni, cui quam maxime fidebat, puellam ostendit, latronesque ad eam rapiendam convocare iubet, rapiendique
modum praescribit; celebritatem instare, inquiens, qua virgines omnes ad mare profecturas esse audierat. Quae cum
locutus esset, curandi sacrificii munere neglecto, abiit.

XVII. Erat ei privata navis: quam, priusquam domo
exiret, instruxerat, si forte, quod animo iam agitabat, per-
ficere posset. Iam vero alii rei divinae faciendae curatores

τῶν πολλῶν ἐξιόντων, ἵνα ἐπί- ταὐτὸν ἐλθεῖν. Ὡς δὲ συνέβη,
μεινε. συνέκειτο γὰρ ἡμῖν, εἰς τὴν — προελθεῖν, Καλλισθ.

ροὶ ἀπέπλωσαν· αὐτὸς δὲ μικρὸν ἀπεσάλευε τῆς γῆς·
ἅμα μὲν ὡς δοκοίη τοῖς πολλοῖς ἕπεσθαι, ἅμα δὲ
ἵνα μὴ πλησίον τῆς Τύρου τοῦ σκάφους ὄντος, κατά-
φωρος γένοιτο μετὰ τὴν ἁρπαγήν. Ἐπειδὴ ἐγένετο κατὰ
Σάραπτα κώμην Τυρίων, ἐπὶ θαλάττῃ κειμένην, ἐνταῦθα προσπορίζεται λέμβον, δίδωσι δὲ τῷ Ζήνωνι·
τοῦτο γὰρ ἦν ὄνομα τῷ οἰκέτῃ, ὃν ἐπὶ τὴν ἁρπαγὴν
παρεσκεύασε. ὁ δὲ (ἦν γὰρ καὶ ἄλλως εὔρωστος [τὸ
σῶμα], καὶ Σύσει πειρατικὸς) ταχὺ μὲν ἰξεῦρε λη-
στὰς ἁλιεῖς ἀπὸ τῆς κώμης ἐκείνης· καὶ δῆτα ἀνέπλευ-
σεν ἐπὶ τὴν Τύρον. Ἔστι δὲ μικρὸν ἐτίμων Τυρίων νη-
σίδιον ἀπέχον ὀλίγον τῆς Τύρου· Ῥοδόπης αὐτὸ τάφα
οἱ Τύριοι λέγουσιν· ἔνθα ὁ λέμβος ἐσήθρευε.

ιη'. Πρὸ δὲ τῆς πανηγύρεως, ἣν ὁ Καλλισθένης
καὶ προσεδόκα, γίνεται δὴ τὰ τοῦ ἀετοῦ καὶ τῶν μαν-

in aluum invecti erant : Callisthenes autem non admodum
a litore abscedebat, simul ut multitudinem sequi videretur, simul ut ne, cum Tyro vicina esset navis, post raptum deprehenderetur. Ac cum primum Sarapiam Tyriorum vicum in mari situm pervenit, illic lembum insuper
sibi comparavit, ac Zenoni tradit: id illi nominis erat,
cui rapiendae puellae provinciam demandaverat. Is cum
alioqui robusto esset corpore, piraticamque a teneris facere didicisset, piratas in vico illo piscandi etiam peritos
consessim adinvenit, ac Tyrum applicuit. Est urbi Tyro
proxima parva insula: Tyriae illic naves stationem habent: quam Rhodopes tumulum vocant. Eo in loco lembum Zeno in insidiis collocavit.

XVIII. Antequam autem celebritatis eius, quam Callisthenes exspectabat, dies advenisset, quae aquila por-
tendorat, & quae divinatores responderant, omnia con-

τίων. καὶ εἰς τὴν ὑστεραίαν παρασκευαζόμεθα νύκτωρ
ὡς θυσόμενοι τῷ θεῷ. τούτων δὲ τὸν Ζήνωνα ἐλάν-
θανεν οὐδέν· ἀλλ' ἐπειδὴ καιρὸς ἦν βαθείας ἑσπέρας,
ἡμεῖς μὲν προήλθομεν. ὁ δὲ εἵπετο. ἄρτι δὲ λουομένων
ἡμῶν ἐπὶ τῷ χείλει τῆς θαλάσσης, ὁ μὲν τὸ συγκείμενον ἀνέτεινε σημεῖον. ὁ δὲ λέμβος ἐξαίφνης προσέ-
πλει, καὶ ἐπὶ πλησίον ἐγένετο, ἦσαν ἐν αὐτῷ να-
νίσκοι δέκα. ὀκτὼ δὲ ἑτέρους ἐπὶ τῆς γῆς εἶχον προ-
λοχίσαντας, ὃι γυναικείας μὲν εἶχον ἐσθῆτας, καὶ
τῶν γενείων ἐψιλῶντο τὰς τρίχας· ἔφερεν δὲ ἕκαστος
ὑπὸ κόλπῳ ξίφος· ἐκόμιζον δὲ καὶ αὐτοὶ θυσίαν, ὡς
ἂν ἥκιστα ὑποπτεύοιντο. ἡμεῖς δὲ ᾠόμεθα εἶναι γυναῖκας. ἐπεὶ δὲ συνετίθεμεν τὴν πυράν, ἐξαίφνης βοῶντες
συνέτρεχον, καὶ τὰς μὲν δᾷδας ἡμῶν ἀποσβεννύουσι.
φευγόντων δὲ ἀτάκτως ὑπὸ τῆς ἐκπλήξεως, γυμνώ-
σαντες τὰ ξίφη ἁρπάζουσι τὴν ἀδελφὴν τὴν ἐμὴν, καὶ

secuta sum. Nos, ut postridie Deo sacrum faceremus,
noctu nosmet adornaveramus: nec eorum quidquam Ze-
nonem latuit. Ad multam igitur noctem solventes pro-
vehebamur, cum ille consecutus est. Commodum autem exieramus, atque in extremo litore abluebamur,
cum is ex composito signum sustulit, lembusque statim litori propior factus est. Erant in eo iuvenes decem: exspectabant in terra octo alii in insidiis collocati,
muliebri ornatu, mento raso. Hi omnes gladium sub veste
clam gestabant: atque, ut quam minimam in suspicionem
venirent, victimas admovebant, ita ut feminas illos esse
arbitraremur. Posteaquam pyram exstruximus, ii, clamore sublato, repente impetum fecerunt, nostrasque faces exstinxerunt: cumque nos subito metu perculsi nullo
ordine servato terga daremus, illi audacis gladiis sororem

ἐνθέμενοι τῷ σκάφει, ἐμβάντες εὐθὺς, ὄρνιθος δίκην
ἀφίπτανται. ἡμῶν δὲ οἱ μὲν ἴζυγον, οὐδὲν οὔτε ἰδόντες οὔτε ἑωρακότες [1], οἱ δὲ ἅμα τε εἶδον, καὶ ἐβόων·
Λησταὶ Καλλιγόνην ἔχουσι. Τὸ δὲ πλοῖον ἤδη μέσην
ἐπέραινε τὴν θάλασσαν· ὡς δὲ τοῖς Σαράπτοις προσέ-
σχον, πόρρωθεν ὁ Καλλισθένης τὸ σημεῖον ἰδὼν, ὑπήν-
τιζεν ἐππλεύσας, καὶ δέχεται μὲν τὴν κόρην, πλεῖ
δὲ εὐθὺς πελάγιος. ἐγὼ δὲ ἀνέπνευσα μὲν οὕτω δια-
θέντων μοι παραδόξως τῶν γάμων· ἠχθόμην δ' οὕτως
ὑπὲρ ἀδελφῆς περιπισούσης τοιαύτῃ συμφορᾷ.

ιθ'. Ὀλίγας δὲ ἡμέρας διαλιπὼν, πρὸς τὴν Λευκίππην διαλεγόμην· μέχρι τινὸς ἐπὶ τῶν φιλημάτων
ἱστάμεθα. Φιλτάτη; καλὰ τὰ προοίμια· προσθῶμεν
ἤδη τι καὶ ἐρωτικόν. Φέρε, ἀνάγκην ἀλλήλοις ἐπιθῶ-

meam rapuerunt, navique cum ea infenfa, volucrum
inftar confeftim avolaverunt. E nobis alii, ea re neque
vifa, neque audita, fugae fefe mandarunt: nonnulli & viderunt, & vocem hanc fimul miferunt: Calligonen piratae avexerunt. Iam medium lembus mare tranaverat, Sa-
reptacque appropinquaverat, cum Callifthenes agnito procul figno proceffit obviam, fufceptaque puella in altum
fe recepit. Mihi vero, difturbatis tam praeter opinionem
meam nuptiis, animus rediit, tametfi fororem tantam in
calamitatem incidiffe non poteram non dolere.

XIX. Paucis poft diebus, quam haec acta funt, Leucippen iis verbis affatus fum: Quoufque tandem, carif-
fima Leucippe, bafiis infiftemus? Speciofa quidem certe
initia haec funt; verum aliquid etiam ex iis, quae ab
amantibus expetuntur, addamus. Age, fidei neceffitatem

1 Ἑωρακότες) Interpres legit: tur enim: οἱ δὲ ἅμα τε ἰδὼν,
ἑωρακότες. E feqq. patet, legen- καὶ ἐβόων.
dum effe: ἑωρακότες. Subjici-

με πιστῶς. ἂν γὰρ ἡμᾶς Ἀφροδίτη μυσταγωγήσῃ, οὐ μή τις ἄλλος κρείττων γένηται τῆς θεοῦ. Ταῦτα πολλάκις κατεπᾴδων, ἐπεπείκειν τὴν κόρην ὑποδέξασθαί με τῷ θαλάμῳ νυκτός, τῆς Κλειοῦς συνεργούσης, ἥτις ἦν αὐτῇ θαλαμηπόλος. εἶχε δὲ ὁ θάλαμος αὐτῆς οὕτως. χωρίον ἦν μέγα τέτταρα οἰκήματα ἔχον· δύο μὲν ἐπὶ δεξιᾷ, δύο δὲ ἐπὶ θατέρα, μέσος δὲ διεῖργε στεινωπὸς ὁδὸς ἐπὶ τὰ οἰκήματα. θύρα δὲ ἐν ἀρχῇ τοῦ στεινωποῦ μία ἐνεκλείετο. Ταύτην εἶχον τὴν καταγωγὴν αἱ γυναῖκες· καὶ τὰ μὲν ἐνδοτέρω τῶν οἰκημάτων ἥ τε παρθένος καὶ ἡ μήτηρ αὐτῆς διειλήχεισαν, ἑκάτερα τὰ ἀντικρύ· τὰ δὲ ἔξω δύο τὰ πρὸς τὴν εἴσοδον, τὸ μὲν ἡ Κλειὼ τὸ κατὰ τὴν παρθένον, τὸ δὲ ταμεῖον ἦν. Κατακοιμίζουσα δὲ ἀεὶ τὴν Λευκίππην ἡ μήτηρ, ἔκλειεν ἔνδοθεν τὴν ἐπὶ τοῦ στεινωποῦ θύραν· ἔξωθεν δέ τις ἕτερος ἀπέκλειε, καὶ τὰς κλεῖς ἔβαλλε διὰ

mutuo nobis imponamus. Nam si Veneris sacris initiabimur, Deum alium nullum ea meliorem inveniemus. His cantionibus saepius repetitis, eam, ut me noctu thalamo susciperet, induxi, Clione etiam, quae cubiculi eius curam sustinebat, adiuvante. Porro thalamus ita aedificatus fuerat. Ingens aderat spatium, thalamos duos dextera, sinistra totidem continens, media interiacente semita quadam angusta, qua ad eos iri posset. Semitae huius limen valvas, quibus occluderetur, habebat. Inibi degebant mulieres. Nam thalamos interiores, mutuo sibi oppositos, virgo & eius mater obtinuerant. Ex reliquis duobus propius ad introitum alter iuxta Leucippen Clioni, alter ex adverso penui asservando destinatus fuerat. Leucippen mater cubitum semper comitabatur: ac non solum valvas ipsa intus claudebat, verum etiam foris per alium claudi,

τῆς ὀπῆς· ἡ δὲ λαβοῦσα ἐφύλαττεν, καὶ περὶ τὴν ἕω
καλέσασα τὸν εἰς τοῦτο ἐπιτεταγμένον, διέβαλλε πάλιν τὰς κλεῖς, ὅπως ἀνοίξειαν. Ταύτας οὖν ἴσας μη-
χανησάμενος ὁ Σάτυρος γενέσθαι, τὴν ἄνοιξιν πειρᾶ-
ται· καὶ ὡς εὗρε δυνατὴν, τὴν Κλειώ τε ἐπιπείθει,
καὶ τῆς κόρης συνειδυίης, μηδὲν ἀντιπράξαι τῇ κόρῃ.
καὶ [τύχη]¹ ταῦτα ἦν τὰ συγκείμενα.

ε΄. Ἦν δέ τις αὐτῶν οἰκέτης πολυπράγμων, καὶ
λάλος, καὶ λίχνος, καὶ πᾶν ὅ, τι ἂν εἴποι τις ὄνομα, Κώνωψ. οὗτός μοι ἐδόκει πόρρωθεν ἐπιτηρεῖν τὰ
πραττόμενα ἡμῖν· μάλιστα δὲ, ὅπερ ἦν ὑποπτεύσας,
μή τι νύκτωρ ἡμῖν πραχθῇ, διανυκτερεύων μέχρι πόρρω
τῆς ἑσπέρας, ἀναπετάσας τοῦ δωματίου τὰς θύρας,
ὥστε ἔργον ἦν αὐτὸν λαθεῖν. Ὁ οὖν Σάτυρος βουλόμενος αὐτὸν εἰς φιλίαν ἀγαγεῖν, προσέπαιζε πολλά-

custodiendasque sibi per foramen claves reddi curabat. Mane autem circiter auroræ ortum advocato eo, cui hoc
oneris imposuerat, ac redditis clavibus, aperire ostium iu-
bebat. Iis igitur similes alias quasdam cum Satyrus fabri-
cari curasset, aperiendi periculum fecit: atque ut rem a
sententia procedere animadvertit, Clioni, puella etiam conscia, persuasit, ne illi quoquo modo impedimento esset:
id quod ante minime carebat.

XX. Erat iis famulus quidam, vir curiosus, loquax,
ventri deditus, ac quovis alio simili nomine dignus: quem
Conopem vocabant. Is mihi, quæcunque ageremus, procul observare videbatur. Maxime vero suspicans, ne noctu
aliquid tentaremus, ad multam noctem cubiculi foribus
apertis vigilabat ita, ut eum latere perdifficile esset: quam
ob rem Satyrus, hominem ad amicitiam attrahere volens,

κις, καὶ κώνωπα ἐκάλει, καὶ ἔσκωπτε τοὔνομα σὺν γέλωτι. καὶ οὗτος εἰδὼς τοῦ Σατύρου τὴν τέχνην, προσεποιεῖτο μὲν ἀντιπαίζειν καὶ αὐτός. ἐπετίθει δὲ τῇ παιδιᾷ τῆς γνώμης τὸ ἄσπονδον. λέγει δὲ πρὸς αὐτόν· Ἐπειδὴ καταμωκᾷς μου καὶ τοὔνομα, φέρε, σοὶ μῦθον ἀπὸ κώνωπος εἴπω.

κα΄. Ὁ λέων κατεμέμφετο τὸν Προμηθέα πολλάκις, ὅτι μέγαν μὲν αὐτὸν ἔπλασε καὶ καλόν· καὶ τὴν μὲν γένυν ὥπλισε τοῖς ὀδοῦσι, τοὺς δὲ πόδας ἐκράτυνε τοῖς ὄνυξιν, ἐποίησέ τε τῶν ἄλλων θηρίων δυνατώτερον. ὁ δὲ τοιοῦτος, ἔφασκε, τὸν ἀλεκτρυόνα φοβοῦμαι. Καὶ ὁ Προμηθεὺς ἐπιστάς, ἔφη· Τί με μάτην αἰτιᾷς; τὰ μὲν γὰρ ἐμὰ πάντα ἔχεις, ὅσα πλάττειν ἐδυνάμην· ἡ δὲ σὴ ψυχὴ πρὸς τοῦτο μόνον μαλακίζεται. Ἔκλαιεν οὖν ἑαυτὸν ὁ λέων, καὶ τῆς δειλίας κατεμέμφετο, καὶ τέλος ἀποθανεῖν ἤθελεν. οὕτω δὲ

cum eo saepe iocabatur, & Conopem, quae vox culicem denotat, appellabat, eiusque nomen cavillabatur. Ille, Satyri arte cognita, contra iocari quidem fingebat: verum infidum animum gerebat. Itaque ad eum conversus: Agedum, inquit, quoniam nomen meum irrides, fabulam, quam de culice sum narraturus, audi.

XXI. Prometheum leo multoties incusavit, quod, cum se magnum & formosum effinxisset, maxillasque dentibus, unguibus pedes armavisset, ac feris aliis robustiorem effecisset, tamen dotibus tot praeditus gallum gallinaceum timeret. Cui respondens Prometheus: Quid temere, inquit, me accusas? ego, quae praestare potui, omnia tibi concessi: verum animus ipse tuus hac una in re infirmus est. Quocirca flebat leo, seque timiditatis damnans, mori omnino decreverat. Qua in cogitatione dum esset, in

γνώμης ἔχων ἐλέφαντι περιτυγχάνει, καὶ προσαγορεύσας εἱστήκει διαλεγόμενος. καὶ ὁρῶν διαπαντὸς τὰ
ὦτα κινοῦντα· Τί πάσχεις; ἔφη. καὶ τί δήποτε οὐδὲ
μικρὸν ἀτρεμεῖ σου τὸ οὖς; Καὶ ὁ ἐλέφας, κατὰ τύχην παραπτάντος αὐτῷ κώνωπος· Ὁρᾶ, ἔφη, τοῦτο
τὸ βραχὺ τὸ βομβοῦν, ἢν εἰσδύῃ μου τῇ τῆς ἀκοῆς
ὁδῷ, τέθνηκα. καὶ ὁ λέων· Τί οὖν ἔτι ἀποθνήσκειν,
ἔφη, με δεῖ, τοσοῦτον ὄντα, καὶ ἐλέφαντος εὐτυχέ-
στερα, πόσῳ κρείττων κώνωπες ἀλέκτρυών; Ὁρᾷς,
ὅσον ἰσχύος ὁ κώνωψ ἔχει, ὡς καὶ ἐλέφαντα φοβεῖ.
Συνεὶς οὖν ὁ Σάτυρος τὸ ὕπουλον αὐτοῦ τῶν λόγων,
ἠρέμα μειδιῶν· Ἄκουσον κἀμοῦ τινα λόγον, εἶπεν, ἀπὸ
κώνωπος καὶ λέοντος, ὃν ἀκήκοα τινὸς τῶν φιλοσόφων·
χαρίζομαι δέ σοι τοῦ μύθου τὸν ἐλέφαντα.

κβ. Λέγει τοίνυν κώνωψ ἀλαζών ποτε πρὸς τὸν

elephantem incidit, quocum post datam salutem in sermonem delapsus, ubi aures perpetuo moventem illum vidit: Quid hoc, inquit, rei est? cur ne punctum quidem
temporis auribus quietem das? Tum elephas, cuius circum
caput culex tum forte volitabat: Bestiolam, inquit, hanc
susurrantem cerno: quae si aures modo meas ingredere-
tur, de me actum esset. Leo vero, Quid me igitur, inquit, mori oportet? qui talis sim, tantoque elephante
beatior, quanto culici gallus gallinaceus antecellit. Viden-
ne, quantum culici roboris insit, quantum elephantum
etiam terreat? Satyrus autem doli plenam illius orationem
cognoscens leniter arrisit: ac, Meam tu quoque, inquit,
de culice ac leone historiam, a philosopho quopiam relatam, audi. Habeo vero tibi gratiam, quod elephanti me
fabulam edocueris.

XXII. Confidentiae igitur plenus aliquando culex leo-

λέοντα· Εἶτα κἀμοῦ βασιλεύειν νομίζεις ὡς τῶν καὶ
ἄλλων θηρίων; ἀλλ᾽ οὔτε μοῦ καλλίων, οὔτε ἀλ-
κιμώτερος ἴσως, οὔτε μείζων. ἐπεὶ τί σοι πρότερόν
ἐστιν[1]; ἀλκή; ἀμύσσεις τοῖς ὄνυξι, καὶ δάκνεις τοῖς
ὀδοῦσι. ταῦτα γὰρ οὐ ποιεῖ μαχομένη γυνή; ποῖον δὲ
μέγεθος ἢ κάλλος σε κοσμεῖ; στέρνον πλατύ, ὦμοι
παχεῖς, καὶ πολλὴ περὶ τὸν αὐχένα κόμη. τὴν κατόπιν οὖν αἰσχύνην οὐχ ὁρᾷς; ἐμοὶ δὲ μέγεθος μὲν ὁ
ἀὴρ ὅλος, ὅσον μου καταλαμβάνει τὸ πτερόν· κάλλος δὲ αἱ τῶν λειμώνων κόμαι. αἱ μὲν γὰρ εἰσιν ὥσπερ
ἐσθῆτες, ἃς ὅταν θέλω παῦσαι τὴν πτῆσιν ἐνδύομαι.
τὴν δὲ ἀνδρείαν μου μὴ καὶ γελοῖον ᾖ καταλέγειν;
ὄργανον γὰρ ὅλος εἰμὶ πολέμου· μετὰ μὲν σάλπιγγος παρατάττομαι· σάλπιγξ[2] δέ μοι καὶ βέλος, τὸ

nem allocutus: Nae tu, inquit, vehementer erras, si mihi etiam, quemadmodum ceteris animalibus, praepositum
te credis, cum neque pulchrior, neque fortior, neque
melior sis. Nam quid tibi praecipuum? an robur? Tu quidem unguibus laceras & dentibus mordes: at quae muliercula pugnans non hoc facit? Quae vero magnitudo te
ornat? quae pulchritudo? Amplum tibi pectus est, & lati
humeri: collum etiam densis inhorrescit pilis: at quanta
posteriorum partium turpitudo sit, non vides? Magnitudo
mea est aër totus, quantum quidem alis circuire possum.
Pulchritudo pratorum gramina & flores, quae vestis etiam
loco mihi est: quam, cum a volatu quiescere lubet, in-
duo. Neque vero dictu ridiculum fuerit robur meum: totus enim bellicum instrumentum sum, nec sine tuba unquam in pugnam prodeo. Mihi enim os & tuba & iacu-

1 Ἐπεὶ τί σοι πρότερόν ἐστιν) Legendum forte: εἶτα, τί σοι πρότερόν ἐστιν;

2 Σάλπιγξ) Hinc culices ἐξωδίας apud Meleagrum in Epigr. L. VII. Plin. L. XI, c. 2, de culice: *Ubi maculatam illam & partium maximam vocem ingeneravit? — Telam vero perfundendo corpori quae spicularis ingenio?*

στόμα, ὥστε εἰμὶ καὶ αὐλητὴς καὶ τοξότης. ἐμαυτοῦ
δὲ ἀϊστὸς καὶ τόξον γίνομαι. τοξεύει γάρ μου διαίρων
τὸ πτερόν. ἐμπεσὼν δὲ ὡς ἀπὸ βέλους ποιῶ τὸ τραῦμα. ὁ δὲ παταχθεὶς ἐξαίφνης βοᾷ, καὶ τὸν τιτρώ-
σκοντα ζητεῖ. ἐγὼ δὲ παρὼν οὐ πάρειμι· ὁμοῦ δὲ καὶ
φεύγω καὶ μένω, καὶ περιπέτομαι τὸν ἄνθρωπον τῷ
πτερῷ, γελῶ δὲ αὐτὸν βλέπων περὶ τοῖς τραύμασιν
ὀρχούμενον. Ἀλλὰ τί δεῖ λέγων; ἀρχώμεθα μάχης.
ἅμα λέγων ἐμπίπτει τῷ λέοντι, καὶ εἰς τοὺς ὀφθαλμοὺς ἐμπηδᾷ, καὶ εἴ τι ἄλλο ἄτριχον τῶν προσώπων,
περιπτάμενος ἅμα καὶ τῷ βόμβῳ καταυλῶν. ὁ δὲ
λέων ἠγριαίνετο, καὶ μετεστρέφετο πάντη, καὶ τὸν
ἀέρα περιέχασκεν. ὁ δὲ κώνωψ ταύτην πλέον τὴν ὀργὴν ἐτίθετο παιδιὰν, καὶ ἐπ' αὐτοῖς ἵδρυτό πως καὶ
τοῖς χείλεσιν. καὶ ὁ μὲν ἔλιπεν εἰς τὸ λιπὸν [1] μέρος,

lum est, eoque & tubicen & iaculator sum. Sagittam quin
etiam atque arcum me et facio: per aërem enim alae me
vibram. Vibratus ipse, tanquam telum aliquod, vulnus
infero: quod qui accipit, subitum clamorem edit, vul-
nerisque auctorem ut inveniat, circumspicit. Ego vero &
absum, & adsum, eodemque momento & fugio, & re-
maneo, alisque hominem obequito, atque ob vulnera sal-
tantem cernens rideo. Sed quid verbis opus est? Agedum,
pugnam ineamus. Atque inter loquendum in leonem impetum fecit, oculos, aliasque omnes capitis partes pilis
carentes appetens, interiusque susurrans. Irascebatur leo,
seque huc illuc convertens, aërem modo vorabat. Culex
autem illius iram eo magis ludibrio habens, ipsa etiam labra invadebat. Atque ille quidem ad partem dolentem,

Et Tertullianus etiam adversus
Marcionem L. I, c. 14, ex animalibus minutioribus conditoris
magnitudinem demonstraturus:
Sustine, inquit, si potes, - - ca-
ficie & rubrum & la[...]

1 Λιπὸν) Ita rescripsimus,
secuti Cod. [...] offerentem.
Interpres quoque reddidit: ad
partem dolentem.

ἀνακάμπτων ἔνθα τοῦ τραύματος ἡ πληγή· ὁ δὲ ὥσπερ
παλαιστὴς τὸ σῶμα σπάζων, εἰς τὴν συμπλοκὴν ἀπέφ-
ρει τῶν τοῦ λέοντος ὀδόντων, αὐτὴν μέσην διαπτὰς
ἑλισσομένην τὴν γένυν. οἱ δὲ ὀδόντες κενὰ τῆς θήρας
περὶ ἑαυτοὺς ἐκροτάλιζον. ἤδη τοίνυν ὁ λέων ἐκεκμήκει
σκιαμαχῶν πρὸς τὸν ἀέρα τοῖς ὀδοῦσι, καὶ εἱστήκει
παρειμένος ὀργῇ. ὁ δὲ κώνωψ περιϊπτάμενος αὐτοῦ τὴν
κόμην, ἐπηύλει μέλος ἐπινίκιον. μακρότερον δὲ ταπεύ-
μενος τῆς πτήσεως τὸν κύκλον, ὑπὸ περιττῆς ἀπειρο-
καλίας ἀράχνης λανθάνει νήμασιν ἐμπλακείς, καὶ
τὴν ἀράχνην οὐκ ἔλαθεν ἐμπεσών. ὡς δ' οὐκέτ' εἶχε
φυγεῖν, ἀσχάλλων εἶπεν· Ὦ τῆς ἀνοίας, προυκαλού-
μην μὲν γὰρ ἐγὼ λέοντα, ὀλίγος δέ με ἤγρευσεν ἀράχνης χιτών. Ταῦτα εἰπών· Ὥρα ταύτῃ, ἔφη, καί σε
τὰς ἀράχνας φοβεῖσθαι. Καὶ ἅμα ἐγέλασεν.

κγ'. Καὶ ὀλίγας διαλιπὼν ἡμέρας, εἰδὼς αὐτὸν

quae scilicet vulnus acceperat, sese incurvans, declina-
bat: hic vero luctatoris vice, comtracto corpore, per
medios leonis dentes, os etiam clausum pertransiens, ela-
bebatur. Itaque praeda frustrani dentes illius mutuo con-
cursu resonabant. Tandem inani pugna defatigatus, iraque
devictus leo quieverat, cum eius comam volitando cir-
cuiens culex, victoriae signum cecinit. Inde cum amplio-
re gyro volatum nimia insolentia elatus produceret, in
aranei telam improviso incidit: atque ab eo statim depre-
hensus est. Quamobrem ubi nullum fugiendi locum sibi
relictum cognovit, suam ipsius dementiam detestatus: Me
miserum, inquit, qui leonem provocare ausus, tenuem
aranei telam evadere non possum. Quae Satyrus cum dixisset: Vide, inquit, o Conops, aranea tibi quoque telas
esse timendas, ac simul cachinnum sustulit.

XXIII. Paucis autem diebus post, cum ventri deuitum

Achill. Tat.   F

γαστρὸς ἡττώμενον, φάρμακον πράμενος ὕπνου βα-
θύος, ἐφ᾽ ἑστίασιν αὐτὸν ἐκάλεσεν. ὁ δὲ ὑπόπτευσε
μέν τινα μηχανὴν, καὶ ὤκνει τὸ πρῶτον. ὡς δ᾽ ἡ βελ-
τίστη ¹ γαστὴρ κατηνάγκασεν, πείθεται. ἐπεὶ δ᾽ ἧκεν
πρὸς τὸν Σάτυρον, εἶτα δειπνήσας, ἔμελλεν ἀπιέναι,
ἐγχεῖ τοῦ φαρμάκου κατὰ τῆς τελευταίας κύλικος ὁ
Σάτυρος αὐτῷ· καὶ ὁ μὲν ἔπιεν, καὶ μικρὸν διαλιπὼν, ὅσον εἰς τὸ δωμάτιον αὐτοῦ φθάσαι, κατενε-
χθεὶς ἔκειτο, τὸν ὕπνον καθεύδων τοῦ φαρμάκου. ὁ δὲ
Σάτυρος εἰστρέχει πρός με, καὶ λέγει· Κεῖταί σοι
καθεύδων ὁ Κώνωψ· σὺ δὲ ὅπως Ὀδυσσεὺς ἀγαθὸς
γένῃ. Καὶ ἅμα ἔλεγεν, καὶ ἥκομεν ἐπὶ τὰς θύρας
τῆς ἐρωμένης. καὶ ὁ μὲν ὑπελείπετο· ἐγὼ δὲ εἰσῆειν,
ὑποδεχομένης με τῆς Κλειοῦς ἀψοφητὶ, τρέμων τρό-
μον διπλοῦν χαρᾶς ἅμα καὶ φόβου· ὁ μὲν γὰρ τοῦ
κινδύνου φόβος ἐθορύβει τὰς τῆς ψυχῆς ἐλπίδας· ἡ

Satyrus Conopem animadvertiſſet, ſoporifera potione comparata, hominem ad coenam vocavit. Ille mali aliquid ſuſ-
picans, primum detrectavit: ſed poſteaquam ſuaſor optimus venter pellexit, morem geſſit. Cumque ad Satyrum
veniſſet, ac coenatus abire vellet, potionem ei Satyrus
poſtremo in poculo miſcuit: qua ille hauſta non amplius
moratus, quam quantum ad ſe intra cubiculum recipien-
dum ſatis eſſet, potione cogente arcte dormitare coepit.
Me vero conveniens ſtatim Satyrus, Dormit, inquit, Conops: itaque Ulyſſis exemplo ſtrenuus ſac ſis. Quo dicto,
ad Leucippes thalamum ſubito profecti ſumus. Ille pro foribus remanſit: ego, me furtim excipiente Clione, introii,
obiecto cum gaudio, tum pavore tremens. Nam periculi
metus animi ſpem conturbabat: aſſequendi autem ſpes

<hr>

¹ Laconem hic facile animadvertas. Interpres vertit: ſuaſor
optimus, venter.

δὲ ἐλπὶς τοῦ τυχεῖν, ἐπεκάλυπτεν ἡδονῇ τὸν φόβον. οὕτω καὶ τὸ ἐλπίζον ἐφοβεῖτό μου, καὶ ἔχαιρε τὸ λυπούμενον. ἄρτι δέ μου προσελθόντος εἴσω τοῦ θαλάμου τῆς παιδὸς, γίνεταί τι τοιοῦτον περὶ τὴν τῆς κόρης μητέρα. ἔτυχεν γὰρ ὄνειρος αὐτὴν πατάξας, ἰδούσῃ τινὰ λῃστὴν μάχαιραν ἔχοντα γυμνὴν, ἄγειν ἁρπασάμενον αὐτῆς τὴν θυγατέρα, καὶ καταβέμενον ὑπτίαν, μέσην ἀνατεμεῖν τῇ μαχαίρᾳ τὴν γαστέρα κάτωθεν ἀρξάμενον ἀπὸ τῆς αἰδοῦς. ταραχθεῖσα οὖν ὑπὸ δείματος, ὡς εἶχεν, ἀναπηδᾷ, καὶ ἐπὶ τὸν τῆς θυγατρὸς θάλαμον τρέχει. (ἐγγὺς γὰρ ἦν) ἄρτι μου κατακλιθέντος. ἐγὼ μὲν δὴ τὸν ψόφον ἀκούσας ἀνεῳγομένων τῶν θυρίδων, εὐθὺς ἀνεπήδησα. ἡ δὲ ἐπὶ τὴν κλίνην παρῆν. συνεὶς οὖν τὸ κακὸν, ἐξάλλομαι, καὶ διὰ τῶν θυρῶν ἵεμαι δρόμῳ, καὶ ὁ Σάτυρος ὑποδέχεταί τρέμοντα, καὶ τεταραγμένον. εἶτ' ἐφεύγομεν διὰ τοῦ σκότους, καὶ ἐπὶ τὸ δωμάτιον ἑαυτῶν ἤλθομεν.

metum voluptate perfundebat. Ita quae pars animi sperabat, timore angebatur: quae dolebat, gaudio gestiebat. Ceterum vix puellae cubiculum ingressus eram, ubi matri eius horribile nescio quid in somnis oblatum est. Latronem enim quendam districto gladio armatum videre visa est, qui filiam abduceret, ac supinam statuens, uterum eius, facto a pudendis initio, gladio secaret. Quamobrem, ut erat, metu perculsa prosiliit, Leucippeque thalamum, prope enim erat, citato gradu ingressa est, me vix in lecto collocato. Tum vero ego, cardinum strepitu audito, statim exsurrexi: iam vero ipsa lecto adstabat: ipse, quo in periculo versarer intelligens, extra thalamum quam ocissime cucurri. Satyrus trementem perturbatumque me accepit: ambo deinde per tenebras evadentes, suum quisque intra cubiculum se recepit.

κδ΄. Ἡ δὲ πρῶτα μὲν ὑπὸ ἰλίγγου κατέπεσεν·
εἶτα, ἀνενεγκοῦσα τὴν Κλειὼ κατὰ κόῤῥης ὡς εἶχε,
ῥαπίζει, καὶ ἐπιλαβομένη τῶν τριχῶν, ἅμα πρὸς τὴν
θυγατέρα ἀνώμωξεν· Ἀπώλεσάς μου, λέγουσα, Λευκίππη, τὰς ἐλπίδας. οἴμοι, Σώστρατι. σὺ μὲν ἐν Βυ-
ζαντίῳ πολεμεῖς ὑπὲρ ἀλλοτρίων γάμων· ἐν Τύρῳ δὲ
καταπεπολέμησαι, καὶ τῆς θυγατρός σου τίς τοὺς
γάμους ἐσύλησεν. οἴμοι δειλαία τοιούτους σοὶ τοὺς γάμους ὄψεσθαι οὐ προσεδόκων. ὄφελον ἔμεινας ἐν Βυ-
ζαντίῳ, ὄφελον ἔπαθες πολέμου νόμῳ τὴν ὕβριν. ὄφε-
λόν σε κἂν Θρᾷξ νικήσας ὕβρισεν· οὐκ εἶχεν ἡ συμφορὰ διὰ τὴν ἀνάγκην ὄνειδος. νῦν δὲ κακόδαιμον, ἀδό-
ξεῖ, ἐν οἷς δυστυχεῖς· ἐπλάνα δή με καὶ τὰ τῶν ἐνυπνίων φαντάσματα, τὸν δὲ ἀληθέστερον ὄνειρον οὐκ
ἐθεασάμην. νῦν ἀθλιώτερον ἀνετμήθης τὴν γαστέρα.

XXIV. Puellae mater vertigine primum correpta deci-
dit: mox recreata Clioni faciem totis viribus pugnis contudit: ac suos sibi capillos convellens, unaque ingemiscens,
ita filiam allocuta est: Leucippe, tu spes meas omnes prae-
cidisti. Heu miseram me, o Sostrate! tu Byzantii pro alienis nuptiis bellum geris, Tyri autem filiae tuae cubile
nescio quis expugnavit, ac polluit. Hei me, o Leucippe!
non ego, tales ut nuptias tuas viderem, exspectabam.
Utinam Byzantii remansisses: utinam belli lege contumeliam hanc passa esses: utinam te vel Thrax aliquis hostis
victor iniuria affecisset: faceret enim vis illa, ut infortunium istud dedecore careret. Nunc, o te infelicem, eius
rei, quae te miseram reddit, ad te infamia redundat. Quae
nocturna etiam visa me fefellerunt; neque, quod verius
erat, insomnium vidi. Nunc certe crudelem in modum dissectus tibi uterus fuit, atque adeo, ut ne ferro quidem

αὕτη δυστυχεστέρα τῆς μαχαίρας τομὴ, οὐδὲ ἴδον τὸν
ὑβρίσαντά σε, οὐδὲ οἶδά μου τῆς συμφορᾶς τὴν τύχην.
οἴμοι τῶν κακῶν. μὴ καὶ δοῦλος ἦν;

κδ΄. Ἐθάρσησεν οὖν ἡ παρθένος, ὡς ἂν ἐμοῦ δια-
πιστευθέντος, καὶ λέγει· Μὴ λοιδόρει μου, μῆτερ, τὴν
παρθενίαν· οὐδὲν ἔργον μοι πέπρακται τοιούτων ῥημάτων. οὐδὲ οἶδα ταῦτα ὅστις ἦν, εἴτε δαίμων, εἴτε
Ἥρως [1], εἴτε λῃστής. ἐκείμην δὲ πεφοβημένη, μηδὲ
ἀνακραγεῖν διὰ τὸν φόβον δυναμένη. φόβος γὰρ γλώττης ἐστὶ δεσμός. ὃν οἶδα μόνον, οὐδείς μου τὴν παρθενίαν κατήσχυνεν. Καταπεσοῦσα οὖν ἡ Πανθία πάλιν
ἔστενεν. Ἡμεῖς δὲ ἐσκοποῦμεν, καθ᾽ ἑαυτοὺς γενόμε-
νοι, τί ποιητέον ἡμῖν, καὶ ἐδόκει κράτιστον εἶναι φεύγειν, πρὶν ἡὼς γένηται, καὶ τὸ πᾶν ἡ Κλειὼ βασα-
νιζομένη κατείπῃ.

crudelius dividi potuerit. Quid, quod neque iniuriae tibi
factae, neque iniusti mihi doloris auctorem cognovi. O
Infortunia! numquid vero servus iste aliquis fuit?

XXV. Tum Leucippe animo confirmato, quod fuga
elapsus essem: At tu, mater, virginitatem, inquit, meam
probris incessere noli: neque enim sermone isto tuo dignum quidquam admisi, neque illum, quisquis tandem,
sive Deus, sive heros, seu etiam latro fuerit, agnovi. Per-
territa enim iacebam, ut neque vocem prae timore mittere possem: linguae enim vinculum timor est. Hoc tantum scio, virginitatem a nemine meam violatam fuisse.
Itaque collapsa iterum Panthia ingemiscebat. Interea nos,
quid fieri a nobis oporteret, soli mente agitabamus: il-
ludque optimum iudicatum est, ut, priusquam illucesceret,
ac tormentis coacta Clio rem patefaceret, solum verteremus.

1 Εἴτε Ἥρως) Legebatur an-	δαίμων. Nostram lectionem ha-
tea εἴτε ἥρως male post v. εἴτε	buisse videtur vetus Interpres.

κστ'. Δόξαν οὖν οὕτως εἰχόμεθα ἔργου. σκηψάμε-
νοι δὲ πρὸς τὸν θυρωρὸν, ἀπιέναι πρὸς ἐρωμένην, καὶ
ἐπὶ τὴν οἰκίαν ἐρχόμεθα τοῦ Κλεινίου. ἦσαν δὲ λοιπὸν
μέσαι νύκτες, ὥστε μόλις ὁ θυρωρὸς ἀνέῳξεν ἡμῶν.
καὶ ὁ Κλεινίας, ἐν ὑπερῴῳ γὰρ τὸν θάλαμον εἶχε,
διαλεγομένων ἡμῶν ἀκούσας κατατρέχει τεταραγμένος. καὶ ἐν τούτῳ τὴν Κλειὼ κατόπιν ὁρῶμεν σπουδῇ
θέουσαν· ἦν γὰρ δρασμὸν βεβουλευμένη· ἅμα τε ὁ
Κλεινίας ἤκουσεν ἡμῶν ἃ πεπόνθαμεν, καὶ τῆς Κλειοῦς
ἡμεῖς, ὅπως φύγοι, καὶ πάλιν ἡμῶν ἡ Κλειὼ τί ποιεῖν
μέλλοιμεν. παρελθόντες οὖν εἴσω τῶν θυρῶν, τῷ
Κλεινίᾳ διηγούμεθα τὰ γεγονότα, καὶ ὅτι φεύγειν
διεγνώκαμεν. λέγει ἡ Κλειὼ, Κἀγὼ σὺν ὑμῖν. ἢν γὰρ
περιμείνω τὴν ἕω, θάνατός μοι πρόκειται, τῶν βασάνων γλυκύτερος.

XXVI. Hac sententia comprobata cum ianitore ita egimus, ut ad amicas nostras ituros nos crederet: atque ad
Cliniam recta pervenimus. Erat tum media nox, ideoque
nonnisi difficulter a ianitore impetravimus, ut fores aperiret. Clinia, quod in editiore domus parte cubare con-
suevisset, colloquentes nos audivit, perturbatusque omni
cum festinatione obviam nobis processit. Atque haec dum
fiunt, Clionem celeri cursu nos sequentem prospicimus; fugere enim ipsa quoque decreverat. Eodem igitur tempore
Clinia, quid nobis evenisset, intellexit, & nos, quid Clioni, quare fugeret. Clio contra nostrum consilium explo-
ravit: domum enim ingressi nos primum Cliniae, quae
acta fuerant, & quemadmodum e patria excedere statue-
ramus, exposuimus. Deinde Clio: Ego quoque, inquit,
vobiscum una proficiscar. Nam si mansero, quousque il-
lucescat, mors mihi tormentis dulcior obeunda.

κζ΄. Ὁ οὖν Κλεινίας τῆς χειρός μου λαβόμενος, ἄγει τῆς Κλειοῦς μακρόθεν, καὶ λέγει· Δοκῶ μοι καλλίστην γνώμην εὑρηκέναι, ταύτην μὲν ὑπεξαγαγεῖν, ἡμᾶς δὲ ὀλίγας ἡμέρας ἐπισχεῖν, κἂν οὕτω δοκῇ, συσκευασαμένους ἀπελθεῖν. οὐδὲ γὰρ νῦν οἶδεν τῆς κόρης ἡ μήτηρ, τίνα κατέλαβεν, ὡς ὑμεῖς φατε, ὅ, τε καταμηνύσων οὐκ ἔσται, τῆς Κλειοῦς ἐκ μέσου γινομένης. τάχα δὲ καὶ τὴν κόρην συμφυγεῖν πείσετε. Ἔλεγεν δὲ καὶ αὐτὸς ὅτι κοινωνὸς ἔσται τῆς ἀποδημίας. Ταῦτα ἔδοξεν· καὶ τὴν μὲν Κλειὼ τῶν οἰκετῶν αὐτοῦ τινι παραδίδωσι, κελεύσας ἐμβαλέσθαι σκάφει. ἡμεῖς δὲ αὐτοῦ καταμείναντες, ἐφροντίζομεν περὶ τῶν ἐσομένων, καὶ τέλος ἔδοξεν ἀποπειρασθῆναι τῆς κόρης· καὶ ἢν μὲν θελήσῃ συμφυγεῖν, οὕτω πράττειν· εἰ δὲ μή, μένειν αὐτοῦ, παραδόντας ἑαυτοὺς τῇ τύχῃ. κοιμηθέντες οὖν ὀλίγον τῆς νυκτὸς ὅσον τὸ λοι-

XXVII. Tum Clinia manu prehensum me procul a Clione abducit, mihique: Optimum, inquit, consilium reperisse me videor, hanc scilicet ut hinc amoveamus, nos dies paucos exspectemus: deinde, si e re ita fuerit, una abscedamus. Quem enim deprenderit puellae mater, nondum, ut vos dicitis, cognovit: nec, qui indicet, submota Clione, quisquam reperiatur. Ac forte fiet, ut virgo ad fugiendum pelliciatur. Seque ipse etiam fugae nostrae socium futurum pollicitus est. Huic sententiae assensum fuit, & Clio famulorum uni tradita, qui naviculae impositam aveheret: nos illic remansimus, quae agenda supererant, procurantes. Tandem puellam tentare placuit, eo consilio, ut, si nobiscum proficisci vellet, eam abduceremus: sin minus, illic nos quoque remaneremus, fortunae arbitrio nosmet permittentes. Quantum itaque no-

τὸν, περὶ τὴν ἕω πάλιν ἐπὶ τὴν οἰκίαν ἐπανήλθομεν.

κη'. Ἡ οὖν Πανθία ἀναστᾶσα, περὶ τὰς βασάνους τῆς Κλειοῦς ηὐτρεπίζετο, καὶ καλεῖν αὐτὴν ἐπέ-
λυσε. ὡς δ' ἦν ἀφανὴς, πάλιν ἐπὶ τὴν θυγατέρα
ἵεται, καὶ Οὐκ ἐρεῖς, ἔφη, τὴν συσκευὴν τοῦ δράματος; ἰδοὺ καὶ ἡ Κλειὼ πέφευγεν. Ἡ δὲ ἔτι μᾶλλον ἐξερρήσσε, καὶ λέγει· Τί πλέον εἴπω σοι; τίνα
δὲ ἄλλην προσαγάγω πίστιν τῆς ἀληθείας μείζονα; εἰ παρθενίας ἐστί τις δοκιμασία, δοκίμασον. Ἔτι
καὶ τοῦτο, ἔφη ἡ Πανθία, λείπεται, ἵνα καὶ μετὰ
μαρτύρων δυστυχῶμεν. Ταῦθ' ἅμα λέγουσα, ἀνε-
πήδησεν ἔξω.

κθ'. Ἡ δὲ Λευκίππη καθ' αὑτὴν γενομένη, καὶ
τῶν τῆς μητρὸς γεμισθεῖσα ῥημάτων, παντοδαπή τις
ἦν[1], ἤχθετο, ἠσχύνετο, ὠργίζετο. ἤχθετο μὲν, τι-

ellis supererat, somno concessimus; ac summo mane domum revenimus.

XXVIII. Tum vero exsurgens Panthia Clionem, ut de ea quaestionem haberet, vocari iussit: quam cum nusquam inveniri cognovit, rursum ad filiam reversa: Quid, inquit, causae est, quamobrem facti huius seriem mihi non explicas? ecce ipsa etiam Clio evanuit. Tum Leucippe audentior etiam facta: Quidnam, inquit, tibi amplius dicam? aut quam aliam veritatis fidem maiorem afferam? Si virginitatis periculum modo aliquo fieri potest, fiat. Scilicet id etiam restat, inquit Panthia, ut infortunii nostri testes adsciscam. Atque haec cum dixisset, statim exivit.

XXIX. Leucippe sola relicta, maternisque verbis satiata, varias in partes distrahebatur. Dolebat, quod deprehensa fuisset: erubescebat, quod se mater probris affecis-

1 Παντοδαπή τις ἦν) Infra L. VII, c. 1: Παντοδαπὸς ἦν, ἤχθε-το, ὠργίζετο, ἰσχυλίνετο. ὠργίζετο μὲν, ὡς ὑβρισμένος· ἤχθετο δ' ὡς ἐπιτυχών· ἰσχυλίνετο δὲ, ὡς ἐρῶν.

ὁρωμένη· ἠσχύνετο δὲ, ὀνειδιζομένη· ὠργίζετο δὲ, ἀπι-
στουμένη. αἰδὼς δὲ, καὶ λύπη, καὶ ὀργή. τρία τῆς
ψυχῆς κύματα. ἡ μὲν γὰρ αἰδὼς, διὰ τῶν ὀμμάτων
εἰσρέουσα, τὴν τῶν ὀφθαλμῶν ἐλευθερίαν καθαιρεῖ. ἡ
δὲ λύπη περὶ τὰ στέρνα διανεμομένη κατατήκει τῆς
ψυχῆς τὸ ζωπυροῦν. ἡ δὲ ὀργὴ περιϋλακτοῦσα τὴν καρδίαν ἐπικαλύπτει τὸν λογισμὸν τῷ τῆς μανίας ἀφρῷ. λόγος δὲ τούτων ἁπάντων πατήρ. καὶ ἔοικεν ἐπὶ σκοπῷ
τόξον βάλλων, καὶ ἐπιτυγχάνων, καὶ ἐπὶ τὴν ψυχὴν
πέμπειν τὰ βλήματα, καὶ ποικίλα τοξεύματα. τὸ
μὲν ἐστι αὐτῷ λοιδορίας βέλος· καὶ γίνεται τὸ ἕλκος
ὀργή. τὸ δὲ ἐστω ἔλεγχος ἀτυχημάτων· ἐκ τούτου τοῦ
βέλους λύπη γίνεται. τὸ δὲ ὄνειδος ἁμαρτημάτων· καὶ
καλοῦσιν αἰδὼ τὸ τραῦμα. ἴδιον δὲ τούτων ἁπάντων
τῶν βελῶν, βάλλεα μὲν τὰ βλήματα, ἄναιμα δὲ τὰ
τοξεύματα. ἐν δὲ τούτων ἁπάντων φάρμακον, ἀμύνασθαι τὸν βάλλοντα τοῖς αὐτοῖς βλήμασιν. λόγος
γὰρ γλώσσης βέλος, ἄλλης γλώσσης βέλει θερα-

ser: irascebatur, quod sibi fides non haberetur. Porro autem pudor, moeror, ira, tres sunt animi fluctus. Pudor
enim, in oculos illabens, eis libertatem adimit: moeror in
pectus diffusus, animi ardorem exstinguit: ira circum cor
adlatrans, rationem insaniae spuma obruit. Horum omnium
procreator est sermo: qui tanquam telum ad metam dirigens, atque collineans, variis animum vulneribus afficit.
Nam cum tria sint illius tela, nempe convicium, calami-
tatis invulgatio, & erratorum exprobratio; vulnera quoque tria esse oportet, iram scilicet, moerorem, pudorem.
Hisce omnibus telis peculiare est, ut profundas, at non
cruentas, plagas imponant. Quarum medicina est, eadem
in ferientem tela retorquere. Sermo enim, qui linguae telum est, sermone, linguae scilicet alterius telo, retundi-

πεύεται. καὶ γὰρ τῆς καρδίας ἔκαυσε τὸ θυμούμενον, καὶ τῆς ψυχῆς ἐμάρανε τὸ λυπούμενον. ἂν δέ τις ἀνάγκη τοῦ κρείττονος σιγήσῃ τὴν ἄμυναν, ἀλγεινότερα γίνεται τὰ ἕλκη τῇ σιωπῇ. αἱ γὰρ ὠδῖνες τῶν ἐκ τοῦ λόγου κυμάτων, οὐκ ἀποπτύσασαι τὸν ἀφρὸν, οἰδοῦσι περὶ αὐτὰς πεφυσημέναι. Τοσούτων οὖν ἡ Λευκίππη γεμισθεῖσα τῶν συμφορῶν, οὐκ ἔφερε τὴν προσβολήν.

λ'. Ἐν τούτῳ δὲ ἔτυχον πέμψας τὸν Σάτυρον πρὸς τὴν κόρην ἀποπειρασόμενον τῆς φυγῆς. ἡ δὲ, πρὶν ἀκοῦσαι, πρὸς τὸν Σάτυρον· Δέομαι, ἔφη, πρὸς θεῶν ξενίων καὶ ἐγχωρίων, ἐξαρπάσατέ με τῶν τῆς μητρὸς ὀφθαλμῶν, ὅποι βούλεσθε. εἰ δέ με ἀπελθόντες καταλείποιτε, βρόχον πλεξαμένη τὴν ψυχήν μου οὕτως ἀφήσω. Ἐγὼ δὲ ὡς ταῦτα ἤκουσα, τὸ πολὺ τῆς φροντίδος ἀπερριψάμην. δύο δὲ ἡμέρας διαλιπόντες, ὅτε καὶ ἀποδημῶν ἔτυχι ὁ πατήρ, παρασκευαζόμεθα πρὸς τὴν φυγήν.

tur: eoque pacto animi concitata pars sedatur, & moeroris vires franguntur. Quod si cui res cum potentiore sit, ita ut nec contra loqui, nec referire audeat, tum vero profundiora tacendo vulnera fiunt. Nam sermonis alicuius aestu concitati dolores, nisi spumam eiecerint, sua ipsorum mole magis ingravescunt. His molestiis conflictata Leucippe, animum despondebat.

XXX. Interea Satyrum ad eam, an fugere vellet, sciscitatum misi. Quae sermonem illius antevertens: Per externos, inquit, atque indigenas Deos, quaeso, e matris oculis eripiam, quo vultis, abducite: nam si me relicta discesseritis, laqueo minime animam intercludam. Quae cum mihi relata fuerunt, magna ex parte animi mei molestiam absterserunt. Biduum itaque commorati, siquidem domo aberat pater, quae ad fugam opus erant, paravimus.

λα΄. Εἶχε δὲ ὁ Σάτυρος τοῦ φαρμάκου λείψανον,
ᾧ τὸν Κώνωπα ἦν κατακοιμήσας. τούτου διακονούμε-
νος ἡμῖν ἐγχεῖ λαβὼν κατὰ τῆς τελευταίας κύλικος,
ἣν τῇ Πανθίᾳ προσέφερεν. ἡ δὲ ἀναστᾶσα, ᾤχετο εἰς
τὸν θάλαμον ἑαυτῆς, καὶ εὐθὺς ἐκάθευδε. εἶχε δὲ ἑτέραν ἡ Λευκίππη θαλαμηπόλον, ἣν τῷ αὐτῷ φαρμάκῳ καταβαπτίσας ὁ Σάτυρος, προσεπεποίητο γὰρ
καὶ αὐτῆς· ἐξ αὖ τῷ θαλάμῳ προσεληλυθώς, ἱερὰν,
ἐπὶ τὴν τρίτην θύραν ἔρχεται ἐπὶ τὸν θυρωρὸν, κἀκεῖνον βεβλημένον [1] τῷ αὐτῷ πόματι. ὄχημα δὲ εὐπρε-
πὲς ἡμᾶς πρὸ τῶν πυλῶν ἐξεδέχετο, ὅπερ Κλεινίας
παρεσκευάκεισαν, καὶ ἔσβαινον ἡμᾶς ἐπ᾽ αὐτοῦ περιμέ-
νων. ἐπεὶ δὲ πάντες ἐκάθευδον, περὶ πρώτας νυκτὸς
φυλακὰς πρόσιμεν ἀψοφητὶ, Λευκίππην τοῦ Σατύρου χειραγωγοῦντος, καὶ γὰρ ὁ Κώνωψ, ὥσπερ ἡμῖν

XXXI. Eius autem potionis, qua Conops consopitus
fuerat, reliquum Satyrus cum asservasset, id, dum nobis
ministrat, postremo in poculo Panthiae clam miscuit.
Quamobrem illa mensa relicta suum se intra cubiculum
contulit, statimque dormitare coepit. Erat virgini alia
etiam cubicularia: cui cum potionis eiusdem Satyrus partem dedisset, illam enim, ex quo thalamo praefecta fuit,
adamare finxerat, ad tertiam ianuam, quae superanda
erat, ad ianitorem nempe venit, eumque medicamento
eodem dormire compulit. Interea curru instructo Clinia
pro foribus praestolabatur, ac iam nos antevertens con-
scenderat. Posteaquam sopiti omnes iacuerunt, circiter primam noctis vigiliam summo cum silentio discessimus, Satyro Leucippen manu ducente: forte enim eo die Co-

---

1 Βεβλημένον) Cod. Bavar. & ed. pr. βεβλημένος, quod quidem orationis series postulat. Forte tamen integrum verbum, κρίνει, vel simile quid, excidit.

ἐκέλευεν, κατὰ τύχην, ἐκείνην ἀπεδήμει τὴν ἡμέραν,
τῇ δεσποίνῃ διακονησόμενος. ἀνοίγει δὴ τὰς θύρας ὁ
Σάτυρος, καὶ προήλθομεν. ὡς δὲ πάρμεν ἐπὶ τὰς πύλας, ἐπέβημεν τοῦ ὀχήματος. ἦμεν δὲ οἱ πάντες ἓξ,
ἡμεῖς, καὶ ὁ Κλεινίας, καὶ δύο θεράποντες αὐτοῦ.
Ἐπηλαύνομεν οὖν τὴν ἐπὶ Σιδῶνα, καὶ περὶ μέσας
τῆς νυκτὸς δύο πάρμεν ἐπὶ τὴν πόλιν, καὶ εὐθὺς ἐπὶ
Βηρυτοῦ τὸν δρόμον ἐποιούμεθα, νομίζοντες εὑρίσκειν
ἐκεῖ ναῦν ἐφορμοῦσαν, καὶ οὐκ ἠτυχήσαμεν. ὡς γὰρ
ἐπὶ τοῦ Βηρυτίων λιμένος ἤλθομεν, ἀναγόμενον σκάφος εὕρομεν, ἄρτι τὰ πρυμνήσια μέλλον ἀπολύειν.
μηδὲν οὖν ἐρωτήσαντες ποῦ πλεῖ, μετασκευαζόμεθα
ἐπὶ τὴν θάλατταν ἐκ τῆς γῆς, καὶ ἦν ὁ καιρὸς μικρὸν
ἄνω τῆς ἕω. ἔπλει δὲ τὸ πλοῖον εἰς Ἀλεξάνδριαν, τὴν
μεγάλην τοῦ Νείλου πόλιν.

λβ'. Ἔχαιρον δὲ τὸ πρῶτον, ὁρῶν τὴν θάλατταν,
οὔπω πελαγίζοντος τοῦ σκάφους, ἀλλ' ἐπὶ τοῖς λι-

nops, qui nos obſervare conſueverat, herae cauſa domo
abſceſſerat. Aperta igitur a Satyro ianua, exivimus: ve-
hiculumque numero ſex, ego ſcilicet, Leucippe, Satyrus,
Clinia, & famuli Cliniae duo, conſcendimus, ac Sidonem
curſum direximus. Noctiſque parte altera exacta, eam ad
urbem, mox Berytum, nulla interiecta mora, pervenimus, navem illic aliquam ſoluturam invenire credentes.
Neque nos opinio fefellit. Nam ſimulac Berytiorum portum intravimus, navem iamiam ſoluturam comperimus,
in eamque prius, quam, quo curſum teneret, ſciſcita-
remur, noſtra omnia contulimus, & paulo ante lucem
aſcendimus: ac tum demum Alexandriam, Aegypti urbem
celeberrimam, petere illam cognovimus.

XXXII. Ibi vero ego primum omnium gaviſus ſum
mare adſpiciens, nondum abrepta in altum, ſed in portu

μέσῳ ἐποχουμένῃ. ὡς δὲ ἔδοξεν αὔριον εἶναι πρὸς ἀνα-
γωγὴν τὸ πνεῦμα, θόρυβος ἦν πολὺς κατὰ τὸ σκάφος, τῶν ναυτῶν διαθεόντων, τοῦ κυβερνήτου κελεύον-
τος. ἑλκομένων τῶν κάλων [1] ἡ κεραία [2] περιήγετο, τὸ
ἱστίον καθάτο, ἡ ναῦς ἀπεσαλεύετο, τὰς ἀγκύρας
ἀνέσπων, ὁ λιμὴν κατελείπετο, γῆν γὰρ ἑωρῶμεν ἀπὸ
τῆς νηὸς κατὰ μικρὸν ἀναχωροῦσαν, ὡς αὐτὴν πλέου-
σαν. παιανισμὸς ἦν καὶ πολλή τις εὐχή. θεοὺς σω-
τῆρας καλοῦντες, εὐφημοῦντες αἴσιον τὸν πλοῦν γενέσθαι. τὸ πνεῦμα ἤρετο σφοδρότερον, τὸ ἱστίον ἐκυρτοῦ-
το, καὶ εἷλκε τὴν ναῦν.

adhuc quiescente navi. Postea vero quam idoneus ad
exeundum ventus flare visus est, ingens in navi discur-
rentium nautarum, attractorum rudentum, gubernatoris
hortantis strepitus exortus: antenna obversa, velum factum, navis in altum abrepta, sublatae ancorae, portus
relictus est, terra a navi, quasi ipsa navigaret, recedere
paulatim videbatur. Ibi tum plausus excitatus, multaeque
Deis servatoribus, quo prospera navigatione uti liceret,
preces effusae sunt. Interea venti vis augebatur, velum-
que implebat, ac navim propellebat.

1 Ἑλκομένων τῶν κάλων) In aliis, ut & editione, τῷ καλω-δίῳ. Et mox ἡ κεραία περιῆγεν, pro περιήγετο. Obvertebatur antenna.
   Cornua relatarum obvertimus antennarum.
Τῆς κεραίας περιῆγεν. Sed omnes libri hic legunt, ἡ κεραία περιῆγεν. An περιῆγεν tra-his rudentibus antenna stridebat? Illud melius, quod reposuimus,

nec aliter omnino scribendum. Infra Lib. III : καὶ ὁ κυβερνήτης περιάγων ἐκάλυπτε τὸν κεραίαν.
   2 Κεραία) Scholiastes Homeri Iliad. Σ. Κεραία καλεῖται τὸ ἑκά-το τοῦ ἱστίου ὑψόμενον πλάγιον ξύλον, οὗ ἐξάπτεται ἡ ὀθόνη. Vo-catur & κέρας infra L. V, ἐπὶ τὸ κέρας ἦξα. Aelianus de nat. anim. L. II, cap. 46 de corvis : καθίσαντες ἐπὶ τὸ κέρας τῆς νεώς.

λγ΄. Ἔτυχε δέ τις ἡμῖν νεανίσκος παρακαθήμενος [1], ὃς, ἐπεὶ καιρὸς ἦν ἀρίστου, φιλοφρονούμενος ἡμᾶς, συναριστᾶν ἠξίου. καὶ ἡμῶν δὲ ὁ Σάτυρος παρέθηκεν. ὥστε εἰς μέσον καταθέμενοι ἃ εἴχομεν, τὸ ἄριστον ἐκοινωνοῦμεν, ἤδη δὲ καὶ λόγον. Λέγω δὴ πρῶτος· Πόθεν, ὦ νεανίσκε, καὶ τίνα σε δεῖ καλεῖν; Ἐγὼ Μενέλαος, εἶπε· τὸ δὲ γένος Αἰγύπτιος. τὰ δὲ ὑμέτερα τίνα; Ἐγὼ Κλειτοφῶν, οὗτος Κλεινίας, Φοίνικες ἄμφω. Τίς οὖν ἡ πρόφασις ὑμῖν τῆς ἀποδημίας; Ἢν σὺ πρῶτος ἡμῖν φράσῃς, καὶ τὰ παρ' ἡμῶν ἀκούσῃ.

λδ΄. Λέγει οὖν ὁ Μενέλαος· Τὸ μὲν κεφάλαιον τῆς ἐμῆς ἀποδημίας, ἔρως βάσκανος, καὶ θήρα δυστυχής. ἔρων δὲ μειρακίου καλοῦ. τὸ δὲ μειράκιον, Cι-

XXXIII. Forte autem ea ipsa in navi prope nostri iuvenis quidam sedebat: qui, quoniam cibi capiendi tempus venerat, perhumane nos, ut una edere liceret, rogavit. Quamobrem cum Satyrus, quae nobis paraverat, iam promere coepisset, ea omnia in commune conferentes, prandio, colloquioque nos mutuo participavimus. Atque ego prior: Cuias tu, inquam, adolescens, es, quodve tibi nomen est? Tum ille: Aegyptius, inquit, sum, ac Menelao mihi nomen est. De vobis autem ecquid mihi responderis? Cui ego: Clitophon, inquam, vocor, hic autem Clinia, Phoenices ambo. Quaenam vero causa vestrae profectionis? Si tu navigationis tuae causam nobis recensueris, nos nostrae contra tibi aperiemus.

XXXIV. Tum Menelaus: Meae, inquit, navigationis summa est, amor invidus, & venatio infelix. Formosi enim adolescentuli amore ardebam. Adolescentulus venationi de-

---

1 Παρακαθήμενος) Σκηνὴ erat locui in puppi, ubi gubernator ac praetor sedebant sub tabernaculo. Pollux: Σκηνὴ ἐπικαλεῖται τὸ συγκόμμιον στρ... τῷ τριηράρχῳ.

λύπηρον ἦν. ἐπεῖχον τὰ πολλὰ, κρατεῖν οὐκ ἠδυνάμην. ὡς δ' οὐκ ἔπειθον, εἱπόμην κἀγὼ ἐπὶ τὰς ἄγρας. ἐξωρμῶμεν οὖν ἱππεύοντες ἄμφω, καὶ τὰ πρῶτα εὐτυχοῦμεν, τὰ λεπτὰ διώκοντες τῶν θηρίων. ἐξαίφνης δὲ σῦς τῆς ὕλης προπηδᾷ. καὶ τὸ μειράκιον ἐδίωκεν, καὶ ὁ σῦς ἐπιστρέψας τὴν γύην. καὶ ἀντιπρόσωπος ἐχώρει δρόμῳ. καὶ τὸ μειράκιον οὐκ ἐξέτρεπτο. βοῶντος ἐμοῦ, καὶ κεκραγότος, ἕλκε τὸν ἵππον μετενέγκας τὰς ἡνίας, φεῦγε τὸ θηρίον, ἀλλάξας δὲ ὁ σῦς σπουδῆς ἔτρεχεν ὡς ἐπ' αὐτόν, καὶ αἱ μὲν συνέπιπτον ἀλλήλοις· ἐμὲ δὲ τρόμος, ὡς εἶδον, λαμβάνει, καὶ φοβούμενος μὴ φθάσῃ τὸ θηρίον, καὶ πατάξῃ τὸν ἵππον, ἐναγκυλησάμενος τὸ ἀκόντιον, πρὶν ἀκριβῶς καταστοχάσασθαι τοῦ σκοποῦ, πέμπω τὸ βέλος. τὸ δὲ μειράκιον παραβία ἁρπάζει τὴν βολήν. τίνα οὖν με τότε ψυχὴν

dinus erat: a qua tametsi eum plerumque revocabam, abducere tamen omnino nequibam. Itaque cum non obtemperaret, venantem ipse quoque sequebar. Ac cum equestres ambo venatum semel exivissemus, quamdiu quidem infirmiores feras persecuti fuimus, res e sententia processit: sed cum tandem aper improviso e silva prodiisset, adolescens illum persequitur, aper se convertens cum fulmineis dentibus adversus stabat, ille vero loco non cessit, me etiam reclamante, atque, ut equum sustineret, habenasque adduceret, quoniam immanis bellua esset, admonente. Aper in adolescentem magna vi cursum direxit, amboque alter in alterum impetum fecerunt. Quod simulac vidi, equidem cohorrui, veritusque, ne bellua eum assequeretur, & equum ictu prosterneret, iaculum, quod gerebam, minime, quo intenderem, praevidens, conieci: factumque est, ut, dum praetercurrit adolescens, ipse vulnus exceperit. Quem vero mihi animum fuisse tum putas?

ἔχειν; εἰ καὶ ψυχὴν εἶχεν ὅλως, ὡς ἂν ἄλλος τις
ἀποθάνοι ζῶν. τὸ δὲ οἰκτρότερον, τὰς χεῖρας ὤρεγέ μοι,
μικρὸν ἔτι ἐμπνέων, καὶ περιέβαλλε, καὶ ἀποθνή-
σκων οὐκ ἐμίσει με τὸν πονηρόν, ὁ ὑπ' ἐμοῦ πεφονευ-
μένος, ἀλλὰ τὴν ψυχὴν ἀφῆκε, τῇ φονευσάσῃ μου
περιπλεκόμενος δεξιᾷ. ἄγουσιν οὖν με ἐπὶ τὸ δικαστήριον οἱ τοῦ μειρακίου γονεῖς οὐκ ἄκοντα· καὶ γὰρ ἀπελθὼν ἀπελογούμην οὐδέν, θανάτου δὲ ἐτιμώμην ἐμαυτόν. ἐλεήσαντες οὖν οἱ δικασταὶ προσετιμήσαντό μοι
τριετῆ φυγήν· ἧς νῦν τέλος ἐχούσης, αὖθις ἐπὶ τὴν
ἐμαυτοῦ κάτειμι. Ἐπεδάκρυσεν ὁ Κλεινίας, αὐτοῦ
λέγοντος ταῦτα· Πάτροκλον πρόφασιν [1] ἀναμνησθεὶς

si modo animi quidquam mihi omnino relictum fuit, tale
utique fuit, quale in uno aliquo animam efflante esse consuevit. Quod autem omnium luctuosissimum fuit, manus
mihi spirans adhuc porrigebat, amplexabaturque: tantum-
que abest, ut, a quo interfectus fuerat, me sontem odio
haberet, ut dexteram etiam vulneris auctorem tenens animam efflaret. Hac me de causa in ius adolescentis paren-
tes vocarunt, sane non invitum: sistens enim non solum
excusatione aliqua usus non sum, sed etiam morte dignum ipse me censui. Verumtamen misericordia com-
moti iudices annos tres exsulare me iusserunt. Quod tempus cum effluxerit, nunc in patriam revertor. Haec dum
Menelaus commemoraret, Clinia Charielis recordatus, non
potuit, quin quasi sub praetextu Patrocli lacrimaretur.

1 Πάτροκλον πρόφασιν) Notum illud proverbium ex illo Homerico: Πάτροκλον πρόφασιν. Cum captivae mulieres Troianae praeficarum more cogerentur lamentari Patrocli mortem, veras quidem lacrimas fundebant, sed non propter Patroclum. Nam suas miserias spurcitiemque deflebant. Patroclus illi fletui praetextus erat. Vera causa sua ὅτι miseranda sors. Ideo flebant Πατρόκλου πρόφασιν. Ita & iste Clinias illacrimavit narrationi Menelai Πάτροκλον πρόφασιν, non ob Menelai casum & infortunium, sed ob suum illi simile ac paene germanum.

Χαρικλέους. Καὶ ὁ Μενέλαος· Τὰ 'μὰ δακρύεις, ἔφη· ἢ καί σύ τι τοιοῦτον ἐξήγαγες; Στενάξας οὖν ὁ Κλεινίας, καταλέγει τὸν Χαρικλέα καὶ τὸν ἵππον, κἀγὼ τὰ ἐμαυτοῦ.

λε'. Ὁρῶν οὖν ἐγὼ τὸν Μενέλαον κατηφῆ πάνυ τῶν ἑαυτοῦ μεμνημένον, τὸν δὲ Κλεινίαν ὑποδακρύοντα μνήμῃ Χαρικλείας, βουλόμενος αὐτοὺς τῆς λύπης ἀπαγαγεῖν, ἐμβάλλω λόγον ἐρωτικῆς ἐχόμενον ψυχαγωγίας. καὶ γὰρ οὐδὲ ἡ Λευκίππη παρῆν, ἀλλ' ἐν μυχῷ ἐκάθευδε τῆς νηός. λέγω δὴ πρὸς αὐτοὺς ὑπομειδιῶν· Ὡς παρὰ πολὺ κρατεῖ μου Κλεινίας, ἐβούλετο γὰρ λέγειν κατὰ γυναικῶν, ὥσπερ εἰώθει. ῥᾷον δ' ἂν εἴποι νῦν, ἤτοι ὡς καινὸν ἔρωτος εὑρών. οὐκ οἶδα γὰρ, πῶς ἐπιχειμάζει νῦν ὁ εἰς τοὺς ἄῤῥενας ἔρως. Οὐ γὰρ πολὺ ἄμεινον, ὁ Μενέλαος ἔφη, τοῦτο ἐκείνου;

Quamobrem Menelaus: Meane, inquit, causa lacrimas istas profundis, an vero similis te quoque casus aliquis exsulare cogit? Tum Clinia non sine multis suspiriis Chariclis & equi eventum narravit. Post quem meum ipse quoque pensum absolvi.

XXXV. Dein vero cum Menelaum rerum suarum recordatione valde tristem, Cliniam vero ob Chariclis memoriam etiam lacrimantem vidissem, moerorem amborum abstergere cupiens, sermonem amatoria voluptate perfusum excitavi: aberat enim tum Leucippe. In occultiore navis parte somnum capiens: ac conversus ad eos, subridensque, Quanto, inquam, me Clinias potentior: & id nunc etiam, (in mulieres enim, uti mos suus est, invehi peroptat) eo facilius faciet, quod amoris socium invenit. Quid autem in causa sit, quamobrem tam multi puerorum amoribus delectentur, ipse sane non video. Tum Menelaus: An non hic, inquit, muliebri longe praestantior

καὶ γὰρ ἁπλούστεροι παῖδες γυναικῶ, καὶ τὸ κάλλος αὐτοῖς δριμύτερον εἰς ἡδονήν. Ποῖ δριμύτερον; ὅτι
ὅτι παρακύψαν μόνον οἴχεται, καὶ οὐκ ἀπολαῦσαι
δίδωσι τῷ φιλοῦντι, ἀλλ' ἴσα τῷ τοῦ Ταντάλου πόματι; πολλάκις γὰρ ἐν ᾧ πίνεται, πέφευγε, καὶ
ἀπῆλθεν ὁ ἐραστὴς οὐχ εὑρὼν πιεῖν. τὸ δὲ ἔτι πινόμενον, ἁρπάζεται πρὶν ὁ πίνων κορεσθῇ. καὶ οὐκ ἔστιν
ἀπὸ παιδὸς ἀπελθεῖν ἐραστὴν ἄλυπον ἔχοντα τὴν ἡδο-
νήν· καταλείπει γὰρ ἔτι διψῶντα.

λϛ'. Καὶ ὁ Μενέλαος· Ἀγνοεῖς, ὦ Κλειτοφῶν,
ἔφη, τὸ κεφάλαιον τῆς ἡδονῆς. ποθεινὸν γὰρ ἀεὶ τὸ
ἀκόριστον. τὸ μὲν γὰρ εἰς χρῆσιν χρονιώτερον, τῷ κό-
ρῳ μαραίνει τὸ τερπνόν· τὸ δὲ ἁρπαζόμενον καινόν ἐστιν
ἀεί, καὶ μᾶλλον ἀνθεῖ· οὐ γὰρ γεγηρακυῖαν ἔχει τὴν

est? Mulieribus enim simpliciores pueri sunt, eorumque
forma ad movendos iucunditate sensus vehementior. At
quo pacto, inquam ego, vehementior? An quia, simul
atque apparuit, evanescit, nec amanti sui perfruendi potestatem facit, sed Tantali poculo similis videtur? Saepe
enim etiam inter bibendum avolat, amansque nihil, quod
hauriat, amplius inveniens, abire cogitur. Atque id etiam,
quod iam haustum est, prius eripitur, quam qui bibit,
exsaturetur. Quid, quod fieri nequit, a puero amans ut
discedat, quin moerore delibutam voluptatem sentiat; utpote qui sitiens adhuc deseratur.

XXXVI. Tum Menelaus: At tu, inquit, nescis, o Clitophon, quid in voluptate summum sit. Illud quidem certe optandum est semper, quod nullam satietatem habet.
Nam, quae ad fruendum nobis diuturniora sunt, ea de-
lectationem, satietatis fastidio tollunt. Quae vero eripiun-
tur nonnunquam, recentia semper fiunt, & in dies efflo-
rescunt: eorum enim voluptas nunquam senescit: sed

ἡδονήν, καὶ τοῖς ἄλλοις ὅσοι συμπλάττουσι τῷ χρόνῳ, τοσοῦτον εἰς μέγεθος ἐπιπίπτεται πόθῳ. καὶ τὸ ῥόδον διὰ τοῦτο τῶν ἄλλων εὐμορφότερόν ἐστι τῶν φυτῶν, ὅτι τὸ κάλλος αὐτοῦ φεύγει ταχύ. δύο γὰρ ἐγὼ
νομίζω κατὰ ἀνθρώπους κάλλει πλανᾶσθαι. τὸ μὲν
οὐράνιον, τὸ δὲ πάνδημον, ὥσπερ τοῦ κάλλους αἱ χορ-
ηγοὶ θεαί. ἀλλὰ τὸ μὲν οὐράνιον ἄχθεται θνητῷ
κάλλει δεδεμένον, καὶ ζητεῖ πρὸς οὐρανὸν ταχὺ φεύ-
γειν· τὸ δὲ πάνδημον, ἔρριπται κάτω, καὶ ἐγχρονίζει
περὶ τοῖς σώμασιν. εἰ δὲ καὶ ποιητὴν δεῖ λαβεῖν μάρ-
τυρα τῆς οὐρανίας τοῦ κάλλους ἀνόδου, ἄκουσον Ὁμήρου, λέγοντος·

Τὸν καὶ ἀνηρείψαντο θεοὶ Διὶ οἰνοχοεύειν
Κάλλεος εἵνεκα οἷο, ἵν' ἀθανάτοισι μετείη.

Οὐδεμία δὲ ἀνῆλθε ἤ ποτε εἰς οὐρανοὺς διὰ κάλλος
γυνή. καὶ γὰρ γυναιξὶ κεκοινώνηκεν ὁ Ζεύς. ἀλλὰ

quantum iis temporis brevitate demitur, tantum desiderii
magnitudine accedit: proptereaque plantis aliis rosa formosior iudicatur, quod pulchritudo eius brevi deflorescit.
Sane vero duas ego inter mortales pulchritudines vagari
censeo, coelestem alteram, alteram vulgarem: quae quasi
formae largitrices Deae sunt. Coelestis mortali formae ad-
iungi moleste fert, eoque ad coelum quamprimum evo-
lare nititur. Vulgaris humi serpit, corporibusque adhae-
ret. Quod si pulchritudini ad coelum volantis testem poë-
tam adhibere oporteat, Homeri versus hosce audi:

Incensi formae quem Dii rapuere, Tonanti
Pocula ut ambrosio misceret plena liquore,
Exigeretque sacra Diis cum immortalibus aevum.

Nulla vero mulier pulchritudinis gratia in coelum unquam
ascendit, quamvis cum mulieribus consueverit Iuppiter:

Ἀλκμήνην μὲν ἔσχε πένθος, καὶ φυγή· Δανάην δὲ,
λάρναξ καὶ θάλασσα· Σεμέλη δὲ πυρὸς γέγονε τροφή. ἂν δὲ μειρακίου Φρυγὸς ἐρασθῇ, τὸν οὐρανὸν αὐτῷ δίδωσιν. ἵνα καὶ συνοικῇ, καὶ οἰνοχόω ἔχῃ τοῦ νέ-
κταρος· ἡ δὲ προτέρα διάκονος τῆς τιμῆς ἐξέωσται. ἦν
γὰρ, οἶμαι, γυνή.

λζ'. Ὑπολαβὼν αὖ ἐγώ· Καὶ μὴν οὐράνιον, ὅτι,
ἔοικε μᾶλλον εἶναι τὸ τῶν γυναικῶν κάλλος, ὅσον
μὴ ταχὺ σβέννυται. ἐγγὺς γὰρ τοῦ θείου τὸ ἄφθαρ-
τον. τὸ δὲ κινούμενον ἐν φθορᾷ θνητὴν τὴν φύσιν μι-
μούμενον, οὐκ οὐράνιόν ἐστιν, ἀλλὰ πάνδημον. ἠράσθη μειρακίου Φρυγὸς, ἀνήγαγεν εἰς οὐρανοὺς τὸν
Φρύγα. τὸ δὲ κάλλος τῶν γυναικῶν αὐτὸν τὸν Δία
κατήγαγεν ἐξ οὐρανοῦ· διὰ γυναῖκά ποτε Ζεὺς ἐμυ-
κήσατο· διὰ γυναῖκά ποτε Σάτυρος ὠρχήσατο. καὶ

sed Alcmena in luctum incidit, ac fugere coacta est: Danaën arca & mare suscepit: Semelen ignis absumsit. Cum autem Phrygii adolescentis amore captus esset, in coelum eum sustulit, quo & una secum habitaret, & nectar misceret, priore administratore, mulierem enim fuisse puto, abdicato.

XXXVII. Tum ego, sermone arrepto: Coelestis magis, inquam, mulierum forma mihi esse videtur, ea potissimum ratione, quod earum forma non admodum cito interit. Prope enim ad divinitatem accedit, quod ab interitu longe abest. Contra, non coeleste, sed terrenum vocari debet, quidquid interitui proximum est, dum mortalem imitatur naturam. Phrygium quidem adolescentem dilexit Iuppiter, atque in coelum sustulit: sed idem etiam de coelo a muliebri forma detractus est; saneque mulieris causa in taurum quondam se commutavit. Eadem de re

χρυσὸν πεποίηκεν ἑαυτὸν ἄλλῃ γυναικί. οἰνοχοείτω μὲν
Γανυμήδης, μετὰ δὲ τῶν θεῶν Ἥρα πινέτω, ἵνα ἔχῃ
διάκονον μειράκιον γυνή. ἐλεῶ δὲ αὐτοῦ καὶ τὴν ἁρπαγήν. καὶ ὄρνις ἐπ' αὐτὸν κατέβη ὠμηστής, ὁ δὲ
ἁρπαστὸς γενόμενος ὑβρίζεται, καὶ ἔοικεν τυραννου-
μένῳ· καὶ τὸ θέαμά ἐστιν αἴσχιστον, μειράκιον ἐξ
ὀνύχων κρεμάμενον. Σεμέλην δὲ εἰς τὸν οὐρανὸν ἀνήγαγεν, οὐκ ὄρνις ὠμηστής, ἀλλὰ πῦρ. καὶ μὴ θαυ-
μάσῃς εἰ διὰ πυρός τις ἀναβαίνει εἰς οὐρανόν. οὕτως
ἀνέβη Ἡρακλῆς. εἰ δὲ Δανάης τὴν λάρνακα γελᾷς,
πῶς τὸν Περσέα σιωπᾷς; Ἀλκμήνη δὲ τοῦτο μόνον
δῶρον ἀρκεῖ, ὅτι δι' αὐτὴν ἔκλεψεν ὁ Ζεὺς τρεῖς ὅλους
ἡλίους. Εἰ δὲ δεῖ μαθόντα τὰς μυθολογίας, αὐτὴν εἰπεῖν τὴν ἐν τοῖς ἔργοις ἡδονήν· ἐγὼ μὲν πρωτόπειρος
ἂν εἰς γυναῖκας, ὅσον ὁμιλῆσαι ταῖς ἐν Ἀφροδίτῃ

Satyri formam induit, atque in aurum se convertit. Mi-
sceat sane Diis vinum Ganymedes, dum cum iis Iuno quoque accumbat, quo etiam mulier adolescentem habeat
administratorem. Me vero raptus quoque illius miseret:
crudivora enim avis eum rapuit: contumeliaque affecit
non admodum ab ea diversa, quam tyrannide oppressi
perpetiuntur: cum alioqui adspectu etiam foedum sit adolescentem ex unguibus pendentem spectare. Semelen non
crudivora volucris, sed flamma, in coelum sustulit. Nec
vero mirum tibi videatur, aliquos ab igne sublatos in coelum ascendisse: neque enim Hercules alio pacto ascendit.
Quod si Danaës arcam rides, cur Persei mentionem non
facis? Alcmenae illud unum munus satis fuit, Iovem tres
integros eius causa dies mundo eripuisse. Ac fabulis omissis, verae voluptatis, quae muliebri ex usu percipitur,
mentionem facere opus est. Ego mulieres primum modo
expertus, quantum quidem cum iis, quae pretio prostant,

παλουμέναις, ἄλλος γὰρ ἂν ἴσως εἰπεῖν τι καὶ πλέον
ἔχοι μεμαθημένος· εἰρήσεται δέ μοι, κἂν μετρίως ἔχω
πείρας. γυναιξὶ μὲν οὖν ὑγρὸν μὲν τὸ σῶμα ἐν ταῖς
συμπλοκαῖς· μαλθακὰ δὲ τὰ χείλη πρὸς τὰ φιλήματα. καὶ διὰ τοῦτο μὲν ἔχει τὸ σῶμα ἐν τοῖς ἀγ-
καλίσμασιν, ἐν δὲ ταῖς σαρξὶν ὅλον ἡρμοσμένον. ὁ
δὲ συγγινόμενος προσβάλλει τὴν ἡδονήν, ἐγγίζει δὲ
τοῖς χείλεσιν ὥσπερ σφραγῖδας τὰ φιλήματα. φιλεῖ
δὲ τέχνῃ, καὶ σκευάζει τὰ φιλήματα γλυκύτερον. οὐ
γὰρ μόνον ἐθέλει φιλεῖν τοῖς χείλεσιν, ἀλλὰ καὶ τοῖς
ὀδοῦσι συμβάλλεται, καὶ περὶ τὸ τοῦ φιλοῦντος στόμα βόσκεται, καὶ δάκνει τὰ φιλήματα. ἔχει δέ τινα
καὶ μασθὸς ἐπαφώμενος ἰδίαν ἡδονήν. ἐν δὲ τῇ τῆς
Ἀφροδίτης ἀκμῇ, οἰστρεῖ μὲν ὑφ' ἡδονῆς· περικέχηνε
δὲ φιλοῦσα καὶ μαίνεται. αἱ δὲ γλῶτται τοῦτον τὸν
χρόνον φιτῶσιν ἀλλήλαις εἰς ὁμιλίαν, καὶ ὡς δύναι-

licuit, forte enim experientior aliquis plura dicere queat,
ego, inquam, tametsi huius rei modicus mihi usus adsit,
dicam tamen, corpus amplexatu tenerum, labra basiari
mollia esse. Atque hac de causa mulier cum ulnas, tum
carnem, ad id omnino apte conformata sortita est. Sane
qui ad mulierem sese applicat, is vere voluptatem ample-
ctitur, labrisque oscula, tanquam qui signa in epistolis
apponit, imprimit. Illa vero artificiose osculatur, maioreque condita suavitate basia praebet: non solum enim labris suaviari sat habet, sed etiam dentibus confligit, & circum basiantis ora depascitur, ac basia ipsa mandit. Iam
vero etiam in mammarum attrectatu non aspernanda quaedam inest iucunditas. In ipso autem venerei complexus ca-
lore, voluptate, quasi oestro, concitata, & basians mor-
det, & insanit: tum linguae mutuo concurrunt, ac se ipsas,

ται βιάζονται κἀκεῖναι φιλεῖν. σὺ δὲ μείζονα ποιεῖς τὴν ἡδονὴν, ἀνοίγων τὰ φιλήματα. πρὸς δὲ τὸ τέρμα αὐτῆς τῆς Ἀφροδίτης ἡ γυνὴ γινομένη πέφυκεν ἀσθμαίνειν ὑπὸ καυματώδους ἡδονῆς. τὸ δὲ ἆσθμα σὺν πνεύματι ἐρωτικῷ μέχρι τῶν τοῦ στόματος χειλέων ἀναθορὸν, συντυγχάνει πλανωμένῳ τῷ φιλήματι, καὶ ζητοῦντι καταβῆναι κάτω. ἀναστρέφει δὲ σὺν ἄσθματι καὶ τὸ φίλημα, καὶ μιχθὲν ἕπεται, καὶ βάλλει τὴν καρδίαν. ἡ δὲ ταραχθεῖσα τῷ φιλήματι, πάλλεται. εἰ δὲ μὴ τοῖς σπλάγχνοις ἦν δεδεμένη, ἠκολούθησεν ἂν ἑλκυσθεῖσα τοῖς φιλήμασιν. Παίδων δὲ φιλήματα μὲν ἀπαίδευτα, περιπλοκαὶ δὲ ἀμαθεῖς, Ἀφροδίτη δὲ ἀργὴ, ἡδονῆς δὲ οὐδέν.

λη'. Καὶ ὁ Μενέλαος· Ἀλλὰ σύ μοι δοκεῖς, ἔφη, μὴ πρωτόπειρος, ἀλλὰ γέρων εἰς Ἀφροδίτην τυγχάνειν· τοσαύτας ἡμῖν κατέχεας γυναικῶν περιεργίας.

quoad eius fieri potest, osculari nituntur. Tu vero basia in apertum proferens voluptatem reddis maiorem. Sub ipsum congressus finem dulcedinis ardore quodam victa mulier anhelare consuevit, anhelitus autem huiusmodi amatorio spiritu comitatus ad summa labra pervenit, errantique osculo, & ad imas pectoris partes descendere quaerenti obviam fit. Tunc basium ipso cum anhelitu regreditur, amboque in unum coëuntes cor pulsant, quod basio conturbatum salit: ac, nisi visceribus nexum haereret, sequeretur utique, & cum basiis ascenderet. Puerorum oscula rudia sunt, complexus indocti, venus languida, omnique prorsus iucunditate destituta.

XXXVIII. Tum Menelaus: Tu quidem certe, inquit, non Venerem nunc primum attigisse, verum in ea consenuisse mihi videris: ita multas nobis mulierum curiositates em-

ἐν μέρει δὲ καὶ τὰ τῶν παίδων ἀντάκουσον. γυναιξὶ
μὲν γὰρ πάντα ἐπίπλαστα, καὶ τὰ ῥήματα καὶ τὰ
σχήματα, κἂν ὦσι δόξῃ καλὴ, τῶν ἀλειμμάτων ἡ
πολυπράγμων μηχανή. καὶ ἔστιν αὐτῆς τὸ κάλλος
ἢ μύρων, ἢ τριχῶν βαφῆς, ἢ καὶ φιλημάτων. ἂν δὲ
τῶν πολλῶν τούτων γυμνώσῃς δόλων, ἔοικε κολοιῷ
γεγυμνωμένῳ τῶν τοῦ μύθου πτερῶν. τὸ δὲ κάλλος
τὸ παιδικὸν οὐκ ἀρδεύεται μύρων ὀσφραῖς, οὐδὲ δολε-
ραῖς καὶ ἀλλοτρίαις ὀσμαῖς, πάσης δὲ γυναικῶν μυρα-
λοιφίας ἥδιον ὄδωδεν ὁ τῶν παίδων ἱδρώς. ἔξεστι δὲ
αὐτῷ καὶ πρὸ τῆς ἐν Ἀφροδίτῃ συμπλοκῆς, καὶ ἐν
παλαίστρᾳ συμπεσεῖν, καὶ φανερῶς περιχυθῆναι·
καὶ οὐκ ἔχουσιν αἰσχύνην αἱ περιπλοκαὶ, καὶ οὐ μαλ-
θάσσει τὰς ἐν Ἀφροδίτῃ περιπλοκὰς ὑγρότητι σαρ-
κῶν, ἀλλ' ἀντιτυπεῖ πρὸς ἄλληλα τὰ σώματα, καὶ
περὶ τῆς ἡδονῆς ἀθλεῖ. τὰ δὲ φιλήματα σοφίας μὲν

nerari. Sed vicissim tu quoque audi, quaenam e puerorum amoribus voluptas percipiatur. In muliere cum verba tum reliqua omnia fucis plena sunt: ac si qua formosa
videatur, ea est operosa pigmentorum moles: cuius forma omnis alia nulla ex re, quam aut unguentis, aut tinctis
capillis, aut basiationibus constat. E quibus fucum si de-
traxeris, nae graculo pennis, ut habetur in fabulis, denudato similem iudicabis. Puerorum autem forma non pigmentorum fucis illinitur, non adulterinis aut externis per-
fricatur odoribus. Omnibus autem mulierum omnium unguentis e puerorum sudore afflatus odor antecellit. Iam
vero etiam ante venereos congressus palaestra cum iis de-
certare, palamque, ac sine rubore amplecti licet: neque
ulla est carnis teneritas, quae complexuum rationi cedat;
sed corpora sibi mutuo resistunt, ac voluptate contendunt.
Basia quoque muliebrem illam diligentiam minime sapiunt,

οὐκ ἔχει γυναικείαν, οὐδὲ μαγγανεύει τοῖς χείλεσιν
εἶναι μακρὰν ἀπάτην. ὡς δὲ αὖ, φιλεῖ, καὶ οὐκέτι
τέχνης, ἀλλὰ τῆς φύσεως τὰ φιλήματα. αὐτὴ δὲ
παιδὸς φιλήματος εἰκών, εἰ καὶ νέκταρ ἐπήγνυτο,
καὶ χεῖλος ἐγίνετο, τοιαῦτα ἂν ἔσχι τὰ φιλήματα.
φιλῶν δὲ οὐκ ἂν ἔχοις κόρον, ἀλλ' ὅσον ἐμφορῇ, δι-
ψῇς ἔτι φιλῶν, καὶ οὐκ ἂν ἀποσπάσειας τὸ στόμα,
μέχρις ἂν ὑφ' ἡδονῆς ἐκφύγοις τὰ φιλήματα.

nec stulto errore labris illito decipiunt. Puer, quemadmodum quidem novit, suavia dat, iam non ab arte aliqua, sed
a natura ipsa proficiscentia. Saneque basii puerilis imago
eiusmodi est, ut si quis concretum atque in labra com-
mutatum nectar oscularetur. Ex quo fieri modo ullo nequit, ut aliqua basiandi tibi satietas oriatur: quin immo
quo plus haurias, hoc vehementiore siti labores, neque os
inde abstrahere possis, donec prae voluptate basia ipse
refugias.

ΛΟΓΟΣ ΤΡΙΤΟΣ.

ΤΡΙΤΗΝ δὲ ἡμέραν πλεόντων ἡμῶν, ἐξ αἰθρίας πολλῆς αἰφνίδιον ἀχλὺς περιχεῖται, καὶ τῆς ἡμέρας ἀπολώλει τὸ φῶς· ἐγείρεται δὲ κάτωθεν ἄνεμος ἐκ τῆς θαλάσσης, κατὰ πρόσωπον τῆς νηός, καὶ ὁ κυβερνήτης περιάγειν ἐκέλευσε τὴν κεραίαν. καὶ σπουδῇ περιῆγον οἱ ναῦται· τῇ μὲν τὴν ὀθόνην ἐπὶ θάτερα συνάγοντες ἄκρου τοῦ κέρως βίᾳ· τὸ γὰρ πνεῦμα σφοδρότερον ἐμπεσὸν ἀπέλκειν οὐκ ἐπέτρεπε· τῇ δὲ πρὸς θάτερον μέρος φυλάττοντες τοῦ πρόσθεν μέτρου. καθ' ὃ συνέβαινεν εὑρεῖν ἴσαι τῇ περιαγωγῇ τὸ πνεῦμα, κλίνεται δὴ κοῖλον τοιχίσαν τὸ σκάφος, καὶ ἐπὶ θάτερα μετεωρίζεται, καὶ πάντῃ πρηνὲς ἦν. καὶ ἐδόκει τοῖς πολλοῖς ἡμῶν καὶ περιτραπήσεσθαι καθάπαξ ἐμπίπτοντος τοῦ πνεύματος. μετεσκευαζόμεθα οὖν ἅπαν-

LIBER TERTIUS.

ΤΕRTIO die cum sereniffimo coelo navis curfum teneret, obortae improvifo tenebrae omnia obfcura viderunt, ventufque ab imo mari navi adverfus exortus eft. Quamobrem gubernator antennam obverti iuffit. Itaque nautae confeftim fecerunt, collecta per vim ab altera tantum parte velo. Nam cum vehementius ftaret ventus, impedimentoque effet, quo minus ab altera contrahi poffet, illud eo ftatu, quo prius fuerat, relinquere coacti funt. Ex quo accidit, ut maior ea obverfione ventus ingrueret. Iam navis pars altera deprimebatur, altera elevabatur, ita ut praeceps omnino ageretur, & noftrûm plerique fubinde everfum iri navigium putabamus, vento cum impetu irrumpente. Itaque ad altiorem omnes navis partem afcen-

τας εἰς τὰ μετέωρα τῆς νηὸς, ὅπως τὸ μὲν βαπτιζό-
μενον τῆς νηὸς ἀνακουφίσαιμεν, τὸ δὲ τῇ προσθήκῃ
βιασάμενοι κατὰ μικρὸν, καθέλοιμεν εἰς τὸ ἀντίρρο-
πον. πλέον δὲ ἠνύομεν οὐδέν. ἀνέφερε γὰρ ἡμᾶς μᾶλλον κορυφούμενον τὸ ἔδαφος τῆς νηὸς, ἢ πρὸς ἡμῶν
κατεβιβάζετο. καὶ χρόνον μέν τινα διαταλαντουμένην
οὕτω τὴν ναῦν ταῖς κύμασιν ἐπαλαίομεν εἰς τὸ ἀντίρ-
ροπον καθελεῖν· αἰφνίδιον δὲ μεταλλάττεται τὸ πνεῦμα ἐπὶ θάτερα τῆς νηὸς, καὶ μικροῦ βαπτίζεται τὸ
σκάφος· τοῦ μὲν τέως εἰς κῦμα κλιθέντος, ἀναθορόν-
τος ὀξείᾳ ῥοπῇ θατέρου δὲ ἠωρεῖτο [1] καταρραγέντος
εἰς τὴν θάλατταν. κωκυτὸς οὖν αἴρεται μέγας ἐκ τῆς
νηὸς, καὶ μετοικία πάλιν, καὶ δρόμος μετὰ βοῆς ἐπὶ
τὰς ἀρχαίας ἕδρας· καὶ τρίτον καὶ τέταρτον καὶ πολλάκις τὸ αὐτὸ πάσχοντες κοινῇ ταύτῃ ὑχομεν τῷ
σκάφει τὴν πλάνην. πρὶν μὲν γὰρ μετασκευάσασθαι

dimus, simul ut demersam aliam allevaremus, simul ut
aequaliter distributo onere toto aequalis ferretur. Sed hoc
frustra fuit. Tantum enim abfuit, ut navis a nobis fun-
dus deprimeretur, ut ab eo ipsi magis etiam attolleremur.
Nos quidem fluctuantem navim aequilibrem aliquamdiu
tenere conati fuimus: verum in alteram eius partem mutatus improviso ventus incubuit: parumque abfuit, quin
eam demergeret; depressam scilicet antea partem magno
impetu sustollendo, & sublatam deprimendo. Quocirca
ingens in navi luctus obortus est, omnesque priorem ad
locum, non sine cursu & clamore redire cogebamur. Ac
deinceps tertio, & quarto, ac saepius etiam eundem casum experti, eodem cum navi errore ducebamur. Prius

---

1 Θατέρου δὲ ἐωρεῖτο) Locus mutilus. Sensus postulat, ut le-gatur: Θατέρου δὲ, ὃ τέως ἐωρεῖ-το, καταρραγ. &c. v. θ.

τὸ πρῶτον, ἄπαυστος ἡμᾶς διαλαμβάνει δεύτερος.

β'. Σκευοφοροῦντες οὖν κατὰ τὴν ναῦν δι' ὅλης ἡμέρας, δολιχόν τινα ταύτην δρόμον μύριον ἐποιοῦμεν, ἀεὶ τὸν θάνατον προσδοκῶντες. καὶ ἦν, ὡς εἰκός, οὐ μακράν. περὶ γὰρ μεσημβρίας δείλην ὁ μὲν ἥλιος τέλεον ἁρπάζεται, ἑωρῶμεν δὲ ἑαυτοὺς ὡς ἐν σελήνῃ. πῦρ μὲν ἀπ' αὐτῆς ἵπταται, μυκᾶται δὲ βροντὴ οὐρανός, καὶ τὸν ἀέρα γεμίζει βόμβος, ἀντιβόμβει δὲ κάτωθεν τῶν κυμάτων ἡ στάσις [1], μεταξὺ δὲ οὐρανοῦ καὶ θαλάσσης ἀνέμων ποικίλον ἐσύριζε ψόφος. καὶ ὁ μὲν ἀὴρ εἶχον σάλπιγγος ἦχον, οἱ δὲ κάλοι περὶ τὴν ὀθόνην πίπτοντες, ἀντιπαταγοῦντες ἐπετρίγισαν. ἐψόφει δὲ τὰ ξύλα τῆς νηὸς ῥηγνύμενα, μὴ κατὰ μικρὸν ἀνοιχθείη τὸ στάχος τῶν γόμφων ἀποσπωμένων. γέρρα δὲ περὶ πᾶσαν τὴν ναῦν ἐπεκάλυπτο. καὶ γὰρ

enim quam primum cursum confecissemus, nos secundus excipiebat.

II. Comportantes igitur totum diem sarcinas, idem curriculum millies, quasi duplex uno cursu stadium curreremus, confecimus, mortem semper exspectantes: quae sane, uti credi par est, non longe aberat. Nam post meridiem sol nobis omnino ereptus fuit: neque alter alterum cernebamus, nisi ut fit luna lucente. Flamma inter nubes coruscabat, coelum tonitru mugiebat, aër strepitu implebatur. Surgentes ab imo, ac mutuo sese collidentes fluctus adstrepebant, inter coelum & mare diversorum ventorum murmura resonabant, aërque tubae instar clangorem fundebat; attriti ac disrupti a velo funes decidebant. Illud etiam timebatur, ne, comminutis tabulis & convulsis clavis, navis solveretur. Iam vero recta eius omnia undis, quae innumerae influebant, operiebantur: quam-

1 Τῶν κυμάτων ἡ στάσις) Bo- μάτων ἡ στάσις, funt fluctus cre-
den em. βρᾶσις· temere. Τῶν κυ- θi, alii, nihil amplius.

ὄμβρος ἐπέκλυζε πολύς, ἡμεῖς δὲ τὰ γέῤῥα ὑποδύντες,
ὥσπερ εἰς ἄντρον ἐμένομεν, παραδόντες ἑαυτοὺς τῇ τύχῃ, ῥίψαντες τὰς ἐλπίδας. τρικυμίαι δὲ πολλαὶ πάντοθεν, αἱ μὲν κατὰ πρόσωπον, αἱ δὲ κατ' οὐρὰν τῆς
νηὸς ἀλλήλαις ἀντέπιπτον. ἡ δὲ ναῦς ἀεὶ πρὸς μὲν τὸ
κυρτούμενον τῆς θαλάσσης ἠγείρετο, πρὸς δὲ τὸ παρά-
δρομον ἤδη καὶ χθαμαλὸν τοῦ κύματος κατεδύετο. ἐῴκει δὲ τῶν κυμάτων, τὰ μὲν ὄρεσι, τὰ δὲ χάσμασιν.
ἦν δὲ καὶ τὰ ἐγκάρσια τῶν κυμάτων ἑκατέρωθεν φο-
βερώτερα. ἀναβαίνουσα μὲν γὰρ ἐπὶ τὴν ναῦν ἡ θάλασσα, διὰ τῶν γέῤῥων ἐκυλίετο καὶ ἐκάλυπτε πᾶν
τὸ σκάφος. τὸ γὰρ κῦμα αἰρόμενον ὕψου, ψαῦον αὐτῶν τῶν νεφῶν, πόῤῥωθεν μὲν πρὸς ἀντιπρόσωπον ἰδεί-
νετο τῷ σκάφει μέγεθος οἷον· πρόσιον δὲ βλέπων,
καταποθήσεσθαι [1] τὴν ναῦν προσεδόκησας. ἦν οὖν ἀνέ-

obrem ea ipsa subeuntes, tanquam in spelunca aliqua,
morabamur, fortunae arbitrio, nulla salutis retenta spe,
nosmet dedentes. Crebri autem & maximi cum a prora,
tum a puppi, surgentes fluctus inter se concurrebant. Ac
surgente fluctu, navis attollebatur, praeterlabente vero &
subsidente, deprimebatur. E fluctibus alii montibus, alii
voraginibus, similes erant: sed ii molestiores, qui ab
utraque sponda obliqui surgebant. Navis enim recta subiens
aqua convolvebatur, totamque obruebat. Porro aqua in
sublime acta, nubesque paene contingens, dum quidem
ante proram procul cernebatur, mirae cuiusdam magnitu-
dinis esse videbatur: at si ut propius factam spectavisses,
navim absorpturam fuisse iudicasses. Venti cum fluctibus

---

1 Καταποθήσεσθαι) Utraque
editio mendose. Commeliniana:
καταπωθήσεσθαι. Salmasiana: κατα-
πωτήσεσθαι, ubi forte in animo
editoris erat καταποντωθήσεσθαι. Vera lectio, ut edidi, a ναυαγίναις
daglicit.

μων μάχη καὶ κυμάτων· ἡμεῖς δὲ οὐκ ἐδυνάμεθα
κατὰ χώραν μένειν ὑπὸ τοῦ τῆς νηὸς σεισμοῦ· συμ-
μιγὴς δὲ πάντων ἐγίνετο βοή· ἐρρόχθει τὸ κῦμα, ἐπά-
φλαζε τὸ πνεῦμα, ὀλολυγμὸς γυναικῶν, ἀλαλαγμὸς ἀνδρῶν, κελευσμὸς ναυτῶν, πάντα θρήνων καὶ
κωκυτῶν ἀνάμεστα. καὶ ὁ κυβερνήτης ἐκέλευε ῥίπτειν
τὸν φόρτον. διάκρισις δὲ οὐκ ἦν ἀργύρου καὶ χρυσοῦ
πρὸς ἄλλο τι τῶν εὐτελῶν, ἀλλὰ πάντα ὁμοίως ἠκον-
τίζομεν ἔξω τῆς νηός. πολλοὶ δὲ καὶ τῶν ἐμπόρων, αὐτοὶ τῶν οἰκείων λαμβάνοντες ἐν οἷς εἶχον τὰς ἐλπίδας,
ὤθουν ἐπειγόμενοι. καὶ ἦν ἤδη ἡ ναῦς τῶν ἐπίπλων
γυμνή· ὁ δὲ χειμὼν οὐκ ἐπαύετο.

γ΄. Τέλος ὁ κυβερνήτης ἀπιστῶν, ῥίπτει μὲν τὰ
πηδάλια ἐκ τῶν χειρῶν· ἀφίησι δὲ τὸ σκάφος τῇ θαλάσσῃ, καὶ εὐτρεπίζει ἤδη τὴν ἐφολκίδα, καὶ τοῖς
ναύταις ἐμβαίνειν κελεύσας, τῆς ἀποβάθρας ἦρχεν. οἱ
δὲ εὐθὺς κατὰ πόδας ἐξήλλοντο. ἔνθα δὴ καὶ τὰ δεινὰ

pugnabam. Nos ob navis iactationem nullibi consistere qui-
bamus. Confusae erant omnium voces: murmurabat unda, perstrepebat ventus, mulierum eiulatus, virorum
clamor, nautarum hortatio, eodem tempore audiebantur:
luctuque ac gemitu plena erant omnia. Tum gubernator
deiici onera iussit. Nec ullum inter aurum, argentumve,
ac vilia quaeque discrimen fiebat: sed omnia aeque in
mare deturbabantur, iis ipsis etiam mercatoribus merces
omnes suas, in quibus spem posuerant, deiicientibus. Iam
navis penitus exhausta erat: nec tamen tempestas com-
mutabatur.

III. Tandem fessus gubernator, temone abiecto, maris
arbitrio navem permisit, scaphamque instruxit, ac nautis
descendere iussit, prior ipse, deinde illi vestigia eius statim secuti desilierunt. Ibi tum maius ortum est malum,

ῷ, καὶ ἦν μάχη χειροποίητος. οἱ μὲν γὰρ ἐπιβάται
ἤδη τὸν κάλον ἔκοπτον, ὃς συνῆπτε τὴν ἐφολκίδα τῷ
σκάφει· τῶν δὲ πλωτήρων ἕκαστος ἔσπευδε μεταπη-
δᾶν, ἔνθα καὶ τὸν κυβερνήτην ἑωράκεσαν ἐφέλκοντα
τὸν κάλον. οἱ δὲ ἐκ τῆς ἐφολκίδος μεταβαίνειν οὐκ
ἐπέτρεπον. εἶχον δὲ καὶ πελέκεις, καὶ μαχαίρας, καὶ
πατάξειν ἠπείλουν, εἴ τις ἐπιβήσεται· καὶ πολλοὶ δὲ
ἐκ τῆς νηὸς ὁπλισάμενοι τὸ δυνατὸν, ὁ μὲν κώπης πα-
λαιᾶς τρύφος ἀράμενος, ὁ δὲ τῶν τῆς νηὸς σελμάτων,
ἠμύνετο. θάλασσα γὰρ εἶχε νόμον τὴν βίαν. καὶ ἦν
ναυμαχίας καινὸς τρόπος. οἱ μὲν γὰρ ἐκ τῆς ἐφολκίδος διὰ τοῦ καταδῦναι τῷ τῶν ἐπεμβαινόντων ὄχλῳ,
πελέκεσι καὶ μαχαίραις τοὺς ἐξαλλομένους ἔπαιον· οἱ
δὲ σκυτάλαις καὶ κώπαις, ἅμα τῷ πηδήματι τὰς
πληγὰς κατεδέχοντο· οἱ δὲ καὶ ἄκρου ψαύοντες τοῦ
σκάφους, ἐξωλίσθαινον· ἦσοι δὲ καὶ ἐπιβαίνοντες τοῖς
ἐπὶ τῆς ἐφολκίδος ἤδη, διεπάλαιον· φιλίας γὰρ ἢ αἱ-

manibusque pugnari coeptum. Nautae enim iam funem,
quo scapha navi alligabatur, praecidebant: vectores autem, gubernatorem funem trahentem cernentes, omnem,
ut & ipsi desilirent, operam dabant. Illi contra minime
pati, sed, cum secures gladiosque haberent, intentatis
plagis quemcunque ingredi volentem perterrere. Hi, ut
cuique sors obtulerat, alius vetusti remi partem, alius
navis tabulam aliquam arripientes, repugnare. Pro lege
enim vi mare utebatur, navalisque pugnae modus non
antea visus illic apparuit. Nam, qui in scapha erant, veriti, ne ob descendentium multitudinem mergerentur, securibus & gladiis feriebant: ii autem sudibus ac remis inter desiliendum plagas referebant. Alii vix scaphae summum attingentes corruebant. Nonnulli etiam ingressi, cum
iis, qui prius descenderant, luctabantur: pudoris enim æ-

δέους οὐκ ἔτι θεσμὸς ἦν, ἀλλὰ τὸ οἰκεῖον ἕκαστος σκοπῶν ἀσφαλές, τὸ πρὸς τοὺς ἑτέρους εὔγνωμον οὐκ ἐλο-
γίζετο. οὕτως οἱ μεγάλοι κίνδυνοι καὶ τοὺς τῆς φιλίας λύουσι νόμους.

δ'. Ἔνθα δή τις ἀπὸ τῆς νεὼς πανίσκας εὔρωστος
λαμβάνεται τοῦ κάλω, καὶ ἐφείλκεται τὴν ἐφολκίδα, καὶ ἦν ἐγγὺς ἤδη τοῦ σκάφους· ηὐτρεπίζετο δὲ
ἕκαστος, ὡς, εἰ πελάσειεν, πηδήσων εἰς αὐτήν. καὶ
δύο μὲν ἢ τρεῖς ηὐτύχησαν οὐκ ἀναιματί· πολλοὶ δὲ
ἀποπηδᾶν πειρώμενοι, ἐξεκυλίσθησαν τῆς νεὼς κατὰ
τῆς θαλάσσης. ταχὺ γὰρ τὴν ἐφολκίδα ἀπολύσαν-
τες οἱ ναῦται, πελέκει κόψαντες τὸν κάλων, τὸν πλοῦν
εἶχον, ὕθα αὐτοὺς ἦγε τὸ πνεῦμα. οἱ δὲ ἐπὶ τῆς νεὼς
ἐπειρῶντο καταδῦσαι τὴν ἐφολκίδα. τὸ δὲ σκάφος ἐκυ-
βίστα περὶ τοῖς κύμασιν ὀρχούμενα· λανθάνει δὴ
προσενεχθὲν ὑφάλῳ πέτρᾳ, καὶ ῥήγνυται πᾶν. ἀπω-
σθείσης δὲ τῆς νεὼς, ὁ ἱστὸς ἐπὶ θάτερα πεσὼν, τὸ

que amicitiae lex omnis sublata fuerat, ac suae quisque
saluti intentus alienam contemnebat. Ita periculorum magnitudo vel amicitiae leges solvit.

IV. Interea vectorum unus, iuvenis robustus, arrepto
fune scapham prope navim paene pertraxerat, paratique
alii omnes exspectabant, ut in eam, simulac appropinquasset, transilirent: ac duobus tantum tribusve cecidit,
ut optato, non tamen sine sanguine, perfruerentur. Nam
multi alii hoc idem conati, in mare deturbati fuerunt:
nautae enim praeciso statim securibus fune scapham solverunt, ac quo ventus voluit, abire permiserunt, vectori-
bus eam mergere conantibus. Navis autem ipsa undis ia-
ctata in gyrum agebatur, ac tandem ad aquis contectum
saxum imprudenter delata, illisa, solutaque tota est: ma-
loque alteram in partem collabente partim quidem fracta,

μέρ τι κατέκλασε, τὸ δέ τι κατέδυσεν αὐτῆς. ὁπόσοι μὲν οὖν παραχρῆμα τῆς ἅλμης πίντες κατεσχέθησαν, οὗτοι μετριωτέραν ὡς ἐν κακοῖς ἔσχον τὴν συμφοράν, οὐκ ἐνδιατρίψαντες τῷ τοῦ θανάτου φόβῳ. ὁ γὰρ ἐν θαλάττῃ θάνατος βραδὺς προαναιρεῖ πρὸ τοῦ παθεῖν. ὁ γὰρ ὀφθαλμὸς πελάγους γεμισθεὶς, ἀόρατον ἐκτείνει τὸν φόβον, ὡς καὶ διὰ τούτων θάνατον δυστυχεῖν πλείονα. ὅσον γὰρ τῆς θαλάσσης τὸ μέγεθος, τοσοῦτος καὶ ὁ τοῦ θανάτου φόβος· Ἔνιοι δὲ κολυμβᾶν πειρώμενοι, προσραγέντες ὑπὸ τοῦ κύματος τῇ πέτρᾳ διεφθείροντο· πολλοὶ δὲ καὶ ξύλοις ἀπεῤῥωγόσι συμπεσόντες, ἐπείροντο δίκην ἰχθύων. οἱ δὲ καὶ ἡμιθνῆτες ἐνήχοντο.

ε΄. Ἐπεὶ οὖν τὸ πλοῖον διελύθη, δαίμων τις ἀγαθὸς περιέσωσεν ἡμῖν τῆς πρώρας μέρος, ἔνθα περικαθίσαντες ἐγώ τε καὶ ἡ Λευκίππη, κατὰ ῥοῦν ἐφερόμεθα τῆς θαλάσσης. ὁ δὲ Μενέλαος καὶ ὁ Σάτυρος

partim vero submersa. Sane quotquot epota maris aqua confestim obierunt, cum iis, ut tunc res erat, mitius actum fuit, ut qui in mortis metu non admodum diu immorati sint. Procrastinam enim in mari mors prius interimit, quam sentiatur. Nam oculi maris immensurato pleni metum afferunt, nullis terminis circumscriptum: eoque miserior est mors. Quanta enim maris est amplitudo, tantus etiam mortis est pavor. Quidam enatare conati, ab unda saxo allisi perierunt. Multi, disiectas navis tabulas nacti, piscium more nabant. Nonnulli semimortui ferebantur.

V. Fracta eo pacto navi, prorae partem bonus quidam genius nobis conservavit: in qua sedentes ego & Leucippe, secundum maris aestum vehebamur. Menelaus,

σὺν ἄλλοις τῶν πλωτήρων ἐπιτυχόντες τοῦ ἱστοῦ, καὶ
ἐπιπεσόντες ἐνήχετο. Πλησίον δὲ καὶ τὸν Κλεινίαν
ἑωρῶμεν περιοχόμενον τῇ κεραίᾳ, καὶ ταύτην ἠκούσαμεν αὐτοῦ τὴν βοήν· Ἔχου τοῦ ξύλου, Κλειτοφῶν.
ἅμα δὲ λέγοντα κῦμα διεγκαλύπτει κατόπιν· καὶ
ἡμεῖς ἐκωκύσαμεν. κατ' αὐτὸ καὶ ἡμῶν ἐπεσύρετο κῦμα. ἀλλὰ τύχῃ τῷ πλησίον γενόμενον ἡμῶν, κάτωθεν παρατρέχει, ὥστε μόνον ὑψούμενον μετέωρον τὰ
ξύλον κατὰ τὸν αὐχένα τοῦ κύματος, καὶ τὸν Κλεινίαν ἰδῶν αὖθις. ἀνοιμώξας οὖν· Ἐλέησον, ἔφη, δέσποτα Ποσειδῶν, καὶ σπεῖσαι πρὸς τὰ τῆς ναυαγίας
σου λείψανα. πολλοὺς ἤδη τῷ φόβῳ θανάτους ὑπε-
μείναμεν. εἰ δὲ ἡμᾶς ἀποκτεῖσαι θέλεις, μὴ διαστή-
σῃς ἡμῶν τὴν τελευτήν. ἓν ἡμᾶς κῦμα καλυψάτω. εἰ δὲ
καὶ θηρίων ἡμᾶς βορὰν πέπρωται γενέσθαι, εἷς ἡμᾶς
ἰχθὺς ἀναλωσάτω, μία γαστὴρ χωρησάτω, ἵνα καὶ ἐν

& Satyras, aliique vectores, cum in malum incidissent;
eo apprehenso, natabam. Cliniam vero, circum antennam nantem, non procul adspeximus, atque audivimus
etiam: me enim, ut ligno haererem, adhortabatur. In-
tereaque superveniens a tergo fluctus loquentem, quae
sane res lacrimas nobis excussit, primum adobruit: deinde nobis etiam incubuit. Sed fato quodam propior factus
infra nos praeterlapsus est ira, ut lignum tantummodo alte sublatum in ipso fluctus summo, & Cliniam rursum
videremus. Multis itaque cum lacrimis ego: Here, inquam, Neptune, miserere, ac naufragii reliquiis parce:
unus ipse metus multas nobis mortes attulit. Aut si tibi
omnino in animo est ut pereamus, ne nostram mortem
divide: sed idem fac ut nos fluctus absorbeat. Sin vero
fata etiam volunt, ut belluarum esca simus, unus tantum
nos piscis degluriat: una tantum nos alvus hauriat: ut

ἰχθύσι κοινῇ ταφῶμεν. Μετὰ μικρὸν δὲ τῆς εὐχῆς τὸ
πολὺ τοῦ πνεύματος ἐπεπέπαυτο, τὸ δὲ ἄγριον ἱστο-
ρεῦτο τοῦ κύματος. μεστὴ δὲ ἦν ἡ θάλαττα νεκρῶν
σωμάτων. τοὺς μὲν οὖν ἀμφὶ τὸν Μενέλαον θᾶττον
προσάγει τῇ γῇ τὸ κῦμα, καὶ ἦν ταῦτα τῆς Αἰγύπτου τὰ παράλια· κατεῖχον δὲ τότε λῃσταὶ πᾶσαν
τὴν ἐκεῖ χώραν· ἡμεῖς δὲ περὶ δείλην ἑσπέραν τύχῃ
τινὶ τῷ Πηλουσίῳ προσέσχομεν, καὶ ἄσμενοι γῆς
λαβόμενοι τοὺς θεοὺς ἀνεκηρύσσομεν· εἶτα ὠλοφυρό-
μεθα τὸν Κλεινίαν καὶ τὸν Σάτυρον, νομίζοντες τούτους ἀπολωλέναι.

ς'. Ἔστι δὲ ἐν τῷ Πηλουσίῳ Διὸς ἱερὸν ἄγαλμα Κασίου. τὸ δὲ ἄγαλμα νεανίσκος, Ἀπόλλωνι
μάλιστα ἐοικώς· οὕτω γὰρ ἡλικίαν εἶχε. προβέβληται δὲ τὴν χεῖρα, καὶ ἔχει ῥοιὰν ἐπ' αὐτῇ, τῆς δὲ
ῥοιᾶς ὁ λόγος μυστικός. Προσευξάμενοι δὴ τῷ θεῷ,
καὶ περὶ τοῦ Κλεινίου καὶ τοῦ Σατύρου σύμβολα
ἐξαιτήσαντες· καὶ γὰρ ἔλεγον μαντικὸν εἶναι τὸν θεόν·

eodem a piscibus etiam vorati sepulcro condamur. Paulo
post, quam has preces effudi, venti vis undique sedata
est, fluctusque subsiderunt, & cadaveribus plenum mare
apparuit. Menelaum & qui cum eo eram, ad Aegypti,
quae vocant, paralia fluctus reiecit: eam autem regionem
omnem latrones incolebant. Nos circiter vesperam casu
quodam Pelusium applicuimus: peroptatamque in terram
egressi gratias Diis egimus. Cliniam deinde ac Satyrum,
quos obiisse putabamus, deflevimus.

VI. Pelusii statua est Iovis Casii, iuvenili aetate, atque
adeo ut Apollini quam simillima sit, dextera manu, quo
punicum malum sustinebat, extensa: cuius rei significatio
minime vulgata est. Huic Deo supplicaturi, ac de Clinia,
Satyroque (futura enim praedicere illum aiunt) percon-

περιέξμεν τὸν νεών. Κατὰ δὲ τὸν ἐπισθόδομον ὁρῶμεν
εἰκόνα διπλῆν· Εὐάνθης μὲν ὁ γραφεύς· ἡ δὲ εἰκὼν
καὶ Ἀνδρομήδα καὶ Προμηθεύς, δεσμῶται μὲν ἄμφω·
διὰ τοῦτο γὰρ αὐτοὺς οἶμαι εἰς ἓν συνήγαγεν ὁ ζωγράφος. ἀδελφαὶ δὲ καὶ τῇ ἄλλῃ τύχῃ αἱ γρα-
φαί. πέτραι μὲν ἀμφοῖν τὸ δεσμωτήριον, θῆρες δὲ κατ'
ἀμφοῖν οἱ δήμιοι, ἀλλὰ τῷ μὲν ἐξ ἀέρος, τῇ δὲ ἐκ
θαλάττης. ἐπίκουροι δὲ αὐτοῖς Ἀργεῖοι δύο συγγενεῖς, τῷ μὲν Ἡρακλῆς, τῇ δὲ Περσεύς· ὁ μὲν τοξεύων
τὸν ὄρνιν τοῦ Διός, ὁ δὲ ἐπὶ τὸ κῆτος τοῦ Ποσειδῶνος
ἀθλῶν. ἀλλ' ὁ μὲν ἵδρυται τοξαζόμενος ἐν γῇ· ὁ δὲ ἐξ
ἀέρος κρέμαται τῷ πτερῷ.

ζ'. Ὀρώρυκται μὲν οὖν εἰς τὸ μέτρον τῆς κόρης ἡ
πέτρα· θέλει δὲ τὸ ὄρυγμα λέγειν, ὅτι μή τις αὐτὸ πεποίηκε χειρί. ἀλλ' ἔστιν αὐτόχθων ἡ γραφή. ἐτράχυνε
γὰρ τοῦ λίθου τὸν κόλπον ὁ γραφεύς, ὡς ἔτικεν αὐ-

tauri templum circuibamus: duaeque in eius interiore
tabulas Evanthae pictoris, cuius illic etiam imago depi-
cta fuerat, vidimus. In quarum altera Andromeda, in altera Prometheus vinculis constricti cernebantur. Atque
ambos ea de cuusa pictorem conlunxisse puto, tametsi alia
etiam inter se communia haberent. Saxa enim utrique pro
carcere erant: ferae utrique, aëria huic, marina illi, tanquam carnifices, imminebant. Argivi etiam, utrique ex
eadem gente, auxiliatores aderant, Hercules scilicet, atque Perseus: quorum alter Iovis volucrem aquilam in terra stans sagittis appetebat: alter Neptuni belluam cete pennis in aëre sustentatus adoriebatur.

VII. Sane pro puellae magnitudine saxum excavatum
erat ita, ut non arte aliqua fabrefactum, sed sponte natum cavum pictura testari videretur. Illud enim asperum,
quomodo quidem terra producere solet, pictor effinxerat.

τὸν ἡ γῆ. Ἡ δὲ ἱδρῦσθαι τῇ σκάπῃ· καὶ ἔοικε τὸ θέαμα, εἰ μὲν εἰς τὸ κάλλος ἀπίδοις, ἀγάλματι καλῷ·
εἰ δὲ εἰς τὰ δεσμὰ καὶ τὸ κῆτος, αὐτοσχεδίῳ τάφῳ.
ἐπὶ δὲ τῶν προσώπων αὐτῆς κάλλος κεκέρασται καὶ
δέος. ἐν μὲν γὰρ ταῖς παρειαῖς τὸ δέος κάθηται, ἐκ δὲ
τῶν ὀφθαλμῶν ἀνθεῖ τὸ κάλλος. ἀλλ' οὔτε τῶν παρειῶν
τὸ ὠχρὸν τέλεον ἀφώνητον ἦν, ἠρέμα δὲ τῷ ἐρυθει
βέβαπται· οὔτε τὸ τῶν ὀφθαλμῶν ἄνθος ἐστιν ἀμεί-
ρυμμένον, ἀλλ' ἔοικε τοῖς ἄρτι μαραινομένοις ἴοις. οὕτως
αὐτὴν ἐκόσμησεν ὁ ζωγράφος εὐμόρφῳ θόβῳ. τὰς δὲ
χεῖρας εἰς τὴν πέτραν ἐξετέτασεν. ἄγχι δὲ ἄνω δεσμὸς
ἑκατέραν συνάπτων τῇ πέτρᾳ· οἱ καρποὶ δὲ ὥσπερ
ἀμπέλου βότρυς κρέμανται. καὶ αἱ μὲν ὠλέναι τῆς
κόρης ἄκρατον ἔχουσαι τὸ λευκόν, εἰς τὸ πελιδνὸν μετέ-
βαλλον, καὶ ἐοίκασιν ἀποθνήσκειν οἱ δάκτυλοι. δέδεται μὲν οὖν τὸν θάνατον ἐκδεχομένη· ἕστηκε δὲ συμ-

In illo sedebat puella eo adspectu, ut, si pulchritudinem
tantum considerare voluisses, admiratione dignam imaginem; sin vero vincula etiam, & cete; rude & incondi-
tum sepulcrum spectandum tibi propositum existimaturus
fueris. In vultu pulchritudini pallor admistus erat, hic
genas occupans, illa ex oculis effulgens: non tamen eousque genae pallebant, ut suus eis rubor deesset: nec oculorum fulgor adeo coruscabat, quin languore quodam,
qualem in violis paulo ante succisis conspicimus, dehone-
staretur. Ita pulchro timore pictor puellam decoraverat.
Manus extentae, ac alte saxo alligatae non aliter e bra-
chiis, quam racemi e vite, pendebant. Brachiorum autem
ipsorum candor ad livorem vergebat, & digiti mori vide-
bantur. Haec erat mortem exspectantis puellae facies. Atque sponsarum etiam more, quasique Plutoni nuptum tra-

ς ἐσταλμένη· ποδήρης χιτών, λευκὸς ὁ χιτών,
τὸ δὲ ὕφασμα λεπτόν, ἀραχνίων ἐοικὸς πλοκῇ, οὐ
κατὰ τὴν τῶν προβατείων τριχῶν, ἀλλὰ κατὰ τὴν
τῶν ἐρίων, τῶν πτηνῶν, οἷον ἀπὸ δένδρων ἕλκουσαι νήματα γυναῖκες ὑφαίνουσιν Ἰνδαί. τὸ δὲ κῆτος ἀντιπρόσωπον τῆς κόρης κάτωθεν ἀναβαῖνον ἀνοίγει τὴν θάλασσαν. καὶ τὸ μὲν πολὺ τοῦ σώματος περιβέβληται
τῷ κύματι· μόνῃ δὲ τῇ κεφαλῇ τὴν θάλατταν ἀπο-
δύεται. ὑπὸ δὲ τὴν ἄλμην τοῦ κύματος ἡ τῶν νώτων
ἐγέγραπτο προφαινομένη σκιά, τὰ τῶν φολίδων ἐπάρ-
ματα, τὰ τῶν αὐχένων κυρτώματα, ἡ λοφιὰ τῶν
ἀκανθῶν, οἱ τῆς οὐρᾶς ἑλιγμοί, ἡ γένυς πολλὴ καὶ
μακρά. ἤνοικτο δὲ πᾶσα μέχρι τῆς τῶν ὤμων συμβολῆς, καὶ εὐθὺς ἡ γαστήρ. μεταξὺ δὲ τοῦ κήτους καὶ
τῆς κόρης ὁ Περσεὺς ἐγέγραπτο καταβαίνων ἐξ ἀέρος·
καταβαίνει δὲ ἐπὶ τὸ θηρίον γυμνὸς τὸ πᾶν, χλαμὺς
ἀμφὶ τοῖς ὤμοις μόνοις, καὶ πέδιλον περὶ τὼ πόδε πλησίον τοῦ πτεροῦ· πῖλος δὲ αὐτοῦ τὴν κεφαλὴν καλύ-

deretur, stolam induerat, nec non talarem tunicam, albam
quidem illam, atque araneolae reti subtilitate parem, con-
textamque, non quomodo ovium vellera, sed vermium
lanae, quales Indae ab arboribus mulieres depectunt,
consueverunt. Adversus puellam cetus, ab imo mari
emergens, undas capite, quo uno exstabat, fundebat. Nam
corporis maior pars aqua contegebatur: non tamen adeo,
quin humerorum umbra, squamarum ordines, dorsi cur-
vatura, spinarum summitas, caudae flexiones prospiceren-
tur. Sanna ingenti, & profundo hiatu ad humeros usque
patebat, statimque a ventre excipiebatur. Inter cetum ac
puellam Perseus e coelo devolans in belluam ferebatur
nudo corpore; nisi quod chlamyde humeros cooperuerat,
& calceos alis similes pedibus aptaverat, pileumque Ditis

ατει· ὁ πῖλος δὲ ὑπηνέμιτο τὴν Ἀΐδος κυνέην· τῇ
λαιᾷ τὴν τῆς Γοργοῦς κεφαλὴν κρατεῖ, καὶ προβέβληται δίκην ἀσπίδος. ἡ δέ ἐστι φοβερά, καὶ ἐν τοῖς
χρώμασι τοὺς ὀφθαλμοὺς ἐξεπέτασεν, ὀρθὰ τὰς
τρίχας τῶν κροτάφων, ἐγείρει τοὺς δράκοντας· οὕτως
ἀπειλεῖ καὶ τῇ γραφῇ. ὅπλον μὲν τοῦτο τῇ λαιᾷ·
ὥπλισται δὲ καὶ τὴν δεξιὰν διθυεῖ σιδήρῳ εἰς δρέπανον καὶ ξίφος ἰσχισμένῳ. ἄρχεται μὲν γὰρ ἡ κώπη
κάτωθεν ἀμφοῖν ἐκ μιᾶς, καὶ ἔστιν ἓν ἥμισυ τοῦ σιδήρου τὸ ξίφος· ἐντεῦθεν δὲ ἀπορραγὲν τὸ μὲν ὀξύνεται,
τὸ δ' ἐπικάμπτεται. καὶ τὸ μὲν ἀπωξυσμένον, μένει
ξίφος, ὡς ἤρξατο· τὸ δὲ καμπτόμενον δρέπανον γίνεται,
ἵνα μιᾷ πληγῇ τὸ μὲν ἱστίδη τὴν σφαγήν, τὸ δὲ κρατῇ
τὴν τομήν. Τὸ μὲν τῆς Ἀνδρομέδας δρᾶμα τοῦτο.

ζ'. Ἑξῆς δὲ τὸ τοῦ Προμηθέως ἐγγόνει. δέδεται μὲν
ὁ Προμηθεὺς σιδήρῳ καὶ πέτρᾳ, ὥπλισται δὲ Ἡρα-

galeam imitantem capiti imposuerat. Laeva manu Gorgo-
nis caput sustinebat, & pro scuto proiiciebat, horribili
sane adspectu. Nam & torve intueri, & comam concute-
re, & serpentes vibrare, ac minitari etiam e pictura videbatur. Dextera ferro eiusmodi armata erat, ut & falx
& gladius simul esset. A capulo enim ad medium usque
gladii formam referebat: inde duas in partes sectum altera in mucronem protendebatur, itaque in gladium, sicut
initio esse coeperat, desinebat: altera in uncum flectebatur, atque in falcem evadebat, eodem ut ictu & vulne-
raret, & attraheret. Atque ita quidem Andromedae se res
habebant.

VIII. Sequebatur altera deinceps pictura huiusmodi.
Prometheus ferreis catenis saxo adalligatus erat. Hercules

<hr>

1 Ἀΐδος κυνέην) De tota hac omnino III. Heyne ad Apollodor.
fabula, atque Orci galea, vide II, 4, 2, p. 301.

κλῆς τόξῳ καὶ δόρατι. ὄρνις ἐς τὴν Προμηθέως γαστέρα τρυφᾷ. ἕστηκε γὰρ αὐτὴν ἀνοίγων, ἤδη μὲν ἀνεῳγ-
μένην, ἀλλὰ τὸ ῥάμφος ἐς τὸ ὄρυγμα κάπτει· καὶ ἔοικεν ἱπορύττειν τὸ τραῦμα καὶ ζητῶ τὸ ἧπαρ· τὸ δὲ
ἐκφαίνεται τοσαῦτω, ὅσον ἀνέῳξεν ὁ γραφεὺς τὴν διώρυχα τοῦ τραύματος. ἐρείδει δὲ τῷ μηρῷ τῷ τοῦ Προμηθέως τὰς τῶν ὀνύχων ἀκμάς. ὁ δὲ ἀλγῶν ταύτῃ
συνέσταλται, καὶ τὴν πλευρὰν συνέσπασται, καὶ τὸν
μηρὸν ἐγείρει καθ' αὑτοῦ. εἰς γὰρ τὸ ἧπαρ συνάγει τὸν
ὄρνιν. ὁ δὲ ἕτερος αὐτῷ τῶν ποδῶν τὸν σπασμὸν ὄρθιον
ἀντιτείνει κάτω, καὶ εἰς τοὺς δακτύλους ἀποξύνεται.
τὸ δὲ ἄλλο σχῆμα δείκνυσι τὸν πόνον, κικύρτωται τὰς
ὀφρῦς, συνέσταλται τὸ χεῖλος, φαίνει τοὺς ὀδόντας.
ἐλεήσας ἂν ὡς ἀλγοῦσαν τὴν γραφήν. ἀναφέρει δὲ
λιπουμένῳ Ἡρακλῆς. ἕστηκε γὰρ τοξεύων τοῦ Προμηθέως τὸν δήμιον. ἐνήρμοσται τῷ τόξῳ βέλος· τῇ λαιᾷ

arcum & sagittam tenebat. Aquila Promethei pectus de-
pascebatur: quippe in aperiendo illo iam aperto perfla-
bat, rostrumque in vulnus demittebat, infodereque ac
iecur quaerere videbatur: cuius pars tamen sese ostendebat, quantam pictor per vulnus patere voluerat. Alteri
Promethei coxae aquila summis unguibus innitebatur: quapropter ille in moerore totus erat, & latus retrahens,
eam ipsam coxam in suam ipsius perniciem elevabat. Ita
enim volucrem iecori propiorem faciebat. Altera coxa
contentos nervos ad imos usque pedes commonstrabat,
in digitosque acuebatur. Quin alio etiam habitu dolorem
indicabat: curvabat enim supercilia, labra contrahebat,
exserebat dentes. Ipse sane picturam quasi doloris sensum
habentem miseratus fuisses. Iis malis onerato Prometheo
suppetias ferebat Hercules, impositam arcui sagitam in
eius tortorem intendens: quippe arcum sinistra manus e-

προβέβληται τὸ κέρας ὠθῶν· ἐπὶ μαζὸν ἕλκει τὴν δεξιὰν, ἕλκων τὸ νεῦρον κεκύρτωται κατόπιν τὸν ἀγκῶνα. πάντα οὖν ὁμοῦ· πτύσσεται τὸ τόξον, τὸ νεῦρον, τὸ
βέλος. ἡ δεξιὰ συνάγεται μὲν ὑπὸ τοῦ νεύρου τὸ τόξον·
διπλοῦται δὲ ὑπὸ τῆς χειρὸς τὸ νεῦρον, κλίνεται δὲ
ἐπὶ μαζὸν ἡ χείρ. ὁ δὲ Προμηθεὺς μεστός ἐστιν ἐλπίδος ἅμα καὶ φόβου. πῇ μὲν γὰρ εἰς τὸ ἕλκος, πῇ δὲ
εἰς τὸν Ἡρακλέα βλέπει· καὶ θέλει μὲν αὐτὸν ὅλοις
τοῖς ὀφθαλμοῖς ἰδεῖν, ἕλκει δὲ τὸ ἥμισυ τοῦ βλέμ-
ματος ὁ πόνος.

θ'. Ἐνδιατρίψαντες οὖν ἡμέρας δύο, καὶ ἀναλα-
βόντες ἑαυτοὺς ἐκ τῶν κακῶν, ναῦν Αἰγυπτίαν μισθωσάμενοι (εἴχομεν δὲ ὀλίγον χρυσίον, ὅπερ ἐτύχομεν ἐζωσμένοι) διὰ τὸν τοῦ Νείλου πλοῦν ἐπ᾽ Ἀλεξάνδρειαν ἐπακεύμεθα, μάλιστα μὲν ἐκεῖ διεγνωκότες
ποιήσασθαι τὴν διατριβήν, καὶ νομίζοντες ταύτῃ τάχα τοὺς φίλους εὑρήσειν προσενεχθέντας. ἐπεὶ δὲ ἐγγύ-

tenta impellebat, dextra vero nervo una adducto mammae admovebatur, cubito interim post se curvato. Eodemque omnia haec tempore fiebant: arcus cornua nervo adducebantur, nervus manu flectebatur, manus mammae adhaerebat. Prometheus ipse spe metuque plenus erat, ac partim quidem vulnus, partim vero Herculem intuebatur: quem sane totis oculis contemplari volebat. Sed obtutus partem alteram dolor ad se rapiebat.

IX. Ceterum cum duos illic dies commorati, ac ex malis recreati essemus, Aegyptia navi conducta, (nonnihil enim auri nobis in zona superfuerat,) Alexandriam versus Nilo amne cursum direximus, hoc consilio, aetatem ut illic degeremus, fieri etiam posse putantes, ut eo forte delatos amicos inveniremus. Cum autem ad oppidum

μεθα κατά τινα πόλιν, ἐξαίφνης βοῆς ἀκούομεν πολλῆς. καὶ ὁ ναύτης εἰπών· Ὁ βουκόλος μεταστρέφει
τὴν ναῦν, ὡς ἐπανακλεύσων εἰς τοὐπίσω. καὶ ἅμα
πλήρης ἦν ἡ γῆ φοβερῶν καὶ ἀγρίων ἀνθρώπων· μεγάλοι μὲν πάντες, μέλανες δὲ τὴν χροιάν, οὐ κατὰ
τὴν Ἰνδῶν τὴν ἄκρατον, ἀλλ' οἷος ἂν γένοιτο νόθος Αἰθίοψ, ψιλοὶ τὰς κεφαλάς, λεπτοὶ τοὺς πόδας, τὸ
σῶμα παχεῖς, ἐβαρβάριζον δὲ πάντες. καὶ ὁ κυβερνήτης εἰπών, Ἀπολώλαμεν, ἕστηκα τὴν ναῦν. ὁ γὰρ
ποταμὸς ταύτῃ στενότατος· καὶ ἐπεμβάντες τῶν λῃστῶν τέσσαρες, πάντα μὲν τὰ ἐν τῇ νηὶ λαμβάνου-
σιν, καὶ τὸ χρυσίον ἡμῶν ἀποφέρουσιν· ἡμᾶς δὲ δήσαντες, καὶ κατακλείσαντες ἔς τι δωμάτιον, ἀπηλαύ-
νοντο. φύλακας ἡμῖν καταλιπόντες, ὡς εἰς τὴν ἐπιοῦ-
σαν ἄξοντες ἡμᾶς ὡς τὸν βασιλέα. τούτῳ γὰρ ἐκάλουν
τῷ ὀνόματι τὸν λῃστὴν τὸν μείζονα. καὶ ἦν ὁδὸς ἡμερῶν
δύο, ὡς παρὰ τῶν σὺν ἡμῖν ἑαλωκότων ἠκούσαμεν.

quoddam pervenissemus, Ingens nobis clamor subito auditus est. Ac nauta exclamans: Ecce pastor navem tanquam
retro cessurus convertit: statioque ripa feris atque agre-
stibus viris completa est. Magna si omnes statura erant,
colore non quidem, ut Indi, summe, sed ut non veri
Aethiopes, remisse nigro, capitibus raro capillo tectis,
parvis pedibus, corpore crasso, ac barbaro sermone. Itaque gubernator periisse nos omnes affirmans navem sistit:
angustissimus enim illic fluvius erat, & latrones quatuor
navim conscendentes, quidquid in ea inerat, una cum
pecunia nostra abstulerunt, nobisque vinctis atque in custodiam datis abierunt, ut postridie ad regem (ita enim
latronum principem appellant) ducerent. Aberat autem
Ille duorum dierum itinere, uti de illis, qui nobiscum capti fuerant, accepimus.

ι′. Ἐπεὶ οὖν νὺξ ἐγένετο, καὶ ἐκείμεθα, ὡς ἦμεν,
δεδεμένοι, καὶ ἐκάθευδον οἱ φρουροὶ, τότε καὶ ἐξὸν ἤδη
κλαίειν [εἶχον] τὴν Λευκίππην, καὶ δὴ λογισάμενος
ὅσων αὐτῇ γέγονα κακῶν αἴτιος, κωκύσας ἐν τῇ ψυχῇ βύθιον, τῷ δὲ νῷ κλέψας τοῦ κωκυτοῦ τὸν ψόφον·
Ὦ θεοὶ καὶ Δαίμονες, ἔφην, εἴπερ ἐστί που καὶ
ἀκούετε· τί τηλικοῦτον ἠδικήσαμεν, ὡς ἐν ὀλίγαις ἡμέ-
ραις τοσούτῳ πλήθει καταβαπτισθῆναι κακῶν; νῦν
δὲ καὶ παραδεδώκατε ἡμᾶς λῃσταῖς Αἰγυπτίοις, ἵνα
μηδὲ ἐλέους τύχωμεν. λῃστὴν μὲν γὰρ Ἕλληνα καὶ
φωνὴ κατέκλασι, καὶ δέησις ἐμάλαξεν· ὁ γὰρ λόγος πολλάκις τὸν ἴλεων προξενεῖ· τὸ γὰρ ποιοῦν τῆς
ψυχῆς ἡ γλῶττα διακονουμένη πρὸς ἱκετηρίαν τῆς τῶν
ἀκουόντων ψυχῆς ἡμεροῖ τὸ θυμούμενον. νῦν δὲ ποία
μὲν φωνῇ δεηθῶμεν; τίνας δὲ ὅρκους προτείνωμεν; κἂν
Σειρήνων τις γένηται πιθανώτερος, ὁ ἀνδροφόνος οὐκ

X. Interea cum nox adventasset, nosque, ut eramus,
vincti iaceremus, ac custodes dormitarent, ego, quomodo mihi sane tum licuit, Leucippes calamitatem lugere
coepi, & quod eam in mala coniecissem, tacitus mecum
reputans, animoque vehementer ingemiscens, (nec enim
eiulatus in apertum proferre audebam:) O Dii dæmones-
que, inquam, sicubi estis, & auditis, tantumne deliqui-
mus, ut tam brevi tot malis obrui meruerimus? Atqui
nos latronibus Aegyptiis etiam tradidistis, quo misericordiam impetrare nequeamus. Graecum, Hercule! latronem & vox commovisset, & ad misericordiam preces allexissent. Oratio enim saepe ad lenitatem revocat, & lingua pro animi aegritudine deprecatrix iratas audientium
mentes flectit. Nos vero quanam voce precabimur? quodnam iusiurandum dabimus? ut enim Sirenum cantu dul-
ciorem ad persuadendum orationem quis adhibeat, non

ἀκούει. μόνοις ἱκετεύσω με δὲ τοῖς νεύμασιν, καὶ τὴν
δέησιν δηλῶν ταῖς χειρονομίαις. ὦ τῶν ἀτυχημάτων.
ἤδη τὸν θρῆνον ὀρχήσομαι. τὰ μὲν οὖν ἐμὰ, κἂν ὑπερ-
βαλὼν ἔχῃ συμφοράς, ἧττον ἀλγῶ· τὰ σὰ δὲ, Λευκίππη, ποίῳ στόματι θρηνήσω; ποίοις ὄμμασι δα-
κρύσω; ὦ πιστὴ μὲν πρὸς ἀνάγκην ἔρωτος, χρηστὴ
δὲ πρὸς ἐραστὴν δυστυχοῦντα. ὡς καλά σου τῶν γάμων τὰ κοσμήματα. θάλαμος μὲν τὸ δεσμωτήριον,
εὐνὴ δὲ ἡ γῆ, ὅρμοι δὲ καὶ ψέλλια, κάλοι καὶ βρό-
χες, καί σοι συμφαγωγὸς λῃστὴς παρακαθίζεται·
ἀντὶ δὲ τῶν ὑμεναίων τίς σοι τὸν θρῆνον ᾄδει; μάτην
σοι, ὦ θάλασσα, τὴν χάριν ὡμολογήσαμεν· μέμ-
ψομαί σου τῇ φιλανθρωπίᾳ· χρηστοτέρα γέγονας πρὸς
οὓς ἀπέκτεινας, ἡμᾶς δὲ σώσασα μᾶλλον ἀπέκτεινας. ἐφθόνησας ἡμῖν ἀλῃστεύτοις ἀποθανεῖν.

tamen a parricidis intelligetur. Num tantum rogare, ac
manuum gestu precari me oportebit. O calamitatem! luctum ego iam saltando exprimam. Sed infortunia mea quanquam opinione omnium maiora sunt, minus tamen certe
doleo. Tua vero, Leucippe, quo ore conquerar? quibus
lacrimabor? o constantem in amoris fide conservanda! o
benignam erga infelicem amantem Leucippen! en magni-
ficos nuptiarum tuarum apparatus, carcerem scilicet pro
cubiculo, pro pulvinis terram, pro monilibus atque ar-
millis funes & laqueos. Atqui etiam deductoris loco latro
tibi assidet, Hymenaeique vicem lamentationes implent.
Nos quidem, o mare, frustra tibi gratias egimus. Benignitatem ego tuam non possum non reprehendere, utpote
quod mitius in eos fueris, quos perdidisti. Nam dum nos
servasti, crudelius occidisti, omnemque mortem, quae
a non latronibus afferretur, nobis invidisti.

ια΄. Ταῦτα μὲν εἰρήκειν ἡσυχῇ, κλαίειν δὲ οὐκ ἠδυνάμην. τοῦτο γὰρ ἴδιον τῶν ὀφθαλμῶν ἐν τοῖς μεγάλοις κακοῖς. ἐν μὲν γὰρ ταῖς μετρίαις συμφοραῖς ἀφθόνως τὰ δάκρυα καταρρεῖ, καὶ ἔστι τοῖς πάσχουσιν εἰς τοὺς κολάζοντας ἱκετηρία, καὶ τοὺς ἀλγοῦντας, ὥσπερ ἀπὸ οἰδοῦντος τραύματος, ἐπικουφίζουσιν· ἐν δὲ τοῖς ὑπερβάλλουσι δεινοῖς φεύγει καὶ τὰ δάκρυα, καὶ προδίδωσι καὶ τοὺς ὀφθαλμούς. ἐντυχοῦσα γὰρ αὐτοῖς ἀναβαίνουσα ἡ λύπη, ἔστησί τε τὴν ἀκμήν, καὶ μετοχετεύει καταφέρουσα σὺν αὐτῇ κάτω· τὰ δὲ ἰατρευόμενα τῆς ἐπὶ τοὺς ὀφθαλμοὺς ὁδοῦ εἰς τὴν ψυχὴν καταρρεῖ, καὶ χαλεπώτερον αὐτῆς ποιεῖ τὸ τραῦμα. Λέγω οὖν πρὸς τὴν Λευκίππην πάντα σιγῶσαν· Τί σιγᾷς, φιλτάτη, καὶ οὐδέ μοι λαλεῖς; Ὅτι μοι, ἔφη, πρὸ τῆς ψυχῆς, Κλειτοφῶν, τέθνηκεν ἡ φωνή.

ιβ΄. Ταῦθ' ἡμᾶς διαλεγομένους ἔλαθεν ἕως γνω-

XI. Hoc sane pacto mecum tacitus lamentabar. Verum lacrimas, quod in ingentibus malis maxime proprium est, profundere nequibam. Enimvero mediocribus in malis lacrimae abunde manant, ac precandi munere pro iis, qui in calamitate degunt, apud infortunii auctores funguntur, doloremque minuunt, ut ulcerum tumores cum disrumpuntur: in exsuperantibus autem refugiunt, oculosque deserunt. Moeror enim exire parantibus obviam factus earum vim retardat, & una secum ad imas pectoris partes rapit. Quamobrem de oculorum via deflectentes animum pulsant, illiusque angorem mirum in modum augent. Deinde ad Leucippen iam prorsus obmutescentem conversus: Qua de causa, inquam, Leucippe suavissima, taces? nec quidquam mihi dicis? Tum illa: Quia vox me, inquit, o Clitophon, prius, quam spiritus, defecit.

XII. Haec dum loqueremur, dies nobis haud adverten-

μάτη. καὶ τις ἵππον ἐπελαύνων ἔρχεται, κόμην ἔχων
πολλὴν καὶ ἀγρίαν· ἐκόμα δὲ καὶ ὁ ἵππος. γυμνὸς
ἦν, ἄστρωτος καὶ οὐκ ἔχων φάλαρα. τοιοῦτοι γὰρ τοῖς
λῃσταῖς εἰσιν οἱ ἵπποι. ἀπὸ δὲ τοῦ λῃστάρχου παρῆν.
καὶ, Εἴ τις, ἴδῃ, παρθένος ἐστὶν ἐν τοῖς εἰλημμένοις,
ταύτην ἀπάγειν πρὸς τὸν θεόν. ἱερεῖον ἐσομένην καὶ
καθάρσιον τοῦ στρατοῦ. Οἱ δὲ ἐπὶ τὴν Λευκίππην εὐθὺς τρέπονται. ἡ δὲ εἴχετό μου καὶ ἐξεκρέματο βοῶσα.
τῶν λῃστῶν οἱ μὲν ἀπέσπων, οἱ δὲ ἔτυπτον· ἀπέσπων
μὲν τὴν Λευκίππην· ἔτυπτον δὲ ἐμέ. ἀράμενοι οὖν αὐτὴν μετέωρον ἀπάγουσιν. ἡμᾶς δὲ κατὰ σχολὴν ἦγον
δεδεμένους.

ιγ΄. Καὶ ἐπεὶ δύο σταδίους τῆς κώμης προήλθομεν,
ἀλαλαγμὸς ἀκούεται πολύς, καὶ σάλπιγγος ἦχος,
καὶ ἐπιφαίνεται φάλαγξ στρατιωτική, πάντες ὁπλῖται. οἱ δὲ λῃσταὶ κατιδόντες, ἡμᾶς μέσους διαλαβόν-

tibus illuxit: ac tum nescio quis inculta & promissa coma
introgressus est equo advectus maxime iubato nudoque,
nullis nec stratis, nec phaleris. Eiusmodi enim latronum
sunt equi. Erat is a latronum principe missus. Et, Si qua inter captivos, inquit, virgo adest, eam abducere me oportet, Dei victimam ad exercitum expiandum futuram. Tum
custodes oculos in Leucippen statim coniecerunt. Illa vero me complexa, & mihi adhaerens, lamentari ac eiulare
coepit. E latronibus alii eam abstrahebant, alii me cae-
debant. Tandem sublimem rapiam asportaverunt, vinctos
nos interim per otium secum ducentes.

XIII. Posteaquam stadia duo a pago processimus, ingens nobis clamor tubae sono permixtus exaudiri coepit,
deinde militum etiam gravis armaturae manus in conspectum se dedit: quam simulatque latrones viderunt, nobis in eorum medio conclusis, ad resistendum parari sub-

τις ἱκανοὺς ἐπιόντας αὐτοὺς ὡς ἀμυνόμενοι. καὶ μετ' οὐ
πολὺ παρῆσαν πεντήκοντα τὸν ἀριθμὸν, ὁπλῖται πάν-
τες· αἱ μὲν πορρήκεις ἴσχαπτε τὰς ἀσπίδας· οἱ δὲ πελτα-
σταί. οἱ δὲ λῃσταὶ πολλῷ πλείους ὄντες, βώλους ἀπὸ
τῆς γῆς λαμβάνοντες τοὺς στρατιώτας ἔβαλλον. παντὸς δὲ βώλου χαλεπώτερος βῶλος Αἰγύπτιος. βαρύς
τι καὶ τραχὺς καὶ ἀνώμαλος· τὸ δὲ ἀνώμαλόν εἰσιν
αἰχμαὶ τῶν λίθων· ὥστε βληθεὶς διπλοῦν ποιεῖ ἐν τούτῳ τὸ τραῦμα καὶ οἴδημα ὡς ἀπὸ λίθου. καὶ τομὰς
ὡς ἀπὸ βέλους. ἀλλὰ ταῖς γε ἀσπίσιν ἐκδεχόμενοι
τοὺς λίθους, ὀλίγον τῶν βαλλόντων ἐφρόντιζον. Ἐπεὶ
οὖν ἔκαμον οἱ λῃσταὶ βάλλοντες, ἀπάγουσι μὲν οἱ
στρατιῶται τὴν φάλαγγα· ἐκθέουσι δὲ ἀπὸ τῶν ὅπλων
ἄνδρες κοῦφως ἐσταλμένοι. Οἴρον αἰχμὴν ἕκαστος
καὶ ξίφος, καὶ ἀκοντίζουσιν ἅμα, καὶ ἦν οὐδεὶς ὃς οὐκ
ἐπέτυχεν. εἶτα οἱ ὁπλῖται προσέρρεον· καὶ ἦν ἡ μάχη
στερρά, πληγαὶ δὲ παρ' ἀμφοτέρων, καὶ τραύματα

stiterunt: atque haud ita multo post viri quinquaginta armis tecti omnes, quorum alii longis ad pedes usque, alii brevioribus, scutis utebantur, processerunt. Latrones, quorum numerus maior erat, sublatas glebas in eos proiiciebant. Aegyptia porro gleba telo quovis perniciosior est, quippe quae dura, aspera & inaequalis; producunt hanc inaequalitatem cuspides lapideae. Ea de re fit, ut coniecta bifariam laedat. Tumorem enim ceu lapis, & vulnus ceu iaculum, efficit. Verum milites glebas scutis excipientes iaculatores nihili faciebant. Posteaquam hi coniiciendo defatigati fuerunt, illi agmen aperuerunt: & qui leviter armati erant, statim procurrerunt: quorum singuli missila ac gladium gestabant. Ii primum iaculari omnes sunt, neque vanus cuiusquam ictus fuit. Deinde gravis armatura sese effudit. Pugnatum est confertim, plagaeque ac cae-

καὶ σφαγαί. καὶ τὸ μὲν ἔμπειρον παρὰ τοῖς στρατιώ-
ταις ἀνεπλήρου τοῦ πλήθους τὸ ἐνδέες. Ἡμεῖς δὲ ὅσοι
τῶν αἰχμαλώτων ἦμεν, ἐπιτηρήσαντες τὸ ποσὸν τῶν
λῃστῶν μέρος, ἅμα συνελθόντες διακόπτομέν τε αὐτῶν
τὴν φάλαγγα, καὶ ἐπὶ τοὺς ἐναντίους ἐκτρέχομεν. οἱ
δὲ στρατιῶται τὸ μὲν πρῶτον ἐπιχείρουν ἀναιρῶ, οὐκ
εἰδότες· ὡς δὲ εἶδον καὶ γυμνοὺς καὶ δεσμὰ ἔχοντας,
ὑπονοήσαντες τὴν ἀλήθειαν, δέχονται τῶν ὅπλων ἔ-
σω, καὶ ἐπ' οὐρὰν παραπέμψαντες ἡμᾶς ἡσυχάζειν.
ἐν τούτῳ δὲ καὶ ἱππεῖς προσέρρεον, καὶ ἐπεὶ πλησίον
ἐγένοντο, κατὰ κέρας ἑκατέρων ἐκτείναντες τὴν φάλαγγα περιίππευον αὐτοὺς ἐν κύκλῳ, καὶ ἐν τούτῳ
συναγαγόντες αὐτοὺς εἰς ὀλίγον κατεσόμιζον. καὶ οἱ
μὲν ἔκειντο τεθνηκότες· οἱ δὲ καὶ ἡμιθνῆτες ἐμάχοντο·
τοὺς δὲ λοιποὺς ἐζώγρησαν.

ιδ'. Ἦν δὲ περὶ δείλην ὁ καιρός. Καὶ ὁ στρατηγὸς
διαλαβὼν ἡμῶν ἕκαστον, ἐπυνθάνετο τίνες ἦμεν, καὶ

des & vulnera ultro citroque illata. Quod militum numero deerat, usus explebat. Nos, quotquot captivi eramus, latronum aciem inclinare videntes, facto simul agmi-
ne, eorumque ordinibus perruptis, ad hostes transivimus.
Qui uti se res haberet ignari, nos primo interficere vo-
luerunt: sed cum postea nudos ac vinctos adspexissent,
cognita veritate, intra ordines susceptos post extremum
agmen, ut illic quiesceremus, collocaverunt. Interea su-
pervenerunt equites, acieque utrinque effusa latrones circuire, in angustumque coactos trucidare coeperunt. Ex
quibus alii mortui procubuerunt, nonnulli semimortui
adhuc pugnabant, reliqui in militum potestatem vivi de-
venerunt.

XIV. Ceterum inclinata iam die militum eorum ductor,
cui Charmidi nomen fuerat, unumquemque nostrum sin-

πῶς ἑλήφθημεν· διηγεῖτο δὲ ἄλλος ἄλλο τι, κἀγὼ τὰ
ἐμὰ ἴστον. ἐπεὶ οὖν ἅπαντα ἔμαθεν, ἐκέλευσεν ἀκο-
λουθεῖν, αὐτὸς δὲ ὅπλα δώσειν ὑπέσχετο. διεγνώκει
γὰρ, ἀναμείνας στρατιὰν, ἐπελθεῖν τῷ μεγάλῳ λῃ-
στηρίῳ· ἐλέγοντο δὲ ἀμφὶ τοὺς μυρίους εἶναι. ἐγὼ δὲ
ἵππον ᾔτουν. σφόδρα γὰρ ᾔδειν ἱππεύειν γεγυμνα-
σμένος. ὡς δὲ παρῆν, περιάγων τὸν ἵππον ἐπεδεικνύ-
μην ἐν ῥυθμῷ τὰ τῶν πολεμούντων σχήματα, ὥστε
καὶ τὸν στρατηγὸν σφόδρα ἐπαινέσαι. Ποιεῖται δέ με
ἐκείνην τὴν ἡμέραν ὁμοτράπεζον, καὶ παρὰ τὸ δεῖπνον
ἐπυνθάνετο τὰ ἐμὰ, καὶ ἀκούων ἐλεεῖ. συμπαθὴς δέ
πως εἰς ἔλεον ἄνθρωπος ἀκροατὴς ἀλλοτρίων κακῶν.
καὶ ἔλεος πολλάκις φιλίαν προξενεῖ. ἡ γὰρ ψυχὴ
μαλαχθεῖσα πρὸς τὴν, ὧν ἤκουσε, λύπην, συνδιατι-

gillaim & qui essemus, & quo pacto in praedonum manus incidissemus, interrogavit: cui quidem alii alia, ego
vero, quae mihi evenerant, commemoravi. Atque ille,
ubi omnia edidicit, se ut sequeremur, iussit, armaque nobis praebere pollicitus est: decreverat enim, cum primum
copiae, quas exspectabat, adventassent, magnum latronum,
qui ad decem millia esse ferebantur, receptaculum aggre-
di. Ac cum ego equum dari mihi poposci: eo enim studio
valde gaudebam. Qui simulatque adductus fuit, illum cir-
cumagens pugnantium ordinatim equitum exemplum edidi, ita, ut me Charmides magnopere commendaret. Itaque die illo suis e convivis unum esse me voluit: atque a
coena, casus meos ut enarrarem, postulavit: quae dum
audiret, misericordia movebatur. Fere enim fit, ut qui
aliena mala audit, una quodammodo patiatur. Benevolentiam autem misericordia saepenumero gignit. Animus
enim eorum, quos audit, moerore delinitus, & malorum

θεῖσα κατὰ μικρὸν τῇ τοῦ πάθους ἀκροάσει τὸν οἶκτον
εἰς ἐλεΐαν καὶ τὴν λύπην εἰς τὸν ἔλεον συλλέγει. Οὕτω γοῦν διέθηκα τὸν στρατηγὸν ἐκ τῆς ἀκροάσεως,
ὡς καὶ αὐτὸν δάκρυα προαγαγεῖν. πλέον δὲ ποιεῖν εὐ-
χομεν οὐδὲν, τῆς Λευκίππης ὑπὸ τῶν λῃστῶν ἐχο-
μένης. ἔδωκε δέ μοι καὶ θεράποντα τὸν ἐπιμελησό-
μενον Αἰγύπτιον.

ιέ. Τῇ δὲ ὑστεραίᾳ πρὸς τὴν διάβασιν παρεσκευάζετο, καὶ ἐπεχείρει τὴν διώρυχα χῶσαι, ἥτις ἦν ἐμ-
ποδών. καὶ γὰρ ἑωρῶμεν τοὺς λῃστὰς μετὰ πλείστης
δυνάμεως ἐπὶ θάτερα διώρυχος ἑστῶτας ἐν τοῖς ὅπλοις.
βωμὸς δέ τις αὐτοῖς αὐτοσχέδιος ἦν πηλοῦ πεποιημέ-
νος, καὶ σορὸς τοῦ βωμοῦ πλησίον. ἄγουσι δή τινες
δύο τὴν κόρην, ὀπίσω τὰ χεῖρε δεδεμένην. καὶ αὐτοὺς
μέν, οἵ τινες ἦσαν, οὐκ εἶδον· ἦσαν γὰρ ὡπλισμένοι·
τὴν δὲ κόρην Λευκίππην οὖσαν ἐγνώρισα. εἶτα κατὰ

auditione in eundem fere senfum penetractus, triftitiam in
mifericordiam, mifericordiam vero in benevolentiam com-
mutat. Ego vero narrando Charmidem eousque commo-
vi, ut lacrimas tenere nequiverit. Nam quod amplius facerem, nihil erat, cum Leucippe in latronum poteftate
remanfiffet. Atqui Aegyptium etiam fervum mei curam
habere iuffi.

XV. Poftridie ad prodeundum fe comparavit, & fof-
fam, quae impedimento erat, complere aggreffus eft: magnum etenim latronum numerum in armis effe trans fof-
fam illam cernebamus. Ii aram quandam e luto, iuxta-
que fepulcrum ex tempore conftruxerant. Ac viri duo
puellam manibus poft tergum revinctis eo adduxerunt.
Quos viros, propterea quod armis tecti erant, haudquaquam cognovi: fed puella Leucippe erat. Ii ergo tum ca-

τῆς κεφαλῆς σπονδὴν περιχέαντες, περιάγουσι τὸν βωμὸν κύκλῳ, καὶ ἐπηύλει τις αὐτῇ. καὶ ὁ ἱερεὺς ᾖδεν
ὡς εἰκὸς ᾠδὴν Αἰγυπτίαν. τὸ γὰρ σχῆμα τοῦ στόματος καὶ τῶν προσώπων τὸ διειλημμένον, ὑπέφαινεν
ᾠδήν. εἶτα ἀπὸ συνθήματος πάντες ἀναχωροῦσι τοῦ
βωμοῦ μακράν. τῶν δὲ νεανίσκος ἕτερος ἀνακλίνας αὐτὴν ὑπτίαν, ὥστε ἐκ παττάλων κατὰ τῆς γῆς ἐρηρει-
σμένων, οἵαν ποιοῦσιν οἱ κοροπλάθοι τὸν Μαρσύαν ἐκ
τοῦ φυτοῦ δεδεμένον· εἶτα λαβὼν ξίφος βάπτει κατὰ τῆς καρδίας· καὶ διελκύσας τὸ ξίφος εἰς τὴν κάτω
γαστέρα, ῥήγνυσιν· τὰ σπλάγχνα δὲ εὐθὺς ἐξεπήδη-
σιν, ἃ ταῖς χερσὶν ἐξειλκύσαντες ἐπιτιθέασι τῷ βωμῷ. καὶ ἐπεὶ ὠπτήθη, κατατεμόντες ἅπαντες εἰς μοί-
ρας ἔφαγον. ταῦτα δὲ ὁρῶντες οἱ στρατιῶται καὶ ὁ
στρατηγὸς καθ' ἓν τῶν πραττομένων ἀνεβόων, καὶ τὰς
ὄψεις ἀπέστρεφον τῆς θέας· ἐγὼ δὲ ἐκ παραλόγου
καθήμενος ἐθεώμην. τὸ δὲ ἦν ἔκπληξις. μέτρον γὰρ

piri eius libamina infundentes, sacerdote quodam Aegy-
prium, uti verisimile est, carmen ei accinente. Oris etenim figura & vultus distortio canere illum subindicabat.
Deinceps dato signo, ab ara omnes procul recessere. Tum
adolescens alter ex iis, qui adduxerat eam, reclinans
paxillis terrae infixis supinam alligavit, quo maxime modo figuli Marsyam arbori alligatum effingunt, gladiumque iuxta cor infixum ad ima ventris usque traxit, sic
ut viscera omnia statim exsiluerint. Quae illi manibus cor-
ripientes arae imposuerunt, coctaque dissecuerunt, ac inter se partiti omnes devorarunt. Haec milites ductorque
cernentes, non potuerunt, quin ad eorum unumquodque factum exclamarent, vultusque averterent. Ipse autem
ea sine ulla prorsus mente, ac sine ullo sensu, stupore scilicet oppressus spectabam: mali enim modum exsuperantis

οὐκ ἔχει τὸ κακὸν ἐπιβρόντησί με. καὶ τάχα ὁ τῆς
Νιόβης μῦθος οὐκ ἦν ψευδής, ἀλλὰ κἀκείνη τοιοῦτόν
τι παθοῦσα ἐπὶ τῇ τῶν παίδων ἀπωλείᾳ, δόξαν παρέσχεν ἐκ τῆς ἀπορίας ὡσεὶ λίθος γενομένη. Ἐπεὶ δὲ
τέλος εἶχεν, ὥς γε ᾤμην, τὸ ἔργον, τὸ σῶμα ἐνθέντες
τῇ σορῷ καταλείπουσι, πῶμα ἐπ᾽ αὐτῆς ἐπιθέντες.
τὸν δὲ βωμὸν καταστρέψαντες, φεύγουσιν ἀμεταστρε-
πτί. οὕτως γὰρ αὐτοὺς ποιεῖν ἔτυχεν μεμαντευμένος
ὁ ἱερεύς.

ιϛ΄. Ἑσπέρας δὲ γινομένης, ἡ διῶρυξ κέχωστο πᾶσα. οἱ δὲ στρατιῶται διαβάντες αὐλίζονται μικρὸν ἄνω
τῆς διώρυχος, καὶ περὶ δεῖπνον ἦσαν. ὁ δὲ στρατηγὸς
ἐπεχείρει με παρηγορεῖ ὁρῶν ἀνιαρῶς ἔχοντα. περὶ δὲ
πρώτην νυκτὸς φυλακὴν πάντας ἐπιτηρήσας καθεύδον-
τας, πρόσειμι, τὸ ξίφος ἔχων, ἐπικατασφάξων ἐμαυ-

magnitudo a mentis sensu me abstraxerat. Ac forte quae
de Niobe fabulis traduntur, falsa minime fuerunt: sed
huiusmodi quiddam illa quoque ob natorum caedem in
se experta fabulae locum fecit, existimantibus aliis, eam,
propterea quod immota constitisset, in lapidem conver-
sam. Posteaquam ea res finem, sicuti mihi videbatur, sortita est, latrones, cadavere in sepulcro condito, probe-
que contecto, aram demoliti sunt, ac nunquam respi-
cientes, ita enim fieri debere sacerdos praeceperat, dis-
cesserunt.

XVI. Sub vesperam fossa omnis repleta fuit, milites-
que praetergressi paulo supra fossam castra posuerunt,
deinde cibum ceperunt. Et Charmides, aegro me animo
esse cernens, consolationem mihi adhibere conabatur.
Verum ego circiter primam noctis vigiliam dormientes
omnes tandem conspicatus, ad tumulum, ut meumet ipsum

τὸς τῇ σοροῦ. ἐπεὶ δὲ πλησίον ἐγενόμην, ἀνατείνω τὸ
ξίφος· Λευκίππη, λέγων, ἀθλία, καὶ πάντων ἀνθρώπων δυστυχεστάτη, οὐ τὸν θάνατον ὀδύρομαί σου
μόνον, οὐδ' ὅτι τέθνηκας ἐπὶ ξένης, οὐδ' ὅτι σοι γίγονεν ἐκ βίας σφαγή, οὐδ' ὅτι ταῦτα τῶν σῶν ἀτυχημάτων παίγνια, ἀλλ' ὅτι καθάρσιον γέγονας ἀκαθάρ-
των σωμάτων, καί ἔτι ζῶσαν ἀνέτεμον, οἴμοι, καὶ
βλέπουσαν ὅλην τὴν ἀνατομήν, ἀλλ' ὅτι σοῦ τῆς γαστρὸς τὰ μυστήρια ἐμέρισαν, καὶ τὴν ταφὴν κακο-
δαίμονι βωμῷ καὶ σορῷ, καὶ τὸ μὲν σῶμα ταύτῃ κα-
τατέθαπται, τὰ δὲ σπλάγχνα ποῦ; εἰ μὲν διδαπα-
νήκει τὸ πῦρ, ἥττων ἡ συμφορά· νῦν δὲ ἡ τῶν σπλάγχνων σου ταφὴ λῃσταῖς γέγονε τροφή. ὦ πονηρᾶς ἐπὶ
βωμοῦ δᾳδουχίας· ὦ τροφῶν καινὰ μυστήρια. καὶ ἐπὶ
τοιούτοις θύμασιν ἔβλεπον ἄνωθεν οἱ θεοί, καὶ οὐκ

super eo immolarem, accepto gladio perrexi: ac sepulcro propior factus, eo educto: O misera, inquam, Leucippe, mortaliumque omnium infelicissima! ego quidem
certe non mortem istam tuam, non quod procul a domo
tua, non quod violenta morte obieris, non quod tam
saevi de te ludi facti sint, fleo: sed illud miserrimum
omnium me facit, quod impurissimorum latronum expiatio fueris, quod ii te vivam (me miserum) gladiisque
mucronem in te defigi videntem dissecuerint, quod occul-
tiores uteri tui partes diviserint, quod exsecrabilem aram,
ac tumulum tibi erexerim. Atque hic quidem corpus
tuum iacet, viscera vero quem locum obtinent? Si ea
igni consumta fuissent, levior utique calamitas haec exi-
stimari deberet: sed cum eorum sepulcrum latronum in-
gluvies facta sit, quae malo huic infelicitas comparari
potest? O diras altaris faces! o ciborum inauditum genus!
Et Dii sacrificia huiusmodi e coelo spectarunt, & ignis ex-

ἐσβέσθη τὸ πῦρ· ἀλλὰ μιαινόμενον ἠνείχετο καὶ ἀνέφερε τοῖς θεοῖς τὴν κνῖσσαν τὸ πῦρ; λαβὲ οὖν, Λευκίππη, τὰς πρεπούσας σοι παρ' ἐμοῦ χοάς.

ιϚ΄. Ταῦτ' εἰπὼν, ἀνατείνω τὸ ξίφος ἄνω, ὡς καθήσων ἐμαυτῷ κατὰ τῆς σφαγῆς· καὶ ὁρῶ δύο τινὰς ἐξ ἐναντίας (σεληναία δ' ἦν) σπουδῇ θέοντας. ἐπέσχον οὖν, λῃστὰς εἶναι δοκῶν, ὡς ἂν ὑπ' αὐτῶν ἀποθάνοιμι. ἐν τούτῳ δὲ ἐγγὺς ἐγένετο, καὶ ἀνεβόων ἄμφω. Μενέλαος δὲ ἦν καὶ ὁ Σάτυρος. ἐγὼ δ' ἄνδρας ἰδὼν ἐκ παραλόγου ζῶντας καὶ φίλους, οὔτε περιεπτυξάμην, οὔτε ἐξεπλάγην ὑφ' ἡδονῆς. τοσοῦτον ἡ λύπη με τῆς συμφορᾶς ἐξεκώφωσεν [1]. Λαμβάνονται δή μου τῆς δεξιᾶς, καὶ ἐπεχείρουν ἀφαιρεῖσθαι τὸ ξίφος. ἐγὼ δέ· Πρὸς θεῶν, ἴσην, μή μοι φθονήσητε θανάτου καλοῦ, μᾶλλον δὲ φαρμάκου τῶν κακῶν. οὐδὲ γὰρ ζῆν

flinflus non est, sed foedatus ascendit, nidoremque Diis attulit! Tu vero, Leucippe, te dignas a me inferias cape.

XVII. Haec cum dixissem, gladiumque, ut in iugulum mihimet ipse demitterem, sustulissem, duos quosdam exadversum mihi, luna enim splendebat, ad me quam ocissime currentes prospexi. Continui me igitur, latrones illos esse ratus, ut ab iis interficerer. Interea propiores ambo facti sunt, & magna voce inclamarunt. Erant ii Satyrus, & Menelaus. Ego, tametsi mihi amicos homines vivos insperato viderem, tamen tantum abfuit, ut illos amplexarer, ut nullam etiam ex eorum adspectu voluptatem caperem: ita me de statu mentis deiecerat acerbitas infortuniorum. Illi, dextera manu mihi apprehensa, gladium eripere tentaverunt. Verum ego: Ne per Deos, inquam, praeclaram hanc mihi mortem, aut malorum

1 Ἐξεκώφωσεν) Ita corrigendum statuit Salmasius, cum antea sine idoneo sensu legeretur ἐξεκώθωσεν.

ἔτι δύναμαι, κἂν νῦν με βιάσησθε, Λευκίππης οὕτως ἀνῃρημένης. τοῦτο μὲν γὰρ ἀφαιρήσεσθέ μου τὸ ξίφος, τὸ δὲ τῆς ἐμῆς λύπης ξίφος ἔνδον καταπέπηγε καὶ τέμνει κατ' ὀλίγον. ἀθανάτῳ σφαγῇ ἀποθνήσκειν με βούλεσθε; Λέγει οὖν ὁ Μενέλαος· Ἀλλ' εἰ διὰ τοῦτο θέλεις ἀποθανεῖν, ὥρα σοι τὸ ξίφος ἐπισχεῖν· Λευκίππη δέ σοι ἀναβιώσεται. Βλέψας οὖν εἰς αὐτόν, Ἔτι μου καταγελᾷς, ἴθι, ἐπὶ τηλικούτῳ κακῷ; ἄγε, Μενέλαε, ξενίου μέμνησαι Διός. Ὁ δὲ κρούσας τὴν σορόν· Ἐπεὶ τοίνυν ἀπιστεῖ Κλειτοφῶν, ἴθι, σύ μοι Λευκίππη μαρτύρησον, εἰ ζῇς. Ἅμα δὲ εἰπὼν, καὶ δίς που καὶ τρὶς ἐπάταξε τὴν σορόν, καὶ κάτωθεν ἀκούω φωνῆς πάνυ λεπτῆς. τρόμος οὖν εὐθὺς ἴσχει με, καὶ πρὸς τὸν Μενέλαον ἀπέβλεπον, μάγον εἶναι δοκῶν. ὁ δὲ ἤνοιγεν ἅμα τὴν σορόν, καὶ ἡ

potius medelam, invideatis: neque enim, Leucippe hoc pacto amissa, etsi nunc me maxime cogatis, vivere amplius queam. Gladium certe hunc ipsi e manibus meis evelletis: sed moeroris aculeus intus ad vivum desedit, ac nonnihil iam penetravit. Immortaline vulneratione vos mori me vultis? Tum Menelaus: Si nullam aliam ob causam mortem tibi consciscere vis, gladium, Hercule, ablicere potes. Nam Leucippe viva nunc tibi aderit. Ipse autem, coniectis in eum oculis: Atqui tu quoque, inquam, tantis conflictatum malis irrides? Ah saltem sis memor hospitalis Iovis. Tum ille, impulso tumulo: Agedum tu, inquit, Leucippe, an vivas, testare: quandoquidem nullam Clitophon mihi fidem habet. Vix autem loqui desierat, cum urnam bis terve percussit, exillsque admodum ab ea proveniens vox mihi audita est. Itaque subito tremore occupatus, oculos in Menelaum conieci, magicae artis peritum eum ratus. Ille urnam detexit, ac

Λευκίππη κάτωθεν ἀνέβαινε, φοβερὸν θέαμα, ὦ θεοὶ, καὶ φρικωδέστατον. ἀνέῳκτο μὲν αὐτῆς ἡ γαστὴρ πᾶσα, καὶ ἦν ὑστέρων κενή· ἐπιπεσοῦσα δέ μοι περιπλέκεται, καὶ συνέφυμεν, καὶ ἄμφω κατεπέσαμεν.

ιη′. Μόλις οὖν ἀναζωπυρήσας λέγω πρὸς τὸν Μενέλαον· Οὐκ ἐρεῖς μοι, τί ταῦτα; οὐχὶ Λευκίππην ὁρῶ; ταύτης ἐγὼ κρατῶ, καὶ οὐκ ἀκούω λαλούσης; ἃ οὖν χθὲς ἐθεασάμην, τίνα ἦν; ἢ γὰρ ἐκεῖνά ἐστιν, ἢ ταῦτα ὑπνία. ἀλλ' ἰδοὺ καὶ φίλημα ἀληθινὸν καὶ ζῶν, ὡς κἀκεῖνο τὸ τῆς Λευκίππης γλυκύ. Ἀλλὰ νῦν μὲν, ὁ Μενέλαος ἔφη, καὶ τὰ σπλάγχνα ἀπολήψεται, καὶ τὰ στέρνα συμφύσεται, καὶ ἄτρωτος ὄψει. ἀλλ' ἐπικάλυψαί σου πρόσωπον. καλῶ γὰρ τὴν Ἑκάτην ἐπὶ τὸ ἔργον. Ἐγὼ δὲ πιστεύσας, ἐπεκαλυψάμην. ὁ δὲ ἄρχεται τερατεύεσθαι, καὶ λέγει τινὰ καταλέγει.

statim Leucippe quam terribili sane horrendoque adspectu; a summo enim ad imum dissectus, ac visceribus vacuus ei venter erat, prodiit, seseque in me reiiciens, me completa est, & ego illam contra: itaque ambo concidimus.

XVIII. Vix autem me ipse collegeram, cum ad Menelaum conversus: Quid causae, inquam, est, quamobrem mihi, quo modo haec se habeam, non expedis? Nonne quam video, quam teneo, quam loquentem audio, Leucippe est? Cuiusmodi ergo fuerunt, quae hesterna die prospexi? Sane aut illud, aut hoc somnium est: sed osculum & verum est, & vivum, &, quale a Leucippe olim dabatur, suave. Tum ille: Atqui viscera quoque, inquit, iamiam recuperabit, pectorisque vulnus coalescet, & illaesam videbis. Tu faciem vela: Proserpinam enim ad id invoco. Itaque, fidem homini habens, feci. Ille autem inaudita quaedam facere & loqui coepit: atque inter lo-

ἅμα λέγων περιαιρῶ τὰ μαγγανεύματα τὰ ἐπὶ τῇ
γαστρὶ τῆς Λευκίππης, καὶ ἀποκατέστησεν εἰς τὸ ἀρ-
χαῖον. λέγει δέ μοι· Ἀποκάλυψαι. Κἀγὼ μόλις μὲν,
καὶ φοβούμενος, ἀληθῶς γὰρ ᾤμην τὴν Ἑκάτην παρεῖναι, ὅμως δ' οὖν ἀπέστησα τῶν ὀφθαλμῶν τὰς χεῖρας, καὶ ὁλόκληρον τὴν Λευκίππην ὁρῶ. ἔτι μᾶλλον
οὖν ἐκπλαγεὶς, ἐδεόμην Μενελάου, λέγων· Ὦ φίλτατε Μενέλαε, εἰ διάκονος θεοῦ τις εἶ, δέομαί σου,
ποῦ γῆς εἰμι, καὶ τί ποτε ταῦτα ἐρῶ; Καὶ ἡ Λευκίπ-
πη· Παῦσαι, ἴσθι, Μενέλαε, δεδιττόμενος αὐτόν· λέγε δὲ, πῶς τοὺς λῃστὰς ἠπάτησας.

ιθ'. Ὁ οὖν Μενέλαος λέγει· Οἶδας, ὡς Αἰγύ-
πτιός εἰμι τὸ γένος· φθάνω γάρ σοι ταῦτα εἰπὼν ἐπὶ
τῆς νεώς. ἦν οὖν μοι τὰ πλεῖστα τῶν κτημάτων περὶ
ταύτην τὴν κώμην, καὶ οἱ ἄρχοντες αὐτῆς γνώριμοι.
ἐπεὶ οὖν τῇ ναυαγίᾳ πεπλησιάσαμεν, εἶτά με προσείρη-

quendum, quae Leucippes ventri ad fallendos latrones
adaptaverant, detraxit, prioremque illi formam reddidit:
deinde respicere me iussit. Tum ego (vix quidem, ac sane magno cum timore: Proserpinam enim vere adesse
putabam) faciem revelavi, Leucippenque invulneratam
vidi: eoque maiorem etiam in modum admiratus: Si Dei
alicuius, Menelaë carissime, inquam, administer es, ubinam, rogo te, gentium sumus? quid sibi haec volunt,
quae cerno? Leucippe quoque, Hominem, inquit, Menelaë, frustrari amplius noli: sed quo pacto latronibus
imposueris, iam tandem expone.

XIX. Tum Menelaus: Aegyptium, inquit, me, Clitophon, esse non ignoras: id quod ex me antea, in navi
cum essemus, audivisti. Praediorum meorum pars maior
prope pagum hunc est: cuius cum praefectis nonnullus
mihi usus intercedit. Cum igitur naufragium fecissemus,

ψε τὸ κῦμα τοῖς Αἰγύπτου παραλίοις. λαμβάνομαι
μετὰ τοῦ Σατύρου πρὸς τῶν ταύτην παραφυλασσόν-
των λῃστῶν. ὡς δὲ ἄγομαι πρὸς τὸν λήσταρχον, ταχύ
με τῶν λῃστῶν τινες γνωρίσαντες, λύουσι τὰ δεσμὰ,
θαῤῥεῖν τε ἐκέλευον, καὶ συμπονεῖν αὐτοῖς, ὡς ἂν οἰκεῖον. ἐξαιτοῦμαι δὴ καὶ τὸν Σάτυρον ὡς ἐμόν. οἱ δὲ
Ἀλλ᾽ ὅμως, ἔφησαν, ἐπίδειξαι ἡμῖν σεαυτὸν τολμη-
ρὸν πρῶτον. κἀν τούτῳ χρησμὸν ἴσχουσιν κόρην κατα-
θῦσαι καὶ καθᾶραι τὸ λῃστήριον, καὶ τοῦ μὲν ἥπα-
τος ἀπογεύσασθαι τυθείσης, τὸ δὲ λοιπὸν σῶμα σορῷ παραδόντας ἀναχωρεῖν, ὡς ἂν τὸ τῶν ἐναντίων στρατόπεδον ὑπερβάλλοι τῆς θυσίας τὸν τρόπον. Λέγε δὴ
τὰ ἐπίλοιπα, Σάτυρι· σὸς γὰρ ἐντεῦθεν ὁ λόγος.

κ´. Καὶ ὁ Σάτυρος λέγει· Ἅμα δὲ βιαζόμενος ἐπὶ
τὸ στρατόπεδον, ἔκλαιον, ὦ δέσποτα, καὶ ὠδυρόμην,
τὰ περὶ τῆς Λευκίππης πυθόμενος, καὶ ἐδεόμην Μενε-

ad Aegypti litora me tandem fluctus ejecit. Qui latrones
ei pago praesidio fueram, me cum Satyro ceperunt. Per-
ductum autem ad eorum ducem nonnulli ex eis mei co-
gnitores vinculis detractis solverunt, & bono animo esse,
sibique, uti amicum, in eorum rebus agendis auxilium
ferre iusserunt. Tunc ego Satyrum quasi meum reddi mihi poposci. At illi: Audacem, inquiunt, nobis te primum ostende. Interea responsum iis ab oraculo redditum
fuit, ut virginem immolarent, & suum ipsorum agmen ex-
piarem, immolataeque iecinore degustato, ac reliquo corpore in loculum dato, recederent: ut sacrificii genus hostium exercitum obstupefaceret. Quae reliqua sunt, tu,
Satyre, commemorato.

XX. Ac tum Satyrus: Cum ad exercitum captivus, inquit, ductus, & de Leucippes infortunio certior factus
essem, vicem illius dolens, o here, flebam, Menelaum-

λέον παντὶ τρόπῳ σῶσαι τὴν κόρην. δαίμων δέ τις
ἀγαθὸς ἡμῖν συνήργησιν. ἐτύχομεν τῇ προτεραίᾳ τῆς
θυσίας ἡμέρᾳ καθιζόμενοι πρὸς τῇ θαλάττῃ λυπού-
μενοι, καὶ περὶ τούτων σκοπούντες· τῶν δὲ λῃστῶν τινες ναῦν ἰδόντες ἀγνοίᾳ πλανηθεῖσαν, ὥρμησαν ἐπ' αὐτήν. οἱ δὲ ἐπὶ τῆς νεὼς συνέντες ἃ τυγχάνουσιν, ἐπεχείρουν ἐλαύνειν εἰς τοὐπίσω. ὡς δὲ ὁρῶσιν οἱ λῃσταὶ καταλαβόντες, πρὸς ἄμυναν τρέπονται. καὶ γάρ
τις ἐν αὐτοῖς ἦν τῶν τὰ τοῦ Ὁμήρου τῷ στόματι [1]
διακινούντων ἐν τοῖς θεάτροις. τὴν Ὁμηρικὴν σκευὴν ὁπλι-
σάμενος τε αὐτός, καὶ τοὺς ἀμφ' αὐτὸν οὕτω σκευάσας, ἐπιχείρουν μάχεσθαι. πρὸς μὲν οὖν τοὺς πρώ-
τους ἐπελθόντας, καὶ μάλα ἐρρωμένως ἀντετάξαντο.
πλειόνων δὲ ἐπιπλευσάντων σκαφῶν λῃστρικῶν κατα-
δύουσιν τὴν ναῦν, καὶ τοὺς ἄνδρας ἐκπεσόντας ἀνῄρουν.
λαμβάνει δὴ κίστη ἐκπεσοῦσά τις, καὶ τῷ ναυαγίῳ

que, ut eam omnino servaret, obtestabar. Qua in re propitius nescio quis Deus nobis auxilio fuit. Pridie enim,
quam sacrificium fieret, in litore moeroris pleni, atque
iis de rebus solliciti, considebamus. Latrones autem aliquot, navem locorum inscitia errantem conspicati, in eam
impetum fecerunt. Qui in ea erant, cognitis latronibus,
retrocedere tentaverunt: sed cum latrones eos praever-
tendo deprehendissent, ad resistendum sese converterunt.
Et porro navi unus quidam ex iis, qui Homeri poëma-
ta in theatris recitant, vehebatur. Is cum se, tum eos,
quos secum ducebat, eo habitu, quo in edendis Homeri
poëmatis uti consueverat, adornans, pugnandi initium fecit, primisque grassatoribus perquam strenue restitit. Sed
cum plures alii latronum myoparones supervenissent, &
navis demersa est, & egressi ex ea viri interemti. Tum
vero cistam quandam, insciis illis elapsam, una cum fracto

1 Τῷ στόματι aut omnino delendum, aut mutandum in τῷ σχήματι.

καθ' ἡμᾶς τῷ ῥοὶ κομισθεῖσα, ἣν ὁ Μενέλαος ἀναιρεῖται, καὶ ἀναχωρήσας τοῦ παρόντος ἅμα κἀμοῦ,
(προσεδόκα γάρ τι σπουδαῖον ἔνδον εἶναι,) ἀνοίγει
τὴν κίστην, καὶ εὑρὼν χλαμύδα καὶ ξίφος· τὴν μὲν
κώπην ὅσον παλαιστῶν τεσσάρων, τὸν δὲ σίδηρον ἐπὶ
τῇ κώπῃ βραχύτατον, δακτύλων ὅσον οὐ πλείω τριῶν.
ὡς δὲ ἀνελόμενος τὸ ξίφος ὁ Μενέλαος ἤλαθεν μετα-
στρέψας, καὶ τὸ τοῦ σιδήρου μέρος, τὸ μικρὸν ἐκεῖνο
ξίφος, ὥσπερ ἀπὸ χηραμοῦ τῆς κώπης κατατρέχει
τοσοῦτον, ὅσον εἶχεν ἡ κώπη τὸ μέγεθος. ὡς δὲ ἀνέστρεψεν εἰς τοὔμπαλιν, αὖθις ὁ σίδηρος εἴσω καταδύεται. τούτῳ δ' ἄρα, ὡς εἰκός, ὁ κακοδαίμων ἐκεῖνος
ἐν τοῖς θεάτροις ἐχρῆτο πρὸς τὰς κιβδήλους σφαγάς.

κα'. Λέγω οὖν πρὸς τὸν Μενέλαον· Θεὸς ἡμῖν, ἂν
θέλῃς χρηστὸς γενέσθαι, συναγωνίσεται. δυνησόμε-
θα γὰρ καὶ τὴν κόρην σῶσαι, καὶ τοὺς λῃστὰς λα-

navis parte fluctus ad nos detulerunt. Eam Menelaus sustulit, ac nescio quo secedens, me praesente, qui non
vulgare aliquid in ea contineri putabam, aperuit: chlamy-
demque ac cultrum, cuius manubrium palmos quatuor,
ferrum vero digitos non amplius tres longum erat, invenimus. Cultrum hunc Menelaus cum inscienter torsisset, e capulo, tanquam ex antro, ferri pars tanta prodiit, quanta capuli longitudo fuerat; cumque in contra-
riam rursum partem torsisset, ferrum pariter intus occul-
tatum est. Eiusmodi ferro miserum illum hominem in theatris ad fictas vulnerationes uti consuevisse credibile est.

XXI. Quamobrem ad Menelaum conversus: Si stre-
nuam, inquam ego, nunc operam navare volueris, auxilium nobis Deus feret: nosque puellam servare, & a
latronibus minime deprehendi poterimus. Quo autem id

θεῶ. ἄκουσον δὲ, ποίῳ τρόπῳ. δέρμα προβάτου λαβόντες ὡς ὅτι ῥᾳδιώτατον συῤῥάψωμεν εἰς σχῆμα βα-
λαντίου μέτρον ὅσον γαστρὸς ἀνθρωπίνης, εἶτα ἐμ-
πλήσαντες θηρίου σπλάγχνων καὶ αἵματος, τὴν πλαστὴν ταύτην γαστέρα ῥάψωμεν, ὡς μὴ ῥᾳδίως τὰ
σπλάγχνα διαπίπτει, καὶ ἐπισκευάσαντες τῇ κόρῃ τοῦτον τὸν τρόπον, καὶ στολὴν ἔξωθεν περιβαλόντες μίτραις
τε καὶ ζώσμασιν ἐνδιδυμένην τὴν σκευὴν ταύτην ἐπι-
κρύψωμεν. πάντως δὲ καὶ ὁ χρησμὸς ἡμῖν εἰς τὸ λαθεῖν χρήσιμος [καὶ ὁ σίδηρος]. καὶ γὰρ αὐτὴν ἐσταλ-
μένην διὰ ταύτης ἀνατμηθῆναι μέσην τῆς ἐσθῆτος λέγει ὁ χρησμός. ὁρᾷς τοῦτο τὸ ξίφος, ὡς ἔχει μηχανῆς. ἂν γὰρ ἐρείσῃ τις ἐπί τινος σώματος, φεύγει πρὸς
τὴν κώπην, ὥσπερ εἰς κουλεόν. καὶ οἱ μὲν ὁρῶντες δοκοῦσιν βαπτίζεσθαι τὸν σίδηρον κατὰ τοῦ σώματος· ὁ
δὲ εἰς τὸν χηραμὸν τῆς κώπης ἀνέθορεν, μόνην δὲ καταλείπει τὴν αἰχμὴν, ὅσον τὴν πλαστὴν γαστέρα τι-

padio fieri possit, accipe. Ovillum corium quam subtilis-
simum in sacculi formam pro humani ventris magnitudine
consuemus, deinde ferae alicuius extis, ac sanguine refertum hunc artificiose factum uterum accommodabimus
ita, ut extra non facile delabantur. Hunc in modum adornata puella, stolaque superimposita, mitris deinde ac vittis additis, apparatum istum occultabimus. Cui sane rei
percommodum oraculum est, a quo responsum fuit, ut
puella adornata cum veste ipsa per medium secetur,
ipsumque hoc ferrum. Tu cultrum hunc ea fabrefactum
arte vides, ut, si quis aliquod in corpus defigere velit,
eius ferrum intra capulum, tanquam intra vaginam, re-
currat, iis, qui spectant, in corpus illud mergi existimantibus, cum tamen in manubrii latebra recondatur, nec
amplius exstet, quam quantum satis sit ad fictinum ute-

μιᾶν, καὶ τὴν κώπην ἐν χρῷ τοῦ σφαζομένου τυχεῖν.
κἂν ἀποσπάσῃ τις τὸν σίδηρον ἐκ τοῦ τραύματος, καταρρεῖ πάλιν ἐκ τοῦ χειραμοῦ τὸ ξίφος, ὅσον τῆς κώπης
ἀνακουφίζεται τὸ μετέωρον, καὶ τὸν αὐτὸν τρόπον τοὺς
ὁρῶντας ἀπατᾷ. δοκεῖ γὰρ τοσοῦτον καταβαίνειν τῇ
σφαγῇ, ὅσον ἄνεισιν ἐκ τῆς μηχανῆς. τούτων οὖν γινο-
μένων, οὐκ ἂν ἴδοιεν οἱ λῃσταὶ τὴν τέχνην. τά τε γὰρ
δέρματα ἀποκέκρυπται, τά τε σπλάγχνα τῇ σφαγῇ
ἀποπηδήσεται· ἅπερ ἡμεῖς ἐξελόντες ἐπὶ τῷ βωμῷ θή-
σομεν. καὶ τότε ἐντεῦθεν οὐκέτι προσίασιν οἱ λῃσταὶ τῷ
σώματι, ἀλλ' ἡμεῖς εἰς τὴν σορὸν καταθήσομεν. ἀκή-
κοας τοῦ λῃστάρχου μικρῷ πρόσθεν εἰπόντος, δεῖν τολ-
μηρὸν ἐπιδείξασθαι πρὸς αὐτούς· ὥστε ἐστί σοι προσελθεῖν αὐτῷ καὶ ὑποσχέσθαι ταύτην τὴν ἐπίδειξιν. Ταῦτα λέγων, ἰδιόμην Δία ξένιον καλῶν, καὶ κοινῆς ἀνα-
μιμνήσκων τραπέζης καὶ χρηστῆς, καὶ κοινῆς ναυαγίας.

rum secandum, sed pellem capulus ipse contingat. Quod
si quis e vulnere gladium extrahat, tantum pariter ferri
excurrit, quantum sublatus capulus emittit: illoque modo spectantium oculos fallit, arbitrantibus iis, illud totum, quod e manubrio exstabat, in corpus defixum fuisse. Haec si fiant, latrones artificium cognoscere nequi-
bunt: nam & corium rectum erit, & extra facto vulnere
desistent: quae nos excipientes arae imponemus. Nec vero ad cadaver eo tempore latrones accedent: verum nos
in tumulo collocabimus. Latronum sane principem paulo
ante ipse dicentem audivisti, audacter factum aliquid sibi
a nobis ostendi oportere. Licet itaque hominem te adire,
paratumque ad id esse te polliceri. Quae cum dixissem,
preces etiam addidi, hospitalem Iovem invocans, com-
munisque & benignae mensae & naufragii mentionem
faciens.

κβ'. Ὁ δὲ χρηστὸς οὗτος· Μέγα μὲν, ἔφη, τὸ ἔργον, ἀλλ' ὑπὲρ φίλου καὶ ἀποθανεῖν ὀκνοῦσι, γλυκὺς ὁ
θάνατος. νομίζω δὲ, ἔφη, ζῆν καὶ Κλειτοφῶντα. ἢ
τι γὰρ κόρη πολεμίνῳ μοι καταλιπεῖν αὐτὸν ἴσην
παρὰ τοῖς ἑαλωκόσι τῶν λῃστῶν διδομένην· οἱ δὲ τῶν
λῃστῶν πρὸς τὸν λῄσταρχον ἐκφυγόντες ἔλεγον, πάντας μὲν τοὺς ὑπ' αὐτῶν εἰλημμένους τὴν εἰς τὸ στρατόπεδον μάχην ἐκπεφυγέναι· ὥστε ἀποκεῖσθαί σοι
παρ' αὐτῷ ἡ χάρις, καὶ ἅμα ἐλεῆσαι κόρην ἀθλίαν ἐκ
τοσούτου κακοῦ. Ταῦτα λέγων πείθω. καὶ συνήπραξεν
ἡ τύχη. ἐγὼ μὲν οὖν περὶ τὴν τοῦ μηχανήματος ἤμην
σκευήν. Ἄρτι δέ που Μενελάῳ μέλλοντες τοῖς λῃσταῖς
περὶ τῆς θυσίας λέγειν, ὁ λῄσταρχος βοάσας κατὰ
δαίμονα· Νόμος ἡμῖν ἐστα, ἔφη, τοὺς πρωτομύστας
τῆς ἱερείας ἄρχεσθαι, μάλιστα ὅτ' ἂν ἄνθρωπον κα-

XXII. Tum vero bonus hic vir : Magnum id, inquit,
facinus est : sed amici causa mortem subire oportet, &
grata eiusmodi mors. Atque ego rursum, Clitophontem
quidem, inquam, vivere adhuc existimo : rogatti enim mihi Leucippe illum inter captivos vinctum reliquisse affirmavit. Duci praeterea suo a latronibus fuga elapsa remun-
siatum est, captivos omnes, dum pugnaretur, ad hostes
transivisse. Magnam itaque ab eo gratiam inibis, ac miseram hanc puellam tot ex malis eripies. Hac oratione homini persuasi : nec fortunae deinceps favor defuit. Enimvero in iis, quae ad nostrum hoc cogitatum perficien-
dum opus erant, comparandis occupabar. Menelaus autem cum iam latrones, ut de sacrificio cum iis verba faceret, convenisset, eorum princeps, ita volente Deo, an-
tevertit : Atque nostris, inquit, legibus cavetur, ut, qui
superiore sunt iniriati, sacrificium auspicentur, praeter-

ταθύειν δέη. ὥρα τοίνυν εἰς αὔριόν σοι παρασκευάζεσθαι
πρὸς τὴν θυσίαν· δεήσει δὲ καὶ τὸν σὸν οἰκέτην ἅμα σοι
μυηθῆναι. Καὶ μάλα, οὗτος ἔφη, προθυμησόμεθα μη-
δὲς ὑμῶν χείρους γενέσθαι. Στελεῖ δὲ ὑμᾶς αὐτοὺς
δεήσει τὴν κόρην, ὡς ἁρμοδίως πρὸς τὴν ἀνατομὴν ὑμῶν,
ὁ λῄσταρχος ἔφη, τὸ ἱερεῖον. Στελοῦμεν δὴ τὴν κόρην
τὸν προειρημένον τρόπον καθ' ἑαυτοὺς, καὶ θαρρεῖν παρ-
εκελευσάμεθα, διεξελθόντες ἕκαστα, καὶ ὡς μένειν
εἴσω τῆς σοροῦ χρὴ, κἂν θάττον αὐτὴν ὁ ὕπνος ἀφῇ,
τὴν ἡμέραν ἔνδον μένειν. εἰ δέ τις ἡμῶν ἐκποδὼν γένηται,
σῷζε σεαυτὴν ἐπὶ τὸ στρατόπεδον. Ταῦτα εἰπόντες,
ἐξάγομεν αὐτὴν ἐπὶ τὸν βωμόν· καὶ τὰ λοιπὰ οἶδας.

κγ'. Ὡς οὖν ἤκουσα, παντοδαπὸς ἐγιγνόμην, καὶ
διηπόρουν ὅ, τι ποιήσω πρὸς τὸν Μενέλαον ἀντάξιον.

tim cum hominem immolare oportet. Itaque divinam ad
rem faciendum te in craftinum comparato: fervum vero
etiam tuum inftrui, tecum operari neceffarium erit. Tum
Menelaus: Eniremur, inquit, ut nos quoquam e vobis
inferiores non effe intelligatis. Atqui muneris quoque, inquit ille, veftri erit, puellam ita conftituere, ut apte fecari poffit. Leucippen igitur foli ipfi, quemadmodum antea propofitum fuerat, adornavimus, bonoque animo effe
iubentes de omnibus praemonuimus, oportere fcilicet fe
tumulum ingredi, atque in eo interdiu etiam, quamvis
fomno folveretur, permanere: in idque animum intende-
re, ut, fi noftrûm aliquis receffiffet, ad latronum hoftes
tranfitione facta fe ipfam fervaret. Quae cum dixiffemus,
puellam ad aram duximus. Reliqua tumet vidifti.

XXIII. Hac oratione varias mihi animus in partes di-
ftrahebatur: neque, quid agerem, quo Menelao parem
collatis in me beneficiis gratiam referrem, fciebam. Ita-

τὸ δ' οὖν κοινότατον, προσπεσὼν κατησπαζόμην, καὶ προσεκύνουν ὡς θεόν, καί μου κατὰ τὴν ψυχὴν ἁθρόα κατεχεῖτο ἡδονή. Ὡς δὲ τὰ κατὰ Λευκίππην εἶχέ μοι καλῶς· Ὁ δὲ Κλεινίας, εἶπον, τί γέγονε; Ὁ δὲ Μενέλαος· Οὐκ οἶδα, ἔφη. μετὰ γὰρ τὴν ναυαγίαν, εὐθὺς εἶδον μὲν αὐτὸν τῆς κεραίας λαβόμενον· ὅποι δὲ κεχώρηκεν, οὐκ οἶδα. Ἀνεκώκυσα οὖν ἐν μέσῃ τῇ χαρᾷ· ταχὺ γὰρ ἐφθόνησέ μοι δαίμων τις τῆς καθαρᾶς ἡδονῆς· τὸν δι' ἐμὲ φαινόμενον οὐδαμοῦ, τὸν μετὰ Λευκίππην ἐμὸν δεσπότην, τοῦτον ἐκ πάντων κατέσχεν ἡ θάλασσα, ἵνα μὴ τὴν ψυχὴν μόνον ἀπολέσῃ, ἀλλὰ καὶ τὴν ταφήν. ὦ θάλαττα ἀγνώμων, ἐφθόνησας ἡμῖν ὁλοκλήρου τοῦ τῆς φιλανθρωπίας σου δράματος. Ἄπιμεν οὖν εἰς τὸ στρατόπεδον κοινῇ, καὶ τῆς σκηνῆς εἴσω παρελθόντες τῆς ἐμῆς, τὸ λοιπὸν τῆς νυκτὸς

que, quod vulgo fieri solet, ad illius pedes prostratus, hominem amplectebar, & veluti numen quoddam adorabam, cum inexhausta interim voluptas animum meum perfudisset. Posteaquam rem, quod Leucippen attinebat, in tuto esse vidi, quid de Clinia factum esset, rogavi. Melaus autem: fracta illum navi antennae adhaerentem vidisse; verum quo deinceps delatus fuisset, ignorare omnino se, respondit. Quamobrem in ipso laetitiae medio non potui non contristari, (forte autem solidum hoc mihi gaudium evenire Deus aliquis noluit) mea causa evenisse, ut quem secundum Leucippen maxime omnium observabam, is nullibi reperiretur, sed solus ex omnibus maris saevitiam expertus fuisset, quo non modo anima, verum etiam sepulcro careret. O infidum mare! tu integrum nobis benignitatis tuae fructum invidisti. Ceterum inde digressi ad exercitum una profecti sumus, meoque in tentorio noctis

διετρίψαμεν, καὶ τὸ πρᾶγμα οὐκ ἔλαθε τοὺς πολλούς.

κδ΄. Ἅμα δὲ τῇ ἕῳ, ἄγω τὸν Μενέλαον τῷ στρατηγῷ, καὶ πάντα λέγω. ὁ δὲ συνήσθη, καὶ τὸν Μενέλαον ποιεῖται φίλον. πυνθάνονται δέ, πόση δύναμίς ἐστι τοῖς ἐναντίοις. ὁ δὲ ἔλεγεν, πᾶσαν ἐμπεπλῆσθαι τὴν ἑξῆς κώμην ἀνδρῶν ἀπονενοημένων, καὶ πολὺ συνηθροῖσθαι λῃστήριον, ὡς εἶναι μυρίους. Λέγει οὖν ὁ στρατηγός· Ἀλλ' ἡμῖν αὗται πέντε χιλιάδες ἱκαναὶ πρὸς εἴκοσι τῶν ἐκείνων. ἀφίξονται δὲ ὅσον οὐδέπω πρὸς τούτοις ἕτεραι δισχίλιαι τῶν ἀμφὶ τὸ Δέλτα καὶ τὴν ἡλίου πόλιν τεταγμένων ἐπὶ τοὺς βαρβάρους. Καὶ ἅμα λέγοντος αὐτοῦ, παῖς εἰστρέχει τις, λέγων, ἀπὸ τοῦ Δέλτα πρόδρομον ἥκειν τοῦ ἐκεῖθεν στρατοπέδου, καὶ πέντε λέγειν ἄλλων ἡμερῶν διατρίβειν τοὺς δισχιλίους· τοὺς γὰρ βαρβάρους τοὺς κατατρέχοντας πε-

reliquum transegimus. Facti autem illius fama late disseminata est.

XXIV. Ubi dies illuxit, Menelaum ad Charmidem duxi, remque omnem exposui. Qui ea delectatus, Menelaum in amicitiam recepit, ac de adversariorum numero percontatus est. Menelaus, vicinum illum pagum improbis hominibus plenum esse, latronesque perquam frequentes, ut iam decem millium numerum implerent, convenisse dixit. Tum Charmides: Atqui millia quinque haec nostra, inquit, viginti eorum facile obsistere poterunt: quamquam non ita multo post alia duo aderunt ex iis, qui regionem, quam Delta vocant, ac Heliopolin, a barbarorum excursionibus tuentur. Interea dum Charmides haec narraret, puer nescio quis ingressus, nuntium exercitus a regione Delta adesse significavit, referentem, ea militum millia duo quinque adhuc dies tardatura: Barbaros quidem certe incursionibus modum fecisse: verum cum

παύσθαι· μελλούσης δὲ ἥκειν τῆς δυνάμεως, τὸν ὄρνιν αὐτοῖς ἐπιδημῆσαι τὸν ἱερόν, σήκωπτα τοῦ πατρὸς
τὴν ταφήν. ἀνάγκαι δ᾽ ἦσαν τοσούτων ἐπισχεῖν τὴν
ἔξοδον ἡμερῶν.

κε΄. Καί Τίς ὁ ὄρνις οὗτος ὅς τις τοσαύτης, ἴην,
τιμῆς ἠξίωται; ποίαν δὲ καὶ κομίζει ταφήν; Φοῖνιξ
μὲν ὁ ὄρνις ὄνομα· τὸ δὲ γένος Αἰθίοψ, μέγεθος κατὰ
ταῶνα, τὴν χροιὰν ταῶς ἐν κάλλει δεύτερος. κεκέρασται μὲν τὰ πτερὰ χρυσῷ καὶ πορφύρᾳ· αὐχεῖ δὲ τὸν
ἥλιον δεσπότην, καὶ ἡ κεφαλὴ μαρτυρεῖ. ἐπεστάνω-
σι γὰρ αὐτὴν κύκλος εὐφυής. ἡλίου δέ ἐστιν ὁ τοῦ κύ-
κλου στέφανος εἰκών. κυάνεός ἐστιν, ῥόδοις ἐμφερής,
εὐώδης τὴν θέαν· ἀκτῖσι κομᾷ· καί εἰσιν αὗται πτερῶν
ἀνατολαί· μερίζονται δὲ αὐτοῦ, Αἰθίοπες μὲν τὴν ζωήν,
Αἰγύπτιοι δὲ τὴν τελευτήν. ἐπειδ᾽ ἂν γὰρ ἀποθάνῃ,
(σὺν χρόνῳ δὲ τοῦτο πάσχει μακρῷ,) ὁ παῖς αὐτὸν ἐπὶ

iter cohortes facturae essent, sacrum volucrem patris sepulcrum ferentem iis appropinquasse: ac propterea tantum temporis profectionem differre coactas fuisse.

XXV. Tum ego: Quisnam hic, inquam, volucris est,
cui honoris tantum tribuitur? aut quodnam sepulcrum
gestat? Volucri nomen, inquiunt, Phoenix est. Atque
apud Aethiopes nascitur, pavonis magnitudine, atque colore; sed pulchritudine pavo secundus. Pennas auro &
purpura interpictas habet, solisque se alumni esse gloria-
tur: id quod caput eius testatum facit. Nam ingeniosissi-
me factam coronam sustinet, cuius orbis imaginem Solis
refert. Colore caeruleo est, rosea facie, adspectu iucun-
do, radiis proiectis: pennae enim extensae radios imi-
tantur. Ea vero conditione est, ut vivo Aethiopes, mortuo Aegyptii potiantur. Cum primum enim vitam cum
morte commutavit, quae res non nisi longum post tem-

τὸν Νεῖλον φέρει, σχεδιάσας οὕτω καὶ τὴν ταφήν. σμύρνης γὰρ βῶλον τῆς εὐωδεστάτης, ὅσον ἱκανὸν πρὸς ὄρνιθος ταφήν, ὀρύττει τε τῷ στόματι, καὶ κοιλαίνει κατὰ μέσον, καὶ τὸ ὄρυγμα θήκη γίνεται τῷ νεκρῷ. ἐνθεὶς δὲ καὶ ἐναρμόσας τὸν ὄρνιν τῇ σορῷ, φέρει καὶ εἰς τὸ χάσμα γηΐνῳ χώματι ἐπὶ τὸν Νεῖλον. οὕτως ἵπταται τὸ ἔργον φέρων. ἕπεται δὲ αὐτῷ χορὸς ἄλλων ὀρνίθων ὥσπερ δορυφόρων, καὶ ἔοικεν ὁ ὄρνις ἀποδημοῦντι βασιλεῖ, καὶ τὴν πόλιν οὐ πλανᾶται τὴν Ἡλίου. ὄρνιθος αὕτη μετοικία νεκροῦ. ἵσταται οὖν ἐπὶ μετεώρου σκοποῦ, καὶ ἐκδέχεται τοὺς προπόλους τοῦ θεοῦ. ἔρχεται δή τις ἱερεὺς Αἰγύπτιος βιβλίον ἐξ ἀδύτων φέρων, καὶ δοκιμάζει τὸν ὄρνιν ἐκ τῆς γραφῆς. ὁ δὲ εἰδὼς ἀπιστούμενος, καὶ τὰ ἀπόρρητα φαίνει τοῦ σώματος, καὶ τὸν νεκρὸν ἐπιδείκνυται, καὶ ἐστι ἐπιτάφιος

pus fit, cum filius ad Nilum flumen defert, sepulcrumque illi huiusmodi construit. Odoratissimae enim myrrhae tantum sumit, quantum ad cadaver includendum sufficere possit, rostroque excavat, & medium infodit: atque id volucri sepulcrum est. Collocato enim apte in eo cavo, ac terra operto cadavere, Nilum versus volans avis opus totum secum defert, innumeris aliis avibus, tanquam corporis custodibus, comitatus, ut peregre abeuntem regem imitetur: nec a Solis urbe, quae mortui volucris sedes est, usquam declinat; sed eo delatus in sublimi, quo cerni possit, subsistit, Deique administros exspectat. Nec multo post Aegyptius sacerdos e sacrario cum libro prodit, volucrem descriptionis comparatione diiudicaturus. Quocirca fidem ille sibi minime haberi sentiens, occultas paterni corporis partes revelat, cadaverque oculis subiicit, & laudatoris munere fungitur. Tum filii sacerdotum

σοφιστής. ἱερέων δὲ παῖδες, ἡλίου τὸν ὅσιω τὸν νεκρὸν παραλαβόντες θάπτουσιν. ζῶν μὲν οὖν Αἰθίοψ ἐστὶ τῇ τροφῇ, ἀποθανὼν δὲ Αἰγύπτιος γίνεται τῇ ταφῇ.

acceptam Solis defunctam sepulturae tradunt. Ita fit, ut victus ratio, dum vivit, Aethiopem; sepulturae, cum moritur, Aegyptium illum efficiat.

ΛΟΓΟΣ ΤΕΤΑΡΤΟΣ.

ΕΔΟΞΕΝ οὖν τῷ στρατηγῷ μαθόντι τήν τε τῶν ἐναντίων παρασκευήν, καὶ τὴν τῶν συμμάχων ἀναβ-
εἰς τὴν κώμην ἀναστρίψαι πάλιν ὅθεν περ ἱ-
μεν, ἔστ᾽ ἂν οἱ σύμμαχοι παραγίνωνται. ἐμοὶ δέ τις
οἶκος ἀπετέτακτο ἅμα τῇ Λευκίππῃ μικρῷ ἀ-
τῆς τοῦ στρατηγοῦ καταγωγῆς. καὶ ὡς εἴσω παρῆλθον, περιπτυξάμενος αὐτὴν, εἷς τε ἤμην ἀνδρίζ-
ὡς δ᾽ οὐκ ἐπέτρεπεν· Μέχρι πότε, εἶπον, χηρ-
τῶν τῆς Ἀφροδίτης ὀργίων; οὐχ ὁρᾷς, οἷα ἐκ παραλόγου γίνεται; ναυαγία, καὶ λῃσταὶ, καὶ θ-
καὶ σφαγαί; ἀλλ᾽ ἕως ἐν γαλήνῃ τῆς τύχης-
ἀποχρησώμεθα τῷ καιρῷ, πρὶν ἢ χαλεπώτερα-
ἐπισχεῖν. Ἡ δέ· Ἀλλ᾽ οὐ θέμις, ἔφη, τοῦτο ἤδη γινέσθαι. ἡ γάρ μοι θεὸς Ἄρτεμις ἐπιστᾶσα πρώην κα-

LIBER QUARTUS.

POSTEAQUAM hostium apparatum, & auxiliorum
moram Charmides cognovit, ad pagum, unde exieramus,
revertendum, ibique tantisper, dum adessent auxilia, ex-
spectandum constituit. Mihi vero atque Leucippae diversorium quoddam paulo altius, quam Charmidis, assignatum
fuit: in quod simulatque introivi, ad complexum eius
currens, virum me praestare aggressus sum. Sed cum illa
non pateretur: Quousque tandem, inquam, Veneris sacris nosmet ipsos privabimus? an non vides, quam multa
improviso nobis eveniant? Naufragium, & latrones, & victimae, & mactatus? ergo dum in tuto sumus, ne obla-
tam occasionem, priusquam gravius aliquid incidet, amit-
tamus. Tum Leucippe: Atqui fieri hoc, inquit, nondum
licet. Nam cum arae victimae loco destinata iugerem, vi-

τὰ τοὺς ὕπνους, ὅτι ἔκλαιον μέλλουσα σφαγήσεσθαι·
Μὴ νῦν, ἔφη, κλαῖε· οὐ γάρ τι θνήξῃ· βοηθὸς γὰρ
ἐγώ σοι παρέσομαι· μένεις δὲ παρθένος, ἔστ' ἄν σε
συμβοστολήσω. ἄξεται δέ σε ἄλλος οὐδεὶς ἢ Κλειτοφῶν. Ἐγὼ δὲ τὴν μὲν ἀναβολὴν ἠχθόμην, ταῖς δὲ
τοῦ μέλλοντος ἐλπίσιν ἡδόμην. ὡς δ' ἤκουσα τὸ ὄναρ,
ἀναμιμνήσκομαι προσόμοιον ἰδὼν ἐνύπνιον. ἐδόκουν γὰρ
τῇ παρελθούσῃ νυκτὶ ναὸν ὁρᾶν Ἀφροδίτης, καὶ τὸ
ἄγαλμα ἔνδον·εἶναι τῆς θεοῦ. ὡς δὲ πλησίον ἐγενόμην
προσευξόμενος, κλεισθῆναι τὰς θύρας. ἀθυμοῦντι δέ
μοι γυναῖκα ἐκφανῆναι κατὰ τὸ ἄγαλμα τὴν μορφὴν ἔχουσαν. καὶ Νῦν, εἶπεν, οὐκ ἔξεστί σοι παρελθεῖν εἴσω τοῦ νεώ. ἢν δὲ ὀλίγον ἀναμείνῃς χρόνον, οὐκ
ἀνοίξω σε μόνον, ἀλλὰ καὶ ἱερέα σε ποιήσω τῆς
θεοῦ. Καταλέγω δὴ τοῦτο τῇ Λευκίππῃ τὸ ἐνύπνιον,

sa mihi per somnium Diana, Ne nunc, inquit, luge: non
enim moriere: ipsa tibi opem feram: tu virginitatem tuam
tamdiu serva, quoad ego te deducam: tu certe nonnisi
Clitophonti nubes. Ego vero quamquam moram hanc aegre ferebam, futuri tamen spe laetabar, atque insomnii
mentione audita, simile quoque mihi visum insomnium
fuisse recordatus sum. Nocte enim, quae diem illum praecesserat, Veneris templum, flammemque intus effigiem videre mihi visus fueram: cumque precandi gratia prope
accessissem, ianuam claudi: atque hac de causa perturba-
to mihi mulierem statuae forma non absimilem appa-
ruisse, quae diceret: Templum ingredi tibi nondum fas est:
verum, si aliquamdiu exspectaveris, non solum fores tibi
patebunt, sed etiam Deae sacerdotem te constituam. Illud itaque Leucippae commemoravi, neque amplius ei vim

καὶ οὐκ ἔτι ἐπεχείρει βιάζεσθαι. ἀναλογιζόμενος δὲ τὸν τῆς Λευκίππης ὄνειρον, οὐ μετρίως ἐταραττόμην.

β'. Ἐν τούτῳ δὴ Χαρμίδης, τοῦτο γὰρ ἦν ὄνομα τῷ στρατηγῷ, ἐπιβάλλει τῇ Λευκίππῃ τὸν ὀφθαλμόν, ἀπὸ τοιαύτης τῆς ἀφορμῆς αὐτὴν ἰδών. ἔτυχον ποτάμιον θηρίον ἄνδρες τεθηρακότες θέας ἄξιον. ἵππον δὲ αὐτὸν¹ τοῦ Νείλου ἐκάλουν οἱ Αἰγύπτιοι. καὶ ἔστι μὲν ἵππος, ὡς ὁ λόγος βούλεται, τὴν γαστέρα καὶ τοὺς πόδας, πλὴν ὅσον ἐν χηλῇ σχίζει τὴν ὁπλήν. μέγεθος δὲ κατὰ βοῦν τὸν μέγιστον, οὐρὰ βραχεῖα, καὶ ψιλὴ τριχῶν, ὅτι καὶ τὸ πᾶν τοῦ σώματος οὕτως ἔχει, κεφαλὴ περιφερὴς οὐ σμικρά. ἐγγὺς ἵππου παρειαί, μυκτὴρ ἐπὶ μέγα κεχηνώς, καὶ πνίων πυρώδη καπνὸν, ὡς ἀπὸ πηγῆς πυρός. γένυς εὐρεῖα, ὅση καὶ

afferre conatus sum. Verumtamen illius insomnium animo mecum reputans non mediocriter perturbabar.

II. Interea Charmides puellae oculos adiecit, cum eius videndae occasio quaedam huiusmodi homini oblata esset. Forte fortuna viri aliquot fluviatilem belluam spectatu sane non indignam comprehenderant: quam Nili equum Aegyptii appellant. Reveraque & ventre, & pedibus, sicuti fama fert, equus est, nisi quod scissas ungulas habet. Corporis magnitudine maximum quemque bovem aequiparat. Cauda ei brevis est, & pilorum asperitate, quemadmodum corpus etiam reliquum, carens. Caput rotundum, non parvum: maxillae fere equinae, nares perquam parulae, ac ignitum fumum, tanquam ignis scaturigines quaedam, spirantes: mentum latum, quemadmodum etiam

1 Ἵππον δὲ αὐτὸν] Describunt hanc belluam Aristoteles Hist. Animal. L. II, c. 12. Plinius Hist. Nat. L. VIII, c. 25; ex eoque Solinus c. 32. Fusius eam persequitur Bochartus Hieroz. P. II, L. IV, c. 15.

ταριὰ, μέχρι τῶν κροτάφων ἀνάγει τὸ στόμα. ἔχει
δὲ καὶ κυνόδοντας καμπύλους, κατὰ μὲν τὴν ἰδέαν καὶ
τὴν θέσιν ὡς ἵππος, τὸ δὲ μέγεθος εἰς τριπλάσιον.

γ´. Καλεῖ δὴ πρὸς τὴν θέαν ἡμᾶς ὁ στρατηγός·
καὶ ἡ Λευκίππη συμπαρῆν. ἡμεῖς μὲν οὖν ἐπὶ τὸ θηρίον τοὺς ὀφθαλμοὺς εἴχομεν· ἐπὶ Λευκίππην δὲ ὁ
στρατηγός, καὶ εὐθὺς ἑαλώκει. βουλόμενος οὖν ἡμᾶς
παραμένειν ἐπιπλεῖστον, ἵν´ ἔχῃ τοῖς ὀφθαλμοῖς αὐτοῦ
χαρίζεσθαι, περιπλοκὰς ἐζήτει λόγων· πρῶτον μὲν τὴν
φύσιν τοῦ θηρίου καταλέγων, εἶτα καὶ τὸν τρόπον τῆς
ἄγρας, ὡς ἔστι μὲν ἀδηφαγώτατον, καὶ ποιεῖται τροφὴν ὅλον λήϊον [1]. ἀπάτῃ δὲ ταύτῃ πάσχει τὴν ἄγραν.
ἐπιτηρήσαντες γὰρ αὐτοῦ τὰς διατριβάς, ὄρυγμα ποιη-

maxillae: oris hiatus ad tempora usque protensus: dentes, qui canini vocantur, curvi, forma & situ equinis
similes: verum triplo maiores.

III. Ad eam belluam spectandam nos Charmides invi-
tavit: adfuitque una nobiscum ipsa etiam Leucippe. Nos
igitur ad belluam oculos coniiciebamus: ille autem dux ad
Leucippen, qui & repente eius amore captus est; eoque
diutius nos illic, quo gratum oculis suis faceret, permanere cupiens, alios ex aliis sermones quaerebat: ac belluae primum naturam, deinde capiendi modum referens,
voracissimum animal esse aiebat, ita ut segete plenum
campum totum absumat: nec nisi dolo capi. Observatis
enim locis, in quibus degat, venatores fossam excavare,

1 Ὅλον λήϊον) Sic Aelianus
Hist. Anim. L. V, c. 53, de eo:
Οἱ ἵπποι οἱ ποτάμιοι τοῦ Νείλου
μίαν εἰσὶ τρίβωσι, ὅταν δὲ τὰ
λήϊα δοκιμάζῃ, καὶ ἄσιν οἱ στά-
χυες ἔμβολοι, οὐκ ἄρχονται παραχρῆμα κείρειν αὐτοὺς καὶ ἐσθίειν,
ἀλλὰ περαιωθέντες ἔξωθεν τὸ
λήϊον σπειλάζονται, πόσον αὐτοῖς
ἐμπλῆσαι μέτρον· εἶτα ληϊσά-
μενοι τὸ ἀποχρῶσαν σφίσιν ἐμπί-
πτουσι, καὶ διαχωροῦσιν ἐπὶ τάδε
ἐμπεπλημένοι, τὸ ῥεῦμα τοῦ ποταμοῦ κατὰ νώτου λαβόντες. Et
Plinius VIII. 25: Depascitur se-
getes, destinatione ante, ut ferunt,
determinantibus in diem.

σάμενοι, ἐπικαλύπτουσιν ἄνωθεν καλάμῃ καὶ χώμα-
σιν· ὑπὸ δὲ τὴν τῶν καλάμων μηχανὴν ἱστάναι κάτω
ξύλινον οἴκημα, τὰς θύρας ἀνεῳγμένον εἰς τὸν ὀρο-
τοῦ βόθρου, καὶ τὴν πτῶσιν τοῦ θηρὸς λοχᾶν· τὸν μὲν
γὰρ ἐπιβάντα φέρεσθαι εὐθὺς, καὶ τὸ οἴκημα φω-
λεοῦ δίκην ὑποδέχεσθαι, καὶ τοὺς κυνηγέτας ἐκδό-
τας εὐθὺς ἐπικλείω τοῦ πώματος τὰς θύρας, καὶ
ἔχειν οὕτω τὴν ἄγραν, ἐπεὶ, πρός γε τὸ καρτερὸν, οὐδεὶς ἂν αὐτοῦ κρατήσειεν βίᾳ· τὰ γὰρ ἄλλα ἐστὶ
ἀλκιμώτατος, καὶ τὸ δέρμα, ὡς ὁρᾶτε, φέρει τραχὺ,
καὶ οὐκ ἐθέλει πείθεσθαι σιδήρου τραύματι, ἀλλ'
ἐστιν, ὡς εἰπεῖν, ἑλίσσας Αἰγύπτιος· καὶ γὰρ ἰσχυ-
τερα φέρεται, εἰς ἀλκὴν ἐλέφαντος Ἰνδοῦ.

δ'. Καὶ ὁ Μενέλαος, Ἦ γὰρ ἐλέφαντα, ἔφη, τιθέασαι ἤδη ποτέ; Καὶ Μάλα, ὁ Χαρμίδης εἶπεν.
καὶ ἀκήκοα παρὰ τῶν ἀκριβῶς εἰδότων τῆς γενέσεως

arundinibusque ac terra cooperire, subiecta tamen arca
lignea, cuius fores in superiore parte ad fossae altitudinem
adapertae sint: deinde occulto aliquo in loco, donec bellua decidat, exspectare: porro eam superascendentem deor-
sum statim ferri, atque ab area, tanquam a cubili, exci-
pi: tum venatores celeriter accurrere, ac fores claudere,
illoque modo bellua potiri, quoniam tanti alioqui roboris
sit, ut vi a quoquam capi nequeat. Esse enim cum reliquis omnibus sui partibus robustissimam, tum cute adeo
dura, ut ferro etiam cedere nolit, meritoque elephantem
Aegyptium dici posse: secundum enim roboris locum ab
elephanto Indo obtinere.

IV. Tum Menelaus: An vero etiam elephantem, inquit, vidisti? Maxime, inquit Charmides: & ex iis etiam,
qui procreationis eius incredibilem quasi naturam diligen-

αὐτοῦ τὴν φύσιν εἰς παράδοξον. Ἀλλ' ἡμᾶς γε οὐκ
εἴδομεν εἰς ταύτην, ὅσην ἐγὼ, τὴν ἡμέραν, ὅ, τι μὴ
γραφῇ. Λέγοιμ' ἂν ὑμῖν, εἶπεν. καὶ γὰρ ἄγομεν
σχολήν. Κύει μὲν αὐτὸν ἡ μήτηρ· χρονιώτατον δέ· καὶ
γὰρ δέκα ' ἐνιαυτοῖς πλάττει τὴν σποράν. μετὰ δὲ
τοσαύτην ἐτῶν περίοδον τίκτεται, ὅτ' ἂν ὁ τόκος γέρων
γένηται. διὰ τοῦτο οἶμαι γίνεται μέγας τὴν μορφὴν,
ἄμαχος τὴν ἀλκὴν, πολὺς τὴν βιοτὴν, βραδὺς τὴν
τελευτήν. βίον γὰρ αὐτῷ λέγουσιν ὑπὲρ τὴν Ἡσιόδου
κορώνην ². τοιαύτη ἐστὶν ἐλεφάντων ἡ γένυς, οἷα τῶν

ter perveſligaverunt, audivi. At nobis, inquam ego, non
niſi pictum ſpectare hactenus licuit. Tum Charmides: Ego
vos, inquit, rei huius neſcios eſſe amplius non patiar.
Atque ut ſciatis, longaevum illum, ac maxime ſenem mater parit: annos enim decem in utero ſemen informan-
dum continet. Deinde exacto annorum huiuſmodi curri-
culo, in lucem edit, foetu iam ſeneſcente. Hac de cauſa
& corpore immenſo, & robore inſuperabili, & vita lon-
giſſima, quippe ſupra Heſiodeae cornicis annos vivere tra-
ditur, gigni arbitror. Elephantorum talis eſt maxilla, qua-

1 Δέκα) Haec Charmides cum
vulgo. Plinius H. N. L. VIII,
c. 10: *Decem annis geſtare in utero
vulgus exiſtimat.* Idem Plautus
Stich. Act. I, Sc. 3:
Audivi ſaepe hoc vulgo dicier,
Solere elephantum gravidam per-
petuos decem
Eſſe annos.
Ariſtoteles autem Hiſt. Anim.
V, c. 13, haud amplius biennio
geſtari in utero ſtatuit.
2 Κορώνην) Fruſtra in iis, quae
de Heſiodo ſuperſunt, locum
quaeris, ad quem ſpectet auctor.
Exſtat vero in Plutarcho περὶ
τῶν ἐκλελοιπότων χρηστηρίων, ubi
excitat Heſiodum ſub Naidis per-
ſona aetates animalium varias
enumerantem:
Ἐννέα ζώει γενεὰς λακέρυζα
κορώνη
Ἀνδρῶν ἡβώντων.
Hinc μακρόβια κορώνη quoque
apud Aratum, & tritum illud proverbium, *Cornicibus vivacior,* ad
quod reſpicit Horatius L. IV,
c. 13:
Servatura diu parem
Cornicis vetulae tempore Ly-
cen.

βοῶς ἐστιν ἡ κεφαλή. σὺ μὲν γὰρ ἂν ἰδὼν, ἵππως κέρας ἔχειν αὐτῷ διπλῶν τὸ στόμα. ἔστι δὲ τοῦτο ἐλέφαντος καμπύλος ὀδούς. μεταξὺ δὲ τούτων τῶν ὀδόντων ἀνθίσταται αὐτῷ προβοσκίς, κατὰ σάλπιγγα
μὲν καὶ τὴν ὄψιν καὶ τὸ μέγεθος, εὐπειθὴς δὲ πρὸς
τὸν ἐλέφαντα. προνομεύει γὰρ αὐτῷ τὰς τροφὰς, καὶ
πᾶν ὁτιοῦν ἐμποδὼν εὑρήσει σιτίον. ἐὰν μὲν ᾖ ὄψον ἐλέφαντος, ἔλαβέν τι εὐθὺς καὶ ἐπιπτυχθεῖσα κάτω
πρὸς τὴν γένυν τῷ στόματι τὴν τροφὴν διακονεῖ· ἂν δέ
τι τῶν ἀγροτέρων ἴδη, τούτῳ περιβάλλει κύκλῳ τὴν
ἄγραν περισφίγξας, καὶ τὸ πᾶν ἀνακουφίζει, καὶ
ὀρέξειν ἄνω δῶρον δεσπότῃ· ἐπικάθηται γὰρ αὐτῷ τις
αἰθίοψ καινὸς ἐλέφαντι, ἱππεὺς ὤν· καὶ κολα-
κεύει, καὶ θωπεύεται, καὶ τῆς φωνῆς αἰσθεται, καὶ
μαστίζοντος ἀνέχεται· ἡ δὲ μάστιξ αὐτῷ πέλεκυς σι-
δηροῦς. εἶδεν δέ ποτε καὶ θέαμα καινόν. ἀνὴρ Ἕλλην
ἀνέῳξε τὴν κεφαλὴν κατὰ μέσην τοῦ θηρίου τὴν κε-

le tauri caput. Ac si tu illius os videres, cornua duo habere iudicares: verum non cornua, sed dentes repandi
sunt, e quorum medio surgit proboscis, quam manum
vocant, forma & magnitudine tubae similis, & iis, quae
sibi usui sunt, percommoda. Ea enim & cibum, & quidquid esui aptum obiicitur, corripit. Ac si ex iis fuerit,
quibus in cibum animal id uti consuevit, sumit statim,
seque mentum versus inflectens, ori offert: sin minus,
comorta in circulum manu sustollit, heroque porrigit:
insidet enim illi Aethiopi vir, qui novus illius eques est.
Blanditur vero etiam, & formidat, & loquentem intelli-
git, & verberari patitur, ferrea videlicet clava, quae flagelli loco adhibetur. Atqui mirabile quiddam etiam videre
me aliquando memini, Graecum scilicet nescio quem caput suum in belluae caput, olim inferre, belluamque aperti

φαλῇ. ὁ δὲ ἐλέφας ἐκεχήνει, καὶ περιήσθμαινε τὸν
ἄνθρωπον ἐγκείμενον· ἀμφότερα οὖν ἐθαύμαζον, καὶ
τὸν ἄνθρωπον τῆς εὐτολμίας, καὶ τὸν ἐλέφαντα τῆς
φιλανθρωπίας. ὁ δὲ ἄνθρωπος ἔλεγεν, ὅτι καὶ μισθὸν
εἴη δεδωκὼς τῷ θηρίῳ. προσπνεῖ γὰρ αὐτῷ καὶ μόνον οὐκ ἀρωμάτων Ἰνδικῶν. εἶναι δὲ κεφαλῆς νοσούσης φάρμακον. οἶδεν οὖν τὴν θεραπείαν ὁ ἐλέφας, καὶ
προῖκα οὐκ ἀνοίγει στόμα, ἀλλ' ἔστιν ἰατρὸς ἀλαζών,
καὶ τὸν μισθὸν πρῶτος αἰτεῖ. κἂν δῷς, πείθεται, καὶ
παρέχει τὴν χάριν, καὶ ἁπλοῖ τὴν γένυν. καὶ τοσοῦτον
ἐκδέχεται κεχηνὼς, ἔσω ὁ ἄνθρωπος βούλεται. οἶδε
γὰρ ὅτι πέπρακε τὴν ὀσμήν.

ε΄. Καὶ Πόθεν, ἔφην, οὕτως ἀμόρφῳ θηρίῳ τοσαύτη τις εὐωδίας ἡδονή; Ὅτι, ἔφη Χαρμίδης, τοιαύτην
ποιεῖται καὶ τὴν τροφήν. Ἰνδῶν γὰρ ἡ γῆ γείτων ἡλίου.
πρῶτοι γὰρ ἀνατέλλοντα τὸν θεὸν ὁρῶσιν Ἰνδοί, καὶ
αὐτοῖς θερμότερον τὸ φῶς ἐπικάθηται, καὶ τηρεῖ τὸ

oris anhelitu iacentem hominem permulcere. In quo sane
& hominis audaciam, & elephanti benignitatem admira-
bar. Mercedem vero belluae a se persoluturam, & aroma-
tum paene Indicorum ab ea odorem afflatum fuisse, Grae-
cus ille aiebat, qui capitis dolorem removerit, elephantem-
que id minime ignorare: ideoque gratis os non aperire:
sed superbi medici more praemium inprimis poscere: quo
accepto, parere, ac gratiam referre, os pandere, & eo
aperto, quamdiu quidem homo velit, exspectare, intelligentem scilicet, odorem se vendidisse.

V. Tum ego: Unde, inquam, tam deformi belluae
tam suavis odor? Ex cibo, inquit, Charmides, quo ad
eam rem maxime idoneo utitur. Indorum regio Soli vicina est: primique ipsi orientem illum adspiciunt, calidio-
resque illius radios experiuntur, ita ut etiam quasi igne

σῶμα τοῦ πυρὸς τὴν βαφήν. γίνεται δὲ παρὰ τοῖς Ἕλλησι ἄνθος Αἰθίοπος χροιᾶς. ἔστιν δὲ παρ' Ἰνδοῖς οὐκ
ἄνθος, ἀλλὰ πέταλον, οἷα παρ' ἡμῖν τὰ πέταλα τῶν
φυτῶν. ὁ μὲν κλέπτων τὴν πνοὴν, καὶ τὴν ὀδμὴν, οὐκ
ἐπιδείκνυται· ἢ γὰρ ἀλαζονεύεσθαι πρὸς τοὺς εἰδότας
ἔχει τὴν ἡδονὴν, ἢ τοῖς πολίταις φθονεῖ. ἂν δὲ τῆς γῆς
μικρὸν ἐξοικήσῃ καὶ ὑπερβῇ τοὺς ὅρους, ἀνοίγει τῆς κλοπῆς τὴν ἡδονὴν, καὶ ἄνθος ἀντὶ φύλλου γίνεται, καὶ
τὴν ὀδμὴν ἐνδύεται. μέλαν τοῦτο ῥόδον Ἰνδῶν. ἔστι δὲ
τοῖς ἐλέφασι σιτίον, ὡς τοῖς βουσὶ παρ' ἡμῖν ἡ πόα.
ἅτε οὖν ἐκ πρώτης γονῆς αὐτῷ τραφὲς, ὀδωδέν τε ταῖς
κατὰ τὴν τροφὴν, καὶ τὸ πνεῦμα πέμπει κάτωθεν εὐω-
διέστατον, ὁ τῆς πνοῆς αὐτῷ γέγονε πηγή.

ϛ'. Ἐπεὶ οὖν ἐκ τῶν λόγων ἀπηλλάγημεν τοῦ
στρατηγοῦ, μικρὸν διαλιπὼν, ὅτι οὐ δύναταί τις τρω-

colorati sunt. In Graecia flos oritur Aethiopum colorem
referens: qui apud Indos non flos, sed frons est, cuiusmodi eae sunt, quae in arboribus nostris cernuntur. Atque illic quidem efflatum, odoremque celans, nullo in
pretio est, sive quia inter notos gloriari minus habeat
voluptatis, sive quia civibus suis invideat: sin vero e patria terra paulum modo excedat, finesque transcendat, la-
tentem suavitatem in apertum profert: ac e fronde in florem mutatus odore cumulatur. Indorum hic flos est,
quem nigram rosam vocant. Hac elephantes vescuntur,
quemadmodum gramine apud nos boves. Igitur a primo
fere ortu pabulo eiusmodi enutrita bellua cibo similem
odorem reddit, halitumque odoratissimum ab imo, ubi
ei spiritus fons est, efflat.

VI. Posteaquam loquendi finem Charmides fecit, non
multum temporis abire passus, (qui enim amore saucius

θὲν ἀνέχεσθαι, θλιβόμενος τῷ πυρὶ, τὸν Μενέλαον μεταπέμπεται, καὶ τῆς χειρὸς λαβόμενος λέ-
γει· Ἀγαθὸν εἰς φιλίαν οἶδά σε, δι᾽ ὧν ἔπραξας εἰς
Κλειτοφῶντα· κἀμὲ δὲ εὑρήσεις οὐ χείρονα. δέομαι δὲ
παρά σου χάριτος, σοὶ μὲν ῥᾳδίας, ἐμοὶ δὲ ἀνασώ-
σεις τὴν ψυχὴν, ἂν θέλῃς. Λευκίππη με ἀπολώλε-
κεν· σῶσον δέ συ. ὀφείλεταί σοι παρ᾽ αὐτῆς ζωάγρια,
μισθὸς δέ σοι μὲν χρυσοῖ μὲν πεντήκοντα τῆς διακο-
νίας, αὐτῇ δὲ, ὅσους ἂν θέλῃ. Λέγει οὖν ὁ Μενέλαος·
Τοὺς μὲν χρυσοῦς ἔχε καὶ φύλαττε τοῖς τὰς χάριτας
πιπρασκούσα· ἐγὼ δὲ φίλος ὢν, πειράσομαι γενέσθαι σοι χρήσιμος. Ταῦτα εἰπὼν, ἔρχεται πρός με,
καὶ ταῦτα καταγορεύει. ἐβουλευόμεθα οὖν τί δεῖ
πράττειν. ἔδοξεν δὲ αὐτὸν ἀπατῆσαι. τότε γὰρ ἀντι-

est, cum illius aestu iactatur, dolori ferendo par esse nequit.) Menelaum ad se vocatum manu prehendit, atque,
Ex iis, inquit, quae Clitophontis causa fecisti, verum te
amicum esse intellexi: quare me quoque non deteriorem
invenies. Gratiam a te mihi tribui pervelim, tibi sane factu quam facillimam; mihi vero eiusmodi, ut si velis,
animae incolumitatem reddas. Leucippe me perdidit: tu
me servato. Illa tibi, quae pro reddita vita debet, nondum persolvit: verum ego pro tuo hoc in me collato beneficio nummos aureos quinquaginta dono dabo. Leucippe ipsa, quot voluerit, accipiet. Tum vero Menelaus:
Pecuniam, inquit, tuam tibi habe, atque illis, quibus ve-
nalia beneficia sunt, serva. Ego, cum in amicitiam me re-
ceperis, operam dabo, ut ne me frustra recepisse te in-
telligas. Quae cum dixisset, me convenit, remque omnem
exposuit. Quapropter, quid nos agere oporteret, cogitare
coepimus: in eamque tandem sententiam venimus, ut hominem falleremus. Negare enim tunc non poteramus,

λέγειν οὐκ ἀκίνδυνον ἦν, μὴ καὶ βίαν προσαγάγῃ.
τὸ δὲ φεύγειν ἀδύνατον, πάντῃ μὲν λῃστῶν περικεχυ-
μένων, τοσούτων δὲ στρατιωτῶν τῶν ἀμφ' αὐτὸν ὄντων.

ζ'. Μικρὸν οὖν διαλιπὼν ὁ Μενέλαος, ἀπελθὼν
πρὸς τὸν Χαρμίδην· Κατείργασται τὸ ἔργον, ἔφη· καίτοι τὸ πρῶτον ἠρνεῖτο ἰσχυρῶς ἡ γυνή· διομένου δέ μου,
καὶ ὑπομιμνήσκοντος τῆς εὐεργεσίας, ἐπίνευσε. ἀξιοῖ
δὲ δικαίαν δέησιν, ὀλίγην αὐτῇ χαρίσασθαι προθεσμίαν ἡμερῶν, ἔστ' ἂν εἰς τὴν Ἀλεξάνδρειαν ἀφίκω-
μαι. κώμη γὰρ αὕτη, καὶ ἐν ὄψει τὰ γινόμενα, καὶ
πολλοὶ μάρτυρες. Εἰς μακρὰν, ὁ Χαρμίδης ἴσιν, διδοὺς τὴν χάριν. ἐν πολέμῳ δὲ τίς ἐπιθυμίαν ἀναβάλλεται; στρατιώτης δὲ ἐν χερσὶν ἔχων μάχην[1], πῶς
οἶδεν εἰ ζήσεται; τοσαῦται τῶν θανάτων εἰσὶν ὁδοὶ[2]

cum periculum esset, ne vim intentaret. Sed neque fugam arripere, cum a latronibus loca omnia obsessa essent,
& ipse tot circum se milites haberet, ullo pacto licebat.

VII. Igitur paulo post reversus ad Charmiden Menelaus, rem confecisse se, inquit: ac puellam primo quidem
perquam obstinate renuisse: verumtamen cum ipse preces adhibuisset, ac beneficii memoriam renovasset, tandem annuisse. Unum tantum, atque id non iniustum, ro-
gavisse, nempe ut dies pauci concederentur, donec Alexandriam perveniretur: locum enim, in quo tum degebant, villam esse, & in luce posita omnia, multosque testes habitura. Charmides vero: Serum, inquit, hoc mihi
beneficium esse vis. In bello autem quis cupiditatem explere differat? Miles enim proelium iamiam initurus, quomodo victurum se certus esse possit, cum tot morti adi-

---

1 Ἐν χερσὶν ἔχων μάχην) Pro-
verbialiter, ut Apollon. Rhod.
I, 1113, & inde Virgil. Ge. II,
45.

2 Tibull. I, 3, 49:
Nunc Iove sub domino caedis, nunc
vulnera semper;
Nunc mare; nunc leti mille re-
pente viae.

αἴτησαί μοι παρὰ τῆς τύχης τὴν ἀσφάλειαν, καὶ
μενῶ. ἐπὶ πόλεμον νῦν ἐξελεύσομαι βουκόλων· ἔνδον
μοι τῆς ψυχῆς ἄλλος πόλεμος κάθηται. στρατιώτης
με πορθεῖ τόξον ἔχων, βέλος ἔχων. νενίκημαι, πεπλή-
ρωμαι βελῶν· κάλεσον, ἄνθρωπε, ταχὺ τὸν ἰώμενον·
ἐπείγει τὸ τραῦμα. ἅψω πῦρ ἐπὶ τοὺς πολεμίους· ἀλλὰ δᾷδας ὁ ἔρως αὐτὸς κατ' ἐμοῦ. τοῦτο πρῶτον, Μενέλαε, σβέσον τὸ πῦρ. καλὸν τὸ οἰώνισμα πρὸ πολέμου συμβολῆς ἐρωτικὴ συμπλοκή. Ἀφροδίτη με πρὸς
Ἄρεα ἀποστειλάτω. Καὶ ὁ Μενέλαος· Ἀλλ' ὁρᾷς,
ἔφη, ὡς οὐκ ἔστι ῥᾴδιον λαβεῖν αὐτὴν ἐνθάδε τὸν ἄνδρα
ὄντα καὶ ταῦτα ἐρῶντα. Καὶ ὁ Χαρμίδης· Ἀλλὰ τοῦτό γι ῥᾴδιον, ἔφη, τὸν Κλειτοφῶντα ἀποφορτίσα-
σθαι. Ὁρῶν οὖν ὁ Μενέλαος τοῦ Χαρμίδου τὴν σπευ-
δὴν, καὶ δεδοικὼς περὶ ἐμοῦ, ταχύ τι σκέπτεται τι-

tus pateam? Tu mihi a fortuna incolumitatem impetra,
& ego exspectabo. Sane nunc ego pugnam cum pastoribus commissurus sum; ast aliud meo in pectore bellum
geritur. Arcu & sagittis armatus me miles expugnat. Victus ipse, ac omni ex parte vulneribus confossus sum.
Medicum itaque mihi, o bone, quamprimum arcesse;
vulnus enim celeriter crescit. Cumque ignem ipse in hostes inmittere paratus sim, Amorem faces in me iam
coniecisse sentio. Tu flammam hanc, Menelaë, mihi prius
exstingue. Optimum fuerit auspicium, amatorie inprimis
congredi, quam manus cum hoste conferantur. Venus me
ad Martem dimittat. Tum Menelaus: Tumet ipse, inquit,
vides, quam difficile illi sit, praesentem, praetereaque
amantem, virum latere. Atqui facile, inquit Charmides,
fuerit Clitophontem alio abduci. Verum Menelaus, Charmidem nimium properare videns, ac mihi etiam timens,
celeriter quid, quod ad persuadendum erat aptum, com-

θανὸν, καὶ λέγει· Βούλει τὴν ἀλήθειαν ἀκοῦσαι τῆς
ἀναβολῆς; ἡ γὰρ αὐτὴ χθὲς ἀσῆκε τὰ ἕμματα, καὶ
ἀνδρὶ συνελθεῖν οὐ θέμις. Οὔκουν ἀναμενοῦμεν, ὁ
Χαρμίδης εἶπεν, ἐνταῦθα τρεῖς ἡμέρας ἢ τέτταρας. αὗται γὰρ ἱκαναί. ὃ δὲ ἔξεστιν, αὐτῶ παρ' αὐτῆς εἰς
ὀφθαλμοὺς ἡκέτω τοὺς ἐμοὺς, καὶ λόγων μεταδότω·
ἀκοῦσαι θέλω φωνῆς, χειρὸς θίγειν, ψαῦσαι σώματος. αὗται γὰρ ἐρώντων παραμυθίαι. ἔξεστιν δὲ αὐτῇ
καὶ φιλῆσαι· ταῦτι γὰρ οὐκ ἐκώλυεν ἡ γαστήρ.

η'. Ὡς οὖν ταῦτα ὁ Μενέλαος ἐλθὼν ἀπαγγέλ-
λει μοι, πρὸς τοῦτο ἀνεβόησα· ὡς θᾶττον ἂν ἀποθά-
ναιμι, ὥπερ εἰδῶ Λευκίππης φίλημα ἀλλοτριούμενον.
εὖ τι γὰρ, ἔφην, ἐστὶ τούτου γλυκύτερον. τὸ μὲν γὰρ
ἔργον Ἀφροδίτης καὶ ὅρον ἔχει καὶ κόρον, καὶ οὐδέν
ἐστιν, ἐὰν ἐξέλῃς αὐτοῦ τὰ φιλήματα· φίλημα δὲ

mentus: Visne, inquit, cunctationis veram causam audire? puella' in menstruis heri esse coepit. Quamobrem a
viro abstinendum est. Dies igitur, inquit Charmides, tres,
quatuorve hic exspectabimus: tantum enim temporis ei
rei satis erit. Interea vero, quod sane' ab ea fieri potest,
videndam se mihi praebeat, verbaque mecum faciat. Vocem ego illius audire, manum tangere, corpus contrecta-
re aveo: animi enim amore saucii allevamenta haec sunt.
Quid vero? suavium dare an non licet? cum rei huic
impedimento esse menses nequeant.

VIII. Haec cum reversus Menelaus mihi renuntiasset,
ad extrema illius verba non potui quin exclamarem, mori
me malle, quam pati, ut Leucippes osculo quispiam frua-
tur: Quo quid, inquam, suavius est? Veneris procul dubio congressus & modum & satietatem habet, nec prorsus quidquam est, si basia eximas. Basium vero nullo fine

καὶ ἀόριστόν ἐστιν, καὶ ἀκόρεστον, καὶ καινὸν ἀεί. τρία
γὰρ τὰ κάλλιστα ἀπὸ τοῦ στόματος ἄνεισιν, ἀναπνοὴ, καὶ φωνὴ, καὶ φίλημα. τοῖς μὲν γὰρ χείλεσιν
ἀλλήλους φιλοῦμεν· ἀπὸ δὲ τῆς ψυχῆς ἡ τῆς ἡδονῆς
ἐστι πηγή. πίστευσόν μοι λέγοντι, Μενέλαε, (ὑ-
μῖν γὰρ τοῖς κακοῖς ἐξορχήσομαι τὰ μυστήρια) ταῦτα
μόνα παρὰ Λευκίππης ἔχω κἀγώ· ἔτι μένει παρθέ-
νος· μέχρι μόνων τῶν φιλημάτων ἐστί μου γυνή. ἢν δέ
τις ἁρπάσῃ μου καὶ ταῦτα, οὐ φέρω τὴν φθορὰν,
οὐ μοιχεύεταί μου τὰ φιλήματα'. Οὐκοῦν, ἔφη ὁ
Μενέλαος, βουλῆς ἡμῖν ἀρίστης δεῖ καὶ ταχίστης·
ἐρῶν γάρ τις, εἰς ὅσον μὲν ἔχει τὴν ἐλπίδα τοῦ τυχεῖν, φέρει, εἰς αὐτὸ τὸ τυχεῖν ἀποτεινόμενος· ἐὰν δὲ

terminatur, nulla satietate afficit; sed semper recens est.
Tria profecto sunt, quae ab ore praestantissima proficiscuntur, halitus, vox, suavium. Labra utique sunt, quae
sese in osculis dandis mutuo contingunt: sed voluptas e
fonte, qui in animo situs est, manat. Crede mihi, Menelaë, (non enim in malis occulta revelare me pudet,)
ego nihil dum a Leucippe, basiis exceptis, consecutus
sum. Illa virgo adhuc est, nec nisi osculando mulier facta est. Quae si quis mihi basia etiam eripere conetur, utique notam hanc inuri mihi non feram. Me vivo basia
mihi mea nemo constuprabit. Optimo ergo, inquit Menelaus, celerrimoque consilio erit opus. Amans enim, quamdiu quidem adipiscendi spes adest, aequo animo fert, con-
ceptam adeptionem animo inclusam continens. At si re-

---

1 Οὐ μοιχεύεταί μου τὰ φ.)
Interpres legisse videtur: Ζῶντες
ἐμοῦ οὐ μοιχεύεταί τις μου τὰ φιλήματα. Τὰ φιλήματα μου, oscula
mea, h. e. mihi debita. Plane ut

Tibull. I, 9, 77:
Blanditiasne meas aliis tu ven-
dere es ausus?
Tunc aliis demens oscula ferre
mea.

ἀπογνῶ, τὸ ἐπιθυμοῦν μεταβαλὼν ἀντιλυπῆσαι μέχρι τοῦ δυνατοῦ τολμᾷ τὸ κωλῦον. ἔστω δὲ καὶ ἰσχὺς,
ὥστε τὸ δρᾶσαι μετὰ τοῦ μὴ παθεῖν. τοῦτο δὲ τῆς ψυχῆς τὸ μὴ φοβούμενον, ἀγριαίνει μᾶλλον τὸ θυμούμενον. καὶ γὰρ ὁ καιρὸς ἐπείγει τῶν πραγμάτων τὸ
ἄπορον.

θ'. Σκεπτόντων οὖν ἡμῶν εἰστρέχει τις τεθορυβημένος, καὶ λέγει, τὴν Λευκίππην ἄφνω βαδίζουσαν
καταπεσεῖν, καὶ τὼ ὀφθαλμὼ διαστρέφειν. ἀναπηδή-
σαντες οὖν, ἐθέομεν ἐπ' αὐτὴν, καὶ ὁρῶμεν ἐπὶ τῆς γῆς
κειμένην, προσελθὼν οὖν, ἐπυνθανόμην ὅ, τι πάθοι. ἡ
δὲ ὡς εἶδέ με, ἀναπηδήσασα παίει με κατὰ τῶν
προσώπων, ὕφαιμον βλέπουσα. ὡς δὲ καὶ ὁ Μενέλαος οἷός τε ἦν ἐπιλαμβάνεσθαι, παίει κἀκεῖνον τῷ
σκέλει. συνέντες οὖν ὅτι μανία ἴη τις ἐπὶ τὸ κακὸν,

pulsam fert, rum mutata cupiditate, cum moestitia quidquid impedimento est, vi amoliri conatur. Est vero etiam
facultas, ut impune agere possit, ea pars animi, quae
nihil timet, exacerbare solet magis magisque istam, quae
iam irascitur. Et occasio ad incertas res propere capessen-
das impellit.

IX. Interea dum consilium caperemus, intro ad nos
conturbatus, nescio quis, cucurrit, Leucippenque inter
ambulandum repente concidisse, atque oculos distorsisse
nuntiavit. Quamobrem consurgentes eo raptim accessimus,
humique iacentem comperimus. Cumque ipse propior factus, quidnam sibi evenisset, interrogassem, illa me viso
exsurgens, sanguineamque aciem volvens, in faciem pu-
gno plagam intulit: Menelaumque, quoad fieri posset, ad
eam sublevandam sese comparantem, pedibus repulit. In
adversam igitur valetudinem incidisse, morboque insaniam

βίᾳ συλλαβόντες, ἐπειρώμεθα κρατεῖν. ἡ δὲ προσεπα-
λαίειν ἡμῖν, οὐδὲν φροντίζουσα κρύπτειν ὅσα γυνὴ μὴ
ὁρᾶσθαι θέλει. θόρυβος οὖν πολὺς περὶ τὴν σκηνὴν αἴρεται, ὥστε καὶ αὐτὸν εἰσδραμεῖν τὸν στρατηγὸν, καὶ
τὰ γινόμενα ὁρᾶν. ὁ δὲ τὰ πρῶτα σκῆψιν ὑπώπτευε
καὶ τέχνην ἐπ' αὐτὸν, καὶ τὸν Μενέλαον ὑπεβλέπετο·
ὡς δὲ κατὰ μικρὸν ἑώρα τὴν ἀλήθειαν, ἔπαθέν τι καὶ
αὐτὸς καὶ ἠλέησεν. κομίσαντες οὖν βρόχους ἔδησαν τὴν
ἀθλίαν. ὡς δὲ εἶδον αὐτῆς περὶ τὰς χεῖρας τὰ δεσμὰ,
ἐδεόμην Μενέλαου, τῶν πολλῶν ἀπηλλαγμένων· Λύ-
σατε, λέγων ἱκετεύων, λύσατε· οὐ φέρουσι δεσμὸν
χεῖρες ἁπαλαί· ἐάσατέ με σὺν αὐτῇ μόνον. ἐγὼ περιπτυξάμενος αὐτῇ δεσμὸς ἔσομαι· μαινέσθω κατ' ἐμοῦ·
τί γάρ με ζῆν ἔτι δεῖ; οὐ γάρ γνωρίζει με Λευκίππη
παρόντα. κεῖται δέ μοι δεδεμένη, καὶ ὁ ἀναιδὴς ἐγὼ

adiunctam esse intelligentes, per vim retinere tentavimus.
Ipsa vero reluctabatur, nulla prorsus adhibita cura in iis
tegendis, quae summo studio mulieres aliae velare contendunt. Itaque magnus circa tentorium tumultus concitatus
est, atque adeo, ut Charmides etiam accurrerit, &, quae
agerentur, singula cognoverit. Quamobrem initio fingere,
dolumque adversum se commoliri nos existimabat, Menelaumque subintuebatur: sed cum paulo post veritatem
comperisset, commotus ipse quoque est, casumque huiusmodi aegro animo tulit. Leucippe interea allatis funibus
vincitur: ego vero, simulatque constrictis vinculis manus
vidi, ad Menelaum, aliis plerisque iam egressis, conversus: Solvite, obsecro, inquam, solvite: vinculorum aspe-
ritatem tenellae manus pati nequeunt. Vos me cum illa
sinite: ego illam circumplectens funis vice fungar. Insaniat illa in me. Quid enim vivere me amplius oportet?
praesentem Leucippe me non agnoscit, ac vincta iacet:

λῦσαι δυνάμενος, οὐ θέλω. ἐπὶ τούτῳ σέσωκεν ἡμᾶς
ἐκ τῶν λῃστῶν ἡ τύχη, ἵνα γένῃ μανίας παιδιά; ὦ
δυστυχεῖς ἡμεῖς, ὅταν εὐτυχήσωμεν; τοὺς οἴκοι φόβους
ἐκπεφεύγαμεν, ἵνα ναυάγια δυστυχήσωμεν· ἐκ τῆς
θαλάσσης περιγεγόναμεν, ἐκ τῶν λῃστῶν ἀνασεσώ-
μεθα, μανίᾳ γὰρ ἐτηρούμεθα. ἐγὼ μὲν, ἂν σωφρο-
νήσῃς, φιλτάτη, φοβοῦμαι πάλιν τὸν δαίμονα, μή
τί σοι κακὸν ἐργάσηται. τίς οὖν ἡμῶν κακοδαιμονέστε-
ρος; ᾦ φοβούμεθα καὶ τὰ εὐτυχήματα. ἀλλὰ μόνον
μοι σωφρονήσειας, καὶ σεαυτὴν ἀπολάβοις· παιζέτω
πάλιν ἡ τύχη.

ι. Ταῦτά με λέγοντα παρηγόρουν οἱ ἀμφὶ τὸν
Μενέλαον, φάσκοντες μὴ ἔμμονα εἶναι τὰ τοιαῦτα
νοσήματα, πολλάκις δὲ καὶ ἡλικίας ζεούσης ὑπάρ-
χειν. τὸ γὰρ αἷμα πάντη νεάζον, καὶ ὑπὸ πολλῆς
ἀκμῆς ἀναζέον, ὑπερβλύζει πολλάκις τὰς φλέβας.

nec ego, quanquam possum, vincula tamen misericors
demo. Idcircone latronum e manibus fortuna ereptos nos
voluit, ut tu ad insaniae ludibrium ponerere? O miseros
nos! ecquando meliore fato utemur? Quae domi metue-
bamus, declinavimus, ut irati maris vim experiremur. Atqui e naufragio etiam evasimus, latronum manus evita-
vimus; nimirum quia insaniae destinati fueramus. A qua
licet convalescas, verendum tamen est, ne aliud in malum te fortuna coniiciat. Quis igitur nobis miserior, quibus secundi etiam eventus formidandi? Verumtamen suo arbitratu fortuna ludat, dum tu resipiscas, atque ad te redeas.

X. Haec me dicentem Menelaus, & qui simul aderant,
consolabantur, aegritudines eiusmodi autumantes diuturnas non esse, sed vigente aetate plerumque gigni. Sanguinem enim iuvenem, ac multo vigore fervidum, per ve-

καὶ τὴν κεφαλὴν ἔνδον περικλύζον, βαπτίζει τοῦ λογισμοῦ τὴν ἀνάγκην. διὸ οὖν ἰατροὺς μεταπέμπια,
καὶ θεραπείαν προσφέρειν. πρόσεισιν οὖν τῷ στρατηγῷ
ὁ Μενέλαος, καὶ δεῖται τὸν τοῦ στρατοπέδου ἰατρὸν με-
τακαλέσασθαι. κἀκεῖνος ἀσμένως ἐπείσθη. χαίρουσι
γὰρ οἱ ἐρῶντες εἰς τὰ ἐρωτικὰ πράγματα. Καὶ ὁ ἰατρὸς παρῆν, καὶ λέγει· Νῦν μὲν ὕπνον αὐτῇ παρα-
σκευάσομεν, ὅπως τὸ ἄγριον τῆς ἀκμῆς ἡμερώσωμεν.
ὕπνος γὰρ πάντων νοσημάτων φάρμακα. ἔπειτα δὲ
καὶ τὴν λοιπὴν θεραπείαν αὐτῇ προσοίσομεν. Δίδωσι
οὖν ἡμῖν φάρμακόν τι μικρὸν ὅσον ὀρόβου μέγεθος, καὶ
κελεύει λύσαντας εἰς ἔλαιον ἐπαλεῖψαι τὴν κεφαλὴν
μέσην. σκευάσειν δὲ ἔφη καὶ ἕτερον εἰς γαστρὸς αὐτῇ κάθαρσιν. ἡμεῖς μὲν οὖν ἃ ἐκέλευσεν ἐποιοῦμεν. ἡ
δὲ ἐπαλειφθεῖσα μετὰ μικρὸν ἐκάθευδε τὸ ἐπίλοιπον
τῆς νυκτὸς μέχρι τῆς ἕω. Ἐγὼ δὲ δι' ὅλης τῆς νυκτὸς

nas diffundi, capitque interius petentem sensum mentis
omnem obruere. Quamobrem medicos advocari, medi-
cinasque adhiberi oportere. Charmiden itaque Menelaus
adivit, medicumque, qui in exercitu erat, arcessi ut iuberet, rogavit. Quod ille perquam lubenter effecit. Ama-
toriis enim rebus obeundis amantes gaudent. Adfuit igitur
medicus. Ac nunc quidem, inquit, somnum ei concilia-
bimus, quo morbus aliquid de vi sua remittat. Malorum
enim somnus omnium medicina est. Deinde reliquam curationem prosequemur. Ita nobis tunc medicamenti cuiusdam tantum praebuit, quantum orobi granum est: oleo-
que subactum capiti medio illini iussit, aliud purgandae
alvi gratia mox paraturum se pollicens. Nos iussa peregi-
mus. Leucippeque paulo post, quam inuncta fuit, somno
capta, quod noctis supererat, ad auroram usque dormi-
vit. Cui assidens ipse non sine lacrimis totam noctem in-

ἀγρυπνῶν, ἔλαιον παρακαθήμενος, καὶ, βλέπων,
ἔλεγον, τὰ δεσμὰ, Οἴμοι, φιλτάτη, οἴεσαι, καὶ
καθεύδουσα οὐδὲ τὸν ὕπνον ἐλεύθερον ἔχεις. τίνα ἄρα
σου καὶ τὰ φαντάσματα; ἆρα κἂν κατὰ τοὺς ὕπνους
σωφρονεῖς, ἢ μαίνεταί σου καὶ τὰ ὀνείρατα; Ἐπεὶ δὲ
ἀνέστη, πάλιν ἄσημα ἐβόα, καὶ ὁ ἰατρὸς παρῆν, καὶ
τὴν ἄλλην θεραπείαν ἐθεράπευε.

ιά. Ἐν τούτῳ δὴ ἔρχεταί τις παρὰ τοῦ τῆς Αἰγύπτου Σατράπου κομίζων ἐπιστολὴν τῷ στρατηγῷ.
ἐπίσπευδεν δὲ αὐτὸν ὡς εἰκὸς ἐπὶ τὸν πόλεμον τὰ γράμματα. ἐκέλευσε γὰρ εὐθὺς πάντας ἐν τοῖς ὅπλοις γενέσθαι ὡς ἐπὶ τοὺς βουκόλους. αὐτίκα δὴ μάλα ἐξορ-
μήσαντες, εὐθὺς ἕκαστος, ὡς εἶχε, [τάχα] ἐπὶ τὰ
ὅπλα ἐχώρουν, καὶ παρῆσαν ἅμα τοῖς λοχαγοῖς. Τότε μὲν οὖν αὐτοῖς δοὺς τὸ σύνθημα, καὶ κελεύσας αὐτοῖς στρατοπεδεύεσθαι, καθ' ἑαυτὸν ἦν. τῇ δ' ὑστεραίᾳ ἅμα τῇ ἴῳ τὸ στράτευμα ἐξῆγεν ἐπὶ τοὺς πο-

somnem transegi, oculisque in vincula conjectis: Heu
mihi, Leucippe, inquam, suavissima, tu etiam dormiens
vincta es, nec libero frui somno potes. Quaenam autem
tibi visa sese nunc offerunt? mentisne te compotem somnus
habet? an vero etiam stulta somnias? Posteaquam exper-
recta est, contenta voce absurda quaedam protulit. Ac
tum praesto adfuit medicus, aliudque medicamentum dedit.

XI. Interea literae ab Aegypti praefecto Charmidi red-
ditae sunt, quibus, uti credibile est, exercitum ad pugnam quamprimum educere imperabatur. Omnes enim
statim esse in armis, & adversus pastores proficisci iussit.
Quamobrem milites, qua quisque potuit celeritate, cum
manipularibus suis praesto in armis fuere. Dato igitur
signo, & omnibus castris locum capere iussis, solus remansit. Postridie prima luce copias in hostes eduxit. Pagi au-

λεμίους. εἶχε δὲ αὐτοῖς οὕτω τῆς κώμης ἡ θέσις. ὁ Νεῖλος ῥεῖ μὲν ἄνωθεν ἐκ Θηβῶν τῶν Αἰγυπτίων, καὶ ἔστιν ἐς τοσοῦτον ῥέων ἄχρι Μέμφεως, καὶ ἔστι μικρὸν κάτω κέρας. Σύρος ὄνομα τῇ κώμῃ πρὸς τῷ τέλει τοῦ μεγάλου ῥεύματος. ἐντεῦθεν δὲ περιορρήγνυται τῇ γῇ, καὶ ἐξ ἑνὸς ποταμοῦ γίγνονται τρεῖς, δύο μὲν ἑκατέρωθεν λελυμένοι, ὁ δὲ εἷς καὶ τὴν γῆν, εἰς τὸ σχῆμα τοῦ Δέλτα ποιῶν, ὥσπερ ἦν ῥέων πρὶν λυθῇ. ἀλλ' οὐδὲ τούτων ἕκαστος τῶν ποταμῶν ἀνέρχεται μέχρι θαλάσσης ῥέων· ἀλλὰ περισχίζεται ἄλλος ἄλλῃ κατὰ πόλεις, καί εἰσιν αἱ σχίσεις μείζους τῶν παρ' Ἕλλησι ποταμῶν· τὸ δὲ ὕδωρ πανταχοῦ μεμερισμένον οὐκ ἐξασθενεῖ, ἀλλὰ καὶ πλεῖται, καὶ πίνεται, καὶ γεωργεῖται.

ιβ'. Νεῖλος ὁ πολὺς πάντα αὐτοῖς γίνεται, καὶ ποταμὸς, καὶ γῆ, καὶ θάλασσα, καὶ λίμνη· καὶ ἔστιν

rem eius situs huiusmodi est. Ex locis, qui supra Aegyptias Thebas sunt, Nilus descendit: atque in tantum Memphin usque prolabitur, parvumque cornu emittit. Qua magnus alveus desinit, pagus est, Syrus nomine; illinc terra iterum finditur: ex unoque fluvii tres efficiuntur: quorum duo liberi utrinque sese effundunt. Tertius eundem, quem antea, cursum tenens, regionem, quae Delta vocatur, secat. Neque vero eorum fluviorum aliquis est, qui ad mare usque labatur: sed alius aliam ad urbem delatus dividitur, singulaeque partes Graeciae flumen quodvis magnitudine superant. Et quamquam tot in partes aqua dividitur, non tamen infirmior fit; sed navigatur, bibitur, aratur.

XII. Iis enim Nilus copiosus est omnia, nempe fluvius, terra, mare, palus: admirationeque omnino dignum est,

τὸ θέαμα καινόν, ναῦς ὁμοῦ καὶ δικέλλη, κώπη καὶ
ἄροτρον, πηδάλιον καὶ τρόπαιον, ναυτῶν ὁμοῦ καὶ γεωργῶν καταγωγή, ἰχθύων ὁμοῦ καὶ βοῶν. ὃ πέπλευκας,
σπείρεις· καὶ ὃ σπείρεις, τοῦτο τὸ πέλαγος γεωργού-
μενον. ἔχει γὰρ ὁ ποταμὸς ἐπιδημίας· κάθηται δὲ αὐτὸς Αἰγύπτιος ἀναμένων, καὶ ἀριθμῶν αὐτοῦ τὰς ἡμέρας. καὶ ὁ Νεῖλος οὐ ψεύδεται, ἀλλ' ἔστιν ποταμὸς
μετὰ προθεσμίας τὸν χρόνον τηρῶν, καὶ τὸ ὕδωρ με-
τρῶν, ποταμὸς ἁλῶναι μὴ θέλων ὑπερήμερος. ἔστι δὲ
ἰδεῖν ποταμοῦ καὶ γῆς φιλονικίαν. ἐρίζεται ἀλλήλοις
ἑκάτερον, τὸ μὲν ὕδωρ, τοσαύτην γῆν πελαγῶσαι· ἡ
δὲ γῆ, τοσαύτην χωρῆσαι γλυκεῖαν θάλασσαν. καὶ
νικῶσι μὲν τὴν ἴσην νίκην οἱ δύο, οὐδαμοῦ δὲ φαίνεται
τὸ νικώμενον. τὸ γὰρ ὕδωρ τῇ γῇ συνεκτείνεται· περὶ
δὲ τὰς τῶν βουκόλων ταύτας νομάς, ἀεὶ πολὺς ἐγκά-
θηται. ὅταν γὰρ τὴν πᾶσαν γῆν πελαγίσῃ, καὶ λί-
μνας ἐνταῦθα ποιεῖ. αἱ δὲ λίμναι, κἂν ὁ Νεῖλος ἀπέλ-

eodem in loco navim & ligonem, remum & aratrum, te-
monem & tropaeum, nautarum & agricolarum casas,
piscium & boum cubilia spectare. Nam qua navem egi-
sti, illic sementem facis: rursus, ubi sementem fecisti, illic navem agis: longo enim spatio fluvius navigari potest.
Eius porro adventum Aegyptii expectant, ac numerant
dies. Et Nilus non fallit homines, sed ad praestitutum tempus se sistens, aquasque dimetiens, minime committit, ut
tarditatis accusari possit. Tum vero aquae ac terrae con-
tentionem videre licet, dum illa tantum terrae inundare,
haec tantum aquae dulcis absorbere nititur, pari utrinque victoria. Neque enim, quae succumbat, discernitur.
Nam terrae magnitudini aqua par sit. In ea vero regione,
quam pastores incolunt, multa semper residet. Nam cum
eam omnem Nilus inundaverit, paludes efficit: quae dein-

δη, μένουσιν, ἧττον τὸ ὕδωρ ἔχουσαι, τὸν δὲ πηλὸν
τοῦ ὕδατος. ἐπὶ ταύτας αὐτοὶ καὶ βαδίζουσι καὶ πλέ-
ουσιν, οὐδὲ ναῦς ἑτέρα δύναται πλεῖν, ἀλλ' ὅσον ἄνθρωπον ἐπιβῆναι. ἀλλὰ πᾶν τὸ ξένον τοῦτό που ὁ πη-
λὸς ἐμπίπτων κρατεῖ· τοῖς δὲ μικρὰ μὲν καὶ κοῦφα
πλοῖα, καὶ ὀλίγον ὕδωρ αὐτοῖς ἀρκεῖ. εἰ δὲ καὶ τέ-
λιον ἄνυδρον εἴη, ἀράμενοι τοῖς νώτοις οἱ πλωτῆρες τὸ
πλοῖον φέρουσιν, ἄχρις ἂν ἐπιτύχωσιν ὕδατος. Ἐν ταύ-
ταις δὴ ταῖς λίμναις μέσαι νῆσοί τινές εἰσιν σποράδην
πεποιημέναι, αἱ μὲν οἰκοδομημάτων ἔρημοι παπύροις
πεφυτευμέναι, τῶν δὲ παπύρων διιστῶσι αἱ φάλαγ-
γες πεπυκνωμέναι τοσοῦτον ὅσον παρ' ἑκάστῃ ἄνδρα
στῆναι μόνον. τὸ μεταξὺ δὲ τοῦτο τῆς πυκνώσεως αὐτῶν ἄνωθεν ἀναπληροῦσιν αἱ τῶν παπύρων κόμαι. ὑπο-
τρέχοντες οὖν ἐκεῖ, καὶ βουλεύονται, καὶ λοχῶσι, καὶ
λανθάνουσι, τείχεσι ταῖς παπύροις χρώμενοι. Εἰσὶ δὲ

ceps illo etiam abeunte remanent, minus quidem aquae
continentes, sed limo multo refertae: per quas cum pedibus feruntur, tum etiam naviculis non sane maioribus,
quam ut singulos vectare possint. Ac si aliusmodi fuerint,
limo illo praepeditae retinentur. Quare parva iis ac levia
navigia, & exiguae aquae satis sunt: quod si quando-
que aquam deesse contingat, sublatam humeris naviculam
asportant, quousque aquam inveniant. Iis in paludibus
multae sparsim insulae visuntur: quarum quae habitatoribus carent, papyris refertae sunt, ea ordinum densitate
collocatis, ut inter stipitum earum intervalla non amplius
quam singuli commorari queant, cum summitates alioqui
foliis hinc inde diffusis mutuo sese contingant. Eo se reci-
pientes pastores & consilia ineunt, & insidias struunt, &
latent, papyris murorum usum praebentibus. Ex iis insu-

τῶν νήσων τινὲς καλύβας ἔχουσαι, καὶ αὐτοσχέδιον
μεμίμηνται πόλιν ταῖς λίμναις τετειχισμέναι. Βουκόλων αὗται καταγωγαί. τῶν πλησίον οὖν ἦν μία, μι-
γέθει καὶ καλύβαις πλείοσι διαφέρουσα. ἐκάλουν δὲ
αὐτὴν, οἶμαι, Νίκωχιν. ἐνταῦθα πάντες συνελθόντες
ὡς εἰς τόπον ὀχυρώτατον, ἐθάρρουν καὶ πλήθει καὶ τόπῳ. εἷς γὰρ αὐτὴν διεῖργεν στεινωπὸς τὸ μὴ πᾶσαν
νῆσον γενέσθαι. ἦν δὲ σταδίου μὲν τὸ μέγεθος· τὸ δὲ
πλάτος ὀργυιῶν δώδεκα. λίμναι δὲ τῇδε κἀκεῖσε τὴν
πόλιν περιέρρεον.

ιγ'. Ἐπεὶ τοίνυν ἑώρων τὸν στρατηγὸν προσπελά-
ζοντα, τεχνάζονταί τι τοιοῦτον. συναγαγόντες πάντας
τοὺς γέροντας, καὶ ἐπιθέντες αὐτοῖς ἱκετηρίας ῥάβδους
φοινικίας, ὄπισθεν ἐπιτάττουσι τῶν νεῶν τοὺς ἀκμαιο-
τάτους, ἀσπίσι καὶ λόγχαις ὡπλισμένους. ἔμελλον
δὲ οἱ μὲν γέροντες ἀνίσχοντες τὰς ἱκετηρίας, πετάλων

lis nonnullae paludibus circumdatae tuguriis passim aedi-
ficatis, in quibus inhabitant pastores, tumultuariae civitatis speciem prae se ferunt. Quarum una propinquior,
& magnitudine, & tuguriorum numero, praestabat, ap-
pellabaturque, ut puto, Nicochis. Illuc tanquam muni-
tissimam in arcem profecti, & multitudine & loco confi-
debant. Semita enim angusta longitudinis passuum CXXV,
latitudinis XII, quo minus perfecte insula esset, prohibe-
bat, cum reliquum paludibus circumdatum esset.
XIII Posteaquam igitur Charmidem propius accedere
viderunt, huiusmodi quiddam commenti sunt. Convocatis
enim senibus universis, ac palmarum ramis supplicum ritu
adornatis, iuvenum robustissimis quibusque iusserunt, ut
scutis & pilis armati acie structa eos sequerentur. Ita fiebat,
ut senes pacis signa ferentes sequentium armatorum

κόμαις καλύπτειν τοὺς ὄπισθεν· οἱ δὲ ἑπόμενοι τὰς
λόγχας ἐπισύρειν ὑπτίας ὡς ἂν ἥκιστα ὁρῷντο. κἂν
μὲν ὁ στρατηγὸς πεισθῇ ταῖς τῶν γερόντων λιταῖς,
μηδέν τι νεωτερίζειν τοὺς λογχοφόρους εἰς μάχην· εἰ δὲ
μή, καλεῖν αὐτὸν ἐπὶ τὴν πόλιν, ὡς σφῶν αὐτοὺς δι-
δόντων εἰς θάνατον. ὅταν δὲ ἐν μέσῳ γένωνται τῷ στε-
νωπῷ, τοὺς μὲν γέροντας ἀπὸ συνθήματος διαδιδρά-
σκειν, καὶ ῥίπτειν τὰς ἱκετηρίας, τοὺς δὲ ὡπλισμένους
περιδραμόντας ὅ,τι καὶ δύνανται ποιεῖν. Παρῆσαν οὖν
ἐσκευασμένοι τοῦτον τὸν τρόπον, καὶ ἐδέοντο τοῦ στρατηγοῦ, αἰδεσθῆναι μὲν αὐτῶν τὸ γῆρας, αἰδεσθῆναι
δὲ τὰς ἱκετηρίας, ἐλεῆσαί τε τὴν πόλιν. ἐδίδοσαν δὲ αὐτῷ ἰδίᾳ μὲν, ἀργυρίου τάλαντα ἑκατὸν, πρὸς δὲ τὴν
σατραπείαν ἄγειν ἄνδρας ἑκατὸν, θέλοντας αὐτοὺς
ὑπὲρ τῆς πόλεως διδόναι, ὡς ἂν ἔχοι. καὶ πρὸς ἐκείνους λάφυρον φέρειν. καὶ ὁ λόγος αὐτοῖς οὐκ ἐψεύδετο.

agmen frondibus occultarent: iuvenes inclinatas hastas;
quo minime cerni possent, post se traherent: ac, si se-
num precibus Charmides annuisset, armati a pugna desi-
sterent: si minus, illum intra urbem advocarent, tanquam
illic se ipsos interficiendos praebituri: verum ubi ad semitae illius angustae medium pervenissent, senes dato signo abiectis ramis terga darent: armati autem irrumpe-
rent, & totis viribus depugnarent. Hunc in modum in-
structi, Charmidi obviam processerunt, ne reverentiam
senectuti ac palmis debitam violaret, ac civitatis univer-
sae misereretur, obtestantes: daturosque illi privatim ar-
genti talenta centum, ac viros totidem, si civitatem incolumem praestaret; adducturos, quos obsidum loco ad
Aegypti praefectum cum praeda mittere posset, pollicentes. Quae sane omnia sine fraude praestitissent, si modo

ἀλλ' ἔδωκαν ἄν, εἰ λαβεῖν ἠθέλησεν. ὡς δὲ οὐ προσίε-
το τοὺς λόγους· Οἰκῶν, ἴσασαν οἱ γέροντες, εἰ ταῦτα σοι δίδοκται, οἴσομεν τὴν εἱμαρμένην ἐν κακοῖς. σὺ
πάρεχε τὴν χάριν, μὴ ἔξω θανούσης πυλῶν, μηδὲ τῆς
πόλεως μακρὰ, ἀλλ' ἐπὶ τὴν πατρῴαν γῆν, ἐπὶ τῆς
τῆς γενέσεως ἑστίας ἄγε, ταφον ἡμῖν ποίησον τὴν πόλιν. ἰδού σοι πρὸς τὸν θάνατον ἡγούμεθα. Ταῦτα ἀκούσας ὁ στρατηγὸς, τὴν μὲν παρασκευὴν τῆς μάχης
ἀφίησι· κελεύει δὲ ἔρχεσθαι καθ' ἡσυχίαν τῷ στρατῷ.

ιδ'. Ἦσαν δὲ τῶν πραττομένων σκοποὶ πόῤῥωθεν,
οὓς οἱ βουκόλοι προκαθίσαντες ἐκέλευον, εἰ διαβαίνον-
τας ἴδοιεν τοὺς πολεμίους, τὸ χῶμα τοῦ ποταμοῦ κό-
ψαντας, ἐπαφεῖναι τὸ ὕδωρ πᾶν τοῖς ἐναντίοις. ἔχει
γὰρ οὕτω τὰ τοῦ Νείλου ῥεύματα. καθ' ἑκάστην διώρυχα χῶμα ἔχουσι Αἰγύπτιοι, ὡς ἂν μὴ πρὸ καιροῦ

conditionem ille accipere voluisset. Verum cum in iis au-
diendis admittendisque difficilem se militum ductor praeberet: Fatum igitur, si ita tibi decretum est, inquiunt senes, feremus. Tu hisce malis id saltem beneficii loco nobis concede, ut ne extra urbem, neu procul ab ea nos
interimas: sed in parentum nostrorum sedes, & in ea,
unde ortum duximus, domos ducas, efficiasque, ut civitas nobis ipsa sepultura sit. Nos nostrae tibi necis duces
sumus. Haec Charmides cum audivisset, copias pugnandi
gratia adductas dimisit, atque ad exercitum sine tumultu
abire iussit.

XIV. Collocaverant autem pastores nonnullos, qui,
quae gerebantur, procul observarent: iisque iniunxerant,
ut, cum primum appropinquantes hostes vidissent, fluminis aggere caeso aquam in eos immitterent. Quippe
Nili defluxus ita habent. Singulae fossae aggeribus obstru-
ctae sunt, ne, antequam tempus postulet, effusus fluvius

τῆς χρείας ὑπερέχων ὁ Νεῖλος τὴν γῆν ἐπικλύσῃ. ὅταν
δὲ δεηθῶσιν ἀρδεῦσαι τὸ πεδία, ἀπέῳξαν ὀλίγον τοῦ
χώματος, εἰς ὁ σαλεύεται. Ἦν οὖν τῆς κώμης ὄπισθεν διῶρυξ τοῦ ποταμοῦ μεγάλη καὶ πλατεῖα. ταύτην οἱ τεταγμένοι τὸ ἔργον, ὡς εἶδον εἰσιόντας τοὺς πολεμίους, διακόπτουσι ταχὺ τὸ χῶμα τοῦ ποταμοῦ.
πάντ' οὖν ὁμοῦ γίνεται· οἱ μὲν γέροντες οἱ κατὰ πρόσωπον ἄφνω διΐστανται· οἱ δὲ τὰς λόγχας ἐγείραντες ἐκ-
τρέχουσιν· τὸ δὲ ὕδωρ ἤδη παρῆν. καὶ ᾤχοντο μὲν αἱ λίμναι πάντοθεν οἰδοῦσαι. ὁ δὲ ἰσθμὸς ἐπεκλύζετο, πάντα δὲ ἦν ὥσπερ θάλασσα. ἐμπεσόντες οὖν οἱ βουκόλοι, τοὺς μὲν κατὰ πρόσωπον, καὶ τὸν στρατηγὸν αὐτὸν διαπείρουσι ταῖς λόγχαις, ἀπαρασκευάσ τε ὄντας, καὶ πρὸς τὸ ἀδόκητον τεταραγμένους. τῶν δ' ἄλλων ἀδιήγητος θάνατος ἦν. οἱ μὲν γὰρ εὐθὺς ἐκ πρώτης προσβολῆς μηδὲ κινήσαντες τὰς αἰχμὰς ἀπώλλυν-
το· οἱ δὲ οὐ λαβόντες σχολὴν ἀμύνασθαι· ἅμα γὰρ

terram inundet: quos, cum irriganda planicies est, Aegyptii demoliuntur: ac tum aqua effunditur. Post eum pagum longa lataque fossa erat: cuius aggerem, qui ei prae-
rant, simulatque adventantes hostes conspexerunt, statim
demoliti sunt. Eodemque tempore omnia simul facta sunt:
senes, qui praecedebant, in diversa abierunt, reliqui vero hastis proiectis impetum fecerunt: aquae passim excre-
verunt. Iam paludes undique tumentes exundabant: an-
gustusque aditus aquis obruebatur, ita ut omnia mare
esse viderentur. Pastores, impetu facto, obvios quosque,
atque ipsum inprimis ductorem, imparatos & inopinato
eventu perterrefactos pilis confixerunt. Aliorum vero
pereundi modus enarrari nequit. Alii enim primo statim
congressu, nullo ad declinanda tela, aut ad referiendum
hostem spatio dato perierunt: puncto enim temporis eo-

ἐμάνθανον καὶ ἵστανται, ἐνίοις δὲ ἔφθανε τὸ παθεῖν
πρὸ τοῦ μαθεῖν. οἱ δὲ ὑπ' ἐκπλήξεως παράλογου τὸν
θάνατον ἑστήκεισαν περιμένοντες· οἱ δὲ καὶ κινηθέντες
μόνον κατωλίσθανον ὑποσκελίζοντες αὐτοὺς τοῦ ποτα-
μοῦ· οἱ δὲ καὶ ζεύγια ὁρμήσαντες, εἰς τὸ βαθὺ τῆς
λίμνης ἐκκυλισθέντες ὑπεσύροντο. τῶν μὲν γὰρ ἐπὶ
τῆς γῆς ἱστώτων, τὸ ὕδωρ ἦν ἄχρις ὀμφαλοῦ, ὥστε
καὶ ἀνέκρουεν αὐτῶν τὰς ἀσπίδας, καὶ ἐγύμνου πρὸς
τὰ τραύματα τὰς γαστέρας. τὸ δὲ κατὰ τὴν λίμνην
ὕδωρ, παντὸς ὑπὲρ κεφαλὴν ἀνδρὸς ἦν. διακρῖναι δὲ
οὐκ ἦν, τί λίμνη καὶ τί πεδίον· ἀλλὰ καὶ ὁ διὰ τῆς
γῆς τρέχων δέει τοῦ μὴ διαμαρτεῖν, βραδύτερος ἦν πρὸς
τὴν ζεύγην, ὥστε ταχέως ἡλίσκετο· καὶ ὁ κατὰ τῆς
λίμνης πλανηθεὶς, ὀξέως γῆν εἶναι, κατεδύετο. καὶ ἦν
καινὰ ἀτυχήματα καὶ ναυάγια τοσαῦτα, καὶ ναῦς
οὐδαμοῦ. ἀμφότερα δὲ καινὰ καὶ παράλογα, ἐν ὕδατι

dem & quae fierent cognoverunt, & ceciderunt: nonnulli etiam prius, quam cognoscerent, caesi sunt: quidam, subito metu perculsi, mortem immoti expectabant:
aliqui vixdum se loco moventes delabebantur, fluminis
aqua eos deturbante: multi, fugam arripere conati, in pa-
ludis fundo mergebantur: iam enim aqua eorum, qui in
terra erant, umbilicum pertingebat ita, ut clypeorum
usum adimeret, latusque ad vulnera nudaret; eorum vero, qui in palude, caput omnino superabat: nec, ubi aut
palus esset, aut campus, dignosci amplius poterat. Itaque, qui per terram currebat, errare timens, ad fugam
segnior reddebatur, eoque in hostium brevi manus deve-
niebat: qui per paludem ferebatur, in terra se esse putans demergebatur. Nova procul dubio infortunii ac naufragii genera illa erant, cum nullibi navis cerneretur: neque tantum nova, sed humanam etiam cogitationem vin-

πεζομαχία, καὶ ἐν τῇ γῇ τὰ ναυάγια. οἱ μὲν δὴ τοῖς πεπραγμένοις ἐπαρθέντες μέγα ἐφρόνουν, ἀνδρείᾳ νομί-ζοντες κεκρατηκέναι, καὶ οὐκ ἀπάτης κλοπῇ. αὐτὸ γὰρ Αἰγύπτιος, καὶ τὸ δειλὸν, ὅπου φοβεῖται, δεδούλω-ται, καὶ τὸ μάχιμον, ἐν οἷς θαρρεῖ, παρώξυνται· ἀμ-φότερα δὲ οὐ κατὰ μέτρον, ἀλλὰ τὸ μὲν ἀσθενέστε-ρον δυστυχεῖ, τὸ δὲ προπετέστερον κρατεῖ.

ιέ. Δέκα δὲ τῇ Λευκίππῃ διεληλύθεσαν ἡμέραι τῆς μανίας, ἡ δὲ νόσος οὐκ ἐκαυφίζετο. ἅπαξ οὖν ποτε καθωδεύσα, ταύτην ἀφῆσιν προπολουμένην τὴν φω-νήν· Διὰ σὲ μαίνομαι, Γοργία. Ἐπεὶ οὖν ἕως ἐγέ-νετο, λέγω τῷ Μενελάῳ τὸ λεχθὲν, καὶ ἐσκόπουν εἴ τις εἴη που κατὰ τὴν κώμην Γοργίας. Προελθοῦσι δ' ἡμῖν νεανίσκος προσέρχεταί τις, καὶ προσαγορεύσας με· Σωτὴρ ἥκω σοι, ἴσθι, καὶ τῆς σῆς γυναικός. Ἐx-

centia: in aqua enim terreſtris pugna committebatur, & in terra naufragium fiebat. Hoc ſucceſſu elati paſtores mirum in modum gloriabantur, virtute, non fraude, vi-ctoriam ſe adeptos eſſe arbitrantur. Aegyptiorum enim gens periculoſis in rebus animum abiicit, in ſecuris autem ſpiritus ſumit. In quo non eundem modum ſervat. Nam aut ignaviſſime cedit, aut ſuperbiſſime dominatur.

XV. Iam decimus a Leucippes inſania dies praeterie-rat, nec de magnitudine ſua morbus quidquam remiſerat, cum ardentem hanc vocem dormiens aliquando tandem emiſit: Ob tuam, o Gorgia, cauſam deſipui. Id quod ego, ſimulac dies illuxit, Menelao retuli, cogitans eſſetne in vico illo Gorgias nomine aliquis. Interea dum e tentoriu egrederemur, obviam nobis adoleſcens quidam fit, me-que ſaluto: Tui ego, inquit, tuaeque uxoris ſerva-

ε Προπολουμένην τὴν φωνήν) δαίμων γάρ μοί τις αὐτὸν ὁράωσε Reduxi quorundam lectionem, εὔματωρ· οὐ δὲ διαγονὰς γινεῖ τὰς προπολουμένην. Alii: προπολου- θείνε μνυματος. μένην. Sed alteram firmant seqq.
Achill. Tat.

πλαγὶς ὢν, καὶ θεόπεμπτον εἶναι νομίσας τὸν ἄνθρωπον. Μὴ Γοργίας, εἶπον, τυγχάνεις; Οὐ μὲν οὖν,
εἶπεν, ἀλλὰ Χαιρέας· Γοργίας γάρ σε ἀπολώλεκεν.
Ἔτι μᾶλλον ἔφριξα, καὶ λέγω· Τίνα ταύτην ἀπώ-
λειαν, καὶ τίς ἐστιν ὁ Γοργίας; δαίμων γάρ μοί τις
αὐτὸν ἐμήνυσε νύκτωρ· σὺ δὲ διηγητὴς γενοῦ τῶν θείων
μηνυμάτων. Γοργίας ἦν μὲν, ἔφη, Αἰγύπτιος στρατιώ-
της· νῦν δὲ οὐκ ἔστιν, ἀλλ' ἔργον γέγονε τῶν βουκόλων. ἤρα δὲ τῆς σῆς γυναικός. ὢν δὲ φύσει φαρμακεὺς,
σκευάζει τι φάρμακον ἔρωτος, καὶ πείθει τὸν δια-
κονούμενον ὑμῖν Αἰγύπτιον λαβεῖν τὸ φάρμακον, καὶ ἐγ-
καταμῖξαι τῷ τῆς Λευκίππης ποτῷ. λανθάνει δὲ ἀκράτῳ χρησάμενος τῷ φαρμάκῳ, καὶ τὸ φίλτρον εἰς μανίαν αἴρεται. ταῦτα γάρ μοι χθὲς ὁ τοῦ Γοργίου θερά-
πων διηγήσατο, ὃς ἔτυχε μὲν αὐτῷ συστρατευσάμενος

tor adsum. Quamobrem obstupefactus, hominemque a
Deo missum existimans: Num tu, inquam, Gorgias es?
Minime, inquit ille, sed Chaerea. Gorgias is fuit, qui
calamitatem tibi peperit. Cum ego maiori etiam stupore
oppressus, Quaenam, inquam, haec calamitas, aut quis hic
Gorgias est? Deus enim me, nescio quis, noctu admonuit.
Age itaque tu, quid sibi divina haec monita velint, expone. Tum ille: Gorgias, inquit, Aegyptius miles fuit:
qui nunc quidem esse desiit, a pastoribus videlicet intere-
emptus. Is uxoris tuae amore tenebatur. Cumque natura
veneficiis deditus esset, amatoriam potionem comparavit,
ac Aegyptio vestro administratori persuasit, ut eam Leucippes potui infunderet. Verum ita casus attulit, ut va-
lentiore imprudens pharmaco usus sit, ac pro amante in-
sanam reddiderit. Haec omnia eius ipsius Gorgiae famulus heri mihi narravit, qui forte cum eo in bello, quod

ἐπὶ τοὺς βουκόλους· ἔσωσιν δὲ αὐτὸν ἴσως ὑπὲρ ὑμῶν ἡ
τύχη· αἰτεῖ δὲ χρυσοῦς τέτταρας ὑπὲρ τῆς ἰάσεως· ἔχει
γὰρ, φησὶν, ἑτέρου φαρμάκου σκευήν, δι' οὗ λύσει τὸ
πρότερον. Ἀλλὰ σοὶ μὲν, ἔφη, ἀγαθὰ γένοιτο τῆς
διακονίας· τὸν δὲ ἄνθρωπον, ὃν λέγεις, ἄγε πρὸς ἡμᾶς.
Καὶ ὁ μὲν ἀπῆλθεν, ἐγὼ δὲ πρὸς τὸν Αἰγύπτιον εἰσελθὼν, τύπτων τε αὐτὸν πὺξ κατὰ τῶν προσώπων, καὶ
δευτέραν δὲ καὶ τρίτην, θορυβῶν δ' ἅμα καὶ λέγων,
εἶπον· Τί δέδωκας Λευκίππῃ; καὶ πόθεν μαίνεται;
Ὁ δὲ φοβηθεὶς, καταλέγει πάντα, ὅσα ἡμῖν ὁ Χαι-
ρίας διηγήσατο. Τὸν μὲν οὖν εἴχομεν ἐν φυλακῇ καθ-
είρξαντες.

ιστ'. Κἀν τούτῳ παρῆν ὁ Χαιρέας ἄγων τὸν ἄνθρωπον. λέγω οὖν πρὸς ἀμφοτέρους· Τοὺς μὲν τέτταρας χρυσοῦς τὸν λάβετε μισθὸν ἀγαθῆς μηνύσεως.
ἀκούσατε δὴ ὡς ἔχω περὶ τοῦ φαρμάκου. ὁρᾶτε ὡς

contra pastores gestum est, militabat: illumque vestra causa fuisse a fortuna servatum, simile vero videtur. Is pro
reddenda incolumitate nummos aureos quatuor dari sibi
petit, medicamentum habere se affirmans, quod prioris
vim solvat. Atqui tibi quoque, inquam ego, pro beneficio isto gratia referetur. Verum hunc, quem dicis, hominem arcesse. Atque ille quidem abiit: ego vero Aegyptium ministrum domi conveniens, pugnis in faciem iterum ac tertio percussi, ac minati voce: Quidnam Leucippae dedisti? unde insanit? Tum perterrefactus ille, quae
ex Chaereae sermone didiceram, omnia enarravit. Hominem itaque in custodiam dedimus.
XVI. Interea cum Gorgiae famulo Chaerea reversus
est: quibus pecuniam statim dissolvens, Evangelia, inquam, accipite: sed, quae mea de medicamento vestro
sententia sit, audite. Praesentium puellae huius malorum

καὶ τῶν παρόντων τῇ γυναικὶ κακῶν αἴτιον γέγον φάρμακον. οὐκ ἀκίνδυνον δὲ ἐπιφαρμάσσειν τὰ σπλάγχνα ἤδη πεφαρμαγμένα. Εἴπε, εἴπατε, ὅ, τι καὶ
ἔχει τὸ φάρμακον τοῦτο, καὶ παρόντων ἡμῶν σκευά-
σατε· χρυσοῖ δὲ ὑμῖν ἄλλοι τέτταρις μισθὸς, ἂν οὕτω ποιῆτε. Καὶ ὁ ἄνθρωπος, Δίκαια, ἴΟη, φοβῇ τὰ
δὲ ἐμβαλλόμενα κοινὰ, καὶ πάντα ἐδώδιμα· καὶ αὐτὸς δὲ τούτων ἀπογεύσομαι τοσοῦτον, ὅσον καὶ ἡ γυνὴ λάβοι. Καὶ ἅμα κελεύει τινὰ πριάμενον κομίζειν,
ἕκαστον εἰπών. ὥστε ταχὺ μὲν ἐκομίσθη, παρόντων
δὲ ἡμῶν συνέτριψεν πάντα ὁμοῦ, καὶ δίχα διελών· Τὸ
μὲν αὐτὸς, ἴ῀Ϛη, πίομαι πρῶτος, τὸ δὲ δώσω τῇ γυναικί. κοιμηθήσεται δὲ πάντως δι' ὅλης νυκτὸς λαβοῦσα·
περὶ δὲ τὴν ἕω καὶ τὸν ὕπνον καὶ τὴν νόσον ἀποθήσεται.
Λαμβάνει δὴ τοῦ φαρμάκου πρῶτος αὐτὸς, τὸ δὲ λοιπὸν κελεύει περὶ τὴν ἑσπέραν δοῦναι πιεῖν. Ἐγὼ δὲ

causam potionem fuisse scitis: idcirco minime tutum existimo, ut intectam pharmaco alvum aliis rursum medi-
caminibus irritemus. Agitedum ergo, quid hoc in medicamento insit, denuntiate, ac praesentibus nobis parate.
Quod si feceritis, alteram tantam pecuniam vobis muneri dabo. Tum famulus ille, Iuste, inquit, formidas. Ceterum, quae paranda sunt, communia & esui apta omnia
credas velim: ego tantum mihi ex iis sumam, quantum
puellae daturus sum. Ac statim quendam singula nomi-
natim emtum ire, atque afferre iussit, aliaque omnia
spectantibus nobis contrivit, duabusque partibus factis,
Hanc, inquit, prior ipse bibam: alteram mulieri dabo:
quae, illa epota, totam omnino noctem dormiet. Adven-
tante luce, & somno & morbo liberabitur. Ita primus
ipse potionem hausi: reliquum ut vesperi puellae dare-

ἄπειμι, ἔφη, κοιμηθησόμενος· τὸ γὰρ φάρμακον οὕτω βούλεται. Ταῦτα εἰπὼν ἀπῆλθι, τοὺς τέτταρας
χρυσοῦς παρ' ἐμοῦ λαβών. Τοὺς δὲ λοιπούς, ἔφην,
δώσω, εἰ ῥαΐσειεν ἐκ τῆς νόσου.

ιζ'. Ἐπεὶ οὖν καιρὸς ἦν πιεῖν αὐτὴν τὸ φάρμακον,
ἐγχέας, προσηυχόμην αὐτῷ· Ὦ γῆς τέκνον, φάρμακον, ὦ δῶρον Ἀσκληπιοῦ, ἀληθεύσειέν σου τὰ ἐπαγ-
γέλματα, εὐτυχέστερόν μοι γενοῦ καὶ σῶζέ μου τὴν
φιλτάτην. νίκησον τὸ βάρβαρον ἐκεῖνο καὶ ἄγριον φάρμακον. Ταῦτα δοὺς τῷ φαρμάκῳ τὰ συνθήματα, καὶ
καταφιλήσας τὸ ἔκπωμα, δίδωμι τῇ Λευκίππῃ πιεῖν.
ἡ δὲ, ὡς ὁ ἄνθρωπος εἶπε, μετὰ μικρὸν ἔκειτο καθεύδουσα. κἀγὼ παρακαθήμενος, ἔλεγον πρὸς αὐτὴν ὡς
ἀκούουσαν· Ἆρά μοι σωφρονήσειας ἀληθῶς; ἆρά μέ
ποτε γνωρίσειας; ἆρά σου τὴν φωνὴν ἐκείνην ἀπολήψο-
μαι; μάντευσαί τι καὶ νῦν καθεύδουσα. καὶ γὰρ χθὲς

nur, praecepit: seque, quoniam ita potio cogeret, dor-
mitum ire testatus, nummis quatuor acceptis abiit. Nam
reliquos, simulatque Leucippe convaluisset, numeratu-
rum me promiseram.

XVII. Posteaquam dandi medicamenti tempus venit,
illud ego miscens, ita sum allocutus: O terra genita, atque ab Aesculapio mortalium generi primum data medicina, utinam, quae mihi de re promissa fuerunt, vera sint!
tu mihi propitia esto, devictoque barbaro & agresti veneno illo, carissimam puellam incolumem reddito. Hac
medicinae tessera data, poculoque dissuaviato, puellae
potionem dedi, quam non ita multo post somnus, uti vir
ille praesignificarat, complexus est. Ac tum ego ei assidens
dormientem, quasi audiret, ita propemodum affatus sum:
Verene tu nunc resipisces? Ecquid tu me agnosces? ecquid ego vocem tuam audiam? Age, iam aliquid etiam

τοῦ Γοργίου κατεμαντεύσω. δικαίως εὐτυχεῖς ἄρα· μᾶλλον μεμφομένη. γρηγοροῦσα μὲν γὰρ μανίαν δυστυχεῖς· τὰ δὲ ἐνύπνιά σου σωφρονεῖ. Ταῦτά μου διαλεγομένου ὡς πρὸς ἀκούουσαν Λευκίππην, μόλις ἡ πολύευκτος ἕως ἀναφαίνεται, καὶ ἡ Λευκίππη φθέγγεται, καὶ ἦν ἡ φωνή Κλειτοφῶν. Ἀναπηδήσας οὖν πρόσειμί τε αὐτῇ, καὶ πυνθάνομαι πῶς ἔχει. ἡ δὲ ἐῴκει μὲν μηδὲν ὧν ἔπραξεν ἐγνωκέναι. τὰ δεσμὰ δὲ ἰδοῦσα ἐθαύμαζεν, καὶ ἐπυνθάνετο τίς ὁ δήσας εἴη; ἐγὼ δὲ ἰδὼν σωφρονοῦσαν, ὑπὸ πολλῆς χαρᾶς, ἦλθον μὲν μετὰ θορύβου τὰ δεσμά· μετὰ ταῦτα δὲ ἤδη τὸ πᾶν αὐτῇ διηγοῦμαι. ἡ δὲ ᾐσχύνετο ἀκρεωμένη, καὶ ἠρυθρία, καὶ ἐνόμιζε τότε αὐτὰ ποιεῖν. τὴν μὲν οὖν ἀνελάμβανον παραμυθούμενος. τοῦ δὲ φαρμάκου τὸν μισθὸν ἀποδίδωμι μάλα ἀσμένως. ἦν δὲ τὸ πᾶν ἡμῖ

nunc in somnis vaticinare: nam heri quoque, de Gorgia divinasti. Magna tua merito est vigilantis felicitas, sed dormientis maior: vigilantem enim insania miseram reddit; dormientis autem insomnia prudentiam prae se ferunt. Haec me, tanquam cum audiente puella, colloquente, tandem optata dies illuxit: Leucippeque tua vocem mittens me nomine appellavit. Exsiliens itaque, & propior factus, ut valeret, rogavi. At illa nihil eorum, quae gesserat, scire mihi visa est: sed vinctam se cernens admirabatur: &, a quo vincta fuisset, quaerebat. Tunc ego mentis compotem factam eam intelligens, ac prae nimio gaudio gestiens, vincula solvi, omniaque, uti acta fuerant, aperui. Quae cum audiret, rubore suffundebatur, ac se tum etiam insanire putabat. Quocirca consolans illam bono esse animo iussi, & medicamenti pretium perlibenter exsolvi. Viaticum enim omne nobis incolume in

ἐφόδιον σῶσαι. ὁ γὰρ Σάτυρος ἔτυχεν ἐξωσμένος, ὅτι
ἐναυαγήσαμεν. οὐκ ἀφῄρητο δὲ ὑπὸ τῶν λῃστῶν οὔτε
αὐτὸς, οὔτε ὁ Μενέλαος, οὐδὲν, ὧν εἶχεν.

ιη΄. Ἐν τούτῳ δὲ καὶ τὰς λῃστὰς ἐπελθοῦσα δύνα-
μις μείζων ἀπὸ τῆς μητροπόλεως παρεστήσατο, καὶ
πᾶσαν αὐτῶν εἰς ἔδαφος κατέστρεψε τὴν πόλιν. Ἐλευ-
θερωθέντες δὲ τοῦ ποταμοῦ τῆς τῶν βουκόλων ὕβρεως,
παρεσκευαζόμεθα τὸν ἐπὶ τὴν Ἀλεξάνδρειαν πλοῦν.
συνέπλει δὲ ἡμῖν καὶ ὁ Χαιρέας, φίλος ἤδη γενόμενος ἐκ τῆς τοῦ φαρμάκου μηνύσεως. ἦν δὲ τὸ μὲν γένος ἐκ τῆς νήσου τῆς Φάρου, τὴν δὲ τέχνην ἁλιεὺς,
ἐστρατεύετο δὲ μισθῷ κατὰ τῶν βουκόλων τὴν ἐν ταῖς
ναυσὶ στρατείαν. ὥστε μετὰ τὸν πόλεμον τῆς στρα-
τείας ἀπήλλακτο. Ἦν οὖν ἐξ ἀπλοίας μακρᾶς πλεόντων πάντα μεστὰ, καὶ πολλή τις οὕτως ἡδονὴ, ναυτῶν ᾠδὴ, πλωτήρων κρότος, χορεία νεῶν, καὶ ἦν ἅπας

Ipso etiam naufragio Satyrus praestiterat: nec post aut
ipse, aut Menelaus, aut e suo quidquam in latronum potestate remanserat.

XVIII. Interea copiae maiores a principe civitate adversus latrones immissae sunt: quae urbem illorum uni-
versam funditus everterunt. Flumine a pastorum iniuria
liberato, Alexandriam petere instituimus, adiuncto nobis
Chaerea: quem in aere nostro ob factum potionis indicium receperamus. Erat is ex insula Pharo piscator; sed
qui tunc adversus pastores in exercitu navali stipendia
merebat, & confecto bello dimissus fuerat. Itaque cum
latronum metu multum temporis navigatio intermissa fuisset, iis devictis omnia navigantibus completa sunt: viden-
tibusque magnam afferebant voluptatem nautarum cantus,
vectorum plausus, navium ordo, & fluminis celebritas.

ὁ ποταμὸς ἑορτή· ἐῴκει δὲ ὁ πλοῦς κωμάζοντι ποτα-
μῷ· ἔπινον δὲ καὶ τοῦ Νείλου τότε πρῶτον ἄνευ τῆς
πρὸς οἶνον ὁμιλίας, κρίναι θέλων τοῦ πόματος τὴν
ἡδονήν· οἶνος γὰρ φύσεως ὕδατος κλοπή. ἀρυσάμενος
οὖν ὑάλου τῆς διαφανοῦς κύλικα, τὸ ὕδωρ ἑώρων ὑπὸ
λευκότητος πρὸς τὸ ἔκπωμα ἁμιλλώμενον, καὶ τὸ ἔκπωμα νικώμενον. γλυκὺ δὲ πινόμενον ἦν καὶ ψυχρὸν ἐν
μέτρῳ τῆς ἡδονῆς. οἶδα γὰρ ἐνίους τῶν παρ' Ἕλλησι
ποταμῶν καὶ τιτρώσκοντας. τούτῳ συνέκρινον αὐτοὺς
τῷ ποταμῷ. διὰ τοῦτο αὐτὸν ἄκρατον ὁ Αἰγύπτιος πίνων οὐ φοβεῖται, Διονύσου μὴ δεόμενος. ἐθαύμασα δὲ
αὐτοῦ καὶ τὸν τρόπον τοῦ ποτοῦ. οὔτε γὰρ ἀρύσαντες
πίνειν ἐθέλουσιν, οὔτε ἐκ πωμάτων ἄγχονται, ἔκπωμα αὐτουργὸν ἔχοντες. ἔκπωμα γὰρ αὐτοῖς ἐστιν ἡ
χείρ. εἰ γάρ τις αὐτῶν διψήσει, πλέων προκύψας ἐκ
τῆς νεὼς τὸ μὲν πρόσωπον εἰς τὸν ποταμὸν προβέβλη-
κεν, τὴν δὲ χεῖρα εἰς τὸ ὕδωρ καθῆκεν, καὶ κοίλην βα-

Sane autem diem festum agenti fluvio similis navigatio
videbatur. Atque ego Nili suavitatem cognoscere cupiens,
illius aquam eo primum die, nullo admixto vino, bibi:
vinum enim impedimento est, quo minus aquae natura
percipiatur. Vitreo igitur scypho maxime perspicuo re-
pleto, aquam cum poculo candore contendere ac superiorem evadere animadverti. Bibenti autem & dulcis erat,
& sine iniucunditate frigida: quaedam enim in Graecia
flumina esse scio adeo frigida, ut bibentibus molesta sint.
Ea ego tanto fluvio comparabam. Hinc porro fit, ut
Aegyptii, aquarum huiusmodi copiam suppeditante Nilo,
vini penuriam haud metuant. Quin etiam ipsum bibendi
modum admiratus sum. Neque enim cadis, aut poculis,
sed sua ipsorum manu bibituri utuntur: si enim navi-
gantium aliquis sitiat, in flumen e navi se inclinans, ma-

πτίσας καὶ πλησάμενος ὕδατος, ἀκοντίζει κατὰ τοῦ
στόματος τὸ πόμα, καὶ τυγχάνει τοῦ σκοποῦ· τὸ δὲ
κεχηνὸς, περιμένει τὴν βολὴν, καὶ δέχεται, καὶ κλεί-
ται, καὶ οὐκ ἐᾷ τὸ ὕδωρ αὖθις ἔξω πεσεῖν.

ιθʹ. Εἶδον δὲ καὶ θηρίον ἄλλο τοῦ Νείλου, ὑπὲρ τὸν
ἵππον τὸν ποτάμιον εἰς ἀλκὴν ἐπαινούμενον. κροκόδει-
λος δὲ ὄνομα ἦν αὐτῷ. παρήλλακτο δὲ καὶ τὴν μορφὴν εἰς ἰχθὺν ὁμοῦ καὶ θηρίον μέγα. μέγας μὲν γὰρ
ἐκ κεφαλῆς εἰς οὐράν, τὸ δὲ εὖρος τοῦ μεγέθους οὐ κατὰ λόγον. δορὰ δὲ φολίσι φρισσή. πετραία δὲ τῶν νώτων ἡ χροιὰ καὶ μέλεσα, ἡ γαστὴρ δὲ λευκή· πόδες τέτταρες, εἰς τὸ πλάγιον ἠρέμα κυρτούμενοι, καθάπερ χερσαία χελώνη· οὐρὰ μακρὰ καὶ παχεῖα, καὶ
ἐοικυῖα στερεῷ σώματι. οὐ γὰρ ὡς τοῖς ἄλλοις περίκει-
ται θηρίοις, ἀλλ' ἔστι τῆς ῥάχεως ἐν ὀστοῦν τελευτῆ,
καὶ μέρος αὐτοῦ τῶν ἕλων. ἐπιτέτμηται δὲ εἰς ἀκάνθας
ἄνωθεν ἀπαιδῶς, οἷαι τῶν πριόνων εἰσὶν αἱ αἰχμαί. αὖ-

num cavam demergit, haustamque aquam in os iaculatur,
minime a scopo aberrans: illud autem patens iactum exspectat, suscipitque: dein clauditur, & aquam excidere non finit.

XIX. Caeterum aliud etiam animal vidi, ferocia Nili equo
praestantius. Crocodilo ei nomen est: forma vero cum
piscis, tum belluae terrestris magnae. Longum enim inter
caput & caudam spatium intercedit: sed longitudini lati-
tudo proportione haudquaquam respondet. Cutis eius squa-
mis aspera est. Dorsum petrae simile, ac nigrum: alvus
candida: pedes ipsi quatuor in obliquum deflexi, quales
testudinis terrestris. Cauda longa, crassa, solidoque corpori similis. Neque enim, ut in aliis animalibus habetur,
est, sed osse uno, qui spinae finis, ac natium pars est,
constat, asperis in superiore parte acuminibus, ut sunt
serrae dentes, referta, & qua flagelli loco in capienda

τῇ δὲ αὐτῷ καὶ μάστιξ ἐπὶ τῆς ἄγρας γίνεται. τύπτει
γὰρ αὐτῇ πρὸς οὓς ἂν διαπαλαίῃ, καὶ πολλὰ ποιεῖ
τραύματα πληγῇ μιᾷ. κεφαλὴ δὲ αὐτῷ τοῖς νώτοις
συμφύεται, καὶ εἰς μίαν στάθμην ἰθύνεται· ἀλείφει γὰρ
αὐτοῦ τὴν δειρὰν ἡ φύσις. ἔστιν δὲ τοῦ λοιποῦ βλο-
συρωπότερος τὰ στόματα, καὶ ἐπιπλεῖον ἐπὶ τὰς γένυς ἐκτείνεται καὶ ἀνοίγεται πᾶσα. τὸν μὲν γὰρ ἄλλον χρόνον, παρ' ὅσον οὐκ ἴσχυε τὸ θηρίον, ἔστι κε-
φαλή· ὅταν δὲ χάνῃ πρὸς τὰς ἄγρας, ὅλος στόμα
γίνεται. ἀνοίγει δὲ τὴν γένυν τὴν ἄνω, τὴν δὲ κάτω
στερεὰν ἔχει, καὶ ἀπόστασίς ἐστι πολλὴ, καὶ μέχρι
τῶν ὤμων τὸ χάσμα, καὶ εὐθὺς ἡ γαστήρ. ὀδόντες δὲ
πολλοὶ, καὶ ἐπὶ πλεῖστον τεταγμένοι. φασὶ δὲ ὅτι τὸν
ἀριθμὸν τυγχάνουσιν, ὅσας ὁ θεὸς εἰς ὅλον ἔτος ἀναλάμ-
πει τὰς ἡμέρας. ἂν δὲ ἐκπτεράσῃ πρὸς τὴν γῆν, ὅσον ἔχει
δυνάμεως, ἀπιστήσεις ἰδὼν τὴν τοῦ σώματος ὁλκήν.

praeda utatur: illa enim feras, quibuscum pugnat, per-
cutit, multaque uno ictu vulnera imponit. Caput humeris adiunctum, & ad amussim directum est: natura quippe collum eius occuluit. Reliquum corpus horribile est,
praesertim cum maxillae diducuntur, & os totum aperi-
tur. Quamdiu enim bellua non hiat, caput illi est: in
hiando vero ad praedam capiendam os totum fit: tumque
superiorem tantum genam movet, inferiorem autem nequaquam. Porro hiatus ingens est, utpote qui ad humeros usque protenditur, eique statim subiicitur venter.
Dentes habet multos, longa serie pectinatim sese stipan-
tes; quos quidem, cum ad numerum rediguntur, tot reperiri aiunt, quot dies integro anno Deus illustrat. Quan-
tis autem viribus polleat, si corporis molem tuam, cum
in terram egreditur, spectes, minime utique credas.

ΛΟΓΟΣ ΠΕΜΠΤΟΣ.

Τριων δὲ πλεύσαντες ἡμερῶν εἰς Ἀλεξάνδρειαν
ἤλθομεν. Ἀπιόντι δέ μοι κατὰ τὰς ἡλίου καλουμένας
πύλας, συνηντᾶτο εὐθὺς τῆς πόλεως ἀστράπτον τὸ
κάλλος, καί μου τοὺς ὀφθαλμοὺς ἐγέμισεν ἡδονῆς.
στοῖχμη μὲν κιόνων ὄρθιος ἑκατέρωθεν ἐκ τῶν ἡλίου πυλῶν, εἰς τὰς σελήνης πύλας· οὗτοι γὰρ τῆς πόλεως
οἱ πυλωροί. ἐν μέσῳ δὴ τῶν κιόνων, τῆς πόλεως τὸ
πεδίον. ὁδὸς δὲ διὰ τοῦ πεδίου πολλὴ, καὶ ἔνδημος ἀπο-
δημία. Ὀλίγους δὲ τῆς πόλεως σταδίους προελθὼν,
ἦλθον εἰς τὸν ἐπώνυμον Ἀλεξάνδρου τόπον. εἶδον δὲ ἐν-
ταῦθιν ἄλλην πόλιν, καὶ σχιζόμενον ταύτῃ τὸ κάλλος.
ὅσος γὰρ κιόνων ὄρχατος εἰς τὴν εὐθυωρίαν, τοσοῦτος
ἕτερος εἰς τὰ ἐγκάρσια. ἐγὼ δὲ μερίζων τὰς ὀφθαλ-

LIBER QUINTUS.

CONFECTO tandem trium dierum spatio, Alexandriam nave delati sumus: ubique Solis, quas vocant,
portas introëunti mira quaedam urbis pulchritudo offer-
tur, & voluptate oculos complevit. A Solis enim ad Lunae usque portas, in eorum autem Deorum tutela por-
tae ipsae sunt, recta columnarum series utrinque protendebatur. Quarum in medio forum situm erat, a quo viae
multae ducebantur, adeo, ut ipse in urbe perambulans
populus, peregrinationem quodammodo suscepisse videretur. Illinc aliquot urbis stadia progressus, ad eum locum,
cui ab Alexandro nomen est, perveni: aliamque civitatem vidi, cuius pulchritudo hoc pacto distincta erat, ut
quam longus esset columnarum in rectum dispositarum
ordo, tam longus alius in obliquum scie intuentibus offer-

μοὺς εἰς πάσας τὰς ἀγυιάς, θεατὴς ἀκόρεστος ἤμην, καὶ τὸ κάλλος ὅλως οὐκ ἐξήρκουν ἰδεῖν. τὰ μὲν ἔβλεπον, τὰ δ' ἔμελλον, τὰ δ' ἠπειγόμην ἰδεῖν, τὰ δὲ οὐκ ἤθελον παρελθεῖν. ἐκράτει τὴν θέαν τὰ ὁρώμενα, εἷλκε τὰ προσδοκώμενα. περιάγων οὖν ἐμαυτὸν εἰς πάσας τὰς ἀγυιάς, καὶ πρὸς τὴν ὄψιν δυσερωτῶν, εἶπον καμών· Ὀφθαλμοί, νενικήμεθα. Εἶδον δὲ καὶ δύο καινὰ καὶ παράλογα, μεγέθους πρὸς τὸ κάλλος ἅμιλλαν, καὶ δήμου πρὸς πόλιν φιλονεικίαν, καὶ ἀμφότερα νικῶντα. ἡ μὲν γὰρ ἠπείρου μείζων ἦν· ὁ δὲ πλείων ἔθνους. καὶ εἰ μὲν εἰς τὴν πόλιν ἀπεῖδον, ἠπίστουν εἰ πληρώσειέ τις δῆμος αὐτὴν ἀνδρῶν. εἰ δὲ εἰς τὸν δῆμον ἐθεασάμην, ἐθαύμαζον εἰ χωρήσειέ τις αὐτὸν πόλις. τοιαύτη τις οὖν ἰσότητος τριττή.

ret. In omnes itaque vias obtutus dispertiens, neque spectando satiari, neque pulchritudinem omnem assequi poteram. Quaedam enim ante oculos habebam, quaedam mox habiturus eram, nonnulla videre praeoptabam, alia etiam erant, quae praetermittenda minime censebam: ac licet, quae perspexeramus, oculos occupassent, tamen, quae videnda supererant, nos ad sese alliciebant: quamobrem viis omnibus perlustratis, cum ad omnia contemplanda sufficere oculorum acies nequiret, fessus spectando exclamavi: Oculi! victi sumus. Illud vero novum atque incredibile mihi ante omnia visum est. Urbis enim amplitudo cum pulchritudine, & magnitudo cum multitudine habitatorum ita certabat, ut neutra alteri cederet. Nam & illa continente maior, & haec innumerabilis erat. Porro intuenti mihi civitas amplior apparebat, quam ut habitatoribus compleri posset: populus autem tam numerosus videbatur, ut, aliquane urbe contineri valeret, dubitare cogeret. Ita aequo haec inter se marte contendebant.

β'. Ἦν δέ πως καὶ κατὰ δαίμονα ἱερομηνία τοῦ μεγάλου θεοῦ, ὃν Δία μὲν Ἕλληνες, Σέραπιν δὲ καλοῦσιν Αἰγύπτιοι· ἦν δὲ καὶ πυρὸς δαδουχία. καὶ τοῦτο μέγιστον ἐθεασάμην. ἑσπέρα μὲν γὰρ ἦν, καὶ ὁ ἥλιος κατεδύετο, καὶ νὺξ ἦν οὐδαμοῦ· ἀλλὰ ἄλλος ἀνέτελλεν ἥλιος καταχερματίζων. τότε γὰρ εἶδον πόλιν ἐρίζουσαν περὶ κάλλους οὐρανῷ. Ἐθεασάμην δὲ καὶ τὸν μειλίχιον Δία, καὶ τὸν Διὸς οὐράνιον νεώ. Προσευξάμενοι δὴ τῷ μεγάλῳ θεῷ, καὶ ἱκετεύσαντες στῆναι ἡμῖν ποτε τὰ δεινὰ, εἰς τὴν καταγωγὴν ἤλθομεν, ἣν ἔτυχεν ὁ Μενέλαος ἡμῖν μεμισθωμένος. οὐκ ἐῴκει δὲ ἄρα ὁ θεὸς ἐπινεύειν ταῖς ἡμετέραις εὐχαῖς, ἀλλ' ἔμενεν ἡμᾶς καὶ ἄλλο τῆς τύχης γυμνάσιον.

γ'. Ὁ γὰρ Χαιρέας πρὸ πολλοῦ τῆς Λευκίππης ἐράσθην ἐρῶν, καὶ διὰ τοῦτο μεμήνυκε τὸ φάρμακον.

II. Forte autem eo tempore magni numinis, quem Δία Graeci, Serapin Aegyptii vocant, festi dies celebrabantur, flammaeque passim relucebant, idque non vulgari admiratione dignum animadverti: vespera enim cum adventasset, ac iam sol occidisset, nox tamen nondum erat, sed alius minutas quasdam in partes divisus sol exoriebatur. Tunc urbem illam cum coelo etiam pulchritudine contendere iudicavi. Milichium quin etiam Iovem, coelesteque illius templum vidi: cuius magnum numen cum venerati essemus, precarique, ut nostrorum tandem infortuniorum finis fieret, conductam a Menelao domum ingressi fuimus. Sed precibus nostris Deus ille nequaquam annuisse visus est: aliud enim discrimen restabat, in quo fortuna nos adhuc exerceret.

III. Nam Chaerea Leucippen multo antea clam amabat, medicamentique indicium fecerat, simul ut se in familia-

ἅμα μὲν ἀφορμὴν οἰκειότητος αὐτῷ θηρώμενος· ἅμα δὲ καὶ αὐτῷ σῴζων τὴν κόρην. εἰδὼς οὖν ἀμηχανίαν τοῦ τυχεῖν, συντίθησιν ἐπιβουλήν, λῃστῶν ὁμοτέχνων συγκροτήσας, ἅτε θαλάσσιος ὢν ἄνθρωπος, καί, συνθέμενος αὐτοῖς, ἃ δεῖ ποιεῖν, ἐπὶ ξενίαν ἡμᾶς εἰς τὴν Φάρον καλεῖ, σκηψάμενος γενεθλίων ἄγειν ἡμέραν. ὡς οὖν προήλθομεν τῶν θυρῶν, οἰωνὸς ἡμῖν γίνεται πονηρός. χελιδόνα κίρκος διώκων, τὴν Λευκίππην εἰς τὴν κεφαλὴν πατάσσει τῷ πτερῷ. ταραχθεὶς οὖν ἐπὶ τούτῳ, καὶ ἀνανεύσας εἰς οὐρανόν· Ὦ Ζεῦ, τί τοῦτο, ἔφην, φαίνεις ἡμῖν τέρας; ἀλλ' εἰ τῷ ὄντι σὸς ὄρνις οὗτος, ἄλλον ἡμῖν σαφέστερον δεῖξον οἰωνόν. μεταστραφεὶς οὖν, ἔτυχον γὰρ παρεστὼς ἐργαστηρίῳ ζωγράφου, γραφὴν ὁρῶ κειμένην, ἥτις ὑπῃνίττετο πρὸς ὅμοιον. Πρόκνης γὰρ εἶχε φθοράν, καὶ τὴν βίαν Τηρέως, καὶ τῆς γλώττης τὴν τομήν. ἦν δὲ ὁλόκληρον τὸ διήγημα

ritatem nostram ea occasione arrepta insinuaret, simul ut puellam sibi ipsi servaret. Qua cum potiri difficile admodum esse intelligeret, ad parandas insidias animum adiecit. Itaque praedonibus aliquot sui similibus collectis, rerum enim maritimarum non imperitus fuerat, quid ab iis fieri velit, docet: mox natalem diem suum agere simulans, nos ad Pharum visendam invitat. Igitur domo egressis nobis sinistrum in via omen evenit. Hirundinem insequens accipiter, Leucippes caput ala percussit. Quare perturbatus, coelumque suspiciens: Quid hoc, inquam, portenti est, Iuppiter, quid nobis commonstras? Quin potius, si avis haec vere tua est, aliud nobis manifestius augurium ostendis? Meque convertens, ut forte prope pictoris officinam constiteram, collocatam animadverti tabellam, quae Prognes infortunium, Terei violentiam, linguae abscissionem, integram denique fabulae totius expli-

τοῦ δράματος, ὁ πέπλος, ὁ Τηρεὺς, ἡ τράπεζα, τὸν
πέπλον ἡπλωμένω ἑστήκει κρατοῦσα θεράπαινα. Φιλομήλα παρεστήκει, καὶ ἐπετίθει τῷ πέπλῳ τὸν δά-
κτυλον, καὶ ἐδείκνυεν τοῦ ὑφάσματος τὰς γραφάς. ἡ
Πρόκνη πρὸς τὴν δεῖξιν ἐπένευκεν, καὶ δριμὺ ἔβλεπεν,
καὶ ὠργίζετο τῇ γραφῇ. Θρᾷξ ὁ Τηρεὺς ἐνύφατο Φιλομήλα παλαίων πάλην Ἀφροδισίαν. ἐσπάρακτο τὰς
κόμας ἡ γυνὴ, τὸ ζῶσμα ¹ ἐλέλυτο, τὸν χιτῶνα κατέρ-
ρηκτο, ἡμίγυμνος τὸ στέρνον ἦν, τὴν δεξιὰν ἐπὶ ὀφθαλμοὺς ἤρειδεν τοῦ Τηρέως, τῇ λαιᾷ τὰ διερρωγότα τοῦ
χιτῶνος ἐπὶ τοὺς μαζοὺς εἷλκεν. ἀγκάλαις εἶχε τὴν
Φιλομήλαν ὁ Τηρεὺς, ἕλκων πρὸς ἑαυτὸν ὡς εἶχε τὸ
σῶμα, καὶ σφίγγων ἐν χρῷ τὴν συμπλοκήν. Ὧδε μὲν
τὴν τοῦ πέπλου γραφὴν ὕφηνεν ὁ ζωγράφος. τὸ δὲ
λοιπὸν τῆς εἰκόνος, αἱ γυναῖκες ἐν κανῷ τὰ λείψανα
τοῦ δείπνου τῷ Τηρεῖ δεικνύουσιν, κεφαλὴν τοῦ παιδὸς καὶ χεῖρας· γελῶσι δὲ ἅμα καὶ φοβοῦνται. ἀνα-

cationem continebat. In ea enim peplum, Tereus, mensa,
serva explicatum peplum tenens, & Philomela, quae in
eo picta erant, digito indicans, cernebantur. Progne ad
indicium annuebat, torveque intuebatur, ac picturae propemodum irascebatur. Tereus, genere Thrax, intextus
erat, cum Philomela luctam veneream luctans, quae, capillis evulsis, cingulo soluto, veste discissa, seminudum
pectus ostendebat: dextraque Tereo involabat in oculos,
sinistra vero lacerae vestis parte mammas obtegere nitebatur. Mulierem Tereus totis ad se viribus trahebat, arcte-
que complexabatur. Atque ita quidem pepli disposita erat
pictura. In reliqua tabellae parte mulieres in lance Tereo
coenae reliquias, pueri scilicet caput atque manus offe-

¹ Ζῶμα) Ζῶμα, tanquam Villoison ad Long. Animadv.
ἀπιώτερον legendum suadet p. 17.

πηδῶν ἐκ τῆς κλίνης ὁ Τηρεὺς ἐγέγραπτο· καὶ ἕλκων τὸ ξίφος ἐπὶ τὰς γυναῖκας, τὸ σκέλος ἤρειδεν ἐπὶ τὴν τράπεζαν. [1] ἡ δὲ οὔτε ἕστηκεν, οὔτε πέπτωκεν· ἀλλ' ἐδείκνυεν γραφὴν μέλλοντος πτώματος.

δ'. Λέγει οὖν ὁ Μενέλαος· Ἐμοὶ δοκεῖ τὴν εἰς Φάρον ὁδὸν ἐπισχεῖν. ὁρᾷς γὰρ οὐκ ἀγαθὰ δύο σύμβολα, τό, τι τοῦ ὄρνιθος καθ' ἡμῶν πτερὸν, καὶ τῆς εἰκόνος τὴν ἀπειλήν· λέγουσι δὲ οἱ τῶν συμβόλων ἐξηγηταὶ σκοπεῖν τοὺς μύθους τῶν εἰκόνων, ἃν ἐξιοῦσιν ἐπὶ πρᾶξιν ἡμῖν συντύχωσιν, καὶ ἐξομοιοῦν τὸ ἀποβησόμενον τῷ τῆς ἱστορίας λόγῳ. ὁρᾷς οὖν, πόσων γέμει κακῶν ἡ γραφή; ἔρωτος παρανόμου, μοιχείας ἀναισχύντου, γυναικείων ἀτυχημάτων. ὅθεν ἐπισχεῖν κελεύω τὴν ἔξοδον. Ἐδόκει μοι λέγων εἰκότα, καὶ παραιτοῦμαι τὸν

rebant, ridentes identidem, & trementes. Ille autem stricto in eas gladio insurgens, mensam brachio protrudere videbatur: quae nec stabat, nec cadebat: cadentis tamen formam referebat.

IV. Tum Menelaus: Mihi quidem, inquit, a profectione in Pharum abstinendum videtur. Duo enim adversa nobis portenta, volatum accipitris, & picturae minas, cernis. Monent autem prodigiorum interpretes, ut animum attendamus ad fabulas & argumenta imaginum; si quae nobis ad negotium aliquod proficiscentibus occurrant, reique nostrae eventum ex propositae fabulae argumento metiamur. Nonne obscoeni amoris, impudentis adulterii, muliebrium infortuniorum, malorum denique omnium plenam hanc picturam vides? Ego quidem certe profectionem istam in aliud tempus distulerim. Sane oratio haec Menelai mihi non absurda visa est. Chaeream itaque valere

1 Idem de Tereo Ovidius Met. VI, 661:
    Thracius ingenti mensas clamore repellit.

Χαιρίαν ἐκείνην τὴν ἡμέραν. ὁ μὲν οὖν σφόδρα ἀνιώμε-
νος ἀπηλλάττετο, φήσας αὔριον ἐς ἡμᾶς ἀφίξεσθαι.

ε΄. Ἡ δὲ Λευκίππη λέγει πρός με· Φιλόμυθον γάρ
πως τὸ τῶν γυναικῶν γένος· Τί βούλεται τῆς εἰκόνος
ὁ μῦκες, καὶ τίνες αἱ ὄρνιθες αὗται; καὶ τίνες αἱ γυναῖκες, καὶ τίς ὁ ἀναιδὴς ἐκεῖνος ἀνήρ; Κἀγὼ καταλέγειν ἄρχομαι· Ἀηδὼν, καὶ χελιδὼν, καὶ ἔποψ, πάντες ἄνθρωποι, καὶ πάντες ὄρνιθες. Ἔποψ ὁ ἀνὴρ, αἱ
δύο γυναῖκες, Φιλομήλα χελιδὼν, καὶ Πρόκνη ἀηδών.
πόλις αὐταῖς Ἀθῆναι. Τηρεὺς ὁ ἀνὴρ, Πρόκνη Τήρεως
γυνή. βαρβάροις δὲ, ὡς ἔοικεν, οὐχ ἱκανὴ πρὸς Ἀφροδίτην μία γυνὴ, μάλισθ᾽ ὅταν αὐτῷ καιρὸς δίδωσι
πρὸς ὕβριν τρυφᾶν. καιρὸς οὖν γίνεται τῷ Θρᾳκὶ τούτῳ χρήσασθαι τῇ φύσει, Πρόκνης ἡ φιλοστοργία.

iuſſi; qui triſtis admodum receſſit: Cras ad me, inquiens,
proficiſci vos volo.

V. Tunc ad me converſa Leucippe, fabellarum enim
cupidae mulieres ſunt: Quin tu, inquit, mihi narras,
quid ſibi pictura haec, aveſque iſtae, & mulieres, cum
viro illo impudenti, velint? Tum ego: Quos nunc, inquam, aves eſſe cernis, homines quondam fuere: ac mulieres quidem, Prognen ſcilicet ac Philomelam, illarum
enim nomina haec ſunt, ſorores Athenis ortas fuiſſe,
hancque in hirundinem, illam in luſciniam mutatas; virum autem, cui Tereo nomen fuit, genere Thracem, Pro-
gneſque maritum, in upupam converſum, tradunt. Barbarorum autem libidini, ut conſentaneum eſt, mulier una
ſatis non eſt, praeſertim cum per contumeliam explendae
cupiditatis oblata ſit occaſio. Progneſ igitur erga ſororem
pietas homini barbaro opportunitatem attulit, qua naturam ſuam ſecutus, in omni intemperantia ſeſe effunderet.

Achill. Tat.   N

πέμπει γὰρ ἐπὶ τὴν ἀδελφὴν τὸν ἄνδρα τὸν Τηρέα. ὁ δὲ ἄπεισι μὲν ἔτι Πρόκνης ἀνήρ· ἀναστρέφει δὲ Φιλομήλας ἐραστής, καὶ κατὰ τὴν ὁδὸν ἄλλην αὑτῷ ποιεῖται τὴν Φιλομήλαν Πρόκνην. τὴν γλῶτταν τῆς Φιλομήλας φοβεῖται, καὶ ἕδνα τῶν γάμων αὐτῇ δίδωσι μηκέτι λαλεῖν, καὶ καρποῦται τῆς φωνῆς τὸ ἄνθος. ἀλλὰ πλέον ἤνυσεν οὐδέν. ἡ γὰρ Φιλομήλας τέχνη σιωπῶσαν εὕρηκε φωνήν. ὑφαίνει γὰρ πέπλον ἄγγελον, καὶ τὸ δρᾶμα πλέκει ταῖς κρόκαις, καὶ μιμεῖται τὴν γλῶτταν ἡ χείρ, καὶ Πρόκνης τοῖς ὀφθαλμοῖς τὰ τῶν ὤτων μηνύει, καὶ πρὸς αὐτὴν, ἃ πέπονθε, τῇ κερκίδι λαλεῖ. ἡ Πρόκνη τὴν βίαν ἀκούει παρὰ τοῦ πέπλου, καὶ ἀμύνασθαι καθ' ὑπερβολὴν ζητεῖ τὸν ἄνδρα. ὀργαὶ δὲ δύο, καὶ δύο γυναῖκες εἰς ἓν πνέουσαι, καὶ ὕβρει κεράσασαι τὴν ζηλοτυπίαν, δεῖπνον ἐκπονοῦσι τῶν γάμων ἀτυχέστερον. τὸ δὲ δεῖπνον ἦν ὁ παῖς Τηρέως, οὗ μήτηρ μὲν

Haec enim virum ad visendam sororem misit: qui, cum Prognes maritus abiisset, Philomelae amator est reversus, eamque sibi inter redeundum alteram Prognen fecit. Quod cum resciri nollet, hanc violati pudoris mercedem persolvit. Linguam enim puellae amputavit. Quamquam nihilo plus effecit. Mutum enim indicem Philomela excogitavit, remque omnem, sicuti gesta fuerat, in peplo filis intexuit: manuque linguam imitante, quae passa esset, quando auribus immittere non poterat, ob oculos Prognes ope radii textorii posuit. Progne vim sorori illatam ex pepli pictura cognovit: poenamque opinione omni maiorem de viro sumere aggressa est. Cumque ira duplici mulieres duae arderent, conspiratione facta, obtrectationeque contumeliae coniuncta, coenam Philomelae nuptiis longe detestabiliorem fecerunt. Filium enim patri apposuerunt, cuius

ἦν πρὸ τῆς ὀργῆς ἡ Πρόκνη. τότε δὲ τῶν ὠδίνων ἐπελέ-
λησο. οὕτως αἱ τῆς ζηλοτυπίας ὠδῖνες νικῶσι καὶ τὴν
γαστέρα. μόνον γὰρ ὁρῶσαι γυναῖκες, ἀνιᾶσαι τὸν τὴν
εὐνὴν λελυπηκότα, κἂν πάσχωσι, ἐν οἷς ποιοῦσιν.
οὐχ ἧττον κακὸν τὴν τοῦ πάσχειν λογίζονται συμφο-
ρὰν τῇ τοῦ ποιεῖν ἡδονῇ. ἐδείπνησεν ὁ Τηρεὺς δεῖπνον
Ἐριννύων. αἱ δὲ ἐν κανῷ τὰ λείψανα τοῦ παιδίου παρέ-
φερον, γελῶσαι ζόβῳ. ὁ Τηρεὺς ὁρᾷ τὰ λείψανα τοῦ
παιδίου, καὶ κυβᾷ τὴν τροφήν, καὶ ἐγνώρισεν ὢν τοῦ
δείπνου πατήρ· γνωρίσας, μαίνεται, καὶ σπᾶται τὸ
ξίφος, καὶ ἐπὶ τὰς γυναῖκας τρέχει. ἃς δέχεται ὁ ἀήρ,
καὶ ὁ Τηρεὺς αὐταῖς συναναβαίνει, καὶ ὄρνις γίνεται·
καὶ τηροῦσι ἔτι τοῦ πάθους τὴν εἰκόνα. φεύγει μὲν ἀηδὼν, διώκει δὲ ὁ Τηρεύς· οὕτως ἐφύλαξε τὸ μῖσος καὶ
μέχρι τῶν πτερῶν.

ante iram Progne mater fuerat. Sed tunc partus moleſtiam
oblivioni tradiderat: ita obtrectationis furor uteri doloribus longe potentior eſt. Quanquam autem hoc illis mo-
leſtum erat; tamen cum eum, qui maritalis tori leges
violaverat, ulcifci fe viderent, huiufmodi moleſtiam cum
vindictae voluptate compenfant. Poſteaquam Tereus fu-
riali menfae accumbens epulatus eſt, mulieres in lance nari
reliquias ridentes pariter ac trepidantes protulerunt. Ex
quibus natum a fe abfumtum intelligens, lugebat cibum,
feque coenae genitorem agnovit. Quo facto cognito furore percitus, educto gladio in utramque irruit. At illas
in aves repente mutatas aër fufcepit: quibufcum Tereus
quoque mutatus in volucrem fublatus eſt. Affectus autem
illius imaginem etiamnum omnes fervant. Lufcinia enim
fugit adhuc, upupa vero infequitur, ut poſt mutationem
odium quoque fervatum videatur.

N 2

στ'. Τότε μὲν οὖν οὕτως ἐξεφύγομεν τὴν ἐπιβουλήν· ἐκερδήσαμεν δὲ οὐδὲ ἢ μίαν ἡμέραν. τῇ γὰρ ὑστεραίᾳ παρῆν ἕωθεν ὁ Χαιρέας· καὶ ἡμεῖς αἰδεσθέντες ἀντιλέγειν οὐκ εἴχομεν· ἐπιβάντες οὖν σκάφους, ἤλθομεν εἰς τὴν Φάρον. ὁ δὲ Μενέλαος ἔμεινεν αὐτοῦ, δήσας οὐχ ὑγιῶς ἔχειν. Πρῶτον μὲν οὖν ἡμᾶς ὁ Χαιρέας ἐπὶ τὸν πύργον ἄγει, καὶ δείκνυσι τὴν κατασκευὴν κάτωθεν θαυμασίαν τινα καὶ παράλογον. ὄρος ἦν ἐν μέσῃ τῇ θαλάσσῃ κείμενον, ψαῦον αὐτῶν τῶν νεφῶν· ὑπέρρει δὲ ὕδωρ κάτωθεν αὐτοῦ τοῦ ποιήματος. τὸ δὲ ἐπὶ θαλάσσης εἱστήκει κρεμάμενον. εἰς δὲ τὴν τοῦ ὄρους ἀκρόπολιν ὁ τῶν νεῶν κυβερνήτης ἀνέτελλεν ἄλλος. μετὰ δὲ ταῦτα ἡγεῖτο ἡμῖν ἐπὶ τὴν οἰκίαν. ἣν δὲ ἐπ' ἐσχάτου τῆς νήσου κειμένη ἐπ' αὐτῇ τῇ θαλάσσῃ.

ζ'. Ἑσπέρας ὧν γενομένης, ὑπεξέρχεται μὲν ὁ

VI. Atque hoc quidem pacto tunc insidias vitavimus, nihil quidquam lucrari, praeterquam unum diem. Adfuit enim postridie mane Chaerea. Nosque verecundia permoti recusare amplius ausi non fumus. Quamobrem conscensa navi ad Pharum devenimus, uno excepto Menelao, qui cum se non admodum ex sententia valere diceret, domi remansit. Chaerea igitur nos primum in turrim duxit: substructionemque imam, miram illam quidem, & quodammodo incredibilem ostendit. Mons erat medio in mari situs, nebulas paene contingens: cuius sub radicibus aqua conspiciebatur, ita ut suspensae mari imminere viderentur. In turri, summo in monte aedificata, ignis elucet, quae quasi gubernator alius navigantes noctu dirigat. Haec cum vidissemus, in domum, quae in extrema insulae parte ad mare posita erat, introducti fuimus.

VII. Vix advesperaverat, cum Chaerea, ventrem pur-

Χαιρέας, πρόφασιν ποιησάμενος τὴν γαστέρα. μετὰ
μικρὸν δὲ βοή τις ἐξαίφνης περὶ τὰς θύρας ἦν, καὶ
εὐθὺς εἰστρέχουσιν ἄνθρωποι μεγάλοι καὶ πολλοὶ, μαχαίρας ἐσπασμένοι, καὶ ἐπὶ τὴν κόρην πάντες ὥρμησαν. ἐγὼ δὲ ὡς εἶδόν μου φερομένην τὴν φιλτάτην, οὐκ
ἐνεγκὼν, ἵεμαι διὰ τῶν ξιφῶν· καί με παίει τις κατὰ
τοῦ μηροῦ μαχαίρᾳ, καὶ ὤκλασα. καὶ ἐγὼ μὲν ἤδη
πεσὼν, ἐῤῥεόμην αἵματι· οἱ δὲ ἐνθέμενοι τῷ σκάφει
τὴν κόρην, ἔφυγον. Θορύβου δὲ καὶ βοῆς, οἵα ἐπὶ
λῃσταῖς, γενομένης, ὁ στρατηγὸς τῆς νήσου παρῆν. ἦν
δέ μοι γνώριμος ἐκ τοῦ στρατοπέδου γενόμενος. δεικνύω
δὴ τὸ τραῦμα, καὶ δέομαι διῶξαι τοὺς λῃστάς. ὥρμει
δὲ πολλὰ πλοῖα ἐν τῇ πόλει. τούτων ἑνὶ ἐπιβὰς ὁ
στρατηγὸς, ἐδίωκεν ἅμα τῇ παρούσῃ φρουρᾷ. κἀγὼ
δὲ συνανέβην φοράδην κομισθείς. Ὡς δὲ εἶδον οἱ λῃ-

gare fibi opus effe caufatus, exivit. Atque haud ita multo poft, clamor quidam improvifus ante fores auditus eft,
repenteque viri multi ac magni, diftrictis gladiis irrum-
pentes, in puellam una omnes impetum fecerunt. Ipfe
autem Leucippen meam abduci videns, animoque iniquif-
fimo id ferens, medios in gladios me conieci, atque in
femore vulnus accepi grave adeo, ut curvato poplite con-
ciderim, fanguine totus confperfus, illique interea puella
naviculae impofita impune abierint. Ceterum clamore
concurfuque facto, ut in piratarum adventu fieri con-
fuevit, infulae praefectus accurrit. Erat is mihi, quod ipfo
imperatore ftipendia meruiffem, non ignotus. Oftendi itaque vulnus, praedonefque ut infequeretur, obteftatus fum.
Ille navigium ex iis, quae multa in civitatis portu ftatio-
nem habebant, confcendens, cum ea, quae tum forte aderat, manu, fugientes infecutus eft. Quin ipfe quoque,
ita ut eram, obligato vulnere in navem deferri me iuffi.

ἐπεὶ πλησιούσας ἤδη τὴν ναῦν εἰς ναυμαχίαν, ἱστᾶσιν
ἐπὶ τοῦ καταστρώματος ὀπίσω τὼ χεῖρε δεδεμένην τὴν
κόρην· καί τις αὐτῶν μεγάλῃ τῇ φωνῇ Ἰδοὺ τὸ ἆθλον
ὑμῶν, εἰπὼν, ἀποτέμνει αὐτῆς τὴν κεφαλήν, καὶ τὸ
λοιπὸν σῶμα ὠθεῖ κατὰ τῆς θαλάσσης. Ἐγὼ δὲ, ὡς
εἶδον, ἀνέκραγον, οἰμώξας, καὶ ὥρμησα ἐμαυτὸν ἐπαφεῖναι. ὡς δ' οἱ παρόντες κατέσχον, ἐδεόμην ἐπισχεῖν
τε τὴν ναῦν, καί τινας ἄλλεσθαι κατὰ τῆς θαλάττης, εἴ πως καὶ πρὸς ταφὴν λάβοιμι τῆς κόρης τὸ
σῶμα. καὶ ὁ στρατηγὸς πείθεται, καὶ ἔστησι τὴν ναῦν·
καὶ δύο τῶν ναυτῶν ἀκοντίζουσιν ἑαυτοὺς ἔξω τῆς νεὼς,
καὶ ἁρπάσαντες τὸ σῶμα ἀνασύρουσιν, ἐν τούτῳ δὲ
οἱ λῃσταὶ μᾶλλον ἐρρωμενέστερον ἤλαυνον. ὡς δὲ ἦμεν
πάλιν πλησίον, ὁρῶσιν οἱ λῃσταὶ ναῦν ἑτέραν, καὶ
γνωρίσαντες, ἐκάλουν πρὸς βοήθειαν. Πορφυρεῖς δὲ ἦσαν

Piratae simulatque nos appropinquantes iam, ac ad pugnandum paratos conspexere, puellam, manibus ad tergum revinctis, in prora statuerunt. Unusque ex eis magna voce clamans: En praemia, quae petiis; miserae illi
caput abscidit: eoque in navi occultato, cadaveris reliquum in mare deiecit. Quod conspicatus ipse, neque lacrimis, neque clamori peperci: immo post illud in mare
praecipitem me dare volui. Verum cum me, qui aderant,
continuissent, remos ut inhiberent, eorumque aliquis in
mare desiliret, rogavi, si quo pacto puellae corpus hu-
mandum recipere possent. Atque praefectus paruit, na-
vemque statuit. Tum vero nautarum duo e nave delapsi,
collectum retulerunt cadaver. Piratae interea validius multo fugae incumbebant: quibus cum rursum appropin-
quavissemus, aliam illi ratem conspicari, agnitisque, qui
ea vehebantur, erant autem purpurae collectores piratii-
cam facientes, ab iis auxilium implorarunt. Quamobrem

πειρατικοί. ἰδὼν δὲ ὁ στρατηγὸς δύο ναῦς ἤδη γινομέ-
νας, ἐφοβήθη, καὶ πρύμναν ἐκρούσατο [1]. καὶ γὰρ οἱ
πειραταὶ τοῦ ζυγίου ἀποτραπόμενοι προεκαλοῦντ᾽ ὡς
εἰς μάχην. ἐπεὶ δὲ ἀπεστρέψαμεν εἰς γῆν, ἀποβὰς
τοῦ σκάφους, καὶ τῷ σώματι περιχυθεὶς, ἔκλαιον·
Νῦν μοι Λευκίππη τέθνηκας ἀληθῶς θάνατον διπλοῦν,
γῇ καὶ θαλάττῃ διαιρούμενον. τὸ μὲν γὰρ λείψανον
ἔχω σου τοῦ σώματος· ἀπολώλεκα δέ σε. οὐκ ἴση τῆς
θαλάττης πρὸς τὴν γῆν ἡ νομή. μικρόν μοί σου μέρος [2] καταλέλειπται ἐν ὄψει τοῦ μείζονος· αὕτη δὲ ὀλί-
γῳ τὸ πᾶν σου κρατεῖ. ἀλλ' ἐπεί μοι τῶν ἐν τῷ προσώπῳ φιλημάτων ἐφθόνησεν ἡ τύχη, φέρε σου καταφι-
λήσω τὴν σφαγήν.

praefectus, duas iam naves convenisse videns, exanimuir,
remisque inhibere iussit: quandoquidem illi fuga repressa
iam nos ad pugnam provocabant. Posteaquam ad litus
reversi, & e navigio egressi sumus, ego mortuae truncum amplexus, ita misere lamentari coepi: Nunc quidem
certe mihi unam atque alteram Leucippe mortem obiisti,
terra scilicet atque mari divisam: quamquam enim hasce
corporis tui reliquias habeo, te tamen amisi: neque enim,
quae tui pars terrae tradita est, ei par est, quam retinuit
mare: nam minor tui pars sub maioris imagine mihi relicta est, contra vero sub minoris, integram te mare possidet. Sed quoniam os mihi tuum suaviari fortuna eripuit,
quod certe licet, iugulum exosculabor.

1 Πρύμναν (ἐκρούσατο) Πρύμναν κρούεσθαι non est puppim conventere, ut hic vertit interpres, sed in puppim converso navigio retro cedere, adeo ut, qui, prora in anteriore procedente, navem remigio propellebant, eandem retro agant, &, prora semper obversa, mutata remigandi ratione, ad puppim cursum impellant. V. Gronov. Obss. IV, 26, & Graev. in Cic. Epp. VIII, 13.

2 Μικρόν μοί σου μέρος) Inepte interpres. Verte: teneo quidem partem tui maiorem, amissa minore (capite); mare tamen, quod exiguam istam particulam, ac praestantiorem, continet, te integram possidet. Ieiuna sententia.

η'. Ταῦτα θρηνήσας καὶ θάψας τὸ σῶμα, πάλιν εἰς τὴν Ἀλεξάνδρειαν ἔρχομαι. καὶ θεραπευθεὶς
ἄκων τὸ τραῦμα, τοῦ Μενέλαου με παρηγοροῦντος.
διεκαρτέρησα ζῶν. Καὶ ἤδη μοι γεγόνασι μῆνες ἕξ.
καὶ τὸ πολὺ τοῦ πένθους ἤρχετο μαραίνεσθαι. χρόνος
γὰρ λύπης φάρμακον, καὶ πεπαίνει τῆς ψυχῆς τὰ
ἕλκη. μεστὸς γὰρ ἥλιος ἡδονῆς· καὶ τὸ λυπῆσαν πρὸς
ὀλίγον, κἂν ᾖ καθ' ὑπερβολὴν, ἀνάζει μὲν, ἐφ' ὅσον
ἡ ψυχὴ καίεται, τῇ δὲ τῆς ἡμέρας ψυχαγωγίᾳ νικώ-
μενος καταψύχεται. Καί μου τις κατόπιν βαδίζοντος
ἐν ἀγορᾷ τῆς χειρὸς ἄφνω λαβόμενος ἐπιστρέφει [γ],
καὶ οὐδὲν εἰπὼν, προσπτυξάμενός με πολλὰ κατεφίλει. ἐγὼ δὲ τὸ μὲν πρῶτον οὐκ ᾔδειν ὅς τις ἦν. ἀλλ'

VIII. Haec mecum quefus, cadaver fepulturae man-
davi, deinde Alexandriam reverfus fum: ubi curatione
vulneri licet invite adhibita, fummo in cruciatu, Menelao me confolante, viram egi. Tandem tranfactis mihi
menfibus fex, doloris magnitudo diminui coepit. Moeroris enim medicina tempus eft, animique vulnera emollit.
Sol quippe hilaritatis plenus eft, & aegrimonia tametfi
modum fuperat, non tamen, nifi quatenus mens aeftuat,
fervet: ac fi temporis amoenitate deliniatur, refrigefcit.
Ceterum cum me ad forum aliquando conferrem, fuper-
veniens mihi a tergo quidam repente, manu comprehen-
fum ad fe convertit, facieque amplexus & diffuaviatus
eft. Ego, quis ille effet, initio non cognovi, fed obftu-

γ Λαβόμενος ἐπιστρέφει) Ita habuit liber cum regiis Codicibus
collatus, quem habui a Franc.
Oleario. Quod etiam fecutae funt
operae noftrae; fed melius, quod
in aliis poftea inveni, ἐπιστρέφει.
Τῆς χειρὸς λαβόμενος ἐπιστρέφει,
καὶ οὐδὲν εἰπὼν, προσπτυξάμενός

με πολλὰ κατεφίλει. Ita fcripfiffe
auctor videtur in fecunda editione. In prima autem pofuerat:
χειρὸς ἄφνω λαβόμενος, ἐπιστρέφει,
καὶ οὐδὲν εἰπὼν, προσπτυξάμενός
με πολλὰ κατεφίλει. Sic habuit
Codex Palatinus cum Anglicano.
Salmaf.

εἰστήκειν ἐκπεπληγμένος καὶ δεχόμενος τὰς προσβο-
λὰς τῶν ἀσπασμάτων, ὡς βελημάτων σκοπός. ἐπεὶ
δὲ μικρὸν διέσχε, καὶ τὸ πρόσωπον εἶδον, Κλεινίας δὲ
ἦν, ἀνακραγὼν ὑπὸ χαρᾶς, ἀντιπεριέβαλλόν τε αὐτὸν,
καὶ τὰς αὐτὰς ἀπεδίδουν περιπλοκάς· καὶ μετὰ ταῦτα εἰς τὴν καταγωγὴν ἀνήλθομεν τὴν ἐμήν. καὶ ὁ μὲν
ταῦτά μοι διηγεῖτο, ὅπως ἐκ τῆς ναυαγίας περιγίνοι-
το· ἐγὼ δὲ τὰ περὶ τῆς Λευκίππης ἅπαντα.

Θ΄. Εὐθὺς μὲν γὰρ, ἔφη, ῥαγείσης τῆς νεὼς, ἐπὶ
τὸ κέρας ᾖξα, καὶ ἄκρου λαβόμενος μόλις, ἀνδρῶν ἤδη
πεπληρωμένου, περιβαλὼν τὰς χεῖρας, ἐπεχείρουν,
ἐπίχεσθαι παρακρεμάμενος. ὀλίγον δὲ ἡμῶν ἐπι-
λαγισάντων, κῦμα μέγιστον ἄρας τὸ ξύλον, προσ-
ρήγνυσιν ὄρθιον ὑφάλῳ πέτρᾳ. κατὰ θάτερον δ᾽ ἔτυχον ἐγὼ κρεμάμενος. τὸ δὲ προσαραχθὲν βίᾳ πάλιν
εἰς τοὐπίσω δίκην μηχανῆς ἀπεκρούετο, καί με ὥσπερ

pefactus, oscula & salutationes non aliter quidem, quam
si scopus aliquis essem, ad quem eae dirigeremur, excepi.
Ac non multo post eius faciem contemplatus, & prae
gaudio vocem tollens, erat enim Clinia, hominem com-
plector, paresque amplexus reddo, ac mecum una domum
perduco. Ubi ille mihi quo pacto naufragio ereptus fuerat, ego illi contra, quae Leucippae acciderant, singula
commemoravi.

IX. Atque ita quidem ille: Fracta, inquit, navi, antennae inhaesi: extremitatemque illius viris iam plenam in-
iectis manibus vix apprehendens, suspensus detineri conabar. Nobis autem aliquantisper undarum vi agitatis,
fluctus ab altera parte lignum, cui haerebam, scopulo
aquis contecto illisit: illisum aquae impetus iterum, ma-
chinae instar, reiecit, meque perinde ac funda iactatum

ἀπὸ σανίδος ἐξερρίπισεν. τοὐντεῦθεν δὲ ἐνηχόμην τὸ
ἐπίλοιπον τῆς ἡμέρας, οὐκέτ' ἔχων ἐλπίδα σωτηρίας.
ἤδη δὲ κάμνων, καὶ ἀφεὶς ἐμαυτὸν τῇ τύχῃ, ναῦν ὁρῶ
κατὰ πρόσωπον φερομένην, καὶ τὰς χεῖρας ἀνασχών,
ὃν ἠδυνάμην τρόπον, ἱκετηρίαν ἐδεόμην τοῖς κύμασιν. οἱ
δὲ, εἴτε ἐλεήσαντες, εἴτε καὶ τὸ πνεῦμα αὐτοὺς ἦγε,
ἔρχονται κατ' ἐμέ, καί τις τῶν ναυτῶν πέμπει μοι
κάλων ἅμα τῆς νεὼς παραθεούσης. κἀγὼ μὲν ἐλα-
βόμην· οἱ δὲ ἐσείλκυσάν με ἐξ αὐτῶν τῶν τοῦ θανάτου πυλῶν. ἔπλει δὲ τὸ πλοῖον εἰς Σιδῶνα. κἀμέ τινες
γνωρίσαντες ἐθεράπευσαν.

ί. Δύο δὲ πλεύσαντες ἡμέρας ἐπὶ τὴν πόλιν ἥκομεν, καὶ δέομαί τε τῶν ἐν πλοίῳ Σιδωνίων, Ξενοδά-
μας δὲ ὁ ἔμπορος ἦν, καὶ Θεόφιλος ὁ τούτου πενθερὸς.
μηδενὶ Τυρίων, εἰ περιτύχοιεν, κατειπεῖν ὡς ἐκ ναυαγίας περιγενοίμην, ὡς ἂν μὴ μάθοιεν συναποδεδρη-

excussit. Quamobrem diei reliquum natando, spe omni
salutis penitus amissa, transegi. Tandem sessus, fortunae-
que arbitrio totum me permittens, navem quandam ad
me venientem conspexi, ad illamque, quatenus concessum
erat, manum tendens auxilium nutu rogavi. Qui in ea
erant, sive quod vicem meam dolerem, sive quod ita ven-
tis agerentur, ad me proram direxerunt: eorumque unus
rudentem, nave interim praeterlabente, demisit: quem cum
apprehendissem, illi ex ipsis me mortis faucibus eripue-
runt. Porro navis illa Sidonem ferebatur, ac nonnulli, quibus notus eram, mihi curationem adhibuerunt.

X. Biduum autem navigantes ad urbem advecti sumus.
Ibi tum ego Sidonios, qui ea navi vehebantur, Xenoda-
mam scilicet mercatorem, eiusque socerum, Theophilum,
rogavi, ne Tyriorum alicui, si quem forte obviam ha-
buissent, naufragio liberatum me nunciarent, ut ne me

κότα. ἤλπιζον γὰρ λήσειν, εἰ τὰ ἀπὸ τούτων ἐν ἡσυ-
χίᾳ γένοιτο, πέντε μόνον ἡμερῶν μοι μεταξὺ γενομέ-
νων, αἷς οὐκ ἔτυχον ὀφθείς. τοῖς δὲ κατὰ τὴν οἰκίαν τὴν
ἐμὴν, ὡς οἶδας, προσηγόρευκαν τοῖς πινθανομένοις, εἰς
κώμην ἀποδεδημηκέναι, μέχρι δέκα ὅλων ἡμερῶν, καὶ
ταὐτόν γε τὸν λόγον εὗρον περὶ ἐμοῦ κατισχηκότα. Οὔπω δὲ οὐδὲ ὁ σὸς πατὴρ ἐκ τῆς Παλαιστόης ἔτυχεν
ἥκων, ἀλλὰ δύο ἄλλων ὕστερον ἡμερῶν, καὶ καταλαμβάνει πεμφθέντα παρὰ τοῦ τῆς Λευκίππης πατρὸς γράμματα, ἅπερ ἔτυχεν μετὰ μίαν ἡμέραν τῆς
ἡμετέρας ἀποδημίας κεκομισμένα, δι' ὧν ὁ Σώστρατος ἐγγυᾷ σοι τὴν θυγατέρα. ἐν ποικίλαις δ' ἦν συμφοραῖς ἀναγνοὺς τὰ γράμματα, καὶ τὴν ἡμετέραν
ἀκούσας φυγὴν, τὸ μὲν, ὡς τῆς ἐπιστολῆς ἀπολέσας
τὸ ἆθλον, τὸ δὲ, ὅτι παρὰ μικρὸν οὕτως ἡ τύχη τὰ
πράγματα ἔπηξεν. καὶ γὰρ εἰ θᾶττον ἐκομίσθη τὰ

tecum iter fuscepiſſe intelligerent. Fieri enim poſſe putabam, ut eos laterem, ſi quidem hoc illi clam haberent,
praefertim, quod quinque tantum dies effluxiſſent, quibus
nuſquam apparueram. Nam & domeſticis meis, ut ſcis,
rogantibus, me rus iturum, decemque integros dies ab-
futurum eſſe, reſponderam: atque hanc apud omnes fa-
mam de me invaluiſſe comperi. Sed ſi pater tuus non,
niſi biduo poſt, e Palaeſtina rediit, miſſaſque a Leucippes
patre literas invenit, altero a diſceſſu noſtro die allatas,
per quas ille tibi filiam ſpondebat. Quibus lectis, ac fuga noſtra cognita, vehementer animo commotus eſt, tum
quod te promiſſum per epiſtolam lucrum amittere videres, tum quod tam brevi eum in locum res a fortuna
deductae eſſent: quorum nihil eveniſſet, ſi literae citius

γράμματα, καὶ τῶν μὲν πεπραγμένων οὐδὲν πρὸς τὸν
ἀδελφὸν ἡγήσατό σοι διὰ γράψιν. ἀλλὰ καὶ τῆς
μητρὸς τῆς κόρης ἐδεήθη τὸ παρὸν ἐπισχεῖν· τάχα γὰρ
ἂν αὐτοὺς ἐξωρήσομεν· καὶ σὺ δὲ τὸ συμβὰν ἀτύχημα μανθάνω Σώστρατον. ἀσμένως δὲ ὅποι ποτὶ ἂν
ὦσιν ὄντες μάθωσι τὴν ἐγγύην, καὶ ἀσξεται', εἴγε
αὐτοῖς ἐξέσται φανερῶς ἔχειν ὑπὲρ οὗ πεφεύγασιν.
ἐπολυπραγμόνει δὲ παντὶ σθένει, ποῦ κεχωρήκατε.
καὶ ὡς ὀλίγων πρὸ τούτων ἡμερῶν, ἔρχεται Διοφάν-
τος ὁ Τύριος ἐξ Αἰγύπτου πεπλευκὼς, καὶ λέγει πρὸς
αὐτὸν, ὅτι σε ἐνθάδε ἐθεάσατο· κἀγὼ μαθὼν, ὡς εἶχον, εὐθὺς ἐπιβὰς πὼς ὀγδόην ταύτην ἡμέραν, πᾶσάν
τι περιῆλθον ζητῶν τὴν πόλιν. πρὸς ταῦτα οὖν σοι βου-
λευτέον ἐστιν, ὡς τάχα καὶ τοῦ πατρὸς ἥξοντος ἐνταῦθα τοῦ σοῦ.

allatae fuiſſent. Quin etiam puellae matrem, ut rem diſ-
ſimularet, obteſtatus eſt: futurum exiſtimans, ut vos forte invenirent. Neque vero cenſebat e re eſſe, ut infortunium huiuſmodi Soſtrato innoteſceret; illud ſibi perſuaſum
habens, vos, quoquo tandem abiiſſetis, futuras inter vos
nuptias intellecturos, redituroſque, fugae cauſam non amplius palam facere veritos. Nunc ille quam diligentiſſime
in id incumbit, ut, quonam profugeritis, ſcire poſſit.
Nam etiam ſuperioribus proximis diebus ex Aegypto re-
verſus eſt Tyrius Diophantes, teque hic vidiſſe patri tuo
ſignificavit. Quam rem ego ſimulatque intellexi, nulla
plane interiecta mora huc adnavigavi: dieſque hic octa-
vus eſt, ex quo te quaerens urbem iſtam perluſtro. Quamobrem de patre tuo iamiam affuturo quid agas, etiam
atque etiam vide.

1 Ἀσμένως —— ἀσξεται) Le-
gendum videtur: ἀσμένως δὲ, ὅποι
ποτὶ ἂν ὦσιν μάθωσι τὴν ἐγγύην,
ἀσξονται cet. omiſſis ὄντες & καὶ
ἀντὶ ἀσξ. vel corr. ὅποι ποτὶ ἂν
ὦσιν, [ὦσιν] εἰ μεθ. deleto ὄντες
& inſerto ω cum Salmaſ.

ια'. Ταῦτα ἀκούσας ἀνῴμωξα ἐπὶ τῇ τῆς τύχης παιδιᾷ· Ὦ δαῖμον, λέγων, νῦν μὲν Σώστρατός μοι Λευκίππην ἐκδίδωσι, καί μοι γάμος ἐκ μέσου πολέμου πέμπεται, μετρήσας ἀκριβῶς τὰς ἡμέρας, ὅσα μὴ φθάσῃ τὴν φυγήν. Ὦ τῶν ἑώρων εὐτυχημάτων. ὦ μακάριος ἐγὼ παρὰ μίαν ἡμέραν, μετὰ θάνατον γάμοι, μετὰ θρῆνον ὑμέναιοι. τίνα μοι δίδωσι νύμφην ἡ τύχη; ἣν οὐδὲ ὁλόκληρόν μοι δίδωσι νεκράν; Οὐ θρήνων νῦν καιρός, ὁ Κλεινίας εἶπεν· ἀλλὰ σκεψώμεθα, πότερον εἰς τὴν πατρίδα σου νῦν ἀνακομιστέον, ἢ τὸν πατέρα ἐνταῦθα ἀναμενητέον. Οὐδέτερον, εἶπον. ποίῳ γὰρ ἴδοιμι προσώπῳ τὸν πατέρα, μάλιστα μὲν οὕτως αἰσχρῶς φυγών; εἶτα καὶ τὴν παρακαταθήκην αὐτοῦ τ' ἀδελφοῦ διαφθείρας; Φεύγειν οὖν ἐντεῦθεν ὑπολείπεται πρὶν ἥκειν αὐτόν. Ἐν τούτῳ δὴ ὁ Μενέλαος ὑπ-

XI. Quae cum Clinia dixisset, nihil aliud quam fortunae ludibrium deflevi: Me miserum, inquiens, hoccine tempore Sostratus Leucippen mihi spondet? Nuncne mihi medio ex bello uxor datur? nae ille dierum rationem diligenter subduxit: qui non nisi post abitum nostrum nuptias fieri voluit. O felicitates intempestivas! o me ante unum illum diem beatum! Nunc Leucippen mortuam spondent. Nunc, cum mihi lugendum est, Hymenaeum canere parant. Hei mihi! qualem fortuna sponsam praebet, cuius ne mortuae quidem integrum cadaver mihi concessum fuit. Tum Clinia: Minime, inquit, nunc est conquerendi tempus: considerandum potius, praestetne in patriam redire, an patrem hic opperiri. Neutrum, inquam, placet. Nam qua facie illum intuear, cuius domo tam turpiter fugi? cuiusque fratris depositum abiuravi? Mihi certe aliud nihil superest, nisi ut hinc prius abeam, quam ille adsit. Haec dum inter nos pertractarentur, Menelaus & Saty-

εἰσέρχεται, καὶ Σάτυρος μετ' αὐτοῦ, καὶ τόν τε Κλεινίαν περιπτύσσονται, καὶ μανθάνουσι παρ' ἡμῶν τὰ
πράγματα. καὶ ὁ Σάτυρος· Ἀλλ' ἔστιν σοι, ἔφη,
καὶ τὰ παρόντα θέσθαι καλῶς, καὶ ἐλεῆσαι ψυχὴν
ἐπί σοι Ὀλιγομένην. ἀκουέτω δὴ καὶ ὁ Κλεινίας. ἡ
Ἀφροδίτη μέγα τούτῳ παρέσχεν ἀγαθὸν, ὁ δ' οὐκ
ἐθέλει λαβεῖν. γυναῖκα γὰρ ἐξέμηνεν ἐπ' αὐτὸν πάνυ
καλὴν, ὥστε ἂν ἰδὼν αὐτὴν εἴποις ἄγαλμα, Ἐφε-
σίαν τὸ γένος, ὄνομα Μελίττην· πλοῦτος πολὺς, καὶ
ἡλικία νέα. τέθνηκεν δὲ αὐτῇ προσφάτως ἀνὴρ κατὰ
θάλατταν· βούλεται δὲ τοῦτον ἔχειν δεσπότην· οὐ γὰρ
ἄνδρα ἐρῶ· καὶ δίδωσιν ἑαυτὴν καὶ πᾶσαν αὐτῆς τὴν
οὐσίαν. δι' αὐτὸν γὰρ δύο μῆνας νῦν ἐνθάδε διέτριψεν,
ἀκολουθῆσαι δεομένη. ὁ δὲ οὐκ οἶδα τί παθὼν ὑπερφα-
νεῖ, νομίζων αὐτῷ Λευκίππην ἀναβιώσεσθαι.

rus ad nos ingressi sunt. Simulac ambo Cliniam amplexi,
& de tota re a nobis certiores facti fuerunt, Satyrus ad
me conversus: Haud contemnenda, Hercule, inquit, occasio nunc tibi sese offert, qua res tuas in tuto facile
colloces, animique tui amore deflagrantis una miserearis:
nec vero clam te, Clinia, id habendum est. Permagnam
felicitatem Venus ostendit; sed quam ipse nihil faciendam
putet. Atque adeo ut scias, mulierem Ephesiam eius amore flagrantem ad insaniam usque compulit, forma bona
sane, & quam, cum videas, Deae alicui similem iudices.
Meliten eam vocant, divitiis affluentem, atque aetate nondum satis matura. Quae cum virum iampridem naufragio
amiserit, hunc sibi dominum, non enim maritum dicam,
praeoptat, eique se & fortunas omnes suas dedit. Quid,
quod eius etiam causa duos hic menses consumsit, hominem, ut se sequeretur, obtestans? hic vero eam despi-
cit, neque, id quamobrem faciat, sciri potest, nisi forte
Leucippen sibi a mortuis excitatum iri sperat.

ιβ. Καὶ ὁ Κλεινίας· Οὐκ ἀπὸ τρόπου δοκεῖ μοι,
φησὶν, ὁ Σάτυρος λέγειν. κάλλος γὰρ, καὶ πλοῦτος,
καὶ ἔρως τί συνῆλθεν ἐπί σε, οὐχ ὥρας [1] οὐδ' ἀναβολῆς. τὸ μὲν γὰρ κάλλος ἡδονὴν, ὁ δὲ πλοῦτος τρυφὴν,
ὁ δὲ ἔρως αἰδώ. μισεῖ δὲ ὁ θεὸς τοὺς ἀλαζόνας. φέρε
πείσθητι τῷ Σατύρῳ, καὶ ἄρεσαι [2] τῷ θεῷ. Κἀγὼ
στενάξας Ἄγε με, εἶπον, ὅποι θέλεις, εἰ καὶ Κλεινίᾳ τοῦτο δοκεῖ· μόνον ὅπως τὸ γύναιά μοι μὴ παρέχῃ
πράγματα, ἐπείγουσα πρὸς τὸ ἔργον, ἐς τ' ἂν εἰς
Ἔφεσον ἀφικώμεθα. ὀμώμοκα γὰρ ἐπομοσάμενος ἐνταῦθα μὴ συνελθεῖν, ἵνα Λευκίππην ἀπολώλεκα. Ταῦτα ἀκούσας ὁ Σάτυρος, προστρέχει πρὸς τὴν Μελίττην
εὐαγγέλια φέρων. καὶ μικρὸν αὖθις διαλιπὼν ἐπανέρ-
χεται, λέγων, ἀκούσασαν τὴν γυναῖκα ὑφ' ἡδονῆς

XII. Tum Clinia: Recte, inquit, Satyrus loqui mihi
videtur. Quid enim cunctatione opus sit, ubi pulchritudo,
divitiae, amor tibi sese offerant? ex quibus ad voluptates perfruendas, ad vitam laute peragendam, atque ad
existimationem tibi parandam, abunde omnia suppetant.
Illud autem in postremis reputandum non est, superbos
Deo invisos esse. Ego Satyro fidem habendam censeo, teque Deorum voluntati ut permittas, suadeo. Tum ego
suspirans: Agedum, inquam, duc me, quo lubet, siquidem ita Cliniae quoque videtur. Tantum, ne muliercula
haec molesta mihi sit, rem ante perfici postulans, quam
Ephesum pervenerimus. Iuravi enim, nemini me unquam
hic mei copiam facturum, ubi Leucippen amisi. Quibus
auditis, Satyrus e vestigio ad Meliten evangelia ferens
cucurrit: atque haud ita multo post reversus, ea re cognita, prae nimia voluptate exanimatam paene concidisse

1 Οὐχ ὥρας) E Bacchylide
haec ducta. Anal. Brunck. T. I,
p. 133, fr. XIV:
 Οὐχ ὥρα τίγνει, οὐδ' ἀμβολᾶς.

2 Ἄρεσαι) Nescio quam com-
mode. Forte: χάρισαι, vel χάρισαι, vel simile quid.

παρὰ μικρὸν τὴν ψυχὴν ἀφεῖναι· δεῖσθαι δὲ ἥκειν ὡς αὐτὴν διαπνήσοντα τὴν ἡμέραν γάμων προοίμιον. ἐπείσθην καὶ ᾠχόμην.

ιγ'. Ἡ δὲ ὡς εἶδέ με, ἀναθοροῦσα περιβάλλει, καὶ πᾶν μου τὸ πρόσωπον ἐμπίπλησι φιλημάτων. ἦν δὲ τῷ ὄντι καλή, καὶ γάλακτι μὲν ἂν εἶπες αὐτῆς τὸ πρόσωπον κεχρῖσθαι, ῥόδον δὲ ἐμπεφυτεῦσθαι ταῖς παρειαῖς. ἐμάρμαιρεν δὲ αὐτῇ τὸ βλέμμα μαρμαρυγὴν Ἀφροδίσιον. κόμη πολλὴ καὶ βαθεῖα καὶ κατάχρυσος τῇ χροιᾷ, ὥστε ἔδοξα οὐκ ἀηδῶς ἰδεῖν τὴν γυναῖκα. Τὸ μὲν οὖν δεῖπνον ἦν πολυτελές· ἡ δὲ ἁπτομένη τῶν παρακειμένων, ὡς δοκεῖν ἐσθίειν, οὐκ ἠδύνατο τυχεῖν ὁλοκλήρου τροφῆς, πάντα δὲ ἔβλεπεν ἐμέ. οὐδὲν γὰρ ἡδὺ τοῖς ἐρῶσι πλὴν τὸ ἐρώμενον. τὴν γὰρ ψυχὴν πᾶσαν ὁ ἔρως καταλαβὼν, οὐδὲ αὐτῇ χώραν δί-

retulit: meque ad illam eo ipso die coenatum ire oportere, ut nuptiarum initium faceremus. Itaque viam ingressus, ad mulierem me contuli.

XIII. Quae simulac me conspexit, obviam progressa, complexu, innumerisque dissuaviationibus accepit. Nec erat sane illa non formosa. Nam & adspectus miram quandam ac propemodum Veneri convenientem prae se ferebat dignitatem: & color in vultu is erat, ut non quidem fuco illitum, sed rosis distinctum, ac lacte diffusum diceres. Capillus ipse densus, auroque non absimilis pendebat: itaque non insuaviter illam contemplari mihi videbar. Interea mensis splendidissimis exstructis, coenaturi accubuimus. Melite vero, tametsi ex iis, quae apposita fuerant, nonnunquam sibi aliquid assumeret, tamen nihil prorsus comedebat; sed me unum tantummodo intentis oculis observabat. Amantibus enim nihil aeque suave est, atque amatam rem intueri. Animam enim totam occupans

δῶσι τῇ τροφῇ. ἡ δὲ τῆς θέας ἡδονὴ διὰ τῶν ὀμμάτων
εἰσρέουσα, τοῖς στέρνοις ἐγκάθηται· ἕλκουσα δὲ τοῦ
ἐρωμένου τὸ εἴδωλον ἀεὶ, ἐναπομάσσεται τῷ τῆς ψυχῆς κατόπτρῳ, καὶ ἀναπλάττει τὴν μορφήν. ἡ δὲ τοῦ
κάλλους ἀπορροὴ δι' ἀοράτων ἀκτίνων ἐπὶ τὴν ἐρωτικὴν
ἑλκομένη καρδίαν, ἐναποσφραγίζει κάτω τὴν σκιάν.
Λέγω δὴ πρὸς αὐτὴν συνείς· Ἀλλὰ σύ γε οὐδενὸς μετέ-
χεις τῶν αὐτῆς, ἀλλ' ἔοικας τοῖς ἐν γραφαῖς ἐσθίουσιν. Ἡ δέ· Ποῖον γὰρ ὄψον, ἔφη, μοι πολυτελές; ἢ
ποῖος οἶνος τιμιώτερος τῆς σῆς ὄψεως; Καὶ ἅμα λέγουσα κατεφίλει με, προσιέμενον οὐκ ἀηδῶς τὰ φιλήματα. εἶτα διασχοῦσα, εἶπεν· Αὕτη μοι τροφή.

ιδ'. Τότε μὲν οὖν ἐν τούτοις ἦμεν. ἑσπέρας δὲ γινομένης, ἡ μὲν ἐπεχείρει με κρατεῖν ἐκεῖ κοιμηθησόμε-
νος· ἐγὼ δὲ παρῃτούμην, εἰπὼν ἃ καὶ πρὸς τὸν Σά-

mor ipsis etiam alimentis aditum obstruit. Voluptas autem, quae in videndo percipitur, per oculos illapsa menti insidet, reique visae imaginem secum raptam animi speculo continenter imprimit, atque effingit: pulchritudinisque fluxio ipsa per occultos radios in amantis pectus dimanans, amatae rei formam insculpit. Illud igitur cum animadvertissem: Quid causae, inquam, est, quamobrem te nihil eorum, quae imperasti, edentem cerno? nae tu pictis conviviis mihi similis videris. Tum illa: Quodnam mihi lautius, inquit, obsonium, quod vinum pretiosius tuo esse adspectu posse putas? Protinusque his dictis, me iam non sine voluptate oscula admittente, dissuaviata est; dein retrocedens: Tu meum, inquit, oblectamentum es.

XIV. Ac tum quidem hoc modo res habuit. Postea vero quam nox adventavit, mulier secum me nocte illa retinere conata est. Sed cum eadem fere, quae Satyro dixe-

τυραν ἔτυχον προσαγορεύσας. μόλις οὖν ἀφέσεω ἀξιω-
μένη. τῇ δ' ὑστεραίᾳ συνέκειτο ἡμῖν εἰς τὸ τῆς Ἴσιδος
ἱερὸν ἀπαιτῆσαι, διαλεξομένοις τι ἀλλήλοις καὶ πι-
στωσομένοις ἐπὶ μάρτυρι τῇ θεῷ. συμπαρῆσαν δὲ ἡμῖν
ὅ, τι Μενέλαος καὶ ὁ Κλεινίας. ὀμνύομεν, ἐγὼ μὲν
ἀγαπήσειν ἀδόλως, ἡ δὲ ἄνδρα ποιήσασθαι, καὶ πάντων ἀποφῆναι δεσπότην. Ἄρξει δὲ, εἶπον ἐγὼ, τῶν
συνθηκῶν ἡ εἰς Ἔφεσον ἡμῶν ἄφιξις· ἐνταῦθα γὰρ, ὡς
ἔφης, Λευκίππης παραχωρήσεις. δεῖπνον οὖν ἡμῖν εὐ-
τρεπίζετο πολυτελές. καὶ ὄνομα μὲν ἦν τῷ δείπνῳ γά-
μοι· τὸ δὲ ἔργον συνέκειτο ταμιεύεσθαι. Καί τι μέ-
μνημαι καὶ γελοῖον παρὰ τὴν ἑστίαν τῆς Μελίττης.
ὡς γὰρ ἐπευφήμουν τοῖς γάμοις οἱ παρόντες, κύψα-
σα πρός με ἡσυχῇ Κενὸν, εἶπεν, ἐγὼ μόνη πέπονθα,

ram, repetendo assentiri nollem, quamquam aegre ac difficulter, dimissus sum tamen: ac ea lege, ut postridie in
Isidis conveniremus, ibique, teste Dea, tota de re, inter
nos quid futurum esset, constabiliremus. Adfuimus itaque,
Menelao etiam Cliniaque me comitantibus: iuravimus-
que, ego quidem, perquam sancte me illam amaturum;
illa vero, me sibi coniugem ascituram, rerumque suarum
omnium dominum habituram. Quae quidem inter nos fir-
mata sunt, ut non ante promissa fierent, quam Ephesum
applicuissemus. Illic enim, uti antea testatus fueram, Melitae Leucippen cedere volebam. Deinceps mensae conqui-
sitissimis ex cibis cumulatae accumbentes coenavimus:
coenaeque illi nuptiale nihil, nisi nomen, fuit: nam reliqua in aliud tempus differre pacti eramus. Porro autem
mihi nunc etiam risu dignum nescio quid a Melite inter
coenandum dictum fuisse, in mentem venit. Nam simulac
nuptiis, qui aderant, bene precari sum, Melite clam mihi
annuens: Ego, inquit, inane quiddam sola passa sum.

καὶ οἷον ἐπὶ τοῖς ἀφανέσι ποιοῦσι νεκροῖς. κενετάφιον
μὲν γὰρ εἶδον, κενογάμιον δὲ οὔ. Ταῦτα μὲν οὖν ἔπαι-
ζε σπουδῇ.

ιέ. Τῇ δὲ ἐπιούσῃ στελλόμεθα πρὸς ἀποδημίαν·
κατὰ τύχην δὲ καὶ τὸ πνεῦμα ἐκάλει ἡμᾶς. καὶ ὁ
Μενέλαος μέχρι τοῦ λιμένος ἐλθὼν. καὶ ἀσπασάμενος, εὐτυχεστέρας εἰπὼν νῦν ἡμᾶς τυχεῖν τῆς θαλάσσης, ἀπετράπετο αὖθις, νεανίσκος πάνυ χρηστὸς καὶ
θεῶν ἄξιος, καὶ ἅμα δακρύων ἐμπεπλησμένος, καὶ
ἡμῶν δὲ πᾶσι κατεφέρετο δάκρυα. τῷ δὲ Κλεινίᾳ ἐδόκει μή με καταλιπῶν, ἀλλὰ μέχρις Ἐφέσου συμ-
πλεύσαντα, καί τινα χρόνον διατρίψαντα τῇ πόλει,
ἐπανελθεῖν, εἰ τὰ ἐμὰ ἐν καλῷ κείμενα καταμάθοι.
Γίνεται δὴ κατ' οὐρὰν ἡμῶν ὁ ἄνεμος· ἑσπέρα τι ἦν.
καὶ δειπνήσαντες ἐκείμεθα κοιμησόμενοι, ἰδίᾳ δὲ ἐμοὶ
καὶ τῇ Μελίττῃ καλύβη τις ἦν ἐπὶ τοῦ σκάφους πε-

Ut enim iis, quorum cadavera humanda nusquam repe-
riuntur, inanes tumuli exstrui solent: sic inanes mihi nuptias esse animadverto. Atque hoc quidem pacto mulier
callide iocabatur.

XV. Postridie vento secundo invitati Alexandria solvi-
mus: Menelausque ad litus nos usque secutus, & data
acceptaque salute, prosperam nobis navigationem preca-
tus, discessit, adolescens probus sane, ac paene divinus:
qui, cum lacrimarum plenus recederet, nobis omnibus
pariter lacrimas excussit. Clinia, me deserere indignum ratus, Ephesum una mecum proficisci voluit, ut ibi tantisper moraretur, dum res meas in tuto esse prospiceret.
Sed cum iam prospero cursu navis nostra ferretur, nox-
que appropinquasset, ac cibo sumto, vix cubiculum, quod
utrique nostrum commune in navi adornatum fuerat, dor-

ματιϑραγμάτη. βαλοῦσα οὖν με κατεϕίλει καὶ ἀπήτει
τὸν γάμον· Νῦν μὲν, λέγουσα, Λευκίππης τοὺς ὅρους
ἐξήλθομεν, καὶ τῶν σῶν συνθηκῶν τοὺς ὅρους ἀπειλή-
ϕαμεν· ἐπιῦθα ἡ προθεσμία. Τί δῖ με νῦν τίς Ἔϕε-
σον πεμμένω; ἄδηλοι τῆς θαλάσσης αἱ τύχαι, ἄπι-
στοι τῶν ἀνέμων αἱ μεταβολαί. πίστευσόν μοι, Κλει-
τοϕῶν, καίομαι. ὄϕελον ἠδυνάμην δεῖξαι τὸ πῦρ. ὄϕελον εἶχον τὴν αὐτὴν ϕύσιν τῷ κοινῷ τοῦ ἔρωτος πυρί,
ἵνα σοι περιχυθεῖσα κατέϕλεξα. νῦν δὲ πρὸς ταῖς ἄλλαις τοῦτο μόνον τὸ πῦρ ἰδίαν ὕλην ἔχει, καὶ ἐν ταῖς
περὶ τοὺς ἐραστὰς συμπλοκαῖς ἀνακαιόμενον λάβρον
τῶν συμπλεκομένων ϕείδεται. ὦ πυρὸς μυστικοῦ· πυρὸς ἐν ἀπορρήτῳ δαδουχουμένου· πυρὸς τοὺς ὅρους αὐτοῦ
ϕυγεῖν μὴ θέλοντος. μυηθῶμεν οὖν, ὦ ϕίλτατι, τὰ
τῆς Ἀϕροδίτης μυστήρια.

mirum intravissemus, Melite me complexa suaviari, nu-
ptiasque repetere coepit: Nunc quidem certe, inquiens,
extra Leucippes fines egressi sumus, ac pactos iam ter-
minos tenemus: haec praestituta dies est. Quid nunc,
donec Ephesum pervenerimus, differre oportet? An nescis,
dubios maris eventus, infidasque ventorum mutationes esse? uror, mihi crede, Clitophon, uror: atque utinam ardoris magnitudinem palam facere liceret: utinam ea in
me, quae in amoris igne, vis esset, ut complexuum meorum contactu flammam in te immittere valerem. Sed meus
hic ignis diversam quandam ab aliis vim sortitus est. Nam
cum inter amantium complexus vehementissime alii fer-
vere soleant, meus hic nobis mutuo in complexu iacen-
tibus parcit. O ignem arcanum! o ignem in abdito relu-
centem! o ignem suas ipsius leges transgredi nolentem!
at nos, o carissime Clitophon, cur non tandem Veneris
sacris initiamur?

ιϛ΄. Κἀγὼ εἶπον· Μή με βιάσῃ λῦσαι [1] θεσμὸν
ὁσίας νεκρῶν. οὔπω τῆς ἀθλίας ἐκείνης τοὺς ὅρους παρήλθομεν, ἕως ἂν γῆς ἐπιβῶμεν ἑτέρας. οὐκ ἤκουσας ὡς
ἐν θαλάσσῃ τέθνηκεν; ἔτι πλίω Λευκίππης τὸν τά-
φον. τάχα που περὶ τὴν ναῦν αὐτῆς εἰλεῖται τὸ εἴδωλον. λέγουσι δὲ τὰς ἐν ὕδατι ψυχὰς ἀνῃρημένας, μηδὲ εἰς ᾅδου καταβαίνειν ὅλως, ἀλλ᾽ αὐτοῦ περὶ τὸ
ὕδωρ ἔχειν τὴν πλάνην. καὶ ἐπιστήσεται τάχα ἡμῖν
συμπλεκομένοις. ἐπιτήδειον δέ σοι δοκεῖ καὶ τὸ χωρίον
εἶναι πρὸς γάμον; γάμος ἐπὶ κύματος, γάμος ὑπὸ
θαλάσσης φερόμενος; θάλαμον ἡμῖν θέλεις γινέσθαι
μὴ μένοντα; Σὺ μὲν, ἔφη, σοφίζῃ, φίλτατε· πᾶς
δὲ τόπος τοῖς ἐρῶσι θάλαμος, οὐδὲν γὰρ ἄβατον τῷ

XVI. Tum ego: Ne me, inquam, mortuorum iusta in-
tervertere adigas: neque enim miserae illius puellae fines
praetervectos nos esse dicendum est, nisi cum alias tenue-
rimus terras. An non eam in mari vitam reliquisse audi-
divisti? Leucippes sepulcrum est maris amplitudo haec,
per quam ferimur. Quid vero scis? an non fieri posse putas, ut circum navim hanc simulacrum illius erret? Animas
enim eorum, qui in aquis pereunt, non omnino quidem
ad inferos descendere, sed propter aquas circumferri aiunt.
Ac fortasse nobis hic complicatis imminebit. Ceterum ido-
neusne tibi ad nuptias conficiendas locus hic videtur? re-
ctene tu illas inter fluctus, marisque iactationes fieri arbitraris? an tu ab instabili nuptias nostras toro auspicari
nos debere censes? Tum Melite: Scite mecastor, inquit,
argutaris: verumtamen locum ego quemlibet pro thalamo
amantibus esse arbitror. Amori enim Deo nullus prae-

ɩ Μή με βιάσῃ λῦσαι) In Anglicano: μή με βία συλῆσαι. Ita
videtur legisse interpres, qui,
iusta interrumpere mortuorum, vertit. Et paulo post idem Anglicanus, cum editione Palatina habet ὡς ἐν πελάγει τέθνηκεν.

θιῷ [1]. ἐν θαλάσσῃ δὲ μὴ καὶ οἰκειότερόν [2] ἐστιν ἔρωτι καὶ Ἀφροδισίοις μυστηρίοις; θυγάτηρ Ἀφροδίτη
Θαλάσσης· χαρισώμεθα τῇ γαμηλίῳ θεῷ, τιμήσω-
μεν αὐτῆς γάμῳ τὴν μητέρα. ἐμοὶ μὲν γὰρ δοκεῖ τὰ
παρόντα γάμων εἶναι σύμβολα. ζυγὸς μὲν οὕτως ὑπὲρ
κεφαλῆς κρεμάμενος, δεσμοὶ δὲ περὶ τὴν κεραίαν τε-
ταμένοι. καλά γε, ὦ δέσποτα, τὰ μαντεύματα· ὑπὸ
ζυγὸν ὁ θάλαμος, καὶ κάλοι δεθμεῖσα· ἀλλὰ καὶ
πηδάλιον τοῦ θαλάμου πλησίον. ἰδοὺ τοὺς γάμους
ἡμῶν ἡ τύχη κυβερνᾷ· νυμφοστολήσουσι δὲ ἡμᾶς Ποσειδῶν καὶ Νηρείδων χορός. ἐνταῦθα γὰρ καὶ αὐτὸς
Ἀμφιτρίτην γαμεῖ. λιγυρῶς δὲ συρίζει περὶ τοὺς κά-

clufus locus eſt. Quin etiam arcanis eius familiariſſimam ſe-
dem eſſe mare accipimus. Quid quod Maris Venus eſt filia,
ut non ingratam nuptiarum Deae rem facturos nos exi-
ſtimem, ſi matri eius hoc honoris habuerimus, ut, quae
ad perficiendas nuptias reſtant, hic conſummemus. Nam &
iugum, & quae circum antennam poſita vincula ſunt,
nuptiarum praeſentiae mihi omnino ſigna videntur eſſe.
An non optimum, o here, auſpicium putandum eſt, ſub
iugo thalamum inire, rudentibus inter ſe colligatis, & gu-
bernaculo prope collocato? argumento eſt id quidem, nuptias a fortuna noſtras gubernari. Ecce autem & Neptu-
nus, is Amphitriten in mari uxorem duxit, & Nereidum
chori nos comitabuntur; ipſaque ventorum, iam ſuaviter

1 Ἄσματι τῷ θιῷ) Ita Longus
ſub init. L. III Poemen. Ἔρως
δὴ διὰ πάντα θάλασσα, καὶ πῦρ,
καὶ ὕδωρ, καὶ Σκύθιαι χίων.

2 Ἐν θαλάσσῃ δὲ μὴ καὶ οἰκειό-
τερον) Ita omnes libri. Diſtinctio-
ne iuvandus atque allevandus locus, qui ſic iacet: Ἐν θαλάσσῃ
δὲ; μὴ καὶ οἰκειότερόν ἐστιν ἔρωτι

καὶ Ἀφροδισίοις μυστηρίοις; In
mari vero? Nim locus aliquis magis idoneus amori ac Veneris ſo-
cris? SALM. Sanus etiam ſenſus
eſt, omiſſis illis μὴ καὶ, quae Pa-
varicus Codex non habet. Tunc
autem ſigna interrogationis de-
lenda.

λους καὶ τὸ πνεῦμα. ἐμοὶ μὲν ὑμεναίων ᾄσματα δοκεῖ τὰ
τῶν ἀνέμων αὐλήματα· ¹ ὁρᾷς δὲ καὶ τὴν ὀθόνην κεκυρ-
τωμένην, ὥσπερ ἐγκύμονα γαστέρα. δέξιόν μοι καὶ
τοῦτο τῶν οἰωνισμάτων. ἴσῃ μοι ταχὺ καὶ πατήρ. Ἰδὼν
οὖν αὐτὴν σφόδρα ἐγκειμένην· Φιλοσοφήσωμεν, εἶπον,
ὦ γύναι, μέχρι λαβώμεθα γῆς. ὄμνυμι γάρ σοι τὴν
θάλατταν αὐτὴν, καὶ τὴν τοῦ πλοῦ τύχην, ὡς ἐσπού-
δακα καὶ αὐτός. ἀλλ᾽ εἰσὶ καὶ θαλάσσης νόμοι. πολλάκις ἤκουσα παρὰ τῶν ναυτικωτέρων, καθαρὰ δεῖ
Ἀφροδισίων εἶναι τὰ σκάφη, τάχα μὲν, ὡς ἱερὰ,
τάχα δὲ, ἵνα μή τις ἐν τηλικούτῳ κινδύνῳ τρυφᾷ. μὴ
ἐνυβρίσωμεν, ὦ φιλτάτη, τῇ θαλάσσῃ, μηδὲ συμμί-
ξωμεν γάμον ὁμοῦ καὶ φόβον, τηρήσωμεν ἑαυτοῖς κα-

circa rudentes obstrepentium, murmura hymenaeum canere mihi videntur. An non tu quoque velum illud, quasi
praegnantem uterum, intumescere cernis? quod ego sano
boni ominis loco mihi duco, hinc futurum coniectans,
ut iamiam pater futurus sis. Itaque cum illam ad id tam
propensam viderem. Philosophemur, inquam, o mulier,
tantisper, dum terram attingamus. Illud autem tibi ego
per mare ipsum, & per navigationis huius eventum iuro,
non alio me, quam te, desiderio teneri. Sed sunt suae
ipsius maris leges: de nautis enim persaepe audivi, naves
a venereis congressibus puras esse oportere, sive quod
sacrae sint, sive quod minime deceat inter ea, quae mari
semper impendent, pericula quemquam lascivius oblectari.
Ne igitur mari maculam hanc inuramus, neu nuptiis terrorem immisceamus, aut, quo minus harum nobis solidum gaudium sit, nosmet in causa simus. Quae cum dixis-

1 Theocr. XXVII, 17:
  Ἀλλάλοις λαλέοντι τεὸν γάμον αἱ κυπάρισσοι.

θαρρῶν τὴν ἡδονήν. Ταῦτα λέγων καὶ μειλισσόμενος
τοῖς φιλήμασιν ἐπαυθόν, καὶ τὸ λοιπὸν οὕτως ἐκαθ-
εύδομεν.

κζ'. Πέντε δὲ τῶν ἑξῆς ἡμερῶν διανύσαντες τὸν πλοῦν
ἥκομεν εἰς τὴν Ἔφεσον. Οἰκία μεγάλη καὶ πρώτη τῶν
ἐκεῖ· θεραπεία πολλὴ, καὶ ἄλλη παρασκευὴ πολυτελής. κελεύει δὴ δεῖπνον ὡς ὅτι εὐπρεπέστατον ἑτοιμά-
ζειν. Ἡμεῖς δὲ τέως, ἔφη, χωρήσωμεν εἰς τοὺς ἀγρούς.
ἀπεῖχον δὲ τῆς πόλεως σταδίους τέτταρας. ἐπικαθί-
σαντες οὖν ὀχήματι, ἐξήλθομεν. καὶ ἐπὶ τάχιστα
παρεγινόμεθα, διεβαδίζομεν τοὺς ὀρχάτους τῶν φυτῶν,
καὶ ἐξαίφνης προσπίπτει τοῖς γόνασιν ἡμῶν γυνὴ,
σχοίνοις παχείαις δεδεμένη, δίκελλαν κρατοῦσα, τὴν
κεφαλὴν κεκαρμένη, ἐρρυπωμένη τὸ σῶμα, χιτῶνα
ἀνεζωσμένη ἄθλιον πάνυ, καὶ Ἐλέησόν με, ἔφη, δέ-
sem, osculis identidem subblandiens, mulierem in meam
sententiam pertraxi: atque ita, quod noctis reliquum erat,
somno dedimus.

XVII. Quinto autem, postquam discesseramus, die Ephesum navim appulimus: ubi Melites domum amplam, &
earum, quae illa in urbe essent, facile primam, servorum
praeterea numerum non exiguum, aliam postremo supel-
lectilem sane quam lautissimam comperi. Mulier interea
dum coenae, quam splendidissimam imperaverat, tempus
adventaret, una secum me rus, ab urbe non amplius passus D' distans, pergere voluit: quo simulac curru vecti
sumus, arborumque in quincuncem directarum ordines
perambulare coepimus; e vestigio mulier quaedam, gra-
vioribus catenis vincta, ligonem gestans, capillo detonso,
corpore squalido, amictu lacero, atque discincto, ad genua
nobis prostrata: Miserere, inquit, mei, o hera, mulieris

σπῶσα, γυνὴ γυναῖκα, ἐλευθέραν μὲν, ὡς ἔφην [1], δούλην δὲ νῦν, ὡς δοκεῖ τῇ τύχῃ. καὶ ἅμα ἐσιώπησεν. λέγει οὖν ἡ Μελίττη· Ἀνάστηθι νῦν, ὦ γύναι· λέγε, τίς
εἶ, καὶ πόθεν, καὶ τίς σοι τοῦτον περιέθηκε τὸν σίδηρον·
κέκραγε γάρ σου καὶ ἐν κακοῖσι ἡ μορφὴ τὴν εὐγέ-
νειαν. Ὁ σὸς, εἶπεν, οἰκέτης, ὅτι αὐτῷ μὴ πρὸς αὐτὴν
ἐδούλευον. ὄνομα Λάκαινα, τὸ γένος Θετταλὴ, καὶ σοὶ
προσφέρω μου ταύτην τὴν τύχην ἱκετηρίαν· ἀπόλυσόν
με τῆς καθεστώσης συμφορᾶς· παράσχου δέ μοι τὴν
ἀσφάλειαν, ἔστ' ἂν ἀποτίσω τὰς δισχιλίας. τοσού-
ται γάρ με ὁ Σωσθένης ἀπὸ τῶν λῃστῶν ἐωνήσατο.
πορίσομαι δὲ εὖ ἴσθι τὴν ταχίστην· εἰ δὲ μὴ, σοὶ δου-
λεύσομαι. ὁρᾷς δὲ πληγαῖς ὡς κατέξανέ με πολλαῖς;
καὶ ἅμα διανοίξασα τὸν χιτῶνα, δείκνυσι τὰ νῶτα δια-

mulier, & liberae quidem olim, ut vere affirmare possum;
servae autem nunc, sicuti fortunae visum est. Vocemque
hic repressit. Tum Melite: Surge, inquit, mulier, & quae
sis, & cujas, quisve has tibi catenas injecerit, eloquere.
Adspectus enim tuus, etiamsi adversa fortuna premaris,
nobilitatem tuam praedicat. Tum illa: Familiae, inquit,
tuae procurator, quod impuris ejus cupiditatibus obtem-
perare nolui. Genere Thessala sum, Lacaenae mihi est
nomen. Hanc ego tibi fortunam meam supplex commen-
do. Tu ex iis me miseriis, quibus oppressam vides, eri-
pe, fidemque mihi tantisper habe, dum tibi drachmarum
duo millia, tanti enim me a piratis Sosthenes emit, dis-
solvero. Quae, mihi crede, quam ocissime conficiam. Sin
minus, tibi servire pergam. Ceterum quam me ille foede
excruciatam habuerit, vide. Protinusque diducta veste ter-

1 Ἐλευθέραν μὲν, ὡς ἔφην) Interpres legisse videtur: Ἐλευθέραν μὲν τὸ πρίν. Rectius tamen
videtur, quod & Bergero in mentem venit, ὡς ἔφην, ex oppos.
ὡς δοκεῖ τῇ τύχῃ.

γεγραμμένα ἔτι οἰκτρότερον. Ὡς οὖν ταῦτα ἠκούσαμεν, ἐγὼ μὲν συνεχύθην· καὶ γάρ τι ἐδόκει Λευκίππης
ἔχειν. Ἡ δὲ Μελίττη ἔφη· Θάρρει, γύναι· τούτων γάρ
σε λύσομεν, ἅς τε τὴν οἰκίαν προῖκα ἀποπέμψομεν.
τὸν Σωσθένην καλεσάτω τις ἡμῶν. Ἡ μὲν οὖν εὐθὺς
τῶν δεσμῶν ἠλευθεροῦτο· ὁ δὲ παρῆν τεταραγμένος. λέγει οὖν ἡ Μελίττη· Ὦ κακὴ κεφαλή· τοιαῦτά ποτε
κἂν τῶν ἀγριωτάτων οἰκετῶν τιθέασαι παρ' ἡμῖν οὕτως ἠκισμένον; τίς αὕτη, λέγε μηδὲν ψευσάμενος. Οὐκ
οἶδα, εἶπεν, ὦ δέσποινα, πλὴν ἔμπορός τις ὄνομα
Καλλισθένης, ταύτην μοι πέπρακεν, φάσκων ἐωνῆ-
σθαι μὲν αὐτὴν ἀπὸ λῃστῶν, εἶναι καὶ ἐλευθέραν. ὄνομα δὲ αὐτὴν ὁ ἔμπορος ἐκάλει Λάκαιναν. Ἡ δὲ τὸν
μὲν τῆς διοικήσεως, ἧς εἶχεν, ἀπέσπασεν [1], αὐτὴν δὲ
παραδίδωσι θεραπαίναις, κελεύσασα λοῦσαι, καὶ

ga oftendit miferum in modum confcribillata. Quae cum
audiviffemus, ego quidem ftupore oppreffus fum. Leucippes énim fimilitudinem quandam habere mihi vifa eft. Melite
vero, Bono, inquit, animo efto. Ab iis enim malis te
liberabo, domumque gratis remittam. Mox Softhenem vocari, eamque e vinculis eximi luffit. Sane autem perterritus Softhenes adfuit ftatim. Cui Melite: Quando, inquit,
fceleftum caput, e vilioribus etiam famulis noftris aliquem
tam immaniter a nobis acceptum vidifti? Sed quaenam
baec fit, age, fallaciis omiffis, effare actutum. Nihil aliud
hercule, inquit ille, o hera, fcio, praeterquam quod mer-
cator, Callifthenes ei nomen erat, eam mihi vendidit, a
piratis emtam affirmans: effe autem liberam, Lacaenamque appellari, aiebat. Melite hominem ab adminiftratione,
cui praeerat, abdicavit, mulierem ancillis commendavit,

<hr>

1 'Ἀπέσπασεν) Sic meliores Codices. In aliis exemplaribus, &
quae, ut videtur, ex prima editione defcripta funt: ὁ δὲ τὸν μὲν
τῆς διοικήσεως, ἧς εἶχεν, ἀπέσπασεν. Quod & ipfum ferri poteft.

ἐσθῆτα ἀμφιάσαι καθαράν, καὶ εἰς ἄστυ ἀγαγῶν. διοικήσασα δέ τινα τῶν κατὰ τοὺς ἀγροὺς, ὧν ἕνεκεν παρῆν, ἐπιβᾶσα τοῦ ὀχήματος ἅμα ἐμοὶ, ἐπανήειμεν εἰς τὴν πόλιν, καὶ περὶ τὸ δεῖπνον ἦμεν.

ιη'. Ἑστιωμένῳ δέ μοι μεταξὺ σημαίνει νεύσας ὁ Σάτυρος προσανίστασθαι, καὶ ἦν τὸ πρόσωπον ἐσπουδακώς. σκηψάμενος γοῦν ἐπί τωι τῶν κατὰ τὴν γαστέρα ἐπειγόντων, διανίσταμαι. καὶ ἐπεὶ προῆλθον, λέγει μὲν οὐδὲν, ἐπιστολὴν δὲ ὀρέγει. λαβὼν δὲ, πρὶν ἀναγνῶναί με, κατεπλάγην εὐθύς· ἐγνώρισα γὰρ Λευκίππης τὰ γράμματα. ἐγέγραπτο δὲ τάδε.

ΛΕΥΚΙΠΠΗ ΚΛΕΙΤΟΦΩΝΤΙ ΤΩ ΔΕΣΠΟΤΗ ΜΟΥ.

Οὕτω γάρ σε δεῖ καλεῖν, ἐπεὶ καὶ τῆς δεσποίνης ἀνὴρ εἶ τῆς ἐμῆς. Ὅσα μὲν διὰ σὲ πέπονθα, οἶδας.

Iotamque ac munda palla indutam in urbem duci iussit. Deinceps nonnullis ad agrorum rationem pertinentibus, quorum gratia illo se contulerat, imperatis, pilento ad urbem reversi sumus, coenaturique accubuimus ibi.

XVIII. Tum Satyrus, vultu nescio quid serium admodum subindicante, clam mihi, ut exsurgerem, significavit. Quamobrem purgandae alvi gratia secedere me simulans, exivi. Tum Satyrus, qui progressus erat, nullis omnino prolatis verbis, epistolam mihi reddidit: qua resignata, protinus, antequam legere inciperem, animo consternatus sum: Leucippes enim erant manu exaratae hoc exemplo litterae.

LEUCIPPE CLITOPHONTI HERO S.

Herum te a me appellari, non est sane quod admireris: quo enim alio te nomine vocem, qui herae meae maritus factus sis? Quidquid autem, quaecunque tua causa pertuli, minime igno-

ἀνάγκη δὲ νῦν ὑπομνῆσαί σε. διὰ σὲ τὴν μητέρα κατέλιπον, καὶ πλάνην εἱλόμην· διὰ σὲ πέπονθα ναυαγίαν, καὶ λῃστῶν ἠνεσχόμην· διὰ σὲ ἱερεῖον γίγνομαι,
καὶ καθαρμός, καὶ τέθνηκα ἤδη δεύτερον· διὰ σὲ πέ-
πραμαι, καὶ ἐδέθην σιδήρῳ, καὶ δίκελλαν ἐβάστα-
σα, καὶ ἔσκαψα γῆν, καὶ ἐμαστιγώθην· ἵνα σύ, ὃ
γέγονας, ἄλλῃ γυναικί, καὶ ἐγὼ τῶν ἑτέρων ἀνδρῶν
γίνωμαι; μὴ γένοιτο. ἀλλ' ἐγὼ μὲν ἐπὶ τοσαύταις
ἀνάγκαις διεκαρτέρησα. σὺ δὲ ἄπρατος, ἀμαστίγωτος
γαμεῖς. εἴ τις οὖν τῶν πεπονημένων διὰ σὲ κεῖται χάρις, διήγησαί σου τῆς γυναικός, ἀποπέμψαι, ὡς ἐπηγγείλατο. τὰς δὲ δισχιλίας, ἃς ὁ Σωσθένης ὑπὲρ ἐμοῦ
κατεβάλετο, πίστευσον ἡμῖν, καὶ ἐγγύησαι πρὸς τὴν
Μελίττην, ὅτι πέμψομαι. ἐγγὺς γὰρ τὸ Βυζάντιον.
ἐὰν δὲ καὶ ἀπιστῇς, νόμιζε μισθόν μοι διδωκέναι τῶ-

ras, commonefaciendum te tamen in praesentia pernecessarium
duxi. Tua causa matrem reliqui, erratationemque mihi elegi: tua
causa naufragium feci, moxque in piratarum manus deveni: tua
causa hostia & expiatio facta sum, aliamque iterum mortem
oppetii: tua causa venivi, ferreisque catenis sui constricta, ligonem gestavi, terram effodi, vapulavi: ut tu scilicet alterius mulieris coniux, ego alterius viri uxor essem? at hoc Dii pro-
hibeant. Ego quidem certe hasce omnes aerumnas forti animo
sustinui: tu vero illaesus, verberumque immunis, novis te nuptiis
oblectas. Verum si mihi ullam pro iis incommodis, quae tua
causa pertuli, gratiam habendam censes, uxorem tuam obtestari,
ne me, sicuti pollicita est, missam facias, eique drachmarum
duo millia, quas pro me Sosthenes exsolvit, sponde: ac, quoniam
Byzantio non longe absumus, curaturam me quamprimum, in
te recipe. Aut si fidem mihi non habes, omnium tua causa per-
pessorum gratiam hac ipsa re a te mihi abunde relatam esse ar-

ὑπὲρ σοῦ πόνων. Ἔρρωσο, καὶ ὄναιο τῶν καλῶν γάμων. ἐγὼ δὲ ἔτι σοι ταῦτα γράφω παρθένος.

θ΄. Τούτοις ἐντυχὼν πάντα ἐγινόμην ὁμοῦ, ἀνε-
φλεγόμην, ὠχρίων, ἐθαύμαζον, ἠπίστουν, ἔχαιρον,
ἠχθόμην. λέγω οὖν πρὸς τὸν Σάτυρον· Πότερον ἐξ ᾅδου
ἥκεις φέρων ἐπιστολήν; ἢ τί ταῦτα θέλει; Λευκίππη
πάλιν ἀνεβίω; Μάλιστα, ἔφη, καὶ ἔστιν, ἣν εἶδες ἐν
τοῖς ἀγροῖς· τότε μὲν οὖν οὐδ᾽ ἂν ἄλλος ἰδὼν αὐτὴν
γνωρίσειεν, ἔφηβα οὕτω γινομένην· τοῦτο γὰρ ἡ τῶν
τριχῶν αὐτῆς κουρὰ μόνον ἐνήλλαξεν. Εἶτα ἕστηκας,
ἔφην, ἐπὶ τηλικούτοις ἀγαθοῖς, καὶ μέχρι τῶν ὤτων
μόνον εὐφραίνεις, ἀλλ᾽ οὐ δεικνύεις καὶ τοῖς ὄμμασι
τἀγαθά; Μὴ σύ γε, εἶπεν ὁ Σάτυρος· ἀλλ᾽ ἵν σοι
κατάσχῃ· μὴ πάντας ἀπολέσῃς, ἕως περὶ τούτων
ἀσφαλέστερον βουλευσόμεθα. γυναῖκα ὁρᾷς πρώτην

*bitrare. Vale, tuumque tibi nuptiarum felicitatem diuturnam
habe. Ipsa tibi haec virgo adhuc scribo.*

XIX. Haec cum legerem, varias in partes animo di-
strahebar: amore incendebar, expallescebam, mirabar interdum, interdum fidem literis nullam habebam: ita metu
gaudioque conflictabar. Tandem Satyro inquam: Mihine
hanc ab inferis epistolam reddis? aut quid sibi haec volunt? revisitne iterum Leucippe? Maxime, inquit Satyrus: atque illa est, quam in agro ruri vidisti, sed eam
sola adeo capillorum commutavit abscissio, vix ut a quoquam dignosci queat. Quid tu igitur tot mihi bonorum,
inquam ego, auctor meus tantum nunc aures oblectas,
neque ob oculos felicitatem meam ponis? Tace sis, inquit Satyrus, remque dissimula, ne prius nos omnes per-
das, quam de tota re securius aliquid a nobis consilium
ineatur. Mulierem hanc vides civitatis huius primariam,

Ἐςωσίαν μαινομένην ἐπί σοι· ἡμᾶς δὲ ἐρήμους ἐν μέσοις ἄρκυσιν. Ἀλλ᾽ οὐ δύναμαι, ἔϕην. ἐπέρχεται γὰρ
διὰ πασῶν τῶν τοῦ σώματος ὁδῶν ἡ χαρά. ἀλλ᾽ ἰδού
μοι διὰ γραμμάτων ἐγκαλεῖ. Καὶ ἅμα αὐθις ἐντυγ-
χάνων τοῖς γράμμασιν, ὡς ἱκανὴν δι᾽ αὐτῶν βλέπων
καὶ ἀναγινώσκων καθ᾽ ἓν, ἔλεγον· Δίκαια ἐγκαλεῖς,
ϕιλτάτη. πάντα δι᾽ ἐμὲ ἔπαθες, πολλῶν σοι γέγονα
κακῶν αἴτιος. Ὡς δὲ εἰς τὰς μάστιγας καὶ εἰς τὰς
βασάνους ἐγενόμην, ἃς ὁ Σωσθένης αὐτῇ παριτρί-
ψατο, ἔκλαιον ὥσπερ αὐτὰς τὰς βασάνους βλέπων
αὐτῆς. ὁ γὰρ λογισμὸς πέμπων τῆς ψυχῆς τὰ ὄμματα πρὸς τὴν ἐπαγγελίαν τῶν γραμμάτων, ἐδείκνυ
τὰ ὁρώμενα ὡς ὁρώμενα. πάνυ δὲ ἠρυθρίων ἐϕ᾽ οἷς μοι
τὸν γάμον ὠνείδιζεν, ὥσπερ ἐπ᾽ αὐτοϕώρῳ μοιχὸς κατ-
ειλημμένος· οὕτως ᾐσχυνόμην καὶ τὰ γράμματα.

tuique amore infanientem: nos autem media intra retia
omni ope deftitutos verfari. Nequeo, inquam ego: torum enim per venas voluptas in corpus diffunditur. Quid,
quod etiam mecum per literas expoftulat? Lectaque irarum
epiftola, hunc fere in modum abfenti illi, quafi adeffet, fin-
gulatim refpondi: Iufta loqueris, iucundiffima Leucippe:
verum tu quidem caufa mea, quae fcribis, omnia per-
tulifti: vere ipfe tibi malorum omnium auctor fui. Cumque
ad eam literarum partem veniffem, quae contumelias & ver-
bera a Softhene indicta continebat, ita collacrimavi, ut fi
eis interfuiffem. Cogitatio enim mentis aciem ad ea, quae
literis fignificantur, convertens, quae leguntur, animo
repraefentat, non aliter, quam fi res oculis effem fubie-
ctae. Illa vero, quibus mihi nuptias obiiciebat, rubore
me perfuderunt ita, ut fi manifefto in adulterio deprehen-
fus fuiffem: adeo me literarum etiam ipfarum verecundia
commovetat.

κ'. Οἴμοι, πῶς ἀπολογήσομαι, Σάτυρι; ἴφη·
ἑαλώκαμεν· Λευκίππη κατέγνωκεν ἡμῶν· τάχα δὲ
καὶ μεμισήμεθα. ἀλλὰ πῶς ἐσώθη. Φράσω σύ· καὶ
τίνος σῶμα ἐθάψαμεν; Αὐτή σοι κατὰ καιρὸν φράσει·
τὸ δὲ νῦν, ὁ Σάτυρος ἴφη, ἀντιγράψαι σε δῖ, καὶ
ἱλάσασθαι τὴν κόρην. κᾀγὼ γὰρ αὐτῇ διωμοσάμην,
ὡς ἄκων αὐτὴν ἴγημας. Εἶπας γὰρ, ἴφην, ὅτι καὶ
ἴγημα; ἀπολώλεκάς με τῆς εὐηθείας·[1] ὅλη γὰρ ἡ
πόλις οὐκ οἶδε τὸν γάμον. ἀλλ' οὐκ ἴγημα, μὰ τὸν
Ἡρακλέα, Σάτυρι, καὶ τὴν παροῦσαν τύχην. Παί-

XX. Ac tum ad Satyrum converſus: Hei mihi, qua
excuſatione, inquam, Satyre, urar? Manifeſto nunc quidem certe tenemur. Leucippe nos cognovit: atque utinam
ne odio etiam perſequi coeperit. Sed iam quomodo inco-
lumis evaſerit, aut cuius eſſet cadaver illud, quod a nobis ſepultura affectum fuit, pervelim ſcire. Tum Satyrus:
Puella rem tibi omnem, inquit, per ocium explicabit.
Nunc to reſcribere, illamque placare opus eſt. Ego enim
hanc te, contra, quam tibi in animo erat, duxiſſe iureiurando affirmavi. Etiamne igitur, inquam, me illam duxiſſe narraſti? Tu quidem perdidiſti me. O ſtultitiam! nuptiarum enim civitas univerſa adhuc ignara eſt. Quin immo
Deum Herculem, meamque praeſentem fortunam teſtor,
nullas mihi dum factas eſſe nuptias. Tum Satyrus: Ludis

---

1 Ἀπολώλεκάς με τῆς εὐηθείας)
Haec verba, una cum antecedentibus ὅτι καὶ ἴγημα, & ſubſe-
quentibus ὅλη γὰρ, in editione
prima deſiderantur. Habuit tamen
vetus interpres Latinus. Aliter
tamen mihi quidem videtur le-
giſſe, nimirum ἀπολώλεκάς με τῆς
εὐηθείας. Vertit enim: reſta (εὐηθείας) tu quidem perdidiſti me. Sed
τῆς εὐηθείας eſt exclamatio elli-
ptica, optime decens animum Clitophontis perturbatum, omiſſa
particula exclamandi ὢ vel οἴμοι,
& ὅτι vel χύμα, unde pen-
det genitivus. Sic apud Ariſto-
phanem Ecclef. v. 782: Τῆς μω-
ρίας, quantam haec eſt ſtultitia!
Interpretandus igitur hic Tatii
locus: Tu quidem perdidiſti me.
Ham ſapientiam! ironice; vel
o ſtultitiam! Ejuſdem enim utrumque opus.

ζεις, ὦ γαθέ, συγκαθεύδεις. Οἶδα μὲν, ἄπιστα λέγων, ἀλλ᾽ οὔπω πέπρακται. καθαρὸς εἰς ταύτην τὴν
ἡμέραν Μελίττης Κλειτοφῶν. Ἀλλὰ τί γράφω, λέ-
γε· σφόδρα γάρ με ἐξέπληξε τὸ συμβὰν, ὥστε ἀπό-
ρως ἔχω. Οὐκ εἰμί σου σοφώτερος, Σάτυρος εἶπεν.
ἀλλὰ καὶ αὐτός σε ὁ ἔρως ὑπαγορεύσει. μόνον διὰ
ταχέων. Ἄρχομαι δὴ γράφειν.

Χαῖρέ μοι, ὦ δέσποινα Λευκίππη. Δυστυχῶ μὲν,
ἐν οἷς εὐτυχῶ, ὅτι σε παρὼν παροῦσαν ὡς ἀποδημοῦ-
σαν ὁρῶ διὰ γραμμάτων. εἰ μὲν οὖν τὴν ἀλήθειαν περιμένεις, μηδὲν προκαταγνώσκουσά μου, μαθήσῃ τὴν
σήν με παρθενίαν μεμιμημένον, εἴ τις ἐστὶ καὶ ἐν τοῖς
ἀνδράσι παρθενία· εἰ δέ με χωρὶς ἀπολογίας ἤδη με-
μίσηκας, ὄμνυμί σοι τοὺς σώσαντάς σε θεοὺς, ὡς ἐν

me, inquit, bone vir, quasi simul cum ea cubare te ma-
nifestum non sit. Atqui fide maiora, inquam, loqui me
intelligo: sed hactenus tamen ex sententia sua mei nondum Melite potita est. Verum, quid scripturus sim, do-
ce. Hic enim eventus me vehementer commovit, atque
adeo, ut, quid agam, prorsus ignorem. Ego te, inquit
Satyrus, non sum sapientior. Tu modo initium scribendi
fac: amor cetera dictabit. Id autem ut quam primum
fiat, etiam atque etiam cura. Tum ego litteras conscripsi
hoc exemplo.

CLITOPHON LEUCIPPAE S.

*Ave mea, Leucippe, salve. Me quidem una eadem res bea-
tum ac miserum efficit: praesens enim praesentem te, sed tamen ex litteris quasi absentem cerno. Ceterum si rebus iis omissis,
omnium veritatem inspicere volueris, nullo interim de me facto
praeiudicio, virginitatem profecto meam, si qua virorum est virginitas, exemplum tuam secutum esse intelliges. Sin autem indicta me causa odisse iam coepisti; polliceor, ita me Dii tui ser-*

βραχεῖ σοι τὸ ἔργον ἀπολογήσομαι. Ἑρμωτό, μοι φιλτάτη, καὶ ἵλεως γίνεσο.

κα΄. Δίδωμι δὴ τῷ Σατύρῳ τὴν ἐπιστολὴν, καὶ δέομαι τὰ εἰκότα εἰπεῖν περὶ ἐμοῦ πρὸς αὐτήν. ἐγὼ δὲ αὖθις ἐπὶ τὸ συμπόσιον ἀπῄειν, ἡδονῆς ἅμα καὶ λύπης γεγεμισμένος. ᾔδειν γὰρ τὴν Μελίττην ὡς οὐκ ἀπήσουσάν με τῆς νυκτὸς τὸ μὴ συγγενέσθαι τοὺς γάμους ἡμῖν. ἐμοὶ δὲ ἀδύνατον ἦν Λευκίππην ἀπολαβόντι γυναῖκα ἑτέραν κἂν ἰδεῖν. τὸ μὲν οὖν πρόσωπον ἐβιαζόμην, μηδὲν ἀλλοῖον παρέχειν ἢ πρὶν ἦν· οὐ πάντη δὲ κρατεῖν ἠδυνάμην. ὡς δὲ ἐνικώμην, σκήπτομαι φρίκην μοι ὑποδραμεῖν. ἡ δὲ συνῆκε μὲν ὅτι κατὰ τῆς ὑποσχέσεως προοιμιάζομαι· ἐλέγχειν δὲ οὐκ ἠδύνατο τὸ προαιρούμενον. ἐγὼ μὲν δὴ ἄδειπνος ἀνίσταμαι κοιμησόμενος, ἡ δὲ κατὰ πόδας, ὡς εἶχεν, ἰοῦσ' ἐμπιπλᾷ τῷ δείπνῳ

vatores ament, futurum, ut iamiam me nulla in culpa esse, haud dubie cognoscas. Vale, teque mihi ut propitiam esse intelligam, cura.

XXI. Conscriptas literas Satyro perferendas trado: atque ut ne quidquam contra, ac deceat, de me loquatur, obtestor. Voluptatis deinde ac moeroris plenus coenatum revertor. Veniebat enim mihi in mentem, non permissuram Meliten, ut ea nocte abirem, propterea quod nuptiae inter nos haud dum perfectae fuerant. Neque tum fieri poterat, ut ipse, Leucippe adinventa, mulierem aliam vel Intuerer. Quamobrem vultum ita componere conatus sum, ut ne animo commutato esse iudicarer. Verum cum id a me frustra tentaretur, ingressus, frigore cohorrere me simulavi. Melite tametsi intelligeret, a me causam quaeri, quamobrem promissa non facerem; convincere me tamen palam nequibat. Incoenatus itaque, ut cubitum irem, surrexi: mulierque iisdem vestigiis, media in coena mensa

συναγίσταται. ὡς δὲ εἰς τὸν θάλαμον παρήλθομεν,
ἐγὼ μὲν ἔτι μᾶλλον ὑπέτυπον τῆς νόσου τὴν ὑπόκρισιν·
ἡ δὲ ἐλιπάρει, καὶ ἔλεγεν· Τί ταῦτα ποιεῖς; μέχρι
τίνος με ἀπολλύεις; ἰδοὺ καὶ τὴν θάλατταν διεπλεύ-
σαμεν· ἰδοὺ καὶ Ἔφεσος ἡ προθεσμία τῶν γάμων·
ποίαν ἔτι περιμένομεν; μέχρι τίνος ὡς ἐν ἱερῷ συγ-
καθεύδομεν; ποταμὸν παρατίθης πολὺν, καὶ κωλύεις
πίνειν. τοσοῦτον χρόνον ὕδωρ ἔχουσα διψῶ, ἐν αὐτῇ
καθεύδουσα τῇ πηγῇ. τοιαύτην ἔχω τὴν εὐνήν, οἵαν ὁ
Τάνταλος τὴν τροφήν. Τοιαῦτα ἔλεγεν καὶ ἔκλαιεν,
ἐπιθεῖσά μου τοῖς στέρνοις τὴν κεφαλήν, οὕτως ἐλεει-
νῶς, ὥστε συμπαθεῖν μέ τι τὴν ψυχήν. οὐκ εἶχον δὲ ὅς
τις γένωμαι. καὶ γὰρ ἐδόκει δίκαια ἐγκαλεῖν. λέγω
οὖν πρὸς αὐτήν· Ὄμνυμί σοι, φιλτάτη, τοὺς πατρῴους
θεούς, ἦ μὲν σφόδρα καὶ αὐτὸς ἐπείγομαί σου τὴν

relicta, me consecuta est. Simulac vero cubiculum ingressi essemus, morbum etiam invaluisse prae me ferebam. Illa
me obtestans: Quam, inquit, ob causam id agis? quem
spernendi finem facturus es? Nos quidem certe maritimis
e fluctibus evasimus, atque Ephesum, qua nuptiis constitutus est locus, pervenimus. Ecquem adhuc diem expe-
ctamus? Quamdiu eorum, qui aliquo in sacrario cubant,
morem imitabimur? Largam tu quidem aquae mihi copiam offers, verum hauriendam vetas. Tantone tempore
aquam habens, & propter ipsum fontem dormiens, sitim
explere non possim? Nae ego Tantali mensae haud dissi-
milem torum sortita sum. Quae cum dixisset, flens meum
in pectus miserandum in modum caput demisit, atque
adeo, ut ipse quoque vehementer conturbatus, quid facerem, nescirem, quoniam iuste conqueri mihi videbatur. Attamen ita respondi: Patrios equidem Deos testor,
o carissima Melite, me id enixe agere, tuae ut morem

σπουδῇ ἀμείψασθαι. ἀλλ' οὐκ οἶδα, ἔφη, τί πέπονθα. νόσος γάρ μοι ἐξαίφνης ἐπέπεσεν. οἶσθα δ' ὅτι
ὑγείας χωρὶς οὐδέν ἐστιν Ἀφροδίτη. Καὶ ἅμα λέγων
ἀπέψων αὐτῆς τὰ δάκρυα, καὶ ὅρκοις ἑτέροις ἐπιστού-
μην, ὡς οὐκ εἰς μακρὰν, ἂν θέλῃ, τεύξεται. τότε μὲν
οὖν καὶ μάλα μόλις ἠνέσχετο.

κβ'. Τῇ δ' ὑστεραίᾳ καλέσασα τὰς θεραπαινίδας, αἷς τὴν ἐπιμέλειαν τῆς Λευκίππης ἐπεχείρισεν,
ἐπηρώτα μὲν τὸ πρῶτον, εἰ δεξιῶς αὐτῇ κέχρηνται.
Φασκουσῶν δὲ μηδὲν τῶν δεόντων παραλιπεῖν αὐτῇ,
ἄγειν ἐκέλευσε τὴν ἄνθρωπον πρὸς αὐτήν. ὡς δὲ ἦλθεν·
Τὰ μὲν ἐμὰ ὅπως ἔσχεν, ἔφη, πρὸς σὲ φιλανθρωπίας, περισσὸν εἰδυίῃ σοι λέγειν. δίκαια τυγχάνειν '.

geram voluntati: sed quid me male habeas, nescio. Repente enim in morbum incidi. Scis autem tu, incommoda
valetudine operam Veneri frustra dari. Atque inter loquendum manantes lacrimis oculos eius detersi, gravissi-
mumque iusiurandum iuravi, non multo post, quae voluisset, me facturum esse. Hoc pacto incensum mulieris
animum, quamquam non sine multo labore, placavi.

XXII. Postera die Melitae, arcessitis iis, quibus Leucippen commendaverat, ancillis, eiusne opera recte uterentur, interrogavit: a quibus cum responsum accepisset, ab
ea nihil eorum, quae oporteret, praetermissum fuisse,
illam ad se duci iussit. Quae posteaquam adfuit: Quanta
erga te, inquit, humanitate usa sim, tibi commemorare,
scienti praesertim, supervacaneum puto. Tantum a te

` Περισσὸν εἰδυίη σοι λέγειν,
δίκαια τυγχάνειν) Haec verba, δίκαια τυγχάνειν, sensum turbant
ac syntaxin. Nec habent, quo
referantur, nec scio, quid velint.
Sine his mens auctoris integra
est. Sed nec Graeca satis sunt,

Δίκαια τυγχάνειν is dicitur, qui
ius suum obtinet. At ne hoc quidem hic locum haberet. Quod
amplius est, interpres ea non
agnoscit. In Anglicano notam
sunt linea subiecta; quo indicio,
abesse debere, aut in alium Co-

ἀλλ' ἐν οἷς ἂν δύνῃ, τὴν ἴσην ἀπότισαί μοι χάριν. ἀκούω
τὰς Θετταλὰς ὑμᾶς, ὧν ἂν ἐρασθῆτε, μαγεύειν οὕτως, ὥστε μὴ πρὸς ἑτέραν ἔτι τὸν ἄνθρωπον ἀποκλίνειν
γυναῖκα, πρός γε τὴν μαγεύουσαν οὕτως ἔχειν, ὡς
πάντα νομίζειν ἐκείνην αὐτῷ. ἐμοὶ τοῦτο, ὦ φιλτάτη,
φλεγομένη παράσχε φάρμακον. τὸν νεανίσκον οἶδας,
τὸν ἅμα μοι χθὲς βαδίζοντα; Τὸν ἄνδρα, ἔφη, λέγεις τὸν σόν; ὑπολαβοῦσα πάνυ κακοήθως ἡ Λευκίππη. τοῦτο γὰρ ἀκήκοα παρὰ τῶν κατὰ τὴν οἰκίαν.
Ποῖον ἄνδρα; Μελίττη εἶπεν· οὐδὲν κοινόν ἐστιν ἢ τοῖς
λίθοις. ἀλλ' ἐμὲ παρευδαιμεῖ τις νεκρά. οὔτε γὰρ
ἐσθίων, οὔτε κοιμώμενος ἐπιλαθέσθαι δύναται τοῦ
Λευκίππης ὀνόματος. οὕτω γὰρ αὐτὴν καλεῖ. ἐγὼ δὲ,

peto, ut iis in rebus, quas in tua poteſtate ſitas eſſe non
ignoro, parem mihi gratiam referas. Audio, Theſſalas ve-
ſtras, quos ames, ita cantionibus veneficiiſque percelle-
re, ut ad aliam mulierem nullo animum pacto adiicere
queam: quin immo ſui deſiderio ita inflammare, ut iſtas
omnia ſibi eſſe arbitrentur. Hac in re mihi, amore fla-
granti, a te, ſiquidem Theſſala es, opem ferri velim. No-
ſtine adoleſcentem, quem heri mecum gradientem vidiſti?
Maritum ais tuum? inquit tum callida Leucippe. Sic enim
de familiari quodam didici. Quem maritum? inquit Melite: mihi quidem certe nihil amplius cum illo rei eſt,
quam cum lapide aliquo: ſed mihi Leucippe quaedam mortua praeponitur; hoc enim nomine illam vocat, cuius
neque edens, neque bibens, neque vero etiam dormiens
obliviſci poteſt: ſed neque huius unquam ſocii, quod ego

dicibus deeſſe, ſignificavit, qui
eram lineam duxit, ut in aliis ſo-
litus. Me auctore igitur delen-
da, Salmaſ. Ed. pr. τι σχι. Bodæ,

Forte hic ſenſus: iſta tamen, quod
tu a me conſequaris; ſuppleto ex
poſt τυγχάνειν.

είλη, μηνῶν τεσσάρων ἐν Ἀλεξανδρεία δι' αὐτὸν διέ-
τριψα, δεομένη, λιπαρούσα. τί γὰρ οὐ λέγουσα; τί
δὲ οὐ ποιούσα τῶν ἀρέσαι δυναμένων; ὁ δὲ σίδηρός τις,
ἢ ξύλον, ἤ τι τῶν ἀναισθήτων ἦν ἄρα πρὸς τὰς δεήσεις
τὰς ἐμάς, μόλις δὲ τῷ χρόνῳ πείθεται, ἐπείσθη δὲ
μέχρι τῶν ὀμμάτων. ὄμνυμι δή σοι τὴν Ἀφροδίτην αὐτήν, ὡς ἤδη πέμπτην ἡμέραν αὐτῷ συγκαθεύδουσα,
οὕτως ἀνέστην ὡς ἀπὸ εὐνούχου. ἔοικα δὲ εἰκόνος ἐρᾶν·
μέχρι γὰρ τῶν ὀμμάτων ἔχω τὸν ἐρώμενον. δέομαι δέ
σου γυναικὸς γυνὴ τὴν αὐτὴν δέησιν, ἣν καὶ σύ μοι
χθὶς ἐδεήθης· δός μοί τι ἐπὶ τοῦτον τὸν ὑπερήφανον.
σώσεις γάρ μου τὴν ψυχὴν διαρρεύσασαν ἤδη. Ὡς οὖν
ἤκουσεν ἡ Λευκίππη, ἡσθῆναι μὲν ἐδόκει τῷ μηδὲν πρὸς
τὴν ἄνθρωπόν μοι πεπράχθαι· ἐπήρετο δὲ ἀνερωτῶσιν,
εἰ συγχωρήσειεν αὐτῇ, βοτάνας, γενομένη κατὰ τοὺς

Alexandriae illius caufa menfes IV morata fum, rogans,
obteftans, pollicens, nihil praeterea rerum, quibus allici
poffet, praetermittens; fed tanquam ferrum, ftipefve, aut
huiufmodi quiddam aliud fenfu carens, preces meas non
curat; vixque tempori paret, id unum prope concedens,
ut videndo tantum fe fruar. Teftor autem Venerem ipfam,
noctes me quinque cum eo cubuiffe, furrexiffeque non
aliter, quam fi cum eunucho aliquo iacuiffem: ut fta-
tuam diligere me videar, cui non, nifi oculis, amato frui
datum fit... Itaque, quod tu heri mecum egifti, te mulierem mulier rogo, ut aliquid mihi contra fuperbum iftum
auxilii feras: quo iam paene fugientem mihi animum red-
dat. His cognitis, Leucippe incredibilem voluptatem cepit, quod Mellien a me fpe fua fruftratam cognoviffet;
herbafque fe conquifituram, dum modo quaerendi fibi

1 Σύ μοι χθὶς ἰδ'ιηθης) Locus
depravatus. Editio prima: καὶ
μοι (sic) χθὶς ἰθεῦθης. Legendum opinor: Εἰ καὶ σύ μοι χθὶς
ἰθεῦθης.

ἀγροὺς, ἀπιοῦσα ᾤχετο. ἀρνουμένη γὰρ οὐκ ᾤετο πι-
στὸν ἕξειν. ὅθεν οἶμαι καὶ ἐπηγγείλατο. Ἡ μὲν δὴ
Μελίττη ῥᾷον ἐγεγόνει, μόνον ἐλπίσασα. τὰ γὰρ
ἡδέα τῶν πραγμάτων, κἂν μή πω παρῇ, τέρπει
ταῖς ἐλπίσι.

κγ΄. Ἐγὼ δὲ τούτων ἐπιστάμενος οὐδὲν, ἠθύμουν
μὲν, σκοπῶν, πῶς ἂν διακρουσαίμην καὶ τὴν ἐπιοῦ-
σαν νύκτα τὴν γυναῖκα, καὶ πῶς ἂν συντυχίᾳ Λευκίππῃ δυναίμην. Ἐδόκει μοι δὲ [1] κἀκείνη τὴν ἴσην
σπουδὴν ποιεῖσθαι τοῦ ἀπελθεῖν δι' αὐτὴν εἰς τοὺς
ἀγρούς, καὶ περὶ τὴν ἑσπέραν αὖθις ἥκειν. Ἔμελλεν
τῇ Λευκίππῃ παρέχειν ὄχημα, καὶ ἡμεῖς δὲ ἐπὶ τὸν
τόπον ἥμεν· [2] ἄρτι δὲ κατακλιθέντων ἡμῶν θόρυβος

potestas fieret, inquiens, rus profecta est. Negare autem
noluisse crediderim, quod fidem sibi a Melite habitum non
iri existimaret. Hac spe sibi ostentata, Melite animi curam remisit. Jucundarum enim rerum exspectatio, nedum
praesentia, voluptatem affert.

XXIII. At vero ego horum omnium ignarus animi pen-
debam: cogitabamque, qua ratione futura etiam nocte
Meliten frustrari, ac Leucippen convenire possem: nec
enim mihi aliam ob causam elaborare videbatur, ut rus
se conferret, vesperique reverteretur. Interea dum in Leucippen abitum currus adornaretur, vixque coenaturi ipsi
accubuissemus, tumultus ingens concursusque repentinus

1 Ἐδόκει μοι δὲ &c.) Locus ve-
xatissimus, in quo expediendo
frustra laboravit Salmasius legen-
do: ἰδίται μοὶ μαᾶιλο — αὖθις ἐπειν ἐμιλλε, καὶ ἡ Μελίττα
Ἀννιανῷ παρεῖχεν ὄχημα. Aliam
rationem iniit Abresch. Lect.
Aristaen. p. 933. scribendo: ἰδία-
ται μοι μαᾶιλο (Leucippe) —
αὖθις ἐπειν ἐμιλλε, καὶ τοῦτ Με-
λίνις παρέχιν ὄχημα. Sensus videtur esse hic: Et ipsa (Leucippe) id sedulo agere videbatur,
itinere confecto, vesperi reverteere-
tur, nimirum ut mecum colloqui
posset. Reliqua ἐμιλλεν — ἐχημα
nexu omni destituta sunt.

2 Ἐπὶ τὸν τόπον ἡμιν) Ἐπὶ τὸν
τόπον ἡμιν e coniectura dedit Salmasius, ut πότει omnino convi-
viam, prandium denotet.

πολὺς κατὰ τὸν ἄνθρωπον ἀκούεται καὶ συνδρομὴ, καὶ
εἰστρέχει τις τῶν θεραπόντων, ἀσθμαίνων ἅμα καὶ
λέγων· Θέρσανδρος ζῇ καὶ πάρεστιν. Ἦν δὲ Θέρσανδρος οὗτος ὁ τῆς Μελίττης ἀνήρ, ὃν ἐνόμιζεν τεθνηκέναι κατὰ θάλασσαν. τῶν γὰρ συνόντων αὐτῷ τινες
οἰκετῶν, ὡς περιετράπη τὸ σκάφος σωθέντες καὶ νο-
μίσαντες ἀπολωλέναι, τοῦτο ἀπαγγείλαντες ἔτυχον.
ἅμα οὖν ὁ οἰκέτης εἶπεν, καὶ ὁ Θέρσανδρος κατὰ ποδῶν εἰστρέχει. πάντα γὰρ τὰ περὶ ἐμοῦ πυθόμενος κατὰ τὴν ὁδὸν, ἔσπευσε Θβάσας καταλαβεῖν με. ἡ μὲν
δὴ Μελίττη ἀνέθορεν ὑπ' ἐκπλήξεως τοῦ παραλόγου,
καὶ περιβάλλειν ἐπεχείρει τὸν ἄνδρα. ὁ δὲ τὴν μὲν ὡς
εἶχεν ὤθει μάλα ἐρρωμένως· ἐμὲ δὲ ἰδὼν καὶ εἰπών· Ὁ
μοιχὸς οὗτος; ἐμπηδᾷ, καὶ ῥαπίζει με κατὰ κόρρης
πληγὴν θυμοῦ γέμουσαν. ἑλκύσας δὲ τῶν τριχῶν,
ἐράσσει πρὸς τοὔδαφος, καὶ προσπίπτων κατακόπτει

iuxta aedium partem illam, in qua viri degebant, exauditus est: e vestigioque servorum unus, prae cursus festinatione spiritum aegre ducens, introivit, Thersandrumque vivere atque adesse nunciavit. Erat is Melites coniux, quem naufragio periisse putabant. Atque haec a nonnullis illius domesticis, qui cum eo navigaverant, fracta
navi semotis, eumque diem obiisse arbitrantibus, fama
dimanaverat. Vix autem servus ea locutus fuerat, cum
Thersander illum subsecutus, coenaculum subito intravit:
accelerabat enim, ut me, de quo sub ipsum statim adventum suum omnia cognoverat, deprehenderet. Melite,
quamquam repentino casu turbata est, maritum tamen
amplecti voluit; sed eam ille magna vi repulit, in meque
oculos convertens : Hiccine, inquit, adulter est? Protinusque facto in me impetu, iracundia exardens, plagam
maxillae intulit: mox capillis abreptum atque ad terram

με πληγαῖς. ἐγὼ δὲ ὥσπερ ἐν μυστηρίῳ μηδὲν, μήθ᾽
ὅς τις ὁ ἄνθρωπος ἦν, μήδ᾽ οὗ χάριν ἔτυπτεν, ὑποπτεύσας δή τι κακὸν εἶναι, ἐφυλύκειν ἀμύνασθαι, καί τοι
δυνάμενος. ἐπεὶ δὲ ἔκαμεν, ὁ μὲν τύπτων, ἐγὼ δὲ φι-
λοσοφῶν, λέγω πρὸς αὐτὸν ἀναστάς· Τίς εἶ ποτε, ὦ
ἄνθρωπε; καὶ τί με οὕτως ἐκύσω; Ὁ δὲ ἔτι μᾶλλον
ὀργισθεὶς ὅτι καὶ φωνὴν ἀφῆκα, ῥαπίζει πάλιν, καὶ
καλεῖ δεσμὰ καὶ πέδας. δεσμεύουσιν οὖν με καὶ
ἄγουσιν εἴς τι δωμάτιον.

κδ'. Ἐν ᾧ δὲ ταῦτα ἐπράττετο, λανθάνει μου ὑπο-
ρυεῖσα ἡ τῆς Λευκίππης ἐπιστολή· ἔτυχον γὰρ αὐτὴν
ἴσω τοῦ χιτωνίσκου προσδεδεμένην ἐκ τῶν τῆς ὀσφύος
θυσάνων ἔχων. καὶ ἡ Μελίττη ἀναιρεῖται λαβοῦσα·
ἐδεδίει γὰρ μή τινα τῶν πρός με αὐτῆς γραμμάτων ἦν.
ὡς δὲ ἀνέγνω καθ᾽ ἑαυτὴν γινομένη, καὶ τὸ τῆς Λευ-

proiectum totum verberibus confecit. Ego, quasi seclusis
sacris interessem, non modo quis esset, aut quamobrem
me caederet, non rogavi, sed ne verbum quidem proffer-
re ausus sum. Verum id, quod res erat, mecum reputans,
etsi maxime contra niti poteram, tamen id facere veritus
fui. Tandem cum ille verberando, ego ratiocinando fessi
essemus, surgens, Quis tu, inquam, es? cur me tam con-
tumeliose caedis? At ille, propterea quod vocem misis-
sem, iratior multo factus, manus iterum mihi iniecit, vin-
culaque & compedes poposcit: quibus constrictum me in
cubiculum quoddam coniecit.

XXIV. Interea factum est, ut Leucippes epistola, quam
forte tunicae adalligatam habebam cirris inscrulae, impru-
denti mihi exciderit, eamque Melite clam susceperit, verita, ne qua ex suis esset ad me literis: sed non multo
post, cum sola esset, tota de re, Leucippes nomine in-

αὔτης εὗρεν ὄνομα, βάλλεται [1] μᾶς τὴν καρδίαν, εὐθέως γνωρίσασα τοὔνομα· σὺ μὲν αὐτὴν ἐνόμιζεν εἶναι, τῷ πολλάκις αὐτὴν ἀκοῦσαι τετελευτηκέναι. ὡς
δὲ προϊοῦσα, καὶ τοῖς λοιποῖς τῶν γεγραμμένων ἐνέτυ-
χεν, πᾶσαν μαθοῦσα τὴν ἀλήθειαν, ἐμεμέριστο πολλοῖς ἅμα τὴν ψυχὴν, αἰδοῖ, καὶ ὀργῇ, καὶ ἔρωτι, καὶ
ζηλοτυπίᾳ. ᾐσχύνετο τὸν ἄνδρα, ὠργίζετο τοῖς γράμμασιν. ὁ ἔρως ἐμάραινε τὴν ὀργὴν, ἔσβεσε τὸν ἔρωτα ἡ
ζηλοτυπία, καὶ τέλος ἐκράτησεν ὁ ἔρως.

κε΄. Ἦν δὲ πρὸς ἑσπέραν, καὶ ἔτυχεν ὁ Θέρσανδρος ἐκ τῆς πρώτης ὀργῆς πρὸς ἑταῖρόν τινα τῶν ἐγχωρίων ἐκθορών. ἡ δὲ διαλεχθεῖσα τῷ τὴν φυλακὴν τὴν
ἐμὴν πεπιστευμένῳ, εἰσέρχεται πρός με λαβοῦσα τοὺς
ἄλλους θεράποντας, δύο τοῦ δωματίου προκαθίσασα,
καὶ καταλαμβάνει χαμαὶ καταβεβλημένον. Παρα-

veniro, certior facta, prorsus exanimata est: non tamen
eam esse credidit, quam ruri compereramus; propterea
quod sublatam e vivis fuisse non semel audiveras. Tandem vero tota epistola perlecta, veritateque iam clarius
cognita, cum verecundia atque obtrectatione oppressa,
varias in partes distrahi coepit. Nam & maritum vereba-
tur, & literis non poterat non irasci: sed irae alioqui op-
ponebatur amor, qui, obtrectatione auxilium sibi affe-
rente, victor tandem evasit.

XXV. Quamobrem cum advesperasset, ac primo illo
ab impetu ad familiarem quendam suum Thersander se
contulisset; Meliie hominem, cui mei custodia credita fuerat, allocuta, ad me, clam aliis servis, e quorum numero duos ante cubiculi fores collocaverat, ingressa est:
quem humi proiectum cum offendisset, propius accedens,

1 Βάλλεται) Forte: πάλλε-   quentatur hac de re; e. g. Aesch.
ται, quod poetis imprimis fre-   Suppl. 791.

στᾶσα οὖν, πάντα ἤθελεν εἰπεῖν· ὁμοῦ τὸ σχῆμα τοῦ προσώπου τοσαῦτα εἶχεν, ὅσα εἰπεῖν ἤθελεν. Ὦ δυστυχὴς ἐγώ, καὶ ἐπὶ τῷ ἐμαυτῆς κακῷ τεθεαμένη σε τὸ μὲν πρῶτον, ἀπλήστως ἐρασθεῖσα καὶ μετὰ πάσης ἀνοίας, ἡ καὶ μισουμένη τὸν μισοῦντα φιλῶ, καὶ ὀδυνωμένη τὸν ὀδυνῶντα ἐλεῶ, καὶ οὐδὲ ὕβρις τὸν ἔρωτα παύει. ὦ ζεῦγος κατ' ἐμοῦ γοήτων, ἀνδρὸς καὶ γυναικός. ὁ μὲν τοσοῦτόν μου χρόνον κατηγύλα· ἡ δὲ ἀπῆλθεν κομιοῦσά μοι φίλτρον. ἐγὼ δὲ ἡ κακοδαίμων, ἠγνόουν αἰτοῦσα παρὰ τῶν ἐχθίστων κατ' ἐμαυτῆς φάρμακον. Καὶ ἅμα τὴν ἐπιστολὴν τῆς Λευκίππης μοι προσέρριψεν. Ἰδὼν οὖν καὶ γνωρίσας, ἔφριξα, καὶ ἔβλεπον εἰς γῆν ὡς ἐληλεγμένος. Ἡ δὲ ἐτραγῴδει πάλιν· Οἴμοι δειλαία τῶν κακῶν. καὶ γὰρ τὸν ἄνδρα ἀπώλεσα διά σε. οὔτε γὰρ ἂν ἔχοιμί σε τοῦ λοιποῦ

eodem omnia momento proferre volebat, ipso nihilominus vultu, quaecunque dictura erat, prae se ferente. Igitur: O me, inquit, infelicem, meamque in perniciem.te primum conspicatam, quae, quod assequi non possim, tantopere appetam! o penitus dementem, quae mei contemtorem amore prosequar! quae doloribus excruciata excrucianti misericordiam tribuam: neque ipsa contumelia amorem debilitat! o viri & mulieris par adversus me conspirans: quorum alter ludibrio me iamdiu habet, altera herbas conquisitum abiit! mene igitur ab infensissimis hostibus opem quaerere, hactenus non intellexisse? Haec locuta Melite, Leucippes literas in me proiecit. Quibus agnitis, cohorrui statim, vultumque, tanquam magni alicuius flagitii reus, deieci. Illa vero amplius etiam flere ac conqueri perrexit: Heu me tot malis afflictam! Tua ego causa maritum amisi, nec tamen te frui posthac mihi licebit:

χρόνου, κἂν μέχρι τῶν ὀμμάτων τῶν κενῶν, ἐπεὶ μὴ
δεδύνημαι τούτων πλέον. οἶδα ὅτι ὁ ἀνήρ με μισεῖ, καὶ
μοιχείαν κατέγνωκεν ἐπί σοι, μοιχείαν ἄκαρπον, μοιχείαν ἀναφρόδιτον, ἧς μόνην τὴν λοιδορίαν κεκέρδακα.
αἱ μὲν γὰρ ἄλλαι γυναῖκες, μισθὸν τῆς αἰσχύνης
ἔχουσι τὴν τῆς ἐπιθυμίας ἡδονήν· ἐγὼ δὲ ἡ δυστυχὴς,
τὴν μὲν αἰσχύνην ἐκαρπωσάμην, τὸ δὲ τῆς ἡδονῆς οὐδαμοῦ. ἄπιστε καὶ βάρβαρε· ἐτόλμησας οὕτως ἐρῶσαν
γυναῖκα καταπῆξαι, καὶ ταῦτα ἔρωτος καὶ σὺ δοῦλος
ὤν; οὐκ ἰσεβήθης αὐτοῦ τὰ μηνίματα; οὐκ ἠδέσθης
αὐτοῦ τὸ πῦρ; οὐκ ἐτίμησας αὐτοῦ τὰ μυστήρια; οὐ
κατέκλασέ σε ταῦτα τὰ ὄμματα δακρύοντα; ὦ καὶ
λῃστῶν ἀγριώτερε. δάκρυα γὰρ καὶ λῃστὴς αἰσχύνη-
ται. οὐδέν σε ἠρέθισεν εἰς ἀφροδίτην κἂν μίαν. σὺ δή-

quin immo adſpectu etiam tuo, quo uno tantum a te di-
gnata ſum, brevi mihi carendum eſſe intelligo. Atque ad
haec mala illud etiam accedit. Tua enim cauſa me coniux odio proſequitur, atque adulterii ream facit, & eius
quidem, ex quo fructus ac voluptatis nihil, infamiae autem plurimum, ad me redundavit. Sane aliae mulieres ex
turpitudine voluptatem conſequuntur: at miſerae mihi ſo-
la ſine voluptate turpitudo parata eſt. O infidum, o bar-
barum, o piratis immaniorem Clitophontem! Tene, mulierem tam impotenti tui amore deflagrantem, tam miſe-
rum in modum excruciari, aequo animo ferre poſſe, cum
amori tu quoque deſervias? neque te divinam Cupidinis
iram timere? non faces eius, non arcana vereri? non lacrimis, quas oculi iſti uberrim profunderunt, commoveri?
O piratis immaniorem! lacrimas enim vel ipſe praedo ve-
retur. Quid, quod animum tuum non modo non pelle-
xerunt preces meae, ut ſemel ſaltem mihi morem gere-
res; ſed ne ullum quidem idonei temporis opportunitas,

σις, οὐ χρόνος, οὐχ ἡ τῶν σωμάτων συμπλακή· ἀλλὰ, τὸ πάντων ὑβριστικώτατον, προσαπτόμενος, καταφιλῶν, οὕτως ἀπέστης ὡς ἄλλη γυνή. τίς αὕτη τῶν
γάμων ἡ σκιά; σὺ μὲν δὴ γεγηρακυίᾳ συνεκάθευδες,
οὐδὲ ἀποστρεφομένη σου τὰς περιπλοκὰς, ἀλλὰ καὶ
τία καὶ φιλούσῃ. εἴποι δ' ἂν ἄλλος ὅτι καὶ καλῇ.
εὐνοῦχε, καὶ ἀνδρόγυνε, καὶ κάλλους καλοῦ βάσκανε.
ἐπαρῶμαί σοι δικαιοτάτην ἀράν, οὕτως σε ἀμύναιτο ὁ
ἔρως εἰς τὰς σάς. Ταῦτα ἔλεγεν, καὶ ἅμα ἔκλαιεν.

κστ'. Ὡς δὲ ἐσιώπων ἐγὼ κάτω νενευκὼς, μικρὸν
διαλιποῦσα, λέγει μεταβαλοῦσα· Ἃ μὲν εἶπον, ὦ
φίλτατε, θυμὸς ἔλεγε καὶ λύπη· ἃ δὲ νῦν μέλλω
λέγειν, ἔρως λέγει. κἂν ὀργίζωμαι, καίομαι· κἂν

aut mutuus complexus, aut aliud quidpiam apud te pon-
dus habuerum. Quin immo, quod omnium contumelio-
sissimum est, e complexu meo, ex ipsis dissuaviationibus
aeque discedis atque alia mulier. Et quid hoc est, nisi
nuptiarum umbra? Tu quidem certe non cum effoeta aliqua, tuosve amplexus aversante cubuisti; sed & cum ado-
lescente & cum amante, addiderit vero aliquis etiam, &
cum formosa. Eunuche, evirate, pulchritudinis perditor,
nunc ego immortales Deos precor, tuis ut desideriis contraria omnia evenire velint: quo in te, quae in me mo-
liris, cuncta experiare. Haec non sine lacrimis locuta Melite, parumper conticuit.

XXVI. Deinde ut me tacentem, atque oculos humi de-
figentem animadvertit, animo penitus commutato, rursum: Quae hactenus locuta sum, inquit, suavissime adolescens, ira & moeror suggessit: nunc ad dicendum me
amor impellit. Qui vero potui non irasci, & convicia in
te ingerere, cum tota arderem, intimasque corporis partes miserrimum in modum ignis popularetur? Ah saltem

ὑβρίζωμαι, σιγῶ πᾶσαι, κἂν νῦν ἐλεήσῃ· οὐκ ἔτι
δέομαι πολλῶν ἡμερῶν καὶ γάμου μακροῦ, ὧν ἡ δυστυχὴς ὀνειροπόλουν. ἐπὶ σοὶ ἀρκεῖ μοι καὶ μία συμπλοκή. μικροῦ δέομαι φαρμάκου πρὸς τηλικαύτην νόσον. σβέσον μοι ὀλίγον τοῦ πυρός. εἰ δέ τι σοὶ προπετῶς ἐθρασυνάμην, σύγγνωθι, φίλτατε· ἔρως ἀτυχῶν
καὶ μαίνεται. ἀσχημονοῦσα, οἶδα, ἀλλ᾽ οὐκ αἰσχύ-
νομαι τὰ τοῦ ἔρωτος ἐξαγορεύουσα μυστήρια. πρὸς ἄνδρα λαλῶ μεμυημένον. οἶδας τί πάσχω. τοῖς δὲ ἄλλοις ἀνθρώποις ἀθέατα τὰ βέλη τοῦ θεοῦ, καὶ οὐκ ἄν
τις ἐπιδεῖξαι δύναιτο τὰ τοξεύματα, μόνοι δὲ ἴσασιν
οἱ ἐρῶντες τὰ τῶν ὁμοίων τραύματα. ἔτι μόνον ἔχω
ταύτην τὴν ἡμέραν· τὴν ὑπόσχεσιν ἀπαιτῶ. ἅμα μνή-
σθητι τῆς Ἴσιδος, αἰδέσθητι τοὺς ὅρκους τοὺς ἐκεῖ. εἰ
μὲν γὰρ καὶ συνοικεῖν ἤθελες, ὥσπερ ἐπηγγείλω, οὐκ

nunc mihi morem gere. Non ego dies multos, aut nuptias diuturnas peto, quarum spe miseram me hactenus
produxisti. Unicus mihi satis erit congressus, vel tantula
ope mihi ad tanti morbi vim depellendam opus est. Agedum, ignem hunc mihi aliquantum restingue: ac, si quid
in te asperius antea locuta sum, ignosce, obsecro, gratis-
sime adolescens. Non enim potest, qui infeliciter amat,
non insanire. Nec vero me fugit, quam turpem causam
agam: verumtamen amoris arcana palam facere haud quaquam pudet. Hominem, Amoris sacris initiatum, quoque
pacto affecta sim intelligentem, alloqui me scio. Aliis Dei
huius tela ignota sunt. Solis enim amantibus, praeterea
nullis, amantium vulnera innotescunt. Haec mihi adhuc
superest dies, qua ut promissa facias, obsecro. Isidis tibi
veniat in mentem; neque, quod in illius templo iurasti,
floccifeceris. Quod si, ut inter nos iureiurando firmatum
est, promissis stare voluisses, non equidem Thersandros

ἂν ἐφρόντισα Θέρσανδρον μυρίων. ἐπεὶ δὲ Λευκίππην
τύραντι σοι γάμος ἀδύνατος ἄλλης γυναικός· ἰποῦσά
σοι κἀγὼ τοῦτο παραχωρῶ. οἶδα νικωμένη· οὐκ αὐτῷ
πλέον ἢ δύναμαι τυχεῖν. κατ' ἐμοῦ γὰρ πάντα καινά·
ἀναβιοῦσι καὶ νεκροί. ὦ θάλασσα, πλεύσαντα μέν με
διέσωσας, σώσασα δὲ μᾶλλον ἀπολώλεκας, δύο ἀπο-
στείλασα κατ' ἐμοῦ νεκρούς. οὐκ ἤρκει γὰρ Λευκίππη μόνη ζήσασα, ἵνα μηκέτι λυπῆται Κλειτοφῶν. νῦν
δὲ καὶ ὁ ἄγριος Θέρσανδρος ἡμῖν παρέστω. τιτύπτη-
σαι βλεπούσης μου, καὶ βοηθεῖν ἡ δυστυχὴς οὐκ ἠδυνάμην. ἐπὶ τοῦτο τὸ πρόσωπον πληγαὶ κατηνέχθησαν.
ὦ θεοί, δοκῶ, τυφλὸς Θέρσανδρος ἦν. ἀλλὰ δίομαι,
Κλειτοφῶν δέσποτα· δεσπότης γὰρ εἶ ψυχῆς τῆς
ἐμῆς· ἀπόδος σεαυτὸν τήμερον πρῶτα καὶ ὕστατα,
ἐμοὶ δὲ ἡμέραι τὸ βραχὺ τοῦτο πολλαί. οὕτω μηκέτι

mille curaverim. Ceterum quoniam, Leucippe inventa,
nullo fieri pacto potest, aliam ut ducas; per me quidem
fac, ut lubet. Mihi enim cedendum esse intelligo: iamque
amplius nihil, nisi quod me consequi posse arbitror, peto: quandoquidem mihi omnia bellum indicunt, ac mortui etiam ipsi ab inferis excitantur. O mare, tu certe na-
vigantem servasti, verum servando maiores in aerumnas
coniecisti, duobus mortuis meam in perniciem advectis,
quasi non una Leucippe satis esset. Sed vivat sane illa, ne
Clitophon in moerore iaceat. Illud vero quis ferat, ferum
Thersandrum nunc rediisse? me vidente hominem percus-
sisse, miseramque opis nihil ferre potuisse? Adhuc quidem, Dii boni, facies tota livoribus foedata conspicitur.
Caecus tum, puto, Thersander fuit. Sed te, o here Clitophon, tu enim animae imperium meae solus obtines, id
unum rogo, hodie saltem ut mihi te primum & ultimum
concedas. Parva haec mora multorum apud me dierum lo.

Λευκίππην ἀπολάβῃς, οὕτω μηκέτι μήτε ψευδῶς ἀποθάνοι. μὴ ἀτιμάσῃς τὸν ἔρωτα τὸν ἐμὸν, δι' ὃν τὰ
μέγιστα εὐτυχεῖς. οὗτός σοι Λευκίππην ἀπεδίδωκεν.
εἰ γάρ σου μὴ ἠράσθην ἐγὼ, εἰ γάρ σε μὴ ἐνταῦθα
ἤγαγον, ἦν ἂν ἔτι σοι Λευκίππη παρά. εἰσὶν, ὦ Κλειτοφῶν, καὶ τύχης δωρεαί. ἤδη τις θησαυρῷ περιπε-
σὼν, τὸν τόπον τῆς εὑρήσεως ὡς ἐτίμησεν, βωμὸν ἤγειρεν, θυσίαν προσήνεγκεν, ἐστεφάνωσε τὴν γῆν· σὺ δὲ
παρ' ἐμοὶ θησαυρὸν ἔρωτος εὑρὼν, ἀτιμάζεις τὰ εὐερ-
γετήματα. νόμιζέ σοι τὸν ἔρωτα δι' ἐμοῦ λέγειν· ἐμοὶ
χάρισαι τοῦτο, Κλειτοφῶν, τῷ μυσταγωγῷ. μὴ
ἀμύητον τὴν Μελίττην ἀπέλθῃς καταλιπών· καὶ τὸ
ταύτης ἐμόν ἐστι πῦρ. ἄκουσα δὴ, ὡς καὶ τ' ἄλλα
μοι μέλει περί σου. λυθήσῃ μὲν γὰρ ἄρτι τῶν δεσμῶν,
κἂν Θερσάνδρῳ μὴ δοκῇ· καταγωγῆς δὲ τεύξῃ τοσαύ-

co erit. Sic neque tu Leucippen amiseris: neque illa vel
falsam mortem obierit. Ne meum amorem neglexeris: cuius causa cum alia commoda plurima, tum Leucippen
ipsam, es consecutus. Nisi enim ego te amassem, hucque
perduxissem, mortuam utique Leucippen adhuc arbitrare-
ris. Fortunae vero etiam benignitati aliquid est, quod acceptum ferri deceat. Cum thesaurum, nescio quis, inve-
nisset, locum, in quo invenit, in honore habuit, aram
consecravit, libamina obtulit, telluremque coronavit. Tu
vero amatorio thesauro apud me reperto, non modo gratiam non refers, verum etiam beneficii auctorem sper-
nis. Haec autem mea causa tecum Amorem loqui existi-
ma. Id mihi tuae militiae antesignano concede, Clitophon,
ut ne hinc Melite intacta discedat. Meus ignis est, qui
eam urit. Itaque Deo pare, Clitophon, si quidem cetera
tua mihi curae esse cupis. A vinculis, medius fidius, tametsi Thersandro id minime videatur, te nunc solvam:

των ἡμερῶν, ὅταν ἐὰν θέλῃς, πρὸς ἐμὸν σύντροφον.
ἔασον δὲ καὶ Λευκίππην παρέσεσθαι προσδόκα. δια-
νυκτερεύσειν γὰρ ἔλεγεν εἰς τὸν ἀγρὸν, βοτανῶν ἕνεκεν χάριν, ὡς ἐν ὄψει τῆς σελήνης αὐτὰς ἀναλάβῃ.
οὕτως γάρ μου κατεγέλα. ᾔτησα γὰρ φάρμακον παρ'
αὐτῆς ὡς Θετταλῆς κατά σου. τί γὰρ ἠδυνάμην ἔτι
ποιῶν ἀποτυγχάνουσα, ἢ βοτάνας ζητεῖν καὶ φάρμακα; αὕτη γὰρ τῶν ἐν ἔρωτι δυστυχούντων καταφυγή.
ὁ Θέρσανδρος δέ, ὡς καὶ περὶ τούτων θαρρήσῃς, ἐξ-
απῆλθεν πρὸς ἑταῖρον αὑτοῦ, ἐξαναστάμενος ἐμοὶ τῆς
οἰκίας ὑπὸ ὀργῆς· δοκεῖ δί μοί γε θεός τις αὐτὸν ἐν-
ταῦθεν ἐξεληλακέναι, ἵνα σου τὰ τελευταῖα ταῦτα δυ-
νηθῶ τυχεῖν. ἀλλά μοι σαυτὸν ἀπόδος.

κζ'. Ταῦτα φιλοσοφήσασα· διδάσκει γὰρ ὁ ἔρως
καὶ λόγους· ἔλυε τὰ δεσμὰ, καὶ τὰς χεῖρας κατεφί-

cubiculumque, in quo tamdiu cum eo, qui mecum una
lac hausit, degas, quamdiu voles, tibi adornatum dabo.
Leucippen vero cras prima luce tibi adsuturam exspecta.
Ruri enim pernoctare velle dixit, ut herbas ad Lunae
adspectum colligeret. Ira de me ludi facti sunt. Ab ea enim
tanquam Thessala opem contra te imploravi. Nam spe
frustrata quid facere amplius potui, quam ad herbas &
medicamenta, quae miserorum amantium solatia sunt, confugere? Nunc, ut istum etiam timorem deponas, Thersander iratus domo ad familiarem quendam suum se contulit,
ut Deus aliquis hinc illum eiecisse mihi videatur, quo
postrema haec a te libere consequi possim. Agedum, tandem igitur tui mihi copiam fac.

XXVII. Haec Melite cum disseruisset, Amor enim elo-
qui etiam docet, vincula solvit: manusque meas exoscu-

λαι, καὶ τοῖς ὀφθαλμοῖς, καὶ τῇ καρδίᾳ προσίφερε,
καὶ εἶπεν· Ὁρᾷς, πῶς πηδᾷ, καὶ πάλλει πυκνὸν
παλμὸν ἀγωνίας γέμοντα καὶ ἐλπίδος. γένοιτο δὲ καὶ
ἡδονῆς· καὶ ἔοικεν ἱκετεύειν σε τῷ πηδήματι. Ὡς οὖν
με ἔλυσε, καὶ περιέβαλεν κλαίουσα, ἔπαθόν τι ἀνθρώπινον, καὶ ἀληθῶς ἐφοβήθην τὸν Ἔρωτα, μή μοι
γένηται μήνιμα ἐκ τοῦ θεοῦ, καὶ ἄλλως ὅτι Λευκίππην ἀπειλήφειν, καὶ ὅτι μετὰ ταῦτα τῆς Μελίττης ἀπαλλάττεσθαι ἔμελλον, καὶ ὅτι οὐδὲ γάμος
ἔτι τὸ πραττόμενον ἦν, ἀλλὰ φάρμακον ὥσπερ ψυχῆς νοσούσης. περιβαλούσης οὖν ἠνειχόμην, καὶ περι-
πλεκομένης πρὸς τὰς περιπλοκὰς οὐκ ἀντέλεγον, καὶ
ἐγίνετο ὅσα ὁ ἔρως ἤθελεν, οὔτε στρωμνῆς ἡμῖν δεηθέν-
των, οὔτε ἄλλου τινὸς τῶν εἰς παρασκευὴν ἀφροδισίων.
αὐτουργὸς γὰρ ὁ ἔρως, καὶ αὐτοσχέδιος σοφιστής, καὶ

Iara, oculis primum suis, deinde cordi admovit, ac: Videsne, inquit, ut salit, ac semet vibrans assidue palpitat,
metus & spei simul, urinam vero etiam voluptatis, plenum, ut trepidatione huiusmodi orare te videatur? Posteaquam vinculis solutus sum, mulierque flens me complexa
est, humani quiddam perpessus sum: atque, ut ingenue
fatear, ne mihi Amor irasceretur, extimui: praesertim
quod, recuperata Leucippe, Meliten paulo post dimissurus
essem, &, quae factae fuerant, nuptiae non essent, sed
tantum aegrotantis animi quasi medicina quaedam. Am-
plexantem igitur deosculantemque pari amplexu deoscula-
tionemque accepi: atque haud ita multo post desiderii eius
exspectationem omnem explevi, nobis neque stratum, neque alium ullum ad venerem apparatum, requirentibus.
Amor enim sui ipsius artifex est, & quae opus sunt ex
tempore afferens, ad sua ipsius arcana quemvis accom-

πάντα τέττον αὐτῷ τιθέμενος μυστήριον. τὸ δ' ἀστρέφ-
γον εἰς ἀφροδίτην ἥδιον μᾶλλον τοῦ πολυπράγμονος.
αὐτοφυῆ γὰρ ἔχει τὴν ἡδονήν.

modus locum. Illud porro certissimum est, imparatam venerem parata longe suaviorem esse, utpote quae genui-
nam secum ferat voluptatem.

ΛΟΓΟΣ ΕΚΤΟΣ.

Ἐπεὶ οὖν τὴν Μελίττην ἰασάμην, λέγω πρὸς αὐτήν· Ἀλλ' ὅπως μοι τῆς φυγῆς παράσχῃς τὴν ἀσφάλειαν, καὶ ἄλλα ὡς ὑπέσχου περὶ Λευκίππης; Μὴ φροντίσῃς, εἶπεν, τοῦτό γε κατ' ἐκείνη μέρος, ἀλλ' ἤδη νόμιζε Λευκίππην ἔχειν. σὺ δὲ ἔνδυθι τὴν ἐσθῆτα τὴν ἐμήν, καὶ κλέπτε τὸ πρόσωπον πέπλῳ. ἡγήσεται δέ σοι τῆς ἐπὶ θύρας Μελάνθω ὁδοῦ· περιμένει δέ σε καὶ νεανίσκος ἐπ' αὐτὰς τὰς θύρας, ᾧ προστεταγμένον ἐστὶν ἐξ ἐμοῦ, κομίσαι σε εἰς τὴν οἰκίαν, οὗ καὶ Κλεινίαν καὶ Σάτυρον εὑρήσεις, καὶ Λευκίππη σοι παρέσται. Ταῦθ' ἅμα λέγουσα, ἐσκεύασέ με ὡς ἑαυτήν· καὶ καταφιλοῦσα· Ὡς εὐμορφότερος, ἴθι, παρὰ πολὺ γέγονας τῇ στολῇ; τοιοῦτον Ἀχιλλέα ποτὲ ἐθεασάμην ἐν γραφῇ. ἀλλά μοι, φίλτατε, σώζοιο, καὶ

LIBER SEXTUS.

POSTEAQUAM Melites aegrimoniam sublevavi: Quorum modo, inquam, tutam mihi ad abeundum viam, & cetera, quae de Leucippe pollicita es, praebebis? Tum illa: Ne vereare, inquit, quod quidem ad Leucippen attinet, sed eam re iam recepisse puta. Ornatum hunc meum indue, faciemque velo obvolve. Melantho ad ostium, qua in viam patet egressus, te comitabitur. Illic adolescens tibi praesto erit, qui, sicut ei praescripsi, ad Cliniam tu Satyrumque perducat. Leucippe autem non multo post tibi aderit. Quae cum dixisset, eo me, quo se ipsam consueverat, modo adornavit, dissuaviansque: Quanto, inquit, formosior es in stola? Talem ego quidem in pictura olim Achillem vidi. Ceterum, anime mi, Clitophon, ut

τὴν ἐσθῆτα ταύτην φύλαττι μνήμην· ἐμοὶ δὲ τὴν σὴν
κατάλιπι, ὡς ἂν ἔχοιμι ἐνδυομένη σοι. περικεχῦσθαι.
Δίδωσι δί μοι καὶ χρυσοῦς ἑκατόν. καὶ καλῖ τὴν Με-
λανθῶ. θεράπαινα δὲ ἦν αὐτὴ τῶν πιστῶν, καὶ ἐφρού-
ρων ταῖς θύραις. ὡς δὲ εἰσῆλθεν, λίγει περὶ ἐμοῦ
τὰ συγκείμενα· καὶ κελεύει πάλιν ἀναστρέφειν πρὸς
αὐτήν, ἐπειδ' ἂν ἔξω γένωμαι θυρῶν.

β'. Ἐγὼ μὲν δὴ τοῦτον τὸν τρόπον ὑπεκδύομαι.
καὶ ὁ φύλαξ τοῦ οἰκήματος ἀπεχώρησε, νομίσας τὴν
δέσποιναν εἶναι, νευσάσης αὐτῷ τῆς Μελανθοῦς· καὶ
διὰ τῶν ἐρήμων τῆς οἰκίας, ἐπί τινα θύραν οὐκ ἐν ὁδῷ
κειμένην ἤχθημεν· καί με ὁ πρὸς τῆς Μελίτης ταύτῃ
προστεταγμένος ἀπολαμβάνει· ἀπελεύθερος δὲ αὐτὸς
τῶν συμπεπλευκότων ἦν ἡμῖν, καὶ ἄλλως ἐμοὶ κεχα-
ρισμένος. Ὡς δὲ ἀνέστρεψεν ἡ Μελανθώ, καταλαμβάνει τὸν φρουρόν, ἄρτι ἐπικλείσαντα τὸ οἴκημα, καὶ
ἀνοίγειν ἐκέλευεν αὖθις. ὡς δὲ ᾔξεν, καὶ παρεισδύ-

valeas, etiam atque etiam cura: & pallam hanc apud te
mei monumentum ferva, tuo viciſſim mihi pallio relicto,
quo induta tuis quaſi amplexibus detineri videar. Tum
mihi aureos nummos centum dedit: arceſſitaque Melan-
thone, erat haec ancillarum omnium fidiſſima, cui uni
ianuarum cuſtodia credebatur, quid me fieri velit, docet:
deinceps ad fe reverti iubet.

II. Ego fimulatque, muliebri ornatu amictus, cubiculo
exivi, cuſtoſque heram me eſſe ratus, id ei annuente Me-
lanthone, receſſit, per remotiorem domus partem iter faciens, ad portam quandam defuefactam perveni: ubi me
deſtinatus a Melite adolefcens libertinus ex iis, qui no-
bifcum navigaverant, mihi alioqui etiam gratus, accepit.
Poftea vero quam reverfa Melantho cubiculum, quod
vixdum clauſum fuerat, aperiri iuſſit, meumque abitum

σα ἰμήνυσε τῇ Μελίττῃ τὴν ἔξοδον τὴν ἐμὴν, καλῶ
τὸν Σύλακα. κἀκεῖνος ὡς τὸ εἰκὸς θέαμα ἰδὼν παρα-
δοξότατο, τῆς κατὰ τὴν ἔλαφον ἀντὶ παρθένου[1] παρ-
οιμίας, ἐξεπλάγη καὶ ἔστη σιωπῇ. λέγει οὖν πρὸς
αὐτόν· Οὐκ ἀπιστοῦσά σοι μὴ οὐκ ἐθελήσῃς ἀφεῖναι
Κλειτοφῶντα, ταύτης ἐδεήθην τῆς κλοπῆς. ἀλλ' ὅσα
σοι πρὸς Θέρσανδρον ἡ τῆς αἰτίας ἀπόλυσις ᾖ, ὡς σὺ
συνεγνωκότι· χρυσοῖ δέ σοι οὗτοι δῶρον δέκα, δῶρον
μὲν, ἂν ἐνταῦθα μείνῃς, παρὰ Κλειτοφῶντος. ἐὰν δὲ
νομίσῃς φυγεῖν, βέλτιον ἐφόδιον. Καὶ ὁ Πασίων· τοῦτο γὰρ ἦν ὄνομα τῷ Σύλακι· Πάνυ, ἔφη, δέσποινα·
τὸ σοὶ δοκοῦν, κἀμοὶ δοκεῖ καλῶς ἔχειν. Ἔδοξεν οὖν
τῇ Μελίττῃ τὸ νῦν ἀναχωρεῖν· ὅταν δὲ ὁ καλῶ θῇ
τὰ πρὸς τὸν ἄνδρα, καὶ γένηται τὰ τῆς ὀργῆς ἐν γαλήνῃ, τότε μετιέναι. Καὶ ὁ μὲν οὕτως ἔπραξεν.

herae nunciavit, illa custode ad se vocato, qui, sicuti credibile est, re maxime praeter opinionem perspecta, iuxta
adagium, *pro virgine cerva*, stupore oppressus obmunue-
rat: Mihi quidem, inquit, dubium non erat, ne non Clitophontem dimitteres. Sed eo artificium istud excogitavi,
quo esset tibi apud Thersandrum excusationi locus, utpote qui non cognoveris. Aureos autem nummos decem tibi Clitophon, si hic exspectaveris, muneri mittet:
quamquam, si de fuga cogites, viaticum habebis maioris
pretii. Tum vero Pasion, id erat custodi nomen, Atqui,
o hera, inquit, nihil mihi magis probabitur, quam quod
tu suaseris. Itaque mulieri placuit, ut aliquo profugeret;
nec ante reverteretur, quam turba illa & mariti ira sedata esset. Atque ita quidem ille abiit.

1 Ἔλαφος ἀντὶ παρθένου) Proverbium *pro virgine cerva* poni-
tur de eo, qui vel magna spe ex-
cidens exiguum quid refert; vel,
ubi quis criminis purus, reus tamen accusatus, liberatur, auctore sceleris deprehenso; vel cum
aliud pro alio fraudulenter sub-
stituitur. Vid. Hadr. Iun. Adag.
Cent. VI, n. 2.

γ'. Ἐμοὶ δὲ ἡ συνήθης τύχη πάλιν ἐπιτίθεται, καὶ
συντίθεται κατ' ἐμοῦ δρᾶμα καινόν. ἐπάγει γάρ μοι
τὸν Θέρσανδρον εὐθὺς παρελθόντα. μεταπεισθεὶς γὰρ
ὑπὸ τοῦ φίλου πρὸς ὃν ᾤχετο μὴ ἀπόκοιτος γενέσθαι,
διιππήσας πάλιν ἀνέστρεφεν ἐπὶ τὴν οἰκίαν. ἦν δὲ τῆς
Ἀρτέμιδος ἱερομηνία, καὶ μεθυόντων πάντα μεστά·
ὥστε καὶ δι' ὅλης νυκτὸς τὴν ἀγορὰν ἅπασαν κατεῖ-
χε πλῆθος ἀνθρώπων. κἀγὼ μὲν ἐδόκουν τοῦτο μόνον
εἶναι δεινόν· ἐληλύθει δὲ καὶ ἄλλο τεχθέν μοι χαλεπώτερα. ὁ γὰρ Σωσθένης ὁ τὴν Λευκίππην ὠνησάμε-
νος, ὃν ἡ Μελίττη τῆς τῶν ἀγρῶν ἐκέλευσεν ἀποστῆ-
ναι διοικήσεως, μαθὼν παρεῖναι τὸν δεσπότην, τούς τε
ἀγροὺς οὐκέτι ἀφῆκεν, τὴν δὲ Μελίττην ἤθελεν ἀμύνασθαι. καὶ πρῶτον μὲν Σθάσας, καταμηνύει μου
πρὸς τὸν Θέρσανδρον· ὁ γὰρ διαβαλὼν αὐτός ἦν· ἔπειτα καὶ περὶ Λευκίππης λέγει πάνυ τι πιθανῶς πλα-

III. Mihi vero iterum iniqua fortuna insidiata est, no-
vumque periculum creavit. Thersandrum enim, qui ab
amico, ad quem diverterat, ne procul ab uxore cubaret
suasus, a coena domum revertebatur, abeunti mihi obviam misit. Celebrabantur forte fortuna Dianae festi dies,
& ebriorum plena erant omnia, integramque noctem mortalium ingens multitudo forum totum percursabat: quod
unum ego rationibus meis maxime obstare arbitrabar,
nesciens aliud mihi longe gravius infortunium imminere.
Nam Sosthenes, qui Leucippen emerat, ab agrorum ad-
ministratione abstinere iussus, herum adesse intelligens,
non modo ab ea non abstinuit, verum etiam de Melitte
vindictam sumere cupiens, me primum Thersandro prodi-
dit, utpote qui delator esset: deinde alia complura de Leucippe apposite admodum ementitus est. Eius enim potiun-

σάμενος. ἐπεὶ γὰρ αὐτὸς αὐτῆς ἀπεγνώκει τυχεῖν,
μαστροπεύει πρὸς τὸν δεσπότην, ὡς ἂν αὐτὸν τῆς Μελίτης ἀπαγάγοι· Κόρην ὠνησάμην, ὦ δέσποτα, καλήν, ἀλλὰ χρῆμά τι κάλλους ἄπιστον. οὕτως αὐτὴν
πιστεύσειας ἀκούων, ὡς ἰδών. ταύτην ἐφύλαττόν σοι.
καὶ γὰρ ἀκηκόειν ζῶντά σε. καὶ ἐπίστευον, ὅπερ ἤθελον. ἀλλ' οὐκ ἐξέφαινον, ἵνα τὴν δέσποιναν ἐπ' αὐτοφώρῳ καταλάβοις, μή σου καταγελᾷ μοιχὸς ἄτιμος
καὶ ξένος. ἐξῄρηται δὲ ταύτην χθὲς ἡ δέσποινα, καὶ
ἔμελλεν ἀποπέμψειν· ἡ τύχη δὲ ἐτήρησίν σοι, ὥστε
τοσοῦτο κάλλος λαβεῖν. ἔστι δὲ νῦν ἐν τοῖς ἀγροῖς,
οὐκ οἶδ', ὅπως πρὸς αὐτῆς ἀπεσταλμένη. πρὸ ἂν αὖθις
ἐπανελθεῖν, εἰ θέλεις, κατακλείσας φυλάξω, ὡς
ὑπὸ σοὶ γένοιτο.

δ'. Ἐπῄνεσεν ὁ Θέρσανδρος, καὶ ἐκέλευσεν τοῦτο

dae simulatque spem sibi ereptam vidit, hero lenonis operam praestare aggressus est, ut eum a Melite abalienaret.
Itaque, Puellam, o here, inquit, emi forma bona sic, ut
cogitatione comprehendi nequeat: de qua narranti mihi
aeque ac cernenti tibi credas velim. Hanc ego tibi asser-
vabam, quem vivere audivissem: id quod, tametsi credere me iuvabat, cuiquam tamen palam facere nolui, eo
videlicet consilio, ut herae turpitudinem manifesto co-
gnosceres, ac ut ne tibi peregrinus impudensque adulter
illuderet. Heri autem solum eam Melite a me vindicavit,
ac missam facere cogitat. Sed tantam pulchritudinem tibi
fortuna servat, quo ea solus potiare: illa enim ruri etiam
nunc degit, nec, quamobrem eo missa sit, satis intelligo.
Igitur si tu ira censes, illam prius, quam ad heram rever-
tatur, alicubi clausam tibi dabo.

IV. Quod cum probasset, fierique iussisset Thersander,

ποιῶν. ἔρχεται δὴ σπουδῇ μάλα ὁ Σωσθένης εἰς τοὺς
ἀγροὺς, καὶ τὴν καλύβην ἰσσακῶς, ἔνθα ἡ Λευκίππη
διανυκτερεύσω ἔμελλεν, δύο τῶν ἐργατῶν παραλαβὼν.
τοὺς μὲν κελεύει τὰς θεραπαινίδας, αἵ περ ἦσαν ἅμα
τῇ Λευκίππῃ παροῦσαι, περιελεῖν δόλῳ, καὶ καλε-
σαμένας ὅτι πορρωτάτω διατρίβειν ἔχοντας ἰδ' ὁμι-
λίᾳ· δύο δὲ ἄλλους διάγων, ὡς εἶδε τὴν Λευκίππην
μόνην, εἰσπηδήσας, καὶ τὸ στόμα ἐπισχὼν ἁρπάζει.
καὶ κατὰ θάτερα τῆς τῶν θεραπαινίδων ἐκτροπῆς χωρῶ, σύρων εἰς τι δωμάτιον ἀπόρρητον· καὶ καταλιμα-
τας λέγει πρὸς αὐτήν· Ἥκω σοι Σύρων σωρὸν ἀγαθῶν.
ἀλλ' ὅπως εὐτυχοῦσα μὴ ἐπιλέσῃ μου. μὴ γὰρ Σωσθε-
θῇς ταύτην τὴν ἁρπαγὴν, μηδὲ ἐπὶ κακῷ τῷ σῷ γεγονέναι δόξῃς. αὕτη γὰρ τὸν δισπότην τὸν ἐμὸν ἐραστή
σοι προξενεῖ. Ἡ μὲν δὴ τῷ παραλόγῳ τῆς συμφορᾶ
ἐκπλαγεῖσα, ἐσιώπησεν. ὁ δὲ ἐπὶ τὸν Θέρσανδρον ἔ
χεται, καὶ λέγει τὰ πεπραγμένα. ἔτυχεν δὲ ὁ Θέρ-

Softhenes quamprimum rus abiit: vifoque tugurio, in
quo puella erat pernoctatura, duobus arceffitis operariis,
ancillas, quae cum illa erant, circumvenire, & quam
longiffime, quafi colloqui cuperent, demorari iubet. Ipfe
aliis duobus fecum ductis, ftatim ut folam confpicatus eft,
impetu facto, manibufque ori eius admotis, mediam com-
prehendit: feorfumque ab ancillis afportans occultam quandam in domum conclufit. Magnum ad te, inquiens, bonorum cumulum affero. Te autem illud fpectare par eft,
ut ne, pofteaquam fueris affecuta, mei oblivifcaris. Nec
vero raptum hunc extimefcas, neve in perniciem tuam
factum putes: quoniam quidem hic tui amantem herum
meum tecum familiaritate coniungit. Leucippe, infperata
calamitate hac perculfa, obmutuit. Softhenes Therfan-
drum, qui tum forte domum revertebatur, conveniens,

σαφῶς ἐπανιὼν εἰς τὴν οἰκίαν. τοῦ δὲ Σωσθένους αὐτῷ μηνύσαντος τὰ περὶ τῆς Λευκίππης· καὶ κατα-
τραγῳδοῦντος αὐτῆς τὸ κάλλος, μεστὸς γενόμενος ἐκ
τῶν εἰρημένων, ὡς οἱ κάλλους φαντάσματος. Φύσει
παννυχίδος οὔσης [1], καὶ ὄντων μεταξὺ τῶν τεττάρων
σταδίων, ἐπὶ τοὺς ἀγρούς. ἡγεῖσθαι κελεύσας, ἐπ'
αὐτὴν χωρῶ ἤπειλω.

ε'. Ἐν τούτῳ δὲ ἐγὼ τὴν ἐσθῆτα τῆς Μελίττης
εἶχον ἠμφιεσμένος. καὶ ἀπερισκέπτως ἐμπίπτω κατὰ
πρόσωπον αὐτοῖς. καί με ὁ Σωσθένης πρῶτος γνωρί-
σας· Ἀλλ' ἰδού, φησιν, οὗτος ὁ μοιχός, βακχεύων
ἡμῖν ἔπεισι καὶ τῆς γυναικὸς ἔχων λάφυρα. Ὁ μὲν
οὖν κακίστως ἔτυχε προηγούμενος, καὶ προϊδὼν ἀπο-

quid egisset renuntiavit: ac Leucippes formam laudibus
in coelum tulit. Quo factum est, ut Thersander ex eo
sermone summae cuiusdam pulchritudinis speciem animo
concipiens, cum nocturnis ludis finis impositus nondum
esset, rusque illud ab urbe non amplius 10 passus distaret,
praeire illum iubens, ad puellam profecturus esset.

V. Interea Melitae vestitu ornatus ipse, imprudenter
euntibus illis occurri: meque statim agnito, primus Sosthenes: En, inquit, bacchantem adulterum, & tuae uxoris
ornamentis indutum. Ac tunc adolescens, qui forte prae-
cedebar, re cognita, nec ullo, prae timore, ad me con-

1 Φύσει παννυχίδος οὔσης) Haud
scio, quid hic velit illud φύσει.
Ita tamen omnes libri. Anglicanus habet, ὡς οἱ κάλλους φαντάσματα. Sed supra correctum
ex alio Codice, φαντάσματι. Locus manifesto corruptus. Puto
scribendum ac distinguendum: με-
στὶ γνώμης ἐκ τῶν εἰρημένων,
ὅτι κάλλους φάντασμά τι ἴσχων,
παννυχίδος οὔσης, καὶ ὄντων μεταξὺ τῶν τεττάρων σταδίων, ἐπὶ τοὺς ἀγροὺς ἡγεῖσθαι κελεύσας. Plenus eorum, quae ibi dixerat Sosthenes, & ex his quasi concepta & formata quadam pulchritudinis imagine, cum pervigilium esset, & quatuor stadiorum spatio rus ab urbe abesset, iusso praeire Sosthene, ad iter se accinxit.

Φεύγω, μὴ καιρὸν λαβὼν ὑπὸ δέους καὶ με προμηνύ-
σαι, ἐμὲ δὲ ἰδόντες, συλλαμβάνουσι. καὶ ὁ Θέρσανδρος βοᾷ, καὶ πλῆθος τῶν παννυχιζόντων συνέρρει.
ἔτι μᾶλλον οὖν ὁ Θέρσανδρος ἰδιοπαθεῖ, μετὰ μὲν καὶ
ἄρρητα βοῶν, τὸν μοιχόν, τὸν λωποδύτην. ἄγει δέ με
εἰς τὸ δεσμωτήριον. καὶ παραδίδωσιν ἔγκλημα τῆς
μοιχείας ἐπιφέρων. ἐμὲ δὲ ἐλύπει τούτων μὲν οὐδέν,
οὔθ᾽ ἡ τῶν δεσμῶν ὕβρις, οὔθ᾽ ἡ τῶν λόγων αἰτία [1].
καὶ γὰρ ἐθάρρουν τῷ λόγῳ περιέσεσθαι μὴ μοιχὸς
εἶναι, γῆμαι δὲ ἐμφανῶς. Δέος δέ με περὶ τῆς Λευκίππης εἶχεν οὕτω σαφῶς αὐτὴν ἀπολαβόντα. ψυ-
χαὶ δὲ πιστεύουσι μάντεις τῶν κακῶν, ἐπὶ τῶν τε
ἀγαθῶν ἥκιστα ἐκ μαντείας εὐτυχοῦμεν. οὐδὲν οὖν
ὑγιὲς ἐνόουν περὶ τῆς Λευκίππης, ἀλλ᾽ ἦν ὕποπτά

monefaciendum tempore fumto, in fugam fe dedit. Ego
ftatim ab illis comprehenfus fum: Therfanderque clamorem attollere coepit. Quapropter vigilum multitudo af-
fluere, ille magis magifque crimen augere, dicenda ta-
cendaque pariter inculcare, adulterum ac furem identidem appellare. Tandem me in carcerem comrudit: no-
menque meum de adulterio defert. Sed horum nihil me
penitus commovit, non vinculorum ignominiae, non verborum iniuria: confidebam enim, argumentis convictu-
rum, me adulterum nequaquam effe, propterea quod
nuptiae palam factae fuerant. Illud me magnopere ange-
bat, quod Leucippen revera nondum recuperaram. Porro malorum praefagus animus eft, bonorum nequaquam.
Itaque nihil mihi tum fani de Leucippe in mentem venire
poterat: fed erant fufpecta omnia, omnia pavoris plena:

1 Οὔθ᾽ ἡ τῶν λόγων αἰτία) Melius fortaffe legatur αἰτία, verborum iniuria. Nam & moechum
appellaverit & λωποδύτην. Salm.
In hanc coniecturam induxit Sal-
masium interpres Lat. vertendo:
non verborum iniuria, quod &
vulgatae lectioni subeft. Nam fub
v. αἰτία λόγων criminationes ftu-
pri admiffi intelligendae.

μοι πάντα καὶ μεστὰ δήματος. ἐγὼ μὲν οὖν οὕτως
εἶχον τὴν ψυχὴν κακῶς.

ς΄. Ὁ δὲ Θέρσανδρος ἐμβαλών με εἰς τὸ δεσμωτήριον, ὡς εἶχον ὁρμῆς ἐπὶ τὴν Λευκίππην ἴεται. ὡς δὲ
παρῆσαν ἐπὶ τὸ δωμάτιον, καταλαμβάνουσιν αὐτὴν
χαμαὶ κειμένην, ἐν τῷ καθεστηκυίᾳ, ὡς ἔτυχεν ὁ
Σωσθένης εἰπών. ἐμφαίνουσαν τῷ προσώπῳ λύπην
ὁμοῦ καὶ δέος. ὁ γὰρ νοῦς οὔ μοι δοκεῖ λελέχθαι καλῶς ἀόρατος εἶναι τὸ παράπαν. Φαίνεται γὰρ ἀκριβῶς ὡς ἐν κατόπτρῳ τῷ προσώπῳ. ἡσθείς τι γὰρ,
ἐξέλαμψεν τοῖς ὀφθαλμοῖς εἰκόνα χαρᾶς· καὶ ἀνια-
θεὶς, συνέστειλεν τὸ πρόσωπον εἰς τὴν ὄψιν τῆς συμφορᾶς. Ὡς οὖν ἤκουσεν ἡ Λευκίππη ἀνοιγομένων τῶν
θυρῶν, ἦν δὲ ἔνδον λύχνος, ἀναπνεύσασα μικρὸν, αὖθις
τοὺς ὀφθαλμοὺς κατέβαλεν. ἰδὼν δὲ ὁ Θέρσανδρος τὸ
κάλλος ἐκ παραδρομῆς, ὡς ἁρπαζομένης ἀστραπῆς,

ipseque animo perculso & penitus abiecto, maximo in
moerore versabar.

VI. Thersander simulac me in custodiam tradidit, ad
Leucippen cum Sosthene alacriter admodum profectus est;
domumque ingressus, humi iacentem, ac Sosthenis dicta
mente agitantem invenit, nec minus animi aegritudinem,
& pavorem vultu prae se ferentem: ut illud mihi non
recte dictum videatur, Mentem omnino cerni non posse:
In vultu enim tanquam in speculo, perfecte cernitur. Nam
si laeta fuerit, ipsa procul dubio laetitia in oculis relu-
cet: sin vero tristis, contrahitur frons, aegrimoniamque
ipsam refert. Ceterum Leucippe, cum primum valvas aperiri sensit, vixdum oculis in eos coniectis, aderat autem
lucerna, vultum statim demisit. At Thersander, visa pulchritudine, quae ex oculis eius, tanquam flamma nubium
conflictu expressa, repente affulserat, (sunt enim oculi

μάλιστα γὰρ ἐν τοῖς ὀφθαλμοῖς κάθηται τὸ κάλλος.
ἀνῆκε τὴν ψυχὴν ἐπ' αὐτήν, καὶ εἱστήκει τῇ θέᾳ δεδεμένος, ἐπιτηρῶν πότε αὖθις ἀναβλέψει πρὸς αὐτόν.
Ὡς δὲ ἔνευσεν εἰς τὴν γῆν, λέγω· Τί κάτω βλέπεις,
γύναι; τί δέ σου τὸ κάλλος τῶν ὀφθαλμῶν εἰς γῆν καταρρεῖ; ἐπὶ τοὺς ὀφθαλμοὺς μᾶλλον ῥίπτω τοὺς ἐμούς.

ζ. Ἡ δὲ ὡς ἤκουσεν, ἐπλήσθη δακρύων, καὶ εἶχεν αὐτῆς ἴδιον κάλλος καὶ τὰ δάκρυα· δάκρυα γὰρ
ὀφθαλμὸν ἀνίστησι καὶ ποιεῖ προπετέστερον· κἂν μὲν
ἄμορφος ᾖ καὶ ἄγροικος, προστίθησιν εἰς δυσμορφίαν·
ἐὰν δὲ ἡδύς, καὶ τοῦ μέλανος ἔχων τὴν βαφὴν ἠρέμα
τῷ λευκῷ στεφανούμενος, ὅταν τοῖς δάκρυσιν ὑγρανθῇ,
ἔοικε πηγῆς ἐγκύμονι μαζῷ. καιομένης[1] δὲ τῆς τῶν
δακρύων ἅλμης περὶ τὸν κύκλον, τὸ μὲν πιαίνεται, τὸ

praecipua pulchritudinis sedes) confestim exarsit, obtutu-
que illo victus, mulierem, an rursus oculos in se conii-
ceret, observare coepit. Verum cum illam nihil aliud,
quam terram, intueri videret: Quousque, inquit, lumina humi tua defixa erunt? quousque tantam oris tui pulchritudinem ad terram referre perges? quin hanc potius
ad oculos meos refers?

VII Tum Leucippe, his auditis, lacrimas profudit,
peculiari sane ac germano quodam suo decore cumula-
tas. Lacrima enim oculos excitat, ac proterviores efficit:
& si deformes atque agrestes fuerint, eorum deformitatem
auget; sin contra iucundi, nigramque aciem candore sensim convestiti, cum lacrimis humescunt, tumidulae mammae fonti assimilantur. Manante quin etiam circa sinum
falso earum humore, pars candida pinguescit, nigra vero

1 Καιομένης) Corruptelam in
h. v. facile sentias. Boden coni.
χειμένης, quod parum arridet.

Sensus postulare videtur: εἰκασμέ-
νης — περὶ τὸν κύκλον, vel
simile v.

δὲ μέλαν πορφύρεται, καὶ ἔστω ὅμοιον, τὸ μὲν ἴῳ, τὸ
δὲ ναρκίσσῳ. τὰ δὲ δάκρυα τῶν ὀφθαλμῶν ἔνδον εἱλού-
μενα γελᾷ. τοιαῦτα Λευκίππης ἦν τὰ δάκρυα, αὐτὴν
τὴν λύπην εἰς κάλλος τετυπωκότα. εἰ δὲ ἠδύνατο παγῆ-
ναι πεσόντα, καινὸν ἂν εἶχεν ἤλεκτρον ἡ γῆ. ὁ δὲ Θέρσανδρος ἰδών, πρὸς μὲν τὸ κάλλος ἐκεχήνει, πρὸς δὲ τὴν
λύπην ἐξεμήνει, καὶ τοὺς ὀφθαλμοὺς δακρύων ἐγκύους
εἶχεν. ἔστι μὲν γὰρ φύσει δάκρυον ἐπαγωγὸν ἐλέου
τοῖς ὁρῶσι. τὸ δὲ τῶν γυναικῶν μᾶλλον, ὅσῳ θαλε-
ρώτερον, τοσούτῳ καὶ γοητότερον. ἐὰν δὲ ἡ δακρύουσα
ᾖ καὶ καλὴ, καὶ ὁ θεατὴς ἐραστὴς, οὐδ' ὀφθαλμὸς
ἀτρεμεῖ, ἀλλὰ τὸ δάκρυον ἐμιμήσατο. ἐπειδὴ γὰρ εἰς
τὰ ὄμματα τῶν καλῶν τὸ κάλλος κάθηται, ῥέον δὲ
ἀπὸ αὐτῶν ἐπὶ τοὺς ὀφθαλμοὺς τῶν ὁρώντων [1] ἵσταται,

purpurascit: atque haec violae, illa narcisso, similis effi-
citur. Quod si oculorum intra orbes lacrimae, continen-
tur, risum prae se ferunt. Eiusmodi ergo Leucippes lacrimae cum essent, facile moerorem decore suo vincere
potuerunt: quin immo si postea, quam exciderant, congla-
ciassent, electri novum procul dubio genus habuissemus.
Thersander igitur, dum virginis pulchritudinem tristitiam-
que contemplatur, altera in admirationem raptus, altera
ira cumulatus est, eiusque oculi lacrimis repleti sunt. Ita
enim natura comparatum est, ut lacrimae, muliebres praesertim, videntes ad misericordiam moveant: eoque vehementius, quo recentiores fuerint. Quod si mulierem formosam, & eum, qui spectet, amatorem esse contingat;
tunc videntis oculi nequaquam quiescunt, sed lacrimas
ipsi quoque profundunt. Pulchritudo enim, quae in for-
mosarum mulierum oculis praecipuum locum obtinet, ab

1 Ὁρῶντων) Vix dubito, quin   puellae lacrimis ad easdem fun-
Tatius scripserit ἴδηται, nam   dendas proclivibus. Vide interce-
agitur de amatoribus, pulchrae   dentia, & quae mox sequuntur.

καὶ τῶν δακρύων τὴν πηγὴν συνεφέλκεται. ὁ δὲ ἐραστὴς δεξάμενος ἄμφω, τὸ μὲν κάλλος εἰς τὴν ψυχὴν ἥρπασεν, τὸ δὲ δάκρυον εἰς τοὺς ὀφθαλμοὺς ἐτήρησεν, ὁραθῆναι δὲ εὔχεται, καὶ ἀποψήσασθαι δυνάμενος, οὐκ ἐθέλει, ἀλλὰ τὸ δάκρυον ὡς δύναται κατέχει, καὶ φοβεῖται μὴ πρὸ καιροῦ φύγῃ. ὁ δὲ καὶ τῶν ὀφθαλμῶν τὴν κίνησιν ἐπέχει, μὴ πρὶν τὸν ἐρώμενον ἰδεῖν ταχὺ θελήσῃ πεσεῖν. μαρτυρίαν γὰρ ταύτην νενόμικεν ὅτι καὶ φιλεῖ. Τοιοῦτόν τι τῷ Θερσάνδρῳ συμβέβηκεν. ἐδάκρυε γὰρ πρὸς ἐπίδειξιν, παθὼν μέν τι, κατὰ τὸ εἰκός, ἀνθρώπινον, καλλωπιζόμενος δὲ πρὸς τὴν Λευκίππην, ὡς διὰ τοῦτο δακρυόμενος, ὅτι καλεῖται δακρύει. λέγει οὖν πρὸς τὸν Σωσθένην προσκύψας· Νῦν μὲν αὐτὴν θεράπευσον. ὁρᾷς γὰρ ὡς ἔχει λύπης. ὥστε ὑπακούσομαι καὶ μάλα ἄκων, ὡς μὴ ὀχληρὸς ὦ. ὅταν δὲ ἡμερώτερον διατεθῇ, τότε αὐτῇ διαλεχθήσομαι.

iis in spectantis oculos dimanat, lacrimarumque vim educit: atque ita fit, ut amator, utrumque excipiens, illam animo hauriat, has oculis servet, quas dein conspici optat, nec eas, tametsi possit, abstergere curat: immo luminum motus inhibet; lacrimasque intra sinum, quamdiu potest, continet: illud videlicet timens, ne ante delabantur, quam ab amata visae fuerint: id enim capti amore animi signum esse arbitratur. Huiusmodi quiddam Thersandro quoque accidit. Flevit enim, tum ut ostenderet, humano quodam, uti credibile est, se desiderio moveri, tum, ut erga Leucippen se simularet, tanquam scilicet idcirco fleret, quia flentem ipsam vidisset. Itaque ad Sosthenem conversus: Tu nunc puellae huic aliquam, inquit, consolationem affer. Quanto enim in moerore iaceat, vides. Ego, tametsi invitus, hinc tamen recedam, ne illi molestus sim. Post, ubi mitiorem factam esse audivero,

σὺ δέ, ὦ γύναι, θάρρει. ταχὺ γάρ σοι ταῦτα τὰ δάκρυα ἰάσομαι. Εἶτα πρὸς τὸν Σωσθένην πάλιν, ἐξιών·
"Ὅπως εἴπῃς τὰ εἰκότα περὶ ἐμοῦ· ἕωθεν δὲ ἥκων πρός
με κατορθώσας, ἴθι. Ἐπὶ τούτοις ἀπηλλάττετο.

ζ΄. Ἐν ᾧ δὲ ταῦτα ἐπράττετο, ἔτυχεν, ἐπὶ τὴν Λευκίππην μετὰ τὴν πρός με ὁμιλίαν εὐθὺς εἰς τοὺς ἀγροὺς
τὴν Μελίττην παιδίσκην ἀποστείλασαν, ἐπείγειν αὐτὴν
εἰς τὴν ἐπάνοδον, μηδὲν ἔτι δεομένῃ φαρμάκων. Ὡς
οὖν ἧκεν οὗτος εἰς τοὺς ἀγρούς, καταλαμβάνει τὰς
θεραπαινίδας ζητούσας τὴν Λευκίππην, καὶ πάνυ τε-
ταραγμένας. ὡς δὲ οὐκ ἦν οὐδαμοῦ, δρόμῳ φθάσας
ἀπήγγειλε τὸ συμβάν. Ἡ δὲ ὡς ἤκουσεν τὰ περὶ
ἐμοῦ, ὡς εἴην εἰς τὸ δεσμωτήριον ἐμβληθείς· εἶτα περὶ
τῆς Λευκίππης, ὡς ἀφανὴς ἐγένετο, πόσαις αὐτῇ κατε-
χύθη λύπης. καὶ τὸ μὲν ἀληθὲς οὐκ εἶχεν εὑρεῖν· ὑπενόει
δὲ τὸν Σωσθένην. βουλομένη δὲ φανερὰν αὐτῆς τὴν

eam alloquar. Tu interea bono animo sis, mulier: dolorem enim istum tuum quamprimum abstergam. Deinde
egressus, Sostheni rursum: Cave, inquit, ne, nisi quod
deceat, de me loquaris; atque ut cras prima luce ad
me, re bene gesta, redeas, cura.

VIII. Interea Melite continuo post, quam a me discef-
sit, adolescentem rus ad Leucippen misit, qui eam ad re-
versionem urgeret, nullis amplius pharmacis opus esse
nuntians. Ille statim profectus, cum ancillas puellam quae-
rentes, ac propterea, quod nusquam apparebat, valde
perturbatas offendisset, maxima cum festinatione reversus,
berae factum renuntiavit. Quae me in carcerem conclu-
sum, Leucippen vero abductam intelligens, curarum mole obruta est. Ac quamquam rem, uti se haberet, certo
scire non poterat, culpam tamen omnem in Sosthenem
reiiciebat. Leucippen itaque palam perquiri voluit: atque

ζήτησιν ποιήσασθαι διὰ τοῦ Θερσάνδρου, τέχνην λέγων ἐπινοῆσαι, ἥτις μεμιγμένην ἔχει τῷ σοφίσματι
τὴν ἀλήθειαν.

Θ'. Ἐπεὶ δὲ ὁ Θέρσανδρος εἰσελθὼν εἰς τὴν οἰκίαν
ἐβόα πάλιν· Τὸν μοιχὸν ἐξέκλεψας, σὺ τῶν δεσμῶν
ἐξέλυσας, καὶ τῆς οἰκίας ἐξαπέστειλας, σὸν τὸ ἔργον·
τί οὖν οὐκ ἠκολούθεις αὐτῷ; τί δὲ ἐνταῦθα μένεις;
ἀλλ' οὐκ ἄπει πρὸς τὸν ἐρώμενον, ἵνα αὐτὸν ἴδῃς στερ-
ρωτέροις δεσμοῖς δεδεμένον; Καὶ ἡ Μελίττη· Ποῖον μοιχόν; ἔφη. τί πάσχεις; εἰ γὰρ θέλεις, τὴν μανίαν
ἀφεὶς, ἀκοῦσαι τὸ πᾶν, μαθήσῃ ῥᾳδίως τὴν ἀλήθειαν.
ἓν ἄν σου δέομαι, γενοῦ μοι δικαστὴς ἴσος, καὶ καθάρας μέν σου τὰ ὦτα τῆς διαβολῆς, ἐκβαλὼν δὲ τῆς
καρδίας τὴν ὀργὴν, τὸν δὲ λογισμὸν ἐπιστήσας κριτὴν
ἀκέραιον, ἄκουσον. Ὁ νεανίσκος οὗτος, οὔτε μοιχὸς ἦν
ἐμός, οὔτ' ἀνήρ· ἀλλὰ τὸ μὲν γένος ἀπὸ Φοινίκης,
Τυρίων οὐδενὸς δεύτερος. ἔπλευσεν δὲ καὶ αὐτὸς οὐκ

ut Therfandro, culpa carere se; perfuaderet, fermonem,
qui ambagibus involutam veritatem continebat, artificiofe
admodum excogitavit.

IX. Nam cum ille domum reverfus, iterum exclama-
ret: Tu moechum eripuifti, tu e vinculis exemifti, tu domo emifisti: cur eum igitur illum fequeris? Quid hic mo-
raris? quin ad amatorem tuum proficifcaris, ut arctiori-
bus eum catenis conftrictum videas? Tum Melite: Quem-
nam, inquit, mihi adulterum nominas? Sanufne es, qui
haec dicas? Tu fi rem omnem, furore pofthabito, audire volueris, veritatem facile cognofces. Unum tantum
te rogo, aequum te mihi judicem praebe: auribufque calumnia vacuis, ac ratione irae loco adhibita, audi. Adolefcens hic neque adulter, neque coniux meus eft; fed
genere Phoenix, Tyriorum nulli fecundus. Is cum navi-

εὐτυχῶς, ἀλλὰ πᾶς ὁ φόρτος αὐτοῦ γέγονε τῆς θαλάσσης. ἀκούσασα τὴν τύχην ἠλέησα, καὶ ἀνεμνή-
σθην σου, καὶ παρέσχον ἑστίαν· Τάχα, λέγουσα,
καὶ Θέρσανδρος οὕτω που πλανᾶται. Τάχα, λέγου-
σά, τις κἀκεῖνον ἐλεήσει γυνή. εἰ δὲ τῷ ὄντι τέθνηκε
κατὰ θάλατταν, ὡς ἡ φήμη λέγει, σέβω πάντα τι-
μῶμεν αὐτοῦ τὰ ναυάγια. πόσους καὶ ἄλλους ἔπεμψα
νεναυαγηκότας; πόσους ἔθαψα τῆς θαλάσσης νεκρούς; εἰ ξύλον ἐκ ναυαγίας τῇ γῇ προσπεσὸν ἐλάμ-
βανον· Τάχα, λέγουσα, Θέρσανδρος ἐπὶ ταύτης τῆς
νηὸς ἔπλει. τίς δὴ καὶ οὗτος ἦν τῶν ἐκ τῆς θαλάσσης
σωζομένων ἔσχατος. ἐχαριζόμην σοι τιμῶσα τοῦτον.
ἔπλευσεν ὥσπερ σὺ, ἐτίμων, φίλτατε, τῆς συμφορᾶς τὴν εἰκόνα. πῶς ἂν ἐνταῦθα συνηπτόμην, ὁ λό-

garet, adverſa admodum fortuna uſus eſt: quippe omnes
eius merces naufragio conſumtae perierunt. Quod ego
cum audiviſſem, calamitate hominis commota ſum. Interim tui memor, eum hoſpitio accepi, mecum illud cogitans, fieri potuiſſe, ut tu quoque ſic errares, tuamque
calamitatem mulier aliqua ſublevaret: aut ſi revera in undis, ut fama fuit, diem obiiſſes, non impie me facturam,
ſi naufragis omnibus miſericordiam tribuiſſem. Nam quot
alios me naufragos ſublevaſſe putas? quot undis ſubmer-
ſos ſepulturae mandaſſe? ſi modo lignum e naufragio ad
terram delatum nanciſci potui, mecum inquiens: Forte
hac navi Therſander vehebatur. Ex iis autem, qui pelagi
vim effugerunt, unus hic, & quidem poſtremus fuit:
quem dum ego honore affeci, quid aliud, quam in te of-
ficioſa fui? Navigavit ille, quemadmodum etiam tu: idcirco eius calamitatem tanquam tuae imaginem, cariſſi-
me coniux, miſerata ſum. Habes, quo pacto illum huc

γος ἀληθής. ἔτυχε μὲν πυθῶν γυναῖκα· ἡ δ' ἄρα ἐλάν-
θανεν οὐκ ἀποθανοῦσα· τοῦτό τις αὐτῷ καταγορεύει,
καὶ ὡς ἐνταῦθα εἴη, παρά τινι τῶν ἡμετέρων ἐπιτρό-
πων· Σωσθένει, ἔλεγεν. καὶ οὕτως ἔχειν· τὴν γὰρ
ἄνθρωπον ἥκοντες εὕρομεν. διὰ τοῦτο ἠκολούθησέ μοι.
ἴχνις τὸν Σωσθένην, πάρεστιν ἡ γυνὴ κατὰ τοὺς
ἀγρούς. ἐξέτασον τῶν λεχθέντων ἕκαστον. εἴ τι ἐψευ-
σάμην, μεμοίχευμαι.

ι'. Ταῦτα δὲ ἔλεγεν, προσποιησαμένη, τὸν ἁρπα-
νισμὸν τῆς Λευκίππης μὴ ἐγνωκέναι· ταμιευσομένη
αὖθις, εἰ ζητήσει ὁ Θέρσανδρος εὑρεῖν τὴν ἀλήθειαν,
τὰς θεραπαινίδας ἀγαγεῖν, αἷς συναπελθοῦσα ἔτυχεν, ἂν παραγένηται περὶ τὴν ἕω, λεγούσας, ὅπερ
ἦν, οὐδαμοῦ φαίνεσθαι τὴν κόρην· οὕτω γὰρ αὐτὴν ἐγ-
κεῖσθαι πρὸς τὴν ζήτησιν φανερῶς, ὡς καὶ τὸν Θέρ-

mecum perduxerim. Porro autem is uxorem suam lugebat, quae tamen inter vivos adhuc, quamvis latenter,
versabatur; cum tandem, nescio quis, eam vivere, atque
apud unum e procuratoribus nostris, Sosthenem autem
nominabat, diversari nobis retulit: remque ita se habere
compertum est. Rus enim profecti, mulierem invenimus:
atque hac de causa me ille secutus est. Habes Sosthenem:
mulier ruri est. De iis omnibus tuo arbitratu percontá-
re. Si quid mentitam esse me compereris, adulterii ream
agas licet.

X. Haec Melite dicebat, Leucippes raptum scire se dissimulans, atque in animo habens, si quidem facti veritatem indagare Thersander studuisset, ancillas, quibuscum
Leucippe abierat, postridie mane reversura, testes dare,
puellam nusquam reperiri dicturas. Nec enim aliam illam
ob causam perquirendae puellae operam dabat, quam ut
Thersandrum ad credendum, quae locuta fuerat, induce-

σανδρον ἐπαναγκάσαι. Ταῦτα οὖν ὑποκρισαμένη, πει-
θανῶς κἀκεῖνα προστίθει· Πίστευσον, ἄνερ, οὐδέν μοι
φίλτατε παρὰ τὸν τῆς συμβιώσεως κατέγνωκας χρόνον, μηδὲ νῦν τοιοῦτον ὑπολάβοις. ἡ δὲ Φήμη διαπε-
φοίτηκεν, ἐκ τῆς εἰς τὸν νεανίσκον τιμῆς, οὐκ εἰδότων
τῶν πολλῶν τὴν αἰτίαν τῆς κοινωνίας. καὶ γὰρ σὺ Φήμη τέθηκας. Φήμη δὲ καὶ διαβολή, δύο συγγενῆ κα-
κά. θυγάτηρ ἡ Φήμη τῆς διαβολῆς. καὶ ἔστι μὲν ἡ
διαβολὴ μαχαίρας ὀξυτέρα, πυρὸς σφοδροτέρα, Σειρήνων πιθανωτέρα· ἡ δὲ Φήμη ὕδατος ὑγροτέρα, πνεύματος δρομικωτέρα, πτερῶν ταχυτέρα. ὅταν οὖν ἡ διαβολὴ ταχύνῃ τὸν λόγον, ὁ μὲν δίκην βέλους ἐξίπτα-
ται, καὶ τιτρώσκει μὴ παρόντα καθ' οὗ πέμπεται· ὁ
δὲ ἀκούων ταχὺ πείθεται, καὶ ὀργῆς αὐτῷ πῦρ ἐξάπτεται, καὶ ἐπὶ τὸν βληθέντα μαίνεται. ταχθεῖσα δὲ

ret. Quin immo, quamquam satis apposite respondisse videbatur, tamen illud etiam addidit: Neque vero, coniux, quae dixi, falsa esse putes: meminisse enim potes, quam incorrupte antea, dum simul aetatem egimus, vitam duxerim: quamobrem, probri me nunc a te insimulari, periniquum est. Fama autem haec ex honore adolescenti habito exorta est, eo quod multos latere causa, quamobrem meam illum in familiaritatem receperim. Quod si famae credendum sit, an non tu quoque naufragio submersus obiisse putandus esses? Calumnia enim & fama duo sunt sibi cognata mala, nimirum quia haec illius filia est. Atque illa quidem gladio acutior, igne ardentior, & ad persuadendum Sirenibus aptior est: haec vero aqua fluxior, vento celerior, & pernicior aliis. Quamobrem sermo, cum a calumnia emissus fuerit, sagittae in morem evolat, absentemque, in quem mittitur, vulnerat: qui vero audit, facile admodum credit, iraque accensus in vul-

ἡ φήμη τῷ τοξεύματι, ῥεῖ μὲν εὐθὺς πολλὴ, καὶ ἐπι-
κλύζει τὰ ὦτα τῶν ἐντυχόντων, διαπνεῖ δὲ ἐπὶ πλεῖστον καταιγίζουσα τῷ τοῦ λόγου πνεύματι, καὶ ἐξί-
πταται κουφιζομένη τῷ τῆς γλώσσης πτερῷ. ταῦτά
με τὰ δύο πολεμεῖ, ταῦτά σου τὴν ψυχὴν κατέβαλεν, καὶ ἀπέκλεισέ μου τοῖς λόγοις τῶν ὤτων σου
τὰς θύρας.

ια'. Ἅμα λέγουσα, χειρός τε ἥψατο, καὶ κατα-
φιλεῖν ἤθελεν. ἐγεγόνει δὲ ἡμερώτερος, καὶ αὐτὸν ἔπαι-
νεν τῶν λεγομένων τὸ πιθανόν, καὶ τὸ τῆς Λευκίππης
σύμφωνον τῷ λόγῳ τοῦ Σωσθένους, μέρος τῆς ὑπονοίας μετέφερεν. οὐ μέν τοι τέλεον ἐπίστευσεν. ζηλοτυπία γὰρ ἅπαξ ἐμπεσοῦσα ψυχῇ δυσέκλειπτός ἐστιν.
Ἐθορυβεῖτο οὖν ὅτι τὴν κόρην ἤκουεν εἶναί μου γυναῖκα·
ὥστε ἐμίσει με μᾶλλον. Τότε μὲν οὖν εἰπὼν ἐξετά-

neratum fuit. At fama ex vulnere huiusmodi multiplex
quidem statim diffunditur: & sermonis vento acta, lin-
guaeque pennis interim sustentata, omnes in partes cir-
cumfertur, in obvii cuiusque aures illabens. Hae contra
me duae pestes conspiraverunt: eaedem animum nunc
tuum occupant, meosque ab auribus tuis sermones arcent.

XI. Quae cum Melite dixisset, apprehensam Thersandri manum dissuaviari voluit. Ille quoque dictorum veri-
similitudine motus, de concepta ira aliquantum remisit,
utpote cui, quae de Leucippe narrata erant, a Sosthenis
oratione non aliena, suspicionis partem ademissent. Non
enim omnia prorsus credere voluit: propterea quod ob-
trectatio, ubi semel in animum alicuius incidit, non nisi
difficulter extrudi potest. Ceterum Thersander puellam,
quam deperibat, uxorem meam esse audiens, mirum in
modum perturbatus est: maiusque in me odium concepit.
Sed tamen percontaturum se affirmans, itane, uti audi-

σιω περὶ τῶν εἰρημένων, κομησόμενος ᾤχετο καθ᾽ αὑ-
τόν. ἡ δὲ Μελίττη κακῶς εἶχε τὴν ψυχὴν, ὡς ἀπο-
τυχοῦσα πρός με τῆς ὑποσχέσεως. Ὁ δὲ Σωσθένης πα-
ραπέμψας μέχρι τινὸς τὸν Θέρσανδρον, καὶ ὑπισχνούμε-
νος περὶ τῆς Λευκίππης, αὖθις ἀναστρέφει πρὸς αὐτὴν, καὶ σχηματίσας τὸ πρόσωπον εἰς ἡδονὴν, Κατωρ-
θώσαμεν, εἶπεν, ὦ Λάκαινα. Θέρσανδρος ἐρᾷ σου,
καὶ μαίνεται· ὥστε τάχα καὶ γυναῖκα ποιήσεταί σε.
τὸ δὲ κατόρθωμα τοῦτο ἐμόν· ἐγὼ γάρ σου πρὸς αὐτὸν περὶ τοῦ κάλλους πολλὰ ἐστρατευσάμην, καὶ τὴν
ψυχὴν αὐτοῦ φαντασίας ἐγέμισα. Τί κλαίεις; ἀνάστηθι, καὶ θῦε ἐπὶ τοῖς εὐτυχήμασι Ἀφροδίτῃ. μνη-
μόνευε δὲ κἀμοῦ.

ιβ'. Καὶ ἡ Λευκίππη· Τοιαῦτά σοι, ἔφη, γένοιτο εὐτυχήματα, οἷά μοι κομίζων πάρει. Ὁ δὲ Σωσθένης τὴν εἰρωνείαν οὐ συνιεὶς, ἀλλὰ νομίζων αὐτὴν

verat, res haberet, cubitum solus abiit. Melite interea
moerore conficiebatur, quod, quae mihi promiserat, facere se non posse intelligeret. At Sosthenes, Thersandro,
ut aliquantisper abesset, dimisso, multa de Leucippe pollicens, ad eam rursum profectus est: vultuque hilaritatem
prae se ferente, Prospere omnia, inquit, o Lacaena, suc-
cedent. Thersander enim eousque te diligit, ut insaniat:
forte vero etiam in uxorem ducet. Id autem mea unius
opera fieri credas velim, qui tuam illi pulchritudinem, supra quam cogitari possit, commendavi, teque in medul-
lis eius penitus infixi. Flere itaque desine, ac bono animo esto, Venerique hanc ob felicitatem sacra facere per-
ge. Sed, ut mei quoque tibi veniat in mentem, cura.
XII. Tum Leucippe: Talis, inquit, faxint Dii, ut felicitas tibi eveniat, qualem mihi nunciatum venis. Sosthenes irrideri se minime ratus, sed illam ex animo loqui

τῷ ὅτι λέγει, φιλοφρονούμενος προστίθει· Βούλο-
μαι δέ σοι καὶ τὸν Θέρσανδρον, ὅς τις ἐστὶν, εἰπεῖν·
ὡς ἂν μᾶλλον ἡσθείης· Μελίττης μὲν ἀνὴρ, ἣν εἶδες
ἐν τοῖς ἀγροῖς· γένει δὲ πρῶτος ἁπάντων τῶν Ἰώνων,
πλοῦτος μείζων τοῦ γένους, ὑπὲρ τὸν πλοῦτον ἡ χρηστότης. τὴν δὲ ἡλικίαν, οἷός ἐστιν, εἶδες, ὅτι νέος καὶ
καλὸς, ὃ μάλιστα τέρπει γυναῖκα. Πρὸς τοῦτο οὐχ
ὑπήνεγκεν ἡ Λευκίππη ληροῦντα τὸν Σωσθένη. ἀλλ'·
Ὦ κακὸν σὺ θηρίον· μέχρι τίνος μιαίνεις τὰ ὦτα; τί
ἐμοὶ καὶ Θερσάνδρῳ κοινόν; καλὸς ἔστω Μελίττῃ, καὶ
πλούσιος τῇ πόλει, χρηστός τε καὶ μεγαλόψυχος τοῖς
δεομένοις· ἐμοὶ δὲ οὐδὲν μέλει τούτων. εἴτε ἐστὶ καὶ
Κόδρου εὐγενέστερος, εἴτε Κροίσου πλουσιώτερος· τί μοι
καταλέγεις σωρὸν ἀλλοτρίων ἐγκωμίων; τότε ἐπαινέ-

existimans: Atqui nunc, inquit, Thersandri conditionem
fortunamque, quo magis etiam tibi laetandum scias, commemorare volo. Itaque hoc pro certo habe, Melitta,
eius, quam ruri allocuta es, maritum illum esse, Ionum
omnium genere primum; sed cuius genus divitiae, divitias benignitas vincat. Nam quid ego de eius aetate lo-
quar? tu enim iuvenem, praetereaque formosum esse vidisti: quae duae res a mulieribus quam maxime expetuntur. Hic tum Leucippe nugatorem Sosthenem diutius
non tulit, sed, Quousque tandem, inquit, belluarum
omnium pessima, aures meas impura tua oratione foeda-
re perges? Quid mihi cum Thersandro? Formosus sit Melitae, dives sit patriae, mansuetus & magnanimus sit iis,
qui eius opera eguerint. Nihil enim mea refert, sive Co-
dro nobilior, sive Croeso ditior exsistat. Quid mihi aliena-
rum laudum cumulum recenses? Sane Thersandrum nô

σοι Θέρσανδρον ὡς ἄνδρα ἀγαθὸν, ὅταν εἰς τὰς ἀλλοτρίας μὴ ἐνυβρίζῃ γυναῖκας.

ιγ'. Καὶ ὁ Σωσθένης σπουδάσας εἶπεν· Παίζεις;
Ποῖ παίζω; ἔφη. ἔα με, ἄνθρωπε, μετὰ τῆς ἐμαυτῆς
συντρίβεσθαι τύχης, καὶ τοῦ κατέχοντός με δαίμο-
νος. οἶδα γὰρ οὖσα ἐν πειρατηρίῳ. Δοκεῖς μοι, ἔφη,
μαίνεσθαι μανίαν ἀπήκεστον. πειρατήριον ταῦτ' εἶναί
σοι δοκεῖ, πλοῦτος καὶ γάμος καὶ τρυφή; ἄνδρα τοιοῦτον λαβοῦσα παρὰ τῆς τύχης, ὃν οὕτω φιλοῦσι οἱ
θεοὶ, ὡς αὐτὸν καὶ ἐκ μέσων τῶν τοῦ θανάτου πυλῶν ἀναγαγεῖν; Εἶτα κατέλεγε τὴν ναυαγίαν, ἐκθειάζων, ὡς ἐσώθη, καὶ τερατευόμενος ὑπὲρ τὸν δελ-
φῖνα τὸν Ἀρίονος. Ὡς δ' οὐδὲν ἡ Λευκίππη οὐκ ἔτι
μυθολογοῦντα πρὸς αὐτὸν εἶπεν· Σκέψαι, ἔφη, κατὰ
σοῦ, τί ἄμεινον, καὶ ὅπως μηδὲν τούτων πρὸς Θέρσανδρον εἴπῃς, καὶ μὴ παρεξύσῃς χρηστὸν ἄνδρα. ἐργι-

probum virum tunc laudabo, cum alienis uxoribus Iniuriam afferre definet.

XIII. Tum ferio loquens Softhenes: Igitur, inquit, io-
caris? At illa: Quid, inquit, iocer? fine mea me fortuna, & me trahente me fato frui: fcio enim, me inter piratas effe. Ille autem: Immedicabili mihi videris, inquit, in-
fania detineri. Piratarumne tibi locus hic videtur, ubi coniugem, divitias, oblectamenta nancifcaris? eumque praeterea virum, quem adeo diligunt Dii, ut ex ipfis mortis
faucibus eripuerint? Atque fumta hinc dicendi occafione
naufragium recenfuit, divina ope factum inquiens, quod
evaferit, ac non diffimilia propemodum iis, quae de Ario-
nis delphine narrantur, comminifcens. Quibus cum nihil
Leucippe refpondiffet, Softhenes iterum: Quid tua e re
fit, inquit, mente circumfpice, & huiufmodi quidquam
Therfandro refpondeas, cave, ne hominem manfuetum

σθεὶς γὰρ ἀφόρητός ἐστιν· χρηστότης γὰρ τυγχάνου-
σα μὲν χάριτος, ἔτι μᾶλλον αὔξεται· προπηλακισθεῖ-
σα δὲ, εἰς ὀργὴν ἐμβιβάζεται. τὸ γὰρ πεμπτὸν εἰς φιλ-
ανθρωπίαν, ἴσον ἔχει τὸν θυμὸν εἰς τιμωρίαν. Τὰ
μὲν δὴ κατὰ Λευκίππην εἶχεν οὕτως.

ιδ'. Κλεινίας δὲ καὶ ὁ Σάτυρος πυθόμενοί, με ἐν
τῷ δεσμωτηρίῳ καθεῖρχθαι· διαγγέλλει γὰρ αὐτοῖς ἡ
Μελίττη· τῆς νυκτὸς εὐθὺς ἐπὶ τὸ οἴκημα σπουδῇ παρῆσαν. καὶ ἤθελον μὲν αὐτοῦ καταμεῖναι σὺν ἐμοί· ὁ δὲ
ἐπὶ τῶν δεσμῶν οὐκ ἐπέτρεπεν, ἀλλ' ἐκέλευεν ἀπαλλάττεσθαι τὴν ταχίστην. ὁ μὲν δὴ τούτους ἀπήλασεν
ἄκοντας, ἐγὼ δὲ ἐντειλάμενος αὐτοῖς περὶ τῆς Λευκίππης, εἰ παραγίνοιτο, περὶ τὴν ἕω σπουδῇ πρός με
ἥκειν, καὶ τὰς τῆς Μελίττης διηγησάμενος ὑποσχέσεις,
τὴν ψυχὴν εἶχον ἐπὶ τριπλῆς ἐλπίδος καὶ φόβου, καὶ
ἐφοβεῖτό μου τὸ ἐλπίζον, καὶ ἤλπιζε τὸ φοβούμενον.

Irrites: qui cum ira permovetur, ferri nequit. Is enim,
cui mansuetudo inest, si in mite ingenium incidat, man-
suetiorem etiam se praestat: sin vero cum inhumano con-
grediatur, implacabili effervescit iracundia. Natura enim
ita comparatum est, ut, in quo ad bene merendum vi-
geat alacritas, ei ad ulciscendum acerbitas non desit. Ac
de Leucippe quidem hactenus.

XIV. Clinia Satyrusque, simulac me in custodiam datum esse audiverunt, omnem enim rem eis Melite narra-
verat, noctu ad me in carcerem statim se contulerunt,
una mecum illic degere parati: verum carceris custos non
permisit, quin immo eos vel invitos quam celerrime abire
iussit. Ego vero id tum ab eis petii, ut cum primum Leucippen rediisse cognovissem, mane sine mora ad me rever-
terentur. Interea Melites promissa mente agitans, spe metuque angebar; ac timori spes, & spei timor coniunctus erat.

α'. Ἡμέρας δὲ γενομένης, ὁ μὲν Σωσθένης ἐπὶ τὸν Θέρσανδρον ἔσπευδεν. οἱ δὲ ἀμφὶ τὸν Σάτυρον ἐπ' ἐμέ. Ὡς εἶδεν δὲ ὁ Θέρσανδρος τὸν Σωσθένην, ἐπυνθάνετο, πῶς ἔχει τὰ κατὰ κόρην εἰς πειθὼ πρὸς αὐτόν. Ὁ δὲ τὸν μὲν ὄντα λόγον οὐ λέγει· σοφίζεται δέ τι μάλα πιθανῶς. Ἀρνεῖται μὲν γάρ, εἶπεν· οὐ μὴν ἡγοῦμαι τὴν ἄρνησιν αὐτῆς οὕτως ἔχειν ἁπλῶς, ἀλλ' ὑπονοεῖν μοι δοκεῖ ὅτι χρησάμενον ἅπαξ ἀτιμάσειν, καὶ ὀκνεῖ τὴν ὕβριν. Ἀλλὰ τούτου γε εἵνεκεν, εἶπεν ὁ Θέρσανδρος, θαρρείτω. τὸ γὰρ ἐμὸν οὕτως ἔχει πρὸς αὐτήν, ὡς ἀθάνατον εἶναι. ἓν δὲ μόνον θορυβοῦμαι, καὶ ἐπείγομαι μαθεῖν περὶ τῆς κόρης, εἰ τῷ ὄντι γυνὴ τυγχάνει τοῦ νεανίσκου γενομένη, ὡς ἡ Μελίττη μοι διηγήσατο. Ταῦτα διαλεγόμενοι παρῆσαν ἐπὶ τὸ τῆς Λευκίππης δωμάτιον. Ἐπεὶ δὲ πλησίον ἐγένοντο τῶν

XV. Postea autem, cum iam dies illuxisset, Sosthenes ad Thersandrum; Satyrus & Clinia ad me reversi sunt. Ac Thersander quidem Sosthenem, quid de Leucippe fecisset, ad moremne sibi gerendum persuasa esset, interrogavit statim. Ille autem suppressa veritate, nescio quid apte sane commentus: Negat quidem illa, inquit; verum id ego ex animo proficisci non puto: nam contumeliam tantum timere mihi videtur, ne videlicet se, cum semel potitus fueris, eiicias. Tum ille: Atqui quod ad hanc rem, inquit, attinet, formidare desinat. Etenim, ut ingenue fatear, tam altas desiderium eius meo in corde radices egit, nullo ut unquam tempore inde avelli possit. Illud tantummodo vereor, ac scire aveo, sintne vere adolescentis eius, uti mihi a Melite narratum antea fuit, uxor. Haec ultro citroque colloquentes ad Leucippes domunculam pervenerunt. Quam cum ad miserabilem sonum vocem inflectentem procul sensissent, taciti ante fores clam conside-

θυρῶν, ἀκούουσιν αὐτῆς ποτνιωμένης. [1] ἔστησαν οὖν
ἀψοφητὶ κατόπιν αὐτῶν τῶν θυρῶν.

ις΄. Οἴμοι, Κλειτοφῶν· Τοῦτο γὰρ ἔλεγε πολλά-
κις· Οὐκ οἶδας ποῦ γέγονα, καὶ ποῦ καθείργμαι· οὐδὲ γὰρ ἐγὼ, τίς σε κατέχει τύχη· ἀλλὰ τὴν αὐτὴν
ἄγνειαν δυστυχοῦμεν. ἆρα μή σε κατέλαβε Θέρσανδρος ἐπὶ τῆς οἰκίας; ἆρα μὴ καὶ σύ τι πέπονθας ὑβρι-
στικόν; πολλάκις ἠθέλησα πυθέσθαι παρὰ τοῦ Σωσθένους, ἀλλ᾽ οὐκ εἶχον ὅπως πύθωμαι· εἰ μὲν ὡς περὶ ἀνδρὸς ἐμαυτῆς, ἐφοβούμην, μή τί σοι κακήσω κακὸν, παροξύνασα Θέρσανδρον ἐπὶ σί· εἰ δὲ ὡς περὶ ξέ-
νου τινὸς, ὑπώπσια καὶ τοῦτο ἦν· τί γὰρ μέλει γυναικὶ
περὶ τῶν οὐχ ἑαυτῆς; ποσάκις ἐμαυτὴν ἐβιασάμην,

rum, ut, quae loqueretur, exaudirem. Sola enim secum
ita propemodum lamentabatur.

XVI. Hei mihi, o Clitophon! id autem nominis crebro repetebat, neque tu, ubi sim, aut quo in loco cu-
stodiar, nosti: neque ego, quae te fortuna habeat, satis
scio: sed alter alterius rerum ignarus miseram uterque vitam vivimus. Numquid vero te domi Thersander depre-
hendit? numquid tu quoque contumeliam passus es? Mihi
quidem non semel in animo fuit, Sosthenem de te inter-
rogare: verum, quomodo id tuto facerem, non invenie-
bam. Si enim, ut de coniuge meo, rogassem, metuen-
dum fuit, ne inde aliquid periculi tibi conflarem, Thersandrum in te concitando. Sin, ut de hospite aliquo, hinc
etiam suspicioni locus esse poterat. Qui enim mulier de
iis, quae ad se non pertineant, sollicita sit? Sed quid ego
haec loquor? Immo vero ad rogandum me quam saepis-

1 (Ποτνιωμένης) Hesychius inter alia ποτνιᾶμαι reddit μετ᾽ οἰ-
μωγῆς ἱκετεύω. Adhibetur de ob-
secrantibus & opem Deûm im-
plorantibus voce lamentabili, ubi
vel solent miseri obtestari: ἢ
πίπτω, πίπτω διὰ, vel, non sine
lacrimis ante simulacra, supplicum more provolvi. Ita Scholiastes Euripidis Orest. 1213: Πι-
πτέτωσαν ἱστι, ἢ ἱκετεύσωσι καὶ
παρακαλεῖν μετὰ δακρύων.

ἀλλ' οὐκ ἔπειθον τὴν γλῶσσαν εἰπεῖν; ἀλλὰ ταῦτα
μόνον ἔλεγον, Ἀνὴρ Κλειτοφῶν, Λευκίππης μόνης
ἀνήρ, πιστὶ καὶ βέβαιι, ὃν οὐδὲ συγκαθεύδουσα πέ-
πεικεν ἄλλη γυνὴ, κἂν ἡ ἄστοργος ἐγὼ πεπότεικα.
μετὰ τοσοῦτον ἰδοῦσά σε χρόνον ἐν τοῖς ἀγροῖς οὐ κατεφίλησα. Νῦν οὖν ἂν Θέρσανδρος ἔλθῃ πυθανόμενος, τί
πρὸς αὐτὸν εἴπω; ἆρα ἀποκαλύψασα τοῦ δράματος
τὴν ὑπόκρισιν, διηγήσομαι τὴν ἀλήθειαν; Μή με νομίσῃς ἀνδράποδον εἶναι, Θέρσανδρε. στρατηγοῦ θυγάτηρ εἰμὶ Βυζαντίων, πρώτου τῶν Τυρίων γυνὴ, οὐκ
εἰμὶ Θετταλὴ, οὐ καλοῦμαι Λάκαινα. ὕβρις αὕτη
ἐστὶν πειρατικὴ, λελῄστευμαι καὶ τοὔνομα. ἀνήρ μοι
Κλειτοφῶν, πατρὶς Βυζάντιον, Σώστρατος πατήρ,
μήτηρ Πανθία. ἀλλ' οὐδὲ πιστεύσειας ἐμοὶ λεγούσῃ.
φοβοῦμαι δὲ καὶ ἐὰν πιστεύσῃς περὶ Κλειτοφῶντος,

sime comparavi; nec tamen ad id linguam inducere unquam potui: verum ita tantummodo mecum querebar:
Marite Clitophon, unius Leucippes fide & conflans marite, quem alia nulla cum eo etiam cubans mulier pellexit, quamquam id ego amoris iam propemodum affectu
vacua non credidi, tene ego tanto post tempore ruri conspicata deosculari cessavit? Sed quidnam Thersandro, si
forte rursum interrogaturus adsit, respondebo? numquid,
detracta persona, rei totius veritatem omnem adaperiam?
Ne me vile mancipium, Thersander, existimes. Byzantiorum exercitus ducis filiam & Tyrii adolescentis viri pri-
marii uxorem esse scias. Ego nec Thessala sum, nec Lacaenae mihi est nomen. Piratica haec contumelia est, per
quam nomen etiam mihi ademtum fuit. Coniux mihi est
Clitophon, patria Byzantium, pater Sostratus, mater Panthia. Haec respondenti mihi tu minime, puto, credes.
Ipsa quoque, si credas, illud vereor, ne importunum li-

μὴ τὸ ἄκαιρόν μου τῆς ἐλευθερίας τὸν φίλτατον ἀπολέσῃ. Φέρε πάλιν ἐνδύσομαί μου τὸ δρᾶμα, φέρε πάλιν περιβῶμαι τὴν Λάκαιναν.

ιζ'. Ταῦτα ἀκούσας ὁ Θέρσανδρος μικρὸν ἀναχωρήσας λέγει πρὸς τὸν Σωσθένην· Ἤκουσας ἀπίστων ῥημάτων, γεμόντων ἔρωτος; ὅσα εἶπεν; ὅσα ὠδύρατο; τί ἑαυτὴν κατεμέμψατο; ὁ μοιχός μου κρατεῖ πανταχοῦ. δοκῶ, ὁ λῃστὴς καὶ φαρμακεύς ἐστιν. Μελίττη φιλεῖ. Λευκίππη φιλεῖ ὃ θέλω, ὦ Ζεῦ, γένωμαι Κλειτοφῶν. Ἀλλ' οὐ μαλακιστέον, ὁ Σωσθένης ἔφη, δέσποτα, πρὸς τὸ ἔργον, ἀλλ' ἐπὶ τὴν κόρην ἰτέον αὐτήν. καὶ γὰρ ἂν νῦν ἐρᾷ τοῦ καταράτου τούτου μοιχοῦ μέχρι μὲν αὐτὸν οἶδε μόνον, καὶ οὐκ ἐκοινώνηκεν ἑτέρῳ, πάσχει τὴν ψυχὴν ἐπ' αὐτῷ· ἂν δ' ἅπαξ ἐπ' αὐτὸν ἔλθῃς, πολλῇ διαφέρεις ἰδέσθαι εἰς εὐμορφίαν·

bertatis meae desiderium carissimum coniugem meum perditum eat. Agedum igitur, supposititiam personam rursus induam, Lacaenamque me iterum simulabo.

XVII. His auditis Thersander paulum retrocedens, atque ad Sosthenem conversus: Audistine, inquit, non credendum, sed tamen amoris plenum sermonem? ut multa dixit? ut graviter conquesta est? cur se ipsam incusavit? Mihi omnino adulter praefertur. Latro iste, opinor, veneficus etiam est: eum Melite amat, eum amat Leucippe. Utinam ego Clitophon, o Iuppiter, fieri possim! Tum Sosthenes: Haudquaquam, o here, inquit, labori cedendum est: sed potius puella adeunda. Nec vero moveat te, quae flagitiosum adulterum istum nunc diligat: illum enim tamdiu observatura est, quamdiu alterius consuetudine caruerit. Quod si tu in illius locum semel succedas, longe homini pulchritudine antecellis, tum penitus oblivio-

ἐπιλήσεται τέλεον αὐτοῦ. παλαιὸν γὰρ ἔρωτα μαραίνει νέος ἴσως, γυνὴ δὲ μάλιστα τὸ παρὸν φιλῖ, τοῦ
δ' ἀπόντος ἕως καινὸν οὐχ εὕρῃ μνημονεύει· προσλα-
βοῦσα δὲ ἕτερον, τὸν πρότερον τῆς ψυχῆς ἀπήλειψεν.
Ταῦτα ἀκούσας ὁ Θέρσανδρος, ἠγέρθη. λόγος γὰρ ἐλπίδος εἰς τὸ τυχεῖν ἔρωτος ἐς πειθὼ ῥᾴδιος. τὸ γὰρ ἐπιθυμοῦν σύμμαχον, ὃ θέλει λαβὼν, ἐγείρει τὴν ἐλπίδα.

ιη΄. Διαλιπὼν οὖν ὀλίγον ἐφ' οἷς πρὸς ἑαυτὴν ἐλά-
λησεν ἡ Λευκίππη, ὡς μὴ δοκοίη τι κατακούσας τῶν
ὑπ' αὐτῆς εἰρημένων, εἰσέρχεται σχηματίσας ἑαυτὸν
εἰς τὸ εὐαγωγότερον πρὸς θέαν, ὡς ᾤετο. ἐπεὶ δὲ εἶδε
τὴν Λευκίππην, ἀνέλεγει τὴν ψυχήν, καὶ ἔδοξεν αὐτῷ τότε καλλίων γεγονέναι· θρέψας γὰρ ὅλης τῆς
νυκτὸς τὸ πῦρ, ὅσον χρόνον ἀπελείφθη τῆς κόρης, ἀνε-
ζωπύρησεν ἐξαίφνης ὕλην λαβὼν εἰς τὴν φλόγα τὴν

ni tradet. Priorem enim flammam novus ignis extrudit:
& mulierum ea natura est, ut praesentes maximopere
ament, absentium vero non nisi tantisper, dum alio carent, reminiscantur. Itaque simulac alter accesserit, prior
animo prorsus eiicitur. Quibus auditis Thersander excitatus est. Quae enim verba optatae rei consequendae spem
ostendunt, credi perfacile solent: quod eo fit, quia con-
cupiscens animi pars, optata re sibi comite adiuncta, hominem ad sperandum compellit.

XVIII. Thersander igitur post ea, quae sola secum Leucippe locuta fuerat, aliquantisper immoratus, ne quid
exaudivisse videretur, vultuque ira, ut se tractabiliorem
visum iri sperabat, composito, ad eam tandem ingressus
est. In quam oculos vixdum coniecerat, cum desiderio
totus exarsit, utpote cui longe, quam prius, formosior
esse visa est. Ignis enim tota nocte, quo tempore a puella absuit, enutritus, ipso puellae adspectu materiam flam-

θέαν, καὶ μικροῦ μὲν προσπεσὼν περιεχύθη τῇ κόρῃ. Καρτερήσας γοῦν καὶ παρακαθίσας διελέγετο, ἄλλοτε ἄλλα ῥήματα συνάπτων οὐκ ἔχοντα νοῦν. τοιοῦτοι γὰρ οἱ ἐρῶντες, ὅταν πρὸς τὰς ἐρωμένας ζητῶσι λαλεῖν. οὐ γὰρ ἐπιστήσαντες τὸν λογισμὸν τοῖς λόγοις, ἀλλὰ τὴν ψυχὴν εἰς τὸ ἐρώμενον ἔχοντες, τῇ γλώττῃ μόνῃ χωρὶς ἡνιόχου τοῦ λογισμοῦ λαλοῦσιν. Ἅμα οὖν συνδιαλεγόμενος, καὶ ἐπιθεὶς τὴν χεῖρα τῷ τραχήλῳ, περιέβαλεν, ὡς μέλλων φιλήσειν. ἡ δὲ προϊδοῦσα τῆς χειρὸς τὴν ὁδὸν, νεύει κάτω, καὶ εἰς τὸν κόλπον κατεδύετο. ὁ δὲ οὐδὲν ἧττον περιβαλὼν, ἀνέλκειν τὸ πρόσωπον ἐβιάζετο. ἡ δὲ ἀντικατεδύετο, καὶ ἔκρυπτεν τὰ φιλήματα. Ὡς δὲ χρόνος ἐγίνετο τῇ τῆς χειρὸς πάλῃ, φιλονεικία λαμβάνει τὸν Θέρσανδρον ἐρωτικὴ, καὶ τὴν μὲν λαιὰν ὑποβάλλει τῷ προσώπῳ κάτω, τῇ δὲ δεξιᾷ τῆς κόμης λαβόμενος, τῇ μὲν ὕλ-

---

...nae suggerente, recanduit statim: paruoque abfuit, quin procumbens illam amplexaretur. Sustinuit tamen se paulum, eique assidens alia ex aliis verba, inania plane, inter seque minime cohaerentia, effutire coepit. Id quod amantibus usu venire solet, si quando cum amica iis sermonem habere contingit. Neque enim in loquendo mentem adhibent, sed animo in illam intento, ore tantum, ullo absque rationis moderamine verba inaniter fundunt. Atque inter loquendum brachium collo, tanquam osculaturus, iniecit. Quod praevidens Leucippe, vultum demisit, in sinuque occuluit. Ille autem in complexu nihilominus perstans, puellae ut suaviandam se praeberet, instare: puella contra faciem magis magisque obtegere, osculaque pernegare. Verum cum luctae huiusmodi temporis satis datum esset, amatoriae cuiusdam rixae cupiditate incensus Thersander, laevam manum mento subdidit, dex-

κὰν εἰς τοὐπίσω, τῇ δὲ εἰς τὸν αὐθριῶνα ὑπερείδων
ἀνώθει. Ὡς δέ ποτε ἐπαύσατο τῆς βίας, ἢ τυχὼν, ἢ
μὴ τυχὼν, ἢ καμὼν, λέγει πρὸς αὐτὸν ἡ Λευκίππη·
Οὔτε ὡς ἐλεύθερος παῖς, οὔτε ὡς εὐγενὴς, καὶ σὺ
ἐμιμήσω Σωσθένην. ἄξιος ὁ δοῦλος τοῦ δεσπότου. ἀλλὰ ἀπέχου τοῦ λοιποῦ, μηδὲ ἐλπίσῃς τυχῖν, πλὴν
εἰ μὴ γένῃ Κλειτοφῶν.

ιθ'. Ταῦτα ἀκούσας ὁ Θέρσανδρος οὐκ εἶχεν ὅς
τις γένηται. καὶ γὰρ ἤρα, καὶ ὠργίζετο. θυμὸς δὲ καὶ
ἔρως δύο λαμπάδες. ἔχει γὰρ καὶ ὁ θυμὸς ἄλλο πῦρ,
καὶ ἔστι τῇ μὲν Οὔτω ἐναντιώτατω, τῇ δὲ βίαν
ἔμοιον. ὁ μὲν γὰρ παροξύνει μισῶ, ὁ δὲ ἀναγκάζει
φιλῶ. καὶ ἀλλήλων πάροικος ἡ τοῦ πυρός ἐστι πηγή. ὁ μὲν γὰρ εἰς τὸ ἧπαρ κάθηται· ὁ δὲ τῇ καρδίᾳ περιβέβληται. ὅταν οὖν ἄμφω τὸν ἄνθρωπον καταλάβῃ,
γίνεται μὲν αὐτοῖς ἡ ψυχὴ τριτάη, τὸ δὲ πῦρ ἑκατέ-

tera capillos apprehendit, ac summa vi, ut eam alio spectare cogeret, trahere orsus est. Tandem cum sive asse-
cutus, sive non, seu etiam defessus, vim afferre desiisset,
Leucippe ad eum: Neque ut liberum, inquit, neque ut
generosum virum decet, facis; sed Sosthenem ipse quoque
imitaris, dignum plane domino servum. Quare desine
iam, neque te quidquam adepturum spera, nisi forte in
Clitophontem e Thersandro convertaris.

XIX. Quae cum ille audivisset, vix sibi ipsi constitit:
ita amore atque ira aestuabat. Amor autem, atque ira,
faces animi duae sunt: suum enim ira ignem habet, amori quidem natura contrarium, potentia vero persimilem.
Nam altera odio, alter benevolentia prosequi cogit. Vicina etiam utriusque eorum ardoris sedes est: ille enim in
iecore, hic in corde inhabitat. Hominem igitur ambo cum
occupaverint, animus eius libra quaedam fit, qua utrius-

ρου ταλαιπωρεῖται. μάχεται δὲ ἄμφω περὶ τῆς ῥοπῆς·
καὶ τὰ πολλὰ μὲν ὁ ἔρως εἴωθεν νικᾷν, ὅταν εἰς τὴν
ἐπιθυμίαν εὐτυχῇ· ἢν δὲ αὐτὸν ἀτιμάσῃ τὸ ἐρώμενον,
αὐτὸς τὸν θυμὸν εἰς συμμαχίαν καλῇ· κἀκεῖνος ὡς
γείτων πίπτεται, καὶ ἀνάπτουσιν ἄμφω τὸ πῦρ. ἂν δὲ
ἅπαξ ὁ θυμὸς τὸν ἔρωτα παρ' αὐτῷ λάβῃ, καὶ τῆς
οἰκίας ἐσπεσόντα κατάσχῃ, οὔτε τι ἂν ἄσπον-
δες, οὐχ ὡς φίλῳ πρὸς τὴν ἐπιθυμίαν συμμαχῇ, ἀλλ'
ὡς δοῦλον τῆς ἐπιθυμίας ποιήσας κρατεῖ. οὐκ ἐπιτρέ-
πει δὲ αὐτῷ σπείσασθαι πρὸς τὸ ἐρώμενον, κἂν θέλῃ. ὁ δὲ τῷ θυμῷ βεβαπτισμένος καταδύεται, καὶ
εἰς τὴν ἰδίαν ἀρχὴν ἐπανελθεῖν θέλων, οὐκ ἔστιν ἐλεύθερος, ἀλλὰ μισεῖν ἀναγκάζεται τὸ φιλούμενον. ὅταν
δὲ ὁ θυμὸς καχλάζων γεμισθῇ [1], καὶ τῆς ἐξουσίας

que ignis expenditur. Atque alter alterum impellere conatur. Plerumque autem amor superior evadit, cum fcilicet, quod concupierat, adipiscitur. Sin autem negligi se
animadvertat, iram sibi auxilio advocat: quae utpote vicina, vocanti praesto adest, unaque tum ambo ignem
exsuscitant. Quod si amorem ira semel pessundet, ac domo sua, ut natura infida est, eiiciat, tantum abest, ut ei
tanquam amico ad assequenda optatã opem ferat, ut etiam
tanquam servum vinculis coërceat; neque cum amato
amplius in gratiam, tametsi maxime velit, redire patiatur. Quo fit, ut vi huiusmodi oppressus amor succumbat, propriumque ad imperium reverti cupiens minime
possit, sed amatum odisse compellatur. At vero ubi satis superque se ipsam ira excruciaverit, licentiaeque plena

1 Ὅταν δὲ ὁ θυμὸς καχλάζων   aliter interpres legit: At vero ubi
γεμισθῇ) Sc placuit reponere ex   satis superque se ipsam ira excru-
libris vetustioribus, cum editio   ciaverit. Quae tamen lectio mihi
haberet, Ὅταν δὲ ὁ θυμὸς καχλάζων   videtur falsa. Hic sensus Graece
γεμισθῆ. Quomodo & postea in   procederet, si legeretur, Ὅταν δὲ
Anglicano scriptum offendi. Nec   ὁ θυμὸς ἱκανῶς πλησθῇ. Sed n-

ἐμφορηθεὶς ἀποβλύσῃ, κάμνει μὲν ἐκ τοῦ κόρου, κάμνων δὲ παρεῖται, καὶ ὁ ἔρως ἀμύνεται, καὶ ὁπλίζει
τὴν ἐπιθυμίαν, καὶ τὸν θυμὸν ἤδη καθεύδοντα νικᾷ,
ὁρῶν δὲ τὰς ὕβρεις, ἃς κατὰ τῶν φιλτάτων ἐπαρώ-
σει, ἀλγεῖ, καὶ πρὸς τὸ ἐρώμενον ἀπολογεῖται, καὶ
εἰς ὁμιλίαν παρακαλεῖ, καὶ τὸν θυμὸν ἐπαγγέλλε-
ται καταμαλάττειν ἡδονῇ [1]. τυχὸν μὲν οὖν ὧν ἠθέλη-
σει, ἵλεως γίγνεται· ἀτιμούμενος δὲ πάλιν εἰς τὸν θυμὸν καταδύεται. ὁ δὲ καθεύδων ἐξεγείρεται, καὶ τὰ ἀρ-
χαῖα ποιεῖ. ἀτιμία γὰρ ἔρωτος σύμμαχός ἐστι θυμός.

κ΄. Καὶ ὁ Θέρσανδρος οὖν, τὸ μὲν πρῶτον ἐλπίζων
εἰς τὸν ἔρωτα εὐτυχήσειν, ὅλος Λευκίππης δοῦλος ἦν·

enundaverit, prae farietate tandem aegrefcit, aegrefcenf-
que remittitur. Amor autem vires denuo fumit, defide-
riumque in aciem producens, iram iam dormientem fede
fua exturbat : dein animo reputans, quam contumeliofe in
amatum bacchatus fuerit, moeret, ac fefe purgat, ite-
rumque ad familiaritatem invitat, iram voluptate iam de-
liniendam effe pollicens. Voti ergo compos amor mite-
fcit; neglectus autem irae fe arbitrio totum permittit.
Quae fi forte fopita fuerit, excitatur, atque, ut antea,
faevit. Amoris enim contemtum ira femper ulcifcitur.

XX. Therfander igitur initio voti quidem compotem
futurum fe ratus, Leucippe totum fe dediderat: verum

de ira fe ipfam excruciante hic
fermo eft, fed femetipfam ex-
fuperante & exundante. Ergo
κοχλάζει huic metaphorae proprium, a fluctibus fe extollenti-
bus & cum fonitu furgentibus
defumtum. Nam fequitur καὶ ἐμφορηθεὶς ἀποβλύσῃ ab eadem tra-
latione. Hefychius inter alia κοχλάζει exponit ὑπεράπτει, ad-
ditque, γίγοιτο δὲ ἀπὶ τῶν κυμάτων, ἐπειρίται, φλεγμαίνει.

Achill. Tat.

1 Καταμαλάττειν ἡδονῇ] In editis & Anglicano, καταμαλάσσειν
ἡδονῇ. Quae diverfitas lectionum
ex gemina ἐκδόσει. Interpres legit etiam καταμαλάττειν. Iram
*voluptate iam delinitam effe affir-
mans.* Non hic tamen auctoris
fenfus; fed, *iram iram delinuendam
effe promittens, aut fe delinituram
effe pollicens.* Ἐπαγγέλλεσθαι eft
promittere.

S

ἀτυχήσας δὲ ὧν ἤλπισεν, ἀφῆκεν τῷ θυμῷ τὰς ἡδονάς. ῥαπίζει δὴ κατὰ κόῤῥης αὐτήν· Ὦ κακόδαιμον ἀνδράποδον, λέγων, καὶ ἀληθῶς ἐρωτιῶν· πάντων γάρ
σου κατήκουσα. οὐκ ἀγαπᾷς ὅτι σοι καὶ λαλῶ; καὶ
μεγάλην εὐτυχίαν δοκεῖς, τὸν σὸν καταφιλῆσαι δεσπότην; ἀλλὰ καὶ ἀκκίζῃ καὶ σχηματίζῃ πρὸς ἀπόνοιαν.
ἐγὼ μέν σε καὶ πεπορνεῦσθαι δοκῶ· καὶ γὰρ μοιχὸν
φιλεῖς. ἀλλ' ἐπειδὴ μὴ θέλεις ἐμαυτοῦ μευ πεῖραν λαβεῖν, πειράσῃ δεσπότου. Καὶ ἡ Λευκίππη· Κἂν τυ-
ραννῶ ἐθέλῃς, κἀγὼ τυραννεῖσθαι, πλὴν οὐ βιάσῃ.
Καὶ πρὸς τὸν Σωσθένην ἰδοῦσα· Μαρτύρησον, εἶπεν
αὐτῷ, πῶς πρὸς τὰς αἰκίας ἔχω. σὺ γάρ με καὶ
μᾶλλον ἠδίκησας. Καὶ ὁ Σωσθένης αἰδεσθεὶς ὡς ἐλη-
λεγμένος· Ταύτην, εἶπεν, ὦ δέσποτα, ξανθῆναι μά-

ubi spe frustrari se animadvertit, conceptarum animo
voluptatum oblitus puellam in maxilla percussit: Mancipium, inquiens, improbum, atque omni prorsus libidine
elatum. Omnia enim de te mihi comperta sunt. An non
igitur boni consulis, me tecum loqui? an non magnam felicitatem arbitraris, herum tuum suaviari? Quin etiam,
quod opere maximo expetis, dissimulas: vultumque ad
desperationem componis. Sed ego te meretriciam vitam
hactenus duxisse reor, quae adulterum hucusque secuta sis. At tu quando amicum recipere me negas, dominum iamiam faxo ut experiare. Tum Leucippe: Si tyrannum, inquit, tibi agere cordi est, ut potero, feram, modo ne pudicitiam eripias. Atque ad Sosthenem conversa:
Testare, inquit, etiam tu, quo animo contumelias feram:
scis enim, maiore a te contumelia me affectam fuisse. Tum
vero Sosthenes, ut qui manifesto in noxa iam teneretur,
rubore perfusus: Hanc, o here, inquit, loris eousque

στίξειν δεῖ, καὶ μυρίαις βασάνοις πέμπειν, ὡς ἂν μάθοι δεσπότου μὴ καταφρονεῖν.

κα΄. Πείσθητι τῷ Σωσθένει, φησὶν ἡ Λευκίππη. συμβουλεύει γὰρ καλῶς. τὰς βασάνους παράστησον, φερέτω τροχόν, ἰδοὺ χεῖρες, τυπτέτω. φερέτω καὶ μάστιγας, ἰδοὺ νῶτος, τυπτέτω. κομιζέτω πῦρ, ἰδοὺ σῶμα, καιέτω. φερέτω καὶ σίδηρον, ἰδοὺ δέρη, σφαζέτω. ἀγῶνα θεάσασθε καινόν, πρὸς πάσας τὰς βασάνους ἀγωνίζεται μία γυνή, καὶ πάντα νικᾷ. Εἶτα Κλειτοφῶντα μοιχὸν καλεῖς, αὐτὸς μοιχὸς ὤν. οὐδὲ τὴν Ἄρτεμιν, εἰπέ μοι, τὴν σὴν φοβῇ; ἀλλὰ βιάζῃ παρθένον ἐν πόλει παρθένου, δέσποινα, ποῦ σου τὰ τόξα; Παρθένος; εἶπεν ὁ Θέρσανδρος. ὦ τόλμης καὶ γέλωτος. παρθένος τοσούτοις συννυκτερεύσασα πειραταῖς. εὐνοῦχοί σοι γεγόνασιν οἱ λῃσταί; φιλοσόφων

caedere oportet, dum tota rubeat, modisque omnibus excruciare, ut herum posthac contemnere desinat.

XXI. Sostheni tuo, inquit Leucippe, Thersander, pare: perbelle enim consulit: ac tormenta, quae lubet, parari iube. Minime certe deerit, quo vestram crudelitatem expleatis, sive manus rota distrahere, sive loris caedere, sive flammis torrere, seu etiam ferro iugulare in animo sit. Novum procul dubio certamen vobis editur. Adversus enim supplicia omnia vel sola femina pugnabit, victrixque discedet. At etiam Clitophontem adulterum vocas, adulter ipse cum sis. Sed heus tu, an non Dianam tuam vereris, virginem in virginis civitate vitiare conatus? Quid tuae nunc, o Dea, sagittae cessant? Te virginem? inquit Thersander. O ridiculam audaciam! virginem te, quae cum piratis etiam de nocte fueris? quid? eunuchine, obsecro, latrones tibi facti sunt? an praedonum

ἦν τὸ πειρατήριον; οὐδεὶς ἐν αὐτοῖς εἶχεν ὀφθαλμούς;

κβ'. Καὶ Λευκίππη εἶπεν· Εἰ παρθένος, καὶ μετὰ Σωσθένην, ἐπὶ πύσου Σωσθένους. οὗτος γὰρ ὄντως γέγονέ μου λῃστής. ἐκεῖνοι γὰρ ἦσαν ὑμῶν μετριώτεροι[1], καὶ οὐδεὶς αὐτῶν ἦν οὕτως ὑβριστής. εἰ δὲ ὑμεῖς τοιαῦτα ποιεῖτε, ἀληθινὸν τοῦτο πειρατήριον, εἶτα οὐκ αἰσχύνεσθε ποιοῦντες, ἃ μὴ τετολμήκασιν οἱ λῃσταί. Λανθάνεις δὲ ἐγκώμιόν μοι διδοὺς πλεῖον διὰ ταύτης σου ἀναισχυντίας· καί τις ἐμοῦ, κἂν νῦν μαινόμενος ζητεύσῃς, Λευκίππη, παρθένος μετὰ βουκόλους, παρθένος καὶ μετὰ Χαιρέαν, παρθένος καὶ μετὰ Σωσθένην. ἀλλὰ μέτρια ταῦτα· τὸ δὲ μεῖζον ἐγκώμιον, καὶ μετὰ Θέρσανδρον παρθένος, καὶ τῶν λῃστῶν ἀσελγέ-

receptaculum in philosophorum scholam evasit? aut ex iis nemo, qui oculos haberet, repertus est?

XXII. Tum Leucippe: An post vim, inquit, mihi a Sosthene intentatam, virginem hactenus me servaverim, ex eo ipso sciscitare, qui revera in me praedonem egit. Piratae certe vobis modestiores fuerunt: nullus enim eorum tale in me quidquam ausus fuit. Cum vero flagitia huiusmodi vos audeatis, cur non vestram hanc latronum sedem merito appellem, qui ea perpetrare veriti non estis, a quibus illi abstinuerunt? Sed nescis, quantum mihi laudis tua ista impudentia sit allatura. Ut enim vel nunc me furenter interficias, non tamen deerunt unquam, qui dicant, Leucippe, inter pastores versata, & post Chaereae raptum, & post Sosthenis vim, virgo inventa est. Sed mediocria haec; illud multo maximum, atque omnibus anteferendum erit praeconium: Leucippe post piratarum omnium improbissimi Thersandri vim pudicitiam conser-

1 Μετριώτεροι) Forte ἡμερώτεροι.

ετερον [1]. ἂν ὑβρίσαι μὴ δυνηθῇ, καὶ ζσκεύει. Ὀκλί-
ζου τοίνυν ἤδη, λάμβανε κατ' ἐμοῦ τὰς μάστιγας,
τὸν τροχὸν, τὸ πῦρ, τὸν σίδηρον· συστρατευέσθω δέ σοι
καὶ ὁ σύμβουλος Σωσθένης. ἐγὼ δὲ καὶ γυμνὴ, καὶ
μόνη, καὶ γυνὴ, καὶ ὧ ὅπλον ἔχω τὴν ἐλευθερίαν, ἣ
μήτε πληγαῖς κατακόπτεται, μήτε σιδήρῳ κατατέ-
μνεται, μήτε πυρὶ κατακαίεται. οὐκ ἀφήσω ποτὲ ταύτην ἐγὼ, κἂν καταφλέγῃς· οὐχ οὕτως θερμὸν εὑρήσεις τὸ πῦρ.

vavit: priufque ingulari fe paffa eft, quam violari. Age
Itaque, flagra, rotam, ignem, ferrum, quamprimum ex-
pedi, fociumque tibi confiliarium tuum Softhenem adiun-
ge. Ego & nuda & femina fcuti loco non nifi libertatem
habeo, quae nec loris caedi, nec ferro fecari, nec igne
comburi poteft. Eam ego dimittam nunquam. Ac fi me in
ignem ipfum comicias, non erit tanta in eo vis, adimere
illam ut mihi valeat.

1 Καὶ τῶν λῃστῶν ἀσελγέστεροι) Melius in aliis: τὸν καὶ λῃστῶν
ἀσελγέστερον.

ΛΟΓΟΣ ΕΒΔΟΜΟΣ.

Ταῦτα ἀκούσας ὁ Θέρσανδρος, παντοδαπὸς ἦν, ἤχθετο, ὠργίζετο, ἐβουλεύετο. ὠργίζετο μὲν, ὡς ὑβρισμένος· ἤχθετο δ' ὡς ἀποτυχών. ἐβουλεύετο δὲ, ὡς ἐρῶν. τὴν οὖν ψυχὴν διασπώμενος, οὐδὲν εἰπὼν πρὸς τὴν Λευκίππην, ἐξεπήδησεν· ὀργῇ μὲν δῆλον ἐκδραμών· δοὺς δὲ τῇ ψυχῇ σχολὴν εἰς τὴν διάκρισιν τῆς τρικυμίας. Βουλευόμενος οὖν ἅμα τῷ Σωσθένει, πρόσεισιν τῷ τῶν δεσμῶν ἄρχοντι, διόμενος διαφθαρῆναί με φαρμάκῳ. ὡς δ' οὐκ ἔπειθεν· ἐδεδίει γὰρ τὴν πόλιν· καὶ γὰρ ἄλλον ἄρχοντα πρὸ αὐτοῦ ληφθέντα τοιαύτην ἐργασάμενον φαρμακείαν ἀποθανεῖν· δευτέραν αὐτῷ προσφέρει δέησιν, ἐμβαλεῖν τινα εἰς τὸ οἴκημα, ἔνθα ἔτυχον δεδεμένος, ὡς δὴ καὶ αὐτὸν ἵνα τῶν δεσμω-

LIBER SEPTIMUS.

QUAE cum audivisset Thersander, animo fluctuare, ac distrahi coepit. Nam & moerebat, sua se spe frustratum cernens, & irascebatur, negligi se ratus: & tanquam amore saucius, quid ageret, cogitabat. Has inter animi fluctuationes nihil amplius cum Leucippe collocutus ruit foras, ira quidem quasi ad currendum incitatus: dein vero ad eiusmodi ambiguitates diiudicandas mentem colligens, tandem inito cum Sosthene consilio, eum, penes quem vinctorum potestas erat, adivit, meque veneno de medio ut tolleret, rogavit. Quod cum impetrare non potuisset: timebat enim ille populi severitatem, qui alium ante se veneficia huiusmodi exercentem morte multaverat: ab eo rursum petiit, ut addictum a se hominem eo in loco, ubi ipse vinctus eram, tanquam maleficum aliquem, im-

τῶν, προσποιησάμενος βούλεσθαι τὰ μὰ δι' ἐκείνου
μαθεῖν. Ἐπείσθη, καὶ ἐδέξατο τὸν ἄνθρωπον. ἔμελλε
δ' ἐκεῖνος ὑπὸ τοῦ Θερσάνδρου δεδιδαγμένος, τεχνικῶς
πάνυ περὶ τῆς Λευκίππης λόγον ἐμβαλεῖν, ὡς εἴη πε-
φονευμένη, τῆς Μελίττης συσκευασαμένης τὸν φόνον.
τὸ δὲ τέχνασμα ἦν τῷ Θερσάνδρῳ τὸ εὑρεῖν, ὡς ἂν
ἀπογνοὺς ἐγὼ μηκέτι ζῶσαν ἔτι τὴν ἐρωμένην, κᾆν τὴν
δίκην φύγοιμι, μὴ πρὸς ζήτησιν αὐτῆς ἔτι τραποίμην.
προσέκειτο δὲ ἡ Μελίττη τῷ φόνῳ, ὅσα μὴ, τετελευτηκέναι τὴν Λευκίππην δοκῶν, τὴν Μελίττην γήμας
ὡς ἂν ἐρῶσαν, αὐτοῦ μένοιμι, κᾀκτούτου παρέχοιμί
τινα φόβον αὐτῷ τοῦ μὴ μετὰ ἀδείας Λευκίππην
ἔχειν, ἀλλὰ μισήσας ὡς τὸ εἰκὸς τὴν Μελίττην, ὡς
ἂν ἀποκτείνασάν μου τὴν ἐρωμένην, ἀπαλλαγείην ἐκ
τῆς πόλεως τὸ παράπαν.

β'. Ὡς οὖν ὁ ἄνθρωπος ἐγένετό μου πλησίον, καὶ

minteret: de quo res meas cognoscere se velle simularet.
Cui postulationi, assensus ille hominem admisit. Porro is
a Thersandro quam diligentissime instructus fuerat, ut aliquo modo de Leucippe mentionem faceret, eamque Melites iussu e vivis sublatam mentiretur. Quod idcirco a
Thersandro excogitatum fuerat, ut, quamvis crimen di-
luissem, non tamen ad quaerendam eam, quam obiisse in-
tellexissem, frustra me compararem. Ea vero potissimum
de causa caedis auctor Melite proponebatur, ne, Leucippe interfecta, Meliten ipsam, tanquam quae a me dilige-
retur, in uxorem ducerem, ibique permanerem, Thersandro timorem incutiens non potiundae tuto Leucippes;
sed contra potius eam, quae rebus mihi omnibus cario-
rem puellam interimi. curasset, perosus, urbe omnino ex-
cederem.

II. Ille igitur, simulac propius me venit, fabulam age-

τοῦ δράματος ἤρχετο· ἀναμώξας γὰρ πάνυ κακούρ-
γως· Τίνα βίον, ἔφη, βιώσομεν ἔτι, καὶ τίνα φυλα-
ξόμεθα πρὸς ἀπόδρασιν ζωήν; οὐ γὰρ αὐτάρκης ἡμῖν ὁ
δίκαιος τρόπος. ἐμπίπτουσαι δὲ αἱ τύχαι βαπτίζουσιν
ἡμᾶς. ἔδει γάρ με μαντεύσασθαι, τίς ἦν ὁ συμβα-
δίζων μοι, καὶ τί πεπραχὼς εἴη. Καθ᾽ ἑαυτὸν δὲ ταῦτα ἔλεγεν καὶ τὰ τοιαῦτα, ζητῶν ἀρχὴν τῆς ἐπ᾽ ἐμὲ
τοῦ λόγου τύχης, ὡς ἂν πυθοίμην τί εἴη παθών. ἀλλ᾽
ἐγὼ μὲν ἐσιώπων, ὧν κατὰ νοῦν εἶχον· ὁ δ᾽ ὤμωξεν
ὀλίγον. Ἄλλος δέ τις τῶν συνδεδεμένων· περίεργον γὰρ
ἄνθρωπος ἀτυχῶν εἰς ἀλλοτρίων ἀκρόασιν κακῶν· ἐπὶ
φάρμακον αὐτῷ τοῦτο τῆς ὧν ἔπαθε λύπης ἡ πρὸς ἄλλον εἰς τὸ παθεῖν κοινωνία· Τί δέ σοι συμβέβηκεν, εἶπεν, ἀπὸ τῆς τύχης; εἰκὸς γάρ, σε μηδὲν ἀδικήσαν-
τα πονηρῷ πεμπετῶ δαίμων. τεκμαίρομαι δὲ ἐκ τῶν

re coepit. Dura enim opera, valdeque appófite ingemi-
fcens: Quamnam, inquit, vitam pofthac vivemus? quae
nobis retinendae fecuritatis via deinceps erit, fi iufte vivere ad id fatis non eft? Imminentia nos eventa oppri-
munt. Divinaffe me oportuit, quis effet, quidve commi-
fiffet ille, quicum iter mihi facere contigit. Haec ille, hu-
jufmodique alia multa fecum folus loquebatur, fermonis
initium de induftria mecum facere tentans, quo eum,
quid fibi ea vellent, interrogarem. Sed mea me magis ur-
gebant. Itaque cum paululum ira querelas effudiffet, unus
eorum, qui vincti erant: (infelices enim alienas etiam ca-
lamitates cognofcere fatagunt, nimirum quia triftitiae
communicatio moerentis animi quaedam quafi allevatio
eft:) Quid tibi, inquit, mali peperit fortuna? infontem
enim te quoque in adverfum fatum incidiffe credibile eft.
Cuius rei ex iis, quae mihi evenerunt, facio conieckuram.

ἐμαυτοῦ. Καὶ ἅμα τὰ οἰκεῖα κατέλεγεν, ἐφ' οἷς ἦν
δεδεμένος. ἐγὼ δὲ οὐδενὶ τὸν νοῦν προσεῖχον.

γ'. Ὡς δὲ ἐπαύσατο, τὴν ἀντίδοσιν ᾔτει τοῦ λόγου
τῶν ἀτυχημάτων· Λέγοις ἂν, εἰπὼν, καὶ σὺ τὰ σαυ-
τοῦ. Ὁ δέ· Βαδίζων ἔτυχον, ἔστιν, τὴν ἐξ ἄστεος χθές·
ἐποιούμην δὲ τὴν ἐπὶ Σμύρνης ὁδόν. προελθόντι δέ μοι
σταδίους τέτταρας, νεανίσκος ἐκ τῶν ἀγρῶν, προσελθὼν καὶ προσειπὼν, καὶ πρὸς μικρὸν συμβαδίσας,
Ποῖ, ἔφη, ἔχεις τὴν ὁδόν; Ἐπὶ Σμύρνης, εἶπον. Κἀγὼ, ἔφη, τὴν αὐτὴν, ἀγαθῇ τύχῃ. Τοὐντεῦθεν ἐπο-
ρευόμεθα κοινῇ, καὶ διελεγόμεθα, οἷα εἰκὸς ἐν ὁδῷ.
Ὡς δὲ εἴς τι πανδοχεῖον ἤλθομεν, ἠριστῶμεν ἅμα,
κατὰ ταὐτὸ δὲ παρακαθίζουσιν ἡμῖν τινὲς τέτταρες, καὶ
προσεποιοῦντο μὲν ἀριστᾶν κἀκεῖνοι, ὑπεώρων δὲ ἡμᾶς
πυκνὰ, καὶ ἀλλήλοις ἐπένευον. ἐγὼ μὲν οὖν ὑπώπτευον
τοὺς ἀνθρώπους διαπιστῆσθαι εἰς ἡμᾶς, οὐ μὴν ἠδυνά-

Ac tum quidem, quam ob causam in custodiam datus fuerit, commemoravit, tametsi ego animum non advertebam.

III. Finem autem dicendi cum fecisset: Agedum tu quoque, inquit, vices mihi recensendis infortuniis tuis redde.
Tum alter ille: Ex urbe, inquit, heri dum Smyrnam versus iter IV stadiorum coepissem, nescio quis mihi obviam factus, quo tenderem, rogavit: cui cum Smyrnam
proficisci me respondissem: Atqui Smyrnam ego quoque,
inquit ille, quod bene vertat, cogito. Una itaque profecti sumus, viae laborem, uti viatorum mos est, sermone
levantes: cumque de via in cauponam cibi gratia, diver-
tissemus, ecce tibi viri quatuor eodem ingressi sunt, nobisque assidentes, ac prandere simulantes, crebro ad nos
respiciebant, alias identidem alii annuens. Quamobrem
eos de nobis cogitare suspicatus sum, tametsi quid sibi

μην συνιέναι τί αὐτοῖς ἐθέλει τὰ νεύματα· ὁ δὲ ὠχρὸς
ἐγίνετο κατὰ μικρὸν, καὶ ὀκνηρότερον ἦσθαι. ἤδη δὲ
καὶ τρόμος εἶχεν αὐτόν. Ὡς δὲ ταῦτα εἶδον, ἀναπη-
δήσαντες συλλαμβάνουσιν ἡμᾶς· καὶ ἱμᾶσιν εὐθὺς δε-
σμεύουσα· παίει δὲ κατὰ κόρρης τις ἐκεῖνον· καὶ παταχθεὶς, ὥσπερ βασάνους παθὼν μυρίας, καταλέγει
μηδενὸς ἐρωτῶντος αὐτόν· Ἐγὼ τὴν κόρην ἀπέκτεινα,
καὶ ἔλαβον χρυσοῦς ἑκατὸν παρὰ Μελίττης τῆς Θερσάνδρου γυναικός. αὕτη γάρ με ἐπὶ τὸν φόνον ἐμισθώ-
σατο. ἀλλ' ἰδοὺ τοὺς χρυσοῦς ὑμῖν τοὺς ἑκατὸν φέρω.
ὥστε τί με ἀπόλλυτε, καὶ ἑαυτοῖς φθονεῖτε κέρδους;
Ἐγὼ δὲ ὡς ἤκουσα Θερσάνδρου καὶ Μελίττης τοὔνομα, τὸν ἄλλον αὖ προσέχων χρόνον, τῷ δὲ λόγῳ τὴν
ψυχὴν ὥσπερ ὑπὸ μύωπος παταχθεὶς, ἐγείρω. καὶ
πρὸς αὐτὸν μεταστραφεὶς, λέγω· Τίς ἡ Μελίττη; Ὁ
δέ· Μελίττη τίς ἐστι, ἴσθι, τῶν ἐνταῦθα πρώτη γυ-

nutus illi vellent, percipere nequibam. Qui mecum venerat, haud ita multo post pallefcere, deinde haefitantius
efse coepit: poftremo etiam tremore correptus eft. Quod
videntes illi, confeftim in nos impetum faciunt, compre-
hendunt, loris vinciunt. Quin etiam eorum unus hominem in gena manu percuffit: qui tanquam innumeris cruciatibus affectus, nemine adhuc interrogante: Ego, inquit, puellam interemi, acceptis a Therfandri uxore Melite nummis aureis centum: illa enim ad necem hanc pa-
trandam me conduxit. Ecce autem nummos ipfos: quos
vobis omnes ad unum trado. Vos, quaefo, me perdere,
ac vofmet lucro defraudare nolite. Tum ego, Therfandri &
Melites nomine audito, oratione illa quafi ftimulo aliquo
repente concitatus, animum erexi, ad eumque converfus: Quaenam, inquam, eft Melite haec? Tum ille: Fe-
minarum, inquit, urbis huius eft princeps, & adolefcen-

ναίκων. αὕτη νεανίσκου τινὸς ἠράσθη, Τύριον οἶμαι
Σαβὼ αὐτόν, κἀκεῖνος ἔτυχεν ἐρωμένην ἔχων, ἣν εὑρὼν
ἐν τῇ τῆς Μελίττης οἰκίᾳ πεπραμένην. ἡ δὲ ὑπὸ ζηλοτυπίας πολεγμένη τὴν γυναῖκα ταύτην ἀπατήσασαν ¹ συλλαμβάνει, καὶ παραδίδωσιν τῷ νῦν ἴση
κακῇ τύχῃ μοι συνωδευκότι, Σωῦσαι κελεύσασα. ὁ
μὲν οὖν τὸ ἀνόσιον ἔργον τοῦτο δρᾷ· ἐγὼ δὲ ὁ ἄθλιος,
οὔτι αὐτὸν ἰδὼν, οὔτι ἔργου τινὸς κοινωνήσας ἢ λόγου,
συναπηγόμην αὐτῷ δεδεμένος, ὡς τοῦ ἔργου κοινωνός.
τὸ δὲ χαλεπώτερον, μικρὸν τοῦ πανδοχείου προελθόντες,
τοὺς ἑκατὸν χρυσοῦς λαβόντες παρ' αὐτοῦ, τὸν μὲν
ἀφῆκαν Σωῦγῶ, ἐμὲ δὲ ἄγουσι πρὸς τὸν στρατηγόν.

δ'. Ὡς δὲ ἤκουσά μου τὸν μῦθον τῶν κακῶν, οὔτι ἀνῴμωξα, οὔτι ἔκλαυσα, οὔτι γὰρ φωνὴν εἶχον,
οὔτι δάκρυον, ἀλλὰ τρόμος μὲν εὐθὺς περιεχύθη μου

tis cuiusdam, Tyrium illum esse aiunt, amore capta: qui
eum puellam, quam ipse quoque deperibat, casu quodam
amisisset, ac tandem in ea ipsa Melites domo venditam re-
perisset, mulier obtrectatione devicta, puellam eam cir-
cumventam huic, quem malo meo fato mecum iter fa-
cientem dixi, necandam dedit. Atque ille quidem dete-
standum facinus admisit. Ego vero, me miserum! neque
videns, neque dicti alicuius factive conscius, una cum
eo, quasi sceleris particeps, comprehensus sum. Sed leve
hoc: illud gravius multo est. Nam non admodum longe
a caupona digressi illi nummis acceptis eum missum sece-
runt: me autem ad praefectum duxerunt.

IV. Posteaquam turbulentam hanc fabulam audivi, neque vocem omnino ullam, neque lacrimas aliquas, emittere potui. Quippe & ori vox, & oculis humor, defuit;
sed membra mihi omnia cohorruerant, corque ipsum con-

<hr>

1 Ἀπατήσασαι) Emenda ἀπατήσασαν.

τῷ σώματι, καὶ ἡ καρδία μου ἐλέλυτο, ὀλίγον δέ
τί μου τῆς ψυχῆς ὑπολέλειπτο. μικρὸν δὲ νήψας ἐκ
τῆς μέθης τοῦ λόγου· Τίνα τρόπον τὴν κόρην ἀπέκτει-
ναν, ἔφην, ὁ μισθωτὸς, καὶ τί πεποίηκε τὸ σῶμα;
Ὁ δὲ ὡς ἅπαξ ἐνέβαλέ μοι τὸν μύωπα, καὶ ἔργον
εἰργάσατο οὕτω κατ' ἐμοῦ, διὸ παρῆ ', ἐσιώπα, καὶ
ἔλεγεν οὐδέν. πάλιν δέ μου πυθομένου· Δοκεῖς, ἔφη,
κἀμὲ κεκοινωνηκέναι τῷ φόνῳ; ταῦτα ἤκουσα μόνα
τοῦ ἐπιφορτικᾶτος, ὡς κτείνας εἴη τὴν κόρην, ποῦ δέ,
καὶ τίνα τρόπον, οὐκ εἶπε. Ἦλθε δέ μοι τότε δάκρυα,
καὶ τοῖς ὀφθαλμοῖς τὴν λύπην ἀπεδίδου. ὥσπερ γὰρ
ἐν ταῖς τοῦ σώματος πληγαῖς, οὐκ εὐθὺς ἡ σμῶδιξ
ἐπανίσταται, ἀλλὰ παραχρῆμα μὲν οὐκ ἔχει τὸ ἄνθος ἡ πληγὴ, μετὰ μικρὸν δὲ ἀνέδορεν· καὶ ὀδόντι συός

tabuerat, animae autem nihil fere relictum fuerat. Paulo
autem post, cum mihi, diluta ebrietate verborum illius,
animus rediisset: Quonam modo, inquam, mercenarius
iste puellam sustulit? quem in locum cadaver abiecit? Ille
autem simulatque mihi hunc stimulum iniecit, idque,
quamobrem aderat, effecit, obmuit adeo, ut ne verbum quidem ab eo amplius potueris extorqueri, praeterquam quod, cum rursus interrogassem: Mene etiam, inquit, tu caedis illius participem fuisse putas? at de interfectore quidem illud unum tantum audivi, puellam scilicet necatam: ubi autem, quove modo, mihi aperire noluit. Tum vero mihi lacrimae exciderunt, doloremque per
oculos in apertum protulerunt. Ut enim in corpore fla-
gris caeso non continuo, sed parva interiecta mora, li-
vor apparet: aut ut in eo, qui apri dente ictus fuerit,

1 Διὰ σαρ.) Rectius dividi hanc vocem δι' ὃ σαρῶ, atque ita legere: ὃ δὲ ὡς ἅπαξ ἐνέβαλέ μοι τὸν μύωπα, καὶ ἔργον εἰργά-σατο κατ' ἐμοῦ δι' ὃ σαρῶ, ἐσιώ-τα. Et rem illam peregit, propter quam aderat, id est, erat in car-cere.

τις παταχθεὶς εὐθὺς μὲν ζητεῖ τὸ τραῦμα, καὶ οὐκ
οἶδεν εὑρεῖν, τὸ δὲ ἔτι δέδυκεν, καὶ κέκρυπται κατειρ-
γασμένον σχολῇ τῆς πληγῆς τὴν τομήν· μετὰ ταῦτα
δὲ ἐξαίφνης λευκή τις ἀπέπιπτε γραμμὴ, πρόδρομος
τοῦ τραύματος, σχολὴν δὲ ὀλίγην λαβὼν, ἔρχεται
καὶ ἀθρόον ἐπιῤῥεῖ· οὕτω καὶ ψυχὴ παταχθεῖσα τῷ
τῆς λύπης βέλει, τέτρωται μὲν ἤδη καὶ ἴσχει τὴν τομήν, τοῦ λόγου τοξεύσαντος, ἀλλὰ τὸ τάχος τοῦ βλή-
ματος οὐκ ἀνέῳξεν οὕπω τὸ τραῦμα, τὰ δὲ δάκρυα
ἐδίωξε τῶν ὀφθαλμῶν μακράν. δάκρυον γὰρ καὶ αἷμα, τραύματα ψυχῆς, ὅταν ὁ τῆς λύπης ὀδοὺς κατὰ
τὰ μικρὸν τὴν καρδίαν ἐκφάγῃ [1], κατέῤῥηκται μὲν τῆς
ψυχῆς τὸ τραῦμα, ἀνέῳκται δὲ τοῖς ὀφθαλμοῖς ἡ τῶν
δακρύων θύρα, τὰ δὲ μετὰ μικρὸν τῆς ἀνοίξεως ἐξε-
πήδησεν. οὕτω κἀμοὶ, τὰ μὲν πρῶτα τῆς ἀκροάσεως
τῇ ψυχῇ προσπεσόντα, καθάπερ τὰ τοξεύματα, κατ-

non statim vulnus invenitur, utpote quod altius penetra-
verit; sed brevi tempore post alba quaedam linea vulneris index oritur, ac illud, manante tum demum largi-
ter sanguine, conspicuum facit: sic in animo tristis alicuius nuntii cuspide sauciato, neque vulnus hiat, neque lacrimae, quas vulnerati animi sanguinem esse credi par
est, prosiliunt, nisi postquam moeroris dens cor aliquantisper depastus fuerit: tunc enim & animus discindi-
tur, & lacrimae, facta per oculos via, uberrime fluunt. Id
quod in me sane ipse expertus sum. Nam simulatque animus meus sermone illius, Leucippes necem nuntiantis, tanquam iaculo quodam percussus est, vocem amisit, &

1 Ὅταν ὁ τῆς λύπης ἰχὼς — (ἐκφάγῃ) Legebatur antea: ὅταν ὁ τῆς ψυχῆς ἰχὼς κ. μ. τ. κ. ἐκφύγῃ, absque ullo sensu. Lectionem, quam nos exhibuimus, praefert Cod. Anglicanus, teste Salmasio, quam & interpres agnoscit.

εσίγασι [1], καὶ τῶν δακρύων ἀπέφραξε τὴν πηγήν· μετὰ ταῦτα δ' ἴδω, σχολασάσης τῆς ψυχῆς τῶν κακῶν.

ε'. Ἔλεγον οὖν· Τίς με δαίμων ἐξηπάτησεν ὀλίγῃ
χαρᾷ; τίς μοι Λευκίππην ἔδειξεν, εἰς καινὴν ὑπόθεσιν
συμφορῶν; ἀλλ' οὐδὲ ἐκόρεσά μου τοὺς ὀφθαλμούς,
οἷς μόνοις ηὐτύχησα, οὐδὲ ἐπεπλήσθην κἂν βλέπων.
ἀληθής μοι γέγονεν ὀνείρων ἡδονή. οἴμοι· Λευκίππη,
ποσάκις μοι τέθνηκας; μὴ γὰρ θρηνῶν ἐπαυσάμην·
ἀεί σε πενθῶ, τῶν θανάτων διωκόντων ἀλλήλους;
ἀλλ' ἐκείνους μὲν πάντας ἡ τύχη ἔπαιξεν κατ' ἐμοῦ·
οὗτος δέ, οὐκ ἔστι τῆς τύχης ἔτι παιδιά. πῶς ἄρα δή
μοι, Λευκίππη, τέθνηκας; ὃ μὲν γὰρ ταῖς ψευδέσι
θανάτοις ἐκείνοις παρηγορίαν εἶχον ὀλίγην· τὸ μὲν πρῶτον, ὅλον σου τὸ σῶμα· τὸ δὲ δεύτερον, κἂν τὴν κεφα-

lacrimis aditum obftruxit, ut non, nifi poftquam ex in-
tervallo refpirare a dolore coepiffet, effluxerim.

V. At tum ego: Quis, inquam, daemon tam brevi me
gaudio fefellit? quis mihi Leucippen commonftravit, ut
novarum mihi calamitatum caufa effet? Quid, quod ne
oculos quidem meos, quibus unis eram felix, exfaturare
unquam videndo potui: aut fi videndi otium fuit, ipfe
tamen exfatiatus nunquam fui, meaque voluptas omnis
Infomnio fimilis effecta eft? O me miferum, quoties obii-
fti, mea Leucippe? Nunquamne mihi a fletu ceffandum
erit? Minime, opinor. Ut enim video, alia alii mors in
dies fuccedit. Verum aliis antehac mortibus fortuna mecum lufit: haec autem ludus nequaquam eft. Ceterum
quo nunc pacto, Leucippe, mihi erepta fuifti? Antea quidem falfis ex illis mortibus aliquantum mihi folatii relictum fuit: primum enim cadaver tuum integrum, dein

1 Κατεσίγασι) Melius κατεσί-
γασαν a κατασιγάζω, id eft, ob-
mutuifcerunt. Sic reperi & correctum in Anglicano, quafi ex
alterius Codicis fcriptura meliore. Κατασιγάζιν eft *filentium facere*; κατεσιγᾶν, *filere*.

λην δοκῶν, μὴ ἔχων [1], εἰς τὴν ταφήν· νῦν δὲ τέθνηκας
θάνατον ἀπλοῦν, ψυχῆς καὶ σώματος. δύο ἐξέζυγις
λῃστήρια, τὸ δὲ τῆς Μελίττης πιθανώτερά σι σωματή-
ριον. ὁ δὲ ἀνόσιος καὶ ἀσεβὴς ἐγὼ, τὴν ἀνδροφόνον σου
κατεφίλησα πολλάκις, καὶ συνεπλάκην μεμιασμέ-
νας συμπλοκὰς, καὶ τὴν Ἀφροδίτης χάριν αὐτῇ παρέσχον πρὸ σοῦ.

στ'. Μεταξὺ δέ μου θρηνοῦντος, Κλεινίας εἰσέρχεται, καὶ καταλέγω τὸ πᾶν αὐτῷ, καὶ ὅτι μοι δέδο-
κται πάντως ἀποθανεῖν. ὁ δὲ παρεμυθεῖτο. Τίς γὰρ εἰ-

capite ablato sepulturae dandum recepi: nunc vero dupli-
cem, animi scilicet atque corporis, mortem subisti. Nam
quid duo latronum receptacula effugisse profuit, si Melites iste receptus te mihi erepturus erat? Quid, quod sce-
leratus & improbus ipse necis tuae auctorem pluries osculatus sum, detestabili amplexu Iovi, Veneris fructum
prius illi, quam tibi, impertitus?

VI. Haec dum mecum solus quererer, Clinia se ad me
contulit: quem tota de re certiorem feci, mihique omnino mori decretum esse affirmavi. Tum ille: Bono, in-

---

1 Τὴν κεφαλὴν δοκῶν, μὴ ἔχων) Legebatur in editione, τὸ δὲ ἕτερον καὶ τὴν κεφαλὴν δοκῶν μὴ
ἔχων εἰς τὴν ταφόν. Mendosa
omnino scriptura. Quae ex parte emendata est ex libris, resti-
tuendo μὴ ἔχων. Sed ne sic quidem locus sanatus est. Non enim
sibi visus est in secunda falsa
nece Leucippes caput eius habere, cum non haberet. Immo
plane non habuit caput, sed solum truncum. At in prima eius
caede, cum mactata est, aut visa
est mactari a bucolis, totum corpus in potestate sua habuit. Sic
igitur lege: ὁ μὲν γὰρ τοῖς ψυχῆς θανάτοις ἑκάστοτε παρεχομέναι
εἶχον ἐμαυτόν, τὸ μὲν πρῶτον ἅλις
σου τὸ σῶμα, τὸ δὲ δεύτερον, μᾶλλον τὴν
κεφαλὴν δοκῶν μ' ἔχων, εἰς ταφόν.
Quae sic vertenda: (non enim
recte interpres:) Nam in illis
quidem falsis mortibus tuis, sola-
tium habebam exiguum, in prima
quidem totum tuum corpus, sed &
in secunda, quamvis caput habere
non viderem, sepulturae mandandum.
Solatio mihi erat, inquit, in prima tui mactatione, totum corpus
ad sepulturam mihi relictum; in
secunda, vel sine capite, quamvis mihi viderer, truncum solum
sine capite habere. Dixit, καὶ μὴ
δοκεῖν, quia & illa secunda ucci-
sio, ut prima, imaginaria fuit,
ac falsa.

δυ, εἰ ζῇ πάλιν; μὴ γὰρ οὐ πολλάκις τέθνη-
μὴ γὰρ οὐ πολλάκις ἀνεβίω; τί δὲ προπετῶς ἀπο-
θνήσκεις; ὃ καὶ κατὰ σχολὴν ἔξεστιν, ὅταν μάθῃς σαφῶς τὸν θάνατον αὐτῆς. Ληρεῖς. τούτου γὰρ ἀσφαλέστερον ὅπως ἂν μάθοις; δοκῶ δὲ εὑρηκέναι τοῦ θανάτου καλλίστην ὁδόν, δι᾽ ἧς οὐδὲ ἡ θεοῖς ἐχθρὰ Μελίττη παντάπασιν ἀξίως ἀπαλλάξεται. ἄκουσον δὲ
τὸν τρόπον. παρεσκευασάμην, ὡς οἶσθα, πρὸς τὴν
ἀπολογίαν τῆς μοιχείας, εἰ κληρωθείη τὸ δικαστήριον.
καὶ νῦν δέ μοι δίδοκται πᾶν τοὐναντίον, καὶ τὴν μοιχείαν ὁμολογῶ, καὶ ὡς ἀλλήλων ἐρῶντες ἐγώ τε καὶ
ἡ Μελίττη κοινῇ τὴν Λευκίππην ἀπηρήκαμεν. οὕτω γὰρ
κακείνη δίκην δώσει, κἀγὼ τὸν ἐπάρατον βίον κατα-
λίποιμι. Εὐφήμησον, ὁ Κλεινίας ἔφη. καὶ τολμήσεις οὕτως ἐπὶ τοῖς αἰσχίστοις ἀποθανῶν, νομιζόμε-

quit, animo esto; quis scir, an non denuo revivisca?
Nonne aliquoties iam mortua est, semperque revixit?
quid temere te enecas? Id profecto tibi per otium licebit, cum vere illam obiisse comperis. Nugaris, inquam
tum ego. Nam qui tibi exploratius id esse possit? Morti
vero quam optimam sane viam nactum esse me arbitror,
atque eiusmodi quidem, ut nec Diis invisa Melite impune omnino abitura sit. Decreveram, ut scis, siquidem
ita sors ferret, obiectum adulterii crimen in iudicio diluere: sed diversam penitus rationem inire mihi nunc in animo est; culpam videlicet agnoscere, meque atque Meliten, tanquam mutuo amore flagrantes, ad Leucippen e
medio tollendam mercede conductum hominem adhibuis-
se, confiteri: sic illa meritas poenas dederit, ego invisam
vitam reliquero. Dii meliora! inquit tum Clinia. An tu
igitur tam turpem ob causam, patratam scilicet, ac iuac

νος Φονεὺς, καὶ ταῦτα Λευκίππης; Οὐδὲν, εἶπον,
αἰσχρὸν, ὃ λυπεῖ τὸν ἐχθρόν. καὶ ἡμεῖς ἐν τούτοις ἦμεν.
Τὸν δὲ ἄνθρωπον ἐκεῖνον τὸν μηνυτὴν τοῦ ψευδοῦς Φόνου, μετὰ μικρὸν ἀπολύει τῶν δεσμῶν [1], Φάσκων,
τὸν ἄρχοντα κελεῦσαι κομίζειν αὐτὸν, δώσοντα λόγον,
ὧν αἰτίαν ἔσχεν. ἐμὲ δὲ παρηγόρει Κλεινίας καὶ ὁ Σάτυρος, εἴ πως δύναιντο πεῖσαι, μηδὲν, ὧν διενοήθην, εἰς
τὴν δίκην εἰπεῖν· ἀλλ᾽ ἐπέραινον οὐδέν. Ἐκείνην μὲν οὖν
τὴν ἡμέραν καταγωγήν τινα μισθωσάμενοι, κατῳκή-
σαντο, ὡς ἂν μηκέτι παρὰ τῷ τῆς Μελίτης υἱῷ
συντρόφω.

ζ'. Τῇ δ᾽ ὑστεραίᾳ ἀπηγόμην ἐπὶ τὸ δικαστήριον.
παρασκευὴ δὲ πολλὴ ἦν τοῦ Θερσάνδρου κατ᾽ ἐμοῦ.
καὶ πλῆθες ῥητόρων οὐχ ἧττον δέκα, καὶ τῆς Μελίττης σπουδῇ, πρὸς τὴν ἀπολογίαν παρεσκεύαστο. ἐπεὶ

praesertim Leucippes, necem, mori audebis? Tum ego
Nihil, inquam, turpe est, quod inimico detrimentum afferat, & nos in hoc sumus. Ceterum haud ita multo post
hominem illum falsae caedis nuntium e vinculis quidam
exemit; Archontem iussisse, inquiens, ipsum adduci, ut
eorum, quae ei obiiciebantur, rationem redderet. Interea
me Clinia Satyrusque consolabantur, suadebantque, ut
ne quidquam in iudicio, sicuti decreveram, fatear: sed
frustra. Porro illi eo ipso, quo haec acta sunt, die, domunculam conduxerant, in eamque, ne apud Melites,
quem dixi, collectaneum, deprehenderentur, migraverant.

VII. Postridie ad forum ductus sum, ibique magno contra me apparatu adfuit Thersander, advocatosque non sane pauciores, quam decem, adduxerat. Nequa vero pro
sui defensione Melite minus sollicita erat. Posteaquam igi-

---

1 Ἀπολύει τῶν δεσμῶν) Legen-   δεσμῶν, inserto τις, quod & agno-
dum procul dubio: ἀπολύει τις τῶν   scit interpres.

Achill. Tat.   T

δὲ ἐπαύσαντο λέγοντες, αἰτήσας κἀγὼ λόγου, Ἀλλ'
οὗτοι μὲν, ἔφην, ληροῦσι πάντες, καὶ οἱ Θερσάνδρῳ
καὶ οἱ Μελίττῃ συνειπόντες· ἐγὼ δὲ πᾶσαν ὑμῖν ἐρῶ
τὴν ἀλήθειαν. Ἦν ἐρωμένη μοι πάλαι Βυζαντία μὲν
γένος, Λευκίππη δὲ τοὔνομα. ταύτην τεθνάναι δοκῶν·
ἥρπαστο γὰρ ὑπὸ λῃστῶν ἐν Αἰγύπτῳ· Μελίττῃ περι-
τυγχάνω, κἀκείθεν ἀλλήλοις συνόντες, ἥκομεν ἐνταῦθα
κοινῇ, καὶ τὴν Λευκίππην εὑρίσκομεν Σωσθένει δου-
λεύουσαν, διοικητῇ τινι τῶν Θερσάνδρου χωρίων. ὅπως
δὲ τὴν ἐλευθέραν ὁ Σωσθένης εἶχε δούλην, ἢ τίς ἡ
κοινωνία τοῖς λῃσταῖς πρὸς αὐτὸν, ὑμῖν καταλείπω
σκοπεῖν. Ἐπεὶ τοίνυν ἔμαθεν ἡ Μελίττη τὴν προτέραν
εὑρόντά με γυναῖκα, φοβηθεῖσα μὴ πρὸς αὐτὴν ἀπο-
κλίναιμι τὸν νοῦν, συμβουλεύεται τὴν ἄνθρωπον ἀνελεῖν. καί μοι συνεδόκει· τί γὰρ οὐ δεῖ τἀληθῆ λέγειν;

tur illi sermoni suo finem impofuerunt, peremtique mihi
dicendi poteſtas facta eſt : Hi quidem omnes, inquam ego,
qui & pro Therſandro, & pro Melite cauſam dixerunt,
non niſi meras nugas in medium protulerunt : a me vero
vos rem omnem, ut ſe habet, fideliter & diligenter ex-
poni audietis. Erat mihi olim amica, genere Byzantia, Leucippe nomine : quam deceſſiſſe ratus, in Aegypto enim
rapta mihi a piratis fuit, in Meliten incidi : quacum ini-
ta conſuetudine, huc una profectus fum, Leucippenque
Soſtheni cuidam, agrorum Therſandri procuratori, ſervien-
tem comperi. Sed quomodo liberam mulierem Soſthenes
in ſervitutem receperit, quaeve illi cum piratis neceſſitudo
intercedat, conſiderandum vobis relinquo. Melite poſteaquam priorem amicam reperiſſe me cognovit, verita, ne
ad illam rurſus animum applicarem, eius perdendae con-
ſilium init ; quod mihi quoque comprobatum eſt : quid
enim verum negare oportet ? Cumque me haec rerum

ἐπὶ τῶν αὐτῆς με κύριον ἀποφαίνειν ὑπισχνεῖτο. Μι-
σθοῦμαι ἵνα δή τινα πρὸς τὰ Θᾶτον. ἑκατὸν δ' ὁ μισθὸς ἦν τοῦ φόνου χρυσοῖ· καὶ ὁ μὲν δὴ τὸ ἔργον δρά-
σας, οἴχεται, κἂκ τότε [1] γίγονεν ἀφανής. ἐμὲ δὲ ὁ
ἔρως εὐθὺς ἠμύνατο· ὡς γὰρ ἔμαθον ἀνῃρημένην, μετε-
νόουν, καὶ ἔκλαιον, καὶ ἤρων, καὶ νῦν ἐρῶ. διὰ τοῦτο
ἐμαυτοῦ κατεῖπον, ἵνα με πέμψητε πρὸς τὴν ἐρωμένην. οὐ γὰρ φέρω νῦν ζῆν, καὶ μιαιφόνος γενόμενος,
καὶ φιλῶν, ἣν ἀπέκτεινα.

η΄. Ταῦτα εἰπόντος ἐμοῦ, πάντας ἔκπληξις κατέσχεν, ἐπὶ τῷ παραλόγῳ τοῦ πράγματος, μάλιστα
δὲ τὴν Μελίτην. καὶ οἱ μὲν τοῦ Θερσάνδρου ῥήτορες
μεθ' ἡδονῆς ἀνεβόησαν ἐπαίνιον· οἱ δὲ τῆς Μελίτης
ἀνεπυνθάνοντο, τί ταῦτ' εἴη τὰ λεχθέντα; ἡ δὲ, τὰ

omnium suarum dominum constituere pollicita esset, hominem ad illam necandam conduxi, nummos aureos centum pollicens. Atque ita quidem sicarius re confecta solum vertit, nec ex eo tempore usquam gentium amplius
est conspectus. Me vero amor statim ultus est: nam puellae caede cognita, maleficii conscientia stimulatus, ex illo
flere nunquam desii, sed eius desiderio aestuans, peremtam nunc quoque amo: neque aliam ullam ob causam
memet sponte accuso, quam ut meam ad amicam me mit-
tatis, quandoquidem in praesentia & parricida, & eius,
quam perdidi, amore flagrans, vivere amplius non sustineo.

VIII. Haec cum a me dicerentur, inexspectato rei exi-
tu omnes, inprimisque Melite, obstupuerunt. Qui Thersandro advocati erant, summa cum voluptate acclamave-
runt: Melites autem patroni, cuiusmodi essent, quae dixe-
ram, ex ea ipsa quaerebant. At illa vehementer pertur-

μὲν ἐθορυβεῖτο, τὰ δὲ ἠρνεῖτο, τὰ δὲ διηγεῖτο, σπουδῇ
μάλα καὶ οὐ σαφῶς, τὴν μὲν Λευκίππην εἰδέναι λέγουσα, καὶ ὅσα ἴσεν, ἀλλὰ τόν γε φόνον οὐκ ὥστε
κἀκείνας, διὰ τὸ τὰ πλείω μοι συνᾴδειν, ὑπόνοιαν
ἔχειν κατὰ τῆς Μελίττης, καὶ ἀπορῶ ὅτῳ χρήσαιντο
λόγῳ πρὸς τὴν ἀπολογίαν.

θ'. Ἐν τούτῳ δὲ ὁ Κλεινίας, θορύβου πολλοῦ κατὰ τὸ δικαστήριον ὄντος, ἀπελθών· Καί μοί τινα λόγον
εἰπεῖν συγχωρήσατε· περὶ γὰρ ψυχῆς ἀνδρὸς ὁ ἀγών.
Ὡς δὲ ἔλαβεν, δακρύων γεμισθείς· Ἄνδρες, εἶπεν,
Ἐφέσιοι, μὴ προπετῶς καταγνῶτε θάνατον ἀνδρὸς
ἐπιθυμοῦντος ἀποθανεῖν, ὅπερ φύσει τῶν ἀτυχούντων
ἐστι φάρμακον. κατέψευσται γὰρ ἑαυτοῦ τὴν τῶν
ἀδικούντων αἰτίαν, ἵνα πάθῃ τὴν τῶν δυστυχούντων τιμωρίαν. ἃ δὲ ἠτύχησεν, διὰ βραχέων ἰῶ. Ἐρωμένην

bara, alia quidem scire se negavit, alia vero de industria
subobscure admodum confessa est. Quamquam, quae de
Leucippe narraveram, omnia, morte excepta, vere a me
dicta fuisse affirmavit. Quamobrem cum orationi meae
pleraque convenirent, eis ipsis Melite in suspicionem venit, ut, quibus ad eam defendendam verbis uterentur,
incerti essent.

IX. At Clinia, cum magnus in foro clamor exortus
fuisset, in medium progressus: Potestatem mihi quoque,
inquit, pauca quaedam dicendi facite. Capitis enim iudicium constitutum est. Quod cum impetrasset, collacri-
mans: Viri, inquit, Ephesii, moriendi cupidum adolescentem morti temere damnare nolite; quae una est infelicibus viris malorum allevatio. Improborum enim hominum
crimen in se transtulit, ut poenam sustinens infelicitatis
suae perfugium aliquod habere posset. Cuiusmodi autem
illius infelicitas fuerit, quam brevissime potero, paucis

εἶχεν, ὡς εἶπον· τοῦτο γὰρ οὐκ ἐψεύσατο· καὶ ὅτι λῃσταὶ ταύτην ἥρπασαν, καὶ τὰ περὶ Σωσθένους, καὶ
πάνθ' ὅσα πρὸ τοῦ φόνου διηγήσατο, πέπρακται τὸν
τρόπον τοῦτον. αὕτη γέγονεν ἐξαίφνης ἀφανής, οὐκ οἶδα πῶς, οὔτ' εἴ τις ἀπέκτεινεν αὐτήν, οὔτ' εἰ καὶ ζῇ
κλαπεῖσα. πλὴν ἓν ταῦτ' οἶδα μόνον, τὸν Σωσθένην
αὐτῆς ἐρῶντα, καὶ αἰκισάμενον βασάνοις πολλαῖς,
ἐφ' οἷς οὐκ ἐπύγχανεν, καὶ φίλους ἔχοντα λῃστάς.
Οὗτος οὖν ἀνῃρῆσθαι δοκῶν τὴν γυναῖκα, ζῆν οὐκ ἔτι
θέλει. καὶ διὰ τοῦτο ἑαυτοῦ φόνον κατεψεύσατο. ὅτι
μὲν γὰρ ἐπιθυμεῖ θανάτου, καὶ αὐτὸς ὡμολόγησεν,
καὶ ὅτι διὰ λύπην τὴν ἐπὶ γυναικί. σκοπεῖτε δὲ εἴ τις
ἀπεκτείνας τινὰ ἀληθῶς, ἐπαποθανεῖν αὐτῷ θέλει,
καὶ ζῆν δι' ὀδύνην οὐ φέρει. τίς οὕτω φιλόστοργος φο

eratem. Amicam adolescens is, uti dixit, habuit. Neque enim id, nec quae de piratis ac Sosthene recensuit,
meminus est. Nam quaecunque sibi ante illius caedem evenisse narravit, revera, sicuti ab eo audivistis, gesta fuere. Haec e mortalium conspectu dudum, atque improviso quidem, subtracta est. Quo vero id pacto factum fuerit, aut interfuctane sit, an rapta vivat adhuc, mihi nondum satis liquet: illud unum didici, a Sosthene amatam
illam, multisque modis excruciatam, quibus tamen nihil
profecit, quamvis latrones sibi familiares habuerit. Is igitur puellam decessisse ratus, vivere amplius velle negat:
seque idcirco caedis reum ementitur. Sibi autem in animo
esse e vita emigrare, ipsemet fassus est: ac potissimum ob
moerorem ex mulieris amissione conceptum. Vos vero
etiam atque etiam cogitare, num verisimile vobis videatur, eum, qui vere alium interfecerit, una cum eo ipso,
quem interemit, mori velle? aut num aliquis reperiatur
tam familiariter inimicitias exercens, ut necari a se viri
misericordia motus, e vita decedere aveat? Quodnam

νεώς; ἢ ποῖον μῖσός ἐστιν οὕτω φιλούμενον; μὴ πρὸς
θεῶν. μὴ πιστεύσητε, μηδὲ ἀποκτείνητε ἄνθρωπον,
ἐλέου μᾶλλον ἢ τιμωρίας δεόμενον. εἰ δὲ αὐτὸς ἐπιβού-
λευσιν, ὡς λέγει, τὸν φόνον· εἰπάτω τίς ἐστιν ὁ μι-
σθωμένος· δειξάτω τὴν ἀνῃρημένην. εἰ δὲ μήθ' ὁ ἀπο-
κτείνας ἐστιν, μήθ' ἡ ἀνῃρημένη· τίς ἤκουσεν τοιοῦτον
φόνον ποτέ; Ἥρων, φῆς, Μελίττης· διὰ τοῦτο Λευκίππην ἀπέκτεινα. Πῶς οὖν Μελίττης φόνον κατηγο-
ρεῖ, ἧς ἤρα; διὰ Λευκίππην δὲ ἀποθανεῖν ἐθέλει νῦν,
ἣν ἀπέκτεινεν· οὕτω γὰρ ἄν τις καὶ μισοῖ τὸ φιλούμενον. καὶ φιλεῖ τὸ μισούμενον; Ἆρ' οὖν οὐ πολὺ μᾶλλον
ἂν καὶ ἐλεγχόμενος ἠρνήσατο τὸν φόνον; ἵνα καὶ σώσῃ
τὴν ἐρωμένην. καὶ ὑπὲρ τῆς ἐρωμένης μὴ μάτην ἀποθάνῃ; διὰ τί οὖν Μελίττης κατηγόρησεν, εἰ μηδὲν αὐτῇ

odium, quaeso, tam amicum? Ne per Deos, ne credite:
neve hominem misericordia potius, quam supplicio dignum, perdite. Quod si, uti dixit, caedis auctor ipse fuit,
agitedum, mercenarium istum homicidam in medium pro-
ferat, occisae puellae cadaver indicet. Sin vero neque interfectorem nominat, neque interemtum commonstrat,
quid est, quamobrem caedem hanc quispiam appellet?
Amabam, inquit, Meliten, idcirco Leucippen sustuli. At
cur eius, quam quantopere amat, nomen deferat? Cur Leucippes, quam morte affici mandavit, causa mori cupit?
Quid? an putatis, aliquem ita sibi ipsi parum constantem,
ut, quod amat, oderit: & contra, quod oderit, amet?
An non potius credendum est, amantem hominem, tametsi convictum, crimen tamen, ut amicam servet, per-
negaturum, ne illius amissae dolore discruciatus, ipse quoque frustra vitam amittat? Sed & considerandum illud est,
quam ob causam Meliten accusaverit, si nihil ab ea tale

τοιοῦτο πέπρακται; Ἐγὼ καὶ τοῦτο πρὸς ὑμᾶς ἰῷῶ,
καὶ πρὸς τῶν θεῶν, μή με νομίσητε διαβάλλειν θέ-
λοντα τὴν γυναῖκα προσποιήσασθαι τὸν λόγον [1], ἀλλ'
ὡς τὸ πᾶν ἐγένετο. Μελίττῃ μὲν ἐπεπόνθει πρὸς τοῦτον ἐρωτικὸν, καὶ περὶ τοῦ γάμου διείλεκτο, πρὶν ὁ
θαλάσσιος οὗτος ἀνεβίω νεκρός. ὁ δὲ οὐκ εἶχεν οὕτως,
ἀλλὰ καὶ πάνυ ἐρρωμένως τὸν γάμον ἀπεκρούετο,
καὶ τούτῳ [2] τὴν ἐρωμένην εὑρὼν, ὡς ἔφη, παρὰ τῷ Σωσθένει ζῶσαν, ἣν ᾤετο νεκρὰν, πολὺ μᾶλλον πρὸς τὴν
Μελίττην εἶχεν ἀλλοτριώτερον. ἡ δὲ πρὶν μαθεῖν ἐρωμένην οὖσαν αὐτῷ τὴν παρὰ τῷ Σωσθένει, ταύτην ἐλέη-
σίν τε καὶ λύσιν τῶν δεσμῶν, οἷς ἦν ὑπὸ τοῦ Σωσθένους δεδεμένη· καὶ εἰς τὴν οἰκίαν τε εἰσεδέξατο, καὶ τὰ

patratum fuit? Ego vero iterum atque iterum a vobis peto, obsecroque, ut ne me huiusmodi oratione uti existi-
metis, quo mulierem hanc in invidiam rapiam, sed qui
rem ipsam ordine recenseam. Melite adolescentis huiusce
amore flagrabat: de nuptiisque, antequam marinus iste vir
revixisset, habitus fuerat sermo. Hic vero non modo impotenti mulieris amori non respondebat, sed etiam a nuptiis quam longissime abhorrebat. Quin etiam amica,
quam luce privatam, uti dixit, credebat, viva apud Sosthenem reperta, multo magis etiam Meliten' aversatus est.
Quae cum puellam apud Sosthenem inventam huius amicam esse nondum sciret, illius vicem miserata, e vinculis,
quibus a Sosthene constricta fuerat, solvi iussit, hospitio

---

1 Προσποιήσασθαι τὸν λόγον)
Hanc sermonem fingere. Melius
legatur, quod in aliis invenio,
προσποιήσασθαι τὸν λόγον, *hac oratione uti.* Et sic legit interpres.
Salmas. Sed & προσποιήσασθαι
hic recte habet, uti e contextu
patet, & recte h. l. verti poterat: *hac oratione uti.* Mox post

ἐρωτικὸν excidisse puto τι.

2 Καὶ τούτῳ) Ita libri. Editio
vulgaris habebat καὶ τοῦτο. Lege
καὶ ἐν τούτῳ. Vel κὰν τούτῳ. Es
*interim, & dum haec agentur, ami-
cam suam reperit, quam putabat
mortuam.* Infra p. 299: ἐν τούτῳ
δὴ ὁ Θέρσανδρος.

ἀλλ' ὡς πρὸς ἐλευθέραν δυστυχήσασαν ἐφιλοτιμήσα-
το. ἐπειδὴ δὲ ἔμαθεν, ἐπέμψεν εἰς τοὺς ἀγροὺς διακο-
μισαμένην αὐτῇ. καὶ μετὰ ταῦτά φησιν ἀθέατον γεγονέναι. Καὶ ὅτι ταῦτα οὐ ψεύδομαι, ἡ Μελίττη συν-
ομολογήσει, καὶ θεράπαιναι δύο, μεθ' ὧν αὐτὴν ἐπὶ
τοὺς ἀγροὺς ἐξέπεμψεν. Ἐν μὲν δὴ πρὸς ὑπόνοιαν
ἤγαγεν τοῦτον, μὴ ἄρα φονεύσασα εἴη τὴν Λευκίππην αὐτὴ διὰ ζηλοτυπίαν. ἕτερον δέ τι αὐτῷ πρὸς τὴν
τῆς ὑπονοίας βεβαίωσιν ἐν τῷ δεσμωτηρίῳ συμβὰν,
καὶ καθ' αὐτοῦ καὶ κατὰ τῆς Μελίττης ἐξηγρίανεν.
τῶν δεσμωτῶν τις ὀδυρόμενος ἑαυτοῦ τὴν συμφοράν,
ἔλεγεν ὁδῷ τινι κεκοινωνηκέναι κατὰ ἄγνοιαν ἀνδρὶ φο-
νεῖ· διδραπέναι δὲ ἐκεῖνον γυναικὸς φόνον ἐπὶ μισθῷ
καὶ τὸ ὄνομα ἔλεγεν· Μελίττην μὲν εἶναι τὴν μισθω-
σαμένην, Λευκίππην δὲ τὴν ἀνῃρημένην. Εἰ δὲ ταῦτα

accepit, & tanquam liberam in calamitate alioqui consti-
tutam in honore habuit: demum re cognita rus misit, ut
in agrorum curam incumberet: post quae nullo amplius
in loco visam fuisse aiunt. Haec omnia vera esse, Melite
ipsa, & ancillae duae, quibuscum illa rus missa fuit, te-
stabuntur. Sed illud hominem in suspicionem adduxit: veritus enim est, ne obtrectationis furore devicta mulier,
Leucippen de medio tolli iusserit. Deinde aliud quiddam
sibi, dum in carcere esset, eveniens suspicionem adauxit;
hominemque & contra semet ipsum, & contra Meliten ir-
ritavit. Quidam enim ex iis, qui in custodiam dati fuerant, suam per sese vicem dolens, narravit, se inter eun-
dum in sicarium nescio quem incidisse, qui pretio accepto
puellam necasse fassus est, & quae caedem mandaverat,
Meliten, quae necata fuerat, Leucippen nominari dixit,
Quod postremum an ita se habeat, equidem nondum ha-

γέγονεν οὕτως, ἐγὼ μὲν οὐκ οἶδα, μᾶλλον δὲ ὑμᾶς
εἴσεται. ἔχετε τὸν δεδεμένον, εἰσὶν αἱ θεράπαιναι,
ἐστιν ὁ Σωσθένης. ὁ μὲν ἐρεῖ, πόθεν ἔσχεν τὴν Λευκίππην δούλην· αἱ δὲ πῶς γέγονεν ἀφανής· ὁ δὲ περὶ
τοῦ μισθωτοῦ κατηγορήσει. πρὶν δὲ μάθητε τούτων
ἕκαστα, οὔτε ὅσιον, οὔτε εὐσεβὲς, νεανίσκον ἄθλιον
ἀνελεῖν, πιστεύσαντας μανίας λόγοις· μαίνεται γὰρ
ὑπὸ λύπης.

ί. Ταῦτα εἰπόντος τοῦ Κλεινίου, τοῖς μὲν πολλοῖς
ἐδόκει πιθανὸς ὁ λόγος· οἱ δὲ τοῦ Θερσάνδρου ῥήτορες,
καὶ ὅσοι τῶν φίλων συμπαρῆσαν, ἐπεβόων ἀνελεῖν
τὸν ἀνδροφόνον, τὸν αὐτοῦ κατειπόντα θεοῦ προνοίᾳ.
Μελίττη τὰς θεραπαινίδας ἤγαγεν. καὶ Θέρσανδρον
ἠξίουν διδόναι Σωσθένην· τάχα γὰρ ἂν αὐτὸν εἶναι τὸν

beo compertum: sed illud vos inquirere par est. Nam
non admodum difficile factu erit, cum praesertim eum
habeatis, qui de mercenario interfectore mentionem in
carcere fecit: quem ea de re interrogandum censeo. Adsit
praeterea Sosthenes, adsint ancillae: quorum ex altero
quaeri ius est, unde sibi Leucippe in servitutem data sit;
ex alteris, quomodo e mortalium conspectu sit erepta.
Prius vero quam harum rerum omnium investigatio a vobis facta sit, neque ius, neque fas est, lucis huius usu-
ram misero adolescenti eripere, insanis eius dictis fidem
adhibentes: moeror enim hominem ad insaniam compulit.

X. Quae cum dixisset Clinias, multi verbis eius fidem
habendam duxerunt. Thersandri vero advocati eiusque
amicorum turba adstans conclamabant, tollendum esse e
medio homicidam, se ipsum, quod divina factum sit pro-
videntia, criminis reum profitentem. Melite ancillas protulit, ac Sosthenem, qui forte Leucippen interfecerat, a

Λευκίππην ἀπηρηκότα· καὶ οἱ συναγορεύοντες αὐτῇ ταῦτα μάλιστα προεφέροντο πρόκλησιν. Ὁ δὲ Θέρσανδρος
δεβηθεὶς, λάθρα τινὰ τῶν προστατῶν εἰς τὸν ἀγρὸν
ἀποστέλλει πρὸς τὸν Σωσθένην, κελεύσας τὴν ταχίστην ἀφανῆ γεγονῆσθαι, πρὶν τοὺς ὑπ' αὐτὸν πεμ-
φθέντας ἥκειν. ὃς δὴ ἐπιβὰς ἵππῳ σπουδῇ μάλα πρὸς
αὐτὸν ἔρχεται, καὶ τὸν κίνδυνον λέγει, ὡς, εἰ ληφθείη
παρὼν, εἰς βασάνους ἀπαχθήσεται. Ὁ δὲ ἔτυχε μὲν
ἐν τῷ τῆς Λευκίππης δωματίῳ παρὼν, καταπᾴδων
αὐτῇ· κληθεὶς δὲ ὑπὸ τοῦ παρόντος σὺν βοῇ καὶ ταρα-
χῇ πολλῇ, προέρχεται, καὶ ἀκούσας τὰ ὄντα, μεστὸς
γενόμενος δέους, καὶ ἤδη νομίζων τοὺς δημίους ἐπ' αὐτὸν παρεῖναι, ἐπιβὰς ἵππου σπουδῇ μάλα ἐξελαύνει
ἐπὶ Σμύρνης. Ὁ δὲ ἄγγελος πρὸς τὸν Θέρσανδρον ἀναστρέφει. Ἀληθὲς δέ ἐστιν ὡς ἔοικεν ὁ λόγος, ὅτι μνήμην
ἐκπλήσσειν πέφυκε φόβος. ἅγ' οὖν Σωσθένης περὶ

Thersandro produci petiit: eam enim conditionem, qui
Melites causam agebant, tulerant. Veritus autem Thersander, ne res in apertum proferretur, quendam e suis
rus ad Sosthenem ire clam imperavit, iussum, ut quamprimum aliquo profugeret, antequam, qui ad eum comprehendendum mittendi erant, illo se contulissent. Ille viam
equo ingressus quam ocissime periculum nuntiat, quae-
stionemque de eo, si se comprehendi sinat, habitum iri
affirmat. Erat tum forte Sosthenes apud Leucippen, ut
exulceratum eius animum deliniret. Multo itaque cum
clamore ac strepitu vocatus exivit: reque cognita pavoris plenus, atque apparitores adesse iam putans, equo
accepto, Smyrnam statim contendit. Nuntius ad Thersandrum revertitur. Verissimum autem, ut mihi quidem videtur, illud est, pavore memoriam obrui solere. Nam

ἑαυτοῦ φοβηθεὶς, ἅπαξ ἁπάντων ἐξελάθετο τῶν ἐν πο-
σὶν ὑπ' ἐκπλήξεως, ὡς μηδὲ τοῦ τῆς Λευκίππης δωματίου κλεῖσαι τὰς θύρας. μάλιστα γὰρ τὸ τῶν δού-
λων γένος, ἐν οἷς ἂν φοβηθῇ, σφόδρα δῆλόν ἐστιν.

ια'. Ἐν τούτῳ δὲ ὁ Θέρσανδρος πρώτης προκλήσεως
ἀπὸ τῆς Μελίττης οὕτω γενομένης παρελθὼν, Ἱκανὸς
μὲν οὗτος, εἶπεν, ὅστις ποτέ ἐστι, κατελήρησε μυθο-
λογῶν. ἐγὼ δὲ ὑμῶν τεθαύμακα τῆς ἀναλγησίας, εἰ
φονέα ἐπ' αὐτοφώρῳ λαβόντες, μεῖζον γὰρ τῆς Σω-
ρᾶς, τὸ αὐτὸν αὑτοῦ κατειπεῖν, οὐ δὴ κελεύετε τῷ δη-
μίῳ· καθέζεσθε δὲ γόητος ἀκούοντες, πιθανῶς μὲν
ὑποκρινομένου, πιθανῶς δὲ δακρύοντος. ὃν νομίζω καὶ
αὐτὸν κοινωνὸν γινόμενον τοῦ φόνου, περὶ ἑαυτοῦ φο-
βεῖσθαι· ὥστ' οὐκ οἶδα τί δεῖ βασάνων ἔτι, περὶ
πράγματος οὕτω σαφῶς ἐληλεγμένου. Δοκῶ δὲ καὶ

dum sibi Sosthenes metuit, eorum omnium, quae prae
manibus habebat, repente oblitus est, ut ne domunculae
quidem, in qua Leucippe custodiebatur, fores occluserit:
nimirum quia servorum genus, ubi periculi aliquid im-
mineat, quam timidissimum est.

XI. Interea Thersander, primam a Melites patronis conditionem silentio involvens, Abunde quidem, inquit, iste,
quicunque tandem sit, nugatus est: ego vero stupidita-
tem vestram non potui non mirari, qui, cum sicarium
in manifesto scelere deprehensum teneatis, tametsi maius
est, se ipsum accusare, quam deprehendi, non tandem
lictori eum tradatis, sed praestigiatori huic, atque ad com-
miniscendum atque ad lugendum facto, aures sedendo prae-
beatis: quem utpote caedis participem sibi ipsi quoque
timere arbitror. Quare autem quaestionibus opus sit, in
re praesertim tam aperta, non video. Sed & illud ut cre-

ἄλλα τινὰ φόνον ἐργάσασθαι. ὁ γὰρ Σωσθένης αὐ-
τος, ὃν αἰτοῦσι, παρ' ἐμοῦ τρίτην ταύτην ἡμέραν γίγονεν ἀφανής. καὶ ἔστιν οὐ πόῤῥω τινὸς ὑπονοίας, μὴ
ἄρα τῆς τούτων ἐπιβουλῆς γέγονεν ἔργον· αὐτὸς γὰρ
ἐτύγχανεν ὁ τὴν μοιχείαν μοι κατειπών. ὥστε εἰκότως
ἂν ἀποκτεῖναί μοι δοκοῦσιν αὐτόν· καὶ ταῦτ' εἰδότες,
ὡς ἂν οὐκ ἔχοιμι παρασχεῖν τὸν ἄνθρωπον, πρόκλησιν
περὶ αὐτοῦ πεποίηνται πάνυ κακούργως. Εἴη μὲν οὖν
κἀκεῖνον σωθῆναι καὶ μὴ τεθνάναι. τί δέ, κἂν παρῆν [1],
ἔδει παρ' αὐτοῦ μαθεῖν; ἤ τινα κόρην ἐωνήσατο; τοι-
γοῦν ἐωνημένος ἔσται, καὶ εἰ ταύτην ἴσχιν Μελίττη.
λέγει καὶ τοῦτο δι' ἐμοῦ. Ἀπήλλακται μὲν δὴ Σωσθένης ταῦτα εἰπών, τοὐντεῦθεν δὲ ὁ λόγος μοι πρὸς

dam, adducor, aliam eum etiam caedem patrasse. Nam
Sosthenes is, quem tantopere efflagitant, iam triduum
apud me nusquam conspicitur. Neque admodum a vero ab-
horret, eorum consilio negotium confectum esse, proptere-
a quod uxoris probrum ab eo mihi renuntiatum fuerat.
Unde mihi etiam verisimilius fit, eos illum neci tradidisse;
scientesque, non habere me, qui hominem producam,
petitionem istam de eo sistendo perastute tulisse. Viveret vero utinam Sosthenes, mihique illum dare liceret. Sed hominem adesse fingamus; quidnam, obsecro, ex eo scisci-
tari oporteret? Puellamne aliquam emerit? Esto sane, emerit ille. Et si eam habuit Melite? Dicit & hoc per me.
Numquid aliud, si ille adesset, rogari deberet? Minime
hercule. Iis igitur confessis, absolutus quidem iam Sosthenes est. Verum hinc nunc iam ad Meliten Clitophontem-

1 Τί δέ, κἂν παρῆν) Hanc Salmasii a Codice Bavarico maxima
ex parte confirmatam lectionem
optimo Iure in textum intulisse
mihi videor. In vulgatis locus
ita se habebat: τίς μὲν οὖν κἀκεῖνον φανῆναι καὶ μὴ τεθνάναι, τὸ
δι, κἂν (καὶ edit. Commel.) παρῆν,
ἔδει παρ' αὐτοῦ μαθεῖν, ἤ τινα
κόρην ἐωνήσατο· τοὶ γὰρ οὖν ἐωνημένος ἔσται, ἀφ' εἰ ταύτην ἴσχεν
Μελίττη, λέγει καὶ ταῦτα δι' ἐμοῦ.
(edit. Commel. ἴσχεν, Μελίττη
λέγει, κ. τ. δι' ἐμοῦ.)

Μελίττην καὶ Κλειτοφῶντα. Τί μου τὴν δούλην λαβόντες πεφονεύκατε; δούλη γὰρ ἦν ἐμή, Σωσθένας
αὐτὴν ἐωνημένου. καὶ εἴπερ ἦν, καὶ μὴ πρὸς αὐτοῦ
ἐπεφόνευτο, πάντως ἂν ἐδούλευσεν ἐμοί. Τοῦτον δὲ τὸν
λόγον ὁ Θέρσανδρος πάνυ κακούργως παρενέβαλεν, ἵνα
κἂν ὕστερον ἡ Λευκίππη Σωσθῆ ζῶσα, πρὸς δουλείαν
αὐτὴν ἀγάγῃ. Εἶτα προσετίθη· Κλειτοφῶν μὲν οὖν
ὡμολόγησεν ἀνῃρηκέναι, καὶ ἔχει τὴν δίκην· Μελίττη
δὲ ἀρνεῖται. πρὸς ταύτην αἱ τῶν θεραπαινίδων εἰσὶ βά-
σανοι. ἂν γὰρ φανῶσι παρὰ ταύτης λαβοῦσαι τὴν
κόρην, εἶτ' οὐκ ἔτι πάλιν ἀγαγοῦσαι, τί γέγονεν; τί
δ' ἄλλως ἐξεπέμπετο; καὶ πρὸς τίνα; Ἆρ' οὐκ εὔδηλον
τὸ πρᾶγμα, ὡς συσκευασάμενοι μὲν ᾖσάν τινας ὡς
ἐπιπέμψαντας; αἱ δὲ θεράπαιναι τούτους μὲν, ὡς εἰκὸς,
οὐκ ᾔδεσαν, ἵνα μὴ μετὰ πλειόνων μαρτύρων γινόμενα τὸ ἔργον λάθοι ἔχῃ μείζονα. κατέλιπον δὲ αὐτὴν,

que mea convertatur oratio. Nam quid de mea mihi a vobis subtracta ancilla factum est? vere enim mea erat ancilla, empta per Sosthenem. Et si adhuc in vivis esset, nec
interfecta ab hoc, iure meritoque mihi esset servitura. Ad-
debat praeterea etiam illud: Clitophon quidem puellam se
interemisse fassus est, ac caedis reum se fecit; Melite vero
negat. Sed eam ancillarum indicia redarguere. Nam si eas
Leucippen a Melite accepisse, nec dum postea reddidisse,
constiterit, quid de illa factum credamus? Quid, inquit,
rogas? omnino emissa est. Verum, inquam, ad quem?
Neminem certe proferunt: tacent. An non igitur manife-
stum est, quosdam, qui ei mortem afferrent, ab ipsis
conductos? id quod clam ancillis factum fuisse credi par
est, ut ne vulgatum inter plures testes facinus maiore cum
eorum periculo facilius innotesceret. Nam eam quoque

ὕβα ἦν ὁ τῶν λῃστῶν λόχος λανθάνων, ὥστε εἰκός,
μηδὲ ἐκείνας τὸ γινόμενον ἑωρακέναι. Εἴρηται δὲ καὶ
περὶ δεσμώτου τινός, ὡς εἰπόντος περὶ τοῦ φόνου. καὶ
τίς ὁ δεσμώτης οὗτος, ὃς τὸν στρατηγὸν [1] μὲν οὐδὲν εἶπεν, τούτῳ δὲ μόνῳ τὰ ἀπόρρητα διαλέγεται τοῦ φόνου,
πλὴν εἰ μὴ κοινωνοῦντα αὐτὸν ἐγνώρισεν; οὐ παύσεσθε
φληναφῶν ἀρχόμενοι, κακῶν καὶ τηλικούτων ἔργων
τιθέμενοι παιδιάν; εἶτα χωρὶς θεοῦ τοῦτον αὐτοῦ
κατειπεῖν;

ιβ'. Ταῦτα λέγοντος τοῦ Θερσάνδρου, καὶ διομνυ-
μένου, περὶ τοῦ Σωσθένους οὐκ εἰδέναι, τί γέγονεν,
ἔδοξε τῷ προέδρῳ τῶν δικαστῶν· ἦν δὲ τοῦ βασιλικοῦ
γένους, καὶ τὰς μὲν φονικὰς ἐδίκαζε δίκας, κατὰ δὲ
τὸν νόμον συμβούλους ἐκ τῶν γεραιτέρων εἶχεν, οὓς

reliquerunt, ubi latronum multitudo delitescebat: ut verisimile sit, quid isti molirentur, eas minime vidisse. Atqui de
quodam etiam in custodiam dato, & a quo caedis huiusce
mentio facta fuerit, nescio quid commentus est. Sed quisnam hic est, qui praefecto quidem verbum nullum, isti
vero caedis arcana omnia, nisi se eum, de quo audiveram,
cognovisse negavit, palam fecit? Num quando tam vanis
nugis aures praebere, negotiumque huiusmodi ludicram
rem putare, desineris? Quid vos? Censetisne hunc absque
divino nutu se ipsum accusare?

XII. Hic cum dicendi Thersander finem fecisset, ac de
Sosthene quid actum fuisset, nescire se iureiurando etiam
affirmasset, iudicum principi visum est: erat is regii generis, penes quem capitalium causarum diiudicandarum
potestas erat, tametsi e senioribus, uti legibus cavebatur,
consiliarios haberet, quos, quid sibi faciendum putaret,

1 Ὃς τὸν στρατηγὸν) Inferen-   quod propter antec. v. ὃς ἁμίλ-
dum cum Salmasio ὃς τ. στ.   lis soni excidit.

ἐπιγνωμοσύνας ἐλάμβανε τῆς γνώσεως· ἔδοξεν οὖν αὐτῷ
διασκοπήσαντι σὺν τοῖς παρέδροις αὐτοῦ, θάνατον μὲν
ἐμοῦ καταγνῶναι κατὰ τὸν νόμον, ὃς ἐκέλευσε τὸν
αὑτῷ κατειπόντα φόνον τεθνάναι· περὶ δὲ Μελίτης
κρίσιν γενέσθαι δευτέραν, ἐν ταῖς βασάνοις τῶν θε-
ραπαινίδων· Θέρσανδρον δὲ ἐπομόσαι περὶ τοῦ Σωσθένους ἐν γράμμασιν ἡμῖν, οὐκ εἰδέναι τί γέγονεν· κἀμὲ
δὲ, ὡς ἤδη κατάδικον, βασανισθῆναι περὶ τοῦ Μελίττην τῷ φόνῳ συνεγνωκέναι. Ἄρτι δέ μου διδόντος, καὶ
τῆς ἐσθῆτος τοῦ σώματος γεγυμνωμένου, μετεώρου
τι ἐκ τῶν βρόχων κρεμαμένου, καὶ τῶν μὲν μάστιγας κομιζόντων, τῶν δὲ πῦρ καὶ τροχὸν, ἀναμώξαν-
τος δὲ τοῦ Κλεινίου, καὶ ἐπικαλοῦντος τοὺς θεοὺς, ὁ
τῆς Ἀρτέμιδος ἱερεὺς δάφνην ἐστεμμένος προσιὼν ὁρᾶ-
ται. σημεῖον δὲ τοῦτό ἐστιν ἡκούσης θεωρίας τῇ θεῷ·
τοῦτο δὲ ὅταν γένηται, πάσης εἶναι δεῖ τιμωρίας ἐπαχη-

consulebat: visum est, inquam, communicato cum colle-
gis negotio, morte me secundum legem mulctare; qua
cautum aiebat, ut, qui se ipse accusaret, morti addice-
retur. De Melite vero iudicium aliud, habita de ancillis
quaestione, fieri, Thersandrumque scripto iusiurandum man-
dare debere, se omnino, quid de Sosthene actum sit, ignorare; ex me autem, uti iam peracto, per tormenta quaeri oportere, an Melite caedis conscia exstitisset, decretum
fuit. Iamque, detractis indumentis, in sublime raptus pen-
debam, aliis lora, nonnullis ignem atque rotam afferen-
tibus, Cliniaque interim collacrimante, Deosque obte-
stante; cum repente Dianae sacerdos laureatus ad forum
adventare visus est. Id vero signum est veniendum ad sacra Deae facienda peregrinorum. Quae res cum accidit,
abstinere a supplicio tantisper oportet, dum rei divinae

ρίας ἡμερῶν τοσούτων, ὅσων οὐκ ἀπετέλεσαν [1] τὴν θυσίαν οἱ θεωροί. Οὕτω μὲν δὴ τότε τῶν δεσμῶν ἐλύθην.
Ἦν δὲ ὁ τὴν θεωρίαν ἄγων, Σώστρατος, ὁ τῆς Λευκίππης πατήρ. οἱ γὰρ Βυζάντιοι τῆς Ἀρτέμιδος ἐπι-
φανείσης ἐν τῷ πολέμῳ τῷ πρὸς τοὺς Θρᾷκας, νική-
σαντες ἐλογίσαντο δι' αὐτῇ θυσίαν ἀποστέλλειν τῆς
συμμαχίας ἐπινίκια. Ἦν δὲ καὶ ἰδίᾳ τῷ Σωστράτῳ
νύκτωρ ἡ θεὸς ἐπιστᾶσα. τὸ δὲ ὄναρ ἐσήμαινεν, τὴν
θυγατέρα εὑρήσειν ἐν Ἐφέσῳ καὶ τἀδελφοῦ τὸν υἱόν.

ιγ'. Παρὰ δὲ τὸν αὐτὸν χρόνον καὶ ἡ Λευκίππη,
τὰς μὲν τοῦ δωματίου θύρας ἀνεῳγμένας ὁρῶσα, τὸν
δὲ Σωσθένην μὴ παρόντα, περισκόπει μὴ πρὸ θυρῶν
εἴη. ὡς δ' ἦν οὐδαμοῦ, θάρσος αὐτῇ καὶ ἐλπὶς ἡ συνήθης ἐπεισέρχεται· μνήμη γὰρ αὐτῇ τοῦ πολλάκις παρὰ δόξαν σεσῶσθαι, πρὸς τὸ παρὸν τῶν κινδύνων τὴν ἐλπίδα προὔξένει. ἀπέχρη τι τῇ τύχῃ. ἦν γὰρ τῶν ἀγρῶν

finis impositus sit: itaque tunc solutus sum. Porro sacrorum auctor erat Leucippes pater Sostratus. Nam cum Byzantii ex bello, quod adversum Thracas gesserant, victoriam apparente coram Diana reportassent; aequum cen-
suerunt, ei Deae sacrificium facere, pro auxilio praebito
gratiam tanquam referentes. Privatim vero Sostrato etiam
ipsi noctu Dea in somnis apparuerat, filiamque ac nepo-
tem Ephesi eum reperturum praedixerat.

XIII. Per idem tempus Leucippe domunculae fores pa-
tentes nacta, veritaque, ne Sosthenes, quem exivisse viderat, ante ianuam forte adhuc constitisset, posteaquam
eum nusquam conspexit, firmiore animo esse coepit. Cum
enim saepe antea, & ex insperato quidem, maximis ex
periculis ereptam se fuisse in memoria haberet; tum quoque spem concepit, ac fortunae beneficio uti decrevit.
Nam cum Dianae ab agris illis templum non longe abes-

1 Οὐκ ἀπετέλεσαν) Melius, οὐκ ἐπετέλεσαν.

πλησίον τὸ τῆς Ἀρτέμιδος ἱερόν. ἐκτρέχει τε ἐπ' αὐτὸ,
καὶ ἔρχεται τοῦ νεώ ¹. τὸ δὲ παλαιὸν ἄβατος ἦν γυναιξὶν ἐλευθέραις οὗτος ὁ νεώς· ἀνδράσι δὲ ἐπετέτραπτο καὶ
παρθένοις. εἰ δέ τις εἴσω παρῆλθεν γυνὴ, θάνατος ἦν
ἡ δίκη, πλὴν εἰ μὴ δούλη τις ἦν ἐγκαλοῦσα τῷ δεσπότῃ. ταύτην δὲ ἐξῆν ἱκετεύειν τὴν θεὰν, οἱ δὲ ἄρχοντες ἐδίκαζον αὐτῇ τε καὶ τῷ δεσπότῃ. καὶ εἰ μὲν ὁ
δεσπότης οὐδὲν ἔτυχεν ἀδικῶν, αὖθις τὴν θεράπαιναν
ἐλάμβανεν, ὁμόσας μὴ μνησικακήσειν τῆς καταφυ-
γῆς· εἰ δὲ ἔδοξε τὴν θεράπαιναν δίκαια λέγειν, ἔμενεν
αὐτοῦ δούλη τῇ θεῷ. Ἄρτι δὲ τοῦ Σωστράτου τὸν ἱε-
ρία παραλαβόντος, καὶ ἐπὶ τὰ δικαστήρια παρελ-
θόντος, ὡς ἂν ἐπίσχῃ τὰς δίκας. εἰς τὸ ἱερὸν ἡ Λευκίππη παρῆν, ὥστε μικροῦ τινος ἀπελείφθη τοῦ μὴ
τῷ πατρὶ συντυχῶ.

ιδ'. Ὡς δὲ ἀπηλλάγην ἐγὼ τῶν βασάνων, διελί-
set, domo egressa in illud se recepit. Delubrum vero istud
liberis mulieribus quondam inaccessum erat; viris autem
& virginibus patebat: cum capitale alioqui haberetur, mulieres ingredi, praeterquam servas in ius ab hero voca-
tas: iis enim ad Deam confugere licebat. Ac tum quidem
Archontes inter ancillam, herumque sententiam ferebant.
Si enim servam iniuria dominus non affecisset, eam rursum in servitutem recipiebat, fugaeque illius memoriam
se non amplius habiturum iureiurando affirmabat: sin autem ancillam iuste queri compertum fuisset, tunc ea Deae
ministeriis addicta illic remanebat. Sostrato igitur sacerdotem, qui quaestionem differri iuberet, ad forum ducente,
Leucippe templum ingressa est, parumque abfuit, quin
patri obviam fieret.

XIV. Me vero, simulac dimissa concione solutus sum,

1 Καὶ ἔρχεται τοῦ νεώ) Legen-
dum καὶ ἴσχεται τοῦ νεώ. Nam ἔρχεται mendosum. Salmas. Forte
suppl. εἴσω.

λυτο μὲν τὸ δικαστήριον, ὄχλος τε ἦν περὶ ἐμὲ καὶ
θόρυβος, τῶν μὲν ἐλεούντων, τῶν δὲ ἐπιβιαζόντων
τῶν δὲ ἀνακπυνθανομένων. ἔνθα καὶ ὁ Σώστρατος ἐπιστὰς, ὁρᾷ μὲν, καὶ γνωρίζει. καὶ γὰρ, ὡς ἔφην ἐν ἀρχῇ τῶν λόγων, ἐν Τύρῳ ποτὲ ἐγεγόνει περὶ τὴν τῶν
Ἡρακλείων ἑορτὴν, καὶ χρόνου πολλοῦ διατρίψας ἔτυχεν ἐν Τύρῳ, πρὸ πολλοῦ τῆς ἡμετέρας φυγῆς. ὥστε
τάχα μου τὴν μορφὴν συνεβάλλετο, καὶ διὰ τὸ ἐνύπνιον φύσιν προσδοκῶν ‡ εὑρήσειν ἡμᾶς. Προσελθὼν
ἂν μοι Κλειτοφῶν οὗτος. Λευκίππη δὲ ποῦ; Ἐγὼ
μὲν οὖν γνωρίσας αὐτὸν, εἰς γῆν κατένευσα· οἱ δὲ
παρόντες αὐτῷ διηγοῦντο ὅσα εἶπον κατ' ἐμαυτοῦ· καὶ
ὡς ἀποιμώξας, καὶ κειράμενος τὴν κεφαλὴν, ἐμπηδᾷ
μου τοῖς ὀφθαλμοῖς, καὶ μικροῦ δὶ ἐξώρυξεν αὐτούς.

ingens multitudo circumsepsit: atque alii quidem vicem
meam dolebant, nonnulli Deos invocabant, quidam me
interrogabant: inter quos adstans ipse quoque Sostratus,
ut vidit, me protinus agnovit. Nam, ut initio dictum est,
Tyri etiam ipse quondam erat, cum Herculis festus dies
ageretur: illicque diu admodum ante fugam nostram commoratus est. Quapropter facile homini fuit me cognovisse, praesertim cum in somnis quoque se nos reperturum
admonitus fuisset. Itaque propius me accedens: Hic, me-
hercule, inquit, Clitophon est. Leucippe vero ubinam?
Tum ego, illo agnito, vultum humi defixi: qui aderant,
quaecunque contra me ipsum peroraveram, recensuerunt.
At ille perquam graviter ingemiscens, caputque percu-
tiens, in oculos mihi involavit, ac propemodum effodit.

1 Καὶ διὰ τὸ ἐνύπνιον φύσιν προσδοκῶν) Haud scio, quid hic faciam illud φύσιν. Turbat sensum, qui sine eo integer, καὶ διὰ τὸ ἐνύπνιον προσδοκῶν εὑρήσειν ἡμᾶς. Videant acutiores, quid ea vocula faciendum, expungendane sit, an mutanda, an aliquo modo exponenda.

οὐδὲ γὰρ ἐπιχειρῶν κωλύω ἐγώ, παρεῖχον δὲ τὸ
πρόσωπον ἐς τὴν ὕβριν. Ὁ δὲ Κλεινίας προσελθὼν εἶρ-
γε, παρηγορῶν αὐτὸν ἅμα, καὶ λέγων· Τί ποιεῖς,
ἄνθρωπε; τί μάτην ἠγρίωσαι κατ' ἀνδρὸς, ὃς μᾶλλόν
σου Λευκίππην φιλῶ; θάνατον οὖν ὑπέστη παθῶν,
ὅτι τεθνάναι ταύτην ἔδοξε. Ἄλλα τε πολλὰ ἔλεγω,
παραμυθούμενος αὐτόν. ὁ δὲ ὠδύρετο καλῶν τὴν Ἄρτε-
μιν· Ἐπὶ τοῦτό μι, δέσποινα, ἤγαγες ἐνταῦθα; τοιαῦτά σου τῶν ἐνυπνίων τὰ μαντεύματα; κἀγὼ μὲν
ἐπίστευόν σου τοῖς ὀνείροις, καὶ εὑρήσειν παρά σοι προσεδόκων τὴν θυγατέρα. καλὸν δέ μοι δῶρον δέδωκας· εὗρον τὸ ἀνδρόφονον αὐτῆς παρά σοι. Καὶ ὁ Κλεινίας
ἀκούσας τοῦ τῆς Ἀρτέμιδος ἐνυπνίου, περιχαρὴς ἐγίνετο, καὶ λέγει· Θάρρει, πάτερ, ἡ Ἄρτεμις οὐ ψεύδε-
ται· ζῇ σοι Λευκίππη· πίστευσόν μοι τοῖς μαντεύμα-

Nec enim resistere homini audebam, quin immo faciem
iniuriae praebebam. Sed eius impetum progressus in medium Clinia compressit, illumque redarguens: Quid, inquit, agis? cur tam temere in eum saevis, qui maiore,
quam tu, amore Leucippen prosequitur? qui leto sponte
se obiecit, propterea quod eam diem obiisse crediderat?
Atque alia praeterea multa, quo furorem illius placaret,
addidit. Ille autem Dianam identidem invocans, Ita fere
conquerebatur: An tu hac de causa me huc, Dea, venire
voluisti? suntne haec mihi a te in somnis praedicta? Ego
quidem certe somniis fidem tuis habui, filiamque me
apud te reperturum credidi: ac sane peregregium munus
accepi, eius scilicet interfectorem. Tum Clinia, somnii
mentione audita, mirum in modum gavisus: Bono, inquit, animo, pater, esto: mendax Dea non erit. Salva
utique tibi est, vaticiniis meis mihi crede, Leucippe. Non-

σι. οὐχ ὁρᾷς καὶ τοῦτον, ὡς ἐκ βασάνων νῦν κρεμάμενον ἐξήρπασεν.

ιε΄. Ἐν τούτῳ δὲ ἔρχεταί τις τῶν τοῦ νεὼ προπό-
λων ἐπὶ τὸν ἱερέα σπουδῇ μάλα θέων, καὶ λέγει πάντων ἀκουόντων· Κόρη τις ἐπὶ τὴν Ἄρτεμιν ἔφη κατέ-
φυγεν. Ἐγὼ μὲν δὴ τοῦτο ἀκούσας ἀναπτεροῦμαι,
καὶ τὰ ὄμματα ἀνεγείρω, καὶ ἀναβιοῦν ἠρχόμην. ὁ
δὲ Κλεινίας πρὸς τὸν Σώστρατον· Ἀληθῆ μου, πάτερ,
εἶπον, τὰ μαντεύματα. Καὶ ἅμα πρὸς τὸν ἄγγελον
εἶπεν· Μὴ καλή; Οὐκ ἄλλην τοιαύτην, ἔφη, μετὰ
τὴν Ἄρτεμιν εἶδον. Πρὸς τοῦτο ἐγὼ πηδῶ καὶ βοῶ,
Λευκίππην λέγεις. Καὶ μάλα, ἔφη, καλεῖσθαι γὰρ
τοῦτο ἔλεγεν αὑτήν, καὶ πατρίδα Βυζάντιον, καὶ πατέρα Σώστρατον ἔχειν. Ὁ μὲν δὴ Κλεινίας ἀνεκρότη-
σεν παιανίσας· ὁ δὲ Σώστρατος ὑπὸ χαρᾶς κατέπε-
σεν· ἐγὼ δὲ ἐξάλλομαι μετὰ τῶν δεσμῶν ὡς ἅμα, καὶ

ne vides, ut hunc etiam e tortorum manibus eripueris?

XV. Interea aedituorum unus, concitato admodum
gressu ad sacerdotem veniens, puellam quandam peregri-
nam ad Dianam confugisse, cunctis audientibus, nuntiavit. Qua re cognita ego spem concepi, oculos sustuli, ac
paene reviviscere visus sum. Clinia vero ad Sostratum
conversus: Vera, inquit, pater, vaticinia mea sunt. Atque, an formosa illa esset, aedituum rogavit. Cui aedituus:
Non aliam, inquit, Diana excepta, formosiorem vidi.
Tum ego laetitia exsultans: Leucippenne, inquam, dicis?
Maxime, ait ille. Hoc enim nomine se vocari, patriam-
que sibi esse Byzantium, patrem vero Sostratum, dixit.
Clinia igitur laetabundus plausum edere coepit, cum Sostratus interim prae gaudio exanimatus concidisse. Ego
saltu me ad sidera e vinculis dedi: mox ad templum, tan-

ἐπὶ τὸ ἱερὸν ὡς ἀπὸ μηχανῆς βληθεὶς ἐπετόμην· οἱ δὲ
φυλάσσοντες ἰδίωκον, νομίζοντες ἀποδιδράσκειν, καὶ
ἐβόων τοῖς ἐντυγχάνουσιν, λαβέσθαι. ἀλλ' εἶχον αἱ
πόδες τότε μου πτερά. μάλις ἂν τοῖς μαινομένου μου
πρὸς τὸν δρόμον λαμβάνονται. καὶ οἱ φύλακες ἅμα
παρῆσαν, καὶ ἐπεχείρουν με τύπτειν. ἐγὼ δὲ ἤδη θαρρῶν ἠμυνόμην. οἱ δὲ εἷλκόν με εἰς τὸ δεσμωτήριον.

ιϛ'. Καὶ ἐν τούτῳ παρῆν ὁ Κλεινίας καὶ ὁ Σώστρατος. καὶ ὁ μὲν Κλεινίας ἐβόα· Ποῖ ἄγετε τὸν ἄνθρωπον; οὐκ ἔστιν φονεύς, ἰδ' ᾗ καταδεδίκασται. Καὶ
ὁ Σώστρατος ἐν μέρει ταὐτὰ ἔλεγεν, καὶ ὡς εἴη αὐτὸς τῆς ἀνῃρῆσθαι δοκούσης πατήρ. Οἱ δὲ παρόντες,
μαθόντες τὸ πᾶν, εὐφήμουν τε τὴν Ἄρτεμιν, καὶ πε-
ριίσταντό με, καὶ ἄγειν εἰς τὸ δεσμωτήριον οὐκ ἐπέτρεπον. οἱ δὲ φύλακες οὐκ εἶναι κύριοι τοῦ μεθεῖναι κατα-
δικασθέντα πρὸς θάνατον ἄνθρωπον ἔλεγον, ἕως ὁ ἱε-

quam tormento aliquo impulsus, convolavi. Custodes, fugam me arripuisse putantes, insequebantur: ac obvios quofque ad me comprehendendum clamore advocabant. Sed
pedibus meis alas additas fuisse dixisses. Tandem infanien-
tis more currentem me nescio qui apprehenderunt, nec
manus a me cominuerunt. Verum ego audentior iam factus contra niti; illi me ad carcerem ducere pergebant.

XVI. Interea sacerdos & Clinia praesto fuerunt. Cliniaque prior: Quo hominem, inquit, ducitis? hic certe
caedem, cuius damnatus est, nunquam fecit. Sostratus
quoque eadem fere singillatim repetebat, eiusque, quam
peremtam putabant, patrem se esse affirmabat. Qui aderant, cognita re, Dianae numen laudibus extollebant:
meque circumstantes ad carcerem duci vetabant. Custodes
autem cum sibi hominis iam peracti dimittendi ius non

ρίως τοῦ Σωστράτου δεηθέντος ἐνηγγυήσατο ἥξειν καὶ
παρέξειν εἰς τὸν δῆμον, ὅταν δέῃ. Οὕτω μὲν δὴ τῶν δεσμῶν ἀπολύομαι, καὶ ἐπὶ τὸ ἱερὸν ταχὺ μάλα ἠπει-
γόμην· καὶ ὁ Σώστρατος κατὰ πόδας, οὐκ οἶδα εἰ τὰ
ὅμοια ἐμοὶ χαίρων. Οὐκ ἔστιν δὲ ἄνθρωπος οὕτως δρο-
μικώτατος, ὃν οὐ τῆς μνήμης [1] ὑβάνει τὸ πτερόν. ἢ καὶ
τότε ἡμᾶς ἐπὶ Λευκίππην προὔβαλεν, ἀπαγγέλλου-
σα πάντα, καὶ τὰ τοῦ Σωστράτου, καὶ τἀμά. ἰδοῦσα
δὲ ἡμᾶς, ἐξανέστη τοῦ νεώ, καὶ τὸν μὲν πατέρα περι-
επτύξατο· τοὺς δὲ ὀφθαλμοὺς εἶχεν ἐπ' ἐμέ. ἐγὼ δὲ εἰστήκειν αἰδοῖ τῇ πρὸς τὸν Σώστρατον, κατεῖχον ἐμαυτὸν,
καὶ ἄπαντα βλέπων εἰς τὸ ἐκείνης πρόσωπον, ἐπ' αὐτὴν ἑώρων. οὕτως ἀλλήλαις ἠσπαζόμεθα τοῖς ὄμμασιν.

esse causarentur, sacerdos, Sostrato orante maxime, si-
stendi, cum opus esset, mei vas est factus. Itaque vinculis solutus ad Dianae quam ocissime contendi, meaque
vestigia Sostratus persecutus est, sed nescio an pari mecum laetitia. Verissimum autem illud esse tum cognovi,
nullum reperiri tam celerem cursorem, quem fama non
antevertat. Ea enim vehementer properantes festinantes-
que nos antegressa, Leucippen cum de aliis omnibus, tum
de Sostrati adventu, certiorem fecerat. Itaque cum primum
nos vidit, e fano exiens patrem quidem complexa est,
oculos vero in me convertit: qui licet ob Sostrati prae-
sentiam verecundans, me, quo minus ad illam amplexan-
dam excurrerem, continerem, non tamen ab eius vultu
oculos defigere usquam valebam. Ita mutuis nos obtuti-
bus inter nos salutabamus.

1 Μνήμης) Non satisfacit hoc
verbum. Emendatio haud poe-
nitenda φήμην, quod verbum in
textu ipso commodo locum habere potest. Interpretem Latinum
non aliter legisse evasit, atque
ita & scriptum est ad marginem
Codicis Bavarici, textu ferente
μνήμην cum reliquis. Ibidem in
sequenti ἐπιβαλεῖν legitur, quod
& Commelinus edidit.

ΛΟΓΟΣ ΟΓΔΟΟΣ.

Ἄρτι δὲ ἡμῶν μελλόντων καθίζεσθαι, καὶ περὶ τούτων διαλέγεσθαι, Θέρσανδρος σπουδῇ μάλα, μάρτυρας ἄγων τινὰς, ἥκεται πρὸς τὸν νεὼ, καὶ μεγάλῃ τῇ φωνῇ πρὸς τὸν ἱερέα· Μαρτύρομαι, ἔφη, τῶνδε ἐναντίον, ὅτι μὴ δικαίως ἐξαιρῇ δεσμῶν καὶ θανάτου κατεγνωσμένον ἄνθρωπον ἐκ τῶν νόμων ἀποθανεῖν· ἔχεις δὲ καὶ δούλην ἐμὴν, γυναῖκα μάχλον, καὶ πρὸς ἄνδρας ἐπιμανῆ· ταύτην ὅπως μοι φυλάξῃς, Ἐγὼ δὲ πρὸς τὸ, δούλην καὶ γυναῖκα μάχλον, ὑπεραλγήσας τὴν ψυχὴν, οὐκ ἤνεγκα τῶν ῥημάτων τὰ τραύματα, ἀλλ' ἔτι λαλοῦντος αὐτοῦ· Σὺ μὲν οὖν, ἔφην, καὶ τρίδουλος, καὶ ἐπιμανὴς, καὶ μάχλος· αὐτὴ δὲ καὶ ἐλευ-

LIBER OCTAVUS.

Ατ Therſander, dum nos iam ſeſſuri, atque iis ipſis de rebus inter nos collocuturi eſſemus, concitato admodum greſſu, adductiſque ſecum reſtibus aliquot, fanum ingreſſus eſt; & voce quam maxime contenta ad ſacerdotem converſus: Illud, inquit, his audientibus tibi denuntio, inique a te factum eſſe, qui hominem legibus capite damnatum e vinculis exemeris. Atqui ancillam etiam meam, impudicam illam quidem, & in appetendis viris ad inſaniam uſque effuſam, domi tuæ abſcondidiſti: quam quo iure a me liberali cauſa manu aſſerturus ſis, pervelim ſcire. Tum ego & ſervam & impudicam Leucippen vocari audiens, animo vehementiſſime commotus, orationemque iam contumelioſam non ferens, ipſo nondum tacente: Tu quidem, inquam, triſervus, & inſanus, & impudicus; Leu-

θήρα καὶ παρθένος, καὶ ἀξία τῆς θεοῦ. Ὡς δὲ ταῦτα
ἤκουσι, καὶ Λευκίππης, ζήσας, δεσμῶτα καὶ κατά-
δικες; παίει με κατὰ τῶν προσώπων μάλα βιαίως,
καὶ ἐπάγει δευτέραν. οἱ δὲ τῶν ῥινῶν αἵματος ἴδμεν
κρανοί. ὅλον γὰρ αὐτοῦ τὸν θυμὸν εἶχεν ἡ πληγή. ὡς
δὲ καὶ τρίτην ἀπροσδυλάκτως ἔπαυσιν, λαβάνει μου
τῷ στόματι περὶ τοὺς ὀδόντας προσπταίσας τὴν χεῖρα, καὶ τρωθεὶς τοὺς δακτύλους, μόλις τὴν χεῖρα συνέστειλεν ἀνακραγών. καὶ οἱ ὀδόντες ἀμύνουσι τὴν τῶν
ῥινῶν ὕβριν· τιτρώσκουσι γὰρ αὐτοὶ τοὺς παίοντας δακτύλους, καὶ, ἃ πεποίηκαν, ἔπαβεν ἡ χείρ. καὶ ὁ μὲν
ἐπὶ τῇ πληγῇ μαλακὼ ἀνακραγὼ συνέστειλε τὴν
χεῖρα, καὶ οὕτως ἐπαύσατο. ἐγὼ δὲ ἰδὼν οἷσι ἔχει κακὸν, τοῦτο μὲν οὐ προσεποιησάμην· ἐσ' οἷς δι ἐτυραν-
νήθην τραγῳδῶν, ἐνέπλησα βοῆς τὸ ἱερόν.

β'. Ποῦ φύγωμεν ἔτι τοὺς βιαίους; ποῖ καταδρά-

cippe libera est, & virgo, & Dea digna. Quibus ille auditis: Tu, igitur, vinctus, inquit, & damnatus, conviciari audes? Et quanta maxima vi potuit, os mihi semel
atque iterum ira contudit, ut sanguinis quasi rivi quidam
e naribus manarint. Plaga enim mihi inflicta omnem eius
iram ostendebat. Cum vero etiam tertio me percussisset,
dextram labris imprudenter impactam dentibus illisit, ac,
vulneratis digitis, ingemiscens manum illico retraxit: ita
dentes sauciata dextra narium iniuriam ulti sunt, &, quae
vulnera manus intulerat, accepit. Atque ille quidem prae
vulneris dolore effeminate admodum lugens, manu ad
se revocata, deinceps vim inferre destitit: ego vero digi-
torum vulnus animadvertisse dissimulans, vimque mihi illatam conquerens, templum clamore complevi.

II. Quonam tandem grassatorum violentiam fugiemus?

μωμεν; ἐπὶ τίνα θεῶν μετὰ τὴν Ἄρτεμιν; ἐν αὐτοῖς
τυπτόμεθα τοῖς ἱεροῖς, ἐν τοῖς τῆς αὐλαίας παιόμεθα
χωρίοις. ταῦτα ἐν ἐρημίαις μόναις γίνεται, ὅπου μηδ'
εἷς μάρτυς μηδ' ἄνθρωπός τις. σὺ δὲ αὐτῶν ἐν ὄψει
τυραννεῖς τῶν θεῶν. καὶ τοῖς μὲν πονηροῖς αἱ τῶν ἱερῶν
ἀσφάλειαι διδόασι καταφυγήν· ἐγὼ δὲ μηδένα ἀδικήσας, ἱκέτης δὲ τῆς Ἀρτέμιδος γενόμενος, τύπτομαι
παρ' αὐτῷ τῷ βωμῷ, βλεπούσης, οἴμοι, τῆς θεοῦ.
ἐπὶ τὴν Ἄρτεμιν αἱ πληγαί. καὶ οὐ μέχρι πληγῶν ἡ
παροινία, ἀλλὰ καὶ ἐπὶ τῶν προσώπων τις λαμβάνει τραύματα ὡς ἐν πολέμῳ καὶ μάχῃ. καὶ μεμίαν-
ται μὲν τὸ ἔδαφος ἀνθρωπίνῳ αἵματι. τοιαῦτα σπέν-
δει τίς τῇ θεῷ; οὐ βάρβαροι τοῦτο καὶ Ταῦροι, καὶ
ἡ Ἄρτεμις ἡ Σκυθῶν; ὁ παρ' ἐκείνοις μόνοις νεὼς οὕτως
αἱμάσσεται. τὴν Ἰονίαν Σκυθίαν πεποίηκας, καὶ ἐν

Quos post Dianae numen Deos adibimus? Ipsis in templis
vapulamus: ante religiosissimas Deorum aras plagae nobis imponuntur. Atqui desertis tantum in locis, ubi nulli
adsint testes, facinora huiusmodi committi solent: tu vero coram Diis ipsis regiam potestatem exerces. Cumque
augustae Deorum aedes sontibus praesidio esse consue-
verint; ipse innocens ac supplex, me miserum, ante aras,
ipsa vidente Dea, vulnus accepi. Iam vero quis percus-
siones istas Dianae illatas fuisse neget? quamquam non iis
quidem contenta fuit huius ebrietas; sed etiam vulnera,
qualia in bello atque pugna inferuntur, intulit, humanoque pavimentum sanguine foedavit. At vero quis Ephesiae unquam Dianae hoc pacto sacrificavit? Barbarorum
ac Taurorum huiusmodi quidem certe institutum est. Apud
Scythas Dianae templum est: apud quos solos Deae huius altaria humano cruore conspergi receptum est. Tu autem, Ionia ut Scythia esset, Ephesique idem, qui in Tau-

Ἑστίᾳ μὴ τὰ ἐν Ταύροις αἵματα. λαβὲ καὶ ξίφος κατ' ἐμοῦ. καίτοι τί δεῖ σιδήρου; τὰ τοῦ ξίφους πεποίηκεν ἡ χείρ. ἀνδροφόνος αὕτη καὶ μιαιφόνος δεξιὰ τοιαῦτα δέδρακεν, οἷα ἐκ φόνου γίνεται.

γʹ. Ταῦτα μὲν βοῶντος, ὄχλος συνέρρει [1] τῶν ἐν τῷ ἱερῷ παρόντων· οὗτος ἐπάκιζον αὐτόν. καὶ ὁ ἱερεὺς αὐτός· Οὐκ αἰσχύνῃ, τοιαῦτα ποιῶν οὕτως φανερῶς καὶ ἐν τῷ ἱερῷ; Ἐγὼ δὲ τεθαρρηκὼς, ταῦτα ἔφην· Ὦ ἄνδρες, πέπονθα, ἐλεύθερός τε ὢν, καὶ πόλεως οὐκ ἀσήμου, ἐπιβουλευθεὶς μὲν εἰς τὴν ψυχὴν ὑπὸ τούτου, σωθεὶς δὲ ὑπὸ τῆς Ἀρτέμιδος, ἣ ταῦτα ἀπέφηνε συ-

rica insula, cruor manaret, effecisti. Quin igitur gladium etiam in me stringis? quamquam quid ferro opus est, cum gladii munere manus fungatur? cruenta enim & caedibus assueta dextera tua id nunc patravit, quod in occisionibus fieri consuevit.

III. Haec dum ego lamentarer, ab iis, qui in templo erant, concursus ad me factus est: ac nonnulli ex iis hominem increpare coeperunt: quin etiam sacerdos ipse: Non te, inquit, tam aperte haec, in templo praesertim, facere pudet? Quam ob causam ego iam confirmato animo: Hoc equidem, inquam, pacto, viri Ephesii, acceptus sum homo liber, & non obscurae urbis civis. Ab isto enim vitae summum in discrimen adductus perieram plane, nisi patefactis tandem facinorosi hominis calumniis me praesenti suo numine atque auxilio de manibus eius Diana

1 Ὄχλος συνέρρει) Editio prior, cum Anglicano, ὄχλος συνέρρεον ἐν τῷ ἱερῷ, οὗτος ἐπάκιζον αὐτόν. In melioribus, ut Florentino, & Regiis, ὄχλος συνέρρει τῶν παρόντων ἐν τῷ ἱερῷ. Legendum mox, οὗτος ἐπάκιζον αὐτόν. Id est, οὗτος ὁ ὄχλος, τὸν Θέρσανδρον ἐπάκιζεν. Ἐπακίζω porro pro ἐπακίζω, quia vox ὄχλος habet significationem multitudinis. Quae locutio nihil esse tritius Graecis, sciunt Graece periti. Male omnes libri, οὗτος ἐπάκιζον αὐτόν. Posset etiam, οὗτοι ἐπάκιζον αὐτόν. Nempe, οἱ παρόντες.

καθάπτην. καὶ νῦν προελθεῖν με δεῖ, καὶ ἀπονίψασθαι τὸ πρόσωπον ἔξω· μὴ γὰρ ἔνδον τοῦτο ποιήσαιμι ἔγωγε, μὴ καὶ τὸ ἱερὸν ὕδωρ τῷ τῆς ὕβρεως αἵματι μιανθῇ. Τότε μὲν δὴ μόλις ἑλκύσαντες αὐτὸν, ἐξάγουσι τοῦ ἱεροῦ. τοσοῦτον δὲ εἶπεν ἀπιών· Ἀλλὰ τὸ μὲν σὸν ἤδη κέκριται, καὶ ὅσον οὐδέπω πείσῃ δίκην. τὸ δὲ τῆς ψευδοπαρθένου ταύτης ἑταίρας ἡ σύριγξ τιμωρήσεται.

δ'. Ὡς δὲ ἀπηλλάγη ποτὲ, κἀγὼ ἐξελθὼν ἐκάθηρα τὸ πρόσωπον. Τοῦ δὲ δείπνου καιρὸς ἦν, καὶ ὑπεδέξατο ἡμᾶς ὁ ἱερεὺς μάλα φιλοφρόνως. ἐγὼ δὲ εἰς τὸν Σώστρατον ὀρθοῖς τοῖς ὀφθαλμοῖς ἰδεῖν οὐκ ἠδυνάμην, συνειδὼς οἷα αὐτὸν διετεθείκειν. καὶ ὁ Σώστρατος δὲ τὰς τῶν ὀφθαλμῶν ὁρῶν ἀμύξεις τῶν ἐμῶν, ἃς ἔτυχον ὑπ' αὐτοῦ παθὼν, ἀπῃσχύνετό με βλέπειν· καὶ ἡ Λευκίππη δὲ τὰ πολλὰ εἰς γῆν ἔβλεπεν. καὶ ἦν ὅλον

eripuisse. Nunc mihi e templo exire, faciemque abluere, opus est: neque enim id ego hic unquam facere ausim, ne videlicet sacri latices cruore per contumeliam effuso polluantur. Interea Thersander, cum vix e delubro nonnulli eum protruderent, huiusmodi quiddam inter abeundum solus secum locutus est: Tu quidem, quod ad causam tuam attinet, iam damnatus es; nec multo post de te supplicium sumetur. De scorto autem isto virginitatem ementiente fistula iudicium faciet.

IV. Posteaquam Ille abiit, egressus Ipse faciem ablui. Cumque accumbendi iam tempus esset, a sacerdote peramanter accepti sumus. Ego vero eorum, quae in Sostratum admiseram, conscius, oculos in illum palam coniicere non audebam: quod & ipse praesentiens, me contueri pariter verecundabatur: Leucippe quoque nihil aliud, quam terram intuebatur: ita ut convivium prorsus vere-

τὸ συμπόσιον αἰδώς. προϊόντος δὲ τοῦ πότου, καὶ τοῦ
Διονύσου κατὰ μικρὸν ἐξιλασκομένου τὴν αἰδώ· ἐλευθερίας γὰρ οὗτος πατήρ· ἄρχει λόγου πρῶτος ὁ ἱερεὺς
πρὸς τὸν Σώστρατον· Τί οὐ λέγεις, ὦ ξένε, τὸν περὶ
ὑμᾶς μῦθον ὅστις ἐστίν; δοκεῖ γάρ μοι περιπλοκάς τινας ἔχειν οὐκ ἀηδεῖς. οἴνῳ δὲ μάλιστα πρέπουσιν οἱ τοιοῦτοι λόγοι. Καὶ ὁ Σώστρατος προφάσεως λαβόμενος
ἀσμένως· Τὸ μὲν κατ' ἐμὲ λόγου μέρος ἁπλοῦν, εἶπεν, ὅτι Σώστρατος ὄνομα, Βυζάντιος τὸ γένος, τούτου θεῖος, πατὴρ ταύτης. τὸ δὲ λοιπὸν, ὅπερ ἐστι μῦθος, λέγε, τέκνον Κλειτοφῶν, μηδὲν αἰδούμενος. καὶ
γὰρ εἴ τι μοὶ συμβέβηκε λυπηρὸν, μάλιστα μὲν οὖν
οὐ σόν ἐστιν, ἀλλὰ τῆς τύχης. ἔπειτα τῶν ἔργων παρελθόντων [1] ἡ διήγησις τὸν οὐκ ἔτι πάσχοντα ψυχαγω-
γεῖ μᾶλλον, ἢ λυπεῖ.

cundum effet. Tandem, procedente potu, Bacchoque pudorem fenfim amovente, is enim libertatis auctor eft, primus ad Softratum converfus facerdos: Quin igitur, inquit, o hofpes, rerum veftrarum, cuiufmodi tandem eae
fint, feriem narras? mihi fane non infuaves quafdam am-
bages continere in fe videtur: praeterea vino fermones
huiufmodi maxime conveniunt. Tum Softratus, loquendi
occafione illinc fumta: Quod quidem, inquit, ad me attinet, leve admodum eft. Softrato mihi eft nomen, patria
Byzantium, atque adolefcentis quidem iftius patruus, puellae autem pater fum. Cetera, uthi funt, tu, mi Clitophon,
metu omni prorfus abiecto, effare. Nam fi quid mihi acerbi
evenit, non tibi, fed fortunae tribuendum eft. Ad haec, prae-
teritorum malorum commemoratio tantum abeft, ut eum,
qui evafit, moerore afficiat, ut etiam vehementer oblectet.

1 Παρελθόντων) Vulgo: παρελ-
θόντος, quod, praecuntibus libris
ipfoque fenfu iubente, correxi-
mus in παρελθόντων. Ad fenfum
Virgil. Aen. 1, 217: forfan &
haec olim meminiffe iuvabit.

ε΄. Κἀγὼ πάντα τὰ κατὰ τὴν ἀποδημίαν τὴν ἀπὸ
Τύρου διηγοῦμαι, τὸν πλοῦν, τὴν ναυαγίαν, τὴν Αἴ-
γυπτον, τοὺς βουκόλους, τῆς Λευκίππης τὴν ἀπαγω-
γὴν, τὴν παρὰ τῷ βωμῷ πλαστὴν γαστέρα, τὴν Μενελάου τέχνην, τὸν ἔρωτα τοῦ στρατηγοῦ, καὶ τὸ Χαι-
ρέου φάρμακον, τὴν τῶν λῃστῶν ἁρπαγὴν, καὶ τὸ τοῦ
μηροῦ τραῦμα, καὶ ἴδειξα τὴν οὐλήν. ἐπεὶ δὲ κατὰ τὴν
Μελίττην ἐγενόμην, ἐξῆρον τὸ πρᾶγμα ἐμαυτοῦ πρὸς
σωφροσύνην μεταποιῶν, καὶ οὐδὲν ἐψευδόμην· τὸν Μελίττης ἔρωτα, καὶ σωφροσύνην τὴν ἐμὴν, ὅσον ἐλιπάρη-
σι χρόνον, ὅσα ἀπέτυχεν, ὅσα ἐπηγγείλατο, ὅσα
ὠδύρετο· τὴν ναῦν διηγησάμην, τὸν εἰς Ἔφεσον πλοῦν,
καὶ ὡς ἄμφω συνεκαθεύδομεν, καὶ, μὰ ταύτην τὴν
Ἄρτεμιν, ὡς ἀπὸ γυναικὸς ἀνέστην γυνή· ἓν μόνον παρη-
κα τῶν ἐμαυτοῦ δραμάτων, τὴν μετὰ ταῦτα πρὸς Μελίττην αἰδώ. ἐπεὶ καὶ τὸ δίκαιον εἶπον, καὶ ὡς ἐμαυ-

V. Tum ego, quae mihi postea, quam Tyro profugi,
evenerunt, singula ordinatim recensui, navigationem scilicet, naufragium, Aegyptum, pastores, Leucippes raptum, fictum apud aram uterum, Menelai calliditatem,
amorem ductoris militum, Chaereae medicinam, piratarum rapinam, vulnus femoris, cuius tum quoque cicatri-
cem ostendi. Ubi vero ad Meliten ventum est, quaecunque mihi agere contigit, quanta maxima potui modestia,
mendacioque nullo penitus intermixto, narravi. Ac primum
quidem Meltes amorem, continentiamque meam: deinde
quamdiu me illa oraverit, quamdiu illam ipse lactaverim:
tum quaecunque locuta, quaecunque conquesta est omnia;
praeterea quae in navi, dum Alexandria Ephesum profi-
cisceremur, acta sunt, nempe ut simul ambo cubueramus,
egoque ab illa, per Dianam! tanquam a muliere mulier,
surrexeram: postremo meam omnem erga illam observan-

τοῦ κατεψευσάμην. καὶ μέχρι τῆς θεωρίας τὸν λόγον
συνεπέρανα. καὶ, τὰ μὲν ἐμὰ ταῦτα, ἔφην· τὰ δὲ
Λευκίππης τῶν ἐμῶν μείζονα, πέπραται, δεδούλευ-
κεν, γῆν ἔσκαψεν, σεσύληται τῆς κεφαλῆς τὸ κάλλος. τὴν κουρὰν ὁρᾷς. καὶ καθ' ἕκαστον ὡς ἐγένετο δι-
εξῄειν. καὶ τάδε κατὰ τὸν Σωσθένην καὶ Θέρσανδρον
γινόμενος, ἔχαιρον καὶ τὰ αὐτῆς ἔτι μᾶλλον ἢ τἀμά,
ἑτέρας αὐτῇ χαριούμενος ἀκούοντος τοῦ πατρός· ὡς πᾶσαν αἰκίαν ἤνεγκεν εἰς τὸ σῶμα καὶ ὕβριν, πλὴν μιᾶς·
ὑπὲρ δὲ ταύτης τὰς ἄλλας πάσας ὑπέστη· καὶ ἔμεινε, πάτερ, τοιαύτη μέχρι τῆς παρούσης ἡμέρας, οἵαν
αὐτὴν ἐξέπεμψας ἀπὸ Βυζαντίου. καὶ οὐκ ἐμὸν τοῦτο
ἐγκώμιον. ὅτι φυγὴν ἑλόμενος αὐτὴν ἴδρασα, ὑπὲρ ὧν
ἔφυγεν· ἀλλ' αὐτῆς, ὅτι καὶ ἐν μέσοις λῃσταῖς ἔμεινε

riam, coenam item, falsamque mei accusationem, & cetera omnia ad Sostrati usque adventum perspicue ac diligenter, unico tantum facto meo praetermisso, exsecutus
sum. Atque: Haec quidem, inquam, de me quae dicerem, habui. Leucippes autem facta meis 'multo maiora
sunt: servivit enim, terram fodit, capitis decus, id quod
tonsura ipsa declarat, amisit. Unumquodque deinde, sicuti
actum fuerat, ita verbis extuli, ut, cum de Sosthene
Thersandroque facienda esset mentio, accuratius longe,
quam de me, omnia recensuerim: illud etiam alioqui spe-
ctans, ut puellae ipsi, patre praesertim audiente, rem gra-
tam facerem. Aerumnas enim contumeliasque omnes, inquam, una duntaxat excepta, perpessa est. Et propter
hanc unam, istas omnes sustinuit, intactaque, optime pater, uti Byzantio discesserat, in hanc usque diem perman-
sit. Neque vero istud laudi mihi dari velim, qui fuga arrepta nihil eorum, ob quae fugiebam, consecutus sum;
sed ipsi potius, quae, inter piratas etiam, integram se ca-

παρθένος, καὶ τὸν μέγαν ἐνίκησε λῃστήν· Θέρσανδρον
λέγω, τὸν ἀναίσχυντον, τὸν βίαιον. ἐφιλοσοφήσαμεν,
πάτερ, τὴν ἀποδημίαν. ἐδίωξε γὰρ ἡμᾶς ἔρως, καὶ
ἦν ἐμαυτοῦ καὶ ἐρωμένης φυγή· ἀποδημήσαντες γεγό-
ναμεν ἀλλήλων ἀδελφοί. εἴ τις ἄρα ἐστὶν ἀνδρὸς παρ-
θενία, ταύτην ἐγὼ μέχρι τοῦ παρόντος πρὸς Λευκίππην ἔχω. ἡ μὲν γὰρ ἧραι ἐκ παλλοῦ τοῦ τῆς Ἀρτέμι-
τος ἱερῶ. δέσποινα Ἀφροδίτη, μὴ νεμεσήσῃς ἡμῖν ὡς
ὑβρισμένη. οὐκ ἠθέλομεν ἀπάτορα γινέσθαι τὸν γάμον. πάρεστιν οὖν ὁ 'πατήρ' ἧκε, καὶ σὺ εὐμενὴς ἡμῖν
ἤδη γινοῦ. Ταῦτα ἀκούσαντες, ὁ μὲν ἱερεὺς ἐκεχήνει,
θαυμάζων ἕκαστον ἐμῶν λεγομένων· ὁ δὲ Σώστρατος
καὶ ἐπεδάκρυεν, ὅ ποτι τὸ κατὰ Λευκίππην ἐγεγόνει
δράμα. καὶ ἐπεί [ποτι] ἐπαυσάμην· Τὰ μὲν ἡμέτε-

stamque servavit, & piratarum omnium maximi, Thersandri scilicet inverecundi, atque audacis, violentiae restitit. Nos vero, & consulto quidem, navigationem susce-
pimus, pater: verum ad id amoris nimia vi compulsi fuimus, ut merito illa mutuo amantium fuga dici possit.
Quin immo fratres ambo una in itinere facti sumus, vir-
ginitatemque ipsi meam, si qua viris virginitas inest, im-
pollutam adhuc, quemadmodum Leucippe, servo, quandoquidem ipsam quoque Dianae cultui iampridem addi-
ctam esse perdidiceram. At tu, o hera Venus, ne nobis
tanquam neglecta succenseas. Absente patre nuptias facere
soluimus. Ille nunc hic adest: quare adsis tu quoque nobis iam tandem propitia. Quae cum illi audivissent, sacerdos quidem prae admiratione obstupefactus est: Sostratus vero tamdiu lacrimas profudit, quamdiu de Leucippes incommodis actum fuit. Posteaquam dicendi a me finis est factus: Casus equidem, inquam ego, nostros re-

ρα, ἴστω, ἠκούσατε· ὃ δὲ αὐτὸ κἀγὼ μαθεῖν παρά
σου, ἱερεῦ, μόνον· τί ποτέ ἐστιν, ὃ τελευταῖον ἀπιὼν ὁ
Θέρσανδρος κατὰ Λευκίππης προσέθηκε, σύριγγα εἰπών; Ἀλλὰ σύ τι, ἔφη, καλῶς ἀπήρου. καὶ γὰρ εἰδότας ἡμᾶς τὰ περὶ τὴν σύριγγα τοῖς παροῦσιν ὅμως
ἁρμόσασθαι προσήκει. κἀγὼ τὸν σὸν ἀμείψομαι μῦθον εἰπών.

ϛ'. Ὁρᾷς τοῦτο τὸ ἄλσος τὸ κατόπιν τοῦ νεώ. ἐνθάδε ἐστὶν σπήλαιον ἀπόρρητον γυναιξὶν, καθαραῖς δὲ
εἰσελθούσαις οὐκ ἀπόρρητον παρθένοις. ἀνάκειται δὲ σύριγξ, ὀλίγον ἔνδον τῶν τοῦ σπηλαίου θυρῶν. εἰ μὲν οὖν
τὸ ὄργανον καὶ παρ' ἡμῶν ἐπιχωριάζει τοῖς Βυζαντίοις,
ἴστε ὃ λέγω. εἰ δὲ ἄρα τις ὑμῶν ἧττον ὡμίλησε ταύτῃ τῇ μουσικῇ, φέρε καὶ εἰπών ἐστιν εἴπω, καὶ σὺν ταύτῃ τοῦ Πανὸς πάντα μῦθον. Ἡ σύριγξ αὐλοὶ μέν εἰσι
πολλοί, κάλαμοι δὲ τῶν αὐλῶν ἕκαστος, αὐλοῦσι δὲ

censui omnes: nunc unum ipse quoque, o sacerdos, audire pervelim: nempe quid illud sit, quod postremo abiens
Thersander Leucippae interminatus est, fistulae mentione
facta. Tum ille: Recte sane, inquit, rogas. Aequum enim
est, ut, qui rem hanc, uti se habet, scimus, vos edocea-
mus. Ego vero parem tibi me gratiam relaturum esse
promitto.

VI. Videsne igitur, inquit ille, nemus post templum?
In eo spelunca est, mulieribus quidem inaccessa: virginibus autem nequaquam. Paulo intra eius ostium fistula
suspensa est: quod instrumenti genus si apud vos Byzan-
tios in usu est, iam, quid dicam, intelligitis: sin autem
e vobis aliquis est in hisce musicis minus versatus, eo
ego, quale id sit, Panisque omnem etiam fabulam, quatenus ad id pertinet, enarrabo. Fistula pluribus e tibiis
compacta est: quae singulae singulis ex arundinibus con-

οἱ κάλαμοι πάντες, ὥσπερ αὐλὸς εἷς. σύγκεινται δὲ
στιχηδὸν ἄλλος ἐπ' ἄλλον ἠκομένος. τὸ πρόσωπον ἰσο-
στάσιον καὶ τὸ τοῦτον. καὶ ὅσαι εἰσὶ τῶν καλάμων βραχὺ μικρῷ λειπόμεναι, τούτων μείζων ὁ μετὰ τοῦτον [1],

stant. Atque arundines ipsae omnes perinde ac tibia una
sonum edunt; inter seque ita collocatae sunt, ut altera
alteri ordinatim adhaereat. Facies anterior posteriori similis habetur. Quoniam autem arundinum aliam alia ex-
cedit, illud scire oportet, altero ex capite quanto pri-

[1] Λειπόμεναι τούτων, μείζων ὁ μετὰ τοῦτον) Haec verba hic in-scruimus ex veteribus libris, quae non habentur in editione. Sed nec in Anglicano hoc loco comparent. Exstant quidem pau-lo post, linea sequenti. Et vi-dentur inde posse abesse. Locus omnino perturbatior. Sic legitur in Anglicano, ut in editis: καὶ ὅσαι εἰσὶ τῶν καλάμων βραχὶ μι-κρῷ λειπόμεναι τούτων, καὶ ἐπὶ τῷ δευτέρῳ τούτοις, ὅσαι τοῦ διωτέ-ρου, καὶ μείζων ὁ μετὰ τοῦτον τρί-τις καὶ κατὰ λόγον. ὅσαι ἡ λοι-πή. In editis tamen alia est in-terpunctio in his ultimis, καὶ μείζων ὁ μετὰ τοῦτον τρίτις, καὶ κατὰ λόγον. Verba haec ita scri-pta, ut ea exhibent Palatinus & Anglicanus, vix sensum ha-bent. Ideo in melioribus libris post illa, λειπόμεναι τούτων, se-quuntur illa, μείζων ὁ μετὰ τοῦ-τον. Quae voces cum paulo post repetantur, videntur suo loco haud positae, ac de ea sede in istam transferendae. Sic igitur totus locus constituendus & or-dinandus, mutatis interpunctio-nibus: καὶ ὅσαι εἰσὶ τῶν καλά-μων βραχὶ μικρῷ λειπόμεναι, τού-των μείζων ὁ μετὰ τοῦτον, καὶ ἐπὶ τῷ δευτέρῳ τούτοις ὅσαι τοῦ δευ-τέρου μείζων ὁ τρίτος, καὶ κατὰ
Achill. Tat.

λόγον αὐτὰς ὁ λοιπὸς τῶν καλά-μων χωρεῖ. Incipit in fistula de-scribenda a minimis calamis, & procedit ad maiores. Contra alii auctores a maioribus incipiunt, & progrediuntur ad minimos. Pollux: Σῦριγξ, κάλαμοι πολλοί, ἕκαστος κατὰ μικρὸν ὑφ' ἑτέρου ἐπιλλαγέντος ἄχρι τὸν ἐλάχιστον ἀεὶ τοῦ μεγάλου. Tibullus:
  Fistula cui semper decrescit arun-
    dinis ordo.
Tatius hic dicit, fistulas semper accrescere ordinem arundinis. Quatenus igitur, inquit, arundines penda certo breviores sunt, in his maior est, quae sequitur, id est, quae secundo loco est, longior est, quam quae prima. Et quae post secundam sequitur, in tantum lon-gior est, quam regula secunda ma-ior habetur. Hoc sonant Graeca verba, ut & supra proposuimus. Nondum tamen satis sana viden-tur. Quid est enim dicere, qui post secundum est calamus, tan-to longior est secunda, quan-tum tertius secundum magnitu-dine superat? Nonne ὁ μετὰ τοῦ δευτέρου idem, quod ὁ τρίτος κά-λαμος; Idem est igitur, ac si di-xisset, tertius calamus in tan-tum longior est secundo, quan-tum secundus est brevior tertius. Quod est ineptum. Sic igitur pu-

καὶ ἐπὶ τῷ δευτέρῳ τοσοῦτον, ὅσον τοῦ δευτέρου μείζων
ὁ μετὰ τοῦτον τρίτος. καὶ κατὰ λόγον οὕτως ὁ λοιπὸς τῶν καλάμων χορὸς ἕκαστον τοῦ πρόσθεν ἴσον
ἔχων[1]. τὸ δὲ ἴσον μέσον ἐστὶ τῷ πεμπτῷ. αἴτιον δὲ τῆς
τοιαύτης τάξεως, ἡ τῆς ἁρμονίας διατομή. τὸν μὲν γὰρ
ὀξύτατον ἄνω, καὶ ὅσον εἰς τὸ κάτω πρῶτον βαρὺ,

nam secunda superat, tanto secundam a tertia superari,
ceterasque deinceps proportionem eandem sequi: ex altero vero capite aequales illas inter se omnes esse: quae
omnium media est, ea longiore dimidio minor est. Eo autem ordine dispositae arundines fuerunt, ut aequalis ef-
fici concentus posset. Nam cum acutissimus sonus in sublime admodum feratur, gravissimus autem contra depri-

to distinguendum: καὶ ἴσον ἐπὶ
τῶν καλάμων μέσῳ λειπόμενοι,
τούτου μείζων ὁ μετὰ τοῦτον, καὶ
ἐπὶ τῷ δευτέρῳ τοσοῦτον, ὅσον τοῦ
ὑστέρου μείζων ὁ τρίτος. Ubi potest etiam legi, ὅσον ὁ τῷ δευτέρῳ
μείζων ὁ μετὰ τοῦτον τρίτος. Quae
repetitio non est ingrata. Idem
est igitur, ac si dixisset, & poterat quidem ita brevius haec con-
cipere, τούτου μείζων ὁ μετὰ τοῦτον ὑστέρου, τοσοῦτό τε ἐπὶ τῷ ὑστέρῳ μείζων ὁ μετὰ τοῦτον τρίτος.
Turbant tamen adhuc illa ἐπὶ
τῷ δευτέρῳ, quae accipi possunt
pro tertio, id est, pro eo, qui
post secundum est, vel a secundo. Alius, ut ea hic accipimus,
qui post primum sequitur, ὁ
μετὰ πρῶτον, is est, qui ἐπὶ ὑστέρῳ, hoc est, ἐν τῷ ὑστέρῳ τόπῳ.
Sed hoc durum est. Omnino puto corrupisse locum imperitos,
cum scripsisset auctor ἐπιυστέρῳ, hoc modo: τούτου μείζων ὁ
μετὰ τοῦτον, καὶ ἐπιυστέρῳ. Sic
supra locum corruperant, ἐπιυστέρῳ φερόμενοι, proquo eo re-

posuerant, ἐπὶ τῷ δευτέρῳ. Recte
interpres reddidit, altero ex capite quanto primam secunda superat, tanto secundam a tertia superari, ceterasque deinceps proportionem eandem sequi.

1 Ἕκαστον τοῦ πρόσθεν ἴσον
ἔχων) Editio Palatina cum Anglicano Codice, ἴσον ἴχει. Ceteri
ἴχων. Parum refert, utram sequa-
ris. Sed non minimum, οἱ ἄλλοι
legatur, pro ἴσον, ita sententia
loci flagitante. Dicit, ita com-
positos esse calamos fistulae, ut
semper longior sequatur brevio-
rem. Tanto enim longiorem esse
secundum primo, quantum tertius longior est secundo. Deinde
addit, καὶ κατὰ λόγον οὕτως ὁ
λοιπὸς τῶν καλάμων χορὸς ἕκαστον
τοῦ πρόσθεν ἄλλων ἴχων. Si enim
secundus longior primo, secundo tertius, quomodo iuxta hanc
proportionem fistula singulos inter se habere calamos pares possit? Immo dispares. Ergo legendum, ἕκαστον ἄλλων ἴχων τὸν πλησίον, non ἴσον.

κατὰ κέρας ἑκάτερον ὁ ἄκρος ἔλαχεν αὐλός· τὰ δὲ μεταξὺ τῶν ἄκρων τοῦ ῥυθμοῦ διαστήματα· πάντες οἱ
μεταξὺ κάλαμοι ἕκαστος ἐπὶ τὸν πέλας τὸ ὀξὺ κατα-
φέρων ἰς τὸ τελευταῖον συνάπτει βαρεῖ¹. ὅσα δὲ ὁ τῆς
Ἀθηνᾶς αὐλὸς ἐντὸς λαλεῖ, τοσαῦτα καὶ ὁ τοῦ Πανὸς
ἐν τοῖς στόμασιν αὐλεῖ. ἀλλ' ἐκεῖ μὲν οἱ δάκτυλοι κυ-
βερνῶσι τὰ αὐλήματα· ἐνταῦθα δὲ τοῦ τεχνίτου τὸ στόμα μιμεῖται τοὺς δακτύλους. κἀκεῖ μὲν κλείσας ὁ
αὐλητὴς τὰς ἄλλας ὀπὰς, μίαν ἀνοίγει μόνην, δι' ἧς
τὸ πνεῦμα καταρρεῖ· ἐνταῦθα δὲ τοὺς μὲν ἄλλους ἐλευ-
θέρους ἀφῆκεν καλάμους, μόνον δὲ τὸ χεῖλος ἐπιτίθη-
σιν, ὃν ἂν ἐθέλῃ μὴ σιωπᾶν. μεταπηδᾷ τε ἄλλοτε ἐπ'
ἄλλον, ὅπου ποτ' ἂν ᾖ τοῦ φθέγματος ἡ ἁρμονία κα-

matur, amboque extremas arundines, alter alteram scilicet, sortiti sunt, interiacentes alias, quae vocum intervalla moderarentur, constitui necesse fuit. Illae enim so-
nos impares, sed tamen pro rata portione distinctos natae, acutaque cum gravibus temperantes, in causa sunt,
ut extremae inter se congruant sic, uti aequalis demum
concentus efficiatur. Porro fistula haec, si ori eam quis
admoveat, eadem prorsus, quae Palladis tibia, refert: verum hic digiti modos temperant, illic os manum imitatur: hic tibicen foramina omnia, uno dumtaxat excepto,
per quod spiritus exeat, obturat; illinc arundines alias
omnes liberas relinquit, uni tantum, quam quidem sonum edere velit, os admovet: qua deinde omissa, ad
aliam atque aliam, prout ad suaviorem cantum edendum

1 Ἐς τὸ τελευταῖον συνάπτει
βαρεῖ) Ita edidimus, ut etiam
est in editione, quamvis eam lectionem censeamus corruptam.
Scripti Codices habent omnes, ἰς
τὸ τελευταῖον συνάξεις βαρεῖ.

Ex quo faciendum putarim, ἶς
τι τῷ τελευταῖῳ συνάπτει βαρεῖ,
donec ultimo acuto ex intervalla
sonorum connectas; vel etiam, ἐ
τ' δι τῷ τελευταῖῳ συνάπτῃ βαρεῖ.

λη΄. οὕτως αὐτῷ περὶ τοὺς αὐλοὺς χορεύει τὸ στόμα.
Ἦν δὲ ἡ σῦριγξ, οὔτε αὐλὸς ἀπ' ἀρχῆς, οὔτε κάλα-
μος· ἀλλὰ παρθένος εὐειδὴς οἵαν εἶχεν κρόην. ὁ Πὰν
οὖν ἐδίωκεν αὐτὴν δρόμῳ ἐρωτικόν, τὴν δὲ ὕλη τις δίχε-
ται δασεῖα φεύγουσαν. ὁ δὲ Πὰν κατὰ πόδας εἰσθο-
ρῶν, ὤρεγε τὴν χεῖρα ὡς ἐπ' αὐτήν. καὶ ὁ μὲν ᾤετο τε-
θηρακέναι, καὶ ἔχεσθαι τῶν τριχῶν· καλάμων δὲ κόμην εἶχεν ἡ χείρ. τὴν μὲν γὰρ εἰς γῆν καταδῦναι λέγου-
σιν· καλάμους δὲ τὴν γῆν ἀπ' αὐτῆς τεκεῖν· τέμνει δὲ
τοὺς καλάμους ὑπὸ ὀργῆς ὁ Πὰν, ὡς κλέπτοντας αὐτοῦ τὴν ἐρωμένην. ἐπεὶ δὲ μετὰ ταῦτα οὐκ εἶχεν εὑ-
ρῶν, εἰς τοὺς καλάμους δοκῶν λελύσθαι τὴν κόρην,
ἔκλαιε τὴν τομήν, νομίζων τεθνηκέναι τὴν ἐρωμένην. συμ-
φορήσας οὖν τὰ τετμημένα τῶν καλάμων ὡς μέλη τοῦ
σώματος, καὶ συνθεὶς εἰς ἓν σῶμα, εἶχε διὰ χειρῶν
τὰς τομὰς τῶν καλάμων καταφιλῶν, ὡς τῆς κόρης

fieri par est, transiliit. Eoque pacto circum arundines ei
os tripudiat. Ac fuit quidem tempus, cum fistula haec
neque tibia, neque arundo erat, sed virgo, supra quam
quis iudicare possit, formosa: quae cum sui amore captum Panem Deum fugeret, densissimam in silvam sese
recepit. Pan vero vestigiis consecutus, puellae manum tandem iniecit: cumque capillis comprehensam illam tenere
se arbitraretur, arundinum pro coma frondes apprehen-
disse comperit, quas absorptae terrae discessu puellae loco
enatas aiunt. Has igitur, utpote quae amicam sibi suam
eripuissent, irae impotentia devictus, succidit. Verum puella, quam in arundines mutatam putabat, minime inventa, facti conscientia commotus, quod amicam leto se dedisse crederet, ingemuit, dissectaque arundines, tanquam
virginis membra essent, colligens, atque in unum com-
ponens, manibus continere, ac dissuaviari perrexit. Ita

τραύματα. ἵστησι δ' ἐρωτικὸν ἐπιθεὶς τὸ στόμα, καὶ
ἐπίπνει ἄνωθεν εἰς τοὺς αὐλοὺς ἅμα φιλῶν. τὸ δὲ πνεῦμα διὰ τῶν ἐν τοῖς καλάμοις στομάτων καταρρέον, αὐ-
λήματα ἐποίει, καὶ ἡ σύριγξ εἶχε φωνήν. Ταύτην οὖν
τὴν σύριγγά φασι ἀναθεῖναι μὲν ἐνθάδε τὸν Πᾶνα,
περιορίσαι δὲ εἰς σπήλαιον αὐτὴν, θαμίζειν τε αὐτὸν
τῇ σύριγγι, καὶ συνήθως αὐλῶν. χρόνῳ δὲ ὕστερον χα-
ρίζεται τὸ χωρίον τῇ Ἀρτέμιδι, συνθήκας ποιησάμενον
πρὸς αὐτὴν, μηδεμίαν ἐκεῖ καταβαίνειν γυναῖκα. ὅταν
οὖν αἰτίαν ἔχῃ τις οὐκ εἶναι παρθένος, προπέμπει μὲν
αὐτὴν ὁ δῆμος μέχρι τῶν τοῦ σπηλαίου θυρῶν· δικάζει δὲ ἡ σύριγξ τὴν δίκην. ἡ μὲν γὰρ παῖς εἰσέρχεται
κεκοσμημένη μόνη στολῇ [1] τῇ νενομισμένῃ, ἄλλος δὲ
ἐπικλείει τὰς τοῦ σπηλαίου θύρας. κἂν μὲν ᾖ παρθέ-

dum amatorie lamentatur, ipsisque arundinum sectionibus,
quasi puellae vulneribus, suspirans oscula infert, spiritus
calamos intravit, perque angustias eorum means sonum edidit: atque hoc pacto fistula vocem nacta est: quam deinceps a Pane in spelunca illa collocatam conclusamque fuisse,
Deum autem ipsum illo frequenter venire, ac de more canere solitum, constans fama est. Per tempora vero posteriora
gratiam a Diana se inituros arbitrari regionis huiusce inco-
lae, fistulam ei consecraverunt, pactione facta, non nisi virgines ad eam descendere se passuros. Quamobrem cum in-
violati pudoris suspicionem virgo aliqua venit, eam populus ad speluncae usque fores comitatur, ut fistulae iudicium subeat. Quod quidem huiusmodi est. Nam quae
stupri suspecta est, stolam ad id rite comparatam induta in
antrum descendit. Cuius postes ab uno aliquo statim ob-
serantur: ac tum quidem, si ea virgo adhuc sit, dulcis

X 3

νας, λιγυρόν τι μέλος ἀκούεται καὶ ἴσθιον, ἤτοι τοῦ
τόπου πνεῦμα ἔχοντος μουσικὸν εἰς τὴν σύριγγα τα-
μιῶν, ἢ τάχα καὶ ὁ Πὰν αὐτὸς αὐλεῖ. μετὰ δὲ μικρὸν αὐτόμαται μὲν αἱ θύραι ἀνῴχθησαν τοῦ σπη-
λαίου· ἐκφαίνεται δὲ ἡ παρθένος ἐστιφανωμένη τὴν κεφαλὴν πίτυος κόμαις. ἐὰν δὲ ᾖ τὴν παρθενίαν ἐψευσμέ-
νη, σιωπᾷ μὲν ἡ σύριγξ, οἰμωγὴ δέ τις ἀντὶ μουσικῆς
ἐκ τοῦ σπηλαίου πέμπεται, καὶ εὐθὺς ὁ δῆμος ἀπαλ-
λάττεται, καὶ ἀφῆσω ἐν τῷ σπηλαίῳ τὴν γυναῖκα.
τρίτῃ δὲ ἡμέρᾳ παρθένος ἱέρεια τοῦ τόπου παρελθοῦσα,
τὴν μὲν σύριγγα εὑρίσκει χαμαὶ, τὴν δὲ γυναῖκα οὐδαμοῦ. Πρὸς ταῦτα παρασκευάσασθαι πῶς ἂν αὐτοὶ σχῆτε τύχης, καὶ σύνετε. εἰ μὲν γάρ ἐστι παρθένος, ὡς ἔγωγε βουλοίμην, ἄπιτε χαίροντες τῆς
σύριγγος τυχόντες εὐμενοῦς· οὐ γὰρ ἄν ποτε ψεύ-
σαιτο τὴν κρίσιν· εἰ δὲ μὴ, αὐτοὶ γὰρ ἴστε οἷα εἰκὸς

quidam ac paene divinus sonus exauditur: sive quod ca-
norum spiritum intra calamos reconditum locus ille habeat,
sive quod Pan forte ipse canat. Nec multo post antri valvae sponte recluduntur, virgoque pineis frondibus redimita conspicitur. Si autem virginem se mentita fuerit,
pro fistulae cantu fletum quendam spelunca emittit. Populus itaque, relicta inibi muliere, confestim abit: virgo
autem loci eius antistita tertio demum die speluncam ingressa, fistulam quidem humi delapsam, mulierem vero nusquam reperit. Id vobis discriminis subeundum erit: cuius
qui exitus futurus sit, etiam atque etiam cogitate. Ac si
viri adhuc expers Leucippe est, id quod ipse sane pervelim, alacres periculum facite, propitiam vobis fistulam
habituri, cuius iudicium nemini unquam fraudi fuit. Sin
minus; vos enim scire debetis, quam multa verisimile sit

ὁ τοσαύταις αὐτὴν ἐπιβουλαῖς γινομένην ἄκουσαν.

ζ΄. Καὶ εὐθὺς ἡ Λευκίππη πρὶν τὸν ἱερέα εἰπεῖν τὸν ἑξῆς λόγον· Ὡς γέ μοι δοκεῖ, μηδὲ εἴπῃς [1]. ἐγὼ γὰρ ἑτοίμη εἰς τὸ τῆς σύριγγος σπήλαιον εἰσελθεῖν, χωρὶς κλήσεως κατακεκλεῖσθαι. Ἀγαθὰ λέγεις, ὁ ἱερεὺς εἶπεν, καί σοι συνήδομαι ὑπὲρ σωφροσύνης καὶ τύχης. Τότε μὲν οὖν ἑσπέρας γινομένης, ἕκαστος ἡμῶν ἀπῄει κοιμηθησόμενος, ἔνθα ὁ ἱερεὺς παρεσκεύασεν. ὁ Κλεινίας δὲ οὐκ ἦν ἡμῖν συνδειπνῶν· ὡς ἂν μὴ φορτικοὶ δοκοίημεν εἶναι τῷ ξενοδόχῳ· ἀλλ' ἔνθα καὶ τὴν

eam vel inviram pertulisse, cui toties in insidiatorum manus devenire contigit.

VII. Tum Leucippe, antequam coeptum sermonem sacerdos finiret: Atqui quod ad me, inquit, attinet, ne sollicitus sis: ego enim fistulae antrum promte ingrediar, atque illud nullo adiutore concludetur. Est id mihi, inquit sacerdos, periucundum: tuamque tibi continentiam & felicitatem gratulor. Sed cum iam advesperasset, nostrum unusquisque, ubi sacerdos praescripserat, cubitum abiit. Clinia nobiscum haudquaquam coenaverat, hospiti enim oneri esse nolebamus; sed eo se receperat, ubi pri-

[1] Ὡς γέ μοι δοκεῖ, μηδὲ εἴπῃς) Ita omnes libri. Haud scio, quam lectionem secutus sit interpres, qui vertit: Quod ad me attinet, ne sollicitus sis. An legit, μὴ δίσῃς, Ne timeas? Ita videtur. Sed neque haec scriptura, neque mens auctoris germana. Priusquam sermonem absolvisset sacerdos de Leucippe, quae, si forte, in tot casibus & accidentibus, quibus incurrerat, potuit virginitatem non retinuisse videri, quamvis invita, cum additurus esset, ὡς γέ μοι δοκεῖ· & iam fortasse paene verba illa enuntiaverat, ὡς δὴ μὴ, αὐτὴ γὰρ ἔστι, οἵα οἷόλε ἐν τοιαύταις αὐταῖς ἐπιβουλαῖς ἄκουσα, ὡς γέ μοι δοκεῖ· cum, inquam, haec verba dimidiata pronunciasset, ab ore loquentis ea excipiens, priusquam tota effatus esset, Leucippe respondet, ὡς γέ μοι δοκεῖ, μηδὲ εἴπῃς, Ne istud, inquit, dixeris, quasi videar tibi invita iacturam virginitatis perpessa, per tot rerum discrimina, quae pertuli: nam parata sum, in speluncam illam descendere, & probationem fistulae experiri, ut scias, me neque invitam virginitate excidisse.

πρόσθεν ἡμέραν, καὶ τὴν τότε. Τὸν μέν τοι Σώστρατον ἑώρων ὑποθορυβηθέντα τῷ τῆς σύριγγος διηγήματι,
μὴ ἄρα τὰ τῆς παρθενίας δι' αἰδῶ τὴν πρὸς αὐτὸν ψευ-
δώμεθα. διανύω δὲ τῇ Λευκίππῃ νεύματι ἀφανεῖ τὸν
φόβον τοῦ πατρὸς ἐξιλῶ, ἐπισταμένη οἵῳ δὴ τρόπῳ
μάλιστα οἴεται πείσειν. κἀκείνη δὲ ἐδόκει μοι ταὐτὸν
ὑποπτεύειν, ὥστε ταχὺ μὲν συνῆκεν. διενεῖτο δὲ καὶ
πρὸ τοῦ παρ' ἐμοῦ νεύματος, ὡς ἂν κοσμιώτατα προσ-
ενεχθείη τῷ πιστώματι. Μέλλουσα οὖν πρὸς ὕπνον
ἀναχωρεῖν, καὶ ἀσπαζομένη τὸν πατέρα, ἠρέμα πρὸς
αὐτόν· Θάρρει, πάτερ, ἴσθη, περὶ ἐμοῦ, καὶ πίστευε
τοῖς εἰρημένοις. μὰ τὴν γὰρ Ἄρτεμιν, οὐδ' ἕτερος ἡμῶν
οὐδὲν ἐψεύσατο. Τῇ δ' ὑστεραίᾳ περὶ τὴν θεωρίαν ἦσαν
ὅ τε Σώστρατος καὶ ὁ ἱερεὺς, καὶ ηὐτρεπισμέναι ἦσαν
αἱ θυσίαι. παρῆν δὲ καὶ ἡ βουλὴ μεθέξουσα τῶν ἱερῶν.
εὐφημίαι δὲ ἦσαν εἰς τὴν θεὰν πολλαί. καὶ ὁ Θέρ-

die quoque diverfatus. Ceterum Soſtratus, iis auditis, quæ
de fiſtula narrata fueram, ſubvereri nobis viſus eſt, ne
verecundia erga ſe noſtra ad mentiendam virginitatem ad-
duceremur. Quamobrem ego puellæ clam nutu indicavi,
ut illum patri timorem eximeret : quo enim maxime modo
id ei perſuaderet, didicerat, idemque & ipſa ſuſpicari mihi viſa fuerat. Quid enim meus ille nutus ſibi vellet, ſtatim percepit: ac iam etiam ante, quam ei annuerem, nonnulla excogitaverat, ad perſuadendum quam appoſitiſſi-
ma. Cubitum enim itura, patre ſalutato, bonoque animo
eſſe iuſſo: Verbis, inquit, pater, noſtris fidem habe: nemo enim noſtrûm, ita me Diana ſervet, ulla in re men-
titus eſt. Poſtridie illius diei, cum victimæ in promtu eſſent, Soſtratus & ſacerdos ſacris peragendis operam im-
penderunt. Convenit autem etiam divinæ rei particeps
futura concio. Deæque magno cum plauſu acclamatum

σανδρος· ἔτυχε γὰρ καὶ αὐτὸς παρών· προσελθὼν τῷ
προέδρῳ· Πρόγραψον εἰς αὔριον, ἴζη, τὰς περὶ ἡμῶν
δίκας, ἐπεὶ καὶ τὸν καταγνωσθέντά σοι χθὲς, ἤδη
τινὲς ἔλυσαν, καὶ ὁ Σωσθένης ἐστὶν οὐδαμοῦ. Προεγέ-
γραπτο μὲν οὖν εἰς τὴν ὑστεραίαν ἡ δίκη. παρεσκευαζόμεθα δὲ ἡμεῖς μάλα εὐπρεπῶς ἔχοντες.

η΄. Ἱκαύσης δὲ τῆς κυρίας, ὁ Θέρσανδρος εἶπεν
ὡδὶ· Οὐκ οἶδα, τίνος ἄρξομαι λόγου καὶ πόθεν, οὐδὲ
τίνων κατηγορήσω πρῶτον, καὶ τίνων δεύτερον. τότε
γὰρ τετολμημένα πολλὰ ὑπὸ πολλῶν, καὶ οὐδὲν οὐδενὸς τῷ μεγέθει δεύτερον· πάντα δὲ ἀλλήλων γυμνὰ,
καὶ μεθ' ὧν οὐδ' ἂν ἅψωμαι κατηγορῶν. τότε γὰρ τῆς
ψυχῆς κρατούσης, φοβοῦμαι μὴ ἀτελὲς ὁ λόγος μοι
γένηται, τῆς τῶν ἄλλων μνήμης τὴν γλῶτταν ἐφ'
ἕκαστον ἱλκούσης. ἡ γὰρ εἰς τὸ μέλλον λεχθὲν ἔπειξις

est. Thersander autem, aderat enim & ipse, in praesidis
conspectum progressus: Vadimonium, inquit, nobis in
crastinum differ: quem enim tu heri damnasti, nonnulli
missum fecerunt, Sosthenesque nusquam invenitur. Itaque factum fuit. Nosque interea, ut vadimonium longe
paratiores obiremus, operam dedimus.

VIII. Cuius cum dies tandem advenisset, Thersander
hunc in modum verba fecit: Quibus utar verbis, undeve
initium dicendi sumam, quos prius, & quos posterius
accusem, non satis scio: multa enim, & a multis audacter facta, mihi dicenda sese offerunt, magnitudine inter
se paria, & manifestiora, quam ut hac in accusatione
referri a me debeant. Quamquam ea, quae animus concepit, vereor ut explicare oratione possim, aliarum praesertim rerum memoria linguam ad se trahente. Quippe
dum ad illa, quae nondum dicta sunt, oratio festinat, fa-

τοῦ λόγου, τὸ ὁλόκληρον τῶν ἤδη λεχθέντων παραιρεῖ-
ται. ὅταν μὲν γὰρ ζημιώσωσι τοὺς ἀλλοτρίους οἰκέτας
οἱ μοιχοὶ, μοιχεύσωσι δὲ τὰς ἀλλοτρίας γυναῖκας οἱ
φονεῖς. λύουσιν ἡμῖν τὰς θεωρίας οἱ πορνοβοσκοὶ, τὰ
δὲ σεμνότατα τῶν ἱερῶν μιαίνουσιν αἱ πόρναι. τὰς ἡμέρας δὲ λογιζόμενας, ἢ ταῖς δούλαις καὶ τοῖς δεσπόταις [1], τί δράσειέ τις ἔτι, τῆς ἀνομίας ὁμοῦ καὶ μοι-

cultatem eripi mihi sentio, quo minus res iam susceptas
absolvam. Etenim cum aliorum servos adulteri necent,
alienas coniuges sicarii violent, damnatos a suppliciis le-
nones eripiant, sanctissima Deorum templa meretrices pro-
fanent, sint etiam, qui ancillis herisque diem dicant; quae

1 Τὰς ἡμέρας δὲ λογιζόμενας, ἢ ταῖς δούλαις καὶ τοῖς δεσπόταις) Haec nullus intelligo. Nec omnino interpres, qui sic reddidit: *Sint etiam, qui ancillis herisque diem dicant, quae adulteria, quae sacrilegia, quae caedes, quae denique flagitia non sibi licere quivis existimat.* Non melius, haec Latina quid velint, percipio, quam Graeca. Illud tamen scio, Graecorum sensum Latinis illis non exprimi. Sic enim habent: τὰς ἡμέρας οἱ λογιζόμενοι, ἢ ταῖς δούλαις καὶ τοῖς δεσπόταις, τί παρείη τις ἔτι, τὰς ἀνομίας ὁμοῦ, καὶ μοιχείας, καὶ ἀσεβείας, καὶ μιαιφονίας, μιξιπορνίας. Haec corruptissima videntur. Nec enim quaestio est de die dicta servis aut ancillis, neque, si esset, ex verbis, ut posita sunt, ea mens eliceretur. Certum est quidem, ad illud respici, quod supra dictum est de templo Dianae, cuius ingressus solis virginibus asylum petentibus dabatur, & solis viris. Mulier vero si quae esset ingressa ad hoc, poena mortis eam manebat, nisi si ancilla violentiae domini vitandae eo confugisset. Tum magistratus inter il-

lam & dominum iudicabat. Si iniuriam fecisse convictus esset herus ancillae suae, Deae ipsi ancilla illa adiudicabatur, nec hero reddebatur. Si insons herus esset pronuntiatus, recipiebat ancillam, dato iureiurando, illius perfugii, quod ancilla expetiisset, memorem se non esse futurum. Videndum igitur, quomodo sint constituenda huius loci verba, quae sine dubio eo alludunt. Putarem scriptum esse ab auctore: τὰς ἡμέρας οἱ λογιζόμενοι ἢ ταῖς δούλαις καὶ τοῖς δεσπόταις, τί ὑπάρξοι τις ἔτι, τῆς ἀνομίας ὁμοῦ καὶ μοιχείας, καὶ ἀσεβείας, καὶ μιαιφονίας, μιξιπορνίας. De Diis prius dixit, & quae ad eos, & eorum sacra pertinent, violatas esse templorum religiones ac sacrorum legationes. Deinde addit: quod ad nostra attinet, quam ancillas dominosque spectant, dum ea reputo, quis quid amplius super ea se agere velit, aut facere, ubi iniustitia, adulterium, impietas, & homicidium simul misceantur? Minima mutatione locum, ut puto, depravatissimum sanavimus.

χίας, καὶ ἀσεβείας, καὶ μιαιφονίας κεκαθαρμένης.
Κατεγνώκατέ τινος θάνατον· ἐφ' αἷς δή ποτ' οὖν αἰ-
τίαις, οὐδὲν γὰρ διαφέρει· καὶ δεδεμένον εἰς τὸ δεσμωτήριον ἀπεστείλατε, φυλαχθησόμενον τῇ καταδίκῃ· οὗτος δὲ παρέστηκεν ὑμῖν, ἀντὶ τῶν δεσμῶν λευκὴν ἠμφιεσμένος στολὴν, καὶ ἐν τῇ τάξει τῶν ἐλευθέρων ἕστηκεν ὁ δεσμώτης. τάχα δὲ καὶ τολμήσει καὶ φωνὴν
ἀφεῖναι, καὶ ἐπιρρητορεῦσαί τι κατ' ἐμοῦ, μᾶλλον δὲ
καθ' ὑμῶν καὶ τῆς ὑμετέρας ψήφου. Λέγει δὲ ὧδε τῶν
προέδρων καὶ συμβούλων τὸ δόγμα. ἀκούετε καθάπερ
ἐψηφίσασθε, καὶ τὴν περὶ τούτου μοι γραφήν. Ἔδοξεν ἀποθνήσκειν Κλειτοφῶντα. Ποῦ τοίνυν ὁ δήμιος;
ἀπαγέτω τοῦτον λαβών. δὸς ἤδη τὸ κώνειον. ἤδη τέθνηκε τοῖς νόμοις, κατάδικός ἐστιν ὑπερήμερος. Τί λέγεις,
ὦ σεμνότατε καὶ κοσμιώτατε ἱερεῦ; ἐν ποίοις ἱεροῖς
adulteria, quae sacrilegia, quas caedes, quae denique flagitia non sibi licere quivis existimet? Unum, quaeso, aliquem vos quavis de causa, quasi nihil referret, capitis
damnastis, atque in custodiam supplicio servatum dari ius-
sistis, ut is demum candida pro vinculis stola circumdatus, vestrum in conspectum veniret, & inter liberorum
hominum ordines reus sederet. Quid? quod vocem forsan
etiam emittere, ac verba contra me, aut potius contra
vos, sanctionesque vestras facere audebit? *Recita praesi-*
dum consiliariorumque decretum. Audistisne, quam de isto sententiam, me accusatore, tulistis? Decretum quidem certe
semel a vobis est, Clitophontem morte mulctandum esse.
Ubinam igitur, lictor, es? Quin hunc sublimem raptum
abducis? Quin ei venenum praebes? Iam enim, quod ad
leges attinet, mortuus est, suppliciique abiit dies. Quid
vero ais tu, religiosissime atque ornatissime antistes? Qua-

γέγραπται νόμοις τοὺς ὑπὸ τῆς βουλῆς καὶ τῶν πρυτάνεων κατεγνωσμένους, καὶ θανάτῳ καὶ δεσμοῖς παραδοθέντας, ἐξαρπάζειν τῆς καταδίκης, καὶ τῶν δεσμῶν ἀπολύειν, καὶ κυριώτερον σεαυτὸν ποιεῖν τῶν προέδρων καὶ τῶν δικαστηρίων; ἀνάστηθι τοῦ θάκου, πρόσδε, παραχώρησον τῆς ἀρχῆς αὐτῷ καὶ τοῦ δικαστηρίου· οὐκ ἔτι οὐδεὶς εἶ κύριος, οὐδὲν ἔξεστί σοι κατὰ τῶν πονηρῶν ψηφίσασθαι, καὶ σήμερον ὅ, τι δόξει λύεται. τί ἕστηκας, ἱερεῦ, σὺν ἡμῖν ὡς τῶν πολλῶν εἷς; ἀνάβηθι, καὶ κάθισον ἐν τῷ τοῦ προέδρου θρόνῳ, καὶ σὺ δίκαζε λοιπὸν ἡμῖν μᾶλλον, καὶ κέλευε τυραννικῶς, μηδὲ ἀναγινωσκέσθω σοί τις νόμος, μηδὲ γνῶσις δικαστηρίου, μηδ' ὅλως ἄνθρωπον σεαυτὸν ἡγοῦ. μετὰ τῆς Ἀρτέμιδος προσκυνοῦ. καὶ γὰρ τὴν ἐκείνης τιμὴν ἐξήρπασας. αὐτῇ μόνῃ τοὺς ἐπ' αὐτῇ καταφεύ-

nam, obsecro te, lege cautum est, ut, qui a concione, summisque magistratibus, vinculis & morti addicti sunt, a iudicum severitate vindicari, & catenis exsolvi debeant? Cur maior tua sit, quam praesidum atque magistratuum potestas? Age iam, tuo e solio, Praeses, descende, huicque imperium ac iudiciorum auctoritatem omnem permitte: nihil enim Iuris tibi amplius in quempiam est: nec in scelestos ac nefarios homines tibi animadvertere amplius licet. Iste enim hodie, quem vult, absolvit. Quid vero tu tanquam privatus aliquis inter nos stas? Quin potius ascendis, atque in praesidis solio sedes, ius nobis posthac dicturus, aut, si mavis, tyrannice, legum omnium atque iudiciorum auctoritate neglecta, imperaturus? Nec vero te hominem tantum puta, sed cum Diana ipsa, cuius tibi honorem turpiter arrogasti, aeque coli iube: ea enim sola est, ad quam confugientes ad se, illos scilicet,

γοντας ἔξεστι σώζειν· καὶ ταῦτα πρὸ δικαστηρίου γνώ-
σεως. δεδεμένον δὲ οὐδένα λέλυκεν ἡ θεὰ, οὐδὲ θανάτῳ παραδοθέντα ἠλευθέρωσεν τῆς τιμωρίας. τῶν δυστυχούντων εἰσὶν, οὐ τῶν ἀδικούντων, οἱ βωμοί. σὺ δὲ
καὶ τοὺς δεθέντας ἐλευθεροῖς, καὶ τοὺς καταδίκους ἀπο-
λύεις. οὕτως παρεδαιμόνησας καὶ τὴν Ἄρτεμιν. τίς ᾤκη-
σεν ἀντὶ δεσμωτηρίου τὸ ἱερὸν Cοτὶς καὶ μοιχὸς παρὰ
τῇ καθαρᾷ θεῷ; οἴμοι μοιχὸς παρὰ τῇ παρθένῳ· συνῆν
δὲ αὐτῷ καὶ γυνή τις ἀκόλαστος, ἀποδρᾶσα τοῦ δεσπότου. καὶ γὰρ ταύτην, ὡς εἴδομεν, ὑποδέχου, καὶ
μία γίγνων αὐτοῖς ἑστία παρά σοι καὶ συμπόσιον,
τάχα δὲ καὶ συνεκάθευδες ἱερῷ. οἴκημα τὸ ἱερὸν ἐποίη-
σας. ἡ τῆς Ἀρτέμιδος οἰκία μοιχῶν γέγονε, καὶ πόρνης
θάλαμος. ταῦτα μόλις ἐν χαμαιτυπείῳ γίνεται. Εἰς

quorum caufa nondum a iudicibus cognita eft, fervare
pertinet. Ac quamvis neminem illa unquam in cuftodiam
datum folveris, neminem unquam morti addictum e li-
ctorum manibus eripueris: infelicibus enim, non impiis,
Deorum arae praefidio effe confueverunt: unus tamen
tu inventus es, qui reos e carceribus emitteres, damnatos abfolveres. Quod quid aliud fit, quam Dianae auctoritate antecedere velle, non video. At vero quis unquam
delubrum loco carceris inhabitavit? Quod nunc plane fieri
conflat: ficarius enim atque adulter, intactam apud Deam
moratur. O indignum facinus, adulterum apud virginem
diverfari, unaque impudicam ac fugitivam mulierem adef-
fe! ita enim, uti vidimus, illam hofpitio convivioque ac-
cepifti: nifi forte vero etiam in templo, tanquam mere-
tricia aliqua in cella, cum ea fimul cubuifti, Dianaeque
fanum in adulterorum & fcorti contubernium commutafti:
in quo non minus inhonefte, quam fcortatores lenonia
aliqua in domo, cuncti verfari eftis. Haec mihi, quae pri-

μὲν δή μοι λόγος κατ' ἀμφοῖν. τὸν μέν τοι ἀξιῶ τῆς
αὐθαδίας δοῦναι τιμωρίαν, τὸν δὲ ἀποδοθῆναι κελεύ-
σον τῇ καταδίκῃ. Δεύτερος δέ ἐστι μοι πρὸς Μελίτην
μοιχείας ἀγών, πρὸς ἣν οὐδὲν δέομαι λόγων. ἐν γὰρ
τῇ τῶν θεραπαινῶν βασάνῳ τὴν ἐξέτασιν γενέσθαι δέ-
δοκται. ταύτας οὖν αἰτῶ, αἳ κἂν βασανιζόμεναι ζή-
σουσιν οὐκ εἰδέναι τοῦτον τὸν κατάδικον χρόνου πολλοῦ
συνόντα αὐτῇ, καὶ ἐν ἀνδρὸς χώρᾳ, τὴν οἰκίαν τὴν
ἐμὴν[1], οὐκ ἐν μοιχοῦ μέρον, καθεστηκότα, πάσης αἰτίας αὐτὴν ἀφίημι. ἂν τοίνυν τοὐναντίον, τὴν μὲν κατὰ τὸν νόμον ἀφῶσθαι τῆς προικὸς φημὶ δεῖν ἐμοὶ τὸν

mo loco in hosce ambos dicerem, occurrerunt. Quorum
alterum audaciae ac temeritatis suae poenas daturum arbitror: alterum vos iam tandem supplicio affici iubete.
Nunc ut de adulterii rea Melite verba faciam, locus postulat. Qua in re nequaquam mihi oratione opus est;
quandoquidem ex ancillis habita de eis quaestione veritatem inquiri debere, sancitum est. Eas igitur adduci po-
stulo: quae si tormentis adhibitis in hoc manserint, ut dicant, nescire se damnatum istum multo cum ea tempore
consuevisse, domique meae mariti, nedum adulteri, loco
diversatum esse, nulla causa est, quin ego nunc ab omni
eam accusatione liberam dimittam: sin minus; dote illam
mihi adiudicanda, uti lege cautum est, privari: hunc ve-

1 Τὴν οἰκίαν τὴν ἐμήν) In editione legitur, cui adstipulatur
Anglicanus, τῇ οἰκίᾳ τῇ ἐμῇ. Si
καθεστηκότα hic passive accipimus, ut saepe accipitur, tum
οἰκίᾳ τῇ ἐμῇ legendum sit. Καὶ
δι' ἀδελφῆς χώρᾳ τῇ οἰκίᾳ τῇ ἐμῇ,
οὐκ ἐν μοιχοῦ μέρει, καθεστηκότα.
Sic accepisse videtur interpres,
dum vertit, domique meae mariti,
nedum adulteri loco, diversatur.
Sin autem active intelligimus,
οἰκίαν τὴν ἐμὴν fuerit scribendum, ut in melioribus libris legitur: καθεστηκότα τὴν οἰκίαν τὴν
ἐμὴν ἐν ἀνδρὸς χώρᾳ, οὐκ ἐν μοιχοῦ μέρει. Qui domum meam do-
micilium sibi ut marito constituit,
non ut moecho tantum. Hoc sensu
melius legeretur καθεστηκότα,
quam καθεστηκότα. Etsi ἵστημι,
& καθίστημι etiam legatur pro
ἵσταμαι & καθίσταμαι, ut Graece
periti sciunt.

δὲ ὑπεσχία τὴν ὀφειλομένην τοῖς μοιχοῖς τιμωρίαν· θάνατος δέ ἐστιν αὐτῷ. ὥστε ὁποτέρως ἂν αὐτὸς ἀποθάνοι, ὡς μοιχός, ἢ ὡς φονεύς, ἀμφοτέροις ἔνοχος ἂν,
δίκην διδωκὼς οὐ δέδωκε. ἀποθανὼν γὰρ ὀφείλει θάνατον ἄλλον. Ὁ δέ μοι τρίτος τῶν λόγων, πρὸς τὴν
δούλην αὐτὴν τὴν ἐμὴν, καὶ σὸν σεμνὸν τοῦτον πατέρα
ὑποκριτήν. ὃν εἰς ὕστερον, ὅταν τούτων καταψηφίση-
σθε, ταμιεύσομαι. Ὁ μὲν δὴ ταῦτα εἰπὼν ἐπαύσατα.

θ'. Παρελθὼν δὲ ὁ ἱερεύς· ἦν δὲ εἰπεῖν οὐκ ἀδύνατος, μάλιστα δὲ τὴν Ἀριστοφάνους ἐζηλωκὼς κωμω-
δίαν· ἤρξατο αὐτὸς λέγειν πάνυ ἀστείως καὶ κωμωδι-
κῶς εἰς πορνείαν αὐτοῦ καθαπτόμενος· Παρὰ τὴν θύραν,
λέγων, λοιδορεῖσθαι μὲν οὕτως ἀκόσμως τοῖς συμβε-
βιωκόσι, στόματος ἐστὶν οὐ καθαροῦ. οὗτος δὲ οὐκ ἐνταῦθα μόνον, ἀλλὰ καὶ πανταχοῦ τὴν γλῶτταν μι-
στὴν ὕβρεως ἔχει. καί τοί γε νέος ὢν, συνεγίνετο πολ-

ro morte, debita scilicet adulteris poena, mulctari oportere, aio. Qui sive pereat ut adulter, sive ut parricida,
utriusque criminis reus cum sit, non sane magni refert.
Tametsi enim poenas dederit, non tamen dedisse videbi-
tur, nimirum quia morte semel affectus, alterius etiam
mortis reus futurus est. Reliquum nunc est, ut de hac serva mea, venerandoque sene isto, eius patrem se mentien-
te, sermonem faciam: verum eo usque differre mihi animus est, dum de hisce aliis decernatis. Atque hic ille dicendi finem fecit.

IX. Tum vero in medium progressus sacerdos, homo
in dicendo excellens, & Aristophanem inprimis aemulans,
sane quam urbane atque comice in flagitiosam Thersandri
adolescentiam invectus: Aequales, hercule, inquit, tuos
coram Dea tam petulanter maledictis insectari, oris est
omnino impuri. Is autem non hic modo, sed alibi etiam
passim impuram linguam semper habuit: quippe adhuc

λοῖς αἰδοίοις ἀνδράσι, καὶ τὴν ὥραν ἅπασαν ἐς τούτους
διαπαπῆλι. σμικρότατα δέδρακεν, καὶ σωφροσύνην ὑπε-
κρίνατο, παιδίας προσποιούμενος ἐρᾶν, καὶ τοῖς εἰς
ταύτην αὐτῷ χρωμένοις πάντα ὑποκύπτων, καὶ ὑπο-
κατακλινόμενος ἀεί. καταλιπὼν γὰρ τὴν πατρῴαν οἰκίαν, ὀλίγον ἑαυτῷ μισθωσάμενος στενωπίον εἶχεν ἐνταῦθα τὸ οἴκημα, ἐμπηρίζων μὲν τὰ πολλὰ, πάντας δὲ
τοὺς χρησίμους, πρὸς ἅπερ ἤθελεν, προσεταιρίζετο δεχόμενος. καὶ οὕτως μὲν ἀσκεῖν τῇ ψυχῇ ἐνομίζετο. ἦν
δ' ἄρα τούτῳ κακουργίας ὑπόκρισις, ἔπειτα καὶ τοῖς
γυμνασίοις ἑωρῶμεν, πῶς τὸ σῶμα ὑπηλείφετο, καὶ
πῶς πλῆκτρον [1] ἐπιρρίβαιεν, καὶ τοὺς μὲν νεανίσκους,
οἷς προσεπάλαιεν, πρὸς τοὺς ἀνδριωτέρους μάλιστα
συμπλεκόμενος· οὕτως αὐτοῦ κέχρηται καὶ τῷ σώματι. ταῦτα μὲν οὖν ὡραῖος ὤν. ἐπεὶ δὲ εἰς ἄνδρας ἧκεν,

Impuber cum impudicissimis quibusque versatus, omnem
iis florem aetatis substravit. Cumque a pudore quam longissime abesset, disciplinarum tamen studiosum se simularet, continentiam prae se ferebat, iis interim obnoxius
atque obsequens, qui pro libidine se abutebantur. Paterna
enim domo relicta, conductum a se tugurium incoluit,
ac partim quidem in foro cauticans, partim vero neminem vitans eorum, quos ad ea, quae cupiebat, idoneos
cognosceret, quaestum fecit. Atque his artibus cum animum suum excoleret, pravitatem tamen dissimulabat. Vidimus vero ipsi, ut in gymnasiis membra inungeret, are-
namque circumiret; ex adolescentibus autem, quibuscum
luctabatur, ad fortiores sese inprimis applicabat: sic corpore ipse suo abutebatur. Atque haec quidem adolescens.

---

[1] Πλῆκτρον) Vox suspecta, pro
qua forte cum Salmasio reponendum πλήκτριον, pars femoris,
qua caput eius coxendici iungitur,
iuxta Hesych. & Polluc. in seqq.
idem Salmas. laboranti structurae
verborum ita succurrit: καὶ τοῖς
μὲν νεανίσκοις οἷς προσεπάλαιεν,
πρὸς τοὺς ἀνδριωτέρους μ. συμπλεκόμενος.

πάντα ἀπεκάλυψεν, ἃ τότε ἀπέκρυπτε. καὶ τοῦ μὲν
ἄλλου σώματος ἰσχυρὸς γινόμενος, ἡμέλησεν· μόνην δὲ
τὴν γλῶτταν εἰς ἀσέλγειαν ἀκονᾷ, καὶ τῷ στόματι
χρῆται πρὸς ἀναισχυντίαν, ὑβρίζων πάντας, ἐπὶ τῶν
προσώπων φέρων τὴν ἀναίδειαν, ὃς οὐκ ᾐδέσθη τῶν ὑφ'
ὑμῶν ἱερωσύνῃ τετιμημένων οὕτως ἀπαιδεύτως βλασ-
φημεῖν ὑμῶν ἐναντίον. ἀλλ' εἰ μὲν ἐν ἄλλῃ που βε-
βιωκὼς ἔτυχον, καὶ μὴ παρ' ὑμῖν, ἔδει μοι λόγον
περὶ ἐμαυτοῦ, καὶ τῶν ἐμοὶ βεβιωμένων· ἐπεὶ δὲ σύνι-
στί μοι πόρρω τῶν τούτου βλασφημιῶν τὸν βίον ἔχον-
τι. φέρε εἴπω πρὸς ὑμᾶς περὶ ὧν ἐγκέκλημαι. Ἐλυ-
σάς φησι τὸν θανάτου κατεγνωσμένον. καὶ ἐπὶ τούτῳ
πάνυ δεινῶς ἐσχετλίασεν, τύραννον ἀποκαλῶν με, καὶ
ἄλλα κατετραγῴδησέ μου. ἔστι δὲ οὐχ ὁ σώζων τοὺς συ-

Nam posteaquam virilem aetatem attigi, quaecunque clam
ab eo antea gesta fuerant, palam fecit. Iamque natu gran-
dior, cum ad ea patienda, quae alteri facere collibuerat,
exoleviffet, nihil penfi habuit, nifi unam ad petulantiam
linguam exacuere: qua femper ad turpitudinem ita ufus
eft, ut in omnes convicia evomuerit, vultu eam, quam
animo conceperat, procacitatem prae fe ferens, eousque,
ut quem vos facerdotio dignum iudicaviftis, coram vobis
tam petulanter exagitare veritus non fit. Quod fi mihi
alibi, quam in veftro omnium confpectu vixiffe contigif-
fet, copiofius utique de me, deque iis, quorum confuetudine ufus fum, verba facere me, fat fcio, oporteret:
fed quando vos mecum ipfi fcitis, quam procul femper
vitam duxerim ab iis, quorum ifte me infimulat, ea tantum refellam, quae mihi nunc ab eo crimini dantur. Sol-
vifti, inquit, morti addictum: atque hic quidem vehementer indignatus eft, tyrannum me appellitans, aliaque per-
multa maxima cum acerbitate in me iactans: quafi de-

κοθαπηθύντας τύραννος, ἀλλ' ὁ τοὺς μηδὲν ἀδικοῦντας ¹, μήτε βουλῆς, μήτε δήμου κατεγνωκό-
τα ποίους νόμους, εἰπὲ, τοῦτον αὐτὸν τὸν ξέ-
σκον κατέκλεισας πρῶτον εἰς τὸ δισμωτήριον;
δρων κατέγνω; ποῖον δικαστήριον ἐκέλευσι δεθῆναι τὸν
ἄνθρωπον; ἔστω γὰρ πάντα ἀδικήσας, ὅσα ἂν εἴπῃς,
ἀλλὰ καὶ κριθήτω πρῶτον, ἐλεγχθήτω, λόγου μετα-

minum tyrannus ille sit, qui insontes, neque a populo &
senatu damnatos, non autem, qui calumniatores servat.
Verum age, obsecro, quibusnam legibus peregrinum tu
adolescentem hunc in carcerem primum intrusisti? Quis
praesidum id censuit? Quibus iudiciis homo vinciri iussus est? Sed ut omnium, quae asseris, reum esse fateamur:
nonne legis officium est, inquirere, argumentisque con-

z 'Αλλ' ὁ τοὺς μηδὲν ἀδικοῦντας) Non intelligo, quid velit
auctor hoc loco. Interpres non
auctorem reddidit, sed, quod ipsi
placuit, dixit: *Quasi demum tyrannus ille sit, qui insontes atque
indemnatos, non autem calumniatores, servat.* Sententia porro
Graecorum verborum, ut hodie
in libris omnibus leguntur, haec
est. Est autem tyrannus, non
qui servat per calumniam oppressos, sed servans eos, qui
nihil mali fecerunt. At quomodo
tyrannus ὁ σώζων τοὺς μηδὲν ἀδικοῦντας; Nulla varietas in libris,
nisi quod pro μηδὲν ἀδικοῦντας,
quidam habent μὴ δικοῦντας.
Legisse videtur interpres, certe
ex coniectura, nam nullus hodie
liber sic habet: ἐστὶ δὲ οὐχ ὁ σώζων τοὺς συκοφαντηθέντας τύραννος, ἀλλ' ὁ τοὺς συκοφαντοῦντας.
Atqui non hic quaestio est de ser-
vandis calumniatoribus, sed de
eripiendis exitio, quos calumniatores oppresserunt. Praeterea,
quae statim adiiciuntur, non co-
haerent, nec conveniunt cum
συκοφαντοῦντας, sed cum μηδὲν
ἀδικοῦντας. Sequitur enim, μήτε
βουλῆς, μήτε δήμου κατεγνωκότος.
Deest omnino vox ἀδικοῦντας, hoc
modo: ἐστὶ δὲ οὐχ ὁ σώζων τοὺς
συκοφαντηθέντας τύραννος, ἀλλ' ὁ
τοὺς μὴ ἀδικοῦντας ἀπολλύων, μήτε βουλῆς, μήτε δήμου κατεγνωκότος. Illa vero tyrannus est, non qui
servat a calumnia oppressos, sed
qui perdit, quos nihil mali constat
admisisse, praesertim nec populi nec
senatus sententia condemnatos.
Salm. Interpres in suis libris pro
συκοφαντοῦντας habuisse videtur
συκοφαντοῦντας. Quod si ample-
ctaris, sententia loci, ironice accepta, satis plana erit. Recenta
tamen vulgari lectione, locus sic
videtur expediendus: *Hunc nimirum tyranni nomine notari videtur, qui servat a calumnia oppressos, at non eos, qui nihil ad-
miserint?* Vel sic tamen leg. ἀλλ'
ὁ τοὺς μ. ἀ.

λαβών· ὁ νόμος αὐτὸν, ὁ καὶ σοῦ καὶ πάντων κύριος,
δησάτω. οὐδενὸς γὰρ οὐδείς ἐστιν ἄνευ κρίσεως δυνατώ-
τερος. κλεῖσον οὖν τὰ δικαστήρια, καθελὲ τὰ βουλευ-
τήρια, ἔκβαλε τοὺς στρατηγούς. πάντα γὰρ ὅσα σὺ
πρὸς τὸν πρόεδρον εἴρηκας, ἔοικε δικαιότερον ἐρεῖν κατὰ
σοῦ ἀληθῶς. ἐπανάστηθι Θερσάνδρῳ, πρόεδρε. μέχρι
μόνον ὀμμάτων πρόεδρος εἶ. οὗτος τὰ σὰ ποιεῖ. μᾶλλον δὲ ὅσα οὐδὲ σύ. σὺ μὲν γὰρ συμβούλους ἔχεις,
καὶ οὐδὲν ἄνευ τούτων ἔξεστί σοι· ἀλλ' οὔτε τι τῆς ἐξουσίας δράσειας πλὴν ἱλσεῖν ἐπὶ τούτου τὸν θρόνον· οὐδὲ ἐπὶ τῆς σῆς οἰκίας δεσμὸν ἀνθρώπου ποτὲ κατήγνως.
ὁ δὲ γενναῖος οὗτος πάντα ἑαυτοῦ γίνεται, δῆμος, βου-
λή, πρόεδρος, στρατηγός. οἴκοι κολάζει καὶ δικάζει,
καὶ δεθῆναι κελεύει, καὶ ὁ τῆς δίκης καιρὸς ἑσπέρα
ἐστίν. καλός γε καὶ ὁ νυκτερινὸς δικαστής. καὶ νῦν

vincere? nonne legis, quae in re aliosque omnes imperium habet, munus est, vinciri iubere? Neque enim cuiquam in alium sine iudicio ius est. Quod si tu hoc tibi
arrogas, cur non igitur forum claudis, curiam demoliris,
magistratus eiicis? Nam quae tu mihi ante praesidem ob-
iecisti, Iustius in te veriusque dici possunt. Assurge Thersandro, Praeses: apparenter tantum dignitatem hanc obtines; re autem vera hic, quae te facere decet, immo
etiam, quae tu nullo modo facere auderes, omnia unus
facit. Tu consiliarios habes, sine quibus nihil tibi decer-
nere licet. Sed neque quidquam est, quod tu pro tua auctoritate statuere prius audeas, quam hoc in solio confi-
das: nec enim quempiam domi tuae in vincula coniici
iuberes. At generosus homo iste, populus, concio, praeses, praefectus, omnia denique unus factus est. Domi pu-
nit, ius dicit, vinciri iubet: ac iudicii quidem tempus vespera est. O iudicem nocturnum, egregium sane, & lepi-

πολλάκις βοᾷ, κατάδικον λύσας θανάτῳ παραδοθέντα. ποίῳ θανάτῳ; ποίων κατάδικον; εἰπέ μοι τοῦ
θανάτου τὴν αἰτίαν. ἐπὶ φόνῳ κατεγνῶσθαί φησιν.
πεφόνευκεν οὖν; εἰπέ μοι τίς ἐστιν; ἣν ἀπέκτεινεν καὶ
ἔλεγες ἀνῃρῆσθαι, ζῶσαν βλέπεις, καὶ οὐκ ἂν ἔτι
τολμήσεις τὸν αὐτὸν αἰτιᾶσθαι φόνον; οὐ γὰρ δὴ τοῦτο τῆς κόρης ἐστὶν εἴδωλον, οὐδ' ἂν ἔπεμψεν ὁ ἀδω-
νεὺς κατά σου τὴν ἀνῃρημένην. δυσὶ μὲν φόνοις ἔνοχος
εἶ. τὴν μὲν γὰρ ἀπέκτεινας τῷ λόγῳ· τὸν δὲ τοῖς ἔργοις ἠθέλησας, μᾶλλον δὲ καὶ ταύτην ἔμελλες. τὸ
γὰρ δρᾶμά σου καὶ ἐπὶ τῶν ἀγρῶν ἠκούσαμεν. ἡ δὲ
Ἄρτεμις ἡ μεγάλη θεὸς ἀμφοτέρους ἔσωσεν· τὴν μὲν
ἐκ τῶν Σωσθένους χειρῶν ἐξαρπάσασα· τὸν δὲ, τῶν
σῶν. καὶ τὸν μὲν Σωσθένην ἐξήρπασας, ἵνα μὴ κα-
τάφωρος γένηται. οὐκ αἰσχύνῃ δὲ, ὅτι κατηγορῶν τοὺς

dum] qui nunc quoque identidem exclamas: Reum, ne-
cique servatam solvisti. At quem reum, quam necem?
Rogo te, damnationis causam eloquere. Caedis, inquies,
condemnatus est. Interfecit igitur? At quaenam ea est,
quam interfecit? Potesne ostendere? Minime hercule:
quam enim necatam asseris, coram adstantem vides: neque te tamen adhuc caedis hominem accusare pudet. Haud
enim id puellae simulacrum est: neque adversum te mortuam Pluto ad nos misit. Tu potius caedis, ac duplicis
quidem, damnandus es: qui puellam praedicatione occidisti, adolescentem vero re occidere tentasti. Quin immo
eam ipsam quoque re necaturus fuisti. Eorum enim, quae
ruri conatus es, conscii facti sumus. Verum magnum Dianae numen utrique auxilio fuit, alteram e Sosthenis, alterum e tuis manibus eripiendo. Atqui Sosthenem etiam
tute procul amandasti. An non te pudet, qui, hosce pere-

ξένας, ἄμφω συκοφαντῶν ἐλήλεγξαι; Τὰ μὲν ἐμὰ
ἐπὶ τοσοῦτον εἰρήσθω πρὸς τὰς τούτου βλασφημίας·
τὸν δὲ ὑπὲρ τῶν ξένων λόγον αὐτοῖς τούτοις παραδίδωμι.

ι΄. Μέλλοντος δὲ ὑπὲρ ἐμοῦ καὶ τῆς Μελίττης ἀνδρὸς οὐκ ἀδόξου μὲν ῥήτορος, ὄντος δὲ βουλῆς, λέγειν,
ἐθάρσας ῥήτωρ ἕτερος, ὄνομα Σώπατρος, Θερσάνδρου
συνήγορος· Ἀλλ' ἐμὸς, εἶπεν, ὑπεύθυ ὁ λόγος κατὰ
τούτων τῶν μοιχῶν, ὦ βέλτιστε Νικόστρατε· τοῦτο
γὰρ ἦν ὄνομα τῷ ἐμῷ ῥήτορι· εἶτα σός· ὁ γὰρ Θέρσανδρος ἃ εἶπεν, πρὸς τὸν ἱερέα μόνον ἀπετείνατο, ὀλίγον
ἁψάμενος ὅσον ἐπιψαῦσαι καὶ τοῦ κατὰ τὸν δεσμώτην μέρους. ὅταν οὖν ἀποδείξω δυσὶ θανάτοις ἔνοχον ὄντα, τότε ἂν εἴη καί σοι καιρὸς ἀπολύσασθαι τὰς αἰτίας. Ταῦτα εἰπὼν, καὶ τιματευσάμενος, καὶ τρέψας
τὸ πρόσωπον· Τῆς μὲν τοῦ ἱερέως, ἔφη, κωμῳδίας

grinos accusans, ambo simul criminis calumniandi redar-
guis? Haec habui, quibus obiecta mihi ab isto crimina
diluerem. Nam quod ad peregrinos istos attinet, eorum
ego defendendorum locum hisce relinquo.

X. Itaque cum nominis haud sane obscuri, simul & senatus patronus, pro me ac pro Melite verba facturus esset, alius quidam e Thersandri advocatis, cui Sopatro nomen erat, orationem eius antevertens: Atqui meus hic,
inquit, optime Nicostrate, (sic enim patronus meus vo-
cabatur,) contra istos adulteros dicendi locus est: alter
vero tuus. Thersandri enim oratio in accusando sacerdote
omnis versata est, nec nisi parvam admodum partem at-
tigit eorum, quae ad reum istum pertinent. Quamobrem
cum una, itemque altera morte dignum eum probavero,
tum erit tibi quoque diluendorum criminum tempus. Quae
cum dixisset, perfricta atque ad mentiendum parata fronte: Sacerdotis equidem, inquit, fabulam omnem petulan-

ἠκούσαμεν, πάντα ἀσελγῶς, καὶ ἀναισχύντως ὑπο-
κριναμένου τὰ εἰς τὸν Θέρσανδρον προσκρούσματα. καὶ
τοῦ λόγου τὸ πρετίμιον πέμψω εἰς Θέρσανδρον ὃ δ' εἰς
αὐτὸν εἶπεν. ἀλλὰ Θέρσανδρος μὲν οὐδὲν ὧν εἶπε
τοῦτον ἐψεύσατο. καὶ γὰρ δεσμώτην ἔλυσε, καὶ πόρνην ὑπεδέξατο, καὶ συνέγνω μοιχῷ. ἃ δὲ αὐτὸς μᾶλλον ἀναιδῶς ἐσυκοφάντησι, διασύρων τὸν Θερσάνδρου
βίον, οὐδὲ μιᾶς ἀπήλλακται συκοφαντίας. Ἱερεῖ δὲ
ἔπρεπεν, ὑπὲρ ἄλλε, καὶ τοῦτο, καθαρὰν ἴχειν τὴν
γλῶτταν ὕβρεως. χρήσομαι γὰρ τὰ αὐτοῦ πρὸς αὐτόν. ἃ δὲ μετὰ τὴν κωμῳδίαν ἐτραγῴδησεν ἤδη, αὐτοὶ
σαφῶς καὶ οὐκέτι δι' αἰνιγμάτων, σχετλιάζων εἰ
μοιχόν τινα λαβόντι ἰδήσαμεν, ὑπερτεθαυμάκα. καὶ
τί τοσοῦτον ἴσχυσεν πρίασθαι πρὸς τὴν τοσαύτην σπουδήν; ὑπασσοῦ γὰρ τάληθές ἐστι. ἰδὼν γὰρ τῶν ἀκο-
λάττων τούτων τὰ πρόσωπα, τοῦ τε μοιχοῦ καὶ τῆς

tem sane ac turpem audivimus: quia non nisi falsa in Thersandrum crimina commentus est, sumto potissimum ab iis
sermonis in illum exordio, quae de eo Thersander dixerat.
Verum Thersander iis, quae in ipsum dixit, falsi nihil ad-
miscuit: nam & reum a vinculis exemit, & scortum hospitio accepit, & cum adultero diversatus est. Is autem
dum Thersandrum in invidiam trahere studet, vitam eius
culpando, omnia per summam calumniam egit. Sacerdotem autem, si quid aliud, illud certe inprimis decet, linguam a calumniis habere quam alienissimam: ut eius in
eum dicta retorqueam. Ceterum, quae post istam fabulam adeo aperte, & omissis omnibus orationis involucris,
declamavit, conquerens, manifesto deprehensum adulterum a nobis in vincula coniectum fuisse, non potui non
vehementer admirari. Et quidnam rami est pretii, quod
acceperit, & pro quo operam suam locaverit? Sed, licet
iam divinare verum. Nempe adulteri huius & scorti fa-

ἑταίρας. ὡραία μὲν γὰρ αὐτὴ καὶ νέα, ὡραῖον δὲ καὶ τοῦτο τὸ μειράκιον, καὶ οὐδέπω τὴν ὄψιν ἀργαλέαν, ἀλλ' ἔτι χρήσιμον καὶ πρὸς τὰς τοῦ ἱερέως ἡδονάς. ὁποτέρα σε τούτων ἰωνήσατο; κοινῇ γὰρ πάντες ἐκαθεύδετε, καὶ ἐμεθύετε κοινῇ, καὶ τῆς νυκτὸς ὑμῶν οὐδεὶς γέγονε θεατής. Φοβοῦμαι μὴ τὸ τῆς Ἀρτέμιδος ἱερὸν Ἀφροδίτης πεποιήκατε. καὶ περὶ ἱερωσύνης κρινούμεν. οὐ δεῖ σε τὴν τιμὴν ταύτην ἔχειν. Τὸν δὲ Θερσάνδρου βίον ἴσασι πάντες καὶ ἐκ πρώτης ἡλικίας μετὰ σωφροσύνης κόσμιον. καὶ ὡς εἰς ἄνδρας ἐλθὼν, ἔγημέ τι κατὰ τοὺς νόμους, σφαλεὶς μὲν τὴν περὶ τῆς γυναικὸς κρίσιν. οὐ γὰρ εὗρεν ἣν ἤλπισεν, τῷδε ταύτης γίνει, καὶ τῇ οὐσίᾳ πεπιστευκώς. εἰκὸς γάρ, αὐτὴν καὶ πρὸς ἄλλους τινὰς ἡμαρτηκέναι τὸν πρόσθεν χρόνον· λανθάνει δὲ ἐπ' ἐκείνοις χρηστὸν ἄνθρωπον. τὸ

ciem contemplatus est: quorum altera formosa plane ac tenerioris aetatulae, alter non modo non deformis, sed adspectu etiam blandus, ad suas ipsius voluptates idoneus iudicatus est. Horum igitur uter te magis delectat? Simul enim omnes perpotastis, simul discubuistis: neque ullus est noctium vestrarum spectator. Quam vereor, ne, Dianae quod fuit, Veneris ut sit templum, effeceritis. Verum de sacerdotio, an scilicet honorem istum habere te oporteat, post decernetur. Nam quod ad Thersandri mores attinet, nemo est, qui nesciat, quam modeste ac temperanter a teneris usque unguiculis vitam egerit: qui, cum primum per aetatem licuit, uxorem secundum leges duxit: quamvis in faciendo de ea iudicio se ipse fefellerit. Aliam enim, atque putarat, generi & fortunis credens, invenit. Verisimile quippe est, illam antea quoque cum aliis consuevisse: quos optimum virum celaverit. Tandem

δὲ τελευταίων τοῦ δράματος, πᾶσαν ἀπεκάλυψε τὴν αἰδῶ. πεπλήρωται δὲ ἀναισχυντίας. τοῦ γὰρ ἀνδρὸς ἀπο-
λαμένου τινὰ μακρὰν ἀποδημίαν, καιρὸν τοῦτον νιομί-
κεν εὔκαιρον μοιχείας, [καὶ αὔχημα,] καὶ νεανίσκον εὑ-
ροῦσα πόρνα. τοῦτο γὰρ τὸ μεῖζον ἀτύχημα, ὅτι τοιοῦ-
τω εὗρε τὸν ἐρώμενον, ὃς πρὸς μὲν γυναῖκας ἄνδρας
ἀπομιμεῖται, γυνὴ δὲ γίνεται πρὸς ἄνδρας. οὕτως μετὰ ἀδείας οὐκ ἤρκεσεν ἐπὶ τῆς ξένης αὐτῷ συνοῦσα Φανερῶς. ἀλλὰ καὶ ἐνταῦθα ἤγαγεν διὰ τοσούτου πελάγους συγκαθεύδουσα, κἂν τῷ σκάφει Φανερῶς ἀσελ-
γαίνουσα πάντων ὁρώντων. ὦ μοιχείας γῇ καὶ θαλάττῃ μεμερισμένης· ὦ μοιχείας ἀπὸ Αἰγύπτου μέχρις
Ἰωνίας ἐκτεταμένης. Μοιχεύεταί τις, ἀλλὰ πρὸς μίαν
ἡμέραν· ἂν δὲ καὶ δεύτερον γίνεται τὸ ἀδίκημα, κλέ-
πτει τὸ ἔργον, καὶ πάντας ἀποκρύπτεται. αὕτη δὲ
οὐχ ὑπὸ σάλπιγγι μόνον, ἀλλὰ καὶ κήρυκι μοιχεύε-

vero pudicitiam in propatulo habuit, atque in omni libidine sese effudit. Viro enim peregre profecto, tempus illud ad cupiditates suas explendas opportunum rata, im-
pudicum istum adolescentem ad eam rem misera cepit.
Quae enim miseria maior esse potest, quam eum habere
amatorem, qui inter feminas viri, inter viros feminae
munus obeat? Quem non sat habuit in aliena civitate in
stuprum illexisse, nisi tanto maris spatio peragrato huc
perduxisset, una cum illo interim semper cubans, atque
in navi cernentibus cunctis voluptatem capiens. O libidi-
nem terrae marique communem! O adulterium Aegyptum
Ioniamque occupans! Adulterium quidem sunt qui com-
mittant, sed semel tantum: quod si eandem in turpitudinem rursus delabantur, certe factum huiusmodi mortales
omnes celant: mulier autem ista non modo tuba, verum
etiam praecone adhibito, obscoene se oblectavit. Adulte-

ται. Ἔφεσος ὅλη τὸν μοιχὸν ἔγνωκε· ἡ δὲ οὐκ ᾐσχύνετο τοῦτον ἀπὸ τῆς ξένης ἐπαγκῶσα τὸ ἀγώγιμον, ὡς
φορτίον [1]. κάλλος ἐξωπημένη ἧλθε μοιχὸν ἐμπεπερευμένη. Ἀλλ' ᾤμην, φήσεις, τὸν ἄνδρα τετελευτηκέναι.
οὐκοῦν, εἰ μὲν τέθνηκεν, ἀπήλλαξαι τῆς αἰτίας. οὐδὲ
γάρ ἐστιν ὁ τῆς μοιχείας παθὼν, οὐδὲ ὑβρίζεται γάμος οὐκ ἔχων ἄνδρα· εἰ δὲ ὁ γάμος, τὸ τὸν γήμαντα
ζῆν οὐκ ἀνῄρηται τὴν γαμηθεῖσαν διαφθείραντος [2], ἀλλὰ λελήστευται. ὥσπερ γὰρ μὴ μένοντος ὁ μοιχὸς οὐκ
ἦν, μένοντος δὲ μοιχός ἐστιν.

rum Ephesi omnes cognoverunt, nec tamen eam vel tantulum quidem puduit unquam. Haec ornamenta, formosum scilicet adulterum istum, ne sine corollario a peregrina
terra domum reverteretur, egregia sibi mulier comparavit,
ac tanquam pretiosas aliquas merces secum advexit. Atqui
virum, inquiet illa, periisse putabam. Nonne igitur, si ille
obiit, culpa cessat? Neque enim est, quid adulterium patiatur; nec, viro e vivis sublato, adulterii nomen locum habet, cum labefactari matrimonium nequeat, nisi superstite
marito pudicitiam uxor inhoneste habeat: quae alioqui,
viro defuncto, adulterii argui non potest, sicut vivo potest.

1 Ἐπαγκῶσα τὸ ἀγώγιμον, ὡς
φορτίον) Forsitan mutanda inter-
punctio, ac legendum hoc modo: ἡ δὲ οὐκ ᾐσχύνετο τοῦτον ἀπὸ
τῆς ξένης ἐπαγκῶσα τὸ ἀγώγιμον,
ὡς φορτίον, κάλλος ἐξωπημένη, ἀλλὰ
μοιχὸν ἐμπεπερευμένη. Non erubuit
hoc matrimonium peregre secum ad-
duxisse; marium loco pulchritudinis suae. Vraii adulterum secum
eam. Nihil verius. Legendum,
τοῦτο τὸ ἀγώγιμον. Hoc matrimonium. Perperam legebatur in
editione: ἐπαγκῶσα τὸ ἀγώγιμ
ὡς φορτίον, ἀλλ' ἴσως ἡ μὲν, εἴ-
ρεται, μοιχὸν ἐμπεπερευμένη. In
Anglicano: τὸ ἀγώγιον ὡς φορτίον, ἀλλ' ἴσως ὁ μὲν ἦλθε.

2 Οὐκ ἀνῄρηται τὴν γαμηθεῖσαν
διαφθείραντος) Volueramus ex-
cudi, διὰ φθείραντος. Alioquin
nullus sensus ex edito, nec
Graeca etiam constat oratio. Interpres quidvis potius dixit,
quam quod in Graecis est. Si
vir, inquit hic patronus, Melites mortuus est, crimine ca-
ret. Nec enim est, qui adulterium patiatur, neque torus iniuria afficitur, quo virum non
habet. Si vero matrimonium est,
cum vir vivit, non amittit uxorem per eam, qui eam stupravit,
sed patrocinio ipsi eripitur.

ιαʹ. Ἔτι τοῦ Σωπάτρου λέγοντος, ὑποτεμὼν αὐτοῦ τὸν λόγον ὁ Θέρσανδρος· Ἀλλ' οὐκ ἔσθη, λέγων [1]. δύο γὰρ προκαλοῦμαι προκλήσεις. Μελίτην τε ταύτην, καὶ τὴν ἀκοῦσαν εἶναι τοῦ θεοπρόπου θυγατέρα· οὐκ ἔτι βασανίσαι, ὡς μικρῷ πρόσθεν ἔλεγον, τῷ δὲ ἔτι δούλην ἐμήν. καὶ ἀνεγίνωσκεν· Προκαλεῖται Θέρσανδρος Μελίττην καὶ Λευκίππην, τοῦτο γὰρ ἤκουσα τὴν πόρνην καλεῖσθαι. Μελίττην μὲν, εἰ μὴ κεκοινώνηκεν εἰς Ἀφροδίτην τῷδε τῷ ξένῳ, παρ' ὃν ἀπεδήμουν χρόνον, εἰς τὸ τῆς ἱερᾶς Στυγὸς ὕδωρ εἰσβᾶσαν, καὶ ἐπομεσαμένην ἀπηλλάχθαι τῶν ἐγκλημάτων. τὴν δὲ ἑτέραν, εἰ μὲν τυγχάνει γυνὴ, δουλεύειν τῷ δεσπότῃ· δούλαις γὰρ μόναις γυναιξὶν ἔξεστιν εἰς τὸν τῆς Ἀρτέμιδος ναὸν παριέναι. εἰ δέ ἐστιν εἶναι παρθένος, ἐν τῷ τῆς σύριγγος ἄντρῳ κλεισθῆναι. Ἠ-

XI. Tum vero Therſander, Sopatri ſermone interrupto: Atqui, quod antea propoſueram, quaeſtionibus, inquit, amplius opus non eſt. Ego, quod ad Meliten attinet, atque eam, quae peregrini huiuſce ſacrorum auctoris filia perhibetur, vere autem ſerva mea eſt, has conditiones fero. *Recitat conditiones.* Therſander de Melite ac Leucippe, ſic enim proſtitutam hanc vocari aiunt, conditiones haſce proponit, ut illa, quandoquidem nullam ſibi, me abſente, cum peregrino iſto ſtupri conſuetudinem fuiſſe ait, id iureiurando affirmet, atque in ſacrae Stygis fontem deſcendat: indeque, ſi peieraſſe non comperiatur, abſoluta diminatur: altera vero haec, ſi mulier facta eſt, hero ſuo ſervitutem ſerviat: neque enim mulieribus, niſi ſi quae ſervae ſint, Dianae templum ingredi fas eſt: ſin virginem ſeſe affirmat, in fiſtulae antrum concludatur. Tum

1 Ἀλλ' οὐκ ἔσθη, λέγων) Senſu deſtituta haec. Lege: ἀλλ' οὐκ ἔστι, ἴσον, οἷ λέγων, praeeunte interpretatione Latina.

μῖς μὲν οὖν εὐθὺς ἐδεξάμεθα τὴν πρόκλησιν, καὶ γὰρ
ᾔδειμεν αὐτὴν ἱσταμένην[1]. ἡ δὲ Μελίττη θαῤῥήσασα
τῷ παρ' ὃν ἀπεδήμει χρόνον ὁ Θέρσανδρος, μηδὲν καινὸν πρὸς αὐτὴν γεγονέναι πλὴν λόγων· Ἀλλὰ καὶ
ἔγωγε, ἴση, ταύτην δέχομαι τὴν πρόκλησιν, καὶ ἔτι
πλέον αὐτὴν προστίθημι· τὸ δὲ μέγιστον οὐδὲ εἶδον τὸ
παράπαν, μήτε ξένον, μήτε πολίτην ἥκεσο εἰς ὁμιλίαν,
καὶ ὧν λέγεις. καὶ ὧν σε δῖ παθεῖν, ἂν συκοφάντης
ἁλῷς; Ὅ, τι ἂν, ἴση, δόξῃ προτιμῆσαι τοῖς δικασταῖς.
Ἐπὶ τούτοις διελύθη τὸ δικαστήριον, καὶ εἰς τὴν ὑστεραίαν διώριστο τὰ τῆς προκλήσεως ἡμῖν γίνεσθαι.

ιβ'. Τὸ δὲ τῆς Στυγὸς ὕδωρ εἶχεν οὕτως. Παρθένος ἦν εὐειδής, ὄνομα Ῥοδῶπις, κυνηγίαν ἐρῶσα καὶ
θήρας· πόδες ταχεῖς, εὔστοχοι χεῖρες, ζώνη καὶ μί-

nos conditionem statim accepimus: non enim ignoraba-
mus, quod Leucippe virgo adhuc esset. Melite quoque,
confisa, nihil id temporis, quo Thersander abfuit, sibi
mecum, exceptis collocutionibus, commune fuisse: Atqui ego quoque, inquit, conditionem non respuo: illud-
que etiam, quod maximum est, addo, neminem prorsus
aut civem, aut peregrinum fuisse, quicum eiusmodi mihi
consuetudo fuerit, cuiusmodi ipse ais. Verum si meum
falso detulisse nomen deprehendaris, quas de te poenas
sumemus? Quas iudices, inquit Thersander, censuerint.
Iis peractis concio dimissa, decretumque factum est, ut
postridie de conditionibus experiremur.

XII. Porro autem de Stygis fonte res ita ferme se habet. Virgo fuit olim formosa, Rhodopis nomine, venatu
gaudens, pedum velocitate, iaculandique peritia insignis

---

1 Καὶ γὰρ ᾔδειμεν αὐτὴν ἱσταμένην) Interpres: *Non enim dubi-*
tabamus, quin Leucippe virgo ad-
huc esset. Non haec auctoris mens.
De προκλήσεως sermo est. Quae
cum facta esset ab adversariis
Clitophontis & Leucippes, statim accepta est ab ipsis reis, quia
praeceperant animo ac spe, eam
futuram.

τρα, καὶ ἀναζωσμένος εἰς γόνυ χιτὼν, καὶ κατὰ ἄνδρας κουρὰ τριχῶν. ὁρᾷ ταύτην Ἄρτεμις, καὶ ἐπῄνει,
καὶ ἐκάλει, καὶ σύνθηρον ἐποιήσατο, καὶ τὰ πλεῖστα
κοινὰ ἦν αὐταῖς θηράματα. ἀλλὰ καὶ ὤμοσεν ἀεὶ
παραμένειν, καὶ τὴν πρὸς ἄνδρας ὁμιλίαν φυγεῖν, καὶ
τὴν ἐξ Ἀφροδίτης ὕβριν μὴ παθεῖν. ὤμοσεν ἡ Ῥοδῶπις.
καὶ ἤκουσεν ἡ Ἀφροδίτη, καὶ ὠργίζετο, καὶ ἀμύνασθαι θέλει τὴν κόρην τῆς ὑπεροψίας. Νεανίσκος ἦν
Ἐφέσιος καλὸς ἐν μειρακίοις, ὅσον Ῥοδῶπις ἐν παρθένοις. Εὐθύνικον αὐτὸν ἐκάλουν. ἰθήρα δὲ καὶ αὐτὸς, ὡς
Ῥοδῶπις, καὶ τὴν Ἀφροδίτην ὁμοίως οὐκ ἤθελεν εἰδέναι. ἐπ' ἀμφοτέροις οὖν ἡ θεὰ ἔρχεται, καὶ τὰς θήρας αὐτῶν εἰς ἓν συνάγει. τέως γὰρ ἦσαν κεχωρισμέ-
νοι. ἡ δὲ Ἄρτεμις τηνικαῦτα οὐ παρῆν. ἡ παραστησα-
μένη δὲ τὸν υἱὸν τὸν τοξότην ἡ Ἀφροδίτη, εἶπεν· Τέκνον,
ζεῦγος τοῦτο ὁρᾷς ἀναφρόδιτον, καὶ ἐχθρὸν ἡμῶν, καὶ

admodum; & cingulum, & mitram, veste genu tenus
succincta, capilloque detonso, gestare consueta. Eam cum
vidisset; probassetque Diana, vocatam venatum secum
duxit: praedaque ut plurimum inter eas communis erat.
Quamobrem illa virginitatem servare, virorumque consue-
tudinem usquequaque vitare, ac Veneris contumelias nunquam perpeti iuravit. Quod simulatque Venus persensit,
ira commota, puellae statuit superbiam ulcisci. Forte accidit, ut adolescens esset Ephesius, inter viros aeque formosus, atque inter virgines Rhodopis: quem Euthynicum
appellabant. Is & venandi studio, quemadmodum Rhodopis, tenebatur, & a Veneris pariter illecebris abhorrebat. Igitur cum venatum ambo exissent, eo se clam Venus contulit, ferasque ab eis agitatas, alium atque alium
cursum tenentes, in unum compulit. Mox Diana absente
filium conveniens mater: Nonne hos, inquit, fili, arca-

τῶν ἡμετέρων μυστηρίων. ἡ δὲ παρθένος καὶ θρασύτερον
ὄμματι κατ' ἐμοῦ. ὁρᾷς δὲ αὐτοὺς ἐπὶ τὴν ἔλαφον συν-
τρέχοντας; ἄρξαι καὶ σὺ τῆς θήρας, ἀπὸ πρώτης τῆς
τολμηρᾶς κόρης· καὶ πάντως τὸ σὸν βέλος εὐστοχώτε-
ρον ἔσται. Ἐπιτείνουσιν ἀμφότεροι τὰ τόξα, ἡ μὲν ἐπὶ
τὴν ἔλαφον, ὁ δὲ Ἔρως ἐπὶ τὴν παρθένον. καὶ ἀμφότερα τυγχάνουσιν, καὶ ἡ κυνηγέτις μετὰ τὴν θήραν
ἦν τιτρωμένη. καὶ εἶχεν ἡ μὲν ἔλαφος εἰς τὰ νῶτα τὸ
βέλος, ἡ δὲ παρθένος εἰς τὴν καρδίαν, τὸ δὲ βέλος,
Εὐθύνικον φιλεῖν. δεύτερον δὲ καὶ ἐπὶ τοῦτον ὀϊστὸν ἀφίη-
σιν. καὶ εἶδον ἀλλήλους Εὐθύνικος καὶ ἡ Ῥοδῶπις. καὶ
ἔστησαν μὲν τὸ πρῶτον τοὺς ὀφθαλμοὺς ἑκάτεροι, μη-
δέτερος ἐκκλῖναι θέλων ἐπὶ θάτερα. κατὰ μικρὸν δὲ
τὰ τραύματα ἀμφοῖν ἐξάπτεται, καὶ αὐτὸς ὁ Ἔρως
αὐτὸς ἐλαύνει κατὰ τουτὶ τὸ ἄντρον, οὗ νῦν ἐστιν ἡ

norum nostrorum expertes, nobisque inimicos vides?
Quid, quod puella etiam conceptis verbis audacissimum
sane contra me iusiurandum iuravit? Tu nunc illos cer-
vam sequentes cernis: quapropter venari tu quoque
incipe, atque ab audaci puella vindictae initium fac. Telum tuum certius omnino fuerit. Ita nunc ambo, in cer-
vam virgo, in virginem Cupido, arcus intenderunt. Nec
vani fuere ictus: nam venatrix etiam ipsa praeda fuit. Ac
cerva quidem in armo, puella vero in corde vulnus accepit. Cuius ea vis fuit, ut Euthynici amore statim fla-
graret. Qui non ita multo post pari & ipse vulnere percussus est. Ac tum quidem mutuo sese contueri, atque
alter in alterum obtutus defigere coeperunt, atque adeo,
ut neuter in diversum aciem vellet inclinare. Ceterum
utriusque vulnera paulo post inflammari coeperunt, amor-
que illos in antrum, ubi nunc fons est, deduxit, ubi iu-

πηγή, καὶ ἐνταῦθα τὸν ὅρκον ψεύδονται. ἡ Ἄρτεμις
ἐρᾷ τὴν Ἀφροδίτην γελῶσαν, καὶ τὸ πραχθὲν συνίησιν.
καὶ εἰς ὕδωρ λύει τὴν κόρην, ὕδα τὴν παρθενίαν ἔλυσε.
καὶ διὰ τοῦτο, ὅταν τις αἰτίαν ἔχῃ Ἀφροδισίων, εἰς
τὴν πηγὴν εἰσβᾶσα ἀπολούεται. ἡ δέ ἐστιν ὀλίγη, καὶ
μέχρι κνήμης μέσης. ἡ δὲ κρίσις· ἐγγράψας τὸν ὅρκον
γραμματείῳ μηρίνθῳ δεδεμένον περιεθήκατο τῇ δίρῃ.
κἂν μὲν ἀψευδῇ τὸν ὅρκον, μένει κατὰ χώραν ἡ πηγή·
ἂν δὲ ψεύδηται, τὸ ὕδωρ ὀργίζεται, καὶ ἀναβαίνει
μέχρι τῆς δίρρης, καὶ τὸ γραμματεῖον ἐκάλυψεν. Ταῦτα εἰπόντες, καὶ τοῦ καιροῦ προσελθόντος εἰς τὴν ἑσπέραν, ἀπῆμεν κοιμηθησόμενοι, χωρὶς ἕκαστος.

ιγ'. Ἐπὶ δὲ τῇ ὑστεραίᾳ ὁ δῆμος μὲν ἅπας παρῆν·
ἡγεῖτο δὲ Θέρσανδρος φαιδρῷ τῷ προσώπῳ, καὶ εἰς
ἡμᾶς ἅμα βλέπων σὺν γέλωτι. ἐστολίσατο δὴ Λευκίππη ἱερᾷ στολῇ· ποδήρης χιτών, ὀθόνης χιτών, ζώνη

risiurandi fides abrogata est. Postea cum ridentem Diana
Venerem conspicata rem cognovisset, puellam in fontem
illic, ubi pudorem amiserat, commutavit. Hinc factum
est, ut, cum violatae aliqua pudicitiae arguitur, eum in
fontem descendere compellatur, cuius unda vix medias
tibias attingit. Iudicium autem fieri hoc pacto consuevit.
Quae delata est, falso se insimulari iurat: iusiurandumque
in tabella descriptum collo suo alligatum sustinens, in
fontem descendit. Ac si verum iusiurandum iuraverit,
aqua omnino immota manet: sin minus, intumescit, atque ad collum usque se attollens, tabellam contegit. Haec
dum loqueremur, tempusque ad vesperam inclinaret, seor-
sum dormiturus quisque discessit.

XIII. Postridie multitudo universa convenit: cui vultu
hilari Thersander praeibat, nosque identidem intuebatur.
At Leucippe sacram, atque ad pedes usque demissam, ac

κατὰ μέσον τὸν χιτῶνα, ταινία περὶ τὴν κεφαλὴν
φοινικοβαφής, ἀσάνδαλος ὁ πούς. καὶ ἡ μὲν εἰσῆλθε
πάνυ κοσμίως. ἐγὼ δὲ ὡς εἶδον, εἱστήκειν τρέμων, καὶ
ταῦτα πρὸς ἐμαυτὸν ἔλεγον· Ὅτι μὲν παρθένος ἡ Λευκίππη, πεπίστευκα, ἀλλὰ τὸν Πᾶνα, ὦ φιλτάτη,
φοβοῦμαι. Θεός ἐστι φιλοπάρθενος, καὶ δέδοικα, μὴ
δευτέρα καὶ σὺ σύριγξ γένῃ. ἀλλ' ἐκείνη μὲν ἔφυγεν
διώκοντα αὐτὸν ἐν πεδίῳ, καὶ ἐδιώκετο ἐν πλάτει· σὺ
δὲ καὶ εἴσω θυρῶν ἀπεκλείσαμεν ὡς ἐν πολιορκίᾳ,
ἵνα, κἂν διώκῃ, μὴ δύνῃ φυγεῖν. ἀλλ', ὦ δέσποτα
Πάν, εὐγνωμονήσειας, καὶ μὴ παραβαίης τὸν νόμον
τοῦ τόπου. ἡμεῖς γὰρ αὐτὸν τετηρήκαμεν. ἐξίτω πάλιν ἡμῖν ἡ Λευκίππη παρθένος· ταύτας πρὸς τὴν Ἄρτεμιν συνθήκας ἔχεις· μὴ ψεύσῃ τὴν παρθένον.

ιδ'. Ταῦτά μου πρὸς ἐμαυτὸν λαλοῦντος, μέλος
ἐξηκούετο μουσικόν, καὶ ἐλέγετο μηδὲ πώποτε λιγυ-

tenuissimis filis intextam, zonaque succictam stolam induta, & purpureis vittis redimita, nudis pedibus perquam
decenter speluncam ingressa est. Quae dum ipse specta-
rem, tremore correptus sum; mecumque solus: Mihi quidem certe, inquam, dubium non est, quin virgo adhuc
sit Leucippe: sed tamen, cum mente agito, quid sit Deus
iste, timere cogor, ne videlicet fistula etiam tu illic fias.
Illa quidem Panem per aperta loca insequentem facile ef-
fugit: nos vero te, quasi obsidem, hasce intra valvas inclusimus, ut ne, si sequatur, fugiendi tibi sit potestas. Verum tu, o here Pan, propitius nobis sis, neque loci leges, quas nos quoque observavimus, transgrediaris: quin
immo intactam nobis Leucippen reddas: eiusmodi enim
cum Diana tibi foedera ista sunt: neque virginem fallas.

XIV. Haec dum mecum loquerer, suavior exaudiri sonus coeptus est. Ac fuerunt, qui dicerent, suaviorem nun-

ρότερον οὕτως ἀκουσθῆναι· καὶ εὐθὺς ἀπωγμένας εἴδομεν τὰς θύρας. ὡς δὲ ἐξέθορεν ἡ Λευκίππη, πᾶς
μὲν ὁ δῆμος ἐξεβόησεν ὑφ᾽ ἡδονῆς, καὶ τὸν Θέρσανδρον
ἐλοιδόρουν· ἐγὼ δὲ ὅστις ἐγεγόνειν, οὐκ ἂν εἴποιμι λόγῳ. Μίαν μὲν ταύτην νίκην καλλίστην νενικηκότες,
ἀπῄειμεν· ἐπὶ δὲ τὴν δευτέραν κρίσιν ἐχωροῦμεν, τὴν
Στύγα. καὶ ὁ δῆμος οὕτως μετεσκευάζετο καὶ πρὸς
ταύτην τὴν θέαν, καὶ πάντα συνεπεραίνετο. κἀκεῖ ἡ
Μελίττη τὸ γραμματεῖον περιέκειτο. ἡ πηγὴ δὲ ἕστηκεν ὀλίγη. ἀνέβη δὲ εἰς αὐτήν, καὶ ἔστη φαιδρῷ τῷ
προσώπῳ. τὸ δὲ ὕδωρ οἷον ἦν, κατὰ χώραν ἔμενεν, μήτε
τὸ βραχύτατον ἀναθερὸν τοῦ συνήθους μέτρου. ἐπεὶ δὲ
καὶ χρόνος, ὃν ἐνδιατρίβειν τῇ πηγῇ διώριστο, παρελη-
λύθει, τὴν μὲν ὁ πρόεδρος δεξιωσάμενος, ἐκ τοῦ ὕδατος
ἐξάγει, δύο παλαίσματα τοῦ Θερσάνδρου νενικημένου.
μέλλων δὲ καὶ τὸ τρίτον ἡττᾶσθαι, ὑπεκδὺς εἰς τὴν οἰ-

quam auditum fuisse. Antri quoque valvae sponte sua
statim paruerunt. Ita Leucippe prodiit: multitudoque universa prae voluptate acclamare, ac Thersandrum conviciis consectari coepit. Ego vero, quantum laetitiae animo
conceperim, nulla unquam oratione satis explicare possem. Hac una, & ea quidem praeclarissima, victoria nobis parta, inde digressi ad Stygis fontem pervenimus, ut
conditionis alterius periculum faceremus. Populus ad videndum iam se comparaverat, reliquaque omnia in promtu erant. Itaque tabellam collo Melite alligavit, intrepi-
doque vultu in fontem descendit. Unda, ut erat, humilis
remansit, nec tantulum quidem consuetum excessit modum. Quamobrem, ubi tempus manendi in fonte prae-
teriit, praeses mulierem dextra prehensam ex aqua eduxit,
duobus iam certaminibus devicto Thersandro. Qui cum
tertio quoque se victum iri animadverteret, cursu do-

κίαν ἐκδιφράσκαι, ἐοβηθεὶς μὴ καὶ καταλεύσωσιν αὐτὸν ὁ δῆμος. τὸν γὰρ Σωσθένην εἷλκον ἄγοντες νεα-
νίσκοι τέτταρες· δύο μὲν τῆς Μελίττης συγγενεῖς, δύο
δὲ οἰκέται. τούτους γὰρ ἐπεπόμφει ζητήσοντας αὐτὸν
ἡ Μελίττη. συνεὶς δὲ ὁ Θέρσανδρος πόῤῥωθεν, καὶ κα-
ταμηνύσειν τὸ πρᾶγμα εἰδὼς, ἂν ἐν βασάνοις γένηται,
ἐβάσας ἀποδιδράσκει, καὶ νυκτὸς ἐπελθούσης, τῆς πόλεως ὑπεξέρχεται. τὸν δὲ Σωσθένην εἰς τὴν εἱρκτὴν ἐκέ-
λευσαν οἱ ἄρχοντες ἐμβληθῆναι, τοῦ Θερσάνδρου φυ-
γόντος. τότε μὲν οὖν ἀπηλαττόμεθα, κατὰ κράτος ἤδη
γινόμενοι, καὶ ὑπὸ πάντων εὐθημούμενοι.

ιέ. Τῇ δ' ὑστεραίᾳ τὸν Σωσθένην ἦγον ἐπὶ τοὺς
ἄρχοντας οἱ ταύτην ἔχοντες τὴν πίστιν. ὁ δὲ ἐπὶ βασάνους ἑαυτὸν ἀγόμενον ἰδὼν, πάντα σαφῶς λέγει,
ὅσα αὐτὸς ὑπηρέτησεν. οὐ παρέλιπε δὲ οὐδὲ ὅσα ἰδίᾳ
πρὸ τῶν τῆς Λευκίππης θυρῶν διελέχθησαν πρὸς ἀλλήλους περὶ αὐτῆς. καὶ ὁ μὲν αὖθις εἰς τὴν εἱρκτὴν ἐβέ-

mum se recepit, veritus, ne a populo lapidibus obrueretur. Nam cum iam Sosthenem adducerem adolescentes duo
Melites cognati, duo item famuli ad illum quaerendum
ab ea missi, atque id Thersander procul agnovisset, factum indicatum iri videns, si de Sosthene quaestio haberetur, arrepta fuga urbe noctu excessit. Interea Sosthenem in custodiam dari Archontes iusserunt, Thersandro
per fugam elapso. Nos modis omnibus excussi magna cum
omnium commendatione absoluti fuimus.

XV. Postridie Sosthenes ab iis, qui ei rei praeerant,
ad Archontes ductus, simulatque parata sibi esse tormenta
intellexit, continuo & quae Thersander aggressus fuerat,
& quae ipse illi suggessisset, una etiam cum iis omnibus,
quae ante Leucippes ostium privatim de illa secum ambo
disseruerant, palam confessus est: ideoque poenas datu-

βλητο, δώσων δίκην· τοῦ δὲ Θερσάνδρου φυγὴν ἀπόντος κατέγνωσαν· ἡμᾶς δὲ ὁ ἱερεὺς ὑπεδέχετο πάλιν τὸν
εἰθισμένον τρόπον. καὶ μεταξὺ δειπνοῦντες ἐμυθολογοῦ-
μεν ἅτε τὴν προτέραν ἐτύχομεν εἰπόντες, καὶ εἴ τι
ἐπιδεέστερον ἦν ὧν ἐπάθομεν. ἡ Λευκίππη δὲ ἅτε δὴ
μᾶλλον τὸν πατέρα μηκέτι αἰδουμένη, ὡς ἂν σαφῶς
παρθένος εὑρεθεῖσα, τὰ συμβάντα μετὰ ἡδονῆς διηγεῖτο. ἐπεὶ δὲ κατὰ τὴν Φάρον ἐγεγόνει, καὶ τοὺς λῃστάς, λέγω πρὸς αὐτήν· Οὐκ ἐρεῖς ἡμῖν τὸν μῦθον τῶν
τῆς Φάρου λῃστῶν, καὶ τῆς ἀποτμηθείσης ἐκεῖ τὸ αἴ-
νιγμα κεφαλῆς, ἵνα σου καὶ ὁ πατὴρ ἀκούσῃ; τοῦτο
γὰρ μόνον ἐνδέει πρὸς ἀκρόασιν τοῦ παντὸς δράματος.

ιϛ΄. Γυναῖκα, ἴση, κακοδαίμονα ἐξαπατήσαντες
οἱ λῃσταὶ τῶν ἐπὶ μισθῷ πωλουσῶν τὰ Ἀφροδίτης,
ὡς δὴ ναυκλήρῳ τινὶ γυναῖκα ἐπισυνεσομένην ἐπὶ τοῦ
σκάφους, ταύτην εἶχον ἐπὶ τῆς νεώς, ἀγνοοῦσαν τὴν

rus in carcerem denuo coniectus. Thersander autem, iam
enim absens erat, exsilio mulctatus fuit. Nos ab antistite,
ut antea quoque, accepti, quae priore in coena dicenda
superfuerant, & praesertim, si quid aerumnarum nostra-
rum praetermiseramus, recensere perreximus. Leucippe
quoque patrem non amplius verita, utpote quae vere
virgo inventa fuisset, casus non sine voluptate suos com-
memorabat. Cui ego, posteaquam ad Pharum & piratas
ventum est: Quin tu igitur, inquam, Phariorum praedonum commentum, abscissique illic capitis aenigma nobis
explicas, ut id etiam patri tuo innotescat? hoc unum enim
ad rem omnem intelligendam desideratur.

XVI. Tum illa: Mulierem, inquit, miseram ex iis,
quae pretio prostant, cum allexissent, nautarum uni com
in uxorem daturos se esse pollicentes, in navi posuerunt;

ἀληθείας εἰδ' ὁ πατήρ, ὑποπτεύουσαν δὲ ἡσυχῇ σύν τινι
τῶν πειρατῶν. λόγῳ δ' ἦν ἐραστὴς ὁ λῃστής. ἐπεὶ δὲ
ἁρπάσαντές με, ὡς εἶδες, ἐνέθηκαν τῷ σκάφει, καὶ
ἀτιμώσαντες αὐτὸ ταῖς κώπαις ἴζυγον· ἐρῶντες τὴν
διώκουσαν ναῦν ἐσάκευσαν, περιελόντες τόν τε κόσμον
καὶ τὴν ἐσθῆτα τῆς ταλαιπώρου γυναικὸς ἐμοὶ περι-
τιθέασιν, τοὺς δὲ ἐμοὺς χιτωνίσκους ἐκείνῃ· καὶ στή-
σαντες αὐτὴν ἐπὶ τῆς πρύμνης ὅπως διώκοντες ὄψεσθαι.
τὴν κεφαλὴν ἀποτέμνουσιν αὐτῆς, καὶ τὸ μὲν σῶμα
ἔρριψαν, ὡς εἶδες, κατὰ τῆς θαλάσσης, τὴν δὲ κεφαλὴν, ὡς ἔπεσεν, εἶχον ἐπὶ τῆς νεὼς τότε. μικρὸν
γὰρ ὕστερον καὶ ταύτην ἀποσκευάσαντες ἔρριψαν ὁ-
μοίως· ὥστε μηκέτι τοὺς διώκοντας εἶχον. οὐκ οἶδα δὲ
πότερον τούτου χάριν προπαρασκευάσαντες τὴν γυναῖκα, ἢ διεγνωκότες ἀνδραποδίσαντες πωλῆσαι, ὥσπερ
ὕστερον πεπράκασι κἀμί. τῷ δὲ διώκεσθαι πρὸς ἀπάτην τῶν διωκόντων ἀντ' ἐμοῦ σφάττουσιν, νομίζοντες,

quamobrem quidem adesset, vere nescientem, sed piratarum uni, qui eius amator esse ferebatur, occulte adiunctam. Postea vero, cum me rapuissent, remisque ac velis
fugae incumbentes navem insequentem viderent, detracto
miserae illi vestitu omni, eo me adornaverunt, meoque
deinceps ornatu indutam illam summa in puppi colloca-
runt ita, ut a persequentibus cerni posset; ac capite pri-
varunt: cadavereque, ut vidisti, in mare proiecto, caput
aliquantisper intra navim, ubi cociderat, tum retinuerunt:
quod non ita multo post, cum iam, qui se sequerentur,
nullos amplius haberent, pariter est deiectum. Mihi vero
incertum est, eane de causa, an potius, ut, quod de me
postea factum est, venundaretur, mulierculam illam com-
parassent. Illud certe constat, eam mei loco, ut insequen-
tes eluderent, iugulatam, existimantibus illis, maius ex

πλέον ἐμπολήσειν ἐκ τῆς ἐμοῦ πράσεως ἢ τῆς ἐκείνης.
διὰ τοῦτο γὰρ καὶ τὸν Χαιρέαν τὴν ἀξίαν δόντα δίκην
ἐπεῖδον. αὐτὸς γὰρ ἦν ὁ συμβουλεύσας ἀντ' ἐμοῦ τὴν
ἄνθρωπον ἀποκτείναντας ῥῖψαι. ὁ δὲ λοιπὸς τῶν λῃστῶν ὄχλος οὐκ εἴασάν με αὐτῷ ἀφεθῆναι μόνῳ.
θάτερα γὰρ ἤδη λαβόντα σῶμα ἕτερον ὃ πρᾶσιν ἂν
παρέσχεν αὐτοῖς ἀφορμὴν κέρδους· δεῖν δὲ ἀντὶ τῆς θαλάσσης ἐμὲ πραθεῖσαν κοινὴν ἅπασιν αὐτοῖς γενέσθαι
μᾶλλον ἢ ἐκείνῳ μόνῳ. ὡς δὲ ἀντέλεγε, δικαιολογού-
μενος δῆθεν, καὶ τὰς συνθήκας προσφέρων, ὡς οὐκ εἰς
πρᾶσιν ἁρπάσειαν αὐτοῖς, ἀλλ' ἐρωμένην αὐτῷ, καί
τι θρασύτερον εἶπε· τὶς τῶν λῃστῶν, καλῶς ποιῶν,
ὄπισθεν ἑστὼς, ἀποκόπτει τὴν κεφαλὴν αὐτοῦ. ὁ μὲν
οὖν δίκην οὐ μεμπτὴν δοὺς τῆς ἁρπαγῆς, ἔρριπτο καὶ
αὐτὸς κατὰ τῆς θαλάσσης· οἱ δὲ λῃσταὶ, δύο πλεύσαντες ἡμερῶν, ἄγουσί με οὐκ οἶδ' ὅπου γε, καὶ

mei, quam illius venditione, lucrum se facturos. Atque
hinc etiam factum est, ut Chaeream, qui eius necandae
abiiciendaeque suasor & auctor fuerat, meritas dantem
poenas viderim. Nam cum reliqua piratarum multitudo
ei me soli dimittere, negaret, propterea quod paulo antea
mulierem aliam, quae vendita magno eis lucro futura
erat, habuisset, meque mortuae loco vendi, ac pecuniam
in commune conferri oportere diceret; ille autem causam
suam defendendo repugnaret, pactumque se cum iis esse
affirmaret, ut non publicae omnium utilitatis, sed pri-
vatae sui ipsius gratia me raperem; aliis etiam graviori-
bus additis, confidenter admodum asseveraret : eorum
unus, qui forte post eum consisteret, merito quidem caput illi abscidit, atque ita non iniustas rapinae ipse quoque poenas luens, in mare deiectus fuit. Piratae biduo
post, nescio quo delati, mercatori cuidam, familiari

πιπράσκουσιν ἐμπόρῳ συνήθει, κἀκεῖνος Σωσθένει.

ιζʹ. Λέγει δὴ καὶ ὁ Σώστρατος· Ἐπεὶ τοίνυν τοὺς ὑμετέρους μύθους, ὦ παιδία, κατελέξατε, φέρε ἀκούσατε, ἤδη, καὶ παρ' ἐμοῦ τὰ οἴκοι πραχθέντα περὶ Καλλιγόνην τὴν σὴν, ὦ Κλειτοφῶν, ἀδελφὴν, ἵνα μὴ ἀσυμβόλητοι μυθολογίας παντάπασι. Κἀγὼ ἀκούσας τὸ τῆς ἀδελφῆς ὄνομα, πάνυ τὴν γνώμην ἐπιστράφην, καὶ Ἄγε, πάτερ, εἶπον, λέγε, μόνον περὶ ζώσης ἂν λέγῃς. Ἄρχεται δὴ λέγειν, ἃ φθάνω προειρηκὼς ἅπαντα, τὸν Καλλισθένην, τὸν χρησμὸν, τὴν θεωρίαν, τὸν λέμβον, τὴν ἁρπαγήν· εἶτα προσέθηκεν, ὅτι μαθὼν κατὰ τὸν πλοῦν ὡς οὐκ ἦν θυγάτηρ ἐμὴ, διημαρτήθη τὸ πᾶν ἔργον αὐτῷ. ἤρα δὲ ὅμως καὶ σφόδρα τῆς Καλλιγόνης. προσπεσὼν αὐτῆς ταῖς γόνασι· Δέσποινα, εἶπε, μή με νομίσῃς λῃστὴν εἶναί τινα καὶ κακοῦργον. ἀλλὰ γάρ εἰμι τῶν εὖ γεγονότων, γένει

suo, mercatori Sostheni accepta pecunia me concessit.

XVII. Tum Sostratus: Posteaquam vestros, inquit, filii, casus commemorastis, agitedum, quae de Calligone, Clitophontis sorore, domi acta sint, ex me quoque audite; ne solus ipse narrandi omnino immunis abeam. Ego vero, sororis nomine audito, attentior factus: Ut lubet, inquam, pater, siquidem de vivente dicturus es. Tum ille, quae antea ipse narravi, omnia recensuit, Callisthenem scilicet, oraculum, sacrificium, naviculam, raptum: illud etiam addens, Callisthenem cum inter navigandum rescivisset, Calligonen filiam suam non esse, tametsi rem contra, quam putarat, evenisse cognovisset, nunquam tamen amare illam destitisse, sed ad genua eius prostratum, huiusmodi fere locutum esse: Ne me, o hera, praedonem, flagitiosumve aliquem esse putes, qui nobili loco natus,

Βυζάντιος, δεύτερος εὐφυής. ἔρως δέ με λῃστείας ὑπο-
κριτὴν πεποίηκε, καὶ ταύτας ἐπί σοι πλέξαι τὰς τέ-
χνας. δούλην οὖν με σεαυτῆς ἀπὸ ταύτης τῆς ἡμέρας
νόμιζε. καί σοι προῖκα ἐπιδίδωμι, τὸ μὲν πρῶτον ἐμαυτὸν, ἔπειτα ὅσην οὐχ ὁ πατὴρ ἔδωκέ σοι. τηρήσω δέ σε
παρθένον μέχρι περ ἂν σοι δοκῇ. καὶ ταῦτα εἰπὼν, καὶ
ἔτι τούτων ἐπαγωγώτερα, τὴν κόρην αὐτοῦ γνώσθαι
παρεσκεύασεν. Ἦν δὲ καὶ ὀφθῆναι καλὸς, καὶ στω-
μύλος καὶ πιθανώτατος, καὶ ἐπειδὴ ἧκεν εἰς τὸ Βυζάντιον, συμβόλαιον ποιησάμενος προικὸς μεγίστης, καὶ
τὰ ἄλλα πολυτελῶς παρασκευάσας, ἐσθῆτά τε, καὶ
χρυσὸν, καὶ ὅσα εἰς κόσμον γυναικῶν εὐδαιμόνων πε-
ριπτειν·[1] εὖ καὶ καλῶς ἄχραντον τηρῶν, ὡς ἐπηγγεί-
λατο· ὥστε καὶ αὐτὴν ἡρήκει τὴν κόρην ἤδη. ὁ δὲ καὶ τὰ

Byzantiorum nemini genere cedam. Has insidias tibi me
latronum more parare amor coepit. Verum tuum me posthac mancipium puta: tibi enim memet inprimis, deinde
fortunas, quantas nunquam tibi pater dedisset, volens lu-
bensque trado: quin etiam a virginitate tua violanda,
quamdiu voles, abstinebo. His ille, atque aliis etiam, ad
persuadendum aptioribus, erat enim cum adspectu deco-
rus, tum in dicendo & argutus & ad persuadendum aptis-
simus, puellam suam in sententiam pertraxit. Ac posteaquam Byzantium reversus est, dote ingenti pacta, multisque aliis, veste scilicet, auro, ceterisque rebus ad bea-
tarum mulierum ornatum spectantibus magnifice praepa-
ratis, puellam sane quam splendidissime adornavit, qua-
lemque illam rapuit, virginem, uti antea promiserat, ma-
nere passus est. Sic igitur iam ipsi virgini coeperat place-

1 Καὶ ὅσα εἰς κόσμον γυναικῶν
εὐδαιμόνων περιπτειν) Ita prius
editi. Sed melius legas cum
hac distinctione: καὶ ὅσα εἰς κόσμον γυναικῶν εὐδαιμόνων, περιπ-
τειν· εὖ καὶ καλῶς, ἄχραντον τηρῶν.
Fovebat ipsam & custodiebat.
Πωλέειν, Σωπατρ..., φυλάττειν.

ἄλλα πάντα παρεῖχεν ἑαυτὸν κοσμιώτατον, καὶ ἐπιει-
κῆ, καὶ σώφρονα, καὶ ἦν τις ἐξαίσιος περὶ τὸν νεανίσκον θαυμαστὴ μεταβολή. ὥρας τι γὰρ ἐξανίστατο
τοῖς πρεσβυτέροις, καὶ ἐπεμελεῖτο σθάνων προσαγο-
ρεύειν τοὺς ἐντυγχάνοντας, καὶ τὸ τέως ἄκριτον πολυ-
τελὲς ἐκ τῆς πρὶν ἀσωτίας εἰς τὸ εὔβουλον μεταπί-
πτει, τὸ μεγαλόφρον ἐφύλαττε πρὸς τοὺς ἐν χρείᾳ
τοῦ λαβεῖν διὰ πενίαν ὄντας. ὥστε θαυμάζειν ἅπαντας τὸ αἰφνίδιον οὕτας ἐκ τοῦ χείρονος εἰς τὸ πάνυ
χρηστὸν μετελθόν. ἐμὲ δ' οὖν ἐρήκει πάντων μᾶλλον,
καὶ ὑπερηγάπων αὐτὸν, καὶ τὴν πρὶν ἀσωτίαν φύσεως
ἐνόμιζεν εἶναι θαυμαστὴν μεγαλουργίαν, ἀλλ' οὐκ
ἀκρασίαν. κἀμὲ οὖν ὑπεισῄει τὸ τοῦ Θεμιστοκλέους,
ὅτι κἀκεῖνος τὴν πρώτην ἡλικίαν σφόδρα δόξας ἀκόλαστος εἶναι, πάντας ὑπερέβαλεν Ἀθηναίους ὕστερα σο-
φίᾳ τι, καὶ ἀνδραγαθίᾳ. καὶ δὴ μετιόντων ἀποσκεψα-

re. Ipse vero plerisque in rebus tractandis elegantem, mo-
deratumque ac mansuetum se praestitit: adolescentisque
nova quaedam mutatio repente facta est. Nam & senioribus assurgebat, & obviis quibusque salutem prius red-
dere studebat, quam accepisset: cumque antea immodice
sui profusus esset, priore luxuria in prudentiam mutata,
liberalitate deinceps erga eos, qui egerent, uti coepit; ut
mirarentur omnes, tam subito ex tam pravo tam frugi
evasisse. Me vero prae ceteris observabat: ipseque contra,
illum deamabam, & priorem luxum admirabilem quandam naturae largitatem potius, quam intemperantiam,
fuisse animadverti. Ac mihi cum venit in mentem illud,
quod de Themistocle olim dictatum fuit: qui cum in ado-
lescentia perquam dissolutus esset, omnes tamen deinceps
Athenienses prudentia & fortitudine superavit. Me itaque

κίσας αὐτὸν, ὅτι μοι περὶ τοῦ τῆς θυγατρὸς διελέχθη
γάμου. καὶ γὰρ ἐμὲ σφόδρα ἐθεράπευε, καὶ ἐκάλει
πατέρα, καὶ κατὰ τὴν ἀγορὰν ἐδορυφόρει, καὶ τῶν εἰς
πόλεμον γυμνασίων οὐκ ἠμέλει· ἀλλὰ καὶ πάνυ ἐρρωμένως ἐν ταῖς ἱππασίαις διέτριβε. ἦν μὲν οὖν καὶ
παρὰ τὸν τῆς ἀπατίας χρόνον τούτοις χαίρων, καὶ χρώ-
μενος, ἀλλ' ὡς ἐν τρυφῇ καὶ παιδείᾳ· τὸ δὲ ἀνδρεῖον
ὅμως αὐτῷ καὶ τὸ ἔμπειρον λεληθότως ἐτρέφετο. τέλεον δὲ ἦν αὐτῷ τὸ ἔργον πρὸς τὸ καρτερῶς καὶ ποικί-
λως διαπρέπειν ἐν τοῖς πολεμικοῖς. ἐπεδίδου δὲ καὶ
χρήματα ἱκανὰ τῇ πόλει. κἀκεῖνον ἅμα ἐμοὶ στρατηγὸν προεβάλλοντο. ὅθεν ὅτι μᾶλλον ὑπερησπάζετό μοι,
ὑπήκοόν μοι κατὰ πάντα παρέχων ἑαυτόν.

ιη'. Ἐπεὶ δὲ ἐνικήσαμεν τὸν πόλεμον, ἐπιφανίᾳ
τῶν θεῶν, ὑποστρέψαντες εἰς τὸ Βυζάντιον, εὐφημοῦντες τὸν Ἡρακλέα, καὶ τὴν Ἄρτεμιν, καὶ ἐχειροτονή-

poenitebat, hominem, cum filiam dari sibi peteret, repu-
diasse: nam & maximum mihi honorem tribuebat, & patrem appellabat, armatusque per forum comitabatur. Sed
nec a bellicis studiis animus eius abhorrebat: quippe in
equestribus certaminibus perquam strenue se gerebat, quo
utpote prima illa etiam intemperanti aetate equis, quanquam temere, & ad luxum paratis, gauderet. Ceterum,
cum virili eius robore aucto sensim rerum quoque usu,
praecipuum in eo studium fuit, bellicas res fortiter mul-
tifariamque tractare. Multo quin etiam aere suo privato
rempublicam iuvit, mecumque una militum ductor crea-
tus est: unde maiorem quoque mihi honorem habuit, ob-
sequentem sese in omnibus praestans.

XVIII. Postea vero quam de hostibus, Diis ipsis nobis
coram adstantibus, victoriam reportavimus, Byzantium
reversi, ego huc Dianae, ille Tyrum Herculi, ad gratias

θημεν [1], ἐγὼ μὲν ἐνταῦθα τῇ Ἀρτέμιδι, ὁ δὲ εἰς Τύρον Ἡρακλεῖ λαβόμενός μου τῆς δεξιᾶς ὁ Καλλισθένης, διηγεῖται πρῶτον τὰ πεπραγμένα αὐτῷ περὶ τὴν Καλλιγόνην· Ἀλλὰ ἅπερ ἐποιησάμην, πάτερ, εἶπε, τὰ μὲν νεότητος, Cησὶ [2], πέπρακται βίᾳ, τὰ δὲ μετὰ ταῦτα πριαμίσιν. παρθένον γὰρ τὴν κόρην μέχρι τούτου τετήρηκα, καὶ ταῦτα πολέμοις ὁμιλῶν, ἐν οἷς οὐδεὶς ἀναβάλλεται τὰς ἡδονάς. νῦν οὖν εἰς τὴν Τύρον αὐτὴν ἀπαγαγὼν ἔγνωκα πρὸς τὸν πατέρα, καὶ νόμῳ παρ' ἐκείνου λαβεῖν τὸν γάμον. ἂν μὲν οὖν ἐθελήσῃ μοι δοῦναι τὴν κόρην, ἀγαθῇ τύχῃ δέξομαι· ἂν δὲ σκαιὸς γένηται καὶ δύσκολος, παρθένον αὐτὴν ἀπολήψεται. ἐγὼ γὰρ προῖκα ἐπιδιδοὺς οὐκ εὐκαταCρόνητα, ἀγαπητῶς ἂν λάβοιμι τὸν γάμον. ἀναγνώ-

referendas miſſi ſumus. Sed prius tamen dextera prehendens me Calliſthenes, quae Calligones cauſa facta fuiſſem, commemoravit: Eorum, inquiens, pater, quae antea fecimus, iuventus natura audacior cauſa fuit: quae vero poſt, iudicio adhibito commiſſa fuerunt. Virginem enim puellam hactenus ſervavi, belli praeſertim tempore, quo nemo ſibi oblatas perfruendarum voluptatum occaſiones abire pati vult. Nunc eam Tyrum ad patrem ducere, & ab eo, ſicuti leges iubent, in uxorem accipere, omnino conſtitui. Quod ſi impetravero, id optime: ſin autem difficilis ille atque moroſus ſpondere negaverit, virginem etiam filiam ſuam ſibi habeat: quam tamen ego hercule non contemnenda dote confecta uxorem habens

1 Καὶ ἐχειρισάμεθα) Dele καὶ, & lege: ἐπεὶ δὲ διηγησάμην - - Ἄρτεμιν, ἐχειρισάμεθα, ἐγὼ μὲν ἐνταῦθα Ἀρτέμιδι κ. τ. λ.

2 Φησὶ) Abundat; praecesserat enim ἔφη. Legendum autem φύσει, ac locus ita diſtinguendus: Τὰ μὲν νεότητος φύσει πέπρακται βίᾳ, τὰ δὲ μετὰ ταῦτα πριαμίσιν.

σομαι δέ σοι καὶ τὸ συμβόλαιον ὃ ϕράψω πρὸ τοῦ
πολέμου γράψας, διέμεινας συνοικῆσαι τῷ Καλλισθέ-
νει τὴν κόρην, τό, τε γένος αὐτοῦ καταλέγων, καὶ τὸ
ἀξίωμα καὶ τὰς ἐν τοῖς πολέμοις ἀριστείας. τοῦτο
γάρ ἐστιν ἡμῖν τὸ συγκείμενον. ἐγὼ δέ, ἢν τὴν ἴσσιν ἀγωνισώμεθα, διέγνωκα πρῶτον μὲν εἰς τὸ Βυζάντιον διαπλεῦσαι, μετὰ ταῦτα δὲ εἰς τὴν Τύρον.
Καὶ ταῦτα διαμυθολογήσαντες ἐκοιμήθημεν τὸν αὐτὸν τρόπον.

θ΄. Τῇ δ᾽ ὑστεραίᾳ παραγενόμενος ὁ Κλεινίας ἔϕη
Θέρσανδρον διὰ τῆς νυκτὸς ἀποδεδρακέναι. τὴν γὰρ
ἴσσιν οὐχ ὡς ἀγωνισόμενον πεποιῆσθαι· βουλόμενον
δὲ μετὰ προϕάσεως ἐπαχθῆναι τὸν ἔλεγχον ὃν ἐτόλ-
μησε. μείναντες οὖν τῶν ἑξῆς τριῶν ἡμερῶν, ὅσων ἦν ἡ
προθεσμία, προσελθόντες τῷ προέδρῳ, καὶ τοὺς νόμους ἀναγνόντες, καθ᾽ οὓς οὐδεὶς ἔτι τῷ Θερσάνδρῳ

duxerim. Tabellas vero etiam, quas, antequam ad bellum exirem, puellam Callistheni nubere optans, conscri-
pseram, tibi recitabo: in iis enim genus illius, dignitatem,
rei militaris usum recensui. Quae autem inter nos pacti
eramus, haec sunt. Mihi vero, si etiam post Thersandri
provocationem secundum nos iudicatum fuerit, Byzantium primum, deinde Tyrum, navigare in animo est. Hic
cum ille dicendi finem fecisset, cubitum se quisque no-
strûm, ubi pridie quoque somnum ceperat, consulit.

XIX. Postridie reversus ad nos Clinia, Thersandrum
noctu solum vertisse, ab eoque, non quod se quidquam
assecuturum speraret, provocatum fuisse; sed id causae
sumtum, ut, indicio eorum, quae ausus fuerat, faciendo
moram proiiceret, narravit. Nos triduum adhuc morati,
(ad tantum enim temporis vadimonium durabat) Praesidem rursum convenimus: recitatisque legibus, ex quibus

λόγος πρὸς ἡμᾶς ἦν, νηὸς ἐπιβάντες καὶ οὐρίῳ χρησά-
μενοι πνεύματι, κατήραμεν εἰς τὸ Βυζάντιον, κἀκεῖ
τοὺς πολυευκτους ἐπιτελέσαντες γάμους, ἀπεδημήσα-
μεν εἰς τὴν Τύρον. δύο δὲ ὕστερον ἡμερῶν τοῦ Καλλι-
σθένους ἐλθόντος, εὕρομεν τὸν πατέρα μέλλοντα θύειν
τοὺς γάμους τῆς ἀδελφῆς εἰς τὴν ὑστεραίαν. παρῆμεν
οὖν ὡς καὶ συνθύσοντες αὐτῷ καὶ εὐξόμενοι τοῖς θεοῖς,
τούς τε ἐμοὺς καὶ τοὺς ἐκείνου γάμους σὺν ἀγαθαῖς
φυλαχθῆναι τύχαις. καὶ διεγνώκαμεν ἐν τῇ Τύρῳ πα-
ραχειμάσαντες διελθεῖν εἰς τὸ Βυζάντιον.

ΤΕΛΟΣ

τῶν περὶ Λευκίππην καὶ Κλιτοφῶντα ἐρωτικῶν
πλασμάτων.

nullam Therſandro nos accuſandi cauſam fuiſſe apparebat, navi conſcenſa, leviſſimoque flante vento, Byzantium, ubi peroptatas confecimus nuptias, deinde Tyrum
navigavimus. Quo in loco, cum biduo poſt illuc adven-
taſſet Calliſthenes, patrem ob ſororis nuptias poſtera die
ſacra facturum comperimus. Adfuimus itaque, ut una ope-
raremur, Deoſque, ut noſtras omnium nuptias felices
fortunataſque eſſe vellent, precaremur, eo conſilio, ut,
hieme illic acta, Byzantium rediremus.

F I N I S.

____